अर्जुन

अर्जुन

पांडव योद्धा की गाथा

अनुजा चंद्रमौली

अनुवाद : आशुतोष गर्ग

MANJUL
मंजुल पब्लिशिंग हाउस

MANJUL

मंजुल पब्लिशिंग हाउस

कॉरपोरेट एवं संपादकीय कार्यालय

• द्वितीय तल, उषा प्रीत कॉम्प्लेक्स, 42 मालवीय नगर, भोपाल-462 003

विक्रय एवं विपणन कार्यालय

• 7/ 32, अंसारी रोड, दरियागंज, नई दिल्ली-110 002

वेबसाइट : www.manjulindia.com

वितरण केन्द्र

अहमदाबाद, बेंगलुरू, भोपाल, कोलकाता, चेन्नई,
हैदराबाद, मुम्बई, नई दिल्ली, पुणे

अनुजा चंद्रमौली द्वारा लिखित मूल अंग्रेजी पुस्तक
अर्जुन : सागा ऑफ़ पांडव वॉरियर-प्रिंस का हिन्दी अनुवाद

यह हिन्दी संस्करण 2019 में पहली बार प्रकाशित

ISBN 978-93-89143-02-7

हिन्दी अनुवाद : आशुतोष गर्ग

मुद्रण व जिल्दसाज़ी : थॉमसन प्रेस (इंडिया) लिमिटेड

संसार के सर्वश्रेष्ठ कथावाचक

वेदव्यास

को समर्पित

लेखिका के बारे में

अनुजा चंद्रमौली, दो प्यारी-सी पुत्रियों की पूर्णकालिक माँ होने के साथ अंशकालिक लेखिका भी हैं। शैक्षिक योग्यता के स्तर पर वह मनोविज्ञान में स्नातक तथा अंग्रेजी भाषा में स्नातकोत्तर डिग्रीधारक हैं। उन्होंने लिखने की शुरुआत *वीमेन्स एरा, लोनली प्लैनेट* और *द हिंदू* में स्वतंत्र-लेखन से की थी। वह वर्तमान में ई-रिपोर्टर और स्तंभ-लेखक के रूप में कार्यरत हैं।

अनुजा आत्म-विश्वासी हैं, बड़े सपने देखती हैं तथा मानवीय उद्यम, विचार एवं विवेक के महान भंडार में अपना योगदान देने की आंतरिक अभिलाषा से प्रेरित हैं। वह होमर और वर्जिल के होते हुए भी वेदव्यास रचित *महाभारत* की तीव्र प्रशंसक हैं और इस ग्रंथ को उन्हीं महाकाव्यों के समान मानती हैं। अनुजा, महाभारत के कथावाचन की शताब्दियों पुरानी शाश्वत परंपरा से प्रेरणा लेकर पहली बार कथाकार के रूप में सामने आई हैं और इसके लिए उन्होंने महाभारत के अद्वितीय नायक अर्जुन की अमर व मनमोहक गाथा को चुना है। अनुजा ने वर्षों के गहन शोध के उपरांत अर्जुन के जीवन की घटनाएँ (कुछ विख्यात, तो कुछ अपेक्षाकृत अज्ञात) एकत्र कीं तथा उन्हें उन्मुक्त तरीके से 21वीं शताब्दी के लेखक के बेबाक अंदाज़ में समेकित ढंग से प्रस्तुत किया है। यह नव-युगीन भारतीय साहित्यकार के लिए अत्यंत संतोषजनक एवं आत्म-अभिव्यक्ति भरा प्रयास रहा है।

अनुजा चंद्रमौली से इस पते पर संपर्क किया जा सकता है :

anujamouli@gmail.com

अनुक्रम

पात्र-परिचय

कुरु-श्रेष्ठ

शांतनु - कुरुवंश का राजा
गंगा - शांतनु की पहली पत्नी
भीष्म - शांतनु और गंगा का पुत्र
सत्यवती - शांतनु की दूसरी पत्नी
चित्रांगद - शांतनु और सत्यवती का पहला पुत्र
विचित्रवीर्य - शांतनु और सत्यवती का दूसरा पुत्र
अंबिका - विचित्रवीर्य की पत्नी
अंबालिका - विचित्रवीर्य की दूसरी पत्नी और अंबिका की बहन
धृतराष्ट्र - विचित्रवीर्य और अंबिका का नेत्रहीन पुत्र
गांधारी - धृतराष्ट्र की पत्नी और कौरवों की माता
पांडु - विचित्रवीर्य और अंबालिका का पुत्र
कुंती - पांडु की पहली पत्नी
माद्री - पांडु की दूसरी पत्नी
विदुर - राजा धृतराष्ट्र का मंत्री तथा वेदव्यास और एक दासी का पुत्र
संजय - राजा धृतराष्ट्र का मंत्री
कृप - कौरवों और पांडवों के गुरु
द्रोण - कौरवों और पांडवों के गुरु

पांडव, उनकी पत्नियाँ एवं पुत्र

युधिष्ठिर - पांडु और कुंती का ज्येष्ठ पुत्र
भीम - पांडु और कुंती का दूसरा पुत्र
अर्जुन - पांडु और कुंती का तीसरा पुत्र
नकुल - पांडु और माद्री के जुड़वाँ पुत्रों में से एक
सहदेव - पांडु और माद्री के जुड़वाँ पुत्रों में से एक

द्रौपदी - पाँच पांडव भाइयों की एक पत्नी
उलूपी - नागलोक की राजकुमारी और अर्जुन की दूसरी पत्नी
इरावन - अर्जुन और उलूपी का पुत्र
चित्रांगदा - मणिपुर की राजकुमारी और अर्जुन की तीसरी पत्नी
बभ्रुवाहन - अर्जुन और चित्रांगदा का पुत्र
सुभद्रा - यादवकुल की राजकुमारी और अर्जुन की चौथी पत्नी
अभिमन्यु - अर्जुन और सुभद्रा का पुत्र
उत्तरा - मत्स्य राजकुमारी और अभिमन्यु की पत्नी
परीक्षित - अभिमन्यु और उत्तरा का पुत्र
जनमेजय - परीक्षित का पुत्र
घटोत्कच - भीम और हिडिंबा का पुत्र

कौरव, उनकी पत्नियाँ एवं पुत्र

दुर्योधन - धृतराष्ट्र और गांधारी का ज्येष्ठ पुत्र
भानुमति - दुर्योधन की पत्नी
लक्ष्मण - दुर्योधन का पुत्र
दुःशासन - धृतराष्ट्र और गांधारी का दूसरा पुत्र
दुर्मर्षण - एक कौरव
दुशाला - धृतराष्ट्र और गांधारी की पुत्री
जयद्रथ - राजा वृद्धक्षत्र का पुत्र और दुशाला का पति

पांडव-पितर

मनु - देवताओं की माता अदिति का पौत्र
इला - मनु की पुत्री
पुरुरवा - इला का पुत्र
आयुष - पुरुरवा और उर्वशी का पुत्र
नहुष - आयुष का पुत्र
ययाति - नहुष का पुत्र
यदु और पुरु - ययाति के पुत्र तथा यादव एवं कुरु के पितृ

देव, गंधर्व एवं अन्य दिव्य-जन

शिव – सृष्टि के विनाशकर्ता

विष्णु – सृष्टि के पालनकर्ता

ब्रह्मा – सृष्टि के रचयिता

पार्वती – शिव की पत्नी

कृष्ण – विष्णु के अवतार तथा कौरवों एवं पांडवों के फुफेरे भाई

परशुराम – ब्राह्मण-योद्धा तथा विष्णु के अवतार

इंद्र – देवताओं के राजा तथा अर्जुन के दैवी पिता

धर्म/यम –मृत्यु के देवता; सृष्टि के संरक्षक तथा युधिष्ठिर के दैवी पिता

वायु – वायु के देवता तथा भीम के दैवी पिता

वरुण – जल के अधिष्ठाता तथा सृष्टि के संरक्षक

पर्णाशा – एक नदी देवी

दुर्गा – देवी माँ

कुबेर – धन के देवता तथा सृष्टि के संरक्षक

अग्नि – अग्नि के अधिष्ठाता

सूर्य – सूर्य-देवता

अश्विनीकुमार – नकुल और सहदेव के दैवी पिता

काम – प्रेम के देवता

अंगारपर्ण – गंधर्वों का राजा

कुंभीनसी – अंगारपर्ण की पत्नी

चित्रसेन – गंधर्वराज तथा एक दक्ष संगीतकार एवं नर्तक

उर्वशी – एक अप्सरा तथा पांडवों की पूर्वज

घृताची, जानपदी, तिलोत्तमा – अप्सराएँ

ऋषि-मुनि

वेदव्यास – सत्यवती और ऋषि पराशर के पुत्र; धृतराष्ट्र, पांडु और विदुर के जैविक पिता; महाभारत के रचयिता

नर एवं नारायण – दो प्राचीन ऋषि, जिनका अर्जुन और कृष्ण के रूप में पुनर्जन्म हुआ

भारद्वाज मुनि – द्रोण के पिता

शरद्वान – कृप के पिता

ऋषि श्वेतकेतु – नैतिक एवं लैंगिक नियमों के संस्थापक

शमीक – परीक्षित की मृत्यु का साधन बना एक ऋषि

श्रंगी – ऋषि शमीक का पुत्र

धौम्य मुनि – पांडवों के गुरु

बृहद्श्व मुनि – द्यूत का माहिर खिलाड़ी और युधिष्ठिर का प्रशिक्षक

ऋषि लोमश – पांडवों के साथ तीर्थयात्रा पर निकले एक ऋषि

याज एवं उपयाज – कामेष्टि यज्ञ में पारंगत दो ऋषि-भाई

चंडकौशिक मुनि – राजा वृहद्रथ की पुत्र-प्राप्ति की इच्छा पूर्ण करने वाले एक ऋषि

दुर्वासा मुनि – कुंती को संतान-प्राप्ति का मंत्र देने वाले ऋषि

बृहस्पति – देवताओं के गुरु

कच – बृहस्पति का पुत्र

शुक्राचार्य – असुरों के गुरु

नारद मुनि – भगवान विष्णु के अनन्य भक्त

विश्वामित्र मुनि – एक राजर्षि

कण्व मुनि – यादव कुल को शाप देने वाले ऋषि

अगस्त्य मुनि – सप्तर्षियों में से एक

पांडव-पक्ष

द्रुपद – पांचाल नरेश; द्रोण का शत्रु; अर्जुन का श्वसुर

धृष्टद्युम्न – द्रुपद का पुत्र और द्रौपदी का भाई

सात्यकि – अर्जुन का शिष्य तथा कृष्ण का स्नेही मित्र

विराट – मत्स्य नरेश

उत्तर – राजा विराट का पुत्र

शिखंडी – राजकुमारी अंबा जिसने भीष्म की हत्या के लिए पुनर्जन्म लिया

मय – असुरों का शिल्पकार

कौरव-पक्ष

कर्ण – सूर्य और कुंती का पुत्र जिसका पालन-पोषण अधिरथ और राधा ने किया

शकुनि – कौरवों के मामा; रानी गांधारी का भाई

उलूक – शकुनि का पुत्र

अश्वत्थामा – द्रोण और कृपी का पुत्र

बलराम – कृष्ण के भाई; दुर्योधन इनका सबसे प्रिय शिष्य था

जरासंध – मगध नरेश तथा कृष्ण का शत्रु

कंस – जरासंध का संबंधी

शिशुपाल – चेदि नरेश

भगदत्त – नरकासुर का पुत्र; प्राग्ज्योतिषपुर का राजा

भूरिश्रवा – सात्यकि का शत्रु

श्रुतायुध – एक राजा तथा वरुणा एवं पराशर का पुत्र

सुशर्मा – त्रिगर्त नरेश

एकलव्य – निषाद राजकुमार, जिसने अपने गुरु द्रोण की अर्जुन से रक्षा करने के लिए कौरवों के पक्ष में युद्ध करने का निर्णय लिया

शल्य – मद्र नरेश; नकुल व सहदेव के मामा

कृतवर्मा – भोज का राजा

आमुख

कुरु वंश का राजा जनमेजय बहुत परेशान था। उसके हृदय में प्रतिशोध की ज्वाला भड़क रही थी, जिसे शांत करना आवश्यक था। वह श्रेष्ठ कुल का वंशज था। उसकी नसों में किसी और का नहीं, बल्कि संसार के सबसे शक्तिशाली योद्धाओं में से एक, अर्जुन का ख़ून था। जनमेजय का पिता परीक्षित, अर्जुन का पौत्र तथा अभिमन्यु का पुत्र था, परंतु जनमेजय को अपने पूर्वजों के विषय में कुछ पता नहीं था। यहाँ तक कि उसे अपने पिता के बारे में भी कुछ पता नहीं था, जिनकी मृत्यु तक्षक नामक नाग के डसने से हुई थी। उस समय जनमेजय बहुत छोटा था। उसके पिता की अंत्येष्टि भी राज्य के मंत्रियों ने की थी। उन्हीं लोगों ने बालक जनमेजय को, जो बड़ा होकर कुरु वंश का राजा बनने वाला था, तैयार किया। उन्होंने जनमेजय को उन सब विषयों में पारंगत कर दिया, जो एक राजा को श्रेष्ठ शासक बनाने के लिए आवश्यक थे। युवा जनमेजय में भी योग्य उत्तराधिकारी बनने के सभी गुण मौजूद थे। उसने स्वयं को मंत्रियों की अपेक्षाओं से बेहतर सिद्ध किया। अंत में जब वह कुरु राज सिंहासन पर बैठा, तो इस बात को लेकर कोई विवाद नहीं हुआ। जनमेजय सचमुच एक योग्य और न्याय प्रिय राजा था।

जनमेजय को जब नागराज तक्षक द्वारा चली गई चाल और उसके शाप के फलस्वरूप अपने पिता परीक्षित की मृत्यु का पता लगा, तो उसका सहज रूप से दयालु स्वभाव, क्रोध व घृणा में परिवर्तित हो गया। वह बहुत समय तक अपने पिता की मृत्यु का बदला लेकर उन सर्पों को नष्ट करने का मार्ग सोचता रहा, जिनके कारण उसकी नियति ने ऐसा मोड़ ले लिया था। उसने बुद्धिमान लोगों से परामर्श किया। उन्होंने सुझाव दिया कि जनमेजय को सर्पास्त्र नामक यज्ञ करना चाहिए, जो बारह वर्ष चलेगा। उस यज्ञ के फलस्वरूप सर्पों की सभी जातियाँ, यदि पूरी तरह नष्ट नहीं हुईं, तो भी उनकी संख्या पर्याप्त रूप से कम हो जाएगी। जनमेजय को यह भी बताया गया कि सर्पों की माता कद्रू ने अपनी ही बहन विनता को दासी बनाने का प्रयास किया था और इस दौरान, अपने आदेश का उल्लंघन करने के अपराध

में अपने ही सर्प-पुत्रों को शाप दिया कि वे सब, राजा जनमेजय के सर्प-यज्ञ की ज्वाला में जलकर भस्म हो जाएँगे।

यह सुनकर जनमेजय को विश्वास हो गया कि नियति उसके पक्ष में थी। उसने सर्पास्त्र यज्ञ करने का निश्चय कर लिया। यज्ञ की तैयारियाँ आरंभ हो गईं और पूरा राज्य उसमें भागीदार बन गया। शीघ्र ही सभी कार्य सम्पन्न हो गए और नियत दिवस पर अनुष्ठान आरंभ करने के लिए ऋषि-मुनि एकत्र हो गए। ऋषियों ने मंत्रोच्चारण आरंभ किया, तो जनमेजय ने भी पूरा ध्यान यज्ञ पर लगा दिया, परंतु वह बेचैन था। उसका मन अपने वंश के विषय में प्राप्त सूचना के जाल में भटक रहा था।

जनमेजय अपने पूर्वजों की महानता की शौर्य-गाथा को सुनकर बड़ा हुआ था। इसलिए उसके मन में और भी बातें जानने की इच्छा थी। जनमेजय के पितामह अभिमन्यु की मृत्यु सोलह वर्ष की आयु में हो गई थी और उसके प्रपितामह अर्जुन, कथा के अनुसार, परीक्षित को कुरु वंश के राज सिंहासन पर आसीन करके अपने भाइयों के साथ महाप्रस्थान-यात्रा पर चले गए थे। जनमेजय को उन महान लोगों के विषय में व्यक्तिगत तौर पर बहुत कम जानकारी थी। इसलिए वृद्ध लोगों से अपने मेधावी पूर्वजों के विषय में सूचना एकत्र करना उसकी आदत बन गई थी। इसी श्रृंखला में उसे अपने पिता परीक्षित की दुःखद मृत्यु के बारे में पता लगा था...।

एक बार शिकार खेलते समय परीक्षित ने एक शूकर को घायल कर दिया था, परंतु वह बच निकला। परीक्षित को पता था कि आहत पशु, राज्य के निवासियों के लिए ख़तरनाक हो सकता है, इसलिए वह शूकर को खोजने के लिए जंगल के भीतर चला गया। बहुत प्रयास करने पर भी शूकर नहीं मिला। इस बीच, राजा परीक्षित अपने सैन्य-दल से अलग हो गया। वह बहुत थक गया था और उसे प्यास लगी थी। वह आगे बढ़ता गया और कुछ देर बाद शमीक मुनि के आश्रम पर पहुँच गया। उसने देखा कि मुनि गहन तपस्या में लीन थे। परीक्षित ने अधीरतावश शमीक से आहत शूकर के विषय में पूछा। परीक्षित ने मुनि से पीने के लिए पानी भी माँगा, परंतु मुनि ने कोई उत्तर नहीं दिया, क्योंकि वह ध्यान में लीन थे। परीक्षित को अपने प्रश्नों का उत्तर नहीं मिला, तो उसे क्रोध आ गया। उसने स्वयं ही पानी पी लिया, फिर उसकी दृष्टि पास पड़े एक मृत सर्प पर पड़ी। परीक्षित ने वह सर्प अपने धनुष की नोंक से उठाया और शमीक मुनि के गले में डाल दिया। यह मूर्खता करने के उपरांत परीक्षित वहाँ से चला गया।

इस घटना की सूचना शमीक के क्रोधी पुत्र श्रंगी को मिली। श्रंगी में अपने पिता के समान धैर्य एवं उदारता का सर्वथा अभाव था। उसने क्रोध में आकर राजा परीक्षित को शाप दे डाला, "वह अपराधी राजा परीक्षित, जिसे श्रेष्ठ जन का आदर करना नहीं आता, उसे सर्पराज तक्षक डस लेगा। मेरे शब्दों की शक्ति के फलस्वरूप, आज से सातवें दिन परीक्षित की मृत्यु हो जाएगी।" शमीक मुनि अपने पुत्र को वह

भयानक शाप वापस लेने के लिए मना नहीं पाए। उन्होंने परीक्षित को सावधान करने के लिए एक दूत भेज दिया।

परीक्षित ने स्वयं को तक्षक से बचाने का हर संभव प्रयास किया। प्रहरियों ने पहरा कड़ा कर दिया। राजा तक जाने वाली प्रत्येक वस्तु की बहुत ध्यान से जाँच की जाती थी। यहाँ तक कि वायु को उन्मुक्त रूप से राजा परीक्षित के कक्ष में जाने की अनुमति नहीं थी, परंतु सभी प्रयास व्यर्थ गए। सातवें दिन सूर्यास्त होने से पूर्व तक्षक महल में पहुँच गया। वह कीड़े का रूप धारण करके फलों की टोकरी में छिपकर राजा के कक्ष में जा पहुँचा। कुछ ही देर बाद, तक्षक फलों की टोकरी से बाहर आ गया और उसने राजा परीक्षित को डस लिया।

अपने पिता की दुःखद मृत्यु की कल्पना करके जनमेजय काँप उठा। उसे अपने दोनों पूर्वजों की असामयिक मृत्यु का बहुत दुःख था। उसके पिता की शाप के कारण मृत्यु हुई थी। उसके दादा अभिमन्यु, जिन्हें उसके साथ होना चाहिए था, अपने पुत्र परीक्षित को देखने से पहले युद्ध में मारे जा चुके थे। जनगेजय इन विचारों से छुटकारा चाहता था, परंतु वह इन दुःखद विचारों के साथ कुछ और पीछे लौटा, तो उसे अपने वंश के सबसे योग्य रत्न, अपने परदादा अर्जुन का ध्यान आ गया। जनमेजय, सिर से पैर तक गर्व से भर उठा। वह अर्जुन जैसे शक्तिशाली योद्धा के विषय में जानने को उत्सुक था।

जनमेजय अभी विचारों में खोया ही हुआ था कि तभी महर्षि वेदव्यास अपने शिष्यों के साथ यज्ञ-स्थल पर आ पहुँचे। जनमेजय ने आगे बढ़कर महर्षि वेदव्यास का स्वागत किया और उनके चरणों में सिर झुकाया। व्यास ने जनमेजय को आशीर्वाद दिया तथा औपचारिकताँ पूर्ण होने के उपरांत वेदव्यास ने जनमेजय के साथ लगा आसन ग्रहण कर लिया।

जनमेजय ने बाल-सुलभ गंभीरता से कहा, "आदरणीय ऋषिवर! मुझे अपने पूर्वजों के विषय में जानना है। मुझे बताया गया है कि आपने उनके जीवन पर अत्यंत शानदार महाकाव्य की रचना की है। मैं अपने परदादा अर्जुन और उनके भाइयों के विषय में प्रत्येक बात जानने का इच्छुक हूँ। मुझे उस महान युद्ध के विषय में बताइए, जिसमें उन्होंने अपने चचेरे भाइयों को मार डाला था। उन्होंने अवश्य ही विवश होकर ऐसा किया होगा। उस पूरी कथा में कृष्ण की क्या भूमिका थी? माना जाता है कृष्ण, भगवान विष्णु के अवतार थे और अर्जुन उनके सबसे प्रिय मित्र थे और उन दोनों ने मिलकर बहुत-से शानदार कार्य किए। मुझे अर्जुन के विषय में छोटी से छोटी बात बताइए। उन्हें क्या पसंद था? वह क्या सोचते थे? वह किससे प्रेम करते थे? वे कौन-सी घटनाएँ थीं, जिनके फलस्वरूप अर्जुन, जिनसे युद्ध करने का साहस देवताओं में भी नहीं था, संसार के सर्वश्रेष्ठ योद्धा बने? क्या यह सत्य है कि उनका स्वरूप दिव्य था? क्या वह देवराज इंद्र के पुत्र थे? क्या उनकी भी कोई

दुर्बलता थी? क्या यह सत्य है कि उनकी समय से पहले एक बार मृत्यु हो गई थी और फिर एक राजकुमारी ने, जिससे वह बहुत प्रेम करते थे, उन्हें बचाया था? मैं उनके विषय में विस्तार से सब कुछ जानना चाहता हूँ, मानो वह मेरे पास हों और वे सब घटनाएँ मेरे सामने घट रही हों। मुझे अर्जुन के विषय में सब कुछ जानना है।"

राजा जनमेजय का अनुरोध व्यर्थ नहीं गया। वेदव्यास ने मुस्कराकर उत्तर दिया, "तुम्हें महाभारत की कथा सुनाने का समय आ गया है। तुम्हारे माध्यम से संसार इस शानदार गाथा को अभी और आगे भी सुनता रहेगा। भगवान गणेश ने मेरे शब्दों को लिपिबद्ध किया और उन्होंने इस महाकाव्य को लिखते समय मुझे आशीर्वाद दिया कि मेरा यह प्रयास धरती पर पर्वतों के रहने और नदियों के बहने तक अमर रहेगा। हे राजन! तुम भी इसे सुनो और ज्ञान प्राप्त करो। मैं अपने योग्य शिष्य वैशम्पायन को तुम्हारे पूर्वजों की कथा सुनाने के लिए अधिकृत करता हूँ। तुम इसके माध्यम से आज से अनेक वर्ष पूर्व घटी सब घटनाओं को सुनोगे और इससे तुम्हारी अर्जुन तथा स्वयं के विषय में जानने की इच्छा भी पूर्ण हो जाएगी।"

इस तरह, व्यास के आशीर्वाद से वैशम्पायन ने कथावाचन आरंभ कर दिया। उनके आरंभिक शब्दों के उच्चारण के साथ सब श्रोता मंत्रमुग्ध हो गए। जनमेजय भी कथा को मुग्ध होकर सुनने लगा। अर्जुन का जब उल्लेख होता, तो वह अर्जुन के बारे में हर छोटी बात पूछता और बाद में उसे याद करने के उद्देश्य से अपनी स्मृति में संग्रहित कर लेता। उसने अपने विख्यात पूर्वज, अर्जुन के विषय में जो कुछ सुना, वह इस प्रकार था...

1

अर्जुन की कथा

अर्जुन, कुरु वंशज पांडु और कुंती का पुत्र था। अन्य मनुष्यों से भिन्न, उसके एक दैवी पिता भी थे और अर्जुन के जन्म से संबंधित घटनाएँ भी बहुत रहस्यमयी और जादुई थीं।

पांडु, विचित्रवीर्य और अंबालिका का दूसरा पुत्र तथा अर्जुन का पिता था। उसका जन्म असाधारण परिस्थितियों में हुआ। विचित्रवीर्य की अंबिका और अंबालिका नाम की दो पत्नियाँ थीं। दुर्भाग्य से विचित्रवीर्य किसी रोग का शिकार हो गया और उसकी युवावस्था में ही मृत्यु हो गई। उसकी दोनों पत्नियाँ निस्संतान रह गईं। उसका बड़ा भाई चित्रांगद उसी के नाम के एक लड़ाकू गंधर्व के हाथों पहले ही मारा गया था। इस तरह राजा की मृत्यु के पश्चात उसका सौतेला भाई भीष्म, अकेला और एकमात्र राजकुमार रह गया था। वह कुरु वंश के सिंहासन का योग्य उत्तराधिकारी भी था, परंतु उसने अपने पिता राजा शांतनु के हित के लिए एक भीषण प्रतिज्ञा ली थी, जिसके अंतर्गत उसने कुरु राजसिंहासन पर अपना अधिकार तथा संतान उत्पन्न करने अपना प्राकृतिक अधिकार भी त्याग दिया था। उसने सिंहासन स्वीकार करने से मना कर दिया। भीष्म की सौतेली माता ने उसे अपने मृत सौतेले भाइयों की पत्नियों से विवाह करने और कुरु राजवंश को उत्तराधिकारी देने का परामर्श भी दिया, किंतु भीष्म ने वह प्रस्ताव भी अस्वीकार कर दिया।

ऐसी नाजुक स्थिति में महारानी सत्यवती ने विचित्रवीर्य की युवा पत्नियों को सत्यवती के एक अन्य पुत्र वेदव्यास से गर्भ धारण करवाने का सुझाव दिया। वेदव्यास का जन्म, ऋषि पराशर और सत्यवती के घर में हुआ था। भीष्म ने जब यह कथा सुनी तो उसे बहुत आश्चर्य हुआ। उसने कहा, “माता! आपकी बुद्धि अद्वितीय है। शास्त्र कहते हैं कि क्षत्रिय के प्रमुख कर्तव्यों में से एक यह भी है कि उसे अपने वंश की रक्षा करनी चाहिए। यदि परिस्थितियाँ उसे इस कर्तव्य का निर्वहन करने से रोकती

हैं, तो ऐसे में यही उचित है कि उसकी पत्नी किसी अन्य योग्य पुरुष से, जो उसके पति के समान अथवा उससे श्रेष्ठ हो, संतान प्राप्त करे तथा उस संतान को स्त्री के पति का नाम मिले। यदि वेदव्यास, विचित्रवीर्य की पत्नियों को आशीर्वाद देकर उनसे योग्य संतान उत्पन्न कर सकते हैं तो कुरु राजवंश सदा उनका आभारी रहेगा।"

सत्यवती ने अपने पुत्र वेदव्यास को बुलाया। उन्हें पहले ही वेदों के वर्गीकरण करने से प्रसिद्धि प्राप्त हो गई थी। व्यास अपनी माता के बुलाने पर तत्काल पहुँच गए और अनुरोध भी स्वीकार कर लिया। उन्होंने कहा कि वह कुरु वंश की सहायता करने और उसे आगे बढ़ाने के लिए तैयार हैं, बशर्ते अंबिका और अंबालिका, वेदव्यास के कुरूप चेहरे, उनकी गंदी वेशभूषा और दुर्गंध-भरे शरीर को स्वीकार करने के लिए तैयार हो जाएँ।

उस रात वेदव्यास को देखकर अंबिका इतनी घबरा गई कि उसने ऋषि के साथ व्यतीत अवधि के दौरान अपनी आँखें नहीं खोलीं। शयन कक्ष से बाहर निकलने पर व्यास ने सत्यवती से कहा, "अंबिका को पुत्र की प्राप्ति तो होगी, परंतु वह नेत्रहीन होगा।"

यह सुनकर रानी सत्यवती स्तब्ध रह गई। उसने व्यास को अंबालिका से भी एक पुत्र को जन्म देने को कहा क्योंकि नेत्रहीन पुरुष के लिए राज्य का कार्यभार सँभालना कठिन होगा। व्यास ने सत्यवती की बात मान ली और वह अंबालिका के पास चले गए। अंबालिका ने व्यास के भद्दे और अनाकर्षक रूप के प्रति घृणा को अपनी बहन अंबिका से बेहतर ढंग से छिपा लिया, परंतु इस प्रयास में वह घबराकर पीली पड़ गई। इसके बाद व्यास ने भविष्यवाणी कर दी कि अंबालिका से उत्पन्न होने वाला पुत्र शक्तिशाली योद्धा होगा, परंतु उसका रंग पीला होगा।

सत्यवती अपने पुत्र वेदव्यास के प्रयासों से संतुष्ट थी, किंतु उसने सावधानी के तौर पर व्यास से कुरु वंश के लिए एक और संतान उत्पन्न करने का अनुरोध किया, हालाँकि इतनी देर में अंबिका हिम्मत हार चुकी थी। उसने स्वयं ना जाकर अपनी दासी को राजसी वस्त्र पहनाकर वेदव्यास के पास भेज दिया। व्यास को इस बात का पता लग गया, किंतु उन्होंने अंबिका की दासी को एक अत्यंत विवेकशील संतान प्रदान की। इस तरह वेदव्यास से उन तीनों स्त्रियों ने नेत्रहीन धृतराष्ट्र, पीत-वर्ण पांडु और बुद्धिमान विदुर को जन्म दिया।

समय होने पर पांडु को सिंहासन पर बैठा दिया गया। उस युवा शासक का मार्गदर्शन करने के लिए भीष्म सदा उसके साथ रहे। पांडु अत्यंत कुशल शासक था। उसने अनेक युद्ध लड़े और कुरु राज्य की सीमाओं का विस्तार किया तथा राजकोष को धन-संपत्ति से भर दिया। उसकी दो पत्नियाँ थीं, कुंती और माद्री। राजा पांडु का जीवन सुखपूर्वक बीत रहा था। ऐसा प्रतीत होता था, मानो युवा राजा पांडु पर नियति पूर्ण रूप से कृपालु थी, परंतु भाग्य ने बहुत अधिक समय तक पांडु का साथ

नहीं दिया। शीघ्र ही क्षितिज पर काले बादल मँडराने लगे और पांडु के वंश और उसके भविष्य पर दुर्भाग्य की काली छाया तैरने लगी।

एक दिन पांडु आराम करने तथा मनोरंजन के उद्देश्य से आखेट पर निकला। शिकार की धुन में वह ऐसा खोया कि उसका शरीर गर्म होने लगा। उसकी इंद्रियों पर उसका नियंत्रण छूट गया। अचानक उसे एक हिरण तथा हिरणी का युगल संभोग करता हुआ दिखाई पड़ा। पांडु ने धनुष पर बाण चढ़ाया और निशाना लगा दिया। तीर ठीक लगा और हिरण घायल हो गया। यह भाग्य की विडंबना थी कि मृत्यु की गोद में बैठा वह हिरण, वास्तव में एक ऋषि-पुत्र तथा तपस्वी था। वह अपनी पत्नी के साथ रूप बदलकर हिरण के वेश में रति-क्रिया कर रहा था। मृत्यु के दुःखद क्षण में ऋषि-पुत्र ने अपना क्रोध, पांडु पर केंद्रित कर दिया। तपस्वी ने पांडु को शाप देते हुए कहा, "दुष्ट! तूने एक निर्दोष प्राणी के अनुचित क्षण में प्राण लिए हैं। तू भी इसी तरह अपनी पत्नी के साथ रति-क्रिया करता हुए मारा जाएगा।"

यह सुनकर पांडु घबरा गया। उसने मरते हुए तपस्वी से विनती की, "मुझे बहुत दुःख है, किंतु मैं क्षत्रिय हूँ और केवल आखेट के उद्देश्य से शिकार पर निकला था। मुझ पर दया कीजिए। मुझे ऐसा भयानक शाप मत दीजिए," परंतु ऋषि-पुत्र ने उसकी विनती नहीं सुनी।

तपस्वी ने हठ पकड़ लिया। उसने कहा, "किसी क्षत्रिय कुमार को शोभा नहीं देता कि वह अपने शिकार पर असहाय अवस्था में आक्रमण करे और उसके पास रक्षा का कोई उपाय ना हो। ऐसे घृणित कार्य के लिए तुम्हें दंड अवश्य मिलना चाहिए, ताकि तुम्हारे जैसे अन्य रक्त-पिपासु लोगों को भी सबक मिले और वे धर्म के मार्ग से कभी ना भटकें। तुम्हारे साथ जो हुआ है, तुम उसी योग्य हो।" पांडु पर क्रोध उगल देने के उपरांत ऋषि-पुत्र की मृत्यु हो गई।

इस घटना से दुःखी पांडु ने राज्य त्यागकर वनवास लेने का निश्चय किया। उसने आत्म-शुद्धि के लिए कड़ी तपस्या करने का विचार बनाया, ताकि उसे दुःख और परेशानी से मुक्ति मिल सके। पांडु की दोनों पत्नियों ने उसे छोड़कर राजमहल में रहना स्वीकार नहीं किया। वे दोनों भी पांडु के साथ वन चली गईं। राज्य और परिवार के लोगों के लिए यह बहुत दुःखद था। राजा पांडु राज्य छोड़कर गया, तो फिर कभी नहीं लौटा।

तपस्वी जीवन कठिनाइयों से भरा था। पांडु एवं उसकी पत्नियाँ, राजसी सुख-सुविधाएँ और वैभव त्यागकर वन में रहते थे, किंतु उन्हें शीघ्र ही उसकी आदत हो गई। पांडु को सदा एक ही चिंता सताती थी। उसने जिस कारण से राजसी बंधन का त्याग किया था, उसने पांडु की मानसिक शांति भंग कर दी थी। एक दिन उसने अपना दुःख कुंती को बताया और कहा, "यह मेरा कर्तव्य है कि मैं अपने राज्य के लिए एक योग्य पुत्र उत्पन्न करूँ, जो मेरे नाम और वंश को आगे बढ़ाए

तथा मेरे अपराधों का प्रायश्चित करे। राजा मनु ने स्वयं कहा था कि जो मनुष्य निस्संतान धरती को त्याग देता है, वह कर्तव्य-पलायन का अपराधी माना जाता है। यह सचमुच दुर्भाग्यपूर्ण है कि मैं पृथ्वीलोक छोड़ने से पहले इस महत्त्वपूर्ण कार्य को पूर्ण नहीं कर पाया हूँ।"

"स्वामी, हमें इस समस्या के समाधान के लिए ईश्वर से प्रार्थना करनी चाहिए," कुंती ने कहा। उसका ईश्वर में अटूट विश्वास था।

"हम प्रार्थना अवश्य करेंगे, परंतु मैंने इस विषय पर बहुत विचार किया है और मैं चाहता हूँ कि तुम अपनी पसंद से किसी भी योग्य पुरुष से एक संतान को जन्म दो। शास्त्रों में इस कार्य को अनुचित नहीं माना गया है। ऐसा करने से हम दोनों में से किसी को पाप नहीं लगेगा," पांडु ने उत्तर दिया।

"आप ऐसा सोच भी कैसे सकते हैं?" कुंती ने पूछा। "मैं किसी अन्य पुरुष के विषय में नहीं सोच सकती। मैं आपकी पत्नी हूँ और किसी अन्य पुरुष का स्पर्श करने से पहले मैं मृत्यु का वरण करना पसंद करूँगी।"

"कुंती, तुम्हें इतना भावुक नहीं होना चाहिए," पांडु बोला, "मैं जानता हूँ कि तीनों लोकों की सबसे सदाचारी स्त्री से मेरा विवाह हुआ है, परंतु मैं जो कहता हूँ, उसे ध्यान से सुनो। मैंने जो सुझाव दिया है, वह अनुचित नहीं है। पुरातन काल में स्त्रियों पर इतने बंधन नहीं थे, जिनके कारण उन्हें वर्तमान जैसा सीमित जीवन बिताना पड़ रहा है। उन्हें घूमने-फिरने और अनेक पुरुषों के साथ संसर्ग की अनुमति थी। वे विवाहित होते हुए भी अन्य पुरुषों के साथ संपर्क कर सकती थीं। शारीरिक संभोग के कड़े नियमों के संदर्भ में यह बात हमें विचित्र लग सकती है, परंतु उन दिनों मनुष्य, पशुओं की तरह व्यवहार करता था और शारीरिक आवश्यकताओं की पूर्ति के लिए स्वतंत्र था। इस व्यवहार को बुरा नहीं समझा जाता था। क्रोध तथा ईर्ष्या जैसे आवेशी भाव भी उस समय नहीं थे। ऐसा करना धर्म के आरंभिक नियमों के अनुकूल, प्राकृतिक और स्वस्थ माना जाता था। कालांतर में ऋषि श्वेतकेतु द्वारा नैतिकता एवं लैंगिकता पर नए नियमों के बनाए जाने के उपरांत स्थिति में तेजी से परिवर्तन हुआ।"

"यह बदलाव कैसे आया?" कुंती ने उत्सुकता से पूछा।

"एक दिन एक ब्राह्मण ने अपने पिता तथा श्वेतकेतु की उपस्थिति में अपनी माता का हाथ पकड़ लिया और उसके साथ संभोग करने की अनुमति माँगी। यह सुनकर श्वेतकेतु को बहुत क्रोध आया। ब्राह्मण के पिता ने आपत्ति व्यक्त नहीं की क्योंकि उन दिनों स्त्रियों को ऐसा करने की अनुमति थी। अपनी माता को लेकर भावनाओं तथा आत्मग्लानि के संयुक्त मिश्रण ने श्वेतकेतु का क्रोध बढ़ा दिया। खैर, जो भी हुआ हो, परंतु श्वेतकेतु का क्रोध शांत नहीं हुआ। उसने यह नियम बना दिया कि स्त्रियों को अपने पतियों के साथ निष्ठापूर्वक रहना और धर्म का पालन करना

होगा। ऐसा ना करने पर यह अपराध, भ्रूण-हत्या के समकक्ष माना जाएगा। इसी तरह किसी अन्य स्त्री के पति, अथवा किसी अन्य पुरुष की पत्नी के साथ संसर्ग करने पर भी पाप लगेगा। तीसरा नियम यह था कि ऐसी स्त्री को भी वही पाप लगेगा, जो गर्भधारण नहीं कर सकेगी और अपने पति की इच्छाओं की उपेक्षा करेगी।"

"हमारी दुविधा का एक समाधान हो सकता है," कुंती ने ध्यान से बात को सुनने के बाद कहा। पांडु भी सुनने के लिए उत्सुक था। कुंती ने उसे एक रोचक कथा सुनाई :

"मैं जब कन्या थी, तो मेरे पिता ने ऋषि दुर्वासा के एक बार राज्य आने पर उनकी देखभाल का दायित्व मुझे सौंपा था। आप तो जानते हैं कि ऋषि दुर्वासा अपने क्रोधी स्वभाव के लिए प्रसिद्ध हैं और वह छोटी-सी भूल पर भी शाप दे देते हैं, परंतु मैंने बिना घबराए, ऋषि दुर्वासा की प्रत्येक इच्छा को पूरा किया और उन्हें अपनी सेवा से प्रसन्न किया। यह उनके तपोबल का ही परिणाम था कि उन्हें इस बात की जानकारी थी कि मुझे भविष्य में सबसे अधिक किस बात की आवश्यकता होगी। उन्होंने मुझे पुत्र-प्राप्ति का एक मंत्र दिया था, जिसकी सहायता से मैं किसी भी देवता का आह्वान करके उनसे पुत्र प्राप्त कर सकती हूँ। उस समय मुझे इस बात का अधिक संतोष था कि मैंने अपना दायित्व ठीक से निभाया और ऋषि दुर्वासा ने मुझे शाप नहीं दिया। मैंने उस समय उनके वरदान की शक्ति को पूरी तरह समझा नहीं था, परंतु अब मुझे लगता है कि उस मंत्र से हमारी समस्या का निवारण हो सकता है।"

अपनी पत्नी की कथा सुनकर पांडु बहुत प्रसन्न हुआ। उसे इस बात की खुशी थी कि देवताओं ने उसे दुविधा से बाहर निकालने का मार्ग प्रशस्त कर दिया था। उन्होंने निश्चय किया कि कुंती और माद्री दोनों, ऋषि दुर्वासा के मंत्र का प्रयोग करके पुत्र उत्पन्न करेंगी।

कुंती, अपने पति के प्रति पूरी तरह निष्ठावान थी। उसने पांडु की बात मानकर सबसे पहले धर्मदेव का आह्वान किया, जिन्होंने कुंती को एक अत्यंत सदाचारी और धार्मिक पुत्र प्रदान किया। उसका नाम युधिष्ठिर था। इसके बाद पांडु और कुंती ने वायुदेव का आह्वान किया, जिनसे उन्हें भीम की प्राप्ति हुई, जो अत्यंत शक्तिशाली और पराक्रमी था।

पांडु और कुंती बहुत प्रसन्न थे। वे ऐसा योद्धा-पुत्र चाहते थे, जो रणभूमि में अजेय हो। उन्होंने एक वर्ष की कड़ी तपस्या के बाद देवताओं के राजा इंद्र को प्रसन्न कर लिया। इंद्र के लिए कहा जाता था कि वह बहुत अहंकारी था, इसलिए मंत्र के प्रयोग के बावजूद आसानी से मनुष्य की इच्छाओं पूरी करने की संभावना कम थी, परंतु देवराज को प्रसन्न करके कुंती, इंद्र से भी एक पुत्र प्राप्त करने में सफल हो गई। इस तरह अर्जुन का जन्म हुआ। कुंती ने जब अपने वीर और विलक्षण पुत्र को बाहों में लिया, तो आकाश से दिव्य स्वर गूँजने लगे, जिन्हें सुनकर पता लग

रहा था कि अर्जुन, भविष्य में महान कार्य करने वाला था। उसी समय आकाश से पुष्प-वर्षा भी होने लगी।

इसके बाद पांडु ने कुंती से छोटी रानी माद्री को भी दुर्वासा के मंत्र का उपयोग सिखाने को कहा, ताकि वह भी अपने लिए पुत्र प्राप्त कर सके। कुंती ने पांडु का अनुरोध स्वीकार कर लिया और माद्री को मंत्र दे दिया। उस मंत्र की सहायता से माद्री ने अश्विनीकुमारों का आह्वान किया और उनसे नकुल एवं सहदेव का जन्म हुआ, जो अत्यंत आकर्षक और बुद्धिमान थे।

इस तरह पाँच पुत्र पाकर पांडु बहुत प्रसन्न हुआ। उसे विश्वास था कि वे पाँचों पुत्र उसके परिवार और वंश के गौरव एवं प्रतिष्ठा को आगे बढ़ाएँगे।

यह नियत था कि उनमें अर्जुन सबसे अधिक योग्य और पराक्रमी होगा, जो अपनी अद्वितीय धनुर्विद्या से पूरे संसार को जीतकर उसे अपने भाइयों के चरणों में रख देगा। इसके अतिरिक्त, अर्जुन का निष्ठावान मित्र, स्नेही भाई, प्रेमपूर्ण पति, अच्छा पिता, योग्य नपुंसक और शक्तिशाली तपस्वी के रूप में ख्याति प्राप्त करना भी पूर्व-निर्दिष्ट था।

2

आरंभिक दिन

वन में पांडु की अपनी पत्नियों और पुत्रों के साथ सुखद आवास की अवधि बहुत छोटी थी। उसके पुत्रों को वन का शांत व सौम्य वातावरण बहुत पसंद आया। उन्होंने लगन के साथ वनवासी ऋषि-मुनियों से शिक्षा ग्रहण की। ऋषियों ने पांडु-पुत्रों को वेदों की शिक्षा और साथ ही अस्त्र-शस्त्रों का ज्ञान भी दिया। इसी तरह लगभग पंद्रह वर्ष बीत गए, परंतु बसंत ऋतु के एक सुहावने दिन अचानक एक दु:खद घटना हो गई।

बसंत ऋतु के प्रभाव से अभिभूत पांडु, अपनी छोटी पत्नी माद्री के प्रति आकर्षित हो गया। उसने माद्री का आलिंगन कर लिया। वह माद्री के बार-बार मना करने के बावजूद आसक्त हो गया। ऐसा करते ही ऋषि के शाप का तत्काल प्रभाव हुआ और पांडु ने अपनी पत्नी की बाँहों में ही प्राण छोड़ दिए। तभी कुंती और उसके पुत्र घटनास्थल पर पहुँच गए और शीघ्र ही वन का शांत वातावरण हृदय-विदारक चीख-पुकार से गूँज उठा। कुंती ने अपने पुत्रों को वनवासी तपस्वियों को सूचित करने के लिए भेज दिया। उनके जाते ही कुंती के मन की ईर्ष्या और कड़वाहट माद्री पर निकल गई। वह बोली, "माद्री, तुम बहुत भाग्यशाली हो कि हमारे पति ने तुम्हारे आकर्षण पर मुग्ध होकर अपने प्राण गँवाए हैं। मैं केवल इतना कहना चाहती हूँ कि तुम्हें तो ऋषि के शाप का पता था। तुम्हें स्वयं पर नियंत्रण रखना तथा पांडु को अपनी ओर आकर्षित करने से रोकना चाहिए था। अब जो होना था, वह हो चुका है। पांडु की ज्येष्ठ पत्नी होने के नाते मैं उनके साथ चिता पर सती हो जाऊँगी और आगे की यात्रा अपने पति के साथ करूँगी। मैं तुम पर अपने पुत्रों की देखभाल का दायित्व सौंपकर जा रही हूँ। तुम मुझसे यह अधिकार नहीं छीन सकती।"

माद्री भीतर से टूट गई थी। उसने कुंती की बात अस्वीकार कर दी और कहा, "प्रिय बहन, चूँकि हमारे पति की मृत्यु मेरे कारण हुई है, इसलिए मुझे उनके

शरीर के साथ सती होना चाहिए। मेरा यह तन, जो हमारे प्रिय पति की मृत्यु का कारण बना है, नष्ट कर देने योग्य है। इसके अतिरिक्त आप मुझसे अधिक कुलीन एवं श्रेष्ठ हैं। मुझे विश्वास है कि आप हमारे पुत्रों को समान प्रेम और अधिकार देंगी, जबकि मैं उनके साथ निष्पक्ष नहीं रह पाऊँगी। सब जानते हैं कि सहदेव मेरा पुत्र है, फिर भी वह आपको सबसे अधिक प्रिय है। इसलिए आपको अपने पुत्रों के लिए जीवित रहना होगा।"

यह कहकर माद्री अपने पति पांडु की चिता के साथ सती हो गई। कुंती ने उसे ऐसा करने से नहीं रोका क्योंकि वह जानती थी कि माद्री ने जो कुछ कहा, वह सत्य था। इस तरह कुंती और उसके पुत्रों ने एक ही दिन में परिवार के दो प्रियजन खो दिए।

वन के तपस्वी, पांडवों और कुंती को लेकर हस्तिनापुर आ गए। वहाँ भीष्म और विदुर ने उन्हें अपने संरक्षण में ले लिया। पांडवों की भेंट, धृतराष्ट्र और गांधारी के सौ पुत्रों से हुई, जिन्हें संयुक्त रूप से 'कौरव' कहा जाता था। वे लोग राजपरिवार के अन्य सदस्यों से भी मिले। महल के सभी लोग एवं कुरु राज्य के नागरिकों ने पांडवों का स्वागत किया। सभी पांडु के पुत्रों के आकर्षक व्यक्तित्व और उनके श्रेष्ठ गुणों से तत्काल प्रभावित हो गए। कौरव-ज्येष्ठ दुर्योधन को अपने पाँच भाई पहली नज़र में ही पसंद नहीं आए। उसे लगा कि पांडव अपनी दुःखद परिस्थितियों का अनुचित लाभ उठाकर प्रजा के हृदय में अपना स्थान बना रहे थे और राज्य पाने की अपनी योजना में सफल हो रहे थे। स्पष्ट था कि हस्तिनापुर की प्रजा को पांडव पसंद आ गए थे। दुर्योधन ने अपने शेष कौरव भाइयों को बताया कि उसे पांडव, जंगली कुत्तों के समान लगते थे, जिन्हें वह पत्थर से मारना चाहता था। वह पाँचों भाइयों को मार देना चाहता था, परंतु दुर्योधन यह भी जानता था कि अकेले भीम को ही मारने के लिए एक पर्वत की आवश्यकता थी। उसे पाँचों में भीम सबसे कम पसंद था। दुर्योधन के भाइयों के अतिरिक्त किसी को उसके मन में पल रहे कुविचारों का पता नहीं था। सब लोग युवा पांडवों के व्यक्तित्व से प्रभावित थे। कुरु वंश के ज्येष्ठ भीष्म को भी पांडव बहुत पसंद थे। उन्होंने सौम्य स्वभाव वाले युधिष्ठिर को धर्म का अवतार मान लिया था। भीष्म के मन में अन्य पांडवों को लेकर भी ऐसे ही सद्भाव थे। उन्हें विशेष रूप से अर्जुन पसंद था। भीष्म ने यहाँ तक कह दिया कि अर्जुन बड़ा होकर ऐसे शानदार कार्य करेगा कि उसकी उपलब्धियों के लिए उसे समूचा संसार सदा याद करेगा। कौरवों को यह बात अधिक बुरी इसलिए लगती थी क्योंकि भीष्म ने इस तरह की प्रशंसा धृतराष्ट्र के पुत्रों के लिए कभी नहीं की। इसके विपरीत भीष्म जब भी दुर्योधन को देखते, तो उनके मन में उसे सद्व्यवहार का पाठ पढ़ाने की इच्छा होती थी। सभी कौरव भाई, दुर्योधन के मन के दूषित विचारों से सहमत थे। इस तरह पांडवों और कौरवों के बीच परस्पर संबंध कड़वे होते चले गए।

भीम के शारीरिक बल से कौरव चिढ़ते थे। भीम, कभी-कभी अपने दुबले-पतले भाइयों पर अपना रौब जमाता था, जिससे उनका क्रोध और बढ़ जाता था। यद्यपि ऐसा करके भीम किसी को आहत नहीं करना चाहता था, तथापि दुर्योधन ने कई बार भीम को मारने का प्रयास किया। यह देखकर पांडवों को बहुत दुःख हुआ। ऐसे ही एक प्रयास के दौरान अत्यंत कठिनाई से भीम के प्राण बचे थे। तब युधिष्ठिर ने अपने भाइयों को सावधान किया और कहा, "दुर्योधन हम लोगों को मार डालना चाहता है। वह ऐसा करने के लिए योजनाएँ बनाता रहेगा। हमें सदा सावधान रहना चाहिए। हमें एक-दूसरे का ध्यान रखना होगा। एक पल की असावधानी भी हमारे लिए घातक सिद्ध हो सकती है।"

सभी भाइयों ने युधिष्ठिर की बात मान ली। उन्होंने अपने ही घर में, जो धीरे-धीरे विश्वासघाती सर्पों का आवास बनता जा रहा था, सुरक्षित रहने के लिए अपने बड़े भाई युधिष्ठिर के विवेकपूर्ण उपदेश का पालन करना आरंभ कर दिया।

अर्जुन और शीग ने इरा विषय पर विरतार रो चर्चा की क्योंकि वे दोनों ही अपने को पांडवों के स्वाभाविक रक्षक मानते थे। भीम ने अपने छोटे भाई अर्जुन से कहा, "बड़े भैया युधिष्ठिर बहुत ज्यादा चिंता करते हैं। तीनों लोकों में मुझसे अधिक शक्तिशाली कोई नहीं है। मुझे कोई क्षति नहीं पहुँचा सकता। दुर्योधन इस बात को जानता है, इसीलिए वह मुझे मारने का प्रयास करता रहता है। उसने मुझे विष देकर सर्पों से भरी नदी में डुबा दिया था। उसने नदी के भीतर विषैले काँटे भी लगा रखे थे, परंतु वह मेरा बाल भी बाँका नहीं कर पाया। मैं पहले से भी सौ गुना अधिक शक्तिशाली होकर लौटा हूँ। इसके लिए मैं नागलोक से मिले जादुई पेय का आभारी हूँ क्योंकि मैं उसी के कारण इतना शक्तिशाली हो पाया हूँ। मैं अकेला तुम चारों और अपनी माता की रक्षा कर सकता हूँ। मेरे निकट होते हुए कोई शक्ति तुम्हें छू भी नहीं सकती।"

अपने भाई भीम की शक्ति और उसके पराक्रम के बड़े-बड़े दावे सुनकर अर्जुन चिढ़ गया। उसने रूखे स्वर में कहा, "युधिष्ठिर की चिंता उचित है। यह मात्र संयोग है कि सर्प-दंश के कारण तुम पर दुर्योधन द्वारा दिए विष का असर नहीं हुआ और तुम विषैले काँटों से बच निकले। तुम्हारी सुरक्षित वापसी में तुम्हारी शक्ति का कोई योगदान नहीं है। कौरव हमारी दुर्बलता पर घात लगाकर बैठे रहते हैं, इसलिए उनसे लड़ने के लिए हमें तुम्हारे शारीरिक बल से अधिक कुछ और भी चाहिए। मैं अपने प्रियजनों के सामने ढाल बनकर खड़ा रहूँगा और वचन देता हूँ कि किसी पर आँच नहीं आने दूँगा।"

भीम ने स्वयं से कम भारी शरीर वाले अर्जुन की बातें सुनीं, तो उसे हँसी आ गई, फिर उसने देखा कि अर्जुन को क्रोध आ रहा था, तो उसे लगा कि उनके इस तरह बहस करने से युधिष्ठिर और कुंती को दुःख होगा। यह सोचकर भीम ने कहा, "मुझे विश्वास है कि तुम एक दिन संसार के सबसे शक्तिशाली योद्धा बनोगे और

तब हम अपने राज्य की रक्षा के लिए तुम पर ही निर्भर होंगे। उस समय कौरवों को मुँह की खानी पड़ेगी।"

अर्जुन ने युधिष्ठिर, नकुल और सहदेव को अपनी ओर आते देखा, तो वह शांत हो गया। वह उस समय यही सोच रहा था कि "भीम को आभास नहीं है कि मैं केवल पांडवों से नहीं, अपितु संसार के हर व्यक्ति से अधिक शक्तिशाली हो जाऊँगा। यहाँ तक कि देवता भी मुझसे युद्ध करने का साहस नहीं कर सकेंगे क्योंकि मैं किसी युद्ध में नहीं हारूँगा।"

कुरु परिवार के ज्येष्ठ लोगों की अपेक्षा के अनुरूप पांडवों और कौरवों के बीच दूरियाँ बढ़ती चली गईं। भीष्म और अन्य सभी के प्रयास के बावजूद चचेरे भाइयों के मध्य संबंधों की कटुता में कोई कमी नहीं आई। उस समय की परिस्थितियों को देखकर स्पष्ट था कि अपनी-अपनी स्थिति को सुदृढ़ करने के उद्देश्य से उनके बीच कभी ना कभी कोई रक्तरंजित युद्ध अवश्य लड़ा जाएगा।

अर्जुन के मन पर इन आरंभिक घटनाओं का बहुत गहरा प्रभाव पड़ा। यद्यपि वह जानता था कि ज्येष्ठ होने के नाते, हस्तिनापुर के राजसिंहासन पर युधिष्ठिर का दावा सर्वथा उचित था, तथापि पांडवों के लिए उनकी वर्तमान स्थिति सचमुच निराशाजनक थी। इसका कारण था कि उस समय राजसिंहासन पर दुर्बल एवं नेत्रहीन धृतराष्ट्र आसीन था। वह ऊपर से पांडवों के प्रति सद्भाव और स्नेह दर्शाता था, परंतु अपने पुत्रों की भाँति, उसके भी मन में पांडवों के प्रति ईर्ष्या और द्वेष की भावना थी। पांडवों को क्षति पहुँचाने के लिए दुर्योधन किसी भी सीमा तक जा सकता था तथा इसके लिए उसे राजा धृतराष्ट्र का समर्थन एवं सहयोग भी प्राप्त था।

भीष्म, विदुर और राजपरिवार के अन्य वरिष्ठ लोग, पांडु-पुत्रों से अधिक प्रेम तो करते थे, परंतु उनकी निष्ठा हस्तिनापुर के सिंहासन के प्रति थी और वे सब उसी निष्ठा से बँधे थे। इस कारण पाँचों भाई, अपने पिता पांडु के जीवित ना होने के कारण अपनी रक्षा के लिए स्वयं पर ही निर्भर थे और इसीलिए उनकी स्थिति ख़तरनाक थी।

पांडवों का भविष्य अंधकारमय था। ऐसी स्थिति में अर्जुन ने संकल्प किया कि वह इस असमानता को दूर करेगा। उसकी तीव्र इच्छा थी कि वह अपने परिवार के सामने शिला बनकर खड़ा रहे और किसी भी तरह के संकट से लड़े। उसने यह प्रण लिया कि वह अपने परिवार की रक्षा के लिए अथाह परिश्रम करेगा और लगन के साथ सभी कलाएँ और युद्ध-कौशल सीखेगा, ताकि भविष्य में आने वाले संकट और कठिन क्षणों से जूझने में उन्हें कठिनाई ना हो। इस तरह अर्जुन ने अपने प्रयास द्वारा कठिन परिश्रम करके श्रद्धेय गुरु कृपाचार्य के योग्य मार्गदर्शन में अस्त्र-शस्त्र का ज्ञान प्राप्त किया,परंतु इस दौरान अर्जुन को ऐसे गुरु की तलाश थी, जो उसकी वास्तविक प्रतिभा को पहचानकर उसे युद्ध कौशल में अति निपुण बनाकर पृथ्वी का सर्वश्रेष्ठ योद्धा बना सके।

3

असाधारण गुरु

अर्जुन के जीवन में द्रोणाचार्य का आगमन दोनों के लिए ही अत्यंत महत्त्वपूर्ण समय पर हुआ। अर्जुन को एक योग्य गुरु की तलाश थी,जो उसके भीतर की तीव्र अभिलाषा एवं योग्यता को पहचान उसे एक ऐसा कुशल व अजेय योद्धा बना सके, जो अकेला ही अपने भाइयों के उद्देश्य की पूर्ति के लिए पर्याप्त हो और साथ ही, स्वयं भी अद्‌भुत कारनामों से अमर हो जाए। दूसरी ओर, द्रोण के साथ अपने पुराने और निकटवर्ती मित्र के हाथों अपमान और धोखा हुआ था, तो द्रोण को भी कुछ ऐसे योग्य शिष्यों की आवश्यकता थी, जो अपने गुरु पर हुए अत्याचार का प्रतिशोध ले सकें। इसलिए द्रोण एवं अर्जुन का मिलना अत्यंत शुभ सिद्ध हुआ, परंतु इससे पहले कि उनकी मैत्री के परिणामों पर चर्चा की जाए, हमें कालखंड में थोड़ा पीछे लौटकर उस शानदार गुरु की जड़ों तक पहुँचना होगा, जिसने संसार को सर्वश्रेष्ठ योद्धा प्रदान किया।

द्रोण का जन्म भी उनके असाधारण जीवन की भाँति, अद्‌भुत परिस्थितियों में हुआ था। एक दिन महान ऋषि भारद्वाज, गंगा नदी में स्नान कर रहे थे। तभी उनकी दृष्टि उसी नदी में स्नान कर रही घृताची नाम की एक सुंदर अप्सरा पर पड़ गई। उसी क्षण हवा का झोंका आया और घृताची के तन पर पड़ा एकमात्र अधोवस्त्र उड़ा ले गया। भारद्वाज मुनि रूपसी अप्सरा के लावण्य को देखकर मंत्रमुग्ध हो गए। वह अपना संतुलन खो बैठे, जिसके कारण उनका वीर्यपात हो गया। उन्हें अपनी शक्ति का भान था, इसलिए उन्होंने अपना वीर्य एकत्र करके एक पात्र में सुरक्षित रख लिया। उसी पात्र से समय उचित समय पर उनके पुत्र द्रोण का जन्म हुआ।

द्रोण की शिक्षा अपने पिता के गुरुकुल में ही हुई। उन्होंने वेदों तथा अस्त्र-शस्त्रों का संपूर्ण ज्ञान प्राप्त किया। इसके बाद उनकी मित्रता पांचाल राज्य के उत्तराधिकारी द्रुपद से हुई, जो उसी गुरुकुल में पढ़ता था। दोनों में गहरी मित्रता हो गई। दोनों ने

सदा एक-दूसरे के साथ निष्ठापूर्ण रहने का वचन दिया। द्रुपद ने विशेष रूप से कई बार अपने मित्र द्रोण को वचन दिया, "हम सदा मित्र रहेंगे। मेरी प्रत्येक वस्तु तुम्हारी होगी। मुझे उचित समय पर जब राज सिंहासन पर बैठाया जाएगा, तो मैं तुम्हें अपने राज्य में से बराबर का हिस्सा दूँगा।" यह सुनकर द्रोण को हँसी आ जाती थी और वह कहता था, "मेरे लिए तुम्हारी मित्रता ही पर्याप्त है।"

शीघ्र ही गुरुकुल में उनकी शिक्षा का समय पूरा हो गया और वे दोनों अपने-अपने नियत मार्ग पर आगे बढ़ गए।

द्रुपद पांचाल का राजा बन गया और द्रोण ने गृहस्थ जीवन के दूसरे चरण में प्रवेश कर लिया। उसने कृपाचार्य की बहन कृपी से विवाह किया। उनका एक पुत्र हुआ, जिसका नाम अश्वत्थामा था। वह अपने पिता को अति प्रिय था। द्रोण का अधिकांश समय अध्ययन और अध्यापन में व्यतीत होता था। उनके पास भौतिक समृद्धि पर ध्यान देने का अधिक समय नहीं था। द्रोण की पत्नी कृपी ने कभी इस विषय में उनसे शिकायत नहीं की, हालाँकि ऐसे अनेक क्षण आए, जब कृपी के मन में अपने पुत्र अश्वत्थामा को जीवन की बेहतर सुविधाएँ देने की इच्छा होती थी। इसी बीच, द्रोण ने सुना कि क्षत्रिय-हन्ता एवं भगवान विष्णु के अवतार महान योद्धा परशुराम, अपनी समस्त संपत्ति आदि ब्राह्मणों में बाँट रहे हैं क्योंकि पृथ्वी पर उनका समय पूरा होने वाला था। द्रोण भी सहायता प्राप्त करने के उद्देश्य से परशुराम के पास पहुँच गए, परंतु तब तक देर हो चुकी थी। परशुराम अपनी संपत्ति दान कर चुके थे।

परशुराम को यह देखकर दुःख हुआ। वह द्रोण को खाली हाथ नहीं लौटना चाहते थे। इसलिए उन्होंने द्रोण को दो विकल्प दिए। वह बोले, "मैं तुम्हें यहाँ से खाली हाथ नहीं लौटने देना चाहता। मेरे पास अब दो ही वस्तुएँ शेष हैं। तुम्हें उनमें से एक का चयन करना होगा। पहला, मेरे पास अपना तन है। दूसरा, मेरे अस्त्र-शस्त्र तथा उनके प्रयोग का गूढ़ ज्ञान है। तुम इनमें से एक विकल्प चुन सकते हो।"

द्रोण ने दूसरा विकल्प चुना और महान योद्धा परशुराम के अस्त्र-शस्त्र तथा उनके प्रयोग का गूढ़ ज्ञान प्राप्त कर लिया। द्रोण अपनी उपलब्धि से प्रसन्न थे। वह घर वापस लौट आए, परंतु घर का दृश्य देखते ही उनकी प्रसन्नता गायब हो गई।

उनका प्रिय पुत्र अश्वत्थामा दूध के लिए रो रहा था। उसने दूध कभी नहीं चखा था और उसके साथी मित्र इस अवसर का लाभ उठाकर उसे चिढ़ा रहे थे। उन्होंने पानी में सफेद रंग का चूर्ण मिलाकर भोले-भाले अश्वत्थामा को पिला दिया। अश्वत्थामा ने ख़ुशी से वह पेय पी लिया और फिर ज़ोर से चिल्लाने लगा, "आज मैंने दूध पी लिया है। यह सचमुच बहुत स्वादिष्ट है।"

द्रोण इस दुःखद और हृदय-विदारक दृश्य को देखकर स्तब्ध थे। उन्हें अपनी असफलता पर लज्जा महसूस हो रही थी कि वह अपने एकमात्र पुत्र की मूलभूत आवश्यकता भी पूर्ण नहीं कर पाते थे। उसी क्षण द्रोण ने अपने पुत्र अश्वत्थामा की ख़ुशी के लिए संपत्ति, शक्ति और प्रतिष्ठा अर्जित करने का संकल्प लिया, ताकि उनके पुत्र को इस तरह का अभाव कभी ना झेलना पड़े।

द्रोण, अपनी दीन एवं दुर्बल स्थिति को दूर करने के उद्देश्य से अपने परिवार को साथ लेकर पांचाल पहुँच गए। वहाँ उन्होंने अपने बचपन के मित्र राजा द्रुपद से भेंट करने का निश्चय किया, जिसने उन्हें बचपन में वचन दिया था कि वह उन्हें अपना आधा राज्य दे देगा, परंतु वहाँ जाकर द्रोण को झटका लगा। द्रुपद ने द्रोण को पहचानने से ही मना कर दिया। वह बोला, "मित्रता केवल बराबर वालों में होती है। एक भिक्षु के लिए बचपन की पुरानी पहचान के आधार पर एक राजा से मैत्री करने की अभिलाषा रखना सर्वथा अनुचित है। तुमने मुझे अपना मित्र मानने का दुस्साहस कैसे किया? तुम एक अयोग्य आत्मश्लाघी से अधिक कुछ नहीं हो, जिसे अपनी सही जगह भी नहीं पता है।"

द्रोण पर क्रोध उतारने के बाद द्रुपद ने शांत स्वर में कहा, "तुम बहुत दूर से आए हो। तुम्हें भूख-प्यास लगी होगी। मैं नहीं चाहता लोग कहें कि द्रुपद ने किसी दरिद्र को अपने द्वार से खाली हाथ लौटा दिया। प्रहरियों! इस व्यक्ति को ले जाओ और इसे भरपेट भोजन तथा नए वस्त्र दो। उसके बाद इसे वापस भेज दो।"

इस तरह अपमानित किए जाने पर द्रोण को बहुत क्रोध आया। उन्होंने द्रुपद का सत्कार का प्रस्ताव और उसकी सहायता लेने से मना कर दिया और वहाँ से लौट गए। द्रोण ने शीघ्र ही घमंडी राजा द्रुपद को पाठ पढ़ाने का संकल्प किया।

द्रोण, अपनी असाधारण योग्यता का सही पारखी खोजने के लिए हस्तिनापुर की ओर चल पड़े। वहाँ उनकी पत्नी के भाई कृपाचार्य रहते थे। कृपाचार्य और कृपी के पिता ऋषि शरद्वान थे। शरद्वान अपनी इंद्रियों पर पूर्ण नियंत्रण के लिए विख्यात थे और जिस तपस्या से बड़े-बड़े ऋषि भी बचते थे, शरद्वान ने वह सब तप पूर्ण कर लिए थे। शरद्वान, धनुर्वेद (अस्त्र-शस्त्रों की कला) में पूर्ण रूप से पारंगत होने का प्रयास कर रहे थे, जिससे देवराज इंद्र चिंतित हो गए। उन्होंने जानपदी नाम की एक अनुपम अप्सरा को शरद्वान की तपस्या भंग करने भेजा। शरद्वान का अपने मन पर शायद शरीर से थोड़ा ज़्यादा नियंत्रण था। जानपदी को देखते ही उनका वीर्यपात हो गया। यह सब कुछ इतनी ज़ल्दी हुआ कि वह कुछ समझ नहीं पाए। शरद्वान का वीर्य नीचे पड़े सरकंडे पर गिरा। उनके वीर्य की अद्‌भुत शक्ति से सरकंडा, दो भागों में विभक्त हो गया, जिनसे कृप तथा कृपी का जन्म हुआ।

राजा शांतनु, दोनों बच्चों को हस्तिनापुर ले आया और अपने राजमहल में उनका पालन-पोषण आरंभ कर दिया। बाद में शरद्वान को योगबल से पूरी घटना

का पता लगा, तो वह शांतनु के पास अपने बच्चों को लेने पहुँच गए। ऋषि शरद्वान ने अपने पुत्र कृप की शिक्षा-दीक्षा अपने हाथ में ले ली और उसे युद्ध-कौशल में पारंगत करने के बाद फिर हस्तिनापुर पहुँचा दिया। बाद में कृप ने स्वयं अपनी बहन कृपी का विवाह द्रोण से करवा दिया था।

द्रोण और कृप, दोनों ब्राह्मणों को अस्त्र-शस्त्र तथा युद्ध-कौशल से लगाव था। यही बात उन्हें अपनी जाति के अन्य लोगों से अलग करती थी और इसी कारण वे दोनों समीप आ गए थे। द्रोण ने हस्तिनापुर आने का निश्चय किया,तो कृप को बहुत प्रसन्नता हुई। परशुराम के अस्त्र-शस्त्रों के उत्तराधिकारी होने के नाते द्रोण महानतम योद्धाओं में से एक हो गए थे। बड़े-बड़े क्षत्रिय भी उनके सामने टिक नहीं पाते थे। कृप को द्रोण की इस विशेषता के बारे में पता था, इसीलिए कृप ने द्रोण को अपने परिवार में सम्मिलित कर लिया।

कृप ने अपनी बहन के पति का स्वागत किया और उनकी सब आवश्यकताओं को पूरा किया। द्रोण भी कृप के सेवा-सत्कार से बहुत प्रसन्न थे। कृप को अपनी बहन से बहुत प्रेम था और वह अश्वत्थामा को अपने पुत्र के समान प्रेम करते थे। उनकी उदारता देखकर द्रोण के नेत्रों में आँसू आ गए। कृप के इस स्नेह से द्रोण को द्रुपद के हाथों हुए विश्वासघात की पीड़ा दूर करने में भी बहुत सहायता मिली। कृप के साथ रहते हुए द्रोण ने अपने भविष्य की योजना बनानी आरंभ कर दी। इसी बीच, उनकी दृष्टि कुरु वंश के युवा राजकुमारों पर पड़ी और उन्हें देखते ही द्रोण समझ गए कि अहंकारी द्रुपद से प्रतिशोध लेने के लिए उनसे अच्छे और योग्य शिष्य मिलना कठिन था। द्रोण वहाँ रहकर उचित अवसर की प्रतीक्षा करने लगे।

एक दिन कुरु राजकुमार, लकड़ी की गेंद से खेल रहे थे। उन्हें अचानक खेल रोकना पड़ा क्योंकि उनकी गेंद कुएँ में गिर गई और उनमें से कोई भी गेंद को बाहर नहीं निकाल सका। वे लड़के जब कुएँ के पास खड़े होकर गेंद को बाहर निकालने का तरीक़ा सोच रहे थे, तभी सफेद बालों वाला एक ब्राह्मण वहाँ आ पहुँचा। उसने उपहास करते हुए कहा, "भरत वंश के राजकुमारों के लिए यह लज्जा का विषय है कि वे कुएँ से गेंद निकालने का साधारण-सा कार्य भी नहीं कर सकते। मुझे भरपेट भोजन मिले, तो मैं यह कार्य आसानी से कर सकता हूँ।"

घमंडी राजकुमारों ने उत्तर दिया, "आप इस तरह हमारी निंदा करने वाले होते कौन हैं? आप इतना बोल रहे हैं, तो हम भी देखते हैं कि आप क्या कर सकते हैं?"

"यदि आप जितना अच्छा प्रयोग शब्दों का करते हैं, उतना ही बढ़िया कार्य भी करेंगे, तो हम आपको ऐसा स्वादिष्ट भोजन करवाएँगे, जो आपने कभी नहीं खाया होगा," युधिष्ठिर ने मुस्कराते हुए कहा।

द्रोण ने मुस्कराकर अबोध लड़कों को देखा और बोले, "मैं ना केवल तुम्हारी गेंद बाहर निकाल सकता हूँ, अपितु मैं अपनी यह अंगूठी भी बाहर निकालूँगा, जिसे

मैं तुम्हारी गेंद के पीछे इस कुएँ में फेंकने वाला हूँ। मुझे एक धनुष और कुछ बाण चाहिए।"

राजकुमार साँस रोककर ब्राह्मण को देखने लगे। इस बीच, ब्राह्मण ने घास के कुछ तिनके उठाए और मंत्रोच्चारण के साथ उन्हें तीर की तरह कुएँ में फेंकना आरंभ कर दिया। सब तिनके एक-दूसरे से जुड़ते हुए गेंद से चिपकते गए। द्रोण इस प्रक्रिया को दोहराते रहे और तिनकों को एक-एक करके कुएँ में फेंकते रहे। कुछ ही देर में एक लंबी श्रृंखला बन गई, जिसे पकड़कर द्रोण ने गेंद को बाहर खींच लिया। इसके बाद, उन्होंने एक तीर कुएँ में इतनी तेजी से छोड़ा कि वह सीधा उनकी अंगूठी के पार निकल गया। उन्होंने इसके बाद वही प्रक्रिया दोहराई और अंगूठी को कुएँ से बाहर निकाल लिया।

राजकुमार, उस विलक्षण प्रदर्शन को देखकर स्तब्ध रह गए। वे ब्राह्मण की प्रशंसा करने लगे। उन्होंने कहा, "आप कौन हैं? आपने इस तरह बाण चलाना कहाँ से सीखा?" सब एक साथ बोल उठे।

"तुम पितामह भीष्म के पास जाओ और जो कुछ हुआ है, वह सब उन्हें बताओ। वह शेष बातें स्वयं तुम्हें बताएँगे," द्रोण ने उत्तर दिया।

राजकुमार दौड़ते हुए गए और भीष्म को सब बताया। भीष्म ने जब घटना के विषय में सुना, तो उन्हें तुरंत सत्य समझ में आ गया। वह महान गुरु को मिलने पहुँच गए और बोले, "आचार्य, आपने हस्तिनापुर आकर हम पर बहुत कृपा की है। मुझे कुरु राजकुमारों के लिए एक योग्य गुरु की तलाश थी, ताकि ये सब युद्ध-कौशल और अस्त्र-शस्त्र के ज्ञान में पारंगत हो सकें। ऐसे समय में आपका यहाँ आना अत्यंत शुभ संकेत है। आप यदि इन्हें प्रशिक्षण देने के लिए तैयार हो जाएँ, तो मुझे बहुत प्रसन्नता होगी।"

द्रोण ने भीष्म का प्रस्ताव सहर्ष स्वीकार कर लिया। कुछ ही समय में उनके गुरुकुल की ख्याति चारों ओर फैल गई। उनके पास दूर-दूर से राजकुमार शिक्षा का अनुरोध लेकर पहुँचने लगे। द्रोण को अपने शिष्यों का साथ बहुत अच्छा लगता था, परंतु उन सबमें उन्हें अपने एक शिष्य से विशेष स्नेह था और वही उनका मनपसंद भी था। वह शिष्य कोई और नहीं, अपितु अत्यंत प्रतिभा संपन्न अर्जुन था।

4

प्रतिष्ठित शिष्य

द्रोण ने शिक्षा आरंभ करने से पूर्व सब शिष्यों को बुलाया और सामने खड़ा होने का निर्देश दिया। उन्होंने एक-एक करके सबकी आँखों में देखा और फिर गंभीर स्वर में उन्हें संबोधित करते हुए कहा, “मैंने तुम लोगों को युद्ध-कला में निपुण बनाने और प्रशिक्षण देने का कार्य हाथ में लिया है। मैं तुम सबको महान योद्धा बनाकर ही शांति से बैठूँगा। इसके बदले मुझे कुछ विशेष गुरु-दक्षिणा चाहिए। तुम में से कौन मुझे यह वचन देगा कि प्रशिक्षण के समाप्त होने पर मैं जो भी माँग करूँगा, वह गुरु-दक्षिणा मुझे मिलेगी?”

एक क्षण के लिए मौन छा गया। सभी राजकुमार अपने गुरु को वचन देने से पहले झिझक रहे थे। उन्हें नहीं पता था कि उनसे गुरु-दक्षिणा में क्या माँगा जाएगा। कुछ पल के बाद, एक राजकुमार आगे आया और उसने शान से कहा, “मैं पांडु-पुत्र अर्जुन हूँ। मैं आपको वचन देता हूँ कि प्रशिक्षण समाप्त होने पर आपकी कोई भी इच्छा पूरी करूँगा।”

द्रोण को अर्जुन की निष्ठा से भरी आँखों में जो दिखाई पड़ा, उसे देखकर उन्हें बहुत प्रसन्नता हुई। द्रोण ने अपने शिष्य के कंधों पर हाथ रखा और उसे अपने समीप बुलाकर हर्षित होकर कहा, “मैं तुम्हें संसार का सबसे महान योद्धा बनाकर रहूँगा। तुम्हारे समान दूसरा कोई नहीं होगा।”

द्रोण ने पूरी निष्ठा से अपने शिष्यों को पढ़ाना आरंभ कर दिया। भीम और दुर्योधन में गदा-युद्ध के प्रति लगन और सूझ-बूझ थी। अश्वत्थामा को गूढ़ कलाओं तथा उनसे संबद्ध गुप्त ज्ञान सीखना पसंद था। युधिष्ठिर, योग्य सारथी था। नकुल को घुड़सवारी का अच्छा ज्ञान था और सहदेव, तलवारबाजी में निपुण था, परंतु अर्जुन सबमें श्रेष्ठ विद्यार्थी सिद्ध हुआ। वह सभी अस्त्र-शस्त्रों के ज्ञान में पारंगत हो गया था। उसने बड़े उत्साह और लगन के साथ शिक्षा ग्रहण की। कोई अन्य राजकुमार

उसकी समानता नहीं कर सकता था। उसने द्रोणाचार्य के प्रत्येक शब्द को आत्मसात कर लिया। अर्जुन के मन में ज्ञान प्राप्त करने की क्षुधा अनंत थी। इस तरह शीघ्र ही अर्जुन अपने गुरु द्रोण का सर्वप्रिय और श्रेष्ठ शिष्य बन गया।

द्रोण, गुरुओं में श्रेष्ठ थे, परंतु कई बार ऐसे अवसर भी आते थे, जब गुरु द्रोण पर पिता द्रोण हावी हो जाता था। वह अपने पुत्र अश्वत्थामा के लिए पक्षपात करने से नहीं चूकते थे। राजकुमारों को पानी लाने के लिए एक पात्र दिया जाता था, किंतु अश्वत्थामा के पास बड़े मुँह वाला पात्र था ताकि वह पानी भरकर अन्य राजकुमारों से जल्दी लौटकर आ सके और उस अतिरिक्त समय में द्रोण अपने पुत्र अश्वत्थामा को कुछ नया ज्ञान प्रदान कर दिया करते थे। एक बार अर्जुन को उनकी इस युक्ति का पता लग गया। उसने अपने विशेष वरुणास्त्र की सहायता से अपना पात्र जल्दी भर लिया और अश्वत्थामा के साथ ही लौट आया, ताकि द्रोणाचार्य द्वारा प्रदत्त ज्ञान से वंचित ना रह जाए।

यद्यपि अर्जुन ने द्रोणाचार्य की युक्ति की काट निकाल ली, तथापि द्रोण अपने शिष्य अर्जुन की चालाकी से प्रसन्न हुए। उन्होंने निश्चय किया कि वह अर्जुन को सर्वश्रेष्ठ योद्धा बनाएँगे। उन्हें अर्जुन के समर्पण और उसकी लगन पर भी गर्व था, परंतु उन्होंने यह भी देखा कि दुर्योधन ने उनके पुत्र अश्वत्थामा के साथ मित्रता स्थापित कर ली थी और धीरे-धीरे स्पष्ट होता जा रहा था कि उनका पुत्र अश्वत्थामा, कौरव राजकुमारों के प्रति अधिक समर्पित था। इसका आशय था कि अश्वत्थामा और अर्जुन, जीवन भर विरोधी पक्ष में रहने वाले थे। यह भी निश्चित था कि उन्हें भविष्य में कभी एक-दूसरे के विरुद्ध लड़ना भी पड़ सकता है। इसलिए द्रोणाचार्य के भीतर अपने शिष्य अर्जुन की प्रगति देखकर हर्ष और असहजता के मिश्रित भाव जागृत हो जाते थे।

द्रोण के हृदय में पितृ-स्नेह का भाव प्रबल था। उन्होंने सेवकों को आदेश दिया कि अर्जुन को कभी अंधकार में भोजन ना करने दिया जाए तथा सायंकाल भोजन के समय उसके निकट सदा प्रकाश रहना चाहिए। द्रोण के सेवक इस आदेश से दुविधा में पड़ गए, परंतु वे आदेश का पालन करते थे। अर्जुन को सायंकाल भोजन देने से पहले ही उसके समीप एक लालटेन जला दी जाती थी। एक बार अर्जुन भोजन कर रहा था, तभी तेज हवा चली और लालटेन की लौ बुझ गई। वहाँ अंधकार छा गया। अर्जुन अंधकार में भी बिना किसी बाधा के भोजन करता रहा और उसे भोजन को मुख तक ले जाने में कोई समस्या नहीं हुई। उसी क्षण अर्जुन को आभास हुआ कि वह धनुर्धर के रूप में भी इस कला का अभ्यास कर सकता है। इससे उसका युद्ध-कौशल सौ गुना बढ़ जाएगा और फिर उसे अपने लक्ष्य को भेदने के लिए दृष्टि की आवश्यकता नहीं होगी। ऐसा करने से उसे अपने विरोधियों की अपेक्षा अधिक लाभ मिलेगा। उसने हर्षित होकर सोचा।

अर्जुन, इस नए सिद्धांत को लेकर बहुत उत्साहित था। उसने इसकी परीक्षा लेने का निश्चय किया। वह अंधकार होने के बाद प्रतिदिन धनुर्विद्या का अभ्यास करने लगा। धीरे-धीरे उसका धनुकौशल विकसित होता चला गया।

एक रात, द्रोण ने धनुष की टंकार सुनी, तो वह बाहर देखने आए। उन्होंने देखा कि अर्जुन रात के समय अभ्यास कर रहा था। यह देखकर द्रोण का मन प्रसन्न हो गया। उन्होंने भविष्य की सारी चिंताएँ त्याग दीं और अर्जुन को आशीर्वाद देकर लौट गए। उन्हें अर्जुन की विलक्षण और अद्वितीय प्रतिभा को देखकर बहुत प्रसन्नता हुई। उन्हें इस बात पर भी गर्व था कि अर्जुन को प्रशिक्षण देने का सौभाग्य उन्हें प्राप्त हुआ था।

द्रोण ने जब देखा कि राजकुमारों ने युद्ध-कला में पर्याप्त निपुणता प्राप्त कर ली है, तो उन्होंने सबकी परीक्षा लेने का निश्चय किया। उन्होंने मिट्टी की चिड़िया बनाई और एक वृक्ष की सबसे ऊपरी डाल पर रख दी। इसके बाद राजकुमारों को बुलाया। सब लोग एकत्र हो गए, तो द्रोण ने उनसे कहा, "तुम सब मेरे आदेश के बाद बाण चलाकर चिड़िया का सिर काटोगे। मैं तुम्हारा नाम पुकारुँगा, तो तुम धनुष-बाण लेकर अपना स्थान ग्रहण कर लेना और फिर मेरे आदेश की प्रतीक्षा करना।"

द्रोण ने सबसे पहले ज्येष्ठ राजकुमार युधिष्ठिर को बुलाया। युधिष्ठिर ने अपना स्थान ग्रहण किया, तो द्रोण ने उसको पूछा, "मुझे बताओ तुम्हें क्या दिखाई पड़ता है?"

"मुझे आप दिखाई देते हैं, मेरे भाई, मेरे चचेरे भाई, वह वृक्ष और वह पक्षी दिखाई दे रहा है," युधिष्ठिर ने उत्तर दिया। "पीछे हट जाओ! तुम बाण नहीं चलाओगे," द्रोण ने दृढ़ स्वर में कहा।

इस तरह द्रोण ने एक-एक करके सभी राजकुमारों को बुलाया और वही प्रश्न बार-बार किया। उन्हें सबसे एक समान उत्तर मिला। द्रोण ने सबको पीछे हट जाने को कहा।

अंत में अर्जुन की बारी आई। उसने अपना स्थान ग्रहण किया और फिर बाण को धनुष पर चढ़ाया और डोर खींचकर द्रोण के आदेश की प्रतीक्षा करने लगा। द्रोण ने उससे पूछा कि उसे क्या दिखाई दे रहा है, तो राजकुमार अर्जुन ने उत्तर दिया, "मुझे उस पक्षी के सिर के अतिरिक्त और कुछ दिखाई नहीं पड़ता।"

द्रोण का चेहरा ख़ुशी से खिल उठा। उन्होंने अर्जुन का उत्तर सुनकर उसे लक्ष्य भेदने का आदेश दिया। अर्जुन ने बाण चलाया। उसका बाण हवा को चीरता हुआ गया और पक्षी का सिर कटकर नीचे गिर गया। द्रोण ने अर्जुन को गले लगा लिया और उसकी धनुर्विद्या की प्रशंसा की। अर्जुन के शेष चारों भाई भी बहुत प्रसन्न हुए, परंतु जैसा कि अपेक्षित था, दुर्योधन इस बात से बहुत चिढ़ गया और अपने

भाइयों को लेकर चला गया। उसे द्रोण द्वारा ली गई परीक्षा का तरीक़ा बिल्कुल पसंद नहीं आया था।

एक अन्य अवसर पर द्रोण, राजकुमारों के साथ गंगा-नदी में जल-क्रीड़ा कर रहे थे। तभी एक बड़े मगरमच्छ ने द्रोण का पैर पकड़ लिया। द्रोण चाहते, तो तुरंत स्वयं को मुक्त करवा सकते थे, परंतु उन्होंने असहाय बनने का नाटक किया तथा सहायता के लिए राजकुमारों को पुकारा। राजकुमार उस ख़तरनाक दृश्य को देखकर घबराए खड़े देखते रहे, परंतु अर्जुन आगे आया और उसने फुर्ती से पाँच तीर मारकर मगरमच्छ का मुख बींध दिया, जिससे मगरमच्छ की मृत्यु हो गई। उसने द्रोण को आसानी से मगरमच्छ के मुख से छुड़ा लिया। द्रोण जब पानी से बाहर आए, तो उन्होंने राजकुमारों को फटकारते हुए कहा, "यदि समय पड़ने पर तुम अपने विवेक का तुरंत उपयोग नहीं करोगे, तो तुम्हारी सारी शिक्षा व्यर्थ जाएगी। तुम सबमें केवल अर्जुन युद्ध-कला में माहिर है और वह तत्काल अपनी बुद्धि का उपयोग करना जानता है, फिर भी तुम यही सोचते हो कि मैं सदैव उसकी क्यों प्रशंसा करता हूँ।"

इसके बाद द्रोण, अर्जुन को एक ओर ले गए और बोले, "मैं तुम्हें संसार के सर्वशक्तिशाली ब्रह्मास्त्र को चलाना सिखाऊँगा। वह इतना शक्तिशाली होता है कि समूची सृष्टि का विनाश कर सकता है। उसे कभी मनुष्यों के विरुद्ध प्रयोग मत करना। यद्यपि उसे असुरों के विरुद्ध प्रयोग किया जा सकता है। ब्रह्मास्त्र चलाने वाले व्यक्ति में ज़बरदस्त शारीरिक बल एवं मानसिक नियंत्रण होना चाहिए। तुमने आज धनुर्विद्या में अपनी निपुणता को सिद्ध किया है और साथ ही मस्तिष्क की शक्ति का भी परिचय दिया है। मुझे विश्वास है कि तुम ब्रह्मास्त्र की विद्या सीखने योग्य हो गए हो और मैं तुम पर पूर्ण रूप से विश्वास कर सकता हूँ।" इस तरह अर्जुन ने अपना पहला दिव्यास्त्र प्राप्त किया। अर्जुन का शस्त्रागार, संसार का सबसे ख़तरनाक शस्त्रागार बनने वाला था।

अर्जुन युद्ध-कला में पारंगत होना चाहता था। उसकी यह विद्या अनेक अवसरों पर देखने को भी मिली, परंतु वह अपनी अत्यधिक लगन के कारण कई बार निष्ठुर हो जाता था और मार्ग में आने वाली प्रत्येक बाधा को - वह चाहे माँस, मज्जा की बनी हो अथवा भावनाओं व संवेदनाओं से ओत-प्रोत हो - नष्ट कर देता था।

निषाद जाति के मुखिया हिरण्यधनु का एक पुत्र था। उसका नाम एकलव्य था। उसे धनुर्विद्या से बहुत लगाव था। वह सर्वश्रेष्ठ धनुर्धर बनना चाहता था। उसने जब द्रोण के गुरुकुल के विषय में सुना, तो वह बहुत प्रसन्न हुआ। उसने द्रोणाचार्य के पास जाने और उनका शिष्य बनने का निश्चय किया।

एकलव्य, द्रोण के गुरुकुल पहुँच गया। वहाँ राजकुमार, द्रोण से शिक्षा प्राप्त कर रहे थे। एकलव्य उन्हें हर्ष और आश्चर्य से देखता रहा। उसने धैर्यपूर्वक उचित क्षण की प्रतीक्षा की। द्रोण ने जब पाठ समाप्त कर लिया और राजकुमार वहाँ से चले

गए, तो एकलव्य गुरु द्रोण के पास गया और आदरपूर्वक बोला, "मैं निषाद जाति के मुखिया हिरण्यधनु का पुत्र एकलव्य हूँ। क्या आप मुझे अपना शिष्य बनाएँगे?"

द्रोण ने विनम्र, किंतु दृढ़ स्वर में एकलव्य का अनुरोध अस्वीकार कर दिया। वह बोले, "मैं केवल राजकुमारों को शिक्षा देता हूँ, इसलिए तुम्हें अपना शिष्य नहीं बना सकता।"

एकलव्य ने द्रोण से अनेक बार अनुरोध किया, परंतु द्रोण ने उसकी बात नहीं मानी। एकलव्य भारी मन से गुरुकुल से लौट आया। उसने वापस आते हुए निराशा को दृढ़ संकल्प में परिवर्तित करने का निश्चय किया।

एकलव्य ने लौटकर द्रोण की मिट्टी की प्रतिमा बनाई और प्रतिदिन उस प्रतिमा से आशीर्वाद लेकर स्वयं ही धनुर्विद्या का अभ्यास करने लगा। वह कल्पना किया करता कि द्रोण उसका मार्गदर्शन कर रहे हैं, उसकी गलतियों को सुधार रहे हैं और श्रेष्ठ धनुर्धर बनने के मार्ग पर आगे बढ़ने में उसकी सहायता कर रहे हैं। धीरे-धीरे अभ्यास के साथ एकलव्य अत्यंत निपुण धनुर्धर हो गया।

एक दिन कुरु राजकुमारों ने वन में आखेट का कार्यक्रम बनाया। उन्होंने अपने कुत्तों को छोड़ दिया और उनके पीछे-पीछे शिकार के लिए चल पड़े। कुछ देर बाद उन्हें एक कुत्ते के जोर-से भौंकने का स्वर सुनाई पड़ा। वे सब उसी दिशा में दौड़े। तभी कुत्ते के भौंकने की आवाज़ बंद हो गई। राजकुमारों ने देखा कि कुत्ता उनकी ओर लौट रहा था। उसका मुँह सात बाणों से बिंधा था, परंतु उसके शरीर पर कहीं चोट का निशान नहीं था। यह देखकर राजकुमार स्तब्ध रह गए। उन्हें बहुत आश्चर्य हुआ क्योंकि किसी निपुण धनुर्धर ने उस कुत्ते को बड़ी कुशलता से घायल किया था।

सब राजकुमार उस दिशा में चल पड़े, जहाँ से कुत्ता लौटा था। उन्होंने देखा कि एकलव्य, धनुर्विद्या का अभ्यास कर रहा था। राजकुमारों ने उससे प्रश्न किया, तो निषाद-योद्धा ने उत्तर दिया, "मैं निषाद जाति के मुखिया हिरण्यधनु का पुत्र एकलव्य हूँ। मेरे गुरु द्रोणाचार्य हैं।" यह सुनकर अर्जुन तत्काल लौट गया। उसके हृदय में ईर्ष्या और क्रोध की ज्वाला भड़क रही थी। वह सीधा अपने गुरु के पास गया और बोला, "आपने मुझे वचन दिया था कि आप मुझे संसार का सर्वश्रेष्ठ धनुर्धर बनाएँगे। आज वन में मेरी भेंट ऐसे धनुर्धर से हुई, जो मुझसे बेहतर धनुर्विद्या जानता है। आप सोचिए कि मुझे कितना आश्चर्य हुआ होगा, जब उसने मुझे बताया कि उसके गुरु स्वयं आप हैं। आपने मेरे साथ विश्वासघात क्यों किया?" द्रोण को यह सुनकर बहुत आश्चर्य हुआ। वह दुविधा में पड़ गए। उन्होंने अर्जुन से उन्हें रहस्यमयी धनुर्धर के पास ले जाने को कहा।

वन में पहुँचकर द्रोण ने जब एकलव्य को देखा, तो उनको पूरी बात समझ में आ गई। एकलव्य, अपने गुरु को देखकर बहुत प्रसन्न हुआ। उसने आदरपूर्वक द्रोण को प्रणाम किया। एकलव्य अपने गुरु के चरणों में गिर पड़ा और उनसे आशीर्वाद

माँगने लगा। द्रोण भी उसे देखकर अत्यंत भावुक हो गए, परंतु अर्जुन, उन्हें अपने पुत्र के समान प्रिय था। इसके अतिरिक्त अर्जुन ही उनका वह गुप्त अस्त्र था, जिसके माध्यम से द्रोण ने द्रुपद से प्रतिशोध लेने का निश्चय किया था। इसलिए उनके लिए अर्जुन को शांत करना अधिक आवश्यक था।

द्रोण ने भारी हृदय से एकलव्य से पूछा, "यदि मैं तुम्हारा गुरु हूँ, तो क्या तुम मुझे गुरु-दक्षिणा देने के लिए तैयार हो?"

"गुरुदेव, मेरा सर्वस्व आपका है," एकलव्य ने उत्तर दिया।

यह सुनकर द्रोण ने निष्ठुरतापूर्वक कहा, "मुझे गुरु-दक्षिणा में तुम्हारे दाएँ हाथ का अँगूठा चाहिए!"

सदाचारी एकलव्य ने बिना कुछ कहे, प्रसन्न मुद्रा में अपने दाएँ हाथ का अँगूठा काटकर द्रोण के चरणों में रख दिया। उसने एक चिथड़े से अपने हाथ से बहता रक्त रोका और फिर अभ्यास करने के लिए लौट गया, परंतु दुःख की बात यह थी कि अब वह पहले की तरह कुशलता से बाण नहीं चला सकता था। वह धनुर्विद्या का ज्ञाता अवश्य था, परंतु अब उस कला में महानता प्राप्त करना उसके लिए असंभव था।

यह देखकर अर्जुन को बहुत संतोष हुआ। अर्जुन और द्रोण, विकलांग योद्धा एकलव्य को छोड़कर लौट आए। उन्होंने एकलव्य द्वारा सम्मान एवं प्रतिष्ठा प्राप्त करने की भावी संभावना को सदा के लिए समाप्त कर दिया था।

द्रोण के इस अशोभनीय कृत्य के बावजूद एकलव्य की दृष्टि में द्रोण, सदा कुलीन और श्रेष्ठ गुरु बने रहे। यद्यपि अपना अँगूठा गँवा देने के बाद एकलव्य के मन में अर्जुन के प्रति पहले जैसी श्रद्धा नहीं रही। उसके आहत मन में प्रतिशोध की ज्वाला भड़क उठी थी। उसने निश्चय किया कि वह एक दिन अवश्य द्रोण के समक्ष सिद्ध करेगा कि उसकी तुलना में अर्जुन अयोग्य शिष्य है। उसने यह भी संकल्प किया कि वह द्रोण का आशीर्वाद लेकर अर्जुन को मार डालेगा।

5

प्रतियोगिता

द्रोण ने कुरु राजकुमारों को अस्त्र-शस्त्रों की कला में निपुण बनाकर कुशल योद्धा के रूप में तैयार कर दिया। उनकी शिक्षा पूरी हो गई, तो द्रोण फिर राजमहल पहुँचे और बोले, "महाराज, मैंने अपनी क्षमता के अनुसार आपका दिया दायित्व पूरा कर दिया है। मुझे राजकुमारों की शिक्षा का कार्य सौंपा गया था और मैंने उन्हें सच्चे अर्थ में कुशल योद्धा बना दिया है। मुझे आपके आदेश की प्रतीक्षा है, ताकि मेरे शिष्य आपके सामने मेरी शिक्षा का प्रदर्शन कर सकें।"

द्रोण की बात सुनकर धृतराष्ट्र, भीष्म, विदुर, कृप और घर के सभी वृद्ध जन प्रसन्न हो गए। धृतराष्ट्र ने उत्तर दिया, "हे आचार्य, आपने सचमुच हम पर बहुत कृपा की है। आपके वचन सुनकर मैं बहुत प्रसन्न हूँ। मुझे केवल इस बात का दुःख है कि मैं इस शानदार प्रतिस्पर्धा को अपनी आँखों से नहीं देख सकूँगा। मैं आपको यह प्रतियोगिता आरंभ करने की अनुमति देता हूँ।" इसके उपरांत विदुर के कुशल संचालन में उपयुक्त स्थान का चयन किया गया और प्रतियोगिता की तैयारी आरंभ हो गई।

निर्धारित दिन, राज्य के सभी लोग उस शानदार दृश्य को देखने के लिए पहुँचने लगे। राजपरिवार का प्रत्येक सदस्य उपस्थित था। राज्य में ज़बरदस्त उत्साह था और सब प्रतियोगिता देखने के लिए आतुर थे। श्वेत वस्त्र पहने द्रोण ने रंगभूमि में प्रवेश किया। उनके साथ उनका पुत्र अश्वत्थामा भी आया था। उद्घाटन के उपरांत प्रतियोगिता शुरू हो गई। राजकुमारों ने रंगभूमि में रथ-संचालन, तलवारबाजी और धनुर्विद्या का शानदार प्रदर्शन करके उपस्थित दर्शकों को प्रसन्न कर दिया। रंगभूमि में मौजूद भीड़ प्रसन्न होकर ज़ोर-ज़ोर से शोर मचा रही थी। लोग और भी प्रदर्शन देखने के इच्छुक थे। इसके बाद उन्हें भीम और दुर्योधन के बीच गदा-युद्ध को देखने का अवसर भी मिला। दोनों ने परस्पर घृणा के कारण ज़बरदस्त गदा-युद्ध किया।

ऐसा लगता था कि मानो रंगभूमि, सचमुच की युद्धभूमि में परिवर्तित हो गई थी। लोग अपने-अपने मनपसंद योद्धा का उत्साह बढ़ा रहे थे। भीम और दुर्योधन के बीच मौत का खेल चल रहा था। दोनों राजकुमार युद्ध में मग्न थे, परंतु इससे पहले कि वे एक-दूसरे को मार डालते, द्रोण ने अश्वत्थामा को भेजकर युद्ध रोक दिया। भीम और दुर्योधन एक-दूसरे को घूरते हुए रंगभूमि से बाहर निकल गए क्योंकि वे भी जानते थे कि दोनों में से किसी के भी जीवित रहने तक प्रतियोगिता का अंत नहीं होगा।

इसके बाद द्रोण ने सबको शांत रहने को कहा, फिर उन्होंने बताया कि अब पांडु-पुत्र अर्जुन की बारी थी। सभी उत्तेजित थे क्योंकि उन्होंने वीर और युवा अर्जुन के साहस और युद्ध-कौशल की बहुत-सी कथाएँ पहले से सुन रखी थीं। अर्जुन ने भी उन्हें निराश नहीं किया और उसने रंगभूमि में उतरते ही दर्शकों को मंत्रमुग्ध कर दिया। अर्जुन ज़बरदस्त धनुर्धर था और उसने बहुत शानदार प्रदर्शन किया। उसने परंपरागत युद्ध-कला से लोगों का मन जीत लिया। उसने अनेक दिव्यास्त्रों का भी प्रदर्शन किया। अर्जुन का कौशल देखकर चारों ओर तालियों की गड़गड़ाहट गूँजने लगी। कुंती की आँखों में यह देखकर आँसू आ गए कि अर्जुन ने किस तरह लोगों के हृदय में विशेष स्थान बना लिया था।

दुर्योधन को बहुत ईर्ष्या हो रही थी। वह सोच रहा था कि काश! इसी क्षण धरती फट जाए और अर्जुन सदा के लिए उसकी अनंत गहराइयों में समा जाए।

प्रतियोगिता का ज्यों ही अंत होने को आया, सभी का ध्यान अचानक एक व्यक्ति द्वारा बजाई ताली की ओर चला गया। उस ताली का स्वर चुनौती का सूचक था। लोगों ने देखा कि एक तेजस्वी युवक ने रंगभूमि में प्रवेश किया। उसके शरीर पर स्वर्ण-कवच और कानों में स्वर्ण-कुंडल चमक रहे थे। उसने तिरस्कारपूर्ण स्वर में अर्जुन को संबोधित किया, "तुम सोचते हो कि तुम सर्वश्रेष्ठ धनुर्धर हो। मैं तुम्हारे भ्रम को ध्वस्त करने आया हूँ। मेरा नाम कर्ण है। मैं वह सब कुछ कर सकता हूँ, जो तुमने अभी करके दिखाया है, अपितु मैं बेहतर कला का प्रदर्शन कर सकता हूँ।"

द्रोण ने अनिच्छा से कर्ण को अनुमति प्रदान कर दी। द्रोण ने कभी कल्पना नहीं की थी कि कोई अजनबी सहसा उनके प्रिय और सर्वश्रेष्ठ शिष्य को चुनौती दे डालेगा। कर्ण ने जो कहा, वह सचमुच कर दिखाया। वह अर्जुन जितना ही कुशल धनुर्धर था। यह देखकर दुर्योधन को बड़ा आनंद आया। वह कर्ण का उत्साह बढ़ाने लगा। उसकी ख़ुशी देखकर पांडवों को क्रोध आ रहा था। वे नवागंतुक कर्ण को घृणा से देखने लगे। अर्जुन के क्रोध की तो सीमा ही नहीं थी। उसने देखा एक अनजान योद्धा ने रंगभूमि में उसके हिस्से की तालियाँ और प्रशंसा छीनकर उसे अपमानित कर दिया था।

इसी बीच, दुर्योधन उठकर कर्ण के पास गया और उसे गले लगाकर बोला, "तुम बहुत शानदार योद्धा हो! तुमने मेरा दिल जीत लिया। मैं तुम्हारा सम्मान करता

हूँ। यह सौभाग्य की बात है कि तुम मेरे जीवन में आए हो। मैं स्वयं और अपने राज्य को तुम्हारी सेवा में सौंपता हूँ।"

यह सुनकर कर्ण भावुक हो गया क्योंकि किसी ने पहली बार उसका सम्मान किया था। वह बोला, "राजकुमार, मैं केवल दो वस्तुएँ चाहता हूँ। मुझे तुम्हारी मित्रता चाहिए और एक बार अर्जुन के साथ युद्ध की इच्छा है।" दुर्योधन यह सुनकर और भी प्रसन्न हुआ। उसने कर्ण की दोनों माँगें स्वीकार कर लीं।

यह देखकर अर्जुन को बहुत बुरा लगा। उसने अपने प्रतिद्वंद्वी से कहा, "मुझे तुम्हारे जैसे अहंकारी और बड़बोले व्यक्ति को पराजित करने में बहुत आनंद आएगा। मैं तुम्हारा अंत उसी तरह करूँगा, जैसे होना चाहिए।"

अर्जुन के कठोर वचन सुनकर कर्ण परेशान नहीं हुआ। उसने लापरवाही-भरे स्वर में उत्तर दिया, "तुम्हारे कटु वचन मुझे हानि नहीं पहुँचा सकते। मुझे विश्वास है कि तुम्हारे पास निष्प्रभावी जिह्वा से अधिक ख़तरनाक कोई अस्त्र नहीं है। बातें करने की अपेक्षा तीर चलाना बुद्धिमानी होगी।"

इतनी देर में अर्जुन का क्रोध सातवें आसमान पर पहुँच गया। उसने कर्ण से अधिक बात नहीं की। उसने आचरण के अनुसार अपने गुरु को प्रणाम किया, भाइयों को गले लगाया और फिर कर्ण से लड़ने के लिए खड़ा हो गया। रंगभूमि में ख़तरनाक दृश्य उत्पन्न हो गया था। दोनों धनुर्धर एक-दूसरे के रक्त के प्यासे बने परस्पर लड़ने को तैयार खड़े थे। आकाश में बिजली चमकने लगी और बादल गड़गड़ाने लगे और वर्षा का मौसम बन गया। अर्जुन के दैवी पिता इंद्र उसके समर्थन के लिए आ पहुँचे थे। इसी बीच, कर्ण के ऊपर आसमान में सूर्य ने बादलों को भेद दिया, जिससे कर्ण पर स्वर्णिम आभा प्रकट हो गई। उस समय केवल कुंती को पता था कि कर्ण, उसका और सूर्यदेव का पुत्र था, परंतु कुंती से कर्ण को विवशता में दूर करने और अब उसे अपने ही भाई के शत्रु के रूप में देखने का दुःख सहन नहीं हुआ। वह मूर्छित होकर गिर पड़ी।

इस बीच, दोनों योद्धा अपने-अपने स्थान पर तैयार खड़े थे। तभी कृपाचार्य आगे बढ़े और उन्होंने कर्ण से कहा, "युवक! तुमने पांडु-पुत्र और कुरु वंशज अर्जुन को चुनौती दी है। इससे पहले कि तुम उससे युद्ध करो, कृपया हमें अपने परिवार और वंश का परिचय दो। उसके बाद ही अर्जुन, किसी अजनबी अथवा साधारण नागरिक से युद्ध करने के विषय में निर्णय कर सकेगा।" यह सुनकर कर्ण निराश हो गया। उसने सिर झुका लिया। वह जानता था कि उसकी शानदार उपलब्धियों के बावजूद सत्य यह था कि उसका जन्म निम्न परिवार में हुआ था। वह जानता था कि यह तथ्य सदा उसके विरुद्ध कार्य करेगा।

अपने नए मित्र को हताश और असहाय देखकर दुर्योधन तत्काल उसकी सहायता के लिए आगे आया और बोला, "यदि अर्जुन से युद्ध करने के लिए कर्ण

का राजकुमार होना आवश्यक है, तो मैं अभी इस समस्या का समाधान कर देता हूँ। मैं कर्ण को अंग देश का राजा घोषित करता हूँ।"

इसके बाद दुर्योधन ने भीष्म और धृतराष्ट्र से अनुमति लेकर मुकुट, कर्ण के सिर पर रख दिया तथा उसके सिर पर चावल के दाने एवं जल छिड़ककर उसका राज्याभिषेक कर डाला।

रंगभूमि में उपस्थित लोग उठ खड़े हुए। सब लोग दुर्योधन की उदारता देखकर प्रभावित थे। कर्ण भावुक हो गया। उसने दुर्योधन की ओर कृतज्ञता से देखकर कहा, "मैं सदा तुम्हारा ऋणी रहूँगा। तुमने आज जो किया है, उसका ऋण अनेक जन्मों में भी नहीं चुकाया जा सकता।"

दुर्योधन ने सौम्यता से मुस्कराते हुए कहा, "कर्ण, मुझे तुम्हारी मित्रता के अतिरिक्त कुछ नहीं चाहिए।" इस तरह दुर्योधन ने अपने लिए एक निष्ठावान मित्र तथा पांडवों के विरुद्ध एक शक्तिशाली अस्त्र प्राप्त कर लिया था।

उसी समय एक वृद्ध ने रंगभूमि में प्रवेश किया। उसका नाम अधिरथ था और वह जाति से सूत था। अधिरथ भी रंगभूमि के दृश्य को देखकर भावुक हो गया। कर्ण ने उसे देखा, तो अपने अस्त्र-शस्त्र नीचे रखकर उसे प्रणाम किया। अधिरथ ने अपने दत्तक पुत्र को गले लगा लिया। उसकी नेत्रों में गर्व और खुशी के आँसू छलक आए।

उस विचित्र दृश्य को देखकर भीम, जो दुर्योधन के व्यवहार से अप्रसन्न था, उठकर जोर से हँसा। उसने तिरस्कारपूर्ण ढंग से कहा, "ओह! तुम एक सारथी के पुत्र हो। सूत-पुत्र! मुझे यह देखकर तनिक भी आश्चर्य नहीं हुआ। तुम जैसा निम्न जाति का पुरुष, मेरे भाई अर्जुन के हाथों मृत्यु अथवा राज्य का शासन प्राप्त करने योग्य नहीं है। जाओ और रथ की लगाम थामो। वहीं अपनी योग्यता का उपयोग करो।"

भीम के कटु वचन सुनकर कर्ण आहत हो गया। वह लज्जा से काँपने लगा। उसने आकाश की ओर दृष्टि उठाकर देखा। तभी दुर्योधन उठा और बोला, "भीम तुम्हारे जैसे कुबुद्धि वाले व्यक्ति से मुझे ऐसे ही व्यवहार की आशा थी। मुझे लगता है कि कर्ण के जन्म को लेकर अवश्य कोई रहस्य छिपा है। इसका दिव्य कवच और कानों में पड़े दिव्य कुंडल बताते हैं कि यह किसी महान परिवार से संबंध रखता है। जो भी हो, परंतु महान व्यक्तियों के वंश के विषय में अधिक बोलना अच्छी बात नहीं होती। कृपाचार्य और द्रोणाचार्य का जन्म भी ऐसी ही बाँस के सरकंडे तथा एक पात्र से हुआ है। ऐसे में तुम्हारे और हमारे जन्म के विषय में भी प्रश्न किए जाने चाहिए। पांडवों के जन्म की कथा भी सबको पता है। मेरे विचार से कर्ण, केवल अंग देश पर ही नहीं, अपितु तीनों लोकों पर शासन करने की योग्यता रखता है। यदि किसी ने जन्म अथवा जाति को लेकर कर्ण को अपमानित करने का प्रयास किया, तो उसे मुझसे बात करनी होगी और मैं उसे अपनी गदा से उपयुक्त उत्तर दूँगा।" यह कहकर दुर्योधन ने कर्ण के कंधे पर हाथ रखा और उसे साथ ले गया। इन विचित्र और

दुःखद घटनाओं के बीच सूर्यास्त हो गया। उपस्थित लोग भी रंगभूमि छोड़कर, उस शानदार प्रतियोगिता की चर्चा करते हुए अपने-अपने घर चले गए। वह दिन पांडवों के लिए काला दिवस था। उस दिन दुर्योधन ने राज्य के लोगों का दिल जीत लिया और पाँचों भाइयों को तुच्छ सिद्ध कर दिया। पांडवों को अब तक लगता था कि वे कठिन समय में अर्जुन की असाधारण धनुर्विद्या पर भरोसा कर सकते थे, परंतु आज उनका सामना अर्जुन के समकक्ष एक अन्य योद्धा से हुआ था। इससे अधिक बुरी बात यह थी कि उस योद्धा ने पांडवों के जन्मजात शत्रु, कौरवों से मैत्री कर ली थी।

इस घटनाक्रम से युधिष्ठिर भी परेशान था। अर्जुन ने अपने भाई से तो कुछ नहीं कहा, परंतु उसके भीतर उत्पन्न क्रोध का स्थान धीरे-धीरे दृढ़ संकल्प और प्रतिज्ञा ने ले लिया। अर्जुन ने स्वयं को वचन दिया कि वह अपने युद्ध-कौशल को सुधारेगा और श्रेष्ठ योद्धा बनकर उभरेगा। वह बहुत देर तक कर्ण के विषय में सोचता रहा क्योंकि उसे अहसास था कि उन दोनों के बीच की शत्रुता, किसी एक के जीवित रहने तक जारी रहेगी। अर्जुन मन ही मन मुस्कराया और उस दिन की कल्पना करने लगा, जब वह कर्ण की हत्या करेगा। उसे पता नहीं था कि वह अपने ही भाई की हत्या के विषय में सोच रहा था। वह यह भी नहीं जानता था कि उसे इस सत्य का पता उस दिन लगेगा, जब कर्ण को मारने का उसका संकल्प पूरा हो चुका होगा।

6

कट्टर प्रतिद्वंद्वी

कर्ण, अर्जुन का ज़बरदस्त प्रतिद्वंद्वी सिद्ध हुआ। वह अर्जुन के मार्ग का काँटा बन गया था। उन दोनों के बीच श्रेष्ठता को लेकर लंबा संघर्ष चला, हालाँकि दोनों ही समान स्तर के कुशल योद्धा थे, अंत में उन दोनों में से केवल एक ही विजयी हो सकता था। यह कहना गलत नहीं होगा कि आरंभ से ही भाग्य ने कर्ण के विरुद्ध षड्यंत्र रचा था। दूसरी ओर, अर्जुन भाग्यशाली था। कर्ण जब से एक युवती की सनक-भरी भूल का अवांछित परिणाम बनकर संसार में पैदा हुआ था, तभी से वह नियति द्वारा उत्पन्न परिस्थितियों और विभिन्न परीक्षाओं के विरुद्ध लड़ रहा था।

कुंती को ऋषि दुर्वासा से पुत्र-प्राप्ति का मंत्र मिला था। उसने एक दिन यौवन के आवेग में मंत्र को प्रयोग कर डाला। उसने खिड़की से बाहर देखा, तो उसे सामने चमचमाता सूर्य दिखाई दिया। कुंती ने बिना सोचे-विचारे सूर्यदेव का आह्वान कर लिया। वह दुर्वासा के दिए मंत्र का प्रभाव देखना चाहती थी। उसे आश्चर्य हुआ, जब मंत्र के प्रयोग से सूर्यदेव सचमुच उसके सामने प्रकट हो गए। उनके तन पर दिव्य कवच और कानों में स्वर्ण-कुंडल चमक रहे थे। दुर्वासा के अचूक मंत्र के जादुई प्रभाव से दीप्तिमान सूर्यदेव ने जैसे ही सुंदर एवं कुँवारी कुंती को अपने समक्ष खड़ा देखा, तो उनकी आँखें कामेच्छा से चमक उठीं।

यह दृश्य देखकर कुंती ने सूर्यदेव से प्रार्थना की, “हे प्रभु, कृपया मुझ मूर्ख युवती पर दया कीजिए। मैंने दुर्वासा के मंत्र की केवल जाँच करने के उद्देश्य से उसका प्रयोग किया था। मैं अभी अविवाहित हूँ। आपसे पुत्र उत्पन्न करना मेरे लिए अनुचित होगा। मुझे संसार चरित्रहीन मानेगा और कोई कुलीन पुरुष मुझसे विवाह नहीं करेगा। मैं आपसे विनती करती हूँ कि आप कृपया लौट जाइए और मुझे अविवाहित माँ कहलाने की भयावह स्थिति से बचा लीजिए।”

सूर्यदेव ने कुंती की याचना सुनी, तो उन्हें दया तो आई, परंतु वह मंत्र की शक्ति के समक्ष विवश थे। कुंती ने देखा कि बचने का कोई मार्ग नहीं था, तो वह रोने लगी। सूर्यदेव का मन पिघल गया और वह बोले, "मेरे पास तुम्हारे गर्भ में अपना बीज डालने के अतिरिक्त कोई विकल्प नहीं है, परंतु मैं तुम्हारे लिए यह कर सकता हूँ कि हमारे पुत्र को जन्म देने के बाद भी तुम्हारा कौमार्य सुरक्षित रहेगा।"

कुंती को आशा की किरण दिखाई पड़ी। उसने कृतज्ञ भाव से सूर्यदेव को प्रणाम किया। उसने स्वयं संकट पैदा कर लिया था और अब उससे बचने का उपाय सोच रही थी। उसने सूर्यदेव से कहा, "हे प्रभु, मैं आपके धैर्य और उदारता के लिए आपकी आभारी हूँ। मैं आपसे एक वरदान चाहती हूँ कि हमारा पुत्र, आपकी तरह तन पर दिव्य कवच और कानों में स्वर्ण-कुंडल पहनकर जन्म ले, ताकि मैं उसे किसी भी समय पहचान सकूँ।"

सूर्यदेव ने कुंती की प्रार्थना स्वीकार कर ली। भयभीत कुंती को कुछ संतोष हुआ। वह थक चुकी थी और मूर्छित होकर गिर पड़ी। उसे होश आया, तो सूर्यदेव उसके गर्भ में अपना पुत्र छोड़कर जा चुके थे।

कुंती ने गर्भावस्था का पूरा समय अपने कक्ष में व्यतीत किया। कुछ और समय बीतने पर उसके पेट के उभार को चालाकी से वस्त्रों की तह के नीचे छिपा दिया गया। कुंती का रहस्य किसी को पता नहीं लगा और सबको यही बताया गया कि राजकुमारी कुंती अस्वस्थ होने के कारण बाहर नहीं आती हैं। गर्भावस्था की अवधि पूरी होने पर कुंती ने एक अत्यंत सुंदर बालक को जन्म दिया। वह अपने पिता सूर्यदेव की तरह शरीर पर स्वर्ण-कवच और कानों में स्वर्ण-कुंडल पहनकर पैदा हुआ था। कुंती अपने पहले पुत्र को देखकर रोने लगी।

आखिर कुंती ने अपने हृदय पर पत्थर रखा और वही किया, जो उसे करना था। उसने एक टोकरी में रेशमी वस्त्र बिछाए और उसके ऊपर अपने पुत्र को लिटा दिया और फिर रात्रि के अंधकार में टोकरी, नदी में प्रवाहित कर दी। उसने देवताओं से अपने पुत्र की रक्षा करने की प्रार्थना की। कुछ समय बाद, टोकरी बहती हुई दूर निकल गई। उसे अधिरथ नाम के सारथी ने देख लिया। वह टोकरी में सो रहे बालक को अपनी निस्संतान पत्नी राधा के पास ले गया। पति-पत्नी ने ईश्वर को धन्यवाद दिया। उनके संतान नहीं थी, तो उन्होंने कुंती-पुत्र को अपना पुत्र मान लिया और प्रेम से उसका पालन-पोषण आरंभ कर दिया। उच्च कुल में उत्पन्न बालक कर्ण, अपने गरीब दत्तक माता-पिता के प्रेम की छाया में बड़ा होने लगा। उसे इस बात का आभास नहीं था कि भाग्य की कुटिल चाल के कारण उसका भविष्य बदल गया था।

कर्ण बड़ा हुआ, तो उसमें क्षत्रिय गुण नैसर्गिक रूप से विद्यमान थे। वह अपने पिता अधिरथ के पदचिन्हों पर चलकर सूत के व्यवसाय को बढ़ाने का इच्छुक नहीं

था, अपितु वह एक असाधारण धनुर्धर बनना चाहता था। वह गुरुकुलों में बड़े-बड़े गुरुओं के पास गया, परंतु सबने उसकी निम्न पारिवारिक पृष्ठभूमि को देखते हुए उसे खाली हाथ लौटा दिया। अंत में सब जगह से निराश होने के बाद कर्ण ने एक नई युक्ति का प्रयोग किया। परशुराम, जो ख़तरनाक ऋषि-योद्धा थे तथा जिन्हें भगवान विष्णु का अवतार माना जाता था, वह क्षत्रियों से ज़बरदस्त घृणा करते थे। कर्ण, ब्राह्मण वेश धारण करके परशुराम के पास गया और उनका शिष्य बनने की इच्छा व्यक्त की। परशुराम ने कर्ण की प्रार्थना स्वीकार कर ली।

गुरुकुल में कर्ण के दिन सुख से बीते। वह परशुराम के पैने निरीक्षण में युद्ध-कला में पारंगत हो गया। इसी तरह अनेक युद्ध लड़ने के उपरांत परशुराम का कठोर हृदय भी कर्ण जैसे सुयोग्य युवक से गहरा स्नेह रखने लगा। परशुराम, कर्ण से अपने पुत्र के समान स्नेह करते थे। उन्होंने कर्ण को ब्रह्मास्त्र जैसे अनेक दिव्यास्त्रों का ज्ञान भी दिया।

एक दिन दुर्भाग्य से परशुराम थके हुए थे। वह थकान दूर करने के लिए एक वृक्ष की छाया में लेट गए। कर्ण ने स्नेहपूर्वक अपने गुरु का सिर गोद में रख लिया। उसी समय, अर्जुन के दैवी पिता, इंद्र ने एक विषैले कीड़े का रूप धारण करके कर्ण की जांघ पर काट लिया। कर्ण को कीड़े के काटने से भयंकर पीड़ा हुई, परंतु वह पीड़ा को दृढ़ता से सहन करता रहा क्योंकि वह अपने गुरु की निद्रा में व्यवधान नहीं डालना चाहता था। कुछ देर बाद कर्ण की जांघ पर बने घाव से रक्त बहने लगा और कुछ ही क्षण में परशुराम तक जा पहुँचा। गर्म रक्त के आभास से उनकी नींद खुल गई। एक क्षण के लिए वह अपने शिष्य को मौन होकर देखते रहे, फिर अचानक उनके सामने सत्य उद्घाटित हो गया। परशुराम ने कर्ण को कठोर स्वर में संबोधित करते हुए कहा, "तुम कौन हो? तुम ब्राह्मण तो नहीं हो क्योंकि एक केवल सच्चा क्षत्रिय ही इतनी पीड़ा को सहन कर सकता है।"

अपने गुरु द्वारा इस तरह प्रत्यक्ष संबोधित किए जाने पर कर्ण ने उत्तर दिया, "मैं अधिरथ नाम के एक सारथी का पुत्र हूँ। मेरी इच्छा आपके साथ छल करने की नहीं थी। ज्ञान और युद्ध-कला में पारंगत होने की प्रबल इच्छा ने मुझे आपके समक्ष पास लाकर खड़ा कर दिया। कृपया मुझ पर दया कीजिए।"

परंतु तब तक देर हो चुकी थी। परशुराम को इस बात पर बहुत क्रोध आया कि उनके साथ छल किया गया था। उन्होंने क्रोध में कर्ण को शाप दे दिया। वह बोले, "तुम जैसे लोगों को क्षमा नहीं किया जा सकता। तुमने छल से ज्ञान प्राप्त किया है, परंतु तुम्हें भविष्य में छल से प्राप्त इस विद्या का लाभ नहीं मिलेगा। तुमने मुझे धोखा दिया है। ध्यान रहे, मैंने जो ब्रह्मास्त्र दिया है, वह उस समय निष्प्रभावी हो जाएगा, जब तुम्हें उसकी सबसे अधिक आवश्यकता होगी। तुम अंत समय में उसका प्रयोग भूल जाओगे। अब मेरी दृष्टि के सामने से दूर हो जाओ।"

अपने आदरणीय गुरु के मुख से ऐसे कठोर वचन सुनकर कर्ण को बहुत दुःख हुआ। उसके गुरु ने उसे ऐसा भयंकर शाप दे दिया था, जिसकी काली छाया के नीचे कर्ण का भविष्य अंधकारमय हो गया था। उसके भविष्य को धूमिल करने के लिए उसे एक और शाप मिला। वह एक ब्राह्मण की कुटिया के निकट युद्ध-कला का अभ्यास कर रहा था। तभी भूल से उसके हाथों ब्राह्मण की गाय की हत्या हो गई थी। ब्राह्मण को क्रोध आ गया। उसने कर्ण को क्षमा नहीं किया और उसने गाय के बदले आर्थिक क्षतिपूर्ति अथवा नई गाय लेने से भी मना कर दिया। ब्राह्मण यहीं शांत नहीं हुआ, उसने कर्ण को भयंकर शाप दे डाला। वह बोला, "तुमने एक निर्बल और असहाय प्राणी की हत्या की है। तुम्हारा अंत भी इसी तरह होगा। तुम्हारी मृत्यु उस समय होगी, जब तुम सबसे अधिक असहाय होगे और युद्ध करते हुए तुम्हारे रथ का पहिया गड्ढे में फँस जाएगा।"

इस तरह परिस्थितियाँ कर्ण के नियंत्रण से बाहर हो गईं और उन्होंने उसका भविष्य निर्धारित कर दिया, हालाँकि इतना सब होने के बावजूद कर्ण अत्यंत दृढ़ एवं आत्म विश्वासी पुरुष था। उसने युद्ध-कला का अभ्यास बंद नहीं किया। वह धीरे-धीरे समय के साथ पारंगत होता चला गया।

इस बीच, कर्ण की आहत आत्मा पर दुर्योधन की मैत्री ने जादुई मरहम का काम किया और वह अंत समय तक अपने मित्र के प्रति निष्ठावान रहा। दुर्योधन के मित्र एवं शत्रु, कर्ण के भी मित्र एवं शत्रु बन गए। धीरे-धीरे पांडवों, विशेषकर अर्जुन के प्रति, कर्ण के मन में द्वेष और घृणा का भाव जागृत हो गया तथा उसका वैमनस्य बढ़ता गया। यहाँ तक कि अपने जन्म और कुल के विषय में सत्य जानने के बाद भी कर्ण ने पक्ष नहीं बदला और वह कौरवों की ओर से ही लड़ता रहा। उसका अपने चार पांडव भाइयों से वैमनस्य नहीं था, किंतु अर्जुन के प्रति उसके मन में वैर अंत समय तक कायम रहा।

7

अर्जुन की पत्नी

प्रतियोगिता के कुछ दिन बाद द्रोण को लगा कि द्रुपद से प्रतिशोध लेने का समय आ चुका था। उन्होंने अपने शिष्यों को बुलाया और उन्हें पांचाल नरेश राजा द्रुपद को बंदी बनाकर लाने का आदेश दिया। गुरु के आदेश का पालन करने को उत्सुक कुरु राजकुमार तत्काल युद्ध के लिए तैयार होकर द्रुपद को पकड़ने निकल पड़े।

दुर्योधन, उसके कौरव भाई और कर्ण तैयार होकर ज़ल्दबाजी में आक्रमण करने चले गए। यह देखकर अर्जुन ने अपने भाइयों को रोका और कहा, "दुर्योधन और उसके साथी, द्रुपद को कभी नहीं पकड़ पाएँगे क्योंकि इन लोगों ने ज़ल्दी में आक्रमण की तैयारी की है। हमें इस लड़ाई में कूदने से पहले उचित क्षण की प्रतीक्षा करनी चाहिए।" इधर, पांडव उचित क्षण की प्रतीक्षा कर रहे थे, उधर द्रुपद ने दुर्योधन और उसकी सेना को बुरी तरह पराजित कर दिया।

कुछ देर बाद युद्ध में द्रुपद, कौरवों पर हावी हो गया, तो अर्जुन ने कमान थाम ली। उसने युधिष्ठिर को गुरुकुल में रुकने को कहा। नकुल और सहदेव ने अर्जुन के रथ को पीछे से सुरक्षा प्रदान की और भीम, अर्जुन के साथ चल पड़ा। इस विन्यास के साथ पांडव भाइयों ने रणभूमि के लिए प्रस्थान कर दिया। भीम ने अपनी गदा से पांचाल योद्धाओं की जमकर धुनाई की। अर्जुन, द्रुपद की ओर बढ़ा और जिसने भी उसका मार्ग रोकने का प्रयास किया, उसे अर्जुन के तीखे बाणों ने काट डाला। अर्जुन की दृष्टि ज्यों ही द्रुपद पर पड़ी, उसने तुरंत बाण-वर्षा आरंभ कर दी। अर्जुन का निशाना अचूक था। उसने द्रुपद का धनुष काट डाला, उसकी पताका के दो टुकड़े कर दिए और उसके सारथी तथा अश्वों को घायल कर दिया। यह सब कुछ पलक झपकते हो गया। इससे पहले कि द्रुपद दूसरा धनुष उठा पाता, अर्जुन उसकी ओर लपका और अपनी तलवार, असहाय द्रुपद की गर्दन पर रख दी, फिर उसने ऊँचे स्वर में विजय-घोष करते हुए अपने भाइयों को भी बुला लिया।

अर्जुन, राजा द्रुपद को बंदी बनाकर द्रोण के पास ले गया। उसने विनम्रतापूर्वक द्रुपद को गुरु-दक्षिणा के रूप में अपने गुरु के समक्ष प्रस्तुत कर दिया। द्रोण ने द्रुपद को युद्ध-बंदी के रूप में खड़ा देखा। उसके समक्ष खड़ा द्रुपद, पुराने समय के अहंकारी राजा द्रुपद से भिन्न था। द्रोण ने द्रुपद से कहा, "तुम्हारा जीवन एवं संपत्ति सब कुछ अब मेरा है! क्या तुम्हें इस कठिन क्षण में अपने मित्र की आवश्यकता है?" फिर धीरे-से मुस्कराते हुए द्रोण ने कहा, "तुम्हें याद होगा कि तुमने अपने मित्र को अपमानित किया था और शायद तुम्हें अब उसका पछतावा हो रहा होगा, परंतु मैं तुम्हें कहना चाहता हूँ कि ब्राह्मण, मन में किसी के प्रति द्वेष-भाव नहीं रखते। मैं तुम्हारे राज्य का आधा हिस्सा तुम्हें वापस करता हूँ। तुमने एक बार मुझे कहा था कि मैत्री केवल बराबर वालो में होती है, इसलिए मैं उस असमानता को दूर करने के उद्देश्य से ऐसा कर रहा हूँ, ताकि हमारी मैत्री फिर स्थापित हो सके। तुम आधा राज्य लेकर शांति से वापस जा सकते हो। यदि तुम चाहो तो अतीत को भुलाकर, हम फिर से नए मैत्री संबंध का आरंभ कर सकते हैं।"

उस समय द्रुपद असहाय था, परंतु उसके मन में क्रोध था। उसने घृणा की तीव्रता को सौम्य मुस्कान से छिपाते हुए उत्तर दिया, "तुमने पराजित हुए शत्रु के साथ उदारता और दया का व्यवहार किया है। मैं तुम्हारे इस व्यवहार से चकित नहीं हूँ क्योंकि तुम अपनी विनम्रता और साहस के लिए विख्यात हो। तुम्हारा मित्र बनना मेरे लिए सौभाग्य की बात है। मैं इस मैत्री प्रस्ताव को स्वीकार करता हूँ।"

द्रोण को इस बदले हुए घटनाक्रम को देखकर अच्छा लगा। उसने द्रुपद को आधा राज्य लौटा दिया, परंतु द्रुपद ने अपने मन में संकल्प कर लिया था। उसके जीवन का एकमात्र उद्देश्य द्रोण को पराजित करना और उसके जीवन का अंत करना था। वह किसी समय जिस ब्राह्मण से घृणा करता था, उसके हाथों हुए अपमान पर द्रुपद ने बहुत दिन विचार किया। वह द्रोण से प्रतिशोध लेने के विषय में सोचता रहा। वह जानता था कि द्रोण उससे अधिक शक्तिशाली था, इसलिए द्रुपद ने निश्चय किया कि वह एक साहसी पुत्र को जन्म देगा, जो युद्ध में उसके शत्रु को पराजित कर सके और साथ ही एक सुंदर कन्या उत्पन्न करेगा, जो सर्वशक्तिशाली योद्धा और द्रोण के सर्वश्रेष्ठ शिष्य अर्जुन से विवाह करेगी। द्रुपद ने मन में यह संकल्प करके अपनी योजना के क्रियान्वयन के विषय में सोचना आरंभ कर दिया।

द्रुपद अपना राज्य छोड़कर ऐसे अनेक प्रख्यात और ज्ञानी ब्राह्मणों की खोज में गया, जो इच्छा पूरी करने वाले अनुष्ठान और यज्ञ करने की कला में पारंगत थे। आखिर उसे याज और उपयाज नाम के दो तपस्वी भाई मिल गए, जो गंगा नदी के तट पर आश्रम में तपस्या करते थे। द्रुपद को लगा उसकी इच्छा पूरी होने वाली थी। वह याज के पास पहुँचा,जो उचित मूल्य लेकर कोई भी कार्य करने के लिए विख्यात या कहें, कुख्यात था। राजा द्रुपद ने याज को अपनी कहानी सुनाई। द्रोण ने द्रुपद

का आधा राज्य ले लिया था और उसकी प्रतिष्ठा भी छीन ली थी। द्रुपद उससे बदला लेना चाहता था। द्रुपद ने अपमान को याद किया और अपनी पराजय के विषय में विचार करते हुए याज से कहा, "उस दुष्ट ब्राह्मण द्रोण को परास्त करना सरल नहीं है। वह वेदों का ज्ञाता है। उसके पास परशुराम जैसे योद्धा के दिए अस्त्र-शस्त्र भी हैं। वह अजेय है। मुझे एक ऐसा शक्तिशाली पुत्र चाहिए, जो द्रोण को मार सके। साथ ही, मुझे एक ऐसी सुंदर पुत्री भी चाहिए, जो शक्तिशाली मैत्री संबंध स्थापित करने तथा मेरे शत्रुओं का विनाश करने में सहायता करे। यदि आप मेरी सहायता करेंगे, तो मैं आपको कल्पनातीत पुरस्कार दूँगा। द्रुपद का लुभावना प्रस्ताव सुनकर याज का मन भटक गया। वह द्रुपद द्वारा वांछित अनुष्ठान करने के लिए तैयार हो गया।

याज ने अपने भाई उपयाज (जो सात्विक प्रवृत्ति का था) के साथ मिलकर आवश्यक सामग्री जुटाई तथा शुभ मुहूर्त देखकर यज्ञ आरंभ कर दिया। यज्ञ समाप्त होने पर याज ने यज्ञ का प्रसाद देने के लिए द्रुपद की पत्नी को बुलाया, ताकि वह जुड़वाँ बच्चों को जन्म दे पाए। द्रुपद की पत्नी ने याज से अनुरोध किया कि वह स्नानादि करके लौटेगी, तब तक याज उसकी प्रतीक्षा करे। ऐसे महत्त्वपूर्ण क्षण पर द्रुपद की पत्नी की बात सुनकर याज को क्रोध आ गया। वह बोला, "मुझे तुम्हारी आवश्यकता नहीं है। यह प्रसाद, जो याज और उपयाज के संयुक्त प्रयासों से तैयार हुआ है, अपना उद्देश्य पूर्ण करेगा," यह कहकर याज ने यज्ञ-सामग्री, अग्नि में डाल दी। ऐसा करते ही यज्ञवेदी से ऊँची अग्नि-लपटें उठीं और मध्य से शानदार वस्त्र धारण किए एक देव-सम युवक प्रकट हुआ। वह अत्यंत शक्तिशाली था। द्रुपद अपने योद्धा-पुत्र को देखकर उत्साहित हो गया। वह अपने पुत्र की भाव-भंगिमा से प्रभावित था। तभी आकाशवाणी हुई, "यह कुलीन राजकुमार पांचाल राज्य का गौरव है। इसका जन्म पांचालों के शत्रु द्रोण को युद्धभूमि में परास्त करने के लिए हुआ है।" यह सुनकर सभी में उत्साह और ख़ुशी की लहर दौड़ गई। सबने देवताओं का आभार व्यक्त किया।

इसके बाद यज्ञवेदी से फिर ऊँची लपटें उठीं और इस बार अग्नि से एक अत्यंत सुंदर, किंतु कृष्ण वर्ण की कन्या प्रकट हुई। उसके दिव्य रूप के समक्ष यज्ञ की लपटों की चमक फ़ीकी पड़ रही थी। उसके बाल लंबे, काले और चमकदार थे और आँखें काली और दीप्तिमान थीं। उसकी आकृति बहुत सुंदर थी। निस्संदेह वह संसार की सुंदरतम रचनाओं में से एक थी। उसके भाई ने यज्ञवेदी से बाहर निकलने में उसकी सहायता की। उसने ज्यों ही वेदी से बाहर पैर रखा, फिर आकाशवाणी हुई, "यह रूपसी कन्या, देवताओं द्वारा तैयार की गई है। यह अनेक क्षत्रियों और संपूर्ण कुरु वंश के विनाश का कारण बनेगी।"

द्रुपद के पुत्र का नाम धृष्टद्युम्न तथा पुत्री का नाम द्रौपदी रखा गया। द्रुपद, अपनी योजना के सफल क्रियान्वयन से बहुत प्रसन्न था। उसने दोनों

ब्राह्मण भाइयों याज और उपयाज को मूल्यवान पुरस्कार दिए और हृदय से उनका आभार व्यक्त किया। दोनों बच्चों के जन्म का समाचार जंगल की आग की तरह चारों दिशाओं में फैल गया और शीघ्र ही द्रोणाचार्य के पास भी पहुँचा। द्रोण ने नियति के अकाट्य सिद्धांत के समक्ष समर्पण कर दिया था। वह स्वयं धृष्टद्युम्न को लेकर गुरुकुल में आ गए और उसे अस्त्र-शस्त्र की शिक्षा देना आरंभ कर दिया।

कुरुक्षेत्र के महायुद्ध में धृष्टद्युम्न को पांडवों का सेनापति नियुक्त किया गया था। अर्जुन द्वारा भीष्म को पराजित करने के बाद द्रोण ने कौरव सेना की कमान थाम ली थी। आचार्य द्रोण ने, जिनका संपूर्ण जीवन अपारंपरिक ढंग से बीता था, दुर्योधन के निरंतर व्यंग्य-बाणों से परेशान होकर हिंसा को अपना लिया। द्रोण ने युद्धभूमि में प्रचंड तीव्रता के साथ युद्ध किया, परंतु सामान्य योद्धाओं पर दिव्यास्त्रों का प्रयोग करने से द्रोण की बहुत निंदा हुई थी।

द्रोण ने द्रुपद के तीन पौत्रों का सिर काट दिया। इससे दोनों के बीच की पुरानी लड़ाई फिर ताज़ा हो गई। अपने पौत्रों की हत्या से दुःखी राजा द्रुपद, मत्स्य नरेश विराट को, जिसके सभी पुत्र मारे गए थे, साथ लेकर द्रोण पर आक्रमण करने के लिए चल पड़ा। उसके मन में घृणा और क्रोध उमड़ रहा था। उनके बीच ज़बरदस्त युद्ध हुआ, परंतु द्रोण की विजय हुई। उसने अपने मित्र तथा बाद में शत्रु बन गए द्रुपद के साथ-साथ विराट को भी परलोक पहुँचा दिया।

अपने वीर पिता और साहसी पुत्रों के शव देखकर धृष्टद्युम्न अत्यंत क्रोधित हो गया और उसने कहा, "पृथ्वी माता ने मुझे उस दुष्ट ब्राह्मण को मारने के लिए जन्म दिया था, जो स्वयं अपनी जाति पर एक कलंक है। यदि मैं इसे थोड़ा पहले मार देता, तो मेरे पिता और पुत्रों का मूल्यवान रक्त बहने से बच सकता था। मैं शपथ लेता हूँ कि मेरा शेष जीवन केवल प्रतिशोध के लिए है तथा मैं प्रतिशोध पूरा करने के बाद ही अपने पिता का सच्चा पुत्र कहलाऊँगा।"

कृष्ण, जो पांडवों के संबंधी थे और जिन्होंने युद्ध में अर्जुन का सारथी बनना स्वीकार किया था, द्रोण के अनैतिक कृत्य से दुःखी हो गए थे। उन्हें लगा द्रोण को ज़ल्दी मारना आवश्यक था। कृष्ण जानते थे कि द्रोण को अर्जुन के अतिरिक्त कोई नहीं मार सकता, परंतु अर्जुन, द्रोण का सर्वप्रिय शिष्य था और उसके लिए भी अपने गुरु के, जिसे वह अपने पिता के समान मानता था, विरुद्ध युद्ध करना सरल नहीं था। कृष्ण ने एक युक्ति सोची और फिर युधिष्ठिर के पास गए। कृष्ण ने कहा, "महाराज! द्रोणाचार्य आपकी सेना का संहार कर रहे हैं और वह संपूर्ण सेना का संहार करने पर ही रुकेंगे। वह उन्मत्त असुर की तरह युद्ध कर रहे हैं और इतने ख़तरनाक हो चुके हैं कि उन्हें तत्काल रोकना आवश्यक है। इसके लिए हमें जल्दी कुछ करना होगा।"

"परंतु हम उन्हें कैसे रोक सकते हैं? उन्होंने जो कुछ हमें सिखाया है, वह स्वयं उसके ज्ञाता हैं। हम उनकी शक्ति के सामने असहाय हैं। हम उनके ऊपर विजय कैसे प्राप्त करेंगे?", निराश होकर युधिष्ठिर ने पूछा।

"क्या आपको याद है कि युद्ध आरंभ होने से पहले आपने उनसे पूछा था कि उन्हें कैसे मारा जा सकता है? तब उन्होंने क्या कहा था?", कृष्ण ने युधिष्ठिर से पूछा।

"हाँ, मुझे याद है! द्रोण ने कहा था कि जिस समय वह अपने अस्त्र-शस्त्र नीचे रख देंगे, उन्हें केवल उसी समय परास्त किया जा सकता है। ऐसा तभी संभव है, जब उनका विश्वास-पात्र उन्हें कोई भयानक समाचार देगा। इसका अर्थ स्पष्ट है कि द्रोण अपने अस्त्र-शस्त्र तभी छोड़ेंगे, जब उन्हें अश्वत्थामा की असामयिक मृत्यु का समाचार दिया जाए। वह केवल तुम पर भरोसा करते हैं। इसलिए आवश्यक है कि तुम यह झूठा समाचार उन तक पहुँचाओ क्योंकि तुम्हारे कहने से ही वह इस बात पर विश्वारा करेंगे," कृष्ण ने उत्तर दिया।

कृष्ण की बात सुनकर युधिष्ठिर और अर्जुन दोनों आश्चर्य में पड़ गए। उनके भाव देखकर भीम बीच में आ गया। वह बोला, "तुम्हें घबराने की आवश्यकता नहीं है। यह युद्ध है और यहाँ जीवित रहने के लिए हाथ गंदे करने पड़ते हैं। अपने आस-पास बिखरे शवों को देखो। अपने गुरु के कृत्यों को देखो। किसी ने द्रोण को दुर्योधन के पक्ष में युद्ध करने के लिए विवश नहीं किया था। यह उनका अपना निर्णय है। उन्हें मारना ही होगा और यदि उसके लिए यही एकमात्र उपाय है, तो ऐसा ही सही।"

"मैं ऐसा कुकर्म कभी नहीं करूँगा," युधिष्ठिर ने उत्तर दिया। उसके चेहरे पर क्रोध साफ दिखाई दे रहा था।

"यदि हम ऐसा कुछ करते हैं, तो इससे हमारे कुल की कीर्ति सदा के लिए कलंकित हो जाएगी," अर्जुन ने युधिष्ठिर की बात का समर्थन करते हुए कहा।

भीम ने कहा, "तुम्हारे विनम्र स्वभाव का सम्मान करते हुए मैं यह कार्य तुम्हारे लिए आसान कर देता हूँ। माल्व नरेश चंद्रवर्मा के पास एक हाथी है। उसका नाम भी अश्वत्थामा है। वह दुष्ट हाथी बहुत उग्र हो गया है। मैं आज ही उसकी हत्या कर दूँगा।"

यह कहकर भीम ने अपनी गदा उठाई और युद्ध में कोहराम मचा रहे अश्वत्थामा नामक हाथी को मार डाला। इसके बाद उसने ज़ोर से चिल्लाकर द्रोण से कहा, "अश्वत्थामा मारा गया!"

यह सुनकर द्रोण की नसों में बहता रक्त जम गया। उन्हें युधिष्ठिर के अतिरिक्त किसी पर विश्वास नहीं था। वह मशीन की तरह युद्ध में पांडव सेना का संहार करते

रहे। तभी उनकी दृष्टि युधिष्ठिर पर पड़ी। उन्होंने युधिष्ठिर से पूछा, "क्या यह सत्य है? क्या मेरा पुत्र मारा गया है?"

"अश्वत्थामा मारा गया," युधिष्ठिर ने काँपते स्वर में कहा। यह कहते हुए उसे स्वयं से घृणा हो रही थी। उसने बाद में धीरे से जोड़ दिया, "मनुष्य नहीं, हाथी।"

यह कहते ही युधिष्ठिर का रथ, जो भूमि से चार अंगुली ऊपर चलता था, नीचे आ गया। धर्म के मार्ग पर अडिग रहने के कारण युधिष्ठिर को अपने अन्य लोगों की अपेक्षा यह श्रेष्ठ स्थिति प्राप्त हुई थी, परंतु संसार ने देखा कि अर्द्ध-सत्य बोलने के कारण युधिष्ठिर का रथ भी अन्य लोगों की तरह धरती पर आ गया।

द्रोण का ध्यान भंग हो चुका था। उन्होंने युधिष्ठिर द्वारा कहे बाद के अंश पर ध्यान नहीं दिया। उनके लिए दुःख-भरे क्षण में किसी बात का अर्थ नहीं रह गया था। युधिष्ठिर के कहने से उन्हें अपने पुत्र अश्वत्थामा की मृत्यु पर विश्वास हो गया। उन्होंने तत्काल अपने अस्त्र-शस्त्र नीचे रख दिए और समाधि में लीन हो गए।

उसी क्षण धृष्टद्युम्न, जो अपने शत्रु की खोज में था, दौड़कर द्रोण के पास आया और उसने आस-पास खड़े लोगों की निंदा की उपेक्षा करते हुए द्रोण का सिर काट डाला। धृष्टद्युम्न ने द्रोण का कटा सिर हाथ में लेकर पशु-वत हुंकार भरी। वह अपनी उपलब्धि पर प्रसन्न था। उसने अपने परिवार के मृत सदस्यों की हत्या का प्रतिशोध लेकर अपने जन्म का उद्देश्य पूरा कर लिया था।

परंतु हिंसा से और हिंसा उत्पन्न होती है। धृष्टद्युम्न का अंत भी इसी तरह नृशंस ढंग से रात्रि के अंधकार में हुआ था। द्रोण-पुत्र अश्वत्थामा प्रतिशोध की अग्नि में जल रहा था। उसने शत्रु के शिविर में घुसकर भीतर सो रहे लोगों को निर्ममता से मार डाला। न्याय के इस वीभत्स और नृशंस खेल में जिस तरह धृष्टद्युम्न ने समाधि में लीन निहत्थे गुरु की हत्या की थी, उसी तरह उसे स्वयं भी योद्धा की तरह लड़ने का अवसर नहीं मिला। अंत में द्रोण-पुत्र अश्वत्थामा ने भी अत्यंत क्रूर ढंग से धृष्टद्युम्न की पैरों से ठोकर मार-मारकर हत्या कर दी थी। इस तरह अर्जुन के गुरु द्रोण तथा अर्जुन के श्वसुर द्रुपद के बीच की शत्रुता का दुःखद अंत हुआ, परंतु युद्ध की ये घटनाएँ कथा के बहुत बाद की हैं।

इस बीच, दुर्योधन की अनंत घृणा और ईर्ष्या ने पांडवों को चारों ओर से घेर लिया था। प्रजा की माँग पर धृतराष्ट्र ने युधिष्ठिर को कुरु राजसिंहासन का उत्तराधिकारी घोषित कर दिया। हस्तिनापुर की प्रजा को अपना नव-निर्वाचित राजकुमार बहुत पसंद था। अर्जुन ने अपने पिता पांडु की भाँति अस्त्र-शस्त्रों के साथ वीरता से सभी दिशाओं में अनेक युद्ध किए और राज्य का विस्तार किया। उसने यवनराज, विपुल और सुमित्र जैसे शक्तिशाली योद्धाओं को पराजित कर दिया और अपने राज्य में मिला लिया। उसके शक्तिशाली धनुष की टंकार से आक्रमणकारी दूर रहते थे। कुरु राज्य की सीमाएँ चारों ओर से सुरक्षित थीं। अर्जुन ने अथाह संपत्ति

और वैभव एकत्र किया और सब कुछ लेकर हस्तिनापुर लौट आया। प्रजा और नागरिकों ने हर्षित होकर अपने वीर और साहसी नायक का स्वागत किया। एक बार फिर अर्जुन केंद्र में था और लोग उसकी वंदना करते थे।

दुर्योधन को पांडवों की बढ़ती उपलब्धियाँ तथा ख्याति बिल्कुल पसंद नहीं थी। प्रजा का मानना था कि युधिष्ठिर को राजा बना दिया जाना चाहिए,परंतु दुर्योधन को भय था कि यदि ऐसा हुआ, तो उसे और उसके भाइयों को हमेशा दरिद्रता में जीवन व्यतीत करना पड़ेगा। यह विचार आते ही दुर्योधन फिर पांडवों से प्रतिशोध लेने तथा उनके विरुद्ध योजना बनाने में जुट गया। आखिर उसने पांडवों को मारने की योजना बना ली। दुर्योधन ने अपने एक विश्वासपात्र पुरोचन को बुलाया और उसे वारणावत में लाक्ष के एक महल निर्माण करने का आदेश दिया। निर्माण समाप्त होते ही दुर्योधन ने अपने पिता को पांडवों और उनकी माता कुंती को कुछ दिनों के लिए विहार के लिए वारणावत भेजने पर तैयार कर लिया। इसके बाद दुर्योधन ने पुरोचन को उचित अवसर देखकर पांडवों को रात्रि के समय लाक्षागृह में आग लगाकर मार डालने का आदेश भी दे दिया, परंतु विवेकशील विदुर ने उसकी कुटिल योजना को पहचान लिया था। उन्होंने पांडवों को समय पर चेतावनी दे दी और उन्हें वहाँ से भाग निकलने का मार्ग भी समझा दिया।

दिल दहला देने वाली इस घटना के बाद युधिष्ठिर ने अपने भाइयों से कहा, "हम भाग्यशाली थे कि इस बार बच गए, परंतु दुर्योधन हमें फिर मारने का प्रयास करेगा। हमें सावधान रहना चाहिए। हमारे चाचा विदुर ने परामर्श दिया है कि हमें समय अनुकूल होने तक दुर्योधन से दूर रहना चाहिए। मैं उनकी बात से सहमत हूँ। हमें छिपकर कुछ समय व्यतीत करना चाहिए।" हमेशा की तरह युधिष्ठिर के भाइयों ने उसकी बुद्धि पर भरोसा किया और वे सब दरिद्र ब्राह्मण का वेश धारण करके राज्य की सीमा से दूर रहने लगे।

पांडव, एकचक्रा नगरी में दरिद्र ब्राह्मण के वेश में रहने लगे। एक दिन उन्हें समाचार मिला कि राजा द्रुपद, अपनी कन्या का स्वयंवर आयोजित करने जा रहा था। किसी ने पांडवों को द्रुपद के जुड़वाँ बच्चों के विषय में भी समाचार दे दिया। पांडव, द्रौपदी के अनुपम विवरण को सुनकर स्तब्ध रह गए। उनके हृदय में द्रौपदी से विवाह करने की इच्छा जागृत हो गई। अगले दिन कुंती ने मुस्कराकर अपने पुत्रों को स्वयंवर में जाने की अनुमति दे दी। पांडव तत्काल तैयार हुए और पांचाल राज्य के लिए निकल पड़े, जहाँ द्रौपदी का स्वयंवर होने वाला था।

द्रुपद के राज्य जाते समय मार्ग में पांडवों को लगा कि तेज़ गर्मी से उनकी माता कुंती परेशान थी। उन्होंने निश्चय किया कि वह सूर्यास्त के बाद आगे बढ़ेंगे और दिन के समय विश्राम करेंगे। एक बार वे चलते हुए गंगा नदी के तट पर पहुँच गए। वहाँ गंधर्वराज अपनी पत्नियों के साथ जल-विहार कर रहा था। वह पांडव

भाइयों को देखकर क्रोधित हो गया और उन्हें अपने आमोद-प्रमोद में विघ्न डालने के लिए फटकारने लगा, "तुम्हें पता होना चाहिए कि यह समय गंधर्व, यक्ष और राक्षसों का है। अंधकार में निकलने वाले मनुष्य संकट में पड़ सकते हैं। सावधान रहो!"

"तुम्हारे शब्द अहंकार से भरे हैं। तुम्हारे जैसे देवता को ऐसी बातें करना शोभा नहीं देता। गंगा माता अपनी शरण में आए सभी लोगों को स्थान देती हैं, चाहे वह दिन का कोई भी प्रहर क्यों ना हो। किसी के पास ब्रह्मा की रचना पर एकाधिकार नहीं है। प्रकाश अथवा अंधकार, समुद्र या नदी सबके लिए समान होते हैं। यह सोचना भी बहुत बड़ी मूर्खता है," अर्जुन ने तत्काल उत्तर दिया।

"मेरा नाम अंगारपर्ण है और यह मेरा क्षेत्र है। तुम मेरे क्षेत्र में हो, इसलिए मेरे वचन ही यहाँ के नियम हैं। मूर्खता मत करो और मेरे क्रोध को मत भड़काओ। मेरा क्षेत्र छोड़कर तत्काल चले जाओ, अन्यथा मुझे तुम्हें नैतिकता का पाठ पढ़ाना होगा।"

अर्जुन और उसके भाई धमकाने से डरने वाले नहीं थे। वे अपने स्थान पर खड़े रहे। अंगारपर्ण, पांडवों का साहस देखकर हैरान था। उसे पांडवों की धृष्टता पर क्रोध आ गया क्योंकि राक्षस भी अंगारपर्ण से घबराते थे और उसका आदर करते थे। अंगारपर्ण अस्त्र-शस्त्र लेकर बाहर निकल आया। अर्जुन ने भी तैयारी कर ली। उनके बीच युद्ध आरंभ हो गया। अर्जुन ने दिव्यास्त्रों का उपयोग किया तथा अंगारपर्ण को शीघ्र ही पराजित कर दिया। उसने अंगारपर्ण के बाल पकड़ लिए और उसे युधिष्ठिर के पैरों में डाल दिया।

गंधर्वराज की पत्नी कुंभीनसी हाथ जोड़कर युधिष्ठिर के सामने आई और अपने पति के लिए जीवनदान माँगने लगी। युधिष्ठिर ने दया और विनम्रता का परिचय देते हुए अर्जुन को पराजित शत्रु को छोड़ देने का आदेश दिया। गंधर्वराज ने हाथ जोड़कर कहा, "युद्ध में पराजित शत्रु पर दया करना महान व्यक्ति का लक्षण होता है। मैं आपसे मिलकर बहुत प्रसन्न हूँ। मैं आपको इस उपकार के बदले गंधर्वों का गूढ़ ज्ञान चाक्षुसी विद्या प्रदान करता हूँ। इसकी सहायता से आप तीनों लोकों में जो चाहें, उसका दर्शन कर सकते हैं। इसके कारण आपकी गिनती, दिव्य प्राणियों की श्रेणी में होने लगेगी। इसके अतिरिक्त, मैं आपको और आपके भाइयों को सौ विशेष अश्व भी प्रदान करता हूँ। ये आपके पास तत्काल उपस्थित हो जाएँगे। ये रंग बदल सकते हैं। ये कभी नहीं थकते तथा इनकी गति का कोई मुकाबला नहीं कर सकता।"

अंगारपर्ण की उदारता देख अर्जुन भाव-विभोर हो गया। उसे लगा उसने ऐसा कोई कार्य नहीं किया था, जिसके लिए उसे इतना बड़ा पुरस्कार दिया जाए। उसने अंगारपर्ण से पुरस्कार लेने से मना कर दिया और कहा कि वह एक साधारण मनुष्य है, जो उन मूल्यवान वस्तुओं के योग्य नहीं है, परंतु अंगारपर्ण, अर्जुन को उपहार देना चाहता था। उसने अर्जुन से आग्नेयास्त्र लेकर उसे किसी तरह अश्व स्वीकार करने पर तैयार कर लिया। पांडवों और गंधर्वराज ने एक-दूसरे को गले लगाकर

मित्रता का वचन दिया। अंगारपर्ण ने पांडवों को ऋषि धौम्य का आशीर्वाद लेने को कहा और उन्हें अपने अस्त्र आदि ऋषि के पास रखने का परामर्श दिया। पांडवों ने अपने नए मित्र को धन्यवाद दिया और फिर आगे बढ़ गए।

पाँचों भाई, अपनी माता कुंती को साथ लेकर द्रुपद राज्य की सीमा पर पहुँचे और उन्होंने एक कुंभकार के यहाँ शरण ले ली। वह स्थान योद्धाओं और अन्य राज्यों से आए शक्तिशाली लोगों से भरा था। ऐसा लगता था कि लगभग प्रत्येक उच्च कुल का क्षत्रिय वहाँ उपस्थित था क्योंकि सभी अतुलनीय रूप से सुंदर द्रौपदी से विवाह करने के इच्छुक थे। वहाँ आए राजाओं और राजकुमारों से पुरस्कार और दान-दक्षिणा की आशा लिए अनेक तपस्वी और ब्राह्मण भी पहुँचे हुए थे। तभी पांडवों ने ब्राह्मणों के वेश में विशाल एवं सजे-धजे स्वयंवर कक्ष में प्रवेश किया और उपस्थित भीड़ में खो गए। वे यथासंभव प्रयास करके एक कोने में चुपचाप बैठ गए। केवल कृष्ण ने, जो भगवान विष्णु के अवतार थे, पांडवों को पहचान लिया और अपने भाई बलराम को भी संकेत से पांडवों के विषय में बता दिया।

द्रुपद, आरंभ से ही द्रौपदी का विवाह अर्जुन से करना चाहता था। उसे वारणावत में पांडवों की मृत्यु का समाचार पता लगा था, तो वह पूरी तरह टूट गया था, हालाँकि उसने कुछ लोगों से सुना कि पांडव, वारणावत से बच निकले थे। इन्हीं समाचारों पर आधारित आशा से प्रेरित होकर द्रुपद ने अर्जुन को ध्यान में रखते हुए द्रौपदी के स्वयंवर के लिए जान-बूझकर प्रतियोगिता आयोजित की थी। द्रुपद को विश्वास था कि उस प्रतियोगिता के बहाने अर्जुन अवश्य ही छिपे स्थान से बाहर निकल आएगा।

सोलहवें दिन द्रौपदी के दर्शन हुए। वह अत्यंत शानदार परिधान में आभूषणों से सजी, हाथ में माला लिए स्वयंवर कक्ष में आई थी। उसे देखकर उपस्थित भीड़ निःशब्द हो गई। कुछ लोग तो द्रौपदी को देखकर इतने मंत्रमुग्ध हो गए कि उसे पाने के लिए कुछ भी करने को तैयार थे। धृष्टद्युम्न अपनी बहन को लेकर मंच पर आया और उसने घोषणा की, “यह मेरी बहन, राजकुमारी द्रौपदी है। मेरे पिता राजा द्रुपद इसका विवाह उस पुरुष से करेंगे जो उच्च कुल का, देखने में सुंदर, युद्ध-कला में पारंगत होगा तथा इस उद्देश्य के लिए निर्धारित प्रतियोगिता में सफल हो पाएगा।”

इसके बाद राजकुमार धृष्टद्युम्न ने उपस्थित सभासदों को प्रतियोगिता के विषय में जानकारी देना आरंभ किया। उसने कहा, “आपका लक्ष्य, वह स्वर्ण मछली है, जो उस स्तंभ के ऊपर बँधी है। उसे घुमाने के लिए नीचे एक चक्र लगा है। उस चक्र के मध्य में एक छिद्र है। उस स्तंभ के नीचे एक पात्र में जल रखा है। मेरी बहन से विवाह करने के इच्छुक व्यक्ति को मंच पर रखे धनुष पर प्रत्यंचा चढ़ाकर मछली की परछाईं को जलपात्र में देखना है और फिर वहाँ रखे पाँच बाण छिद्र के पार मछली की आँख में मारने हैं। जो पुरुष इस कार्य को पूरा करेगा, मेरी बहन

उससे विवाह करेगी।" यह कहकर धृष्टद्युम्न और द्रौपदी पीछे हट गए। इसी के साथ प्रतियोगिता आरंभ हो गई।

वह अत्यंत कठिन कार्य था और उपस्थित राजकुमारों ने निराशा में भरकर अपने सिर हिला दिए, परंतु राजकुमारी द्रौपदी की सुंदरता को देखकर वे फिर उस असंभव-से कार्य पर हाथ आजमाने के लिए तैयार हो गए। एक के बाद एक महान योद्धाओं ने प्रयास किया, परंतु वे मंच पर रखे उस शक्तिशाली धनुष को उठा तक नहीं पाए। दुर्योधन, शिशुपाल, युयुत्सु, जयद्रथ और शल्य जैसे महान योद्धाओं ने भी लक्ष्य प्राप्त करने का प्रयास किया, परंतु सब असफल होकर सिर झुकाए अपने-अपने स्थान पर लौट गए।

इसके बाद कर्ण की बारी आई, तो सभी दर्शक उत्साहित होकर देखने लगे। कर्ण, प्रशिक्षित धनुर्धर था और स्वयं परशुराम ने उसे युद्ध-कला सिखाई थी। कर्ण ने सरलता से धनुष को उठाकर प्रत्यंचा चढ़ाई और निशाना साधा। उसी समय राजकुमारी द्रौपदी का स्वर सुनाई दिया, "मैं सूत से विवाह नहीं करूँगी!" यह सुनकर स्वयंवर कक्ष में शोर गूँज उठा। कर्ण ने सूर्य की ओर निराशा-भरी दृष्टि से देखा और फिर धनुष वापस रख दिया। वह सिर उठाकर अपने स्थान पर लौट गया।

कर्ण जैसे ज़बरदस्त धनुर्धर के लौट जाने के बाद बहुत-से लोगों ने फिर अपना भाग्य आजमाया, परंतु कोई भी उस कार्य को नहीं कर सका। सभी योद्धा दुःखी और निराश थे। उन्होंने उस असंभव लक्ष्य के प्रति शिकायत भरे स्वर में कहा, "यदि यही स्थिति रही, तो राजकुमारी द्रौपदी आजीवन अविवाहित रह जाएगी।"

तभी एक कुलीन ब्राह्मण उठा और उसने धृष्टद्युम्न से पूछा, "क्या एक ब्राह्मण राजकुमारी से विवाह कर सकता है?" धृष्टद्युम्न ने उत्तर दिया, "मैं पहले ही घोषणा कर चुका हूँ कि मेरी बहन उस पुरुष से विवाह करेगी, जो उच्च कुल का, देखने में सुंदर, युद्ध कला में पारंगत होगा और निर्धारित लक्ष्य को पूरा कर सकेगा।"

सभा में उपस्थित लोग उस साहसी ब्राह्मण को देखकर हैरान थे, जो प्रतियोगिता में भाग लेकर क्षत्रियों को उन्हीं के खेल में पराजित करने का संकल्प लेकर आया था। ब्राह्मण के वेश में आए अर्जुन ने मंच पर रखे धनुष को उठाया, फिर उस पर प्रत्यंचा चढ़ाई और एक के बाद एक लगातार पाँच बाण मछली की आँख में मार दिए। यह दृश्य देखकर सभा तालियों से गूँज उठी। देवताओं ने भी अर्जुन पर पुष्प-वर्षा की। इसके बाद द्रौपदी धीरे से चलकर अर्जुन के पास गई और उसने अर्जुन के गले में वरमाला पहना दी।

यह दृश्य देखकर प्रतिभागी स्तब्ध रह गए। उनकी दबी हुई इच्छा, क्रोध में परिवर्तित हो गई। उन्होंने कड़े स्वर में अप्रसन्नता व्यक्त करते हुए कहा, "राजा द्रुपद, अपनी पुत्री का विवाह एक अनजान ब्राह्मण से कैसे कर सकते हैं? इस तरह की प्रतियोगिताओं में केवल क्षत्रियों को भाग लेने का अधिकार होता है। हम यह

दुर्व्यवहार सहन नहीं करेंगे।" सभा में ऊँचे स्वर उठने लगे और समर्थन किया जाने लगा। अन्य लोग भी इस झगड़े में कूद पड़े और बोले, "हम ब्राह्मण को मार तो नहीं सकते, परंतु हम राजा द्रुपद और उसके पुत्र को अवश्य मारकर द्रौपदी को अग्नि में जला देंगे।" सभा की स्थिति नियंत्रण से बाहर होने लगी। यह देखकर युधिष्ठिर, नकुल और सहदेव भी भीड़ में से निकलकर बाहर आ गए। अर्जुन ने धनुष उठाया और चुनौतीपूर्ण मुद्रा में द्रौपदी के सामने आकर खड़ा हो गया। भीम ने खिलौने की भाँति एक वृक्ष उखाड़ लिया और अपने भाई के समर्थन में उतर आया।

सभा में ही युद्ध आरंभ हो गया। पांडव भाइयों को क्रोधित राजकुमारों से निपटने में समस्या नहीं हुई। ब्राह्मणों को अपनी रक्षा करते देख क्षत्रियों का गुस्सा बढ़ गया। उन्होंने सोच लिया कि ऐसे ब्राह्मण को, जो स्वयं युद्ध करने आ जाए, मारना पाप नहीं है। कर्ण ने अर्जुन का सामना किया और बाणों की वर्षा होने लगी। योद्धा एक-दूसरे पर विजय प्राप्त करने को आतुर थे। कर्ण, अनजान ब्राह्मण धनुर्धर का युद्ध-कौशल देखकर स्तब्ध था। उसने पूछा, "तुम कौन हो? तुम्हारी धनुर्विद्या असाधारण है। मेरे साथ अर्जुन के अतिरिक्त कोई और युद्ध नहीं कर सकता।"

"मैं एक साधारण ब्राह्मण होने के साथ ही अच्छा योद्धा भी हूँ। मैं तुम्हारी तरह घमंडी नहीं हूँ," अर्जुन ने व्यंग्य किया।

तभी कृष्ण और बलराम बीच में आ गए। उसी अफरा-तफरी में अर्जुन और भीम, द्रौपदी तथा अपने भाइयों के साथ चुपचाप बाहर निकल गए। किसी को इस बात का पता नहीं लगा, परंतु पांडवों का ध्यान इस ओर नहीं गया कि धृष्टद्युम्न चुपचाप उनके पीछे चल रहा था।

पांडव, द्रौपदी को लेकर कुंभकार के घर पहुँचे, तो कुंती उनकी प्रतीक्षा कर रही थी। वे सब अपनी माता को शुभ समाचार देने को आतुर थे। उन्होंने उत्साहित होकर कहा, "हे माता, कृपया बाहर आइए और देखिए आज हम क्या लेकर लौटे हैं।" कुंती ने भीतर से बिना देखे ही उत्तर दिया, "जो कुछ लाए हो, उसे परस्पर बराबर बाँट लो।" कुंती के वचन सुनकर पांडव हैरत में पड़ गए और एक-दूसरे की ओर देखने लगे। इस बीच, कुंती घर से बाहर आई, तो द्रौपदी को सामने देखकर लापरवाही से कहे शब्दों पर विचार करके घबरा उठी।

कुंती ने कहा, "मैं घर के भीतर थी। मुझे लगा कि तुम दक्षिणा लेकर लौटे हो। मेरी लापरवाही के कारण द्रौपदी पर कलंक नहीं लगना चाहिए, परंतु हमें यह भी देखना होगा कि मेरे शब्द झूठे ना हो जाएँ और हम पर मुसीबत ना टूट पड़े। इन दोनों बातों को ध्यान में रखते हुए तुम लोगों को जो ठीक लगता है, वही करो।"

युधिष्ठिर ने अर्जुन से कहा, "द्रौपदी को स्वयंवर में तुमने जीता है। तुम इससे विवाह करो और अपना बना लो।"

अर्जुन ने उत्तर दिया, "भैया आप जो कह रहे हैं, वह अनुचित और आर्य नियमों के विरुद्ध है। मैं अपने बड़े भाइयों के अविवाहित रहते पहले विवाह कैसे कर सकता हूँ? इसके अतिरिक्त हम माता के शब्दों की भी उपेक्षा नहीं कर सकते।"

युधिष्ठिर विचार करने लगा। उसने देखा कि सभी भाई तिरछी दृष्टि से द्रौपदी को देख रहे थे। उसे आभास हुआ कि वे सब द्रौपदी से विवाह करने के इच्छुक थे। युधिष्ठिर जानता था कि उनके मन में यह इच्छा सदा बनी रहेगी। द्रौपदी इतनी सुंदर थी कि कोई भी पुरुष उससे प्रभावित हुए बिना नहीं रह सकता था। उसने सोचा यदि सावधानी से निर्णय नहीं लिया गया, तो द्रौपदी को लेकर उनके बीच झगड़ा हो सकता था। वह हर क़ीमत पर इस स्थिति से बचना चाहते थे। यह सोचकर युधिष्ठिर ने निश्चय कर लिया और धीमे स्वर में कहा, "द्रौपदी, हम पाँचों पांडवों की पत्नी बनेगी।"

पाँचों भाई और उनकी माता कुंती इस निर्णय से बहुत ख़ुश थे। उस परिस्थिति में वही श्रेष्ठ निर्णय था। उसी समय कृष्ण और बलराम वहाँ आ गए। दोनों यादव कुमारों ने कुंती को प्रणाम किया। उन्हें अपने फुफेरे भाइयों से मिलकर बहुत अच्छा लगा। कृष्ण ने कुरु वृद्धजनों की दुर्योधन की कुटिल चालों में उसका साथ देने के लिए निंदा की। कृष्ण को पांडवों के सुरक्षित होने की प्रसन्नता थी। कृष्ण और बलराम ने पांडवों को उज्ज्वल भविष्य का आशीर्वाद दिया और फिर चले गए।

धृष्टद्युम्न ने सब कुछ देखा और वह राजमहल लौट आया। उसने सारी घटना पिता द्रुपद को सुनाई। "वे पाँचों पांडव ही हैं!", धृष्टद्युम्न ने भूमिका बाँधे बिना कहा। उसने कहा, "उनके साथ एक वृद्ध स्त्री भी है, जिसे वह 'माता' कहकर संबोधित कर रहे थे। निस्संदेह वह कुंती होगी। वे लोग गरीब और निर्धन ब्राह्मणों की तरह बातचीत नहीं कर रहे थे। मैंने उनकी भाव-भंगिमा और उनके आचार-व्यवहार में स्पष्ट तौर पर राजसी छाप देखी है। उनके कंधे और बाँहें योद्धाओं के समान बलिष्ठ हैं। हाँ, एक बात और! उनसे मिलने कृष्ण और बलराम भी आए थे।"

यह सुनकर द्रुपद को बहुत हर्ष हुआ। उसने कहा, "इसका अर्थ है कि मेरी पुत्री, अर्जुन की पत्नी बनने वाली है। मेरी सभी इच्छाएँ पूर्ण हो जाएँगी। सब कुछ योजना के अनुसार हुआ है।"

"पहले उनका विवाह होने दीजिए," धृष्टद्युम्न ने कहा। यह कहते हुए उसके माथे पर चिंता की लकीरें उभर आईं। इसके बाद वह द्रौपदी के वर के सम्मान में भोज का आयोजन करने की तैयारी करने चला गया। द्रुपद, प्रतिशोध के विचारों में इतना खोया हुआ था कि उसने अपने पुत्र के अंतिम वाक्य पर ध्यान नहीं दिया।

अगले दिन धृष्टद्युम्न, पांडवों और उनकी माता को राजमहल आमंत्रित करने के लिए स्वयं कुम्हार की कुटिया पहुँचा। स्वादिष्ट व्यंजनों और पकवानों का प्रबंध किया गया था। सबने भोजन का आनंद लिया। द्रुपद उन्हें ध्यान से देखता रहा। वह

पांडवों की राजसी चाल-ढाल से बहुत प्रभावित था। पांडव जिस तरह अस्त्र-शस्त्र तथा क्षत्रिय संबंधी वार्ता में भाग ले रहे थे, राजा द्रुपद को इस बात का पूर्ण विश्वास हो गया कि वे लोग पांडव ही थे।

भोजन के उपरांत द्रुपद ने युधिष्ठिर से कहा, "क्या हम, आपके भाई और द्रौपदी की ब्राह्मण रीति-रिवाज के अनुसार विवाह के विषय में बात कर सकते हैं?"

"हम लोग क्षत्रिय हैं। मैं पांडु-पुत्र युधिष्ठिर हूँ और ये चारों मेरे छोटे भाई हैं - भीम, अर्जुन, नकुल और सहदेव," युधिष्ठिर ने मुस्कराते हुए उत्तर दिया।

द्रुपद को अपने संदेह की पुष्टि पर प्रसन्नता हो रही था। उसने सबको गले लगा लिया और उन्हें अपने पुत्र के समान अधिकार देने का वचन दिया। वह कौरवों द्वारा किए दुर्व्यवहार से क्रोधित था। उसने पांडवों को आश्वासन दिया कि उनके शत्रुओं के दिन पूरे होने वाले हैं। द्रुपद ने उत्साह में आकर भविष्य की योजनाएँ भी बनानी आरंभ कर दी थीं। वह बोला, "अर्जुन और द्रौपदी के विवाह के उपरांत, मैं और धृष्टद्युम्न तत्काल आपका राज्य वापस प्राप्त करने का प्रयास आरंभ कर देंगे। हम लोग दुष्ट कौरवों को यमलोक पहुँचा देंगे।"

तभी युधिष्ठिर ने धीरे-से खाँसते हुए उत्तर दिया, "हम लोगों ने निर्णय किया है कि द्रौपदी, हम पाँचों की पत्नी बनेगी। हमारी माता की भी यही इच्छा है।"

एक बार तो द्रुपद को इस बात का अर्थ समझ में ही नहीं आया, परंतु बात समझने के बाद उसके चेहरे के भाव बदल गए। वह बोला, "आप ग्रंथों और रीति-रिवाजों तथा प्रकृति के नियमों के विरुद्ध कैसी बात कर रहे हैं? यदि मेरी पुत्री पाँच पुरुषों की पत्नी बन जाएगी, तो उसे लोग किस दृष्टि से देखेंगे? मैं इस बात से सहमत नहीं हूँ। यह देवताओं के विरुद्ध अपराध है और हमें इस विषय में सोचना भी नहीं चाहिए। वे हमें दंड दे सकते हैं।"

युधिष्ठिर अपनी बात पर अड़ा रहा, तो द्रुपद भी अडिग था कि पांडवों का व्यवहार सर्वथा अनैतिक और दुराचारी था। स्थिति बिगड़ने को थी कि तभी महर्षि वेदव्यास आ गए। उन्होंने अपनी दिव्य-दृष्टि से सब देख लिया था, इसलिए वे झगड़े को निपटाने उचित समय पर पहुँच गए थे। द्रुपद ने कहा, "हे मुनिवर! आप युधिष्ठिर को समझाइए। एक स्त्री, पाँच पुरुषों की पत्नी कैसे हो सकती है? यदि वह ऐसा करेगी, तो उसके सम्मान का क्या होगा? उस पर जीवन-भर के लिए कलंक लग जाएगा।"

"महाराज, आप शांत हो जाइए। यह सत्य है कि एक स्त्री के एक से अधिक पति होने की परंपरा समाप्त हो चुकी है, परंतु ऐसा पहले भी होता था। यद्यपि यह घटना विशिष्ट है क्योंकि यह नियति द्वारा निर्धारित है। द्रौपदी अपने पूर्व जन्म में कर्मों के कारण पति प्राप्त नहीं कर पाई थी। उसने भगवान शिव की तपस्या की। भगवान शिव ने उसकी इच्छा पूछी, तो द्रौपदी ने उत्सुक होकर पति प्राप्त करने की

इच्छा को पाँच बार दोहरा दिया। शिव ने वचन दे दिया कि उसे पाँच पति प्राप्त होंगे और जैसा कि आप देख सकते हैं, शिव का वचन सत्य हो गया है," ऋषि वेदव्यास ने उत्तर दिया।

"यदि यह भगवान शिव के वचन का परिणाम है, तो मुझे अथवा मेरी पुत्री पर कोई दोष नहीं लगेगा। प्रारब्ध में जो लिखा है, वह होकर ही रहेगा। मैं विवाह की तैयारियों का आदेश देता हूँ।" द्रुपद ने स्थिति के समक्ष समर्पण कर दिया था।

इस तरह द्रौपदी पाँच पांडवों की पत्नी बन गई। उनका विवाह हर्षोल्लास से हुआ। द्रुपद ने प्रत्येक वर को सौ रथ, हाथी, घोड़े, शानदार वस्त्र, शुतुरमुर्ग के अंडे जितने बड़े हीरे, प्रचुर मात्रा में स्वर्ण तथा बहुत से अन्य मूल्यवान रत्न आदि भी प्रदान किए, परंतु पांडवों को सबसे बड़ा लाभ यह था कि द्रुपद और धृष्टद्युम्न शक्तिशाली योद्धा थे और उनके साथ वैवाहिक संबंध स्थापित करने से पांडवों की राजनीतिक स्थिति सुदृढ़ हो गई थी।

पांडव, अपनी पत्नी द्रौपदी के साथ ख़ुश थे, परंतु किसे पता था कि द्रौपदी अपने पतियों के साथ कितनी प्रसन्न थी। द्रौपदी ने सबको समान रूप से प्रेम करने का प्रयास किया और सबके साथ निष्ठापूर्वक रहने लगी। इस बात का श्रेय द्रौपदी को ही मिलेगा क्योंकि उसे लेकर पाँचों भाइयों के बीच कभी झगड़ा नहीं हुआ। पाँचों से द्रौपदी को एक-एक पुत्र हुआ। वह अपने पतियों के साथ वनवास और अज्ञातवास में रही, उसने भरपूर प्रयास से सब तरह की कठिनाइयों का डटकर सामना किया, परंतु वह हृदय की अंतरतम गहराइयों में सदा अर्जुन से सबसे अधिक प्रेम करती थी क्योंकि वास्तव में अर्जुन ने ही स्वयंवर में असंभव लक्ष्य भेदकर द्रौपदी को पत्नी-रूप में प्राप्त किया था। द्रौपदी ने अपनी भावनाओं को सदा छिपाकर रखा, परंतु अंत समय तक उसने सबसे अधिक प्रेम अर्जुन से ही किया।

8

नागलोक की राजकुमारी

द्रौपदी संग पांडवों के विवाह का समाचार हस्तिनापुर पहुँचा, तो दुर्योधन और उसके साथियों में असंतोष और ईर्ष्या की भावना पैदा हो गई क्योंकि उनके समय की सबसे सुंदर स्त्री का विवाह उनके कट्टर शत्रुओं के साथ हो गया था। वे सब मिलकर नेत्रहीन धृतराष्ट्र के पास पहुँचे और अपनी शिकायत सुनाई। इसके बाद पांडवों को मारने और उन्हें मार्ग से हटाने की नई-नई योजनाएँ बनाई गईं और फिर उन्हें व्यर्थ जानकर भुला दिया गया। पहली बार धृतराष्ट्र ने अपने ज्येष्ठ पुत्र की मानसिक उथल-पुथल की उपेक्षा करके भीष्म, द्रोण और विदुर की विवेकपूर्ण सलाह को मान लिया। उसने अपने पुत्रों के लिए पक्षपात की भावना को त्याग दिया और विदुर को तत्काल पांचाल जाकर पांडु-पुत्रों को स्वागत समारोह के लिए आमंत्रित करने का आदेश दिया। धृतराष्ट्र ने पांडवों के लौटने पर उन्हें आधा राज्य देने का निश्चय किया, जिससे भविष्य में भाइयों के बीच में कभी इस बात को लेकर झगड़ा ना हो।

पांडव घबराए हुए थे, फिर भी वे कृष्ण के साथ हस्तिनापुर आ गए। उन्हें सुरक्षित देखकर प्रजा के लोग अत्यंत हर्षित हुए। कुरु वंश के सभी वृद्धजनों को प्रणाम करने के उपरांत पांडवों ने अपनी पत्नी से उनका परिचय करवाया। इसके बाद वे राज्य के आधे भाग में, जिसे खांडवप्रस्थ का नाम दिया गया था, रहने चले गए। खांडवप्रस्थ की भूमि निर्जन थी और उसके निकट एक बड़ा जंगल था। वहाँ की बंजर भूमि पर दूर-दूर तक कुछ पैदा नहीं होता था, परंतु पांडव उसे देखकर बिना घबराए आगे बढ़ गए। वे कौरवों के हाथों अन्याय के अभ्यस्त हो चुके थे। उन्होंने सोचा कि वह स्थान, चाहे जितना बुरा था, परंतु वारणावत की तुलना में वहाँ बहुत से लाभ थे क्योंकि वारणावत उन्हें मारने के उद्देश्य से तैयार किया गया था। वेदव्यास और धौम्य ऋषि के मार्गदर्शन से पांडवों ने एक स्थान चुना और वहाँ

अपनी शानदार नगरी स्थापित करने से पहले पूजा और अनुष्ठान आदि संपन्न किया। कृष्ण के कहने पर देवराज इंद्र ने देवताओं के मुख्य शिल्पकार विश्वकर्मा को पांडवों की सहायता के लिए भेजा। शीघ्र ही विश्वकर्मा ने अथक प्रयास से बंजर भूमि को अनुपम और सुंदर नगरी में बदल दिया, फिर उसका नाम इंद्रप्रस्थ रखा गया। दूर-दूर से लोग इंद्रप्रस्थ के वैभव और संपन्नता को देखने आते थे। वह राज्य धीरे-धीरे विकसित और समृद्ध होता गया। पांडवों के पूर्ण रूप से बस जाने के बाद कृष्ण भी अपनी नगरी लौट गए।

एक दिन देवर्षि नारद, पांडवों से मिलने उनके पास पहुँचे, तो पांडवों ने उनका भरपूर आतिथ्य सत्कार किया। नारद ने सबको आशीर्वाद दिया और फिर उन्हें आने का प्रयोजन बताया। वह पांडवों को द्रौपदी के विषय में परामर्श देना चाहते थे। नारद ने पांडवों को एक भयंकर राक्षस हिरण्यकशिपु के वंशज निकुंभ के दो असुर पुत्रों सुंद और उपसुंद के विषय में बताया। हिरण्यकशिपु, प्रह्लाद का पिता था, जिसका भगवान विष्णु ने नरसिंह अवतार लेकर संहार किया था। दोनों भाई सुंद और उपसुंद एक-दूसरे से बहुत प्रेम करते और सदा साथ रहते थे। उनके विचार, उनकी आशाएँ और उनके स्वप्न भी एक-दूसरे से जुड़े थे। ऐसा प्रतीत होता था, मानो वे दो शरीर, एक प्राण थे।

एक बार सुंद व उपसुंद के मन में संसार-भर में अपना राज्य स्थापित करने की इच्छा जागृत हो गई। उन्होंने विंध्य पर्वत पर जाकर कठोर तप आरंभ कर दिया। कहते हैं कि उनके तपोबल की ऊष्मा के कारण विंध्य पर्वत से धुएँ के घने बादल उठने लगे। उससे घबराकर देवताओं ने असुरों को तपस्या के मार्ग से हटाने के अनेक प्रयास किए, परंतु दोनों भाई अपने संकल्प पर अडिग थे। आख़िरकार ब्रह्मा को उन्हें वरदान देना पड़ा। ब्रह्मा के पूछने पर दोनों भाइयों ने एक स्वर में उत्तर दिया, "हम मायावी शक्तियों के स्वामी होना चाहते हैं और साथ ही हमें अस्त्र-शस्त्रों का ज्ञान, स्वेच्छा से रूप बदलने की शक्ति भी चाहिए। अंत में, हम अमर भी होना चाहते हैं।"

ब्रह्मा को असुरों के कलुषित विचार और उनकी लालची प्रवृत्ति का आभास पहले हो गया था। वह बोले, "तुम जो चाहते हो, तुम्हें मिल जाएगा, परंतु मैं तुम्हें अमरता प्रदान नहीं कर सकता। इसके बदले मैं तुम्हें यह वचन देता हूँ कि तुम्हें एक-दूसरे के अतिरिक्त और कोई नहीं मार सकेगा।" दोनों भाई प्रसन्न हो गए। यह वरदान अमर होने के समान ही था क्योंकि वे एक-दूसरे को मारना तो दूर, कभी अहित भी नहीं कर सकते थे।

ब्रह्मा से प्राप्त शक्ति के मद में चूर दोनों असुर भाई अपने लोक लौट आए। उन्होंने संसार-भर के विभिन्न स्थानों पर आक्रमण करके अपने अधीन करना आरंभ कर दिया। पृथ्वी पर हाहाकार मच गया। असुरों ने प्राणियों को अपने अधीन कर लिया। आकाश में उड़ने वाले पक्षी, समुद्र की मछलियाँ और यहाँ तक कि पृथ्वी

पर विचरने वाले पशु भी उनकी क्रूरता का शिकार हो गए। उन्होंने विशेष तौर पर ब्राह्मणों को मारना शुरू किया क्योंकि ब्राह्मणों के पास आध्यात्मिक लाभ होता था और वे तपस्या द्वारा अधिक वैभव और शक्तियाँ प्राप्त करने में समर्थ थे। दोनों असुरों को तपस्वियों से खतरा था, इसलिए उन्होंने उस अहिंसक प्रजाति को मिटाना आरंभ कर दिया। सुंद और उपसुंद ने विवेक खो दिया था। दोनों को रक्तपात में आनंद आता था और वे सत्तालोलुप हो चुके थे। उन्होंने एक के बाद एक राज्य, अपने अधीन करने आरंभ कर दिए। उन्होंने धर्म का पूर्ण त्याग कर दिया क्योंकि वे वेदों में नियत धर्म का पालन करने में पूरी तरह अक्षम हो गए थे। उनके अत्याचार से दुःखी पृथ्वी माता रक्तरंजित हो गई। चारों तरफ केवल शव दिखाई पड़ते थे।

दोनों राक्षसों के दुराचार और क्रूरता से क्रोधित होकर ब्रह्मा ने देवताओं के शिल्पकार विश्वकर्मा को बुलाया और उन्हें ऐसी अनुपम स्त्री तैयार करने का आदेश दिया,जो असुर भाइयों के अंत का कारण बने। विश्वकर्मा ने ब्रह्मा की बात को गंभीरता से लिया। उन्होंने तीनों लोकों के कोने-कोने से सबसे सुंदर और अनुपम रत्न आदि के अरबों तिल (कण) एकत्र किए। इस कठिन कार्य को पूरा करने के उपरांत विश्वकर्मा ने उन उत्तम तिलों से एक सुंदरी का निर्माण किया। उसके तन का प्रत्येक अंश आदर्श था। उसके अनुपम सौंदर्य को देखकर हर कोई मंत्रमुग्ध हो जाता था क्योंकि उसका निर्माण सर्वोत्तम श्रेणी के तिलों से किया गया था। उस सुंदरी को 'तिलोत्तमा' नाम दिया गया। तिलोत्तमा को सुंद-उपसुंद के पास जाने का आदेश हुआ था। उसने जाने से पूर्व देवताओं की परिक्रमा की। उसे परिक्रमा करते देख भगवान शिव भी स्वयं को रोक नहीं सके। उसे देखने की इच्छा से ब्रह्मा के चार सिर तथा इंद्र के एक हजार नेत्र उभर आए। भगवान शिव, तिलोत्तमा के सौंदर्य से इतने हतप्रभ थे कि वह उसे देखकर स्थिर हो गए और तब उनका एक नाम, 'स्थानु' पड़ गया।

काम भावना जगाने वाली तिलोत्तमा योजनानुसार कुरुक्षेत्र के निकट आ गई, जहाँ सुंद और उपसुंद संसार को अपने अधीन कर स्वयं आमोद-प्रमोद में मग्न थे। उनके चारों ओर शानदार भोजन, मदिरा और सुंदर स्त्रियाँ उपस्थित थीं, जो संगीत, नृत्य और प्रेम-कला में निपुण थीं। उसी क्षण तिलोत्तमा भी वहाँ पहुँच गई। वह फूल चुनने के बहाने अपने सौंदर्य से असुर भाइयों की भूखी दृष्टि को लुभाने का प्रयास करने लगी।

तिलोत्तमा को देखते ही दोनों भाई कामेच्छा से उन्मत्त हो गए। सुंद और उपसुंद आपसी भाईचारे और प्रेम को भुला बैठे और तिलोत्तमा को प्राप्त करने की चाहत में एक-दूसरे से लड़ने लगे। वे एक-दूसरे के रक्त के प्यासे हो गए थे। उन्होंने बहुत झगड़ा किया और अंत में एक-दूसरे की हत्या कर दी। दोनों भाइयों को मृत देखकर संसार के सब प्राणी शांत और उदास हो गए। यद्यपि सब असुरों के अत्याचार से

त्रस्त थे, फिर भी एक सुंदर स्त्री के कारण दोनों भाइयों के बीच मधुर संबंध में हुए विच्छेद को देखकर सबको निराशा हुई थी।

पांडव, उस दुःख-भरी कथा को शांत भाव से सुन रहे थे। उन्होंने देवर्षि नारद द्वारा दिए पाठ को आत्मसात कर लिया। नारद ने पांडवों को चेतावनी देते हुए कहा, "बुद्धिमान मनुष्य, इतिहास से सबक लेते हैं। द्रौपदी के संदर्भ में कुछ मूलभूत नियमों को ध्यान में रखना आवश्यक होगा, ताकि तुम लोग भी द्रौपदी को लेकर भविष्य में कभी झगड़ा ना करो।"

पाँचों भाई, सुंद एवं उपसुंद की दुःख भरी कथा से व्यथित हो गए थे। उन्हें दुःख था कि दोनों भाइयों ने परस्पर इतना प्रेम होने के बावजूद, एक स्त्री के प्रेम में पड़कर एक-दूसरे को मार डाला था। पांडवों ने नारद की बात को गंभीरता से सुना और तत्काल नियम निर्धारित कर दिए। यह निश्चित हुआ कि वे लोग बारी-बारी से द्रौपदी के साथ रहेंगे और जिस समय द्रौपदी एक भाई के साथ होगी, उस समय शेष भाई, उनकी निजता को भंग नहीं करेंगे और ना ही उनके अंतरंग क्षणों को देखने की चेष्टा करेंगे। यह भी तय हुआ कि जो इस नियम को तोड़ेगा, उसे बारह वर्ष का वनवास भोगना तथा ब्रह्मचर्य-व्रत का पालन करना होगा। नारद अपने उद्देश्य की पूर्ति करने के उपरांत लौट गए।

पांडवों ने सभी नियमों का दृढ़तापूर्वक पालन किया और मिल-जुल कर रहने लगे, परंतु एक दिन एक ब्राह्मण अर्जुन के पास आया। कुछ चोरों ने उस ब्राह्मण की गाय चुरा ली थी और वह अर्जुन के पास सहायता माँगने आया था। अर्जुन के अस्त्र-शस्त्र युधिष्ठिर के कक्ष में रखे थे और उस समय द्रौपदी, युधिष्ठिर के साथ थी। अर्जुन दुविधा में पड़ गया क्योंकि उसे नारद का बनाया नियम ध्यान आ गया। अर्जुन एक क्षण को झिझका, किंतु फिर उसे लगा कि क्षत्रिय होने के नाते दुःखी ब्राह्मण की सहायता करना उसका धर्म था। वह बिना समय गँवाए युधिष्ठिर के कक्ष में गया। उसने अस्त्र उठाए और तुरंत चोरों को पकड़ने के लिए निकल पड़ा। उसने ब्राह्मण को उसकी गाय लौटा दी और लौटकर नियमानुसार वनवास की तैयारी करने लगा। सभी पांडव भाई उसके वनवास जाने से दुःखी थे।

युधिष्ठिर ने अपने छोटे भाई अर्जुन को वनवास जाने से रोकने का प्रयास किया और कहा, "अर्जुन, तुम अपना धर्म निभा रहे थे और इसीलिए तुमने नियम तोड़ा था। तुम्हें इसके लिए क्षमा किया जा सकता है। मैं तुम्हारे इस कृत्य से नाराज नहीं हूँ। इसके अतिरिक्त छोटे भाई को बड़े भाई के साथ छूट लेने का अधिकार होता है। तुमने जो किया, वह अनुचित नहीं था। तुम हमारे साथ रह सकते हो।"

परंतु अर्जुन ने उत्तर दिया, "भैया, अपनी निजी सुविधा के लिए धर्म को तोड़ना-मरोड़ना किसी को शोभा नहीं देता। हमने इन नियमों को किसी विशेष उद्देश्य से बनाया था। हमें इनका पालन करना चाहिए। मैं बारह वर्ष के लिए वन में जा

रहा हूँ और अवधि पूरी होने के बाद ही लौटूँगा। कृपया मेरे निर्णय को बदलने का प्रयास मत कीजिए। मुझे शुभकामना और आशीर्वाद दीजिए।"

अर्जुन अपनी बात पर अडिग रहा। उसने भाइयों का अनुरोध अस्वीकार कर दिया। पांडवों ने अत्यंत भारी हृदय से अर्जुन को विदा कर दिया। अर्जुन ने राजसी वस्त्र एवं आभूषण उतारे और तपस्वियों का वेश धारण कर लिया। वह कुछ अन्य तपस्वियों, विद्वानों और संगीतकारों के साथ राज्य छोड़कर चला गया। अनेक तीर्थ-स्थानों की यात्रा करने के उपरांत अर्जुन ने बहुत से देवी-देवताओं की उपासना की। इस तरह वे लोग कुछ समय बाद गंगाद्वार (हरिद्वार) पहुँच गए। वह स्थान बहुत सुंदर था। अर्जुन ने उस शांतिपूर्ण स्थान पर ध्यान और तपस्या में बहुत समय बिता दिया। एक दिन वह अनुष्ठान संपन्न करके नदी में स्नान के लिए उतरा, तो सहसा किसी ने उसे नीचे खींच लिया। कुछ देर बाद अर्जुन यह देखकर स्तब्ध रह गया कि वह पानी के नीचे एक अत्यंत भव्य राजमहल में खड़ा था। एक कक्ष में यज्ञ अग्नि प्रज्वलित थी। अर्जुन ने अग्नि को प्रणाम किया। उसने आँखें खोलीं, तो उसके सामने एक सुंदर युवती खड़ी थी। वह अर्जुन को देखकर मंत्रमुग्ध हो गई। अर्जुन भी उसे देखकर मुस्कराया और बोला, "हे सुंदरी, आपको मेरे साथ ऐसा नहीं करना चाहिए था। आप कौन हैं? मुझे यहाँ क्यों लेकर आई हैं?"

"मेरा नाम उलूपी है और मैं राजा कौरव्य की पुत्री हूँ। आप इस समय नागलोक में हैं। हम लोग जल के नीचे रहते हैं। मैंने आपको देखा, तो मैं आपके प्रति आकर्षित हो गई। मेरी कामेच्छा इतनी बलवती हो गई कि मैं आपको पानी के नीचे ले आई। आपके बिना मेरा जीवन व्यर्थ है। आप मुझे अपना लीजिए। देवता भी इस उदारता के लिए आपको आशीर्वाद देंगे। यदि आप मेरी बात नहीं मानेंगे, तो मेरा जीवन समाप्त हो जाएगा," उस युवती ने उत्तर दिया।

अर्जुन ने विनम्र, किंतु दृढ़तापूर्वक उत्तर दिया, "राजकुमारी, मैं आपकी इच्छा पूर्ण नहीं कर सकता। मैंने बारह वर्ष तक ब्रह्मचारी रहने का प्रण किया है। क्षमा कीजिए, किंतु मैं अपना वचन नहीं तोड़ सकता।"

राजकुमारी ने उत्तर दिया, "मुझे आपके वनवास की परिस्थितियों के विषय में पता है, परंतु ब्रह्मचर्य-व्रत केवल द्रौपदी तक सीमित है। इसलिए आप निस्संकोच मेरी इच्छा पूरी कर सकते हैं। यदि आप मुझे इस अवस्था में छोड़कर चले जाएँगे, तो मेरा जीवन नष्ट हो जाएगा। मुझे इस परेशानी से मुक्त करना आपका दायित्व है।"

अर्जुन ने राजकुमारी उलूपी की बात मान ली और उसे पत्नी बनाना स्वीकार कर लिया। अर्जुन ने अग्नि को साक्षी मानकर उलूपी से विवाह कर लिया।

अगले दिन उलूपी, कृतज्ञ भाव से अर्जुन को गंगा-तट पर ले आई। उसका दिल दुःखी था। वह जानती थी कि अर्जुन ने उसके साथ रहने की इच्छा व्यक्त नहीं

की थी और उसने उलूपी की इच्छा केवल उदारतावश पूरी की थी, परंतु वह उससे प्रेम नहीं करता था। उलूपी ने कठिनता से सब कुछ सहन किया। उसके मन में अर्जुन के प्रति प्रेम कम नहीं हुआ। अर्जुन के जाने से पहले उलूपी ने कहा, "तुम्हें जल के भीतर कोई परास्त नहीं कर सकेगा। सभी जल-प्राणी सदा तुम्हारी आज्ञा का पालन करेंगे और तुम्हें कोई हानि नहीं पहुँचाएँगे। प्रिय, मैं तुमसे विदा लेती हूँ। मैं सदा तुम्हारा ध्यान रहूँगी।"

अर्जुन को लगा उसने कोई स्वप्न देखा था, जो अब धुँधला होकर स्मृति से ओझल हो रहा था। अर्जुन उत्तर दिशा में आगे बढ़ गया। कुछ ब्राह्मण भी इंद्रप्रस्थ से ही उसके साथ चल रहे थे। वह उन्हें लेकर हिमालय स्थित अनेक तीर्थ-स्थलों पर गया और वहाँ उसने प्राचीन ऋषि-मुनियों से आध्यात्मिक ज्ञान प्राप्त किया।

यात्रा के दौरान अर्जुन एक स्थान पर पहुँचा, तो उसे पता चला कि लोग वहाँ जाने से डरते थे क्योंकि पानी में एक विशालकाय मगरमच्छ रहता था और जो व्यक्ति स्नान अथवा पूजा करने पानी में उतरता, उसे मगरमच्छ खींचकर नीचे ले जाता था।

अर्जुन ने विश्वास-भरी मुस्कान के साथ कहा, "उस मगरमच्छ को मुझे खींचने के लिए बहुत प्रयास करना पड़ेगा।" ऐसा कहकर अर्जुन पानी में उतर गया। मगरमच्छ भी छिपकर शिकार की प्रतीक्षा कर रहा था। उसने अर्जुन का पैर पकड़ लिया और नीचे खींचने का प्रयास करने लगा, परंतु अर्जुन ने स्वयं को मगर से मुक्त कर लिया। वह उस विशालकाय मगरमच्छ की गर्दन अपनी मजबूत बाँहों से जकड़कर उसे किनारे पर ले आया। मगरमच्छ ने ज्यों ही धरती का स्पर्श किया, वह एक रूपसी कन्या में परिवर्तित हो गया। अर्जुन उसे आश्चर्य से देखने लगा। कन्या ने अर्जुन को प्रणाम किया और उसके चरण स्पर्श किए। इसके बाद उसने अर्जुन को अपनी कथा सुनाई। वह बोली, "मैं एक अप्सरा हूँ। मैंने अपनी चार अन्य सखियों के साथ एक ऋषि की तपस्या में विघ्न डाला था, जिससे क्रोधित होकर ऋषि ने हमें शाप देकर मगरमच्छ बना दिया और कहा कि हमें किसी महान पुरुष के आने तक सौ वर्षों तक इसी अवस्था में रहना होगा। आपने मुझ पर उपकार किया है, इसलिए मैं आपकी आभारी हूँ। मैं आपको अपने साथ ले जाना चाहती हूँ, जहां मेरे अन्य साथी भी रहते हैं। उन पर भी यही उपकार कीजिए।" अर्जुन कन्या के साथ गया और उसने शेष साथियों को भी उनकी दुःखद अवस्था से मुक्त कर दिया।

अर्जुन ने अनेक स्थानों पर पूजा-अर्चना के उपरांत तपस्वियों का साथ छोड़ दिया। उसने मणिपुर जाने का विचार बनाया, जहाँ के विषय में उसने बहुत सुना था। मणिपुर के राजा ने अर्जुन का सेवा-सत्कार किया। राजा के महल में अर्जुन ने एक कन्या को देखा। वह कोई और नहीं, अपितु राजा की पुत्री चित्रांगदा थी। अर्जुन के

मन में उसके प्रति प्रेम जागृत हो गया। उसने तत्काल राजा से चित्रांगदा के विषय में बात की और विवाह का प्रस्ताव रख दिया।

मणिपुर के राजा को बहुत हर्ष हुआ कि संसार के सर्वश्रेष्ठ धनुर्धर अर्जुन ने उसकी पुत्री से विवाह की इच्छा व्यक्त की थी। वह बोला, "यह मेरा सौभाग्य है। मुझे इस संबंध पर कोई आपत्ति नहीं है, परंतु मेरा कोई पुत्र नहीं है, इसलिए मैं चाहता हूँ कि चित्रांगदा से होने वाला पुत्र मेरा वंशज कहलाए और वही आगे चलकर मेरे राज्य का उत्तराधिकारी बने।" अर्जुन ने राजा की शर्त स्वीकार कर ली। इसके बाद अर्जुन और चित्रांगदा का विवाह हो गया।

अर्जुन ने चित्रांगदा के साथ हर्षपूर्वक तीन वर्ष बताए। इस बीच, चित्रांगदा ने एक पुत्र को जन्म दिया। उसका नाम बभ्रुवाहन रखा गया। अर्जुन ने वचन पूरा किया और अपना पुत्र मणिपुर के राजा को सौंप दिया। उसकी अनेक वर्ष बाद अपने पुत्र से फिर भेंट हुई।

अर्जुन को वनवास के कुछ वर्ष पूरे करने थे, इसलिए वह दक्षिण दिशा की ओर चला गया। इस बीच, नागलोक की राजकुमारी उलूपी, जो अर्जुन से बहुत प्रेम करती थी और जिसे वह छोड़कर गया था, फिर से अर्जुन के प्रेम के लिए व्याकुल हो उठी। उसने भी अर्जुन के पुत्र को जन्म दिया। उसका नाम इरावन था। वह बड़ा होकर नागलोक का राजकुमार और शानदार योद्धा बना। इरावन की भेंट अपने पिता से इंद्रलोक में हुई थी। उसने अनेक आशंकाओं के बीच काँपते हुए जब अपने पिता को दोनों के संबंध के विषय में बताया, तो अर्जुन बहुत प्रसन्न हुआ। उसने अपने युवा योद्धा-पुत्र को गले से लगा लिया। पिता-पुत्र ने बहुत समय ख़ुशी से साथ बिताया। उनके अलग होने का समय हुआ, तो अर्जुन ने आगामी युद्ध में इरावन तथा नागों की सहायता माँगी। इरावन ने भी अर्जुन को सहायता का वचन दे दिया।

समय आने पर इरावन ने अपना वचन पूरा किया और महाभारत युद्ध में अर्जुन के पक्ष में वीरतापूर्वक युद्ध किया। वह मायावी शक्तियों में पारंगत था। उसने अपने विशिष्ट नाग-गुणों की सहायता से दुर्योधन की सेना पर ज़बरदस्त हमला किया। उसने शक़ुनि के पाँच भाइयों के प्राण ले लिए। अंत में अलंबुष नाम के एक राक्षस ने तलवार से इरावन का सिर काटकर उसकी हत्या कर दी थी।

इन घटनाओं के होने से बहुत पहले, उलूपी ने चित्रांगदा और बभ्रुवाहन के बारे में सुना। उसने दोनों से मिलने का निश्चय किया। उसे लगा कि वह अपने प्रिय अर्जुन के साथ नहीं रह सकती, परंतु वह उन लोगों से अवश्य मिल सकती थी, जिन्हें अर्जुन से प्रेम करने का सौभाग्य मिला था। यह सोचकर उलूपी, चित्रांगदा के पास गई और उसे अपना परिचय दिया। चित्रांगदा ने उलूपी का सत्कार किया और फिर उलूपी और चित्रांगदा बहनों की तरह साथ रहने लगीं। उलूपी, बभ्रुवाहन

को भी बहुत पसंद करती थी। उसने स्वयं बभ्रुवाहन की शिक्षा का कार्यभार सँभाला और उसे युद्ध-कला में माहिर बना दिया। वह बभ्रुवाहन को उसके पिता के बल और युद्ध-कौशल की कथाएँ सुनाती और उसे प्रेरित करती थी। शीघ्र ही बभ्रुवाहन भी अपने वीर पिता की भाँति शक्तिशाली और साहसी बन गया।

चित्रांगदा और बभ्रुवाहन मणिपुर में रहकर ही प्रिय अर्जुन के किस्से सुनते और उलूपी द्वारा लाए गए समाचार की उत्सुकता से प्रतीक्षा करते थे। वे कभी अर्जुन पर आए कठिन समय को सोचकर रो पड़ते थे, तो कभी युद्ध में अर्जुन के विजयी होने का समाचार सुनकर प्रसन्न हो जाते थे। अर्जुन की वीरता एवं साहस की गाथाएँ सुनकर चित्रांगदा और बभ्रुवाहन के दिन बीत रहे थे। इस तरह वे दोनों आत्मिक तौर पर अर्जुन के साथ रहते थे। कुरुक्षेत्र में महाभारत युद्ध के दौरान बभ्रुवाहन भी मणिपुर के योद्धाओं की सेना लेकर पांडवों की सहायता करने पहुँच गया था।

युद्ध समाप्त होने के बाद युधिष्ठिर राजा बन गया, तो उसने अश्वमेध यज्ञ संपन्न करने का निश्चय किया। एक अश्व को खुला छोड़ दिया गया। अर्जुन के नेतृत्व में एक सैन्य-दल घोड़े के साथ चलता और जिस स्थान पर घोड़ा रुक जाता था, उस प्रांत के राजा को युधिष्ठिर की सत्ता स्वीकार करनी पड़ती थी, अन्यथा अर्जुन से युद्ध करना पड़ता था। अर्जुन से युद्ध करना आत्महत्या करने के समान था। यही कारण था कि अधिकतर राजा, युधिष्ठिर को अपना स्वामी मान लिया करते थे। अर्जुन को पराजित राजा से सम्मान के तौर पर बहुत से मूल्यवान उपहार आदि भी प्राप्त होता था। इस तरह युधिष्ठिर के अश्वमेध यज्ञ का घोड़ा उन्मुक्त भाव से नए राज्यों और प्रदेशों में घूमता रहा और इस तरह पांडव राज्य का विस्तार होता चला गया।

एक समय आया, जब अर्जुन का अश्व मणिपुर पहुँच गया। वहाँ बभ्रुवाहन अपने पिता को देखकर बहुत प्रसन्न हुआ और बाँहें फैलाए अपने पिता से मिलने दौड़ा, परंतु अर्जुन को उस परिस्थिति में बभ्रुवाहन का प्रेमपूर्ण प्रदर्शन पसंद नहीं आया। उसने तीखे स्वर में कहा, "मेरा पुत्र, मुझसे गले मिलकर युद्ध से बच नहीं सकता। यदि तुम्हारे शरीर में मेरा रक्त है, तो मुझसे योद्धा की तरह बात करो।"

बभ्रुवाहन को अर्जुन के कठोर वचन सुनकर बुरा लगा। उसने तत्काल युद्ध की तैयारी कर ली और अपने सैनिकों को आदेश देकर अश्वमेध यज्ञ का घोड़ा पकड़ लिया। इसके बाद पिता और पुत्र के बीच घमासान युद्ध आरंभ हो गया।

अर्जुन अपने पुत्र बभ्रुवाहन के सिंहवत् गुण एवं अदम्य साहस को देखकर बहुत प्रसन्न हुआ। उन दोनों के बीच बहुत लंबे समय तक युद्ध चलता रहा। देवता भी उस युद्ध को ऊपर से देख रहे थे। चित्रांगदा और उलूपी ने भी उस महायुद्ध

को देखा। चित्रांगदा की आँखों में आँसू आ गए। उसका हृदय भय से काँपने लगा। ऐसा लगता था, मानो दोनों योद्धा अनंतकाल तक लड़ते रहेंगे, किंतु शीघ्र ही सब कुछ समाप्त हो गया। बभ्रुवाहन के धनुष से निकला एक बाण अर्जुन के हृदय के पार हो गया। अर्जुन की तुरंत मृत्यु हो गई।

इस दुःख-भरी घटना को देखकर वहाँ उपस्थित सभी लोग मौन हो गए। अर्जुन को मृत देखकर विलाप आरंभ हो गया। बभ्रुवाहन के हाथों जो हुआ था, उसे देखकर वह स्वयं मूर्छित हो गया। चित्रांगदा दौड़कर अपने मृत पति के पास गई और उसके शरीर पर ज़ोर-ज़ोर से रोने और अपने बाल नोंचने लगी। उसे लगा उसका जीवन व्यर्थ है। उसने उसी स्थान पर अन्न-जल त्यागने का निश्चय कर लिया। बभ्रुवाहन को होश आया, तो उसने भी अपना जीवन त्याग देने का निश्चय किया।

उलूपी के शुष्क नेत्र और जड़ अवस्था देखकर बभ्रुवाहन ने कहा, "क्या आपने मुझे इसलिए योद्धा बनाया था कि मैं अपने हाथों से अपने पिता की हत्या कर दूँ? आपने ऐसा करके उस पुरुष से प्रतिशोध लिया है, जो आपको छोड़कर चला गया था। मुझे विश्वास है कि मैंने जो किया है, यह देखकर आपको प्रसन्नता हो रही होगी। मुझसे भूल हुई, जो मैंने आपको माता समझ लिया। आप राक्षसी हैं।"

उलूपी ने सब कुछ चुपचाप सुना और फिर वह धीरे से बोली, "मैं तुम्हें एक कथा सुनाती हूँ। उसे सुनकर तुम्हें जैसा उचित लगे, वैसा करना।" इसके बाद उलूपी ने बभ्रुवाहन को एक विचित्र कथा सुनाई, जिसका संबंध सबके प्रिय अर्जुन से था, जो उनके सामने मृत पड़ा था।

उलूपी ने कथा आरंभ कर दीः कुरुक्षेत्र में युद्ध के दौरान भीष्म ने पांडवों के लिए बहुत कठिन स्थिति पैदा कर दी थी। उस वृद्ध योद्धा को रणभूमि में रोक पाना असंभव हो गया था। वह पांडव सेना को बुरी तरह रौंद रहा था। भीष्म द्वारा सतत बाण-वर्षा के कारण पांडवों की सेना के हज़ारों सैनिक प्रतिदिन मारे जा रहे थे। आख़िरकार, पांडवों ने निराश होकर एक युक्ति निकाली। उन्होंने स्वयं भीष्म के मुख से सुना था कि वह किसी स्त्री, निहत्थे व्यक्ति अथवा निम्न जाति के पुरुष से युद्ध नहीं करेंगे। भीष्म को रणभूमि में निष्प्रभावी करने का यही एकमात्र तरीका था। उन्होंने पहले भी अनेक अवसरों पर शिखंडी से यह कहकर युद्ध करने से मना कर दिया था कि शिखंडी अपने पूर्व जन्म में स्त्री था।

शिखंडी सचमुच अपने पूर्व जन्म में अंबा नाम की स्त्री था। भीष्म ने अंबा और उसकी दो बहनों अंबिका और अंबालिका का पांडवों और कौरवों के पितामह विचित्रवीर्य से विवाह कराने के लिए स्वयंवर से अपहरण कर लिया था। अंबा को बहुत दुःख हुआ क्योंकि वह पहले ही शाल्व नामक पुरुष से प्रेम करती थी। भीष्म को पता लगा, तो उन्होंने अंबा को शाल्व के पास लौटने की अनुमति दे दी, किंतु शाल्व, भीष्म से पराजित हो चुका था, इसलिए उसने अंबा को स्वीकार करने से मना

कर दिया। शाल्व ने अंबा से कहा, "तुम उसी पुरुष के पास लौट जाओ, जो मुझे पराजित करके तुम्हें बलपूर्वक साथ ले गया था। उसने केवल तुम्हारे अनुरोध पर मुझे जीवित छोड़ दिया था। मुझे यह जीवन, दान में मिला है और मैं तुम दोनों के बीच भिखारी की तरह हो गया हूँ तथा क्षत्रियों की हँसी का पात्र बनकर रह गया हूँ। यदि मैं इस अपमान के बावजूद तुम्हें स्वीकार कर लूँगा, तो संसार मेरी हँसी उड़ाएगा। तुम तत्काल लौट जाओ, क्योंकि तुम्हें देखने से ही मुझे अपना अपमान याद आ जाता है।"

शाल्व द्वारा परित्यक्त अंबा फिर हस्तिनापुर लौट आई, परंतु विचित्रवीर्य ने भी उसे स्वीकार करने से मना कर दिया क्योंकि वह किसी अन्य पुरुष से प्रेम करती थी। अंबा अकेली पड़ गई। उसके हृदय में बसा प्रेम, घृणा में परिवर्तित हो गया। उसने घृणा को भीष्म पर केंद्रित कर दिया। अंबा ने भीष्म को मारने के लिए भगवान सुब्रमण्यम से सहायता माँगी। सुब्रमण्यम ने अंबा को एक दिव्य पुष्पमाला दी और कहा, "इस माला को पहनने वाला व्यक्ति भीष्म को मार सकेगा।" अंबा ने बहुत प्रयास किया, परंतु भीष्म के भय से किसी ने उसकी प्रार्थना स्वीकार नहीं की। राजकुमारी अंबा, द्रुपद के दरबार में गई, परंतु द्रुपद ने भी उसकी सहायता करने से मना कर दिया। सब जगह से निराश अंबा ने वह दिव्य माला, पांचाल राज्य के प्रवेश द्वार पर लटका दी और वहाँ से लौट गई।

कुछ तपस्वियों ने अंबा को भगवान विष्णु के अवतार परशुराम के पास जाने का परामर्श दिया। परशुराम ने अंबा की व्यथा सुनी, तो उन्हें बहुत दुःख हुआ। उन्होंने अपने शिष्य रह चुके भीष्म को समझाने का प्रयास किया और उनसे अंबा से विवाह करने का अनुरोध किया, परंतु भीष्म ने अपने पिता शांतनु के लिए आजीवन ब्रह्मचारी रहने की प्रतिज्ञा की थी, इसलिए उन्होंने अंबा से विवाह करने से मना कर दिया। परशुराम को क्रोध आ गया और उन्होंने भीष्म को युद्ध के लिए ललकारा। उनके बीच हुए युद्ध का निर्णय नहीं हो सका। अंबा फिर एक बार दुःखी होकर वन में चली गई। उसने भगवान शिव को प्रसन्न करने के लिए कठोर तपस्या की। उसकी तपस्या से प्रसन्न होकर शिव ने उसे दर्शन दिए और फिर वरदान दिया, "तुम अगले जन्म में भीष्म की मृत्यु का कारण बनोगी।" अंबा, अगला जन्म लेने को इतनी उत्सुक थी कि उसने यज्ञवेदी में अपने प्राण त्यागकर आत्महत्या कर ली।

अगले जन्म में अंबा ने द्रुपद की पुत्री के रूप में जन्म लिया। एक दिन उसकी दृष्टि भगवान सुब्रमण्यम की दिव्य माला पर पड़ गई, जो उसने अंबा के रूप में राज्य के प्रवेश-द्वार पर डाली थी। उस माला के पुष्प इतने वर्ष बाद भी मुरझाए नहीं थे और पहले जैसे ही सुंदर थे। द्रुपद-पुत्री ने माला उठाई और स्वयं पहन ली। द्रुपद, अपनी पुत्री की मूर्खता देखकर क्रोधित हो गया। उसने भीष्म को बचाने के लिए

अपनी पुत्री को महल से दूर भेज दिया। राजमहल छोड़कर जाने के बाद द्रुपद की पुत्री ने एक बार फिर कठिन तपस्या की और उसने स्वयं को शिखंडी नाम के एक पुरुष-योद्धा में परिवर्तित कर लिया।

यही कारण था कि भीष्म ने शिखंडी से युद्ध करने से मना कर दिया था। युद्ध में लाभ लेने के लिए अर्जुन ने शिखंडी को ढाल बनाकर भीष्म पर बाण-वर्षा आरंभ कर दी, हालाँकि कि अर्जुन को ऐसा करते हुए दुःख भी हो रहा था। भीष्म को उसके पिता शांतनु ने इच्छा-मृत्यु का वरदान दिया था, जिसके कारण वह अपनी इच्छा से अपने प्राण त्याग सकते थे। भीष्म ने नियति के समक्ष समर्पण करते हुए अपने दीर्घ जीवन का अंत करने का निश्चय कर लिया। उन्होंने कहा, "मेरे शरीर को भेदने वाले ये बाण शिखंडी के नहीं, अपितु अर्जुन के हैं। संसार के सर्वश्रेष्ठ योद्धा के हाथों मरना कितने सम्मान की बात है।" यह कहकर भीष्म नीचे गिर पड़े और उन्हें अर्जुन के बाणों की शय्या प्राप्त हुई।

भीष्म ने नियति के समक्ष अवश्य रामर्पण कर दिया था, परंतु भीष्म के सात अन्य भाई उन्हें देवलोक से देख रहे थे। उन्हें यह देखकर प्रसन्नता नहीं हुई कि उनका भाई, जिसे परशुराम भी युद्ध में पराजित नहीं कर सके थे, अर्जुन के बाणों से आहत होकर धरती पर निष्क्रिय पड़ा था। उन्होंने एक-दूसरे से कहा, "अहंकारी पांडवों ने भीष्म के साथ चालाकी की है। यह दुःख की बात है कि अर्जुन जैसे योद्धा ने भीष्म को मारने के लिए ऐसी कुटिल चाल चली है। इसके लिए अर्जुन मृत्यु के उपरांत नरक में जाएगा। नरक की जलती ज्वाला ही उसके जैसे लोगों के लिए उपयुक्त जगह है।"

भीष्म वास्तव में वसुओं में सबसे छोटे थे। उनका नाम प्रभास था। वह पूर्वजन्म में देवता थे और अन्य देवों के साथ सुखपूर्वक रहते थे। एक दिन प्रभास की पत्नी ने महर्षि वसिष्ठ की गाय नंदिनी को देख लिया। उसने अपने पति से नंदिनी को लाने की प्रार्थना की क्योंकि वह उस गाय को अपने किसी मित्र को भेंट करना चाहती थी। प्रभास के मन में अपनी पत्नी को प्रसन्न करने का विचार आया, तो उसने अपने भाइयों को साथ लेकर वसिष्ठ की गाय चुरा ली। वसिष्ठ को योग-दृष्टि से सत्य का पता लग गया। उन्हें बहुत क्रोध आया। उन्होंने वसुओं को शाप दे दिया, "तुम सब मनुष्य योनि में पैदा होगे और तब तुम्हें पता लगेगा कि धरती पर जन्म लेने का दुःख कैसा होता है।"

वसुओं ने शाप सुना, तो वे बहुत लज्जित हुए। उन्होंने वसिष्ठ की गाय लौटा दी और उनसे शाप वापस लेने का अनुरोध किया। वसिष्ठ का क्रोध शांत हो गया, तो वह बोले, "मैं शाप वापस नहीं ले सकता, परंतु मैं इसे थोड़ा सरल बना देता हूँ। तुम सबको पृथ्वी पर जन्म लेना पड़ेगा, परंतु तुम सात भाई जन्म लेते ही मृत्युलोक से मुक्त हो जाओगे। केवल प्रभास को पृथ्वी पर लंबे समय के लिए जीवित

रहना पड़ेगा। उसका जीवन गौरवशाली होगा और उसे अनंतकाल तक याद किया जाएगा।"

कालांतर में इन आठ वसुओं ने राजा शांतनु और देवी गंगा के घर में संतान के रूप में जन्म लिया। वसिष्ठ के शाप के प्रभाव के फलस्वरूप गंगा ने पहले सात बालकों को पानी में डुबोकर तत्काल पृथ्वीलोक से मुक्त कर दिया, परंतु आठवाँ वसु, शांतनु और गंगा का आठवाँ पुत्र भीष्म था।

सातों वसु अपने भाई भीष्म को बहुत याद करते थे। भीष्म के दुःख देखकर उन्हें भी बहुत दुःख होता था। अर्जुन के हाथों भीष्म की मृत्यु से उनका क्रोध फूट पड़ा और उन्होंने अपना क्रोध अर्जुन पर उड़ेल दिया। उलूपी ने यह कथा अपने पिता कौरव्य से सुनी थी,जो स्वयं वसुओं के संबंधी थे।

नागलोक की राजकुमारी उलूपी ने अर्जुन को मृत देखा, तो उसे लगा कि उसे अपने प्रिय अर्जुन को इस दुःख भरी नियति से बचाने के लिए कुछ करना चाहिए। उसने अपने पिता से कहा, "कुरुक्षेत्र की रणभूमि में भयंकर अपराध हुए हैं और सभी अपराधी बच निकले। मेरा पति सदाचारी मनुष्य था, जो सदा धर्म के मार्ग पर चलता रहा। यदि उसकी इस तरह मृत्यु हो गई तो मैं शपथ लेती हूँ कि मैं नरक के अंतिम द्वार तक उसके साथ जाऊँगी। आप तत्काल वसुओं से बात कीजिए और अर्जुन को किसी तरह बचाइए।"

राजा कौरव्य ने वसुओं से बात की, तो वे भी यह सुनकर शांत हो गए क्योंकि भीष्म स्वयं भी अर्जुन को बहुत प्रेम करते थे। वसुओं ने कहा, "यदि अर्जुन अपनी ही संतान के हाथों युद्ध में मारा जाए, तो उसे नरक की पीड़ा से मुक्ति मिल सकती है।" उलूपी ने वसुओं की बात सुनकर यह पूरी योजना बनाई थी।

इतना कहकर उलूपी ने कथा समाप्त कर दी। बभ्रुवाहन अपने कृत्य पर लज्जित था। उसे इस बात का भी दुःख था कि उसने एक कुलीन स्त्री माता के प्रति कठोर शब्दों का प्रयोग किया। वह एक ऐसी स्त्री थी, जो निःस्वार्थ प्रेम की प्रतिमा थी, परंतु अर्जुन की मृत्यु से चित्रांगदा और बभ्रुवाहन को शांत करना असंभव हो गया था। उन दोनों ने अपना जीवन समाप्त करने का निश्चय कर लिया। उलूपी समाधि में जा रही थी। उसकी आँखें बंद हो गई और फिर वह ध्यान में लीन हो गई।

अचानक चित्रांगदा और बभ्रुवाहन ने देखा कि एक चमकदार हरे रंग का रत्न उड़ता हुआ आया और उलूपी के हाथों पर आकर टिक गया। वह मणि सर्पों की सबसे अमूल्य वस्तु थी क्योंकि उसमें मृतकों को पुनर्जीवित करने की शक्ति होती है। उलूपी, मृत पड़े अर्जुन के पास गई और उसने वह मणि अर्जुन के वक्ष-स्थल पर रख दी। तभी चमत्कार हुआ और अर्जुन के वक्ष पर लगा घाव भर गया। अर्जुन सहसा उठ बैठा, मानो गहरी नींद से जागा हो। उपस्थित लोगों में प्रसन्नता की लहर

दौड़ गई। चित्रांगदा और बभ्रुवाहन, उलूपी के चरणों में गिर पड़े और देवी की तरह उसकी उपासना करने लगे।

इसके बाद अर्जुन को पूरी घटना बताई गई, तो वह आश्चर्य से बैठा सब कुछ चुपचाप सुनता रहा। उसने नागलोक की राजकुमारी उलूपी की ओर देखा और कहा, "वह सचमुच कितना भाग्यशाली दिन था, जब तुम मुझे खींचकर नागलोक ले गई थी। मैं उस लोक और इस लोक दोनों में अपने जीवन के लिए पूर्ण रूप से तुम्हारा ऋणी हूँ।"

उलूपी ने अर्जुन की आकर्षक आँखों में देखा, तो वह समझ गई कि उसने आख़िरकार अपने प्रिय अर्जुन का मन जीत लिया था।

9

अपहरण, जिसने एक वंश बचाया

अर्जुन ने मणिपुर की सुखद यात्रा के बाद दक्षिण दिशा की ओर प्रस्थान किया। मणिपुर की यात्रा भविष्य में उसके लिए महत्त्वपूर्ण सिद्ध होने वाली थी। वह चलते-चलते रामेश्वरम के पावन स्थल तक पहुँच गया। यह वही स्थान था, जहाँ विष्णु के अवतार श्रीराम ने वानरों की सेना के साथ राक्षसराज रावण की लंका नगरी तक सेतु बनाया था, क्योंकि रावण ने राम की पत्नी सीता को लंका में बंदी बना रखा था।

अर्जुन ने उस ऐतिहासिक स्थल को देखा, तो उसे अधिक ख़ुशी नहीं हुई। उसे सदा यह बात खटकती थी कि लोग राम को संसार का सर्वश्रेष्ठ धनुर्धर कहते थे। अर्जुन को व्यक्तिगत तौर पर लगता था कि वह विशेषण केवल उसके लिए ही प्रयुक्त होना चाहिए था। उसने अपने विचारों को ज़ोर से व्यक्त किया और बोला, "भगवान राम को पत्थरों का सेतु बनाने के लिए बंदरों की आवश्यकता क्यों पड़ी? वह केवल बाणों से भी सरलता से समुद्र पर सेतु बना सकते थे। आख़िर वह एक शीर्ष धनुर्धर थे। मैं होता तो ऐसा ही करता और इससे अन्य लोग भी परेशानी से बच सकते थे।"

एक वृद्ध वानर, जो वास्तव में राम के सबसे प्रिय भक्त हनुमान थे, निकट ही एक वृक्ष की छाया में बैठे अर्जुन की बात सुन रहे थे। अर्जुन के अहंकार-भरे वचन सुनकर हनुमान छाया से बाहर निकल आए और बोले, "ऐसा लगता है तुम्हें अपने सामर्थ्य पर बहुत अहंकार है। क्या तुम सचमुच ऐसा मानते हो कि तुम भगवान राम से बेहतर धनुर्धर हो? वह तुमसे दोगुनी बेहतर धनुर्विद्या जानते थे, किंतु उन्होंने कभी घमंड नहीं किया। इसके अतिरिक्त उनके पास बुद्धि भी थी, जो शायद तुम्हारे पास

नहीं है। वह जानते थे कि बाणों से बना सेतु वानरों के राजा सुग्रीव तथा उनके भारी-भरकम वानरों का भार कभी नहीं झेल सकेगा।"

अर्जुन को यह सुनकर बहुत क्रोध आया कि एक साधारण वानर उसके साथ इस तरह की बातें कर रहा था। अर्जुन ने क्रोध में उत्तर दिया, "तुम्हारे जैसा मूर्ख वानर, युद्ध के बारे में क्या जानता है? मैं अपनी बात पर अडिग हूँ। यदि मैं बाणों से सेतु बनाता तो पूरी सेना, चाहे वानर की अथवा गदहों की, आसानी से उस सेतु पर चढ़कर लंका जा सकती थी।"

अर्जुन की बात सुनकर हनुमान मन में मुस्कराए। उन्होंने निश्चय किया कि वह उस मनुष्य को, जो स्वयं को भगवान राम से बेहतर समझ रहा था, सबक सिखाएँगे। वह बोले, "यह व्यर्थ की बात बहुत हुई। तुम इसी क्षण बाणों का पुल बनाओ, फिर हम देखेंगे कि वह सेतु पूरी सेना की तो बात ही क्या है, मेरे जैसे वृद्ध वानर का भी वज़न उठा पाता है अथवा नहीं। यदि तुम सफल हो गए, तो मैं तुम्हारा दास बन जाऊँगा, परंतु मुझे विश्वास है कि ऐसा नहीं होगा, इसलिए मुझे बताओ कि यदि तुम शर्त हार गए, तो मुझे क्या मिलेगा?"

"यदि मेरा बनाया हुआ सेतु टूट गया, तो मैं यहीं अपने प्राण त्याग दूँगा," अर्जुन ने कहा। उसे अपनी धनुर्विद्या पर इतना विश्वास था कि उसके द्वारा निर्मित बाणों का पुल पूरे संसार की जनसंख्या का भार उठा सकता था।

अर्जुन ने एक गहरी श्वास भरी और फिर अपने धनुष की प्रत्यंचा चढ़ाकर बाणों की वर्षा आरंभ कर दी। उसके बाण पानी की सतह पर फैल गए और फिर उन्होंने एक मज़बूत सेतु का आकार ले लिया। कुछ ही क्षणों में चमचमाते सूरज के प्रकाश के नीचे एक विशालकाय सेतु बनकर तैयार हो गया था।

हनुमान ने सेतु पर लापरवाही से दृष्टि डाली और फिर उन्होंने एक बूढ़े वानर द्वारा पुल पार किए जाने के संबंध में अर्जुन को एक लंबा आख्यान सुना दिया। इस बीच, अर्जुन भी हनुमान को तिरस्कारपूर्ण दृष्टि से देखता रहा। इसके बाद हनुमान ने ज्यों ही पहला कदम सेतु पर रखा, अर्जुन का बनाया पुल चरमराता हुआ समुद्र में समा गया।

यह दृश्य देखकर अर्जुन हैरान रह गया। उसे अपनी आँखों पर विश्वास नहीं हुआ। उसके द्वारा निर्मित वह शानदार सेतु एक वृद्ध वानर के केवल एक पैर के भार से ढह गया था। अर्जुन को यह अपमान सहन नहीं हुआ। उसके हृदय में निराशा की भयंकर लहर उठ रही थी। स्पष्ट था कि वह स्वयं को जितना कुशल धनुर्धर मानता था, वास्तव में उतना बढ़िया धनुर्धर था नहीं।

अर्जुन ने चुपचाप अपने लिए चिता तैयार करनी आरंभ कर दी। हनुमान उसे देखते रहे। उनके मन में अर्जुन के प्रति दया का भाव नहीं था। उनका मानना था कि अर्जुन जैसे घमंडी व्यक्ति के लिए वही दंड उपयुक्त है। इसी बीच, उन्होंने देखा

कि एक युवक वहाँ आ गया। अर्जुन चिता में पैर रखने ही वाला था कि उस युवक ने अर्जुन को रोक लिया और उससे प्राण त्यागने का कारण पूछा। अर्जुन ने युवक को पूरी घटना सुना दी, परंतु फिर अर्जुन ने कहा कि अब कोई उसकी सहायता नहीं कर सकता क्योंकि वह शर्त हार चुका है। इसलिए उसे प्राण देने ही होंगे।

युवक ने कहा, "किसी साक्षी की अनुपस्थिति में कोई शर्त वैध नहीं मानी जाती। इसलिए मैं तुम्हें मरने नहीं दूँगा। तुम मेरे सामने एक और बार सेतु बनाने का प्रयास करो, फिर इस वानर को भी एक बार फिर अपनी शक्ति प्रदर्शन का अवसर दो। इस बार मैं इस शर्त का साक्षी बनूँगा।"

हनुमान और अर्जुन दोनों को युवक का सुझाव पसंद आया। उन्होंने चुनौती को फिर स्वीकार कर लिया गया। इस बार अर्जुन ने भगवान कृष्ण को याद किया और उनका नाम लेकर सेतु-निर्माण का कार्य आरंभ किया। कुछ देर में बाणों का सेतु फिर तैयार हो गया। हनुमान ने फिर उसके ऊपर पैर रखा, किंतु इस बार पुल स्थिर खड़ा रहा। हनुमान सेतु पर चलकर आगे गए और ज़ोर-ज़ोर से उसके ऊपर कूदने लगे, परंतु सेतु अपने स्थान पर दृढ़ता से टिका रहा। अपने प्रयास को असफल होता देख हनुमान अपने उस रूप में आ गए, जो उन्होंने लंका जाते हुए समुद्र पार छलांग लगाने के लिए धारण किया था। अर्जुन हैरत-भरी आँखों से देख रहा था। हनुमान ने पुल को फिर तोड़ने का प्रयास किया, परंतु इस बार भी वह अपने प्रयास में असफल हो गए।

यह देखकर अर्जुन और हनुमान दोनों को अहसास हुआ कि उनके पास खड़ा युवक कोई साधारण मनुष्य नहीं था और उनके सामने जो कुछ हो रहा था, वह भगवान विष्णु की कृपा से हो रहा था। दोनों युवक के चरणों में गिर गए। तभी युवक भी भगवान विष्णु के रूप में प्रकट हो गया। विष्णु ने अर्जुन और हनुमान को आशीर्वाद दिया और कहा, "मुझे लगता है मेरे दोनों निष्ठावान भक्त एक ही जैसे अहंकार से पीड़ित हैं। हनुमान की कृपा से अर्जुन को सबक मिल गया है, जिसके कारण वह मृत्यु के द्वार तक पहुँच गया था, परंतु अब बारी हनुमान की है क्योंकि हनुमान को भी अपने शारीरिक बल पर घमंड है। हे हनुमान, तुमने अर्जुन का दास बनने की शपथ ली थी, इसलिए अर्जुन जब रणभूमि में युद्ध करेगा, तब तुम इसकी ध्वजा पर बैठकर अपनी गर्जना से शत्रुओं का दिल दहलाओगे तथा पांडवों की सेना का उत्साह बढ़ाओगे। इस तरह तुम्हारी शपथ पूर्ण हो जाएगी। तुम्हारे द्वारा अर्जुन को दी गई चुनौती की यह कथा सदा मानव जाति को अहंकार के दुष्प्रभाव की याद दिलाती रहेगी।"

विष्णु के अंतर्धान होने के बाद अर्जुन और हनुमान एक-दूसरे को देखकर मुस्कराते रहे। अर्जुन ने कहा, "मैंने भगवान राम की शक्ति पर संदेह किया। मैं क्षमा चाहता हूँ। मेरे लिए यह स्वीकार करना कठिन हो गया था कि कोई अन्य व्यक्ति

मुझसे बेहतर धनुर्धर हो सकता है। मैं और भीम प्रायः इस बात पर विवाद करते हैं कि हम दोनों में कौन अपने परिवार की बेहतर ढंग से रक्षा कर सकता है। चूँकि आप और भीम दोनों ही वायुदेव के पुत्र हैं, इसलिए मेरे मन में आपके प्रति भी उसी तरह की भावना व्याप्त हो गई थी, परंतु अब भीम की तरह आप भी मेरे भाई के समान हैं। यह बहुत अच्छा हुआ कि हमारी भेंट हो गई।"

हनुमान को अर्जुन की बात पसंद आई। अर्जुन के घमंड तथा आरंभ में तिरस्कार की भावना के बावजूद हनुमान को अर्जुन की संगति अच्छी लगी। उन्होंने कहा, "मुझसे क्षमा माँगने की आवश्यकता नहीं है। भगवान विष्णु ने स्वयं कहा है कि हम दोनों ही दोषी हैं। अभी तुमने बताया कि भीम को भी अपने शारीरिक बल पर बहुत घमंड है, तो हो सकता है कि मेरी किसी दिन भीम से भी भेंट हो जाए और मैं उसे भी तुम्हारी तरह भयभीत कर दूँ।" इसके बाद हनुमान ने शरारती ढंग से आँखें झपकाईं और फिर दोनों वीर एक-दूसरे से विदा लेकर अपने-अपने रास्ते पर चले गए।

इस बीच, अर्जुन का वनवास-काल समाप्त होने को था। उसे यह आभास नहीं था कि नियति ने एक स्त्री से उसकी भेंट निर्धारित की हुई थी। अर्जुन तीर्थ-यात्रा पर आगे बढ़ा, तो प्रभास-क्षेत्र जा पहुंचा। वहाँ उसकी भेंट कृष्ण से हुई। दोनों मित्र फिर मिलकर बहुत प्रसन्न थे। कृष्ण ने अर्जुन को शेष वनवास-काल यादवों की राजधानी द्वारका में पूरा करने के लिए सहमत कर लिया, फिर दोनों कृष्ण के रथ में बैठकर द्वारका पहुँच गए। इस बीच, अर्जुन ने अपने मित्र कृष्ण को वनवास के दौरान हुए रोमांचक अनुभवों के विषय में बताया। द्वारका के लोग भी प्रसिद्ध नायक अर्जुन का स्वागत करने के लिए सड़कों पर एकत्र हो गए। अर्जुन के आगमन का उत्सव मनाने के लिए पूरी द्वारका तैयार थी।

द्रोण के गुरुकुल में रहते हुए अर्जुन का परिचय वृष्णि वंश के अनेक राजकुमारों से हुआ था। उन्हीं में से एक गाध था, जो अर्जुन का मित्र भी बन गया था। गाध ने अर्जुन को सुभद्रा के विषय में बताया था। सुभद्रा, वसुदेव की पुत्री और कृष्ण की बहन थी। वह अत्यंत सुंदर थी तथा यादव कुल का गौरव थी। उसका सौंदर्य भी उसके गुणों के समान अतुलनीय था। अर्जुन ने सुभद्रा के विषय में सुना, तो वह उससे मिलने को आतुर हो गया और भीड़ में छिपे उस सुंदर चेहरे को खोजने का प्रयास करता रहा।

कुछ दिन बाद कृष्ण और अर्जुन टहलने निकले। कृष्ण ने कुछ विशिष्ट स्थानों से अर्जुन का परिचय करवाया। इस बीच, कृष्ण को आभास हो गया कि उनके मित्र अर्जुन का ध्यान कहीं और भटक रहा था। तभी अर्जुन ने सुभद्रा को देख लिया, जो अपनी सखियों के साथ बातचीत कर रही थी। अर्जुन के वनवास-काल में काम सदा उसके साथ रहा। सुभद्रा को सामने देखकर काम ने अर्जुन पर प्रेम-बाण चला

दिए, जिसके कारण अर्जुन ने मन में यह निश्चित कर लिया कि वह सुभद्रा को प्राप्त किए बिना शांति से नहीं बैठेगा।

अर्जुन अपने विचारों को शांत करने का प्रयास कर रहा था। तभी कृष्ण ने मुस्कराते हुए कहा, "सुभद्रा मेरे पिता की बहुत लाड़ली पुत्री है। मुझे लगता है कि वह तुम्हें भी पसंद करती है। ऐसा लगता है कि गाध ने तुम्हें सुभद्रा के सौंदर्य के विषय में काफी कुछ बताया है।"

कृष्ण की बात सुनकर अर्जुन को थोड़ा संकोच हुआ। उसे पता था कि कृष्ण से कोई बात छिपी नहीं थी। वह बोला, "मुझे बताइए कि मैं सुभद्रा को कैसे प्राप्त करूँ? इसके लिए मैं कुछ भी कर सकता हूँ।" यह बात स्पष्ट थी कि अर्जुन का ध्यान सुभद्रा पर ही केंद्रित था और उसकी यही एकाग्रता उसका सबसे बड़ा गुण भी थी।

कृष्ण ने एक पल विचार किया और फिर बोले, "स्वयंवर की प्रथा सामान्य तौर पर क्षत्रियों द्वारा अपनाई जाती है, परंतु तुम्हें और कर्ण को इस बात का पता ही है कि यह प्रक्रिया बहुत अनिश्चित है। तुम्हें याद होगा द्रौपदी ने किस तरह कर्ण को अस्वीकार कर दिया था। मैं स्त्रियों से प्रेम करता हूँ और उनका आदर भी करता हूँ, परंतु उनका मन बहुत चंचल होता है और उनके विचारों की थाह पाना बहुत कठिन कार्य है। इसलिए साहसी पुरुष को स्त्रियों की इच्छा पर भरोसा ना करते हुए ऐसी बातों को अपने हाथ में ले लेना चाहिए। उन्हें जो वस्तु पसंद हो, उसे बलपूर्वक प्राप्त कर लेना ही बुद्धिमानी होती है।"

कृष्ण का उत्तर सुनकर अर्जुन प्रसन्न हो गया। कृष्ण द्वारा सुझाया तरीक़ा उसके लिए भी उपयुक्त था। उसने कहा, "मुझे यह योजना बढ़िया लगी। वैसे मुझे विश्वास है कि सुभद्रा स्वयंवर में भी मुझे ही चुनेगी, परंतु मैं सोचता हूँ कि आप लोगों को स्वयंवर आयोजित करने का कष्ट क्यों दिया जाए।" अर्जुन की आँखें उत्साह और शरारत से चमक रही थीं।

इस योजना में कृष्ण की सहायता से अर्जुन रैवतक पर्वत स्थित मंदिर में सुभद्रा के आने की प्रतीक्षा करने लगा। सुभद्रा वहाँ प्रतिदिन प्रार्थना के लिए आती थी। कृष्ण के निजी रथ पर सवार और अस्त्रों से लैस, अर्जुन आतुर होकर सुभद्रा की प्रतीक्षा कर रहा था। युधिष्ठिर ने इस संबंध के लिए अपनी अनुमति प्रदान कर दी थी। सब कुछ योजना के अनुसार चल रहा था। सुभद्रा, पूजा-अर्चना समाप्त करके जैसे ही मंदिर से बाहर निकली, अर्जुन ने उसे कमर से पकड़ा और उठाकर रथ में बैठा लिया, फिर वह घोड़ों को तेज़ी से दौड़ाता हुआ इंद्रप्रस्थ की ओर चला गया। उसने देखा कि सुभद्रा के चेहरे पर संतोष और प्रसन्नता का भाव था। सुभद्रा ने किसी तरह का विरोध नहीं किया। वह लजाती और मुस्कराती हुई अर्जुन की बाँहों में सिमट गई थी।

द्वारका के सेनापति को सुभद्रा की सखियों और उसके निजी अंगरक्षकों से इस घटना की जानकारी मिली, तो वह दौड़ता हुआ बलराम के पास पहुँचा। सुभद्रा के अपहरण का समाचार जंगल की आग की तरह फैल गया। यादव, क्रोध से उन्मत्त हो गए। कृष्ण के क्रोधी भाई बलराम के नेतृत्व में यादवों ने अर्जुन को मार डालने का संकल्प लिया और उसके पीछे दौड़ पड़े। बलराम ने गरजकर कहा, "यादवों को अपने बल का प्रदर्शन करना होगा और अर्जुन को दिखाना होगा कि हमारे घर में घुसकर हमारी ही बहन को छीनकर ले जाने का परिणाम क्या होता है। हम उसे बताएँगे कि हमारे सेवा-सत्कार के नियमों का उल्लंघन करने वालों के साथ हम कैसा व्यवहार करते हैं।" यादवों ने बलराम की बात का समर्थन किया और फिर अर्जुन का पीछा करने लगे।

भावनाएँ उद्वेलित होती गईं, किंतु बलराम ने देखा कि कृष्ण पूरी तरह शांत और निश्चिंत दिखाई पड़ रहे थे। उन्होंने अपने भाई से कहा, "कृष्ण, तुम्हें कोई चिंता नहीं है? वह दुष्ट अर्जुन तुम्हारी प्रिय बहन को उठाकर ले गया है। क्या मित्र एक-दूसरे के साथ इस तरह का व्यवहार करते हैं? तुम्हारे हाथ उस दुष्ट की गर्दन मरोड़ देने के लिए व्याकुल क्यों नहीं हैं?"

"बलराम भैया, जब क्रोध अनियंत्रित हो जाता है, तो सोचने की शक्ति समाप्त हो जाती है। अर्जुन हमारा भाई है और एक महान योद्धा है। हमें सुभद्रा के लिए तीनों लोकों में उससे बेहतर वर नहीं मिलेगा। कोई वीर क्षत्रिय इस बात की प्रतीक्षा नहीं करेगा कि उसे वधू दान में मिले। वह स्वयंवर के अनिश्चित परिणाम पर भी भरोसा नहीं करेगा। वह वही करेगा, जो अर्जुन ने किया है। अपनी प्रतिष्ठा बचाने का यही एकमात्र तरीक़ा है। इसके अतिरिक्त, आप अर्जुन को युद्ध में परास्त करने की बात करते हैं। मुझे इस बात पर भी हँसी आती है, क्योंकि केवल भगवान शिव, युद्ध में अर्जुन का मुकाबला कर सकते हैं। मेरी आपको सलाह है कि आप अर्जुन को शांति से वापस ले आइए।" कृष्ण ने अपने भाई को समझाते हुए कहा।

कृष्ण के विवेकपूर्ण वचन सुनकर बलराम का गुस्सा शांत हो गया। उन्होंने पांडव राजकुमार को बुलाने के लिए दूत भेज दिए। अर्जुन और सुभद्रा का ज़ोरदार स्वागत हुआ और उनके विवाह का उत्सव मनाया गया। पूरे नगर में जश्न का माहौल था क्योंकि अर्जुन अब यादव कुल का दामाद बन चुका था।

वनवास की अवधि समाप्त होने के बाद अर्जुन, अपनी नई पत्नी को लेकर इंद्रप्रस्थ लौटा। उसके भाई और कुंती बहुत प्रसन्न हुए। उन्हें सुभद्रा से मिलकर भी बहुत प्रसन्नता हुई क्योंकि वह बहुत सुंदर और गुणवान थी। उनके आगमन से केवल द्रौपदी प्रसन्न नहीं थी। उसे दुःख था और इसलिए वह बाहर नहीं आई। अर्जुन उससे मिलने भीतर गया, तो द्रौपदी ने ठंडे स्वर पूछा, "आप यहाँ क्यों आए हैं? उस यादव सुंदर युवती सुभद्रा के पास लौट जाइए। वह आपकी प्रतीक्षा कर रही

होगी। किसी दूसरे के आगमन के पश्चात प्रथम प्रेम की अग्नि पहले की तरह नहीं जल सकती। उसकी चमक और गरमाहट दोनों समाप्त हो जाते हैं। मैं आपको नई वधू के आगमन पर शुभकामनाएँ देती हूँ। मैं यहाँ से जाना चाहती हूँ क्योंकि अब आपके लिए मेरे प्रेम का कोई अर्थ नहीं है।"

अर्जुन को द्रौपदी की बात सुनकर बुरा लगा। उसने द्रौपदी का दुःख कम करने का प्रयास भी किया, परंतु द्रौपदी ने उसकी एक नहीं सुनी। उसे प्रसन्न करने के लिए अर्जुन ने सुभद्रा को राजसी वस्त्र छोड़ कर दासी के साधारण कपड़े पहनकर द्रौपदी के समक्ष जाने का निर्देश दिया। यद्यपि सुभद्रा का सौंदर्य साधारण वस्त्रों में भी छिप नहीं सकता था, फिर भी उसने वस्त्र बदले और दासी जैसे कपड़े पहनकर द्रौपदी के कक्ष में चली गई। सुभद्रा चुपचाप द्रौपदी के चरणों में बैठ गई और भय से काँपती हुई बोली, "दीदी, कृपया मुझे अपनी दासी के रूप में स्वीकार कर लीजिए।"

सुभद्रा की भावुक याचना सुनकर द्रौपदी का हृदय पिघल गया। उसके मन में अर्जुन और सुभद्रा के प्रति क्रोध शांत हो गया। उसने सुभद्रा को गले लगा लिया और आशीर्वाद देकर कहा, "ईश्वर करे, तुम्हारे पति का कोई शत्रु ना हो।"

कुछ समय बाद सुभद्रा ने एक सुंदर पुत्र को जन्म दिया। उसका नाम अभिमन्यु था। उसमें अपने पिता तथा अपने चाचा-ताऊ के सभी गुण विद्यमान थे। वह सबका बहुत लाड़ला था। उसका व्यवहार भी बहुत अच्छा था। वह देखने में बहुत सुंदर और गुणवान था। वह जहाँ भी जाता, सबको प्रसन्न रखता था। कालांतर में अभिमन्यु ने अपने कुल की ख्याति और गौरव को बढ़ाया और साथ ही उसने कुरु राजसिंहासन को उसका एकमात्र उत्तराधिकारी भी प्रदान किया, परंतु किसी को पता नहीं था कि अभिमन्यु का जीवन छोटा है और वह इतनी कम आयु में ही वीरगति को प्राप्त हो जाएगा।

10

अग्नि को भोज

अग्निदेव एक दिन सुबह उठे, तो उन्हें दुर्बलता और तेज़ में कमी महसूस हुई। उन्हें कारण समझ में नहीं आया क्योंकि वह सामान्य तौर पर चुस्त और उग्र रहते थे। वह तत्काल ब्रह्मा के पास पहुँचे और उनसे मूल स्वस्थ अवस्था को फिर प्राप्त करने का उपाय पूछा। ब्रह्मा ने अग्निदेव की चिंता को गंभीरता से सुना और फिर बोले, "पिछले अनेक वर्षों में असंख्य यज्ञ हुए हैं, जिनके दौरान आपको बड़ी मात्रा में आहुति दी गई है। इसमें विशेष तौर पर राजा श्वेतकी द्वारा किया गया बारह वर्ष का लंबा यज्ञ भी शामिल है, जिसे दुर्वासा ने सम्पन्न किया था। उस यज्ञ के दौरान आपको बड़ी मात्रा में घृत अर्पित किया गया था, जिसके कारण आपको अपच हो गया है। इसी से आपका स्वास्थ्य बिगड़ गया है और आपका तेज़ चला गया है। अपने तेज़ और बल को वापस प्राप्त करने के लिए आपको पृथ्वी पर स्थित खांडव-वन का दाह करके उसमें रहने वाले पशुओं की वसा का सेवन करना होगा। इसी से आपके रोग का निदान संभव है।"

सृष्टि के रचयिता को परामर्श के लिए धन्यवाद देकर अग्निदेव खांडव वन की ओर प्रस्थान कर गए। उन्होंने पूरी शक्ति से वन को जलाने का प्रयास किया। आग की लपटों ने मार्ग में आने वाली प्रत्येक वस्तु को जलाकर भस्म कर दिया। अचानक, काले घने वर्षा-मेघ आकाश में दिखाई पड़े और फिर मूसलाधार वर्षा आरंभ हो गई। अग्निदेव आश्चर्यचकित रह गए। वर्षा तब तक नहीं थमी, जब तक आग की लपटें पूरी तरह बुझ नहीं गईं। वज्रधारी देवराज इंद्र ने खांडव में रहने वाले अपने मित्र सर्पराज तक्षक की सहायता का संकल्प लिया था। अग्निदेव ने अनेक बार वन को जलाने का प्रयास किया, किंतु हर बार इंद्र के हस्तक्षेप से वह जलने से बच जाता था। ब्रह्मा ने अग्निदेव को बताया कि कृष्ण और अर्जुन, जो यमुना नदी के तट पर विश्राम कर रहे थे, उस कार्य को पूरा कर सकते हैं।

अर्जुन और कृष्ण नदी-तट पर आराम कर रहे थे कि तभी उनकी भेंट एक तेजस्वी ब्राह्मण से हुई। उसके तन के रोम-रोम से मानो अग्नि निकल रही थी। दोनों मित्र उठ बैठे और उन्होंने ब्राह्मण को प्रणाम किया।

ब्राह्मण बोला, "मुझे बहुत भूख लगी है, क्या आप मेरी क्षुधा मिटाने में सहायता कर सकते हैं?"

अर्जुन ने कहा, "मैं आपको वचन देता हूँ। आप मुझे बताइए आप क्या खाना चाहते हैं। मैं तत्काल आपके लिए वह प्रस्तुत करूँगा।"

यह सुनते ही अग्निदेव वास्तविक रूप में प्रकट हो गए। उन्होंने कहा, "मैं अग्निदेव हूँ। मुझे मनुष्यों का भोजन नहीं चाहिए। मुझे खांडव-दाह करना है। मैं उसे जलाकर उसमें रहने वाले पशुओं की वसा का सेवन करना चाहता हूँ। मुझे भयंकर अपच हो गया है और मुझे ब्रह्माजी ने स्वास्थ्य लाभ के लिए पशु-वसा का सेवन करने का परामर्श दिया है, परंतु समस्या यह है कि सर्पराज तक्षक अपने परिवार के साथ इसी वन में रहता है। उसका मित्र देवराज इंद्र, हर बार तक्षक को बचाने आ जाता है। मुझे हज़ार नेत्रों वाले देवराज इंद्र और उसकी वर्षा से निपटने के लिए आप दोनों की सहायता चाहिए। हमें वन को भस्म करने के साथ-साथ उसमें रहने वाले पशुओं को भागने से भी रोकना होगा।"

"हमारे लिए आपकी सहायता करना सौभाग्य की बात है," अर्जुन ने हमेशा की भाँति एक नए रोमांच की संभावना पर प्रसन्न होते हुए कहा। उसने कहा, "परंतु हमें इसके लिए आपकी सहायता चाहिए। हमारे शत्रु दिव्य प्राणी हैं। मेरे पास बहुत-से दिव्य अस्त्र हैं, किंतु मेरा धनुष पर्याप्त रूप से मज़बूत नहीं है। मेरे पास अच्छा रथ भी नहीं है। मैं आपसे अनुरोध करता हूँ कि आप मुझे एक धनुष, अक्षय तरकश प्रदान कीजिए। कृष्ण को भी उनकी शक्ति के अनुकूल अस्त्र की आवश्यकता होगी। आप जो कार्य हमें देना चाहते हैं, हम उसे पूरा अवश्य करेंगे, परंतु इसके लिए हमें उचित अस्त्र-शस्त्रों की आवश्यकता होगी ताकि हम देवराज इंद्र और उनके साथियों से लड़ सकें।"

अग्निदेव ने आँखें बंद कीं और वरुणदेव का ध्यान किया। वरुणदेव तत्काल उपस्थित हो गए। अग्निदेव ने उन्हें आदेश दिया, "वरुणदेव आप तत्काल जाइए और गांडीव धनुष, दो अक्षय तरकश और तीव्र गति से दौड़ने वाले अश्वों से युक्त वानर-ध्वज वाला रथ ले आइए। मैं जानता हूँ कि राजा सोम ने आपको यह सब वस्तुएँ प्रदान की थीं, किंतु ये सब वस्तुएँ अब अर्जुन को देना निर्धारित किया गया है। वह इनकी सहायता से बड़े और महान काम करेगा। कृपया कृष्ण के लिए सुदर्शन चक्र भी ले आइए क्योंकि केवल श्रीकृष्ण ही उस दिव्य चक्र के उचित धारक हैं।"

वरुणदेव ने तत्काल अग्निदेव की आज्ञा का पालन किया। इसके बाद प्रसिद्ध गांडीव धनुष, जो समस्त अस्त्र-शस्त्रों में सबसे प्रसिद्ध और महत्त्वपूर्ण है, अर्जुन

को प्राप्त हो गया। यह धनुष प्राचीनकाल में ब्रह्मा के पास था, वह उसकी सहायता से पृथ्वी माता के भार को कम किया करते थे। केवल सच्चा और महान व्यक्ति ही गांडीव धनुष को प्राप्त करके उसे वास्तविक उद्देश्य की पूर्ति के लिए प्रयोग में ला सकता है। भगवान ब्रह्मा ने हज़ारों वर्ष तक गांडीव धनुष का प्रयोग किया और उसके बाद उन्होंने वह धनुष प्रजापति को सौंप दिया। इसके बाद इंद्र (शक्र), राजा सोम तथा वरुणदेव ने गांडीव धनुष धारण किया। यह प्रख्यात धनुष, दिव्य शक्तियों से युक्त है और इसे प्रयोग करने वाला व्यक्ति अत्यंत सौभाग्यशाली माना जाता है। अर्जुन, गांडीव धनुष से पत्नी की तरह प्रेम करता था और वह सदा उसे अपने साथ रखता था।

एक बार रणभूमि में कर्ण ने युधिष्ठिर को पराजित करके उसे शत्रु शिविर में भेज दिया था। अर्जुन अपने भाई के पास आया, तो युधिष्ठिर ने यह सोचकर कि कर्ण मारा गया है, मुस्कराते हुए अर्जुन का स्वागत किया, परंतु जब युधिष्ठिर को पता लगा कि कर्ण जीवित है, तो उसे बहुत क्रोध आया। उसने अर्जुन की निंदा की और कहा कि वह गांडीव धारण करने के योग्य नहीं है। यह सुनकर आर्जुन को क्रोध आ गया। उसने अपने भाई को मारने के लिए तलवार निकाल ली क्योंकि अर्जुन ने शपथ ली थी कि जो व्यक्ति उसे गांडीव धनुष धारण करने के अयोग्य मानेगा, वह उसकी हत्या कर देगा। उस समय कृष्ण ने बीच में पड़कर दोनों भाइयों को लड़ने से रोका था। अर्जुन, गांडीव धनुष से इतना प्रेम करता था कि वह उसे आजीवन अपने साथ लेकर घूमता रहा और उसकी सहायता से अर्जुन ने महान कार्य संपन्न किए। जीवन के अंत समय तक गांडीव उसके साथ रहा। बाद में महाप्रस्थान के समय अर्जुन ने वह धनुष, अग्नि देव के कहने पर वरुणदेव को ब्रह्मपुत्र नदी के तट पर लौटा दिया था।

अर्जुन के पास गांडीव के अतिरिक्त, अक्षय तरकश और अस्त्र-शस्त्रों से युक्त रथ भी था, जिसमें संसार के सबसे तेज़ गति से दौड़ने वाले घोड़े जुते थे। अग्निदेव ने कृष्ण को सुदर्शन चक्र और कौमुदकी गदा प्रदान की। इस प्रकार अर्जुन और कृष्ण को उचित अस्त्र-शस्त्र मिल गए थे, जिनकी सहायता से उन्हें रणभूमि में परास्त करना असंभव था।

अर्जुन रथ पर बैठ गया और उसने धनुष की प्रत्यंचा चढ़ा दी। उसका भीषण स्वर सुनकर सबके हृदय काँप उठे। कृष्ण ने भी सुदर्शन चक्र को तर्जनी में धारण कर लिया। दोनों योद्धा रण के लिए तैयार होकर विपरीत दिशाओं में निकल पड़े। यह निश्चित हुआ कि अर्जुन, देवराज इंद्र के साथ युद्ध करेगा और जिस बीच अग्निदेव खांडव-दाह करेंगे, श्रीकृष्ण उस वन के प्राणियों को भागने से रोकेंगे, ताकि उनकी वसा से अग्निदेव की क्षुधा को शांत किया जा सके।

सुरक्षा का आश्वासन प्राप्त पाकर अग्निदेव ने अपनी लपटों को फैलाया और खांडव-दाह आरंभ कर दिया। कुछ ही देर में आग ने विकराल रूप धारण कर लिया

और पूरा वन आग की ऊँची-ऊँची लपटों में घिर गया। खांडव के जलने से पैदा हुई गर्मी देवलोक तक जा पहुँची। वन के आस-पास के जलाशयों में उबाल आ गया और उनमें रहने वाले प्राणी मरने लगे। खांडव के भीतर के जलाशय तो पूरी तरह सूख गए। इसकी सूचना देवराज इंद्र को मिली, तो वह नाराज़ हो गया। उसने अग्निदेव के प्रयास को विफल करने की तैयारी आरंभ कर दी।

आकाश में अचानक काले बादल घिरने लगे और खांडव के ऊपर तेज़ वर्षा होने लगी, परंतु वह अग्निदेव को रोकने के लिए पर्याप्त नहीं थी और वर्षा की बूँदें नीचे गिरने से पहले हवा में ही सूख जाती थीं। यह देखकर इंद्र ने बादलों को समुद्र से विशाल मात्रा में जल लाकर खांडव में लगी आग को वर्षा से तत्काल बुझाने का आदेश दिया। बादलों ने भीषण वर्षा आरंभ कर दी, जिसके कारण आग बुझने लगी और वन से घना काला धुआँ उठने लगा और और वन के ऊपर छा गया। यह देखकर अर्जुन तुरंत हरकत में आ गया। उसने बाणों की ऐसी निरंतर वर्षा कर दी कि वन के ऊपर बाणों का एक बहुत विशाल आवरण बन गया। अर्जुन के बनाए सुरक्षा कवच ने पानी की एक बूँद को भी नीचे नहीं गिरने दिया और वन एक बार फिर धूँ-धूँ करके जलने लगा।

उस दिन संयोग से तक्षक वन में नहीं था, परंतु उसकी पत्नी और उसका पुत्र अश्वसेन वन के भीतर थे। इंद्र ने अर्जुन के रथ के निकट तेज़ तूफान पैदा कर दिया और इसी बीच, अश्वसेन की माँ, अपने पुत्र को मुँह में दबाकर भागने लगी। तभी अर्जुन ने उसे देख लिया और बाण से उसका सिर काट डाला। यह देखकर इंद्र को क्रोध आ गया। उसने आँधी के एक प्रचंड झोंके से अर्जुन का संतुलन बिगाड़ दिया। इसी अवसर का लाभ उठाकर अश्वसेन अपनी मृत माता के मुख से बाहर निकला और बचकर भाग गया। अर्जुन ने जब देखा कि अश्वसेन ने बचने के लिए अपनी माता का सहारा लिया है, तो उसने अश्वसेन को शाप दे दिया, "अश्वसेन, तू बहुत कायर है। संसार सदा तेरी निंदा करेगा।" कृष्ण और अग्निदेव भी अश्वसेन के कृत्य से अप्रसन्न थे।

इस घटना के बाद से अश्वसेन के मन में अर्जुन के प्रति घृणा व्याप्त हो गई। वह अपनी माता की हत्या का प्रतिशोध लेने के लिए बेचैन था। कुरुक्षेत्र के रण में एक बार अर्जुन और कर्ण का सामना हो गया। उस अवसर पर अश्वसेन, बाण का आकार धारण करके चुपचाप कर्ण के तरकश में बैठ गया। कर्ण को अश्वसेन की उपस्थिति का पता नहीं लगा। उसने अश्वसेन को बाण समझकर धनुष पर चढ़ाया और अर्जुन के मस्तक को लक्ष्य बनाकर छोड़ दिया। वह विषैला सर्प अर्जुन की ओर तेज़ी से उड़ा। अर्जुन के सारथी बने कृष्ण ने अश्वसेन को तुरंत पहचान लिया। उन्होंने पैर के अँगूठे से अर्जुन के रथ को थोड़ा-सा नीचे दबा दिया, जिसके कारण कर्ण का निशाना चूक गया और अश्वसेन, अर्जुन के मुकुट से जा टकराया। यदि

वह अर्जुन के मस्तक पर लगता, तो उसकी तत्काल मृत्यु हो जाती। अश्वसेन के भीतर इतना विष था कि उसके प्रभाव से अर्जुन का मुकुट जलकर भस्म हो गया।

इस प्रयास से हताश अश्वसेन, कर्ण के पास लौट आया और बोला, "यदि तुमने निशाना ठीक से साधा होता, तो हम दोनों का शत्रु मारा जाता। मुझे जल्दी धनुष पर चढ़ाओ और फिर प्रयोग करो, हम इस बार असफल नहीं होंगे।"

"तुम कौन हो?" कर्ण ने हैरानी से पूछा।

"मेरा नाम अश्वसेन है। मैं राजा तक्षक का पुत्र हूँ। मेरी माता अर्जुन के हाथों मारी गई थी। मैं अपनी माता की हत्या का प्रतिशोध लेना चाहता हूँ। जल्दी करो, इस बार तुम्हारा निशाना चूकना नहीं चाहिए," अश्वसेन ने कहा।

कर्ण ने अश्वसेन को तिरस्कार-भरी दृष्टि से देखा और कहा, "कर्ण, युद्ध में जीतने के लिए दूसरों पर निर्भर नहीं रहता। यहाँ से चले जाओ। मुझे तुम्हारी सहायता की आवश्यकता नहीं है। मैं अर्जुन के लिए अकेला ही पर्याप्त हूँ।"

कर्ण के हाथों हुए तिरस्कार से क्रोधित अश्वसेन अपने वास्तविक रूप में प्रकट हो गया। वह अर्जुन के रथ पर जा चढ़ा। वह अर्जुन को कर्ण के प्रयास करने से पहले ही मार देना चाहता था। कृष्ण ने अर्जुन को अश्वसेन से सावधान कर दिया था। खांडव-दाह के दौरान अश्वसेन के कायरतापूर्ण कृत्य को याद करके अर्जुन ने छह बाण छोड़े और उस विशाल सर्प के टुकड़े कर दिए।

परंतु ये घटनाएँ समय के साथ धुँधली पड़ गईं। इस बीच अर्जुन, अग्निदेव द्वारा दिए खांडव-दहन कार्य में फिर से रत हो गया। उसे अश्वसेन के भाग निकलने पर पछतावा हो रहा था। उसका क्रोध इंद्र पर केंद्रित हो गया। अर्जुन ने वायवास्त्र चलाया, जिससे आकाश में छाए बादल छिन्न-भिन्न हो गए और सूर्य का प्रकाश फिर वन पर पड़ने लगा। अग्निदेव को अपने कार्य में सुविधा हो गई। कृष्ण भी सुदर्शन चक्र से वन से बाहर से भागने वाले प्राणियों को मारने में व्यस्त थे। अग्निदेव ने तेज़ी से मृत प्राणियों की वसा से भूख मिटानी आरंभ कर दी। इंद्र, अपने पुत्र अर्जुन का साहस देखकर बहुत प्रसन्न हुआ, परंतु उस समय अर्जुन के विरुद्ध युद्ध करना ही उसका कर्तव्य था।

इंद्र ने अपने अन्य साथियों को साथ लेकर अर्जुन और कृष्ण को सीधे युद्ध के लिए ललकारा। इसके बाद उनके बीच भीषण युद्ध हुआ। इंद्र और उसके साथी देवता घबरा गए क्योंकि ऐसे विलक्षण योद्धाओं से उनका पहले कभी सामना नहीं हुआ था। तभी आकाशवाणी हुई कि खांडव-दाह नियति द्वारा पहले से निश्चित है। यह जान लो कि कृष्ण और अर्जुन को युद्ध में परास्त करना असंभव है। इसलिए देवराज इंद्र वापस देवलोक लौट जाओ। यह सुनकर सभी लोग लौट गए। कृष्ण और अर्जुन ने विजय-घोष करते हुए शंख बजा दिया। अग्निदेव बहुत प्रसन्न हुए और

उन्होंने पंद्रह दिन तक प्रचंडता से प्रज्वलित रहते हुए पशुओं की वसा से अपनी क्षुधा शांत की और उनका अपच रोग पूरी तरह ठीक हो गया। अग्निदेव का अपना खोया तेज भी वापस मिल गया।

खांडव में रहने वाले लगभग सभी प्राणी पूरी तरह समाप्त हो चुके थे। तभी कृष्ण और अर्जुन ने एक असुर को वहाँ से बचकर भागते देखा। अग्निदेव उसके पीछे भाग रहे थे। मय नामक उस असुर ने कृष्ण के हाथ में सुदर्शन चक्र देखा, तो वह हाथ जोड़कर अर्जुन के चरणों में गिर पड़ा और जीवनदान माँगने लगा। अर्जुन ने उसे प्राण-दान दे दिया। इस तरह मयासुर, अश्वसेन तथा ऋषि मंदपाल की संतान सारंग पक्षियों को छोड़कर उस वन में निवास करने वाले सभी पशु-पक्षी एवं वृक्ष आदि जलकर पूरी तरह से भस्म हो गए और अग्निदेव का भोजन बन गए।

अग्निदेव, अर्जुन और कृष्ण से बहुत प्रसन्न थे। उन्होंने दोनों को आशीर्वाद दिया। इसके बाद कृष्ण और अर्जुन पर आकाश से पुष्प-वर्षा होने लगी और उनके स्वागत में जयघोष के स्वर गूँजने लगे।

इसके बाद इंद्र अपने सैन्य-दल के साथ पृथ्वी पर आया और उसने दोनों योद्धाओं का सम्मान किया। इंद्र ने अर्जुन को वरदान देना चाहा, तो अर्जुन ने, जो संसार का सर्वश्रेष्ठ योद्धा बनना चाहता था, अपने दैवी पिता से दिव्यास्त्र एवं अन्य घातक अस्त्र माँग लिए। इसके उत्तर में इंद्र ने कहा, "तुम्हारी यह कामना उपयुक्त समय आने पर पूरी हो जाएगी। कुछ समय बाद तुम्हें भगवान शिव को प्रसन्न करके उनका आशीर्वाद प्राप्त करना है। तब तुम्हें सभी दिव्यास्त्र प्राप्त हो जाएँगे। भाग्य तुम्हारी रक्षा करेगा और सदा तुम पर प्रसन्न रहेगा।" ऐसा कहकर इंद्र अंतर्धान हो गया। उसका हृदय अपने साहसी पुत्र के प्रति गौरव से भरा था।

अर्जुन और कृष्ण, मयासुर के साथ यमुना-तट के एक शांत स्थल पर पहुँच गए। मयासुर ने कृतज्ञ स्वर में कहा, "अर्जुन, तुमने मेरा जीवन बचाया है। मैं अग्नि की भयंकर लपटों और कृष्ण के सुदर्शन चक्र के बीच बुरी तरह फँस गया था। यदि तुमने मुझे शरण ना दी होती, तो मैं यमलोक पहुँच गया होता। मैं इस जीवनदान के बदले तुम्हारे लिए कुछ करना चाहता हूँ। मैं तुम्हारी हर इच्छा पूरी करने के लिए तैयार हूँ।" अर्जुन ने मुस्कराकर कहा, "तुम्हारा यह उदार प्रस्ताव ही पर्याप्त है। मैं केवल इतना चाहता कि तुम जैसे वर्तमान में हमारा साथ दे रहे हो, उसी तरह सदा आवश्यकता के समय हमारा साथ देना।"

मयासुर को इतने पर संतोष नहीं हुआ। वह बोला, "मैं असुरों का विश्वकर्मा और मुख्य शिल्पकार हूँ। मुझे विश्वास है कि मेरी प्रतिभा आपके काम अवश्य आ सकती है। कृपया आप मेरी सेवा स्वीकार करें।"

"मैंने तुम्हें जीवनदान दिया है, इसलिए तुम मेरे प्रति कृतज्ञ हो। यही कारण है कि मैं तुम्हें कोई आदेश नहीं दे सकता, परंतु मैं तुम्हें निराश भी नहीं करना चाहता।

श्रीकृष्ण जो कहें, तुम वही कर दो। मैं उसी को सेवा के रूप में स्वीकार कर लूँगा", अर्जुन ने विनम्रता से उत्तर दिया।

यह सुनकर मयासुर ने कृष्ण से उनकी इच्छा पूछी तो उन्होंने मयासुर को एक भव्य महल और युधिष्ठिर के लिए राजसभा के निर्माण का आदेश दिया। यह सुनकर मयासुर बहुत प्रसन्न हुआ। उसने उन्हें वचन दिया कि वह उस कार्य को पूरी निष्ठा से करेगा। उसने कहा, "मेरे द्वारा युधिष्ठिर के लिए बनाया गया महल मेरी सर्वोच्च उपलब्धि होगा। तीनों लोकों में उसके जैसा कोई राजमहल नहीं होगा। युधिष्ठिर का महल और उसकी राजसभा, अर्जुन द्वारा किए इस महान कृत्य के स्मृति-चिह्न के रूप में पहचाना जाएगा। लोग संसार से हमारे चले जाने के बाद भी इसके विषय में बात करेंगे और अर्जुन की प्रशंसा में गीत गाएँगे।"

मयासुर ने युधिष्ठिर को एक शानदार राजसभा का निर्माण करके दिया। उसके निर्माण में चौदह माह का समय लगा। युधिष्ठिर का महल पाँच हजार वर्ग हाथ नाप (प्राचीन काल में लंबाई मापने का एक पैमाना) में फैला था। उसमें शुद्ध स्वर्ण के स्तंभ थे, जिन पर दुर्लभ तथा अत्यंत मूल्यवान रत्न आदि जड़े थे और उनकी चमक देखने वाले की आँखों को चकाचौंध कर देती थी। मयासुर ने संगमरमर सीढ़ियों वाले कृत्रिम सरोवर तैयार किए और नीलम एवं पन्ना से निर्मित कमल-पुष्प भी बनाए। उसने रत्न से निर्मित मछलियाँ, पक्षी और कछुए भी तैयार किए। सभा का पूरा फर्श स्फटिक का बना था, जो पानी की सतह का आभास देता था। वह निस्संदेह संसार की सबसे सुंदर और विलक्षण राजसभा थी।

दुर्भाग्य से युधिष्ठिर की राजसभा और उसका वैभव देखकर दुर्योधन के मन में पहले से व्याप्त लोभ और ईर्ष्या में वृद्धि हो गई। इसी कारण उसने पांडवों से उनका राज्य छीनकर, बाद में उन्हें चौदह वर्ष के वनवास पर भेज दिया था।

11

दिव्यास्त्रों की खोज

अर्जुन ने अपने पितरों की इच्छा एवं कृष्ण के परामर्श के अनुसार इंद्रप्रस्थ में राजसूय यज्ञ करने और आस-पास के सभी प्राचीन राज्यों को अपने अधीन करने का निश्चय कर लिया। इस यज्ञ को करने के उपरांत वह देवताओं के राजा इंद्र के समकक्ष होने के साथ-साथ देवराज के पद के भी योग्य बन सकता था। युधिष्ठिर के चारों भाइयों अर्जुन, भीम, सहदेव और नकुल ने इस प्रयास में उसे पूरा सहयोग दिया। वे चारों क्रमशः उत्तर, पूर्व, दक्षिण और पश्चिम दिशा में वहाँ के राज्यों को अधीन करने निकल पड़े। पांडवों ने राजसूय यज्ञ के सफल आयोजन, इंद्रप्रस्थ के वैभव और अपनी संयुक्त उपलब्धियों के कारण जो आदर और प्रेम प्राप्त किया, उसे देखकर ज्येष्ठ कौरव दुर्योधन पहले से भी अधिक चिढ़ गया। उसके मन की दशा बिगड़ गई और वह कड़वाहट तथा विषैले क्रोध की आग में जलने लगा।

दुर्योधन को उदासीनता से बाहर निकालने के लिए उसके मामा शकुनि ने एक कुटिल योजना बनाई और पांडवों से उनका राज्य और वैभव छीन लेने का निश्चय कर लिया। सभी को यह बात पता थी कि युधिष्ठिर को द्युत का खेल बहुत पसंद था, हालाँकि वह उस खेल का बढ़िया खिलाड़ी नहीं था। धृतराष्ट्र ने दुर्योधन के बार-बार कहने पर कुरु वंश के वृद्धजनों की इच्छा के विरुद्ध विदुर को पांडवों के पास इंद्रप्रस्थ जाकर उन्हें द्यूत के लिए आमंत्रित करने को कहा। वह खेल, दुर्योधन की ओर से शकुनि ने खेला और उसने छल से द्यूत-प्रेमी युधिष्ठिर को हरा दिया। शकुनि ने चालाकी द्वारा युधिष्ठिर से उसका राज्य, संपत्ति, उसके भाई, वह स्वयं और उसकी पत्नी द्रौपदी को भी दाँव पर लगवाकर उन सबको जीत लिया।

पांडवों का इतना अपमान करने के बाद भी दुर्योधन के भाई और उस कुटिल योजना के साझेदार दु:शासन ने द्रौपदी को बालों से पकड़कर सभा में घसीटा और दासी के रूप में सबके सामने प्रस्तुत कर दिया। द्रौपदी के बार-बार कहने पर भी

कि वह रजस्वला है और केवल एक वस्त्र में है, दुःशासन ने द्रौपदी की एक नहीं सुनी। सभा में उपस्थित सब लोग उस लज्जाजनक दृश्य को देखकर घबरा उठे, परंतु कर्ण हँसा और उसने द्रौपदी से कहा, "अब तुम कौरवों की दासी हो। इसलिए तुम्हें आडंबर करना शोभा नहीं देता। तुम्हें अपने स्वामी के चरणों में बैठकर उससे याचना करनी चाहिए कि वह तुम्हें अपनी पत्नी बना ले।" कर्ण ने ऐसे अपशब्द कहने के बाद द्रौपदी द्वारा स्वयंवर में किए अपमान का प्रतिशोध ले लिया था।

कर्ण के अपशब्द सुनकर और द्रौपदी लज्जा और दुःख से काँपने लगी। उसे देख भीम को क्रोध आ गया। उसने कर्ण को घृणा से देखा और फिर क्रोध में भरकर युधिष्ठिर की निंदा करते हुए बोला, "आप द्रौपदी के साथ ऐसा कैसे कर सकते हैं? यहाँ तक कि कोई जुआरी भी अपने साथ बिस्तर में सोने वाली नगर-वधू को जुए में दाँव पर नहीं लगाता! सहदेव, तुम एक जलती मशाल लेकर आओ। मैं उन हाथों को जला डालूँगा, जिन्होंने अपनी प्रिय पत्नी को जुए में दाँव पर लगाने और उसे हार जाने का कुकर्म किया है। ऐसा दुष्कर्म करने से बेहतर था कि वे हाथ अपने स्वामी का गला दबा देते!"

युधिष्ठिर ने लज्जा से सिर झुका लिया। अर्जुन ने अपने क्रोधित भाई को शांत करते हुए कहा, "भीम, अपने गुस्से को नियंत्रित करो। देखो, यह लकड़बग्घे किस तरह हम लोगों के बीच हो रहे झगड़े से प्रसन्न हैं। हमारी एकता ही हमारी सबसे बड़ी शक्ति है। तुम्हें ऐसा कोई काम नहीं करना चाहिए, जिससे हमारी एकता पर आँच आए। धैर्य रखो! अभी इनका समय है। जब हमारा समय आएगा, तब हम इनसे बदला लेंगे।"

अर्जुन के विवेकशील वचन सुनकर भीम थोड़ा शांत हुआ, हालाँकि वह कौरवों को कोसता रहा। उसकी आँखों में प्रतिशोध की ज्वाला साफ झलक रही थी।

कर्ण के उकसाने पर दुःशासन ने द्रौपदी के वस्त्र खींचना आरंभ कर दिया। यह समूचे कुरु वंश के लिए लज्जा की बात थी। द्रौपदी के बार-बार पुकारने पर भी कोई उसकी मदद करने नहीं आया। दुर्योधन ने एक कदम आगे बढ़कर बहुत भद्दे गंदे ढंग से अपनी जांघ थपथपाते हुए द्रौपदी को उस पर बैठने को कहा। द्रौपदी ने शर्म से आँखें बंद कर लीं और ईश्वर के अवतार श्रीकृष्ण सहायता के लिए पुकारने लगी। कृष्ण ने तत्काल उसकी पुकार सुनी और तब एक चमत्कार हुआ, जो सदा स्त्रियों और पुरुषों के दिल और दिमाग़ में बसा रहेगा।

द्रौपदी के वस्त्र उतारने का दुःशासन का प्रयास व्यर्थ हो गया। वह जैसे ही द्रौपदी का वस्त्र खींचता, तो उसके स्थान पर एक नया वस्त्र आ जाता था। दुःशासन द्रौपदी का वस्त्र खींचता गया और नया वस्त्र खुलता गया। कुछ ही देर में सभा में वस्त्र का विशाल अंबार लग गया, परंतु दुःशासन, पांडवों की पत्नी को निर्वस्त्र नहीं कर सका। आख़िर वह थककर नीचे गिर पड़ा।

यह दृश्य देखकर भीम को फिर क्रोध आ गया। उसने एक भयंकर शपथ ली और कहा, "मैं शपथ लेता हूँ कि यदि मैंने दुःशासन को रणभूमि में मारकर उसका रक्त नहीं पिया, तो मैं नर्क में सड़ूँगा। और दुर्योधन, तुम्हारे दिन गिनती के रह गए हैं क्योंकि मैं अपनी गदा से युद्धभूमि में तुम्हारी जांघें तोड़ डालूँगा।"

"कर्ण, तुम मेरी बात ध्यान से सुन लो," अर्जुन ने कहा, "मैं भी शपथ लेता हूँ कि तुम्हारे दुष्कर्मों के लिए मैं युद्धभूमि में तुम्हारे प्राण अवश्य ले लूँगा।"

"शकुनि, मैं तुम्हारी कुटिलता का दमन करके तुम्हारे व्यर्थ जीवन का अंत करूँगा," सहदेव ने शपथ लेते हुए कहा। अंत में नकुल बोला, "मैं शपथ लेता हूँ कि शकुनि के पुत्र उलूक को यमलोक पहुंचाऊँगा," यह कहते हुए उन्माद से नकुल का सुंदर चेहरा कठोर हो गया।

धृतराष्ट्र ने देखा कि स्वयं ईश्वर ने द्रौपदी की रक्षा की और उसके पुत्र संकट से घिर चुके थे और उनका पतन निश्चित था। तब धृतराष्ट्र ने कुछ करने का निश्चय किया। उसने पांडवों को उनका राज्य वापस कर दिया और उनसे अनुरोध किया कि उनके साथ जो हुआ, वे उसे भूलकर कौरवों को क्षमा कर दें। पांडव अपना राज्य वापस लेकर दुःखी मन से लौट गए।

दुर्योधन अपने पिता से इस बात के लिए बहुत नाराज़ हुआ कि उसने अपने पुत्र द्वारा प्राप्त समस्त वैभव और संपत्ति को पांडवों को ऐसे ही वापस कर दिया था। उसने अपने पिता को बातों से भावुक कर दिया और पांडवों को फिर जुए के खेल के लिए आमंत्रित कर लिया। इस बार शर्त यह थी कि खेल हारने वाला बारह वर्ष का वनवास और एक वर्ष का अज्ञातवास भोगेगा। यदि अज्ञातवास के दौरान उन्हें पहचान लिया गया, तो फिर से बारह वर्ष का वनवास भोगना होगा। युधिष्ठिर ने धर्म के मार्ग को नहीं छोड़ा और कौरवों की शर्त मान ली। उसने विवेक से काम ना लेकर कौरवों की चुनौती को स्वीकार करते हुए क्षत्रिय परंपरा का पालन किया। इस बार भी पासे शकुनि ने फेंके और वह फिर जीत गया। पांडवों ने एक बार फिर अपना राज्य खो दिया और उन्हें शर्त के अनुसार बारह वर्ष के वनवास पर जाना पड़ा।

पांडवों ने वल्कल धारण किए और पत्नी द्रौपदी को साथ लेकर राज्य छोड़ दिया। उन्होंने अपनी माता कुंती की देखभाल का दायित्व विदुर को दे दिया। नगर के लोग पांडवों के साथ सीमा के बाहर तक रोते हुए गए। उन्होंने धृतराष्ट्र और दुर्योधन को पांडवों के साथ दुर्व्यवहार के लिए भला-बुरा भी कहा।

पांडव निराश थे। वे द्वैतवन आ गए, जहाँ से उन्होंने वनवास-काल का आरंभ किया। उनके आस-पास का वातावरण अत्यंत मनोहारी और शांतिपूर्ण था, परंतु पांडवों की आहत आत्मा को उससे सुख नहीं मिला। पाँचों भाई दुःखी थे, किंतु द्रौपदी सबसे परेशान थी। उसने शपथ ली कि जब तक भीम के हाथों दुःशासन का अंत नहीं हो जाता और भीम अपनी शपथ पूरी नहीं करता, वह अपने केश खुले रखेगी।

पांडवों ने अपनी स्थिति पर विचार किया और उनके पास जो था, उसी से संतोष कर लिया। दुर्योधन, पांडवों के वनवास काल के दौरान अपना समय और पांडवों का धन लगाकर अपनी स्थिति को दृढ़ करने तथा संबंधों को सुधारने में लगा था। उस समय के तीन सर्व शक्तिशाली योद्धा - भीष्म, द्रोण और कर्ण कौरवों की ओर से लड़ने वाले थे। वे सब परशुराम के शिष्य थे और सबके पास दिव्यास्त्र भी थे। ऐसे में पांडवों की स्थिति बहुत ख़राब थी।

पांडव वन में निराशा-भरे दिन बिता रहे थे, उसी समय उनकी भेंट वेदव्यास से हुई। व्यास ने पांडवों को सांत्वना दी, जिससे उनका दुःख कम हो गया। वेदव्यास ने युधिष्ठिर को अलग ले जाकर कहा, "कौरवों से डरने की आवश्यकता नहीं है। आगे चलकर उनके दुष्कर्म ही उनके पतन का कारण बनेंगे। वे लोग भोग-विलास में अपना समय और ऊर्जा नष्ट कर रहे हैं। इस बीच, तुम्हारे पास वनवास काल के दौरान अपने शत्रुओं के विरुद्ध तैयारी करने और स्थिति का लाभ उठाने का भरपूर समय है।"

"आपके वचनों से मेरे हृदय में आशा जगी है और हृदय में कृतज्ञता का भाव उत्पन्न हुआ है," युधिष्ठिर ने कहा।

वेदव्यास ने आगे कहा, "मेरी बात ध्यान से सुनो क्योंकि मैं तुम्हें प्रतिस्मृति नाम की एक रहस्यमयी विद्या देने जा रहा हूँ। तुम इसे अर्जुन को सिखा देना क्योंकि वह इस विद्या की सहायता से बहुत-से महान कार्य पूर्ण करेगा। उसको कहना कि वह इस विद्या का प्रयोग करके शिव और इंद्र को प्रसन्न करे और फिर उनसे दिव्यास्त्र प्राप्ति करे। इसके बाद ही तुम शत्रुओं को मारकर अपना राज्य और वैभव फिर प्राप्त कर सकोगे। इस बीच, तुम चारों भाइयों को यह स्थान छोड़कर अन्यत्र जाकर हृदय शुद्ध करना और देवताओं को प्रसन्न करना चाहिए।"

"ऋषिवर, आपके इन वचनों से मेरे भीतर व्याप्त पुराना अंधकार समाप्त हो गया है। हम वही करेंगे, जो आपने आदेश दिया है। आप हमें आशीर्वाद दें और सदा हमारे लिए प्रार्थना करें," युधिष्ठिर ने ऋषि वेदव्यास के समक्ष हाथ जोड़कर कहा।

"तथास्तु!" व्यास बोले, "हिम्मत रखो क्योंकि धर्म तुम्हारे साथ है। तुमने जो खोया है, वह सब तुम्हें फिर प्राप्त होगा।"

व्यास के जाने के बाद युधिष्ठिर ने बिना समय गँवाए अर्जुन को बुलाया और उसे आगे की योजना के विषय में बताया। उसने अपने छोटे भाई को प्रतिस्मृति विद्या का ज्ञान दिया और कहा, "मैंने जो रहस्यमयी ज्ञान तुम्हें दिया है, उसकी सहायता से भगवान शिव और इंद्र को प्रसन्न करो, ताकि शत्रुओं पर विजय प्राप्त करने के लिए तुम्हें दिव्यास्त्र प्राप्त हो सकें। हमारे परिवार की आशाएँ तुम पर टिकी हैं। हमारा आशीर्वाद लेकर जाओ। भाग्य तुम्हारी प्रतीक्षा कर रहा है।"

अर्जुन ने अपने भाइयों को गले लगाया। सब इतने भावुक हो गए कि कोई कुछ नहीं कह सका। द्रौपदी की सजीव आँखें आँसुओं से भीगी हुई थीं। उसने अर्जुन से कहा, "आपके सामने जो मार्ग है, वह बहुत कठिन और बाधाओं से भरा है, परंतु यदि कोई उन्हें पार कर सकता है, तो वह सिर्फ आप हैं। हम सबको आपके ऊपर पूरा भरोसा है। आपके बिना बिताया हर पल हमारे लिए युग के समान होगा। आप सदैव हमारे विचारों में रहेंगे। मैं भगवान से आपकी सुरक्षा की कामना करूँगी, ताकि हमारे संयुक्त उद्देश्य की पूर्ति हो सके।"

अर्जुन ने भारी मन से सब लोगों से विदा ली और देवताओं को प्रसन्न करके दिव्यास्त्र प्राप्त करने के उद्देश्य को मन में धारण करके यात्रा पर निकल पड़ा। प्रतिस्मृति विद्या ने अर्जुन को सोचने के संवेग से यात्रा की शक्ति प्रदान कर दी और वह शीघ्र हिमालय पहुँच गया। इस दूरस्थ पहाड़ी क्षेत्र में देवता आते रहते थे। यह समर्पण और आध्यात्मिकता का केंद्र था।

हाथ में गांडीव धारण किए अर्जुन कठिन चढ़ाई चढ़ता गया। इंद्रकील पर्वत पर उसकी भेंट एक ऋषि से हुई। वह ऋषि वृक्ष के नीचे बैठ तपस्या कर रहा था। ऋषि के चारों ओर सद्भाव और ऊर्जा का प्रचंड आभामंडल था। ऋषि ने अर्जुन से पूछा, "तुम कौन हो? इस शांत और अहिंसक स्थान पर अस्त्र-शस्त्र लेकर क्यों आए हो?"

"मैं एक कठिन उद्देश्य मन में धारण करके निकला हूँ", अर्जुन ने उत्तर दिया।

"वह ठीक है, परंतु तुम्हें इस स्थान पर अस्त्र-शस्त्रों की आवश्यकता नहीं है तथा यहाँ इनका कोई काम नहीं है। तुम इन्हें छोड़कर आगे चले जाओ," साधु ने कहा।

अर्जुन ने साधु का प्रस्ताव विनम्रता से किंतु दृढ़ स्वर में अस्वीकार कर दिया और आगे बढ़ गया। वह साधु अर्जुन की दृढ़ता और उद्देश्य के प्रति उसकी कर्तव्यनिष्ठा देखकर बहुत प्रसन्न हुआ। तब ऋषि ने अपना वास्तविक रूप प्रकट किया। वह कोई और नहीं बल्कि देवराज इंद्र था, जो अपने पुत्र को यात्रा और उद्देश्य की पूर्ति के लिए आशीर्वाद देने और उसके प्रयासों के लिए उसे प्रोत्साहित करने आया था। इंद्र ने कहा, "पुत्र, मैं तुमसे बहुत प्रसन्न हूँ। मुझसे जो चाहो, वरदान माँग लो!"

अर्जुन ने हाथ जोड़कर विनम्रता से उत्तर दिया, "मुझे दिव्यास्त्रों की आवश्यकता है और साथ ही मैं उनके प्रयोग की विधि भी सीखना चाहता हूँ।"

"तुम कुछ और बेहतर वस्तु क्यों नहीं माँगते?", अर्जुन के पिता ने उसे चिढ़ाते हुए कहा। ''यह दुर्भाग्य की बात है कि नियति ने तुम्हारे जीवन में बहुत-से कष्ट लिखे हैं, परंतु फिर भी तुम्हारे पास एक विकल्प है। तुम इस जीवन को त्यागकर मेरे साथ स्वर्गलोक चल सकते हो। वहाँ तुम्हें समस्त सुख-सुविधाएँ और भोग विलास के अवसर प्राप्त होंगे। तुम यदि एक बार हामी भर दो, तो मैं तुम्हें अपने साथ स्वर्ग ले जाऊँगा। तुम्हें देव-पदवी भी प्राप्त हो जाएगी।"

"पिताश्री, मैं यह देखकर भावुक हो गया हूँ कि आप मेरे कल्याण के प्रति चिंतित हैं, परंतु मेरे भाई मेरे साथ नहीं हैं। ऐसे में स्वर्ग भी मेरे लिए नरक से बुरा है। यह सत्य है कि हमने अनेक कष्ट उठाए हैं और कौरवों ने हमें बहुत क्षति पहुँचाई है। हमारे शत्रु हमसे अधिक शक्तिशाली हैं। यदि मैं ऐसे समय अपने भाइयों को अकेला छोड़कर चला गया, तो मैं स्वयं को कभी क्षमा नहीं कर सकूँगा। युधिष्ठिर सहित सबने मुझमें विश्वास जताया है और मुझे अपने शत्रुओं पर विजय प्राप्त करने के लिए दिव्यास्त्र की खोज में भेजा है। मैं उन्हें लज्जित नहीं कर सकता। हमारे भाग्य एक-दूसरे से जुड़े हैं।"

"तुम्हारी निःस्वार्थ भावना सब मनुष्यों के लिए सबक है। मुझे तुम्हारा पिता होने पर गर्व है। मैं तुम्हें वचन देता हूँ कि तुम भगवान शिव के दर्शन करोगे और तुम्हें सफलता अवश्य प्राप्त होगी", ऐसा कहकर इंद्र देवलोक लौट गया।

अर्जुन ने कठोर तप आरंभ कर दिया। उसने वल्कल वस्त्र और मृगचर्म पहना और फिर भूखे पेट रहकर तपस्या शुरू कर दी। उसका ध्यान केवल भगवान शिव पर केंद्रित था। धीरे-धीरे समय बीतता गया और उसका तप भी कठोर होता चला गया। उसने भोजन छोड़ दिया और फिर जल भी त्याग दिया। वह पूरी तरह वायु पर निर्भर था। सर्दी, गर्मी, अंधकार, प्रकाश और यहाँ तक कि शारीरिक आवश्यकताओं से अनजान अर्जुन निरंतर तप द्वारा भगवान शिव को प्रसन्न करने का प्रयास करता रहा। उसके तप की प्रचंडता से वातावरण प्रभावित होने लगा। लहरों का जल सूख गया, पेड़-पौधे मुरझा गए। आस-पास रहने वाले ऋषि-मुनि उसके कठोर तप की उष्मा को सहन नहीं कर पा रहे थे। वे सब दौड़ते हुए सहायता के लिए भगवान शिव के पास पहुँचे। उनकी प्रार्थना सुनकर शिव ने उन्हें आश्वासन दिया और कहा, "चिंता मत करो। अर्जुन की मंशा शुद्ध और सात्विक है। मैं उसकी इच्छा पूरी करूँगा।"

इसके बाद शिव और पार्वती ने शिकारी का रूप धारण किया और दोनों अर्जुन से मिलने चल पड़े। अर्जुन के निकट पहुँचकर शिव ने देखा कि एक असुर, शूकर का रूप धर कर अर्जुन पर आक्रमण करने वाला था। वह निस्संदेह अर्जुन को मारना चाहता था। इसी बीच, शिव और अर्जुन दोनों ने एक ही समय पर शूकर पर बाण चला दिए। शूकर तुरंत मारा गया।

अर्जुन ने शिकारी को देखा, तो उसे अच्छा नहीं लगा। वह बोला, "यह मेरा शिकार है। तुम्हें इस पर बाण नहीं चलाना चाहिए था। मैंने इसे पहले देखा और बाण चलाया। मैं इसे ले जाऊँगा। तुम इसे ले जाने का हठ स्वयं ही त्याग दो, अन्यथा मैं तुम्हें इसे छोड़ने पर विवश कर दूँगा।"

"वास्तव में यह शिकार मेरा है, जिस पर तुम दावा कर रहे हो। तुम्हारे जैसे घमंडी लोग गेरे हाथों मारे जाते हैं," शिकारी ने उत्तर दिया।

शब्दों की बहस के बाद दोनों के बीच युद्ध छिड़ गया। अर्जुन अपने प्रतिद्वंद्वी की शक्ति और उसका बल देखकर चकित रह गया। अर्जुन का अचूक निशाना बार-बार चूक रहा था और उसके बाण शिकारी के शरीर में विलीन होते जा रहे थे। इससे भी बुरा यह हुआ कि अर्जुन को काफी चोट आई थी। उसका शरीर छिल गया था तथा रक्त बह रहा था, परंतु शिकारी के शरीर पर एक खरोंच भी नहीं थी। अचानक अग्निदेव द्वारा अर्जुन को दिया अक्षय तरकश भी रिक्त हो गया। यह देखकर अर्जुन स्तब्ध रह गया। उसे संदेह हुआ कि उसका युद्ध किसी देवता अथवा राक्षस से हो रहा था। उसे अहसास हुआ कि केवल भगवान शिव उसके साथ युद्ध में रोक सकते हैं। यह सोचकर अर्जुन ने आक्रमण तीव्र कर दिया।

अर्जुन, शिकारी पर लपका और उसे धनुष की डोरी से कसने का प्रयास किया, परंतु शिकारी ने आसानी से उसका धनुष छीन लिया, फिर अर्जुन ने अपना खाली तरकश शिकारी के सिर पर मारा, तो उसका तरकश भी टूट गया। दोनों योद्धाओं के बीच द्वंद्व होने लगा, परंतु अर्जुन शिकारी के सामने कहीं नहीं टिकता था। अर्जुन को लगा कि उसका जीवन संकट में है। तब उसने रक्त से सने हाथों से धरती पर शिवलिंग बनाया और उस पर पुष्प-माल चढ़ाकर भगवान शिव की उपासना करने लगा।

अर्जुन यह देखकर आश्चर्य में पड़ गया कि शिवलिंग पर चढ़ाया हार, हवा में उड़ा और शिकारी के कंधों पर जा गिरा। अर्जुन को सत्य समझते देर ना लगी। वह भगवान शिव के चरणों में गिरकर उनसे क्षमा माँगने लगा। शिव ने उसे उठाया और गले से लगा लिया। भगवान शिव के उपचारक स्पर्श से अर्जुन के घाव तुरंत भर गए और वह फिर से ऊर्जान्वित हो उठा। शिव ने कहा, "तुम्हारा साहस और तुम्हारी दृढ़ता अतुलनीय है। मैं तुमसे बहुत प्रसन्न हूँ। इसके बदले मैं तुम्हें दिव्य-दृष्टि प्रदान करता हूँ। आज के बाद युद्ध में मनुष्य या देवता अथवा असुर, कोई भी तुम्हें परास्त नहीं कर पाएगा।"

इसके बाद शिव और पार्वती अपने वास्तविक रूप में प्रकट हो गए। उन्होंने अर्जुन को आशीर्वाद दिया। भगवान शिव ने अर्जुन से प्रसन्न होकर उसे एक और वरदान माँगने को कहा। अर्जुन ने शिव का मनपसंद पाशुपतास्त्र माँगा। उस दिव्यास्त्र में शत्रु की समस्त सेना को नष्ट करने की क्षमता थी। यहाँ तक कि देवता भी उस अस्त्र के प्रयोग से परिचित नहीं थे। शिव ने अर्जुन से कहा, "पाशुपत मेरा मनपसंद अस्त्र है। यह बहुत ही ख़तरनाक है। यदि इसे अनुचित ढंग से प्रयोग किया गया, तो यह समस्त सृष्टि का विनाश कर सकता है, परंतु तुमने सिद्ध कर दिया है कि तुम इस अस्त्र के योग्य हो। इसलिए मैं यह अस्त्र तुम्हें दूँगा और साथ ही, इसके प्रयोग तथा इसे वापस बुलाने की विद्या भी सिखाऊँगा।"

इस तरह अर्जुन ने भगवान शिव से पाशुपतास्त्र प्राप्त किया। भगवान शिव ने उदारतावश अर्जुन को गांडीव और अक्षय तरकश भी लौटा दिए तथा अर्जुन को देवलोक जाकर शेष दिव्यास्त्र प्राप्त करने का निर्देश दिया।

शिव और पार्वती इसके बाद अंतर्धान हो गए। अर्जुन बहुत समय तक वहीं खड़ा अपने भाग्य को सराहता रहा। वह शिव के साथ हुई भेंट और युद्ध के विषय में सोच रहा था। वह निस्संदेह सौभाग्यशाली था कि उसने भगवान शिव के दर्शन किए, उनका स्पर्श किया, उनसे बात की और उनके अपने हाथों से उन्हीं का मनपसंद अस्त्र भी प्राप्त किया। अर्जुन प्रसन्न था। उसे अपने शत्रुओं की स्थिति पर अफ़सोस हो रहा था। वह सोचने लगा कि कौरवों को उनके पापों का भारी मूल्य चुकाना होगा और उसे विश्वास था कि पांडवों को अवश्य विजय प्राप्त होगी।

अर्जुन अभी इस बात पर विचार ही कर रहा था कि तभी उसके समक्ष लोकपाल प्रकट हो गए। देवराज इंद्र समेत जल के देवता वरुण, धन के देवता कुबेर, यमराज उसके सामने उपस्थित हो गए। ये लोकपाल थे और इनका अपने-अपने क्षेत्रों पर पूर्ण नियंत्रण रहता था। ये सभी अर्जुन को दिव्यास्त्र देने आए थे, ताकि वह भूदेवी को पाप और अत्याचार से मुक्त करवा सके।

कठोर तप और भगवान शिव से हुई भेंट के फलस्वरूप अर्जुन के भीतर अद्भुत तेज विकसित हो गया था। यमराज ने अर्जुन को अपना दंड दिया और उसके प्रयोग की विधि तथा लाभ समझाया। वरुणदेव ने अर्जुन को वरुणास्त्र प्रदान किया, जिसकी सहायता से उन्होंने असुरों के विरुद्ध अनेक युद्ध लड़े थे। इसी तरह कुबेर ने अर्जुन को अंतर्धानास्त्र भेंट किया, जिससे शत्रुओं को सरलता से समाप्त किया जा सकता था। अंत में इंद्र ने अपने पुत्र अर्जुन से कहा, "तुम्हारी शानदार उपलब्धियों के बल पर तुम्हें देवता का पद मिल रहा है। यह तुम्हारे स्वर्गलोक जाने का समय है। देवताओं को अनेक कार्यों के लिए तुम्हारी सहायता की आवश्यकता है। तुम तैयारी कर लो, मैं शीघ्र ही तुम्हें लेकर जाऊँगा।"

अर्जुन ने लोकपालों की फल एवं पुष्प से उपासना की, जिससे वे सब अर्जुन से और अधिक प्रसन्न हो गए। उन्होंने अर्जुन को आशीर्वाद दिया और आगामी युद्ध में सफलता का आश्वासन प्रदान किया। इसके बाद वे अपने-अपने धाम लौट गए। अर्जुन का हृदय खुशी से भर उठा था।

कुछ समय बाद इंद्र का सारथी मातलि, अर्जुन के सामने रथ लेकर प्रकट हुआ। उसने अर्जुन से रथ में बैठने का आग्रह किया क्योंकि अर्जुन के पिता इंद्र अमरावती में उसकी प्रतीक्षा कर रहे थे। अपने पिता की इच्छा पूर्ण करने को उत्साहित अर्जुन तत्काल गंगा में स्नान करके मातलि के साथ देवलोक के लिए रवाना हो गया।

देवलोक की यात्रा ने अर्जुन की इंद्रियों को विशेष सुख से भर दिया। आकाश को चीरता इंद्र का रथ जब अर्जुन को लेकर ऊपर उड़ा,तो वह मार्ग में पड़ने वाले

दृश्यों को देखकर स्तब्ध रह गया। उसने आकाश में अनेक दिव्य प्राणियों को विचरण करते देखा और उनके अद्भुत तेज को देखकर हैरान हो गया। मातलि ने अर्जुन को बताया कि वे सब सदाचारी और धार्मिक आत्माएं हैं। पृथ्वीलोक से देखने पर ये आत्माएँ तारों के रूप में दिखाई पड़ती हैं। अर्जुन यह जानकर प्रसन्न हो गया।

अर्जुन शीघ्र ही देवताओं की प्रसिद्ध नगर अमरावती पहुँच गया। वह उस अद्भुत नगर का सौंदर्य देखकर मंत्रमुग्ध हो गया। उसे इस बात की और भी प्रसन्नता थी कि उसके अपने राज्य इंद्रप्रस्थ की तुलना अमरावती से की जाती थी। देवलोक में स्थित अमरावती के नागरिक अपने प्रिय राजा के पुत्र का स्वागत करने के लिए एकत्र हुए थे।

अर्जुन को सीधे इंद्र के महल में ले जाया गया, जहाँ उसके पिता उसकी प्रतीक्षा कर रहे थे। इंद्र ने अर्जुन को गले लगाया और अपने निकट आसन पर बैठाया। सभा में उपस्थित देवताओं ने भी अर्जुन का स्वागत-सत्कार किया। इसके उपरांत अर्जुन विशेष कक्ष में ले जाया गया, जो उसी के लिए तैयार किया गया था। वहाँ आवश्यकता की सभी वस्तुएँ मौजूद थीं। अर्जुन की सेवा में अनेक सुंदर स्त्रियाँ उपस्थित थीं। उन्होंने अर्जुन को सुगंधित जल के पात्र में नहलाया और फिर उसे श्रेष्ठ वस्त्र पहनाए। अर्जुन के लिए स्वादिष्ट व्यंजन और भाँति-भाँति की मनमोहक वस्तुएँ मौजूद थीं। राज्य के सर्वश्रेष्ठ कलाकारों ने उसके लिए अपनी कला का प्रदर्शन किया।

परंतु अर्जुन का मन उस भोग-विलास और सुख-सुविधाओं में अधिक नहीं उलझा। उसने जो थोड़ा रसपान किया, वह भी अपने पिता इंद्र के प्रति सम्मान के कारण था। उसका मन अपने भाइयों को याद कर रहा था। वह लगातार उनके और द्रौपदी के विषय में सोचकर दुःखी था क्योंकि वे पृथ्वी पर अनेक तरह के कष्ट और यातनाएँ भोग रहे थे।

अर्जुन ने अपना उद्देश्य ध्यान में रखते हुए इंद्र के संरक्षण में मेहनत की और सभी दिव्यास्त्रों का ज्ञान प्राप्त कर लिया। इंद्र ने उसे अपना निजी वज्र भी दिया, जिससे युद्ध के समय वज्रपात किया जा सकता था, परंतु इंद्र ने अर्जुन से गंधर्वराज चित्रसेन से संगीत और नृत्य की शिक्षा प्राप्त करने का भी आग्रह किया क्योंकि इंद्र जानता था कि अर्जुन को वनवास के बाद अज्ञातवास के तेरहवें वर्ष में उन विद्याओं की आवश्यकता पड़ेगी।

एक दिन महर्षि लोमश त्रिलोक-यात्रा करते हुए अमरावती आ पहुँचे। उन्होंने देवराज इंद्र को प्रणाम किया। अर्जुन को इंद्र के साथ आसन पर बैठा देख उन्हें आश्चर्य हुआ। किसी मनुष्य को इस तरह का सम्मान दिया जाना आश्चर्य का विषय था। महर्षि लोमश ने सोचा कि क्या वह इस योग्य है। इंद्र ने लोमश के मन की बात पढ़ ली और कहा, "अर्जुन सामान्य मनुष्य नहीं है, यद्यपि उसका जन्म एक साधारण स्त्री कुंती के गर्भ से हुआ है। पांडव भाइयों में तृतीय स्थान पर आने वाला अर्जुन

अत्यंत योग्य और विलक्षण है। उसने भगवान त्रिनेत्रधारी भगवान शिव के दर्शन किए हैं और वह दुष्ट कौरवों से युद्ध में विजय प्राप्त करने के लिए दिव्यास्त्र प्राप्त करने के उद्देश्य से अमरावती आया है।"

अर्जुन के प्रति लोमश ऋषि के मन में बढ़ते सम्मान को देखकर इंद्र ने आगे कहा, "अर्जुन और कृष्ण, स्वयं नर और नारायण के स्वरूप हैं। इन्होंने विशेष कार्य के लिए पृथ्वी पर जन्म लिया है और ये दोनों गंगा-द्वार बद्री में रहते हैं। इन्होंने मेरी निजी प्रार्थना पर पृथ्वीलोक पर रहना स्वीकार किया है। पृथ्वी पर पाप और अधर्म बढ़ रहा है। असुरों एवं मनुष्यों ने तप से ऐसे अनेक वरदान प्राप्त कर लिए हैं, जिसके कारण असुर और मनुष्य दोनों ही बहुत घमंडी और दुष्ट हो गए हैं। अर्जुन और कृष्ण ने अंधकार से लड़कर पृथ्वी पर धर्म की स्थापना और प्रकाश फैलाने के उद्देश्य से जन्म लिया है।"

यह सुनकर लोमश ऋषि, अर्जुन और कृष्ण के विषय में विचार करने लगे। प्राचीन ऋषियों, नर और नारायण का तीनों लोकों में बहुत सम्मान था। वे धर्म और अहिंसा के पुत्र थे, जो न्यायपरायणता और अहिंसा के रक्षक थे। उनके तप से देवता भी घबराते थे क्योंकि उन्हें संदेह था कि वे दोनों, कठोर साधना द्वारा आध्यात्मिक उच्चावस्था को प्राप्त करके कुटिल योजनाएँ बना सकते हैं। इसलिए देवतागण, नर एवं नारायण के तप को भंग करने के लिए सुंदर अप्सराओं, संगीतकारों तथा गंधर्वों को उन्हें लुभाने भेजते थे। नर और नारायण को गंधर्वों की इन युक्तियों पर हँसी आती थी। नारायण ने गंधर्वों को शाप नहीं दिया, अपितु अपनी जांघ से उर्वशी नामक अति सुंदर अप्सरा को उत्पन्न किया, जिसे देखकर गंधर्व द्वारा भेजी गई अप्सरा बिल्कुल साधारण दिखाई पड़ने लगी। यह देखकर गंधर्व लज्जित हो गए और उन्होंने उर्वशी को साथ ले जाने की अनुमति माँगी क्योंकि उसका जन्म नारायण के 'ऊरू' अर्थात जांघ से हुआ था। इसके बाद वे अपने वास लौट गए।

नर और नारायण की महानता को सिद्ध करती एक और कथा राजा दंबोद्भव से संबंधित है। वह पृथ्वी पर शासन करता था और बहुत अहंकारी था। उसके दुर्व्यवहार के कारण ब्राह्मणों ने चालाकी से उसे यह कहकर उकसाया कि नर और नारायण वास्तव में इस संसार के सर्वश्रेष्ठ ऋषि हैं। इसे सुनकर राजा को क्रोध आ गया और वह तत्काल नर एवं नारायण के आश्रम जा पहुँचा। उसने ऋषियों को चुनौती दी और उकसाने का प्रयास किया। नर ने राजा और उसकी पूरी सेना से अकेले युद्ध किया तथा उसे परास्त करके उसके अहंकार को चूर कर दिया।

एक कथा यह भी है कि अमृत निकालने के लिए समुद्र-मंथन करते समय नारायण ने नर से सहायता माँगी और कहा कि असुरों के हाथ अमृत नहीं लगना चाहिए। नर ने अपने मित्र को सहायता का वचन दिया। उसने अपने अचूक बाणों की वर्षा से पर्वतों की चट्टानें तोड़-तोड़कर स्वर्ग जाने का मार्ग अवरुद्ध कर दिया था,

जहाँ अमृत सुरक्षित रखा था। इससे असुरों का बाध्य होकर पीछे हटना पड़ा और वे पृथ्वी के अंदरूनी भाग और समुद्र की अथाह गहराइयों में लौट गए।

अंत में लोमश को हर्ष था कि उनकी भेंट अर्जुन से हुई। उन्होंने इंद्र के समक्ष सम्मान और प्रशंसा में सिर झुकाया। इंद्र ने ऋषि लोमश से अनुरोध किया कि वे पांडवों से मिलकर उन्हें अर्जुन द्वारा उसके लक्ष्य की प्राप्ति का शुभ समाचार सुनाएँ। इंद्र ने लोमश को पांडवों को तीर्थयात्रा पर ले जाने और विभिन्न पवित्र स्थानों का दर्शन करवाने का भी निर्देश दिया ताकि पांडवों के पुराने अपराध धुल जाएँ और उनकी आत्मा का शुद्धिकरण हो सके। महर्षि लोमश ने इंद्र का अनुरोध स्वीकार कर लिया और अर्जुन का अपने भाइयों के प्रति स्नेह-संदेश लेकर वहाँ से लौट गए। चित्रसेन के सान्निध्य में अर्जुन की संगीत और नृत्य की शिक्षा समाप्त होने को आई, तो इंद्र ने अर्जुन को बुलाया। इंद्र अनुग्रह के बदले में देवताओं के कुछ महत्त्वपूर्ण कार्य करवाना चाहता था। इंद्र ने अर्जुन से कहा, "निवातकवच, देवताओं के पुराने शत्रु हैं और उन्होंने समुद्र के बीच में निवास-स्थान बना रखा है। उनकी संख्या लगभग तीस लाख है और वे अदम्य साहस और युद्ध-कौशल के कारण देवताओं के लिए बड़ा खतरा हैं। मैं चाहता हूँ कि तुम उनका संहार कर दो।"

"जो आज्ञा पिताश्री! समझिए, यह कार्य हो गया", अर्जुन ने तत्काल उत्तर दिया।

मातलि रथ लेकर अर्जुन के पास चला गया। अर्जुन ने अभेद्य कवच तथा देवदत्त शंख लिया और फिर मातलि के साथ रथ पर सवार होकर युद्ध करने निकल पड़ा। प्रसिद्ध गांडीव धनुष, अक्षय तरकश और देवताओं से प्राप्त दिव्यास्त्रों सहित अर्जुन का शस्त्रागार पूर्ण हो चुका था।

मातलि रथ को समुद्र की गहराइयों में ले गया। उसने बहुत-सी सतरंगी मछलियों, विशालकाय कछुओं और अन्य समुद्री प्राणियों को देखा और फिर नीचे समुद्र-तल में जा पहुंचा। वे लोग दानवों की नगरी में पहुँचे, तो वहाँ के निवासी भयभीत होकर इधर-उधर भागने लगे। उन्होंने प्रवेश-द्वार बंद कर दिया। उन्हें लगा कि इंद्र के नेतृत्व में देवताओं की सेना ने आक्रमण कर दिया था। अर्जुन ने चुनौती स्वरूप शंखनाद किया, जिसके स्वर से संसार में तरंगें उठने लगीं। उस अकेले योद्धा को देखकर दुष्ट निवातकवचों ने उसके ऊपर आक्रमण कर दिया। ऐसा लगा एक अकेली चट्टान पर बहुत-सी समुद्री लहरें एक साथ टूट पड़ी थीं, परंतु गांडीवधारी अर्जुन ने सबको छिन्न-भिन्न कर दिया और प्रचंड आक्रमण से उनके सुरक्षा कवच को ध्वस्त कर डाला।

कुछ ही देर में दानवों को समझ में आ गया कि केवल बल और संख्या के आधार पर वह उस रहस्यमय योद्धा को पराजित नहीं कर सकते थे, फिर उन्होंने मायावी शक्तियों का प्रयोग किया। अचानक अर्जुन ने देखा कि उसके ऊपर

विशालकाय चट्टान और पानी की बड़ी-बड़ी लहरें गिर रही थीं। इसके बाद उसके आस-पास अग्नि की लपटें फैल गईं। अर्जुन ने इंद्र द्वारा दिए माधवास्त्र के प्रयोग से चट्टानों को तोड़ डाला। विशोषण अस्त्र द्वारा तेज वर्षा और पानी की लहरों का मुक़ाबला किया और उन्हें बीच मार्ग में ही सुखा दिया। उसने अन्य अस्त्र दिव्यास्त्रों से आग की लपटों को भी बुझा दिया।

अर्जुन ने ज़्यों ही ये चुनौतियों पार कीं, तो वह अंधकार से घिर गया। मातलि ने बहुत-से भीषण युद्ध देखे थे, परंतु फिर भी वह ऐसा दृश्य देखकर बुरी तरह घबरा गया। उसके विवेक ने मानो उसका साथ छोड़ दिया था। उसे कोई मार्ग नहीं सूझ रहा था। वह भय से चिल्लाने लगा, तो अर्जुन ने मायावी अंधकार को दिव्यास्त्रों से दूर कर दिया। इसके बाद दानव अदृश्य हो गए और पांडव योद्धा को फिर संकट में डाल दिया। मातलि, अर्जुन को व्याकुल देख उसका उत्साह बढ़ाने और उसे युद्ध के लिए प्रेरित करने लगा। अर्जुन ने इंद्र का मनपसंद वज्र उठाया और दानवों पर चला दिया। शक्तिशाली वज्र के प्रहार से दानवों की समस्त मायावी विद्या विफल हो गई। सब दृष्टिभ्रम भी नष्ट हो गए। अर्जुन के दिव्यास्त्रों के समक्ष असुरों की छद्म-विद्या विफल हो गई और उन्हें असली रूप में सामने आना पड़ा। इसके बाद अर्जुन ने वज्र के प्रहार से सबका संहार कर डाला। अर्जुन की वीरता से मातलि बहुत प्रभावित हुआ। उसने अर्जुन के अतुलनीय साहस और उसकी शक्ति की प्रशंसा की।

अमरावती लौटते समय अर्जुन ने देखा कि मार्ग में एक नगरी एक विचित्र गुब्बारे में बंद थी। मातलि ने बताया कि वह हिरण्यपुरी नामक नगर था, जिसमें दानव रहते थे। वह नगरी पुलोमा नाम की स्त्री के अधीन थी। वहाँ पुलोमा के पुत्र कालकेय रहते थे तथा उस नगरी की सीमारेखा के अंदर वे कुटिलता का नित नया ताना-बाना बुनते थे। उन्हें ब्रह्मा से वरदान मिला था, जिसके कारण देवलोक के प्राणियों को उन्हें स्पर्श करने का अधिकार नहीं था। यह कलकेयों की मूर्खता थी, जो उन्होंने यह सोचा कि यदि देवता उनका कुछ नहीं बिगाड़ सकते, तो कोई साधारण मनुष्य उनका क्या बिगाड़ सकेगा! उन्हें इसका भारी मूल्य चुकाना पड़ा। अर्जुन ने पाशुपतास्त्र से अनेक भूत-पिशाच प्रकट किए। उनके चेहरे अत्यंत भयावह थे। उन्होंने दानव-सेना पर भूखे भेड़ियों की तरह आक्रमण कर उन्हें समाप्त कर दिया। उनके आक्रमण से एक भी दानव जीवित नहीं बचा।

अर्जुन अपने उद्देश्य को सफलतापूर्वक पूर्ण करने के उपरांत अमरावती लौटा, तो विजयी नायक की भाँति उसका स्वागत किया गया। इंद्र तथा अन्य देवताओं ने उसकी प्रशंसा में स्तुति गायन किया और उसे अजेय घोषित कर दिया। उनका मानना था कि भीष्म, द्रोण, कृपाचार्य, कर्ण और अश्वत्थामा जैसे कौरव-योद्धा, अर्जुन के समक्ष चींटियों के समान थे, जिन्हें वह पैरों के नीचे सरलता से मसल सकता था। इसी दौरान इंद्र ने अर्जुन को अभेद्य कवच भी प्रदान किया, जो उसने विशेष तौर

पर अर्जुन के लिए ही बनवाया था। इंद्र ने अर्जुन के सिर पर स्वर्ण-मुकुट रखा और उसे 'किरीट' की उपाधि से सम्मानित किया। अर्जुन को अनेक रेशमी-वस्त्र और मूल्यवान रत्नादि भी उपहार स्वरूप प्रदान किए गए।

दिव्यास्त्र की प्राप्ति के लिए अर्जुन की यात्रा अत्यंत सफल रही। उसकी यात्रा समाप्त होने को थी और अर्जुन का उसके भाइयों के पास लौटने का समय आ गया था। इस बीच, पांडवों और द्रौपदी ने भी तीर्थ-यात्रा पूरी कर ली थी। वे सब अर्जुन की बद्रीधाम में प्रतीक्षा कर रहे थे। एक दिन उन्होंने देखा कि आकाश से एक प्रकाश-पुंज नीचे की ओर आ रहा था। वह एक रथ था, जिसमें हजारों सूर्य की चमक थी। रथ में अर्जुन खड़ा था। उसने रेशमी वस्त्र पहने थे और वह मूल्यवान आभूषणों से सुसज्जित था। यह देखकर पांडव और द्रौपदी हर्षित हो गए।

अर्जुन का रथ जैसे ही नीचे आया, वह उसमें से कूदकर बाहर आ गया और भागकर अपने भाइयों के पास गया। उसने सबसे पहले युधिष्ठिर को प्रणाम किया और फिर सबको एक-एक करके गले से लगाया। द्रौपदी की आँखों से प्रसन्नता के आँसू बह रहे थे। अर्जुन ने देवलोक से प्राप्त सभी रत्न और आभूषण आदि द्रौपदी को सौंप दिए। अर्जुन ने भाइयों को यात्रा-संबंधी रोचक अनुभव सुनाए। वे सब अर्जुन के दिव्यास्त्र देखकर बहुत प्रसन्न हुए। उन्होंने अर्जुन से उन अस्त्रों का प्रदर्शन करने का अनुरोध किया। अर्जुन ने कुछ अस्त्र चलाए और फिर उन्हें वापस बुला लिया, परंतु दिव्यास्त्रों के ऐसे दुरुपयोग के विरोध में पृथ्वी पर तेज गड़गड़ाहट होने लगी। इस बीच,देवतागण, ऋषि, लोकपाल और यहाँ तक कि भगवान शिव भी पृथ्वी पर आए और उन्होंने अर्जुन को अस्त्र-शस्त्रों का अनुचित प्रयोग ना करने का परामर्श दिया क्योंकि इससे समस्त सृष्टि का विनाश संभव था। अर्जुन उनका अनुरोध मान लिया और अस्त्र-शस्त्र वापस रख दिए। सभी देव आदि अपने धाम लौट गए। इंद्र ने लौटने से पहले युधिष्ठिर को आशीर्वाद दिया और कहा कि वह एक दिन पूरे संसार पर शासन करेगा।

पांडव भाई एक-दूसरे से मिलकर प्रसन्न थे। उन्हें अर्जुन की उपलब्धियों पर गर्व था। अब सब साथ थे और पृथ्वी की कोई शक्ति उन्हें स्पर्श नहीं कर सकती थी। वे लोग छोटे बच्चों की तरह हास-परिहास करते तथा दुर्योधन व उसके भाइयों के दुःखी एवं उदास चेहरों की कल्पना करके हर्षित होते थे। इस दौरान उन्होंने जिन दुःखों और यातनाओं को सहन किया था, वे सब साँप की केंचुली की भाँति पीछे छूट गए थे। उन्होंने बहुत लंबा समय दुःख में बिताया था, परंतु वह सब बीत चुका था। उनकी स्थिति पहले से बेहतर और अनुकूल थी। वे जीवन में आने वाले किसी भी संकट और चुनौती के लिए तैयार थे। पांडवों की गौरवशाली अवस्था एवं स्मृति सदा के लिए उनके हृदय में बस चुकी थी।

12

नपुंसक बृहन्नला

अमरावती में अर्जुन के आवास के उपलक्ष्य में इंद्र ने एक भव्य महोत्सव का आयोजन करने का आदेश दिया। सभी प्रमुख देवता और ऋषिगण आमंत्रित थे। नियत दिवस पर इंद्र की राजसभा गणमान्य अतिथियों से खचाखच भरी थी। अर्जुन, देवराज इंद्र के साथ आधे सिंहासन पर विराजमान था। राजा के संकेत के बाद नृत्य और कला में पारंगत गंधर्वों ने मंत्रमुग्ध करने वाला संगीत आरंभ किया और अप्सराएँ नृत्य करने लगीं।

मनमोहक संगीत और उस पर थिरकती अप्सराओं ने सभी का हृदय प्रसन्नता से भर दिया। अर्जुन भी शानदार उत्सव को देखकर बहुत प्रसन्न हुआ। उसने ऐसा पहले कभी नहीं देखा था। उसकी दृष्टि इंद्र की सबसे सुंदर अप्सरा उर्वशी पर टिकी थी। वह उर्वशी के सौंदर्य पर मोहित था तथा उसे जब यह पता लगा कि उर्वशी का गौरवशाली कुरु वंश से भी संबंध था, तो अर्जुन की प्रसन्नता पहले से अधिक बढ़ गई।

कुरु वंश का आरंभ अदिति के पुत्र मनु से हुआ। अदिति सब देवताओं की माता थी। मनु की पुत्री इला के पुत्र का नाम पुरुरवा था। उसके वंशज आयुष थे और उसी वंश में आगे चलकर नहुष नाम का महान और सदाचारी राजा हुआ। ब्रह्म-हत्या के अपराध के दोषी देवराज इंद्र के अमरावती छोड़कर जाने के बाद इंद्र का सिंहासन कुछ समय के लिए नहुष को दिया गया था, परंतु शीघ्र ही विनम्र और सदाचारी नहुष अचानक मिली सत्ता के मद में अहंकारी और क्रूर हो गया। उसने इंद्र की पत्नी शची पर कुदृष्टि डाली तो शची ने ऋषि बृहस्पति के साथ मिलकर एक योजना बनाई और नहुष के पतन का कारण बन गई। शची ने शर्त रखी कि यदि नहुष उससे मिलना चाहता है, तो उसे पालकी में बैठकर आना होगा और वह पालकी सप्तर्षि उठाएँगे। नहुष, शची से मिलने को इतना उत्सुक था कि उसने

शची की शर्त स्वीकार कर ली। उसकी पालकी को सप्तर्षि लेकर चल रहे थे, किंतु पालकी को तेज़ गति से आगे बढ़ाने की जल्दी में नहुष ने महर्षि अगस्त्य के लात मार दी। इस अपमान के फलस्वरूप अगस्त्य से नहुष को सर्प बनकर पृथ्वी पर गिर जाने का शाप दे दिया। बाद में युधिष्ठिर ने नहुष को शाप से मुक्त किया। नहुष का पुत्र ययाति था। ययाति के पुत्र यदु और कुरु हुए, जिनसे आगे चलकर यादव और कौरव वंश का आरंभ हुआ। दुष्यंत और उसके पुत्र भरत के वंश में आगे चलकर पुरुरवा का जन्म हुआ। भरत के नाम पर ही इस महान देश का नाम पड़ा। उर्वशी, किसी समय पर पुरुरवा की प्रेमिका थी और उसी से आयुष नाम का पुत्र भी उत्पन्न हुआ था।

एक बार मनु का पुत्र इला अपने भाइयों के साथ शिकार खेलने निकला, तो उसने शिव और पार्वती को रति-क्रिया करते देख लिया। त्रिनेत्रधारी भगवान शिव को अपनी निजता के क्षणों में इला का आना पसंद नहीं आया और उन्होंने इला को शाप देकर स्त्री बना दिया। इला ने कातर स्वर में भगवान शिव और पार्वती से दया की याचना की। शिव का मन पिघल गया, तो उन्होंने इला के भाग्य का निर्णय पार्वती पर छोड़ दिया। पार्वती ने आदेश दिया कि इला को छह माह पुरुष बनकर तथा शेष छह माह स्त्री के रूप में व्यतीत करने होंगे। इला जिस समय स्त्री-रूप में था, तो राजा सोम के पुत्र बुध का ध्यान इला पर चला गया। उनके संयोग से पुरुरवा का जन्म हुआ।

इसी तरह उर्वशी की उत्पत्ति अपरंपरागत परिस्थितियों में नारायण की जांघ से हुई थी। पुरुरवा अपनी वीरता और साहस के लिए प्रख्यात था। यहाँ तक कि एक अवसर पर इंद्र ने दुष्ट लोगों से लड़ने में पुरुरवा से सहायता माँगी थी। एक बार युद्ध से लौटते समय पुरुरवा की भेंट एक अप्सरा से हुई। वह मार्ग में बैठी रो रही थी क्योंकि उसकी एक सहेली उर्वशी को केशी नाम का एक दैत्य उठाकर ले गया था। पुरुरवा तुरंत दैत्य की खोज में निकल पड़ा। उसने दैत्य को खोज लिया तथा उसे मारकर उर्वशी को छुड़ा लिया। इस रोमांचक घटना के बाद पुरुरवा और उर्वशी में प्रेम हो गया।

इसमें कोई आश्चर्य की बात नहीं थी कि पुरुरवा, उर्वशी के सौंदर्य पर मंत्रमुग्ध था। वह इतनी सुंदर थी कि कोई व्यक्ति उससे प्रभावित हुए बिना नहीं रह पाता था। दूसरी ओर उर्वशी, प्रेम कला में पारंगत थी और अप्सरा होने के नाते वह उन समस्त कोमल भावनाओं से परे थी, जो मनुष्य के लिए वरदान और अभिशाप दोनों सिद्ध हो सकती हैं। उर्वशी का अस्तित्व केवल आनंद देने और लेने के लिए था। तथापि इन भावनाओं से मुक्त होने के बावजूद कुछ समय के लिए उसके मन में भी प्रेम और मृदु भावना उत्पन्न हो गई, परंतु सदा से होता आया है कि सच्चे प्रेम का मार्ग विकट बाधाओं से भरा होता है। उर्वशी एक गंधर्व थी और इस कारण उसका

मनुष्यों के साथ मिलन संभव नहीं था। पुरुरवा और उर्वशी, एक-दूसरे के प्रति प्रेम व्यक्त नहीं कर पाए। उन्हें समय रहते अपने-अपने मार्ग पर अलग जाना पड़ा।

एक बार उर्वशी, घूमती हुई वरुण और मित्र नामक तपस्वियों के आश्रम में पहुँच गई। दोनों तपस्वी अनुष्ठान और ध्यान में लीन थे। उनके लिए कठोर तप और ब्रह्मचर्य व्रत का पालन आवश्यक था। उर्वशी, पुरुरवा के विचारों में खोई हुई थी। उसे बिल्कुल आभास नहीं था कि वह प्रेम से परिपूर्ण भावनाओं से युक्त कितनी सुंदर और आकर्षक लग रही थी। उसे देखकर वरुण और मित्र स्वयं को सँभाल नहीं पाए और उनका वीर्यपात हो गया। दोनों तपस्वियों के वीर्य से महान ऋषि अगस्त्य और वसिष्ठ का जन्म हुआ। अपनी भावनाओं पर नियंत्रण ना रख पाने के कारण वरुण और मित्र लज्जित थे। उन्होंने उर्वशी को शाप दे दिया कि उर्वशी को पृथ्वीलोक जाना होगा और वहाँ एक मनुष्य के साथ रहना होगा। उर्वशी को अपने कानों पर विश्वास नहीं हुआ। वह शाप उसके लिए वरदान सिद्ध हुआ, क्योंकि पुरुरवा के साथ रहने की उसकी इच्छा पूर्ण होने वाली थी।

उर्वशी और पुरुरवा ने उचित समय पर विवाह कर लिया। विवाहोपरांत, उर्वशी ने अपने पति के साथ शारीरिक संबंध स्थापित करने से पूर्व तीन तीन शर्तें रखीं। उसने कहा, "पुरुरवा को उसके साथ दिन में तीन बार संभोग करना होगा, दूसरा, वह उसकी की इच्छा के विरुद्ध कभी संभोग नहीं करेगा और तीसरी शर्त थी कि वह कभी नग्नावस्था में उसके समक्ष नहीं आएगा।" पुरुरवा ने तीनों शर्तें मान लीं और उसके बाद उर्वशी और पुरुरवा साथ रहने लगे।

उर्वशी के जाने से गंधर्व प्रसन्न नहीं थे क्योंकि उर्वशी सबसे सुंदर और अत्यंत प्रतिभावान थी। उन्होंने उसे वापस बुलाने की एक चाल चली। उर्वशी के पास दो पालतू मेढ़े (मेष) थे, जिनसे वह बहुत प्रेम करती थी। वह सदा उन्हें अपने साथ रखती और रात को भी उन्हें अपनी शैया के निकट बांधकर सोती थी। एक दिन गंधर्व रात्रि में उसके घर पहुँच गए और उन्होंने एक मेमना चुरा लिया। वह निरीह प्राणी जोर से चिल्लाने लगा। उसकी पुकार सुनकर उर्वशी उठ गई। उसने सहायता के लिए शोर मचाया। पुरुरवा उठकर मेढ़ों को बचाने के लिए भागा। वह भूल गया कि उस समय वह नग्नावस्था में था। वह गंधर्वों के पीछे भाग रहा था कि तभी एक गंधर्व ने चालाकी से उसके ऊपर रोशनी डाल दी, जिसके कारण वह नग्न रूप में उर्वशी को दिखाई पड़ गया।

शर्त के अनुसार, उर्वशी ने पुरुरवा को छोड़ दिया और वह गंधर्वों के पास लौट गई। यह देखकर गंधर्व बहुत खुश हुए। उर्वशी के चले जाने से पुरुरवा बहुत उदास था। वह उसे पुकारता हुआ यहाँ-वहाँ घूमता रहता था। उसने उर्वशी को सब जगह खोजा। वह बहुत प्रयास करने के बाद भी उर्वशी को खोजने में सफल नहीं हुआ, तो फिर उर्वशी के साथ बिताए समय की खट्टी-मीठी स्मृतियों के साथ ही रहने लगा।

एक दिन पुरुरवा ने उर्वशी को कुरुक्षेत्र के पास कमल-सरोवर में हंस के रूप में अपने साथियों के साथ जलक्रीड़ा करते हुए देख लिया। वह पुरुरवा से मिलने से पहले जिस तरह आनंदित रहती थी, उसी अवस्था में फिर लौट आई थी। उसके मन में पुरुरवा के प्रति व्याप्त प्रेम धुँधला हो गया था। पुरुरवा के बार-बार ज़ोर देने से परेशान उर्वशी ने आख़िरकार पुरुरवा को वचन दिया कि वह वर्ष की अंतिम एक रात्रि उसके साथ रहेगी। इसके फलस्वरूप उर्वशी ने एक पुत्र को जन्म दिया। उर्वशी ने अपना वचन पूरा कर दिया था, परंतु पुरुरवा संतुष्ट नहीं हुआ। कहते हैं कि उसने कठोर तप करके गंधर्वों को प्रसन्न कर लिया। गंधर्वों ने पुरुरवा को दर्शन दिए और फिर वरदान माँगने को कहा। पुरुरवा ने उस अवसर का पूरा लाभ उठाया और कहा कि वह गंधर्व बनना चाहता है, ताकि सदा उर्वशी के साथ रह सके। गंधर्वों ने उसकी इच्छा पूर्ण कर दी। इस तरह आख़िर, पुरुरवा और उर्वशी का फिर मिलन हो गया।

अर्जुन, उस स्त्री को जिसने उसके पूर्वजों की नियति निर्धारित की थी, सामने देखकर बहुत प्रसन्न हुआ। अर्जुन, उर्वशी से दृष्टि नहीं हटा पाया। उसके मन में उर्वशी से पुरुरवा के विषय में जानने की इच्छा थी। वह उर्वशी को मुग्ध दृष्टि से देख रहा था और उसे इस तरह देखते हुए देवराज इंद्र ने देख लिया। उसने सोचा, "मैं आज रात्रि को अपने पुत्र के लिए विशेष उत्सव का आयोजन करूँगा। अर्जुन ने सभी दिव्यास्त्रों का प्रयोग सीख लिया है। चित्रसेन ने इसे संगीत और नृत्य की शिक्षा भी दे दी है। अब उर्वशी इसे प्रेम-कला में पारंगत करेगी। यह उसके लिए निश्चय ही आनंददायक अनुभव होगा।"

इंद्र ने नृत्य समाप्त होने के बाद चित्रसेन को बुलाया और उसे अपने मन की इच्छा बताई। चित्रसेन ने उर्वशी को बुलाकर देवराज इंद्र का आदेश पहुँचा दिया।

उर्वशी यह सुनकर प्रसन्न थी क्योंकि उसकी इच्छा पूर्ण होने वाली थी। अर्जुन बहुत आकर्षक और वीर था। उसकी उपलब्धियाँ गंधर्व तथा अन्य सभी दिव्य प्राणियों से अधिक थीं। उर्वशी ने भी नृत्य करते समय देखा था कि अर्जुन का ध्यान उसी पर था। यह सोचकर उर्वशी ने सुंदर और आकर्षक वस्त्र धारण किए, फूलों की माला पहनी और आभूषण आदि पहनकर अर्जुन के कक्ष की ओर चल पड़ी। देवताओं ने उर्वशी को देखा, तो उन्हें अर्जुन से ईर्ष्या होने लगी।

अर्जुन कक्ष में आराम कर रहा था। तभी दूत ने सूचना दी कि उर्वशी मिलना चाहती है। अर्जुन ने समय देखा, तो उसे आश्चर्य हुआ, परंतु फिर उसने उर्वशी को भीतर बुलवा लिया। उर्वशी के भीतर आने पर अर्जुन ने सिर झुकाकर प्रणाम किया और फिर आदरपूर्वक कहा, "माता! यह मेरा सौभाग्य है कि मुझे आपसे मिलने का अवसर मिला है। आप मुझसे क्या चाहती हैं? मैं आपकी प्रत्येक इच्छा पूरी करने को तत्पर हूँ।"

उर्वशी, अर्जुन के बात करने के ढंग से चिढ़ गई। वह बोली, "क्या मैं तुम्हें माता लगती हूँ? देवराज इंद्र चाहते हैं कि मैं तुम्हारे साथ एक रात्रि व्यतीत करूँ। मुझे अपने राजा के आदेश का पालन करने की प्रसन्नता है क्योंकि मैं स्वयं भी तुम्हारे प्रति आकर्षित हूँ और मुझे तुमसे प्रेम हो गया है।"

"परंतु ऐसा कैसे हो सकता है?", अर्जुन ने आश्चर्य से पूछा, "पुरुरवा और आयुष मेरे आदरणीय पूर्वज थे। मैं माता के समान आपका आदर करता हूँ।"

"तुम व्यर्थ और ढोंगी किस्म के पुरुष हो! तुम नृत्य के समय मुझे मंत्रमुग्ध होकर देख रहे थे और अब मेरे साथ रात व्यतीत करने को तैयार नहीं हो," उर्वशी को क्रोध आ गया था।

"यह असत्य है। मैं उस समय भी आपको आदर की दृष्टि से ही देख रहा था क्योंकि अपने महान पूर्वजों की पत्नी को सामने खड़ा देखकर मुझे अच्छा लग रहा था। मेरे मन में आपके प्रति कोई अनुचित विचार नहीं आया। मैं केवल यह सोच रहा था कि आपके जैसी स्त्री से संबंध होना कुरु वंश के लिए कितने सम्मान की बात है," अर्जुन ने उर्वशी को समझाने का प्रयास किया।

परंतु उस क्षण उर्वशी के मन से ऐतिहासिक महत्त्व लुप्त हो चुका था। वह अतिशय क्रोध की मुद्रा में और भी सुंदर दिख रही थी। उसने कहा, "मुझसे किसी प्राचीन प्राणी की तरह बात करना बंद करो! मैं एक अप्सरा हूँ। तुम्हारे पृथ्वीलोक के साधारण नियम मुझे बाँध नहीं सकते। तुम्हारी सदाचारी तथाकथित सभ्यता जिन कार्यों की अनुमति नहीं देती, हमें वे सब कार्य करने की अनुमति है। कुरु वंश के बहुत-से अनेक लोगों ने, जो सत्कार्य के प्रताप से देवलोक पहुँचे हैं, मुझे प्रेमिका के रूप में स्वीकार किया है। किसी ने मुझसे इस तरह के हास्यास्पद नियमों की बात नहीं की। इसलिए तुम जो कुछ कह रहे हो, उसमें तथ्य नहीं है। मुझे इंद्र ने जो करने का आदेश दिया है, उसमें तुम्हें कोई परेशानी नहीं होनी चाहिए।"

"मैं आपसे प्रार्थना करता हूँ कि आप मुझसे ऐसी बात ना करें। आप जो कह रही हैं, मैं वह नहीं कर सकता! मेरी दृष्टि में ऐसा करना सबसे बड़ा पाप है। आप माता के रूप में मुझे जो भी आदेश देंगी, मैं अवश्य करूँगा," अर्जुन ने याचना-भरे स्वर में कहा। वह आँख उठाकर उर्वशी को देख नहीं पा रहा था।

"तुमने मेरी उपेक्षा करने का दुस्साहस कैसे किया?", उर्वशी की आवाज़ क्रोध से काँप रही थी। उसने कहा, "कोई भी स्वाभिमानी पुरुष उस स्त्री को स्वयं से दूर नहीं करता, जो उससे प्रेम करती है। तुम पुरुष नहीं हो। तुम्हारा पुरुषत्व एक व्यर्थ अंग है, जो वास्तव में किसी काम का नहीं है और केवल दिखाने-भर को है! मैं तुम्हें शाप देती हूँ कि तुम अपना शेष जीवन पौरुषहीन रहकर बिताओ! तुम स्त्रियों के अंतःपुर में रहोगे और सब तुम्हें 'नपुंसक' कहकर तुम पर हँसेंगे!" यह कहकर क्रोध और अपमान से भरी उर्वशी, अर्जुन के कक्ष से बाहर चली गई।

अर्जुन भय से काँप रहा था। वह समय में पीछे लौटकर उस दुर्भाग्यपूर्ण घटना को होने से रोक देना चाहता था। वह शीघ्र इंद्र के राजमहल पहुँचा और उसने इंद्र को सब कुछ बता दिया। उसने उर्वशी के भयानक शाप के विषय में भी बताया। उसे आश्चर्य हुआ कि इंद्र उसकी बात सुनकर ज़ोर से हँसा और बोला, "तीनों लोकों में स्त्री के क्रोध से अधिक भयावह कुछ नहीं है, परंतु मैं तुमसे प्रभावित हूँ। तुम्हारा आत्म-नियंत्रण असाधारण है। बड़े-बड़े महर्षि भी उर्वशी को देखकर ब्रह्मचर्य-व्रत भूल जाते हैं और काम के अधीन हो जाते हैं। इसके विपरीत, उर्वशी ने स्वयं तुम्हारे पास आकर प्रेम का प्रस्ताव किया, फिर भी तुमने उसे अस्वीकार कर दिया।"

"पिताजी, इसमें प्रसन्न होने की कोई बात नहीं है। पुरुषत्व गँवा देना हँसी का विषय नहीं है," अर्जुन ने दुःखी स्वर में कहा।

"विश्वास रखो पुत्र! क्या मैं ऐसा होने दूँगा? उर्वशी का शाप वास्तव में तुम्हारे लिए वरदान है," इंद्र ने कहा। अर्जुन के चेहरे पर आश्चर्य के भाव थे। इंद्र ने आगे कहा, "उर्वशी का यह शाप केवल तुम्हारे वनवास के तेरहवें वर्ष यानी अज्ञातवास में काम आएगा। कोई तुम पर संदेह भी नहीं कर सकेगा कि महान धनुर्धारी अर्जुन नपुंसक के रूप में प्रकट हो सकता है।"

"तो क्या मुझे अज्ञातवास समाप्त होने पर अपना पुरुषत्व फिर प्राप्त हो जाएगा?" अर्जुन ने संदेह करते हुए पूछा।

"निस्संदेह! मैं अभी उस अहंकारी अप्सरा उर्वशी को बुलाता हूँ, जिसने मेरे पुत्र को शाप दिया है और उसके शाप को संशोधित करता हूँ। यद्यपि समस्त दोष उसका नहीं है क्योंकि वह ऐसे व्यवहार की अभ्यस्त नहीं है। सामान्य तौर पर उसे पुरुषों को स्वयं से दूर रखने के लिए बहुत प्रयास करने पड़ते हैं। क्या तुमने सचमुच उसे 'माता' कहकर संबोधित किया था? मेरे विचार से तो परदादी-जैसा कुछ कहना अधिक निकट होता!" यह कहकर इंद्र फिर ज़ोर से हँसा, हालाँकि इंद्र के आश्वासन से अर्जुन को कुछ राहत अवश्य मिली थी, परंतु उसे लगा कि देवराज के पद पर बैठे व्यक्ति को यूँ हँसना शोभा नहीं देता।

पांडवों के वनवास के तेरहवें वर्ष में अर्जुन को छद्म-रूप धारण करने और छिपने में कठिनाई नहीं हुई। उसके भाई इतने भाग्यशाली नहीं थे। युधिष्ठिर को यह सोचने में काफी समय लगा कि अज्ञातवास के दौरान उनके लिए कौन-सा छद्म-वेश उचित होगा।

पांडवों के वनवास का बारहवाँ वर्ष समाप्त होने को था। उस समय वे लोग एक घने वन में रहते थे। एक दिन उनके पास एक ब्राह्मण आया। वह बहुत व्याकुल था। उसकी एक मूल्यवान अरणि, जिसकी सहायता से वह यज्ञ की अग्नि प्रज्वलित करता था, एक हिरण के सींगों में अटक गई थी और वह हिरण अरणि लेकर भाग गया था। ब्राह्मण ने पांडवों से वह अरणि वापस दिलवाने की प्रार्थना की।

पांडवों ने ब्राह्मण की प्रार्थना स्वीकार कर ली और उस हिरण के पीछे चल पड़े। उन्होंने बहुत देर तक हिरण का पीछा किया, किंतु वे उसे पकड़ नहीं पाए। वे सब दौड़ते-दौड़ते थक गए और एक पेड़ के नीचे आराम करने लगे। वनवास आरंभ होने से लेकर वे लगातार संघर्ष कर रहे थे, जिसके कारण पांडवों के मन में विचित्र-सी कड़वाहट भर गई थी। वे इस बात पर कई बार विचार करते थे कि उन्हें इतने कष्ट क्यों सहने पड़ते हैं,जबकि उन्होंने अपना संपूर्ण जीवन सदाचार के साथ व्यतीत किया था। भीम का मानना था कि कौरवों को उसी समय मार देना चाहिए था, जब उन्होंने पांडवों से उनका राज्य छीना था। अर्जुन अपने भाई से सहमत था। उसने कहा कि वह कर्ण को गांडीव का स्वाद चखाने को व्याकुल था। युधिष्ठिर को लगा कि उस वार्तालाप से उनके पहले से ही कम होते उत्साह को और क्षति पहुँचेगी, इसलिए उसने अपने भाइयों को निरर्थक वार्ता छोड़कर कुछ नया सोचने को कहा।

नकुल से कहा गया कि वह वृक्ष पर चढ़कर किसी सरोवर की तलाश करे, ताकि सब लोग प्यास बुझा सकें। नकुल वृक्ष पर चढ़ा, तो उसे दूर एक सरोवर दिखाई पड़ा। युधिष्ठिर ने उसे कुछ तरकश दिए और उनमें पानी भरकर लाने को कहा। नकुल पानी भरने चल पड़ा, परंतु वह जब तक सरोवर के निकट पहुँचा, उसकी प्यास कई गुना बढ़ चुकी थी। वह जल का एक घूँट पीने को तरस रहा था। वह सरोवर की ओर दौड़ा और उसने हाथों से अंजलि बनाकर उसमें जल भर लिया। नकुल ने अंजलि ज़्यों ही होठों से लगाई, उसे एक वृक्ष पर बैठे सारस की जोरदार आवाज़ सुनाई पड़ी। सारस ने कहा, "ठहर जाओ! मैं इस सरोवर का रक्षक हूँ। यह मेरा सरोवर है। तुम्हें मेरे प्रश्नों का संतोषजनक उत्तर देना होगा, उसके बाद ही तुम पानी पी सकते हो। यदि तुमने मेरी आज्ञा का पालन नहीं किया, तो तुम्हारी मृत्यु हो जाएगी।" नकुल ने सारस की चेतावनी को गंभीरता से लेना उचित नहीं समझा और उसने सरोवर का जल पी लिया। नकुल जल पीते ही नीचे गिर पड़ा और उसकी मृत्यु हो गई।

इधर पांडव, उत्सुकता से नकुल की प्रतीक्षा कर रहे थे, परंतु नकुल बहुत देर तक लौटकर नहीं आया, तो युधिष्ठिर ने घबराकर सहदेव को उसकी खोज में भेजा। सहदेव के साथ भी वही हुआ, जो नकुल के साथ हुआ था। इसके बाद अर्जुन और भीम सरोवर पर पहुँचे, तो उनकी भी एक-एक करके मृत्यु हो गई। अंत में युधिष्ठिर अपने भाइयों को खोजता हुआ सरोवर पर आया, तो अपने भाइयों को मृत पड़ा देखकर हैरान रह गया। उसे दुःख हो रहा था कि ऐसा हृदय-विदारक दृश्य देखने के बाद भी वह जीवित था। उसने स्थिति से निपटने से पूर्व थोड़ा जल पीने का निश्चय किया।

युधिष्ठिर जैसे ही जल पीने के लिए झुका, तो सारस ने उससे भी वही बात कही। युधिष्ठिर समझ गया कि सारस कोई साधारण प्राणी नहीं था। युधिष्ठिर ने

सारस से उसका वास्तविक रूप प्रकट करने का आग्रह किया। ऐसा कहते ही सारस के स्थान पर एक यक्ष प्रकट हो गया। यक्ष ने युधिष्ठिर को बताया कि उसके भाइयों के साथ क्या हुआ था और उसने युधिष्ठिर को भी चेतावनी दी कि यदि उसने यक्ष के सभी प्रश्नों के सही उत्तर नहीं दिए, तो उसका भी अंत उसके भाइयों की तरह होगा। युधिष्ठिर ने यक्ष की शर्त मान ली। इसके बाद यक्ष ने युधिष्ठिर से बहुत-से दार्शनिक विषयों पर प्रश्न किए। युधिष्ठिर ने अपने पिता धर्मदेव से प्राप्त ज्ञान के आधार पर यक्ष के सभी प्रश्नों के एकदम सटीक उत्तर दिए। यक्ष को आभास हो गया कि युधिष्ठिर की बातों में ज्ञान और संसार का सत्य छिपा था।

यक्ष प्रसन्न हो गया। उसने युधिष्ठिर से कहा कि वह उसके किसी एक भाई को जीवित कर सकता है। युधिष्ठिर ने नकुल को चुना, जिसे सुनकर यक्ष को बहुत हैरानी हुई। यक्ष ने युधिष्ठिर से पूछा कि उसने अपने सगे भाइयों को छोड़कर सौतेले भाई नकुल को जीवित करने का विचार क्यों किया। तब युधिष्ठिर ने उत्तर दिया कि उसके पिता की दो पत्नियाँ थीं, इसलिए दोनों से एक-एक पुत्र का जीवित रहना उपयुक्त था। यह सुनकर यक्ष बहुत प्रसन्न हुआ और वह अपने असली रूप में प्रकट हो गया। युधिष्ठिर ने देखा कि उसके सामने उसके पिता यम (धर्मदेव) खड़े थे। धर्मदेव ने अपने पुत्र को गले से लगा लिया और कहा कि उसने अंतिम परीक्षा भी उत्तीर्ण कर ली थी।

यक्ष ने भीम, अर्जुन, नकुल और सहदेव को फिर जीवित कर दिया। यम ने बताया कि उसी ने हिरण के रूप में ब्राह्मण की अरणि चुराई थी। उसने अरणि पांडवों को लौटा दी और युधिष्ठिर को वरदान दिया कि अज्ञातवास के दौरान पांडवों को कोई नहीं पहचान सकेगा। उसने सभी पांडवों को आशीर्वाद दिया और फिर वहाँ से अंतर्धान हो गया।

पांडवों ने सभी घटनाओं पर विचार किया। वे अब अपने सामने आई चुनौती के लिए पहले से बेहतर ढंग से तैयार थे। उनमें पहले से अधिक आत्मविश्वास था। पांडवों और द्रौपदी को निश्चित करना था कि वे अज्ञातवास का तेरहवाँ वर्ष कैसे और कहाँ व्यतीत करेंगे। युधिष्ठिर ने अर्जुन से कहा, “तुमने पूरे प्रदेश को चारों ओर से घूम कर देखा है। तुम इस स्थान को हमसे बेहतर जानते हो। तुम्हारी क्या राय है, हमें अज्ञातवास का अंतिम वर्ष कहाँ बिताना चाहिए?”

अर्जुन ने उत्तर दिया, “ऐसे बहुत से स्थान हैं, जहाँ हमारा उद्देश्य पूरा हो सकता है, परंतु मत्स्य नरेश विराट के यहाँ रहना उचित होगा। वह दयालु और वृद्ध हैं और मुझे विश्वास है कि यदि हम वेश बदलकर जाएँगे तो वह हमारा भली-भाँति सत्कार करेंगे।”

“यह बढ़िया विचार है,” सहदेव ने कहा। उनके लिए सहदेव की सहमति आवश्यक थी क्योंकि वह सबसे बुद्धिमान था।

“यह अच्छा हुआ कि अर्जुन ने यात्रा के दौरान मंत्रमुग्ध करने वाली सुंदरियों के साथ प्रेमालाप करने के अतिरिक्त कुछ अच्छे स्थानों का भी निरीक्षण कर लिया था,” भीम ने हँसते हुए कहा। यह सुनकर द्रौपदी निराश हो गई। अर्जुन ने पलटकर भीम को घूर कर देखा। युधिष्ठिर ने कहा, “मुझे ख़ुशी है हम किसी निर्णय पर पहुँच गए हैं। तो अब हमें यह सोचना है कि हम अपना अज्ञातवास किस वेश में व्यतीत करेंगे।”

“भैया, आपका जन्म संसार पर शासन करने के लिए हुआ है, आप कितनी भी चतुराई से छद्म-रूप धारण कीजिए, फिर भी आपके लिए अपने उच्च कुल और ज्ञान को छिपाना सरल नहीं होगा,” अर्जुन ने गर्व से कहा।

“चिंता मत करो! मैं अपनी योग्यता एवं कमजोरी का उचित प्रयोग करूँगा,” युधिष्ठिर ने कहा। “मैं विराट के पास कंक नामक ब्राह्मण के वेश में जाऊँगा और उसकी सेवा करूँगा। मैं उससे कहूँगा कि मुझे युधिष्ठिर ने द्यूत खेलने के लिए अपने पास नियुक्त किया था और मैंने युधिष्ठिर से राजनीति, दर्शन तथा धर्म-संबंधी विषयों पर ज्ञान लिया है। मुझे ऋषि बृहदश्व ने अक्षहृदय नाम की कला सिखाई थी, जिसकी सहायता से मैं बढ़िया द्यूत खेल सकता हूँ। तीर्थ यात्रा के दौरान ऐसा किया भी है। इस बार कुछ महत्त्वपूर्ण खोने का खतरा भी उत्पन्न नहीं होगा।”

“यह अच्छा विचार है। यह भूमिका आपके व्यक्तित्व से भी मेल खाएगी और आप द्यूत भी खेल सकेंगे,” सहदेव ने कहा।

“युधिष्ठिर द्यूत खेलने वाले ब्राह्मण के रूप में जाएगा। मैं शायद रसोइये के वेश में जा सकता हूँ,” भीम ने कहा।

“मैं सोचता था कि तुम्हारी विशेषता केवल भोजन करना ही है। मुझे नहीं पता था कि तुम भोजन पका भी सकते हो,” नकुल ने भीम को चिढ़ाते हुए कहा। अर्जुन और सहदेव हँसने लगे।

“मेरे बारे में नासमझ लोग कुछ भी सोचें, परंतु मैं शीघ्र ही तुम्हें दिखा दूँगा कि मैं पेटू नहीं, बल्कि एक अच्छा रसोइया हूँ। समय आ गया है कि मैं अपनी पाक कला का सदुपयोग करूँ। मेरे बनाए स्वादिष्ट पकवान खाकर राजा विराट प्रसन्न हो जाएगा। मैं वहाँ के पहलवानों के साथ कुश्ती करके राजा का मनोरंजन भी कर दूँगा। मैं खाली समय में राज्य के नवयुवकों को कुश्ती का प्रशिक्षण देकर उन्हें अच्छा स्वास्थ्य विकसित करने में उनकी सहायता कर सकूँगा,” भीम ने कहा।

“अच्छा भोजन और जी-भर कुश्ती! तुम तो काफ़ी खुश रहोगे,” अर्जुन ने अपने भाई से कहा और मुस्कराने लगा।

“यह ठीक है, किंतु अपने शारीरिक बल का थोड़ा कम प्रदर्शन करना अन्यथा लोग चर्चा करने लगेंगे और हमारे शत्रु हमें खोजने में सफल हो जाएँगे,” युधिष्ठिर ने सावधान करते हुए कहा।

"चिंता मत करो। मैं द्रौपदी से भी अधिक कोमल बनकर रहूँगा," भीम ने उत्तर दिया। सभी भीम को अचरज से देखने लगे, लेकिन भीम ने उनकी उपेक्षा कर दी, फिर उसने पूछा, "अर्जुन का क्या होगा?"

"उर्वशी का शाप तेरहवें वर्ष में प्रभावी हो जाएगा। इसलिए मैं बृहन्नला नामक नपुंसक बनकर विराट के पास जाऊँगा और चित्रसेन से सीखी संगीत और नृत्य की विद्या विराट की पुत्री उत्तरा को सिखाऊँगा?," अर्जुन ने कहा। अर्जुन के स्वर में कुछ बात थी, जिसके कारण उसके भाई उसका उपहास करने से कतराते थे।

"मैंने अपना नाम ग्रंथिक सोच लिया है। मैं राजा के घुड़साल में अपनी सेवाएँ दूँगा," नकुल ने कहा। "राजा विराट के पास जल्द ही कुछ बढ़िया प्रशिक्षित घोड़े होंगे।"

"निस्संदेह, राज्य का सबसे आकर्षक और सुंदर प्रशिक्षक," भीम ने हँसकर कहा और अपने भाई के कंधे पर थपकी दी। उसने कहा, "मैं आशा करता हूँ कि विराट के राज्य की स्त्रियाँ, हमारे यहाँ की स्त्रियों जितनी प्रशंसा नहीं करती होंगी।"

"चिंता मत कीजिए भैया! स्त्रियाँ, राज परिवार के सदस्यों से अधिक सेवकों की प्रशंसा करती हैं," सहदेव ने कहा। उसने कहा, "मत्स्य राज्य में पशु-धन ही संपदा का मुख्य स्रोत है। मुझे गायों से अधिक दूध प्राप्त करने की विद्या आती है, इसलिए मैं गौशाला में काम करूँगा और मेरा नाम तंतिपाल होगा।"

यह सुनकर युधिष्ठिर उदास हो गया। वह बोला, "माता कुंती तुम्हें सबसे अधिक पसंद करती हैं। तुम्हें गौशाला में काम करता देखकर उन्हें कैसा लगेगा?"

"आप इस बात का दुःख मत कीजिए। भगवान कृष्ण भी तो ग्वाले हैं। यदि वह पूरे संसार की रक्षा कर सकते हैं, तो मैं क्यों नहीं कर सकता?" सहदेव ने सहज रूप से उत्तर दिया।

"काश, हम सबको इस तरह कष्ट ना उठाना पड़ता!" युधिष्ठिर ने कहा। फिर वह बोला, "द्रौपदी का क्या होगा? हमसे मत्स्य नरेश के राज्य में यह चमकता नक्षत्र कैसे छिप सकेगा?"

"इसमें अधिक कठिनाई नहीं होगी। मैंने इस विषय में विचार किया है। मैं विराट नरेश की रानी की सैरंध्री बनकर उसकी सेवा करूँगी क्योंकि मैं केश-सज्जा, पुष्पहार बनाने और सौंदर्य की देखरेख करने में पारंगत हूँ" द्रौपदी ने कहा।

पाँचों भाई पांचाल की राजकुमारी की ओर देखने लगे। वे स्वयं पर लज्जित थे क्योंकि द्रौपदी को यह कष्ट उन्हीं के कारण उठाने पड़ रहे थे। वे कुछ देर बैठे रहे और फिर भीम ने कहा, "हमें धर्मदेव का वरदान प्राप्त है। मुझे आशा है कि हमें विराट के राज्य में कोई नहीं पहचान सकेगा। यह केवल एक वर्ष की बात है

और फिर सब ठीक हो जाएगा। हमारे शत्रुओं को उनके अपराधों और पापों का हिसाब देना होगा।"

"यदि उन्होंने हमारा अधिकार नहीं लौटाया, तो मैं उन सबको मार डालूँगा। युधिष्ठिर, कुरु राजसिंहासन पर द्रौपदी के साथ बैठेगा और फिर हमारा राज्य पहले की तरह समृद्ध हो जाएगा," अर्जुन ने शपथ लेते हुए कहा।

यह योजना बनाने के बाद पाँचों पांडव और द्रौपदी यात्रा पर निकलने के लिए तैयार हो गए। ऋषि धौम्य ने देवताओं को प्रसन्न करने और पांडवों की रक्षा करने के लिए उपासना की। उन्होंने पाँचों भाइयों को मत्स्य में छिपकर रहने पर भी कुछ निर्देश दिए। पांडवों ने ऋषि को परामर्श के लिए धन्यवाद दिया और कृतज्ञता व्यक्त की। इसके उपरांत पांडव सब से विदा लेकर मत्स्य राज्य की ओर चल पड़े।

लंबी यात्रा के बाद पांडव और द्रौपदी, मत्स्य राज्य की सीमा पर पहुँच गए। वह राज्य एक घने वन के पास स्थित था। उन्होंने वह वन अंधकार में पार कर लिया। अर्जुन ने अपने अस्त्र-शस्त्र छिपाने की युक्ति खोज ली। वन के निकट एक पुरानी श्मशान भूमि थी, जिसे बहुत समय से उपयोग में नहीं लाया गया था। वहाँ एक विशाल शमी वृक्ष था। पाँचों भाइयों ने अपने अस्त्र-शस्त्र एक सफ़ेद वस्त्र में लपेट दिए, जिससे वे अस्त्र, श्वेत वस्त्र में लिपटे किसी शव जैसे दिखाई पड़ रहे थे। नकुल पेड़ पर चढ़ा और उसने वस्त्र में लिपटे अस्त्र-शस्त्र वृक्ष की एक ऊँची डाल पर रख दिए। उन्होंने एक दुर्गंध-भरे कंकाल को भी उसके निकट बाँध दिया, ताकि किसी को संदेह ना हो। इस कार्य को पूरा करने के बाद वे फिर मत्स्य राज्य के भीतर प्रवेश कर गए।

पांडव भाइयों और द्रौपदी ने नगर में प्रवेश करने से पूर्व देवी दुर्गा का आशीर्वाद लिया। उनकी संयुक्त आस्था और निष्ठा से प्रसन्न होकर देवी ने उन्हें दर्शन दिए और उनकी सुरक्षा का वचन दिया। देवी ने उन्हें आश्वासन दिया कि उनका बुरा समय समाप्त होने वाला है और यह कि उनके शत्रुओं का शीघ्र ही विनाश हो जाएगा। देवी ने उन्हें यह आश्वासन भी दिया कि वह सदा पांडवों के राज्य की रक्षा करेंगी और शत्रुओं को सदा दूर रखेंगी। पांडवों ने देवी के चरणों में गिरकर उनसे आशीर्वाद लिया और फिर आगे बढ़ गए।

पांडव भाई एक-दूसरे के गले लगे और फिर जैसा निश्चय किया था, उसके अनुसार वे सब छद्म-वेश में अलग-अलग राजा विराट के समक्ष प्रस्तुत हो गए। वृद्ध राजा विराट ने कंक को द्यूत खेलने के लिए नियुक्त कर लिया। उसने एक रसोइया भी नियुक्त किया, जो व्यावसायिक पहलवान भी था। विराट ने संगीत व नृत्य में निपुण एक नपुंसक, एक अश्वों का प्रशिक्षक तथा गौशाला की देखभाल करने वाला एक ग्वाला भी नियुक्त कर लिया।

पांडवों ने निस्संदेह अपना कार्य अच्छे ढंग से किया और शीघ्र ही राजा विराट को प्रसन्न कर लिया। उसे विशेष तौर पर युधिष्ठिर पर बहुत भरोसा था और वह अपने राज्य के शासन आदि के विषयों पर भी युधिष्ठिर से विचार-विमर्श करता था। राजा ने सभी दरबारियों को आदेश दिया कि उन्हें ब्राह्मण कंक को वही सम्मान देना होगा, जो वे राजा को देते थे। वल्लभ नाम से भीम ने रसोइये का कार्यभार संभाल लिया था। वह राजा के लिए उसकी पसंद के स्वादिष्ट पकवान बनाता तथा बीच-बीच में कुश्ती का प्रदर्शन करके राजा का स्नेह भी प्राप्त करता था। राजकुमारी उत्तरा, अपनी सहेलियों के साथ बृहन्नला से सीखे नृत्य और संगीत के प्रदर्शन से राजा विराट, रानी सुदेष्णा तथा अन्य दरबारियों का मनोरंजन करती थी। घुड़साल के निरीक्षण से सिद्ध हुआ कि अश्वों का प्रशिक्षण भी बढ़िया चल रहा था। इसके लिए ग्रंथिक को उचित पुरस्कार दिया जाता था। तंतिपाल का योगदान भी अमूल्य था क्योंकि उसी से मत्स्य के पशु-धन में वृद्धि हो रही थी। वहाँ की गायों ने इससे पहले इतना दूध कभी नहीं दिया था।

इस तरह पांडव, विराट के राज्य में रहने लगे, परंतु द्रौपदी के लिए समय काटना कठिन हो गया था। रानी सुदेष्णा उसे अपनी सैरंध्री नियुक्त नहीं करना चाहती थी क्योंकि उसे द्रौपदी के सौंदर्य से ईर्ष्या थी। द्रौपदी ने रानी को आश्वासन दिया कि उसके पहले से ही पाँच गंधर्व पति हैं। वे सब किसी विशेष कार्य से गए हैं, इसलिए उसे साथ नहीं ले जा सके थे। द्रौपदी ने सुदेष्णा को यह भी कहा कि यदि रानी उसे अपने सान्निध्य में रख ले, तो उसके पति प्रसन्न होंगे और लौटकर रानी को उपकार का बदला कई गुना चुकाएँगे। सुदेष्णा प्रलोभन में आ गई और उसने द्रौपदी को अपनी सैरंध्री नियुक्त कर लिया। यद्यपि उसके मन में द्रौपदी के असाधारण सौंदर्य को लेकर सदा संदेह बना रहता था।

शीघ्र ही द्रौपदी की परेशानी और बढ़ गई। विराट का सेनापति और रानी सुदेष्णा का भाई कीचक उसकी ओर आकर्षित हो गया था। वह लगातार उसके पीछे पड़ा था और द्रौपदी के विवाहित होने के बावजूद उसके विरोध को स्वीकार नहीं करना चाहता था। कीचक बहुत शक्तिशाली था। उसका राज्य में बहुत प्रभाव था। उसके लिए किसी स्त्री को प्राप्त करना कठिन नहीं था। वह उनके ऊपर भरपूर प्रेम और उपहार न्योछावर करता था। द्रौपदी के मना करने से कीचक चिढ़ गया, फिर उसने अपनी बहन से सहायता माँगी।

सुदेष्णा शुरू में कीचक की बात सुनकर घबरा गई क्योंकि उसे सैरंध्री के शक्तिशाली गंधर्व पतियों और उनके मन में युद्ध के प्रति लगाव की जानकारी थी। सुदेष्णा ने अपने भाई को समझाने का बहुत प्रयत्न किया, परंतु उसने अपनी बहन की एक नहीं सुनी। कीचक ने सुदेष्णा से कहा कि वह अकेला सैरंध्री के पाँचों पतियों से अधिक शक्तिशाली है। वह द्रौपदी और सुदेष्णा दोनों को लगातार

परेशान करता रहा। आख़िर, रानी सुदेष्णा उसकी सहायता करने के लिए तैयार हो गई।

एक दिन सुदेष्णा ने द्रौपदी को कीचक के महल से मदिरा लाने के लिए भेजा। पांचाल की राजकुमारी को रानी का यह आदेश पसंद नहीं आया। उसने विरोध किया और रानी से कीचक के पास किसी अन्य को भेजने का आग्रह किया, परंतु सुदेष्णा ने द्रौपदी के विरोध पर ध्यान नहीं दिया। आख़िर द्रौपदी को उस पुरुष के पास जाना पड़ा, जिसने उसके जीवन में कड़वाहट भर दी थी। द्रौपदी के वहाँ पहुँचते ही कीचक अपने असली रूप में आ गया। द्रौपदी के बार-बार मना करने पर भी कीचक ने द्रौपदी को एक कोने में ले जाकर उसे पकड़ लिया।

कीचक की पकड़ से छूटने के लिए संघर्ष करते हुए द्रौपदी भाग निकली। वह राजा के पास गई क्योंकि वह जानती थी कि युधिष्ठिर भी उसके पास होगा, फिर भी कीचक ने उसे पकड़ लिया और लात मारी। द्रौपदी नीचे गिर पड़ी। उसके बार-बार याचना करने पर भी विराट पर कोई असर नहीं हुआ। उसने अपने शक्तिशाली सेनापति को रोकने का भी कोई प्रयास नहीं किया। युधिष्ठिर ने भी द्रौपदी को संकेत किया कि वह अधिक शोर ना करे अन्यथा वे पहचान लिए जाएँगे।

क्रोध में भरी द्रौपदी ने निश्चय किया कि वह पुरुषों के हाथों और अधिक अपमान नहीं सहेगी। उसके बलवान पति उसे बचाने का प्रयत्न नहीं कर रहे थे। तब उसने अपने रूप-लावण्य से भीम को अपनी ओर आकर्षित किया। द्रौपदी की आँखों में आँसू देखकर भीम को क्रोध आ गया और उसने कीचक को सबक सिखाने का फैसला किया।

योजना के अनुसार द्रौपदी ने कीचक के समक्ष समर्पण करने का नाटक किया और उसे मिलने के लिए एकांत में बुलाया। कामेच्छा से पीड़ित सेनापति कीचक, द्रौपदी से मिलने पहुँचा, तो उसकी बुद्धि काम नहीं कर रही थी। द्रौपदी के स्थान पर भीम उसकी प्रतीक्षा कर रहा था। भीम ने उन्मत्त सिंह की भाँति कीचक पर हमला कर दिया और मार-मार कर उसके प्राण ले लिए तथा उसका क्षत-विक्षत शरीर सड़ने के लिए छोड़ दिया।

कीचक की दर्दनाक मृत्यु से लोग स्तब्ध थे। कीचक के संबंधी पहुँचे, तो द्रौपदी वहीं खड़ी थी। उनकी घबराहट गुस्से में परिवर्तित हो गई, जब द्रौपदी ने उन्हें गर्व से सूचित किया कि उसके गंधर्व पतियों ने कीचक को मारा है क्योंकि कीचक ने उनकी पत्नी को छेड़ने और उसके साथ दुर्व्यवहार करने का प्रयत्न किया। सुनने वालों ने यह निष्कर्ष निकाला कि द्रौपदी एक दुष्ट स्त्री थी। उन्होंने उसे कीचक की चिता के साथ जिंदा जलाने का निश्चय किया। भीम ने द्रौपदी की रक्षा तो कर ली, परंतु ऐसा करने से उनकी स्थिति कमजोर हो गई थी।

मत्स्य राज्य के शक्तिशाली सेनापति की मृत्यु से स्तब्ध राजा और रानी का द्रौपदी के प्रति व्यवहार बदल गया। रानी सुदेष्णा, द्रौपदी को अपने साथ रखने को तैयार नहीं थी। उसे भय था कि द्रौपदी के निकट रहने से वह संकट में पड़ सकती थी, हालाँकि द्रौपदी ने बार-बार अनुरोध किया और सुदेष्णा को आश्वासन दिया कि वह कुछ दिन के बाद चली जाएगी, तो सुदेष्णा ने अनिच्छा से द्रौपदी को साथ रखने के लिए हामी भर दी।

कुछ ही समय में कीचक की मृत्यु की सूचना कौरवों तक पहुँच गई। मत्स्य का सेनापति बलशाली काया और विलक्षण युद्ध-कौशल के लिए प्रख्यात था। ऐसे व्यक्ति की मृत्यु से हर कोई हैरान था क्योंकि भीम ने उसे इतनी बुरी तरह मारा था कि उसके शरीर में कुछ बाकी नहीं बचा था। यह किसी साधारण व्यक्ति के लिए करना संभव नहीं था। दुर्योधन का मानना था कि केवल भीम ही कीचक को मार सकता था। दुर्योधन ने यह भी अनुमान लगा लिया कि मत्स्य में आई अचानक उथल-पुथल के पीछे द्रौपदी ही मुख्य कारण थी।

उसी समय त्रिगर्त के राजा सुशर्मा ने सुझाव दिया कि कीचक की मृत्यु के बाद विराट पर आक्रमण करना सरल हो गया है। दुर्योधन ने सुशर्मा की बात मान ली और उसे लगा कि यह मत्स्य देश में छिपे पांडवों को खोजने का भी अच्छा अवसर था। उन्होंने युद्ध की तैयारी की और यह निश्चय किया कि सुशर्मा, राज्य पर आक्रमण करके पशुओं को ले जाएगा और विराट की मुख्य सेना भ्रमित होकर उसके पीछे जाएगी। इस बीच, कौरव सेना विराट पर आक्रमण करके उसे अपने अधीन कर लेगी। दुर्योधन युद्ध की योजना बना रहा था, किंतु विराट को आसन्न संकट की सूचना तक नहीं थी। वह कीचक की मृत्यु के बाद सहायता और समर्थन के लिए पूर्ण रूप से युधिष्ठिर पर आश्रित था। युधिष्ठिर को भी अपने आश्रयदाता की सहायता करने में प्रसन्नता होती थी। इस बीच, जब विराट को सुशर्मा द्वारा आक्रमण किए जाने की सूचना मिली, तो वह अपने पुत्रों के साथ सेना लेकर युद्ध करने निकल पड़ा। विराट ने अर्जुन को छोड़कर पांडव बंधुओं को बड़ी जिम्मेदारी सौंपी। यह बहुत ही विवेकपूर्ण निर्णय था। उन्होंने मिलकर सुशर्मा की सेना को कठिन संघर्ष के बाद परास्त कर दिया।

इस बीच, कौरवों ने उत्तर दिशा से आक्रमण कर दिया। दूत घबराकर राजा विराट के पुत्र उत्तर के पास पहुँचे और उससे सहायता का अनुरोध किया। वृद्ध राजा विराट को अपने पुत्र की वीरता का गुणगान करने में बड़ा आनंद आता था, जबकि उसका पुत्र उत्तर का अधिकांश समय भोग-विलास में व्यतीत होता था। उसे अस्त्र-शस्त्रों का भी अधिक ज्ञान नहीं था।

विराट के दूत उत्तर के पास पहुँचे, तो वह अपनी बहन तथा उसकी सहेलियों के साथ आमोद-प्रमोद में व्यस्त था। उसे सुरक्षा के लिए पुकारा गया, तो वह बहुत

प्रसन्न हुआ। उसने कहा, "यह दुर्भाग्य की बात है कि हमारे साथ ऐसा हो गया है। मैं अभी उन चोरों को परास्त करके उन्हें अपनी तलवार का स्वाद चखाना चाहता था, परंतु दुर्भाग्य से मेरे पास निपुण सारथी नहीं है, जो मेरे रथ का संचालन कर सके। मेरे हाथ बँधे हैं। यह दुर्भाग्य की बात है, अन्यथा मैं इन दुष्टों को अच्छा सबक सिखाता। वे सब जान बचाकर भाग निकलते। मैं उन्हें इतनी बुरी तरह परास्त कर सकता हूँ कि मेरे शत्रु मुझे अर्जुन समझने की भूल कर सकते हैं। यद्यपि अर्जुन स्वयं वीर नायक है,परंतु मैं उसे युद्ध-कौशल के बारे में कुछेक काम की बातें सिखा सकता हूँ।"

यह सुनकर द्रौपदी ने अपनी हँसी को किसी तरह दबा लिया। उसने उत्तर से कहा, "सारथी की अनुपस्थिति बहुत छोटी बात है। इसके लिए इतने गौरवशाली अवसर को गँवाना उचित नहीं है। बृहन्नला ने एक बार अर्जुन के लिए भी सारथी का कार्य किया है। वह युद्ध कला में भी निपुण है। बृहन्नला को धनुर्विद्या का अच्छा ज्ञान है। यदि आप इसे अपने साथ युद्ध में ले जाएँगे, तो आपको युद्ध में बहुत सहायता मिलेगी।"

"बृहन्नला? रथ चलाने और धनुष सँभालने के लिए लय, ताल, संगीत और नितम्ब मटकाने से अधिक कौशल की आवश्यकता होती है," उत्तर ने कहा। वह नपुंसक बृहन्नला को संदेह की दृष्टि से देख रहा था।

"मैं सत्य कहती हूँ कि बृहन्नला ने सचमुच अर्जुन का सारथ्य किया है। अर्जुन जैसे विलक्षण योद्धा को भी बृहन्नला से कोई शिकायत नहीं थी। यदि अर्जुन यहाँ होता, तो वह स्वयं इस बात की पुष्टि कर देता," द्रौपदी ने मुस्कान फिर छिपाते हुए कहा।

"भैया, आज के लिए बृहन्नला को अपने साथ ले जाओ," उत्तरा ने ख़ुश होकर कहा। "युद्ध में शत्रु को पराजित करो और विजय-प्रतीक के रूप में उनके वस्त्र उतारकर लाना। मैं उनसे अपनी गुड़िया के कपड़े बनाऊँगी।"

उत्तर मुश्किल परिस्थिति में फँस गया था। उसके पास कोई विकल्प नहीं था। वह युद्ध के लिए तैयार हो गया। उसने अपना रथ तथा अस्त्र-शस्त्र मँगवाए। उसने बृहन्नला को कवच पहनने में भी सहायता की क्योंकि नपुंसक के लिए कवच पहनना बहुत कठिन कार्य था। कुछ देर वीरता और निर्भयता की डींग मारने के बाद राजकुमार उत्तर युद्ध के लिए तैयार हो गया। उसकी बहन और उसकी सहेलियों ने उसका उत्साह बढ़ाया और फिर उत्तर युद्धभूमि के लिए चल पड़ा।

बृहन्नला बने अर्जुन ने उत्तर का रथ आगे बढ़ा दिया। जैसे-जैसे कौरवों और उसके बीच की दूरी कम होती गई, राजकुमार उत्तर का साहस उसका साथ छोड़ता गया। उसे महसूस हुआ कि यह कोई साधारण खेल नहीं था। उसने जब अपने सामने भीष्म, द्रोण, कृपाचार्य, कर्ण जैसे महावीर कौरव योद्धाओं को देखा, तो उसका मन

अत्यंत व्याकुल हो उठा। उसने बृहन्नला से पूछा, तो उसने सामने खड़े वीरों की उपलब्धियों के विषय में बताना शुरू किया। राजकुमार उत्तर भय से काँप उठा। उसकी घबराहट इतनी बढ़ गई कि वह बोला, "बृहन्नला मैं चाहता हूँ कि तुम रथ वापस मोड़ लो। मैं इन वीर योद्धाओं के हाथों पीड़ादायक मृत्यु पाने के लिए अभी बहुत छोटा हूँ। हमारे पास अभी बच निकलने का अवसर है। चलो, हम वापस लौट चलते हैं।"

"मुझे लगता है आप कुछ अधिक जोश में हैं। राजकुमार, आप एक महान कुल के वंशज है। शायद आपके लिए यह युद्ध बहुत छोटा है," बृहन्नला ने मज़ाक करते हुए कहा।

"मैं मज़ाक नहीं कर रहा हूँ। मैं गंभीरता से कह रहा हूँ कि अपने सामने खड़े इन वीर और साहसी योद्धाओं को देखो। ये लोग मुझे पैरों के नीचे कीड़े की भाँति मसल देंगे। मुझ पर दया करो। मुझे तत्काल वापस ले चलो," उत्तर चिल्लाया।

"आपका आशय है कि आप स्त्रियों की तरह यहाँ से भाग निकलेंगे? ऐसे में आप लौटकर उन तीनों स्त्रियों को अपनी वीरता की कौन-सी कथा सुनाएँगे, जिनके सामने आप अभी कुछ देर पहले अपनी वीरता की डींग मार रहे थे? वे सब आपका उपहास करेंगी," बृहन्नला ने अविश्वास भरे स्वर में कहा।

"मुझे उनकी चिंता नहीं है," घबराया हुआ राजकुमार उत्तर बोला। "मैं स्त्रियों के परिहास से आहत नहीं हो जाऊँगा। मुझसे ऐसी भयंकर और विकट सेना के विरुद्ध अकेले युद्ध करने की अपेक्षा कैसे की जा सकती है? मेरे साथ इस समय मेरे वीर पिता और भाई भी नहीं हैं। मैं तुम्हें आदेश देता हूँ कि वापस चलो।"

परंतु बृहन्नला को मनाना आसान नहीं था। "मैं ऐसा कोई काम नहीं करूँगा," वह बोला। उसने कहा, "यदि आप इस तरह अपने शत्रुओं से डरकर भागेंगे, तो आपकी बहुत बदनामी होगी। आपका मज़ाक उड़ाया जाएगा और संसार में सर्वत्र आपकी निंदा होगी। आपके परिवार की कीर्ति पर कलंक लगेगा और सब आपके जन्म पर शर्मिंदा होंगे। इन सब कठिनाइयों के विरुद्ध लड़ना और अपने राज्य की सुरक्षा के लिए प्राण न्योछावर करना कायरों की तरह भाग जाने से कहीं बेहतर है। आप पुरुषों की भाँति आगे जाइए और युद्ध कीजिए।"

"यह पागलपन है! मैं तुम्हारे जैसे नपुंसक की बात नहीं सुनूँगा। तुम अगर यदि चाहो, तो यहाँ रुक सकते हो। मैं अब यहाँ एक पल भी नहीं ठहरूँगा।" यह कहकर राजकुमार उत्तर, रथ से नीचे कूदा और दुर्बल पैरों से जितनी तेज़ हो सकता था, भागने लगा। बृहन्नला ने रथ को रोक दिया और फिर भागते हुए राजकुमार को पकड़ लिया। सामने खड़ी कौरव सेना आश्चर्य से देख रही थी कि युद्ध के लिए आया योद्धा रणभूमि से भाग रहा था, जबकि स्त्रियों के वेश में एक अन्य व्यक्ति राजकुमार को पकड़कर वापस ला रहा था। यह देखकर सब ज़ोर-ज़ोर से हँसने लगे।

बृहन्नला ने राजकुमार उत्तर को पकड़ लिया। उत्तर ने स्वयं को बृहन्नला की फ़ौलादी पकड़ से छुड़ाने का बहुत प्रयास किया, परंतु सफल नहीं हुआ। उसने फिर कुछ सोचा और कहा, "बृहन्नला, तुम मुझे यहाँ से जाने दो। मैं तुम्हें इतना धन दूँगा, जिसकी तुमने कल्पना भी नहीं की होगी।"

"मेरे लिए धन और वैभव से अधिक आवश्यक, मेरा सम्मान है" बृहन्नला ने उत्तर दिया। उसने कहा, "हिम्मत रखिए राजकुमार! सैरंध्री ने मेरे विषय में कुछ अधिक बढ़ा-चढ़ाकर नहीं कहा था। आप रथ की लगाम सँभालिए। मैं सामने खड़ी सेना से युद्ध करूँगा और चुराई हुई गायों को भी वापस लेकर आऊँगा, परंतु आपके अस्त्र-शस्त्र इस युद्ध के लिए पर्याप्त नहीं हैं। मुझे मालूम है कि हमें उचित अस्त्र-शस्त्र कहाँ मिलेंगे। मैं जानता हूँ कि पांडवों ने अपने दिव्यास्त्र कहाँ छिपाए हैं।"

"यह मेरे निर्णय के विरुद्ध है, परंतु पता नहीं क्यों, मुझे तुम्हारी बात ठीक लग रही है। मैं उसे मानने के लिए विवश महसूस कर रहा हूँ," उत्तर ने आश्चर्य और घबराहट के मिले-जुले स्वर में कहा।

बृहन्नला के निर्देशानुसार राजकुमार उत्तर, श्मशान भूमि के शमी वृक्ष तक पहुँच गया, जहाँ पांडवों ने अस्त्र-शस्त्र छिपाए थे। उत्तर पेड़ पर नहीं चढ़ाना चाहता था। उसका मानना था कि यदि उसने किसी शव को स्पर्श कर लिया, तो वह जीवन-भर के लिए कलुषित हो जाएगा, परंतु बृहन्नला ने उसे तैयार कर लिया। उत्तर ने पेड़ पर चढ़कर जैसे ही श्वेत वस्त्र खोला, तो उसके सामने दिव्यास्त्रों का ढेर लगा था। वह हैरान रह गया। उसने अपने सामने खड़े रहस्यमय बृहन्नला को देखा और पूछा, "तुम कौन हो? तुम्हें इन अस्त्र-शस्त्रों के विषय में कैसे पता है? पांडवों ने इन्हें छिपाने के लिए अवश्य ही बहुत यत्न किया होगा, परंतु वे तो वनवास में हैं, तुम उनके विषय में कैसे जानते हो?"

"मैं पांडु-पुत्र अर्जुन हूँ! हमने अपने अज्ञातवास का अंतिम वर्ष तुम्हारे पिता के राज्य में बिताने का निश्चय किया था। कंक वास्तव में युधिष्ठिर है, वल्लभ रसोइया, महाबली भीम है। नकुल और सहदेव ही ग्रंथिक तथा तंतिपाल के नाम से रहते हैं और रानी सुदेष्णा की सैरंध्री, हमारी पत्नी द्रौपदी है," अर्जुन ने कहा।

"यह असंभव है! अर्जुन एक नायक है। मैंने बचपन से ही उससे मिलने का स्वप्न देखा है। मैं तुम्हें पहचान क्यों नहीं पाया? तुम्हारी बात सुनकर मेरा दिमाग़ चकरा रहा है और मैं कुछ सोच नहीं पा रहा हूँ। मैं तुम्हारी बात पर तभी विश्वास करूँगा, जब तुम मुझे अर्जुन के दस नाम बताओगे और यह भी बताओ कि अर्जुन को वे दस नाम क्यों मिले थे," राजकुमार उत्तर ने बृहन्नला को चुनौती देते हुए कहा।

"जैसी तुम्हारी इच्छा! ध्यान से सुनो। मेरा नाम अर्जुन इसलिए है क्योंकि मेरी आकृति और मेरा रूप-रंग अकलंकित है। मेरी माता का नाम पहले पृथा था, इसलिए

मुझे पार्थ भी कहते हैं। फाल्गुनी नक्षत्र में जन्म लेने के कारण मेरा एक नाम फाल्गुन भी है। इंद्र ने मुझे देवताओं के शत्रु के विरुद्ध युद्ध में विजयी होने पर स्वर्ण मुकुट दिया था, इसलिए मेरा नाम किरीट भी है। खांडव-दाह के उपरांत अग्निदेव ने मुझे श्वेत अश्वों से युक्त एक रथ दिया था, इसलिए मेरा एक नाम श्वेतवाहन भी है। मेरा क्रोध इतना भयंकर है कि मैं तीनों लोकों को नष्ट कर सकता हूँ, इसलिए मुझे जिष्णु भी कहते हैं। मैंने शपथ ली है कि जो व्यक्ति मेरे भाई युधिष्ठिर को चोट पहुँचाएगा या उसका रक्त बहाएगा, मैं उसकी हत्या कर दूँगा। इसी शपथ के कारण भी मुझे यह नाम मिला था। मुझे विभत्सु इसलिए कहते हैं क्योंकि मैं युद्ध में नैतिकता और धर्मपरायणता के प्रति पूर्णरूप से समर्पित हूँ। मैं जीवन में कोई युद्ध ना हारा हूँ और ना कभी हारूँगा, इसलिए मेरा एक नाम विजय है। मुझे सव्यसाची भी कहते हैं क्योंकि मैं अपने दोनों हाथों को समान रूप से प्रयोग करके अस्त्र-शस्त्र चला सकता हूँ। मेरा अंतिम नाम धनंजय है क्योंकि मैं जहाँ जाता हूँ, समृद्धि मेरे साथ चलती है। युधिष्ठिर के राजसूय यज्ञ से पहले अपने राजकोष को धन और वैभव से भर देने के कारण मुझे यह नाम मिला था।"

"मुझे आप पर पूर्ण विश्वास हो गया है," युवा राजकुमार उत्तर ने कहा। उसने कहा, "यह मेरा सौभाग्य है कि मैं आपके समक्ष खड़ा हूँ। मुझसे आपके या आपके भाइयों का तनिक भी अपमान हुआ हो, तो मैं आपसे क्षमा चाहता हूँ।"

"तुम्हें क्षमा माँगने की कोई आवश्यकता नहीं है। तुम्हारे राज्य में हमें बहुत सम्मान और आदर मिला है," अर्जुन ने विनम्रता से कहा।

"आपके बारे में जानने के बाद मेरा हृदय साहस से भर गया है। मैं अपनी कायरता पर लज्जित हूँ। मैं समय में पीछे लौटकर नायक की तरह युद्ध करने और अपने सम्मान को वापस पाने के लिए कुछ भी कर सकता हूँ," उत्तर ने दुःखी स्वर में कहा।

"ऐसा मत कहो, राजकुमार! यह तुम्हारे जीवन का पहला युद्ध है और इस तरह की विकट परिस्थितियों में बड़े-बड़े साहसी भी घबरा जाते हैं। मैं जानता हूँ कि तुम वीर और कुशल योद्धा हो। तुम्हें अपनी योग्यता पर भरोसा होना चाहिए। चलो, अब हमें देर नहीं करनी चाहिए। हमें इस युद्ध को जीतना भी है।"

अर्जुन के वचन सुनकर उत्तर उत्साह से भर उठा। संसार के सर्वश्रेष्ठ योद्धा को अपने सारथी के रूप में देखकर और उससे सम्मानित होकर उत्तर फिर से युद्ध करने निकल पड़ा। बाद में, उसने कुरुक्षेत्र के मैदान में महाभारत के युद्ध में भी बहुत साहस और वीरता से युद्ध किया तथा शल्य के हाथों वीरगति प्राप्त होने से पहले उसने वीरता से लड़ते हुए अपने परिवार और वंश की कीर्ति को बढ़ाया था।

इस बीच, द्रोणाचार्य राजकुमार के सारथी की स्त्रैण वेशभूषा देखकर विचार करने लगे। उसकी विचित्र वेशभूषा के बावजूद उसका व्यक्तित्व अर्जुन से मेल खा

रहा था। द्रोण ने घबराकर आकाश की ओर देखा। उन्हें अशुभ संकेत दिखाई दिए, जिससे उन्हें इस बात पर विश्वास हो गया कि युद्ध में भयंकर रक्तपात होने वाला था।

उसी समय राजकुमार और उसका सारथी फिर युद्धभूमि में लौट आए। इस बार उनकी भूमिकाएँ बदली हुई थीं। द्रोण के संदेह की पुष्टि हो गई। उन्होंने भीष्म से कहा, "मुझे विश्वास है कि हमारा युद्ध अर्जुन से होने वाला है। हम लोगों से अकेले युद्ध करने का साहस और किसी में नहीं है।"

यह सुनकर दुर्योधन ख़ुशी से चिल्लाया, "यह तो बहुत अच्छा समाचार है। इसका मतलब, हमने पांडवों को उनका अज्ञातवास समाप्त होने से पहले खोज निकाला है, यानी उन्हें फिर वनवास भोगना होगा।"

"नहीं! यह गलत है," भीष्म ने धीरे-से कहा। उन्होंने कहा, "उनका वनवास पाँच माह और बारह दिन पूर्व ही समाप्त हो गया था।"

"ऐसा कैसे हो सकता है? यदि यह सत्य है, तो फिर पांडव अभी तक छिप क्यों रहे हैं? उन्होंने बाहर निकलकर मुझसे अपना राज्य वापस माँगने की याचना क्यों नहीं की?" दुर्योधन ने क्रोध में भरकर पूछा।

"मेरे विचार से वे किसी कारणवश शांत हैं," पितामह ने रुष्ट होकर उत्तर दिया। चंद्र पंचांग के अनुसार उनका अज्ञातवास कुछ माह पूर्व ही समाप्त हो गया था, परंतु उन्होंने इसलिए प्रतीक्षा की क्योंकि उन्हें संदेह था कि तुम सूर्य-पंचांग का प्रयोग करोगे। इसलिए तुम अधिक प्रसन्न होने लगो, उससे पहले मैं तुम्हें यह बताना चाहता हूँ कि सौर्य-गणना के अनुसार भी पांडवों का अज्ञातवास छह दिन पूर्व समाप्त हो गया है। अर्जुन मूर्ख नहीं है। वह यह जानता है, इसीलिए तुम्हारे सामने आया है। मेरा सुझाव है कि इस अवसर का लाभ उठाकर तुम पांडवों से समझौता कर लो। हमें अनावश्यक रक्तपात से बचना चाहिए।"

"मैं ऐसा कुछ नहीं करूँगा," दुर्योधन ने क्रोध में भरकर कहा। उसने कहा, "हम अर्जुन से युद्ध करेंगे, क्योंकि वह अकेला है। आज इसके साथ इसके भाई, विशेष तौर पर, वह दुष्ट भीम नहीं है। हम इसे मार डालेंगे और फिर इसके भाई इसके लिए रोएँगे।"

"अर्जुन को युद्ध में परास्त करना असंभव है। वह असाधारण योद्धा है। इस संसार में उसके जैसा योद्धा ना कोई है और ना भविष्य में कभी होगा," द्रोण ने चेतावनी के स्वर में कहा।

"द्रोण, भीष्म और कृपाचार्य, अर्जुन की इतनी अधिक प्रशंसा क्यों कर रहे हैं?" कर्ण ने ईर्ष्या और क्रोध के मिले-जुले स्वर में कहा। उसने कहा, "आप सब अर्जुन से डरते हैं। यदि आप चाहें तो यहाँ से भाग सकते हैं। मैं दुर्योधन का मित्र हूँ और मैं अकेला अर्जुन को मार सकता हूँ।"

"कर्ण, तुम्हारी मूर्खतापूर्ण बातों के लिए यह समय और स्थान दोनों ही अनुपयुक्त हैं। कोई मूर्ख ही अर्जुन को अकेले युद्ध में परास्त करने के विषय में सोच सकता है। तीनों लोकों की सेना मिलकर भी उसे युद्ध में नहीं हरा सकती," कृपाचार्य ने गर्व से कहा।

"मुझे लगता है कि अर्जुन और उसकी युद्ध-कला के विषय में की जाने वाली बड़ी-बड़ी बातों का हिसाब करने के लिए यही उपयुक्त समय और स्थान है। हमारी सेना को भी आख़िर उत्साह की जरूरत है। तुम लोग ब्राह्मण हो। तुम्हें मंत्र पढ़ना चाहिए और युद्ध करने का काम हमारे जैसे सच्चे क्षत्रियों पर छोड़ देना चाहिए," कर्ण ने तिरस्कारपूर्ण ढंग से उत्तर दिया।

"तुमने ऐसा कहने का साहस कैसे किया," द्रोण के पुत्र अश्वत्थामा ने गुस्से से कर्ण की ओर देखकर कहा। उसने कहा, "तुमने अब तक कोई ऐसा बड़ा कार्य नहीं किया है, इसलिए तुम्हें अपने विषय में ऐसी बात करने का कोई अधिकार नहीं है। जहाँ तक मुझे ध्यान है कि तुम गंधर्वराज चित्रसेन वाली घटना के समय भी हम लोगों को वन में अकेला छोड़कर भाग गए थे। उस समय तुम सबको अर्जुन ने बचाया था। तब तुम्हारा यह झूठा साहस कहाँ गया था? और तुम, मेरे पिता, मामा और पितामह भीष्म की सहायता के बिना शक्तिशाली अर्जुन को हराने की बात करते हो।"

"शांत हो जाओ!" भीष्म ने जोर से कहा। उन्होंने कहा, "यह समय झगड़ा करने का नहीं है। अर्जुन युद्ध करने आता है, तो शत्रु के शिविर में यमराज का आभास होने लगता है। मैं अभी से यम के दर्शन कर रहा हूँ। अर्जुन निश्चित रूप से दुर्योधन को बंदी बनाने का प्रयास करेगा। हमें किसी भी तरह दुर्योधन की रक्षा करनी होगी। मेरा सुझाव है कि दुर्योधन को आधी सेना लेकर हस्तिनापुर लौट जाना चाहिए। इस बीच, हम लोग अर्जुन को रोकने का प्रयास करेंगे।"

कौरव सेना ने भीष्म के सुझाव के अनुसार ही कार्य किया। अनुभव, बुद्धि और रणनीति के संदर्भ में पितामह के बराबर कोई नहीं था। ऐसे महान व्यक्ति के मार्गदर्शन में कौरव सेना, अर्जुन के रूप में आई आँधी का डटकर मुकाबला करने को तैयार हो गई।

इस बीच, अकेला योद्धा अर्जुन, कौरव सेना के सामने आ गया। उसने युद्ध भूमि में सैनिकों के विन्यास देखा, तो वह तत्काल समझ गया कि भीष्म ने उसे दूर रखने के लिए यह रणनीति बनाई थी। उसने सभी कुरु वृद्धजनों को सच्चे योद्धा की भाँति प्रणाम किया। उसने भीष्म, द्रोणाचार्य और कृपाचार्य के चरणों में दो-दो बाण छोड़कर अपना प्रणाम अर्पित किया। इसके बाद उसने उत्तर को निर्देश देते हुए कहा, "पितामह मुझे यहाँ रोके रखना चाहते हैं, ताकि दुर्योधन, गायों को लेकर हस्तिनापुर भाग जाए। इसलिए तुम अपना रथ हस्तिनापुर की ओर मोड़ लो।

मैं आज उस कपटी दुर्योधन को बताऊँगा कि चोरों और दुष्टों को किस तरह का परिणाम भुगतना पड़ता है।”

राजकुमार उत्तर ने आज्ञा का पालन किया और अश्वों को उसी दिशा में मोड़ दिया। इस बीच, अर्जुन ने कुरु सेना की रक्षात्मक पंक्ति को छिन्न-भिन्न कर दिया। उसने पशुओं को छुड़ाया और मत्स्य राज्य की दिशा में भगा दिया। दुर्योधन, सेना की मुख्य टुकड़ी की ओर दौड़ा। भीष्म, कर्ण, द्रोण, कृपाचार्य तथा अन्य लोग दुर्योधन की रक्षा के लिए आगे आ गए। उन्होंने अर्जुन पर आक्रमण कर दिया, परंतु अर्जुन तो अजेय था। उसने सामने आई सेना पर बाणों की वर्षा आरंभ कर दी, जिसके कारण भीष्म, द्रोण और कर्ण को अनेक अवसरों पर पीछे लौटना पड़ा। उन्होंने एक बार फिर संगठित होकर अर्जुन पर आक्रमण कर दिया। तब अर्जुन ने सम्मोहनास्त्र का प्रयोग किया, जिसके प्रभाव से समस्त कौरव योद्धा धरती पर मूर्छित होकर गहरी निद्रा में ऐसे सो गए, मानो माता के गर्भ में सोए थे।

यह देखकर उत्तर उत्साह से चिल्लाने लगा। उसे इस बात की ख़ुशी थी कि वह ऐसे विकट युद्ध और आक्रमण का हिस्सा था, जिसमें कुरु सेना को मुँह की खानी पड़ी थी। युवा राजकुमार की प्रशंसा सुनकर अर्जुन ने मुस्कराते हुए कहा, “हमें राजकुमारी से किया वादा भूलना नहीं चाहिए। तुम इन सोते हुए योद्धाओं के वस्त्र उतार लो। ज़ल्दी करो, हमें तुम्हारी विजय की सूचना लेकर मत्स्य भी लौटना है।”

“आप अत्यंत उदार हैं, लेकिन मैं आपकी विजय का श्रेय नहीं ले सकता,” उत्तर ने विनम्रतापूर्वक कहा।

“तुम्हें इस विजय का श्रेय लेना ही होगा क्योंकि मैं अपने रहस्य को कुछ और समय तक छिपाकर रखना चाहता हूँ,” अर्जुन ने उत्तर से अनुरोध किया।

उत्तर ने अर्जुन की बात मान ली, फिर उसने आगे बढ़कर ज़मीन पर गिरे सभी कुरु योद्धाओं के ऊपरी वस्त्र तथा आभूषण उतार लिए। उत्तर ने वहाँ सो रहे हजारों योद्धाओं के खर्राटे की आवाज़ के बीच कार्य पूरा किया और सभी वस्तुएँ रथ में रख लीं। अर्जुन ने फिर बृहन्नला का रूप धारण किया और रथ का सारथी बनकर बैठ गया। अर्जुन ने लौटते समय अपने अस्त्र-शस्त्र फिर उसी पुराने शमी वृक्ष पर रख दिए, फिर दोनों ज़ल्दी से मत्स्य राज्य लौट गए।

युवा राजकुमार उत्तर लड़कपन से पुरुषत्व की सीमा में प्रवेश कर रहा था, उसी बीच राजा विराट अत्यंत प्रसन्न होकर अपने राज्य लौट आया। उसने जब यह सुना कि राजकुमार उत्तर कौरवों से युद्ध करने केवल नपुंसक बृहन्नला को साथ लेकर चला गया है, तो विराट की प्रसन्नता गायब हो गई। वह अपने पुत्र के लिए चिंतित हो गया। उसकी चिंता को भाँपते हुए युधिष्ठिर ने आश्वासन दिया, “शांत हो जाइए महाराज! बृहन्नला साथ है, इसलिए राजकुमार उत्तर सुरक्षित रहेंगे।”

उसी समय दूत भागता हुआ आया और उसने कौरव सेना पर राजकुमार उत्तर की विजय का शुभ समाचार सुनाया। यह सुनकर राजा विराट गर्व और संतोष से अभिभूत हो गया। उसने उत्तर और बृहन्नला के भव्य स्वागत का आदेश दिया। वह अपने पुत्र की विजय के समाचार से इतना प्रसन्न था कि प्रतीक्षा में उसका समय नहीं कट रहा था, तो राजा विराट ने इस बीच कंक को उसके साथ द्यूत की एक बाज़ी खेलने का आदेश दिया। युधिष्ठिर ने इसका विरोध किया और कहा कि ऐसे भावुक अवसर पर द्यूत खेलना उचित नहीं है क्योंकि इससे कुछ हासिल नहीं होगा, बल्कि संकट ही आएगा, परंतु विराट ने युधिष्ठिर की बात नहीं मानी और खेलने बैठ गया।

खेल के बीच में विराट बार-बार अपने पुत्र उत्तर की प्रशंसा कर रहा था। तभी युधिष्ठिर ने यह कह दिया कि उसे युद्ध का परिणाम पहले से पता था क्योंकि बृहन्नला, राजकुमार विराट का सारथी बनकर गया था। यह सुनकर विराट को क्रोध आ गया क्योंकि कंक, उत्तर की प्रशंसा ना करके अपितु नपुंसक बृहन्नला की प्रशंसा कर रहा था। विराट ने क्रोध में आकर हाथ में पकड़े पासे युधिष्ठिर के मुँह पर दे मारे। पासे लगने से युधिष्ठिर को चोट आई और उसकी आँख की भौंह के ऊपर से खून टपकने लगा। द्रौपदी, जो वहीं खड़ी यह दृश्य चुपचाप देख रही थी, तत्काल एक स्वर्ण-पात्र लेकर दौड़ी और उसने युधिष्ठिर का रक्त ज़मीन पर गिरने से पहले ही पात्र में इकट्ठा कर लिया, फिर वह अपने स्थान पर लौट आई।

विराट को यह देखकर आश्चर्य हुआ, परंतु किसी कारणवश उसने कुछ नहीं पूछा। इसी बीच, राजकुमार उत्तर के आगमन का समाचार आ गया। उत्तर ने कक्ष में प्रवेश किया, तो उसका चेहरा उत्साह और प्रसन्नता से खिला था। मत्स्य राज्य के सभी नागरिक उसकी प्रशंसा कर रहे थे। युधिष्ठिर के चेहरे पर लगा घाव देखकर उत्तर का मानो रक्त जम गया। उसे क्रोध आ गया। वह तुरंत अपने पिता से हुई मूर्खता को समझ गया। उसने भय से काँपते हुए पूछा, "कंक को चोट कैसे लगी?" अपने पिता विराट से उस घटना के विषय में सुनकर उत्तर बहुत दुःखी हुआ। उसने कहा, "पिताजी आप नहीं जानते आपने क्या किया है। आपको इसी क्षण कंक से क्षमा माँगनी होगी। आप मुझसे बिना कोई प्रश्न किए कंक से क्षमा माँग लीजिए, अन्यथा हम बहुत भारी संकट में पड़ जाएँगे।"

विराट दुविधा में पड़ गया, परंतु अपने पुत्र का आवेश से भरा स्वर सुनकर उसने चुपचाप उत्तर की बात मान ली और युधिष्ठिर से क्षमा माँग ली। युधिष्ठिर ने हमेशा की तरह सदाशयता में राजा को क्षमा कर दिया।

इसी बीच, अर्जुन ने प्रवेश किया और राजा विराट को प्रणाम किया। तब तक युधिष्ठिर का रक्त बहना रुक चुका था, इसलिए अर्जुन को उसके विषय में पता नहीं लगा। उत्तर ने राहत की साँस ली। उसे ख़ुशी थी कि उन पर आने वाला संकट टल गया था। उसके पिता विराट ने जब युद्ध के विषय में अधिक पूछा, तो उत्तर

ने केवल इतना ही कहा कि एक देव-पुत्र ने उसकी और मत्स्य राज्य की रक्षा की थी, परंतु वह उस देव-पुत्र का नाम नहीं बता सकता। विराट की उत्सुकता बढ़ गई, परंतु उसने उस बात को वहीं छोड़ दिया क्योंकि मौजूदा परिस्थितियों में सब कुछ ठीक चल रहा था और उसका राज्य तथा उसके पुत्र भी पूरी तरह सुरक्षित थे।

कुछ दिन बाद राजा विराट ने दरबार में प्रवेश किया, तो उसे यह देखकर आश्चर्य हुआ और क्रोध भी आया कि कंक आगंतुक राजाओं के लिए आरक्षित स्थान पर विराजमान था।

"राजा के आसन पर बैठने की तुम्हारी हिम्मत कैसे हुई? मैं तुम्हारी इस धृष्टता के लिए तुम्हें कोड़े लगवाऊँगा," विराट ने गुस्से से कहा।

"महाराज, इन्हें तो इंद्र का आसन मिलना चाहिए क्योंकि यह संसार के सर्वश्रेष्ठ राजा हैं। यह मेरे बड़े भाई तथा ज्येष्ठ पांडव महाराज युधिष्ठिर हैं," अर्जुन ने धीरे से हस्तक्षेप किया।

"ऐसा नहीं हो सकता! यदि यह सत्य है, तो इसके शेष साहसी भाई कहाँ हैं और इनकी पत्नी द्रौपदी कहाँ है?," राजा ने पूछा।

तब अर्जुन ने सभी पांडव भाइयों तथा द्रौपदी का राजा से परिचय करवाया। राजा विराट यह दृश्य देखकर अत्यंत भावुक हो गया। उसे युधिष्ठिर के साथ किए दुर्व्यवहार पर पछतावा हुआ। उसी समय राजकुमार उत्तर आगे आया और उसने अर्जुन की ओर संकेत करते हुए कहा, "यही वह देवपुत्र हैं, जिन्होंने मुझे कुरु-सेना से बचाया था। मैं इन्हीं की कृपा से जीवित हूँ।"

"मुझ पर और इस राज्य पर ईश्वर की कृपा है। हमने अवश्य अपने पूर्वजन्म में सत्कर्म किए होंगे, जो हमें आज यह सम्मान मिला है। मैं किस तरह अपनी कृतज्ञता व्यक्त करूँ? मुझे क्या करना चाहिए? मैं अपनी पुत्री उत्तरा, पांडु-पुत्र अर्जुन को सौंपता हूँ।"

"आपकी कृपा अनत है महाराज, परंतु क्योंकि मैंने आपकी पुत्री को एक वर्ष तक नृत्य और संगीत की शिक्षा दी है। इस नाते में मैं इसका गुरु हूँ, इसलिए इसे अपनी पत्नी बनाना धर्म-विरुद्ध होगा, परंतु मैं आपकी पुत्री को अपने पुत्र अभिमन्यु की पत्नी के रूप में स्वीकार करता हूँ," अर्जुन ने उत्तर दिया।

"ऐसा ही होगा," विराट की आँखों में ख़ुशी के आँसू आ गए थे।

पांडवों ने मत्स्य राज्य में ही उपप्लव्य नामक नगर में कुछ दिन निवास किया। इस बीच, राजा विराट ने भव्य विवाह की तैयारियाँ आरंभ कर दीं। पांडव इस बात से प्रसन्न थे कि उनका अज्ञातवास सफलतापूर्वक समाप्त हो गया था। अर्जुन को सबसे अधिक प्रसन्नता हो रही थी क्योंकि उसे इंद्र के वचनानुसार उसका पुरुषत्व वापस मिल गया था। भीम ने उसके कंधे पर थपकी देते हुए कहा, "बृहन्नला निस्संदेह

बहुत प्रतिभाशाली था, परंतु मुझे ख़ुशी है कि अर्जुन वापस आ गया है। मुझे डर था कहीं हमें युद्धभूमि में दुर्योधन के सामने तुमसे नृत्य ना करवाना पड़े। वह तो तुम्हें देखकर हँसते- हँसते ही मर जाता।"

"तुम दोनों के बीच भोजन की प्रतियोगिता आयोजित करना अधिक आसान था, सबको पता है कि भोजन की बात आती है, तो तुम्हें परास्त करना असंभव है," अर्जुन ने तुरंत उत्तर दिया।

दोनों बड़े भाइयों की इस नोक-झोंक को सुनकर नकुल और सहदेव हँसने लगे। युधिष्ठिर भी अपने भाइयों को देखकर ख़ुश था, परंतु उसका हृदय आगामी युद्ध के विचार से भारी हो गया था। वह जानता था कि युद्ध में दोनों ओर से भारी क्षति होने वाली थी।

अभिमन्यु, कृष्ण, धृष्टद्युम्न और अनेक लोग, पांडवों के समर्थन में वहाँ आ पहुँचे। उन्हें इस बात की प्रसन्नता थी कि पांडवों ने ना केवल विकट वनवास पूरा कर लिया था, अपितु वे पहले से अधिक शक्तिशाली होकर लौटे थे। इस तरह पांडवों ने अपने सभी संबंधियों और रिश्तेदारों को साथ जोड़ लिया। सब यह आशा लगाए थे कि शायद दुर्योधन का विवेक जागृत हो जाए तथा वह इस निरर्थक हिंसा एवं विनाश का रास्ता त्याग दे।

13

अर्जुन का सारथी

वनवास में बिताए अनेक वर्षों ने पांडवों को भयंकर पीड़ा और सुख के अभाव का अभ्यस्त बना दिया था। उन्होंने बहुत कम आयु में अपने पिता को खो दिया और फिर बहुत-से कष्ट उठाए। उन्हें जीवित रहने के लिए संघर्ष करना पड़ा। उन्होंने निर्धन ब्राह्मणों के रूप में समय बिताया। दुर्योधन ने उनका कठिन परिश्रम द्वारा अर्जित राज्य छीन लिया, उन्हें तेरह वर्ष के लिए वनवास में भेज दिया। इसलिए पांडवों ने निश्चय किया कि युद्ध में दोनों पक्षों की ओर होने वाली मृत्यु, विनाश और कष्ट से बचने के लिए शांति का एक प्रयास अवश्य करना चाहिए।

युधिष्ठिर और उसके भाइयों ने कौरवों के साथ समस्याओं को शांतिपूर्वक सुलझाने के समस्त प्रयास किए। वे लोग अपने अधिकार का इंद्रप्रस्थ का राज्य त्यागकर बदले में केवल पाँच-गाँव लेकर भी संतुष्ट होने को तैयार थे। पांडवों की ओर से यही प्रस्ताव हस्तिनापुर के राज दरबार में रखा गया था। संजय, भीष्म, द्रोण, कृपाचार्य और गांधारी ने दुर्योधन को पांडवों के साथ उचित तथा न्यायपूर्ण व्यवहार करने के लिए प्रेरित भी किया, परंतु कर्ण, शकुनि और दुःशासन जैसे दुष्ट लोगों की संगति के कारण दुर्योधन, सदा की भाँति हठ पर अड़ा रहा। उसने अपनी संपत्ति से कुछ भी अंश देने से साफ़ मना कर दिया।

अंतिम उपाय के रूप में श्रीकृष्ण, कौरवों को समझाने उनके पास गए। कृष्ण को पता था कि महायुद्ध को कोई नहीं रोक सकेगा और नियति का चक्र भी निर्धारित गति से चल रहा था। उन्हें यह भी पता था कि उनका शांति-प्रयास विफल हो जाएगा और यही हुआ। दुर्योधन ने स्पष्ट कर दिया कि वह पांडवों को पाँच गाँव तो दूर, सुई की नोक के बराबर भूमि भी नहीं देगा।

इसके बाद पांडवों के पास अपना राज्य वापस लेने के लिए युद्ध के अतिरिक्त कोई विकल्प नहीं था। पांडवों के अज्ञातवास से लौटते ही दोनों ओर से युद्ध की

तैयारी आरंभ हो गई थी, परंतु धीरे-धीरे स्थिति बिगड़ती गई और युद्ध की आशंकाएँ बढ़ती गईं। दोनों पक्ष अपनी-अपनी स्थिति को दृढ़ करने का प्रयास कर रहे थे। कौरवों तथा पांडवों ने सभी संभावित राजाओं को अपने साथ जोड़ने के लिए प्रयत्न करना आरंभ कर दिया। सबसे अधिक संघर्ष कृष्ण को अपनी ओर करने के लिए चल रहा था।

उस कालखंड में जन्म लेने वाले लोग अत्यंत सौभाग्यशाली थे क्योंकि उसी समय भगवान विष्णु ने श्रीकृष्ण के रूप में पृथ्वी पर अवतार लिया था। कृष्ण, निस्संदेह अजेय थे। उन्होंने बचपन में बहुत-से चमत्कार किए थे। उन्होंने पूतना, केशी, दुष्ट कंस तथा चाणूर पहलवान का संहार किया था। उन्होंने गाँव के लोगों को बचाने के लिए छोटी उंगली पर गोवर्धन पर्वत उठा लिया था। उन्होंने कालिय नाग को नियंत्रण में करके यमुना नदी के जल को पुनः पीने योग्य बनाया था। कृष्ण ने उदारता का परिचय देते हुए मथुरा का सिंहासन त्याग दिया और उसे वृद्ध राजा उग्रसेन को सौंप दिया था।

बाद में बड़ा होने पर भी कृष्ण ने अनेक चमत्कारिक कार्य किए। उन्होंने नरकासुर राक्षस को मारकर उसके द्वारा बंदी बनाई गई अनेक स्त्रियों को मुक्त किया और उन्हें अपनी छत्रछाया में ले लिया। कृष्ण ने कुरु के राज दरबार में दुःशासन द्वारा द्रौपदी के चीर-हरण के प्रयास को विफल करके द्रौपदी की सहायता की। उन्होंने मगध के राजा जरासंध के अत्याचार से भी लोगों को बचाया था।

बीते वर्षों में कृष्ण के चमत्कारों को देखते हुए इसमें आश्चर्य नहीं था कि कौरव और पांडव, दोनों ही कृष्ण को अपने पक्ष में करना चाहते थे क्योंकि सब जानते थे कि जहाँ कृष्ण हैं, वही विजय है! अर्जुन और दुर्योधन व्यक्तिगत रूप से कृष्ण की सहायता लेने द्वारका पहुँच गए। वे दोनों कृष्ण के पास एक ही समय पर पहुँचे। उस समय कृष्ण सो रहे थे। दुर्योधन ने बिना कुछ कहे, कृष्ण के सिर के निकट रखा आसन ग्रहण कर लिया। अर्जुन, कृष्ण के चरणों के निकट बैठ गया और फिर दोनों कृष्ण के उठने की प्रतीक्षा करने लगे। दोनों ने इस तरह अभिनय किया, मानो दूसरे का कोई अस्तित्व ही नहीं है।

कुछ देर बाद कृष्ण ज़्यों ही उठे, दुर्योधन बोला, "हे कृष्ण, हमारे और पांडवों के बीच युद्ध होना तय है। मैं आपकी सहायता माँगने आया हूँ। मैं आपको बताना चाहता हूँ कि मैं यहाँ अर्जुन से पहले पहुँचा था। आप हम दोनों के संबंधी हैं, आपको पक्षपात करना शोभा नहीं देता। इसलिए आपकी महानता और चारित्रिक शुद्धता को ध्यान में रखते हुए मेरी इच्छा है कि आप मेरा अनुरोध स्वीकार करें।"

कृष्ण ने धीमे स्वर में कहा, "दुर्योधन, यह हो सकता है कि तुम यहाँ पहले आए हो, परंतु सत्य यह है कि मैंने पहले अर्जुन को देखा है। दूसरी बात, परंपरा के अनुसार अनुज को पहले बोलने का अधिकार होता है। इसलिए मैं अर्जुन को पहले

अवसर दूँगा, परंतु तुम्हारी यह बात भी ठीक है कि मुझे तुम दोनों के साथ समान व्यवहार करना चाहिए। इसलिए मैंने निश्चय कर लिया है कि तुम दोनों में से एक को मेरी यादव सेना मिलेगी और दूसरे पक्ष को मुझ अकेले को स्वीकार करना होगा। मैं यह भी बता देना चाहता हूँ कि मैं युद्ध में अस्त्र-शस्त्र नहीं उठाऊँगा और युद्ध में भाग भी नहीं लूँगा। मैं अपने संबंधियों के साथ युद्ध नहीं करना चाहता, तो अब, चयन करने का समय है। अर्जुन, मैं तुम्हें पहला अवसर देता हूँ।"

"हे कृष्ण, मैं आपको चुनता हूँ", अर्जुन ने निस्संकोच कह दिया। यह सुनकर दुर्योधन का चेहरा, जो क्रोध से विकृत हो गया था, अचानक खिल उठा। "और मुझे आपकी यादव सेना चाहिए", वह तुरंत बोल पड़ा।

इसके बाद कृष्ण से अनुमति लेकर दुर्योधन अपने गुरु बलराम के पास गया और उन्हें शुभ समाचार सुनाया कि उसने कृष्ण की यादव सेना प्राप्त कर ली है। यह सुनकर बलराम प्रसन्न नहीं हुए। उन्होंने दुर्योधन से कहा कि वह स्वयं भी युद्ध में भाग नहीं लेंगे और इसलिए उन्होंने तीर्थ-यात्रा पर जाने का निश्चय किया है। कौरव राजकुमार दुर्योधन ने बलराम की बात को आधे मन से सुना और फिर यादव सेना प्राप्त करने की ख़ुशी लिए वापस हस्तिनापुर लौट गया। मार्ग में, दुर्योधन अपने भाग्य को सराहता गया और सोचता रहा कि अर्जुन युद्ध-कला में अवश्य बेहतर था, परंतु उसके पास बुद्धि की कमी थी। इधर, अर्जुन भी प्रसन्न था। वह सोच रहा था कि दुर्योधन कितना बड़ा मूर्ख है, जो इतना भी नहीं समझ पाया कि तीनों लोगों की सर्वशक्तिशाली सेनाएँ मिलकर भी कृष्ण के दसवें अंश के बराबर नहीं हैं।

कृष्ण ने अर्जुन से बाद में पूछा था, "अर्जुन, क्या तुम्हें विश्वास है कि तुमने सही चयन किया है?"

"निस्संदेह!" अर्जुन ने तत्काल उत्तर दिया, "आप यदि हमारे पक्ष में होंगे, तो हमारे हारने की संभावना ही नहीं है। दुर्योधन मूर्ख है, जो इस बात को समझ नहीं सका। आप स्वयं युद्ध तो नहीं करेंगे, लेकिन क्या आप मेरा सारथी बनना स्वीकार कर सकते हैं? यह मेरी बहुत पुरानी इच्छा है।"

"तथास्तु! तुम्हारी इच्छा अवश्य पूरी होगी", कृष्ण ने उत्तर दिया। वह जानते थे कि नियति ने भी यही निर्धारित किया था।

अर्जुन ने ख़ुश होकर कहा, "फिर तो हम यह युद्ध पहले ही जीत चुके हैं। मैं इस प्रसन्नता को अपने भीतर महसूस कर सकता हूँ।"

कृष्ण अपने मित्र अर्जुन की बालसुलभ प्रसन्नता को देखकर मुस्कराने लगे, परंतु वह इस बात से दुःखी थे कि अर्जुन को इस विजय का जो मूल्य चुकाना पड़ेगा, वह उसे उस दुःख से मुक्त करने में अक्षम थे।

परंतु अर्जुन को पता था कि कुरुक्षेत्र के युद्ध में कृष्ण की भूमिका सबसे महत्त्वपूर्ण होगी और वही युद्ध के प्रभाव और परिणाम को नियंत्रित करेंगे। युद्ध शुरू होने से बहुत पहले कृष्ण ने घटनाओं को इस तरह आकार देना आरंभ कर दिया था, जिससे युद्ध का परिणाम पांडवों के पक्ष में हो जाए। भूदेवी ने अपने ऊपर आए कष्ट के विषय में भगवान विष्णु से शिकायत की थी। विष्णु ने अवतार लेकर भूदेवी को दुःख से मुक्त कराने का आश्वासन दिया था। इसलिए अब यह कृष्ण का उत्तरदायित्व था कि वह अधर्म का उन्मूलन करके पांडवों को विजय दिलाएँ तथा पृथ्वी पर धर्म की पुनः स्थापना करें।

कृष्ण ने जरासंध, शिशुपाल, एकलव्य और कुछ अन्य लोगों को प्रत्यक्ष हस्तक्षेप अथवा अपनी रणनीति के अंतर्गत किसी अन्य व्यक्ति द्वारा पहले ही मरवा डाला था। उन्हें मारना आवश्यक था, अन्यथा वे लोग दुर्योधन के नेतृत्व में कौरवों की ओर से युद्ध लड़ सकते थे, जिसके कारण युद्ध का परिणाम कौरवों के पक्ष में झुक सकता था। यदि वे लोग जीवित रहते, तो निर्दोषों को भी परेशान कर सकते थे।

मगध का शक्तिशाली राजा जरासंध उन दिनों बहुत प्रभावशाली था। वह साहस और वीरता में असाधारण था। उसने अपनी पुत्री अस्ति और प्राप्ति का विवाह कृष्ण के मामा कंस से कर दिया। कंस, अत्याचार और क्रूरता के लिए कुख्यात था। जरासंध, कृष्ण से इसलिए नाराज़ था क्योंकि कृष्ण ने कंस की हत्या कर दी थी, जिसके कारण जरासंध की पुत्रियाँ विधवा हो गई थीं। जरासंध ने प्रण किया कि वह कृष्ण और उनकी प्रजा को क्षमा नहीं करेगा।

जरासंध ने मथुरा पर सत्रह बार आक्रमण किया। हर बार कृष्ण ने उसे मार भगाया। प्रत्येक अवसर पर हज़ारों लोग मारे गए, लेकिन जरासंध हर बार बचकर निकल जाता था। वह जब 18वीं बार आया, तो उसी समय कृष्ण एक अन्य विकट योद्धा कालयवन से युद्ध कर रहे थे। कृष्ण को पता था कि कालयवन और उसके सैनिकों से युद्ध करने के दौरान जरासंध अवश्य मथुरा के लोगों पर गिद्ध की तरह आक्रमण करके उन्हें निर्ममता से मार डालेगा।

मथुरा के नागरिकों को बचाने के लिए कृष्ण ने समुद्र तल से छियानवें मील ऊंचा अभेद्य किला तैयार करवाया। सीपी में मोती की भाँति सुरक्षित वह नगरी आदर्श राज्य का प्रतिरूप थी। उसमें प्रजा के लिए अत्यंत सुंदर घर और भवन बनाए गए थे। उसके स्तंभ विशुद्ध स्वर्ण के बने थे, जो सूर्य की किरणें पड़ने से जगमगाते थे। उसका मुक़ाबला करना असंभव था। नगर के भवनों पर बहुमूल्य रत्नादि जड़े थे, जिनसे आस-पास के वातावरण की शोभा और बढ़ जाती थी। चारों ओर सुंदर फूलों वाले पौधे और ऊँचे वृक्ष लगे थे। वह स्थान अत्यंत सुंदर और हरा-भरा दिखाई पड़ता था। राज्य का कोष ईश्वर की कृपा से ऊपर तक भरा था। प्रत्येक स्थान पर

समृद्धि और वैभव का निवास था। लोग बहुत ख़ुश थे और स्वयं को पूरी तरह सुरक्षित महसूस करते थे।

वह किला जब लोगों के रहने योग्य हो गया, तो कृष्ण ने मथुरा के निवासियों को योगबल से समुद्र में बनी अपनी नई द्वारका नगरी में भेज दिया। कृष्ण और बलराम को जब संतुष्टि हो गई कि उनके सभी लोग सुरक्षित हैं, तो फिर वे दोनों भाई कालयवन से लड़ने निकल पड़े। कृष्ण अपने शत्रु को घेरकर एक गुफा में ले गए। उस गुफा में संयोग से मुचुकुंद सो रहा था, जिसने देवताओं को अपनी सेवाओं से प्रसन्न करके वरदान प्राप्त कर लिया था। कालयवन ने मुचुकुंद को कृष्ण समझकर उसे ज़ोर से लात मारी। मुचुकुंद की नींद खुल गई। वह इतना क्रोधित हो गया कि उसने अपने क्रोध की अग्नि से कालयवन को जलाकर भस्म कर दिया।

इस तरह अपने एक शत्रु से मुक्ति पाकर कृष्ण और बलराम, जरासंध से लड़ने चल पड़े। उन्होंने जरासंध को भ्रम में डाल दिया कि वह उससे बच कर भाग रहे थे, फिर वे एक पर्वत पर चढ़ गए और द्वारका लौट आए। इस तरह वे स्वयं और सभी नागरिक, जरासंध के भय से सदा के लिए मुक्त हो गए। बाद में कृष्ण ने भीम और जरासंध के बीच एक द्वंद्व युद्ध का आयोजन करवाया और उसमें भीम की विजय हुई।

कृष्ण ने स्वयं युधिष्ठिर और उसके भाइयों को राजसूय यज्ञ से पहले जरासंध के जन्म की कथा सुनाई। मगध का दुष्ट राजा जरासंध अपने साहस के लिए जाना जाता था। उसमें हज़ार हाथियों का बल था और वह राजा वृहद्रथ और उसकी जुड़वाँ रानियों के यहाँ पैदा हुआ था। वृहद्रथ ने अपनी दोनों पत्नियों को समान रूप से प्रेम करने का वचन दिया था। उसने ऐसा प्रयास भी किया, परंतु अपने राज्य के उत्तरदायित्व और अन्य धार्मिक अनुष्ठानों आदि में वह इतना व्यस्त हो गया कि उसे राज्य के लिए उत्तराधिकारी को जन्म देने का विचार भी नहीं आया। बाद में उसके मन में पुत्र की इच्छा उत्पन्न हुई, तो उसने अनेक बुद्धिमान लोगों से राय ली और अपनी पत्नियों को गर्भवती करने का हर संभव प्रयास किया, परंतु उसे सफलता नहीं मिली।

अंत में वह ऋषि चंडकौशिक के पास गया और उससे सहायता माँगी। राजा की दयनीय स्थिति देखकर ऋषि ने कुछ पल विचार किया और बस! ऋषि के हाथ में एक आम प्रकट हो गया। उसने वह आम राजा को दिया और उसे पत्नी को खिलाने की सलाह दी। राजा आम लेकर राजमहल गया और उसने वह आम अपनी दोनों पत्नियों को दे दिया।

दोनों रानियों ने आम के दो हिस्से किए और बाँटकर खा लिए। शीघ्र ही दोनों रानियाँ गर्भवती हो गईं और उनके यहाँ एक ही समय पर संतान ने जन्म लिया, परंतु दोनों रानियों ने आधा-आधा आम खाया था, इसलिए उन्होंने आधे-आधे शरीर वाले

दो बच्चों को जन्म दिया। वह विचित्र दृश्य देखकर सब घबरा गए। अंधविश्वास और बच्चों की कुरूपता को देखते हुए दोनों रानियों ने दासियों से कहकर अपने-अपने आधे बच्चे महल से बाहर फिंकवा दिए।

वे आधे शरीर वाले दोनों बच्चे यूँ ही अकेले और परित्यक्त अवस्था में पड़े थे कि तभी जरा नाम की एक राक्षसी ने उन्हें देख लिया। वह माँस के टुकड़े देखकर बहुत प्रसन्न हुई और उन्हें खाने के उद्देश्य से ले गई, परंतु उसे दो अलग-अलग बच्चे उठाना कठिन हो रहा था, इसलिए उसने दोनों हिस्सों को उठाया और उन्हें जोड़कर एक कर दिया।

ऐसा करते ही माँस के दोनों विशालकाय टुकड़े परस्पर जुड़ गए और एक संपूर्ण बालक बन गया। जरा को बहुत क्रोध आया कि किसी व्यक्ति ने बच्चों के टुकड़ों के साथ दुर्व्यवहार किया था। पूर्ण रूप प्राप्त करते ही बालक ज़ोर-ज़ोर से रोने लगा। उसके रुदन इतना तेज़ था कि पर्वत भी काँपने लगे। शोर सुनकर राजा और रानियाँ भी महल से बाहर निकल आए। उन्होंने देखा कि माँस के दोनों टुकड़े जुड़कर पूर्ण बालक का रूप ले चुके थे। जरा को पता लगा, तो उसने बालक को खाने का विचार छोड़ दिया तथा राजा को सब कुछ सच बता दिया। इसके बाद जरा ने उस बालक को उसके माता-पिता को सौंप दिया। इस तरह जरा द्वारा जुड़कर एक होने के कारण उस बालक का नाम 'जरासंध' पड़ गया।

कृष्ण ने कथा समाप्त की, तो युधिष्ठिर ने चुप्पी तोड़ते हुए कहा, "जरासंध के जन्म से संबंधित इन चमत्कारी घटनाओं के बावजूद मुझे विश्वास नहीं होता कि उसने आपको अपना शत्रु बना लिया और यह कि आपकी आज्ञा का उल्लंघन करने के बावजूद वह अब तक जीवित है।"

कृष्ण ने मुस्कराते हुए उत्तर दिया, "जरासंध की मृत्यु मेरे हाथों नहीं होगी, परंतु इसका यह अर्थ नहीं कि मेरा उसमें कोई योगदान नहीं होगा।" फिर उन्होंने आगे कहा, "जब तक जरासंध जीवित है, राजसूय यज्ञ संपन्न करना संभव नहीं है क्योंकि वह तुम्हारा प्रभुत्व स्वीकार नहीं करेगा, परंतु चिंता की बात नहीं है क्योंकि हम चतुराई से उसे परास्त कर सकते हैं। मुझे अर्जुन और भीम को मगध ले जाने के लिए तुम्हारी अनुमति चाहिए। हम लोग वहाँ योजना बनाकर जरासंध को परास्त करेंगे। यदि तुम्हें मुझ पर विश्वास है, तो अपने भाइयों को मेरे साथ भेज दो। तभी तुम संसार को दुष्ट जरासंध के कोप से मुक्त करवा सकोगे।"

"आपको मेरी अनुमति की आवश्यकता नहीं है। मुझे आप पर पूर्ण विश्वास है? आप मेरे भाइयों को साथ ले जाइए, परंतु मैं केवल इतना चाहता हूँ कि आप भीम को व्यर्थ की लड़ाई से बचाकर रखिएगा।"

"चिंता मत करो युधिष्ठिर, मुझे विश्वास है कि कृष्ण, अपने भाई भीम की युद्ध-कला का सही दिशा में प्रयोग करेंगे," अर्जुन ने चमकती आँखों के साथ कहा।

"जहाँ तक मेरा प्रश्न है, मैं कृष्ण और अर्जुन को प्रेम-ग्रस्त स्त्रियों से बचाने का पूरा प्रयास करूँगा, जो सदा इन्हें अपने प्रेम-जाल में फँसाने का प्रयास करती रहती हैं," भीम ने मुस्कराकर कहा। उसे आने वाले दिनों में एक नए एवं हिंसक द्वंद्व की गंध मिल रही थी।

इसके बाद तीनों ने ब्राह्मण का वेश धारण किया और मगध की ओर चल पड़े। जरासंध ने उनका भव्य सत्कार किया। यद्यपि उन तीनों की वेशभूषा, उनकी योद्धा जैसी आकृति से मेल नहीं खा रही थी। यह देखकर जरासंध के मन में संदेह उत्पन्न हो गया। उन तीनों ने नगर के मुख्य द्वार को छोड़कर मगध के प्राकृतिक रक्षक चैत्यक पर्वत को लाँघकर आना पसंद किया। इसके अतिरिक्त उन्होंने नमक-युक्त भोजन लेने से भी मना कर दिया। उनकी इन असामान्य माँगों को पूरा करने के उपरांत जरासंध ने उनके विषय में अधिक प्रश्न किए, तो कृष्ण ने अपनी वास्तविक पहचान जरासंध को बता दी। कृष्ण ने मगध आने का उद्देश्य भी उसके सामने प्रकट किया।

"कृष्ण, मुझे कोई आश्चर्य नहीं हुआ क्योंकि तुम लोग निर्धन ब्राह्मण ही नहीं, अपितु कायर भी हो। मुझे तुम लोगों से ऐसे ही अपमानजनक व्यवहार की आशा थी", जरासंध ने कृष्ण पर क्रोध करते हुए कहा। उसे उन तीनों की धृष्टता पर गुस्सा आ रहा था।

"मगधराज जरासंध, तुम्हारे मुँह से सम्मान और प्रतिष्ठा की बातें शोभा नहीं देती। तुम स्वयं इतने बड़े अत्याचारी हो। तुम्हारे अहंकार के कारण कितने ही निर्दोष लोग व्यर्थ मारे गए और तुमने कितने ही राजाओं को पकड़कर बंदी बना रखा है, जिनकी बलि तुम शिव के समक्ष देना चाहते हो", कृष्ण ने धीमे स्वर में कहा, परंतु उनका स्वर घातक सुनाई दे रहा था।

"मुझे लगता है कि यदि मैं उन राजाओं की बलि शिव के बजाय विष्णु को दूँ, तो शायद तुम्हें इतना दुःख नहीं होगा," जरासंध ने व्यंग्य किया।

"भगवान शिव या विष्णु में से कोई भी ऐसे अमानवीय कृत्य का समर्थन नहीं करेगा। तुम्हारे क्रिया-कलापों की नैतिकता पर चर्चा करने के लिए अब देर हो चुकी है। अब तुम्हें अपने पापों का हिसाब देना है," कृष्ण ने स्तंभ की भाँति दृढ़ता से उत्तर दिया।

"आगे क्या होगा... यह हम बाद में देखेंगे! क्या मुझे तुम तीनों से युद्ध करना है या फिर मुझे तुम्हारी सेना से युद्ध करना है? हालाँकि मुझे इससे कोई फ़र्क नहीं पड़ता क्योंकि मेरे सामने जो आएगा, मैं उसे चकनाचूर कर दूँगा," जरासंध ने युद्ध की चुनौती स्वीकार कर ली थी।

जरासंध के ऐसा कहने के बाद वहाँ मौन छा गया, फिर कृष्ण ने कहा, "हम तुम्हें द्वंद्व युद्ध की चुनौती देते हैं। तुम हम तीनों में जिसे चाहो, उसके साथ द्वंद्व कर सकते हो।"

"मैं तुम्हारे जैसी ग्वाले से द्वंद्व नहीं करूँगा। तुम बिना निमंत्रण किसी के भी यहां पहुँच जाते हो। तुमसे द्वंद्व करने से मेरी प्रतिष्ठा कम होती है। जिस जरासंध में एक हज़ार हाथियों का बल हो, वह बालकों से युद्ध नहीं करता, फिर चाहे वह बालक, अन्य लोगों की दृष्टि में कितना ही बढ़िया योद्धा क्यों ना हो। इसलिए मैं भीम के साथ द्वंद्व करूँगा क्योंकि केवल यही है, जो शारीरिक बल में मेरा मुकाबला कर सकता है।"

शीघ्र ही द्वंद्व की तैयारी संपन्न हो गई। वह एक निर्णायक द्वंद्व होने वाला था। दोनों महाबली एक-दूसरे के सामने रंगभूमि में खड़े हुए और फिर जोरदार दहाड़ के साथ एक-दूसरे पर लपक पड़े। भीम और जरासंध के बीच चौदह दिन तक लगातार द्वंद्व चलता रहा। इस बीच, दोनों ने भोजन भी ग्रहण नहीं किया। वे दोनों एक-दूसरे के रक्त के प्यासे हो गए थे। उन्होंने विजय के लिए हर संभव युक्ति का प्रयोग किया। उन्होंने भारी गदाओं से युद्ध किया और फिर जब उनकी गदाएँ उनके फ़ौलादी शरीरों से टकरा-टकराकर चकनाचूर हो गईं, तो फिर उन्होंने हाथों से युद्ध किया। वह पहले से भी अधिक ख़तरनाक था। भीम और जरासंध जंगली पशुओं की भाँति उग्र और उन्मादी हो गए थे। उनके पैरों की धमक से धरती काँप रही थी। उस विकट द्वंद्व को देखने भारी भीड़ जमा थी। लोग दोनों प्रतिद्वंद्वियों का उत्साह बढ़ा रहे थे। दोनों योद्धाओं की आँखों में ख़ून उतर आया था।

कुछ समय बाद उनके थके हुए तन से पसीना बहने लगा, परंतु उनकी आँखें क्रोध से लाल थीं। वह लड़ाई चलती रही। एक के लिए दूसरे पर पकड़ बनाना कठिन हो रहा था। आख़िर चौदह दिन बाद जरासंध को थकान महसूस होने लगी, परंतु वह रुका नहीं, अपितु पहले से भी अधिक भयंकर तरीक़े से लड़ता रहा, क्योंकि उसे पता था कि यदि उसकी गति धीमी पड़ी तो वह निश्चित रूप से हार जाएगा। भीम ने जरासंध की थकान को भाँप लिया था। भीम को जब लगा कि युद्ध का अंत निकट था, तो उसने कृष्ण की ओर मार्गदर्शन के लिए देखा। तभी कृष्ण ने नीचे पड़ी एक लकड़ी उठाई और उसे दो भागों में चीरकर विपरीत दिशाओं में फेंक दिया। भीम, तत्काल कृष्ण का संकेत समझ गया।

भीम ने जरासंध के विशालकाय शरीर को हाथों से उठाया और ज़ोर से घुमाकर ज़मीन पर पटक दिया। उसके बाद उसने जरासंध के पैरों को टकनों से पकड़ा और उसके शरीर को बीच में से चीरकर दोनों हिस्से विपरीत दिशाओं में उछाल दिए। इस तरह भीम की उस विकट युद्ध में विजय हुई। पास खड़े लोग भय से भीम को देखने लगे। भीम का शरीर, रक्त से लथपथ था और उसके चारों ओर माँस और हड्डियों के टुकड़े फैले थे।

कृष्ण, अर्जुन और भीम ने अपना उद्देश्य पूरा करने के बाद तत्काल अगला कदम उठाया। वे जरासंध के शरीर को घसीटकर राज्य से बाहर ले गए। ऐसा करना

नागरिकों के लिए चेतावनी थी, ताकि राज्य का कोई अन्य व्यक्ति उनसे युद्ध करने की भूल ना कर बैठे। उन्होंने बंदी बनाए राजाओं को मुक्त कर दिया। उन सब राजाओं ने युधिष्ठिर के प्रति अपनी निष्ठा व्यक्त की और धन्यवाद देकर अपने-अपने राज्य लौट गए। इसके बाद उन्होंने जरासंध के पुत्र सहदेव को मगध का राजा नियुक्त कर दिया और फिर तीनों अपने राज्य लौट गए।

अर्जुन ने अपने भाई भीम को प्रशंसा भरी दृष्टि से देखा। उसे भीम के शारीरिक बल पर गर्व महसूस हो रहा था। अर्जुन के चेहरे के भाव देखकर भीम ने कहा, "यह शानदार युद्ध था। जरासंध ने बहुत-सी गलतियाँ कीं, लेकिन वह कायर नहीं था। वह बहुत ज़बरदस्त ढंग से लड़ा।"

"उसका मरना आवश्यक था। हमारे पास और कोई विकल्प नहीं था" कृष्ण ने आगे की ओर देखते हुए कहा मानो वह भविष्य के धुँधलके में कुछ ऐसा देख रहे थे, जिसे दूसरे नहीं देख सकते थे।

"मुझे प्रसन्नता है कि जरासंध मर चुका है। यह सोचकर मुझे शांति मिल रही है। भीम, क्या उसने तुम्हें ज़्यादा जोर से मारा था?" अर्जुन ने पूछा।

"अर्जुन, तुम्हें उपहास करने की आवश्यकता नहीं है। निस्संदेह मैं थक गया हूँ। मुझे ख़ुशी होती यदि जरा राक्षसी ने माँस के उन टुकड़ों को जोड़ने के बजाय उन्हें खा लिया होता। कम से कम संसार को जरासंध के अत्याचार से मुक्ति मिल जाती," भीम ने चिढ़कर उत्तर दिया।

जरासंध के मरते ही पांडवों ने राजसूय यज्ञ की तैयारी आरंभ कर दी। उन्होंने यज्ञ को निर्विघ्न रूप से संपन्न करने के लिए बहुत मेहनत की। सभी राजाओं और बुद्धिमान लोगों को निमंत्रण भेजा गया। हर कोई युधिष्ठिर को सम्मान देने के लिए उपस्थित था। महर्षि वेदव्यास ने यज्ञ का कार्यभार संभाला और उसे सफलतापूर्वक संपन्न भी कर दिया। यज्ञ संपन्न होने के उपरांत अतिथियों को प्रसाद आदि वितरित करने का समय आया, तो युधिष्ठिर ने भीष्म से पूछा, "हम सब में से अग्रपूजा किसकी होनी चाहिए?" भीष्म ने निस्संकोच घोषणा करते हुए कहा कि अग्रपूजा के लिए कृष्ण ही एकमात्र और योग्य पुरुष हैं। भीष्म के वचन सुनकर युधिष्ठिर बहुत प्रसन्न हुआ और उसने कृष्ण की अग्रपूजा की तैयारी कर ली। पांडव के सबसे छोटे भाई सहदेव को अग्रपूजा का दायित्व सौंपा गया।

भीष्म द्वारा कृष्ण का नाम लिए जाने पर सभी लोगों ने एक साथ ताली बजाकर उनके प्रस्ताव का स्वागत किया, परंतु भीड़ में एक व्यक्ति था जिसे प्रस्ताव पसंद नहीं आया। वह चेदि राज्य का शासक शिशुपाल था। उसने कड़े स्वर में असहमति व्यक्त की और कहा, "युधिष्ठिर, क्या तुम्हारी बुद्धि ख़राब हो गई है? तुम्हारी आयु अभी कम है, इसीलिए तुम इस तरह की भूल कर रहे हो, परंतु भीष्म पितामह तो वयोवृद्ध

हैं। वह ज्ञान और विवेक में भी सबसे बड़े हैं, परंतु उनका यह निर्णय सुनकर मुझे लगता है कि उन्हें भी विवेकशील कहना गलत होगा। जहाँ तक कृष्ण का प्रश्न है, मेरा मानना है कि कृष्ण को स्वयं यह प्रस्ताव स्वीकार नहीं करना चाहिए। इस सभा में कृष्ण से कहीं अधिक सम्माननीय लोग मौजूद हैं। राजा उग्रसेन, कृष्ण के पिता वसुदेव के निकट बैठे हैं, फिर भी यह ग्वाला स्वयं को अधिक सम्माननीय समझ रहा है। द्रोणाचार्य, कृपाचार्य और स्वयं भीष्म यहाँ उपस्थित हैं। युधिष्ठिर, मैं तुम्हारे इस यज्ञ में भय से नहीं, बल्कि तुम्हारे प्रति आदर के कारण आया था, परंतु मुझे लगता है कि मैंने तुम्हारी योग्यता और निष्ठा को आवश्यकता से अधिक महत्त्व दे दिया।"

अपनी बात स्पष्ट करने के बाद शिशुपाल सभा छोड़कर तेज़ी से बाहर निकल गया। उसके पीछे कुछ समर्थक भी चले गए। युधिष्ठिर इस शुभ अवसर पर शिशुपाल का दुर्व्यवहार देखकर दुःखी हो गया। वह दौड़ता हुआ चेदिराज शिशुपाल को मनाने के लिए बाहर गया। उसने शिशुपाल से कहा, "रुकिए चेदिराज! यह हमारा नहीं, अपितु पितामह भीष्म का निर्णय है। वह सब लोगों में निस्संदेह सबसे बुद्धिमान हैं। इसके अतिरिक्त सब लोग उनके निर्णय से सहमत हैं। मुझे लगता है कि आपका उन्माद ही आपके दृष्टिकोण में बाधक बन गया है। आपको इस पर पुनर्विचार करना चाहिए।"

यज्ञ में आए इस विघ्न से भीष्म भी ख़ुश नहीं थे। उन्होंने हस्तक्षेप करते हुए कहा, "ऐसे पुरुष पर, जो कृष्ण की कीर्ति से अनजान है, समय और तर्क व्यर्थ करने का कोई लाभ नहीं है। इसलिए युधिष्ठिर, चेदिराज शिशुपाल पर समय व्यर्थ मत करो। यदि वह यहाँ उपस्थित वृद्ध एवं बुद्धिमान लोगों के निर्णय से असहमत है, तो यहाँ से जाना अथवा यहाँ रुकना उनकी इच्छा पर निर्भर करता है। उन्हें मत रोको," भीष्म का स्वर कड़ा हो गया था।

यह सुनकर सहदेव भी आ गया। "मैं यहाँ उपस्थित सभी से कहना चाहता हूँ कि केवल किसी अधार्मिक व्यक्ति को ही श्रीकृष्ण की अग्रपूजा पर आपत्ति हो सकती है और मुझे ऐसे किसी भी व्यक्ति का सिर अपने पैरों से कुचलने में बहुत प्रसन्नता होगी।" सहदेव के ऐसा कहने के बाद उसके ऊपर आकाश से पुष्प-वर्षा होने लगी और वह सभा 'सही कहा! ठीक कहा!' के स्वर से गूँजने लगी, परंतु सहदेव की बात सुनकर कुछ राजाओं को क्रोध आ गया। भीष्म ने सहदेव की ओर मुस्कराकर देखा और उसकी प्रशंसा की।

शिशुपाल ने युधिष्ठिर का अनुरोध सुन लिया था। वह रुक गया, किंतु भीष्म के वचन सुनकर फिर क्रोधित हो गया। उसने उन्मादी श्वान की भाँति चिल्लाकर कहा, "भीष्म! वृद्धावस्था में तुम्हारा दिमाग़ भी कमजोर हो गया है। तभी तुम यहाँ उपस्थित गणमान्य लोगों को छोड़कर इस ग्वाले को सम्मानित करना चाहते हो। कृष्ण में कुछ भी सम्मानजनक नहीं है। इसने जो तथाकथित चमत्कार बचपन में किए हैं,

वे सब छल और दिखावा हैं, जिसमें यह विशेष रूप से पारंगत है। तुम इसकी कुटिल चाल को समझ नहीं सकते। मुझे लगता है कि तुम स्नेह के वशीभूत होकर अपना विवेक खो बैठे हो, इसीलिए अपनी नपुंसकता को छुपाने के लिए तुमने इतने वर्षों से ब्रह्मचर्य का ढोंग रचा हुआ है।"

यह सुनकर भीष्म ने शिशुपाल को ज़ोर से फटकारा, "क्या तुम जानते हो कि कृष्ण की कृपा से ही तुम अब तक जीवित हो? मेरे सामने कोई इस तरह का कृत्य करने के उपरांत अगली श्वास नहीं ले सकता। तुम्हारी मृत्यु कृष्ण के हाथों होनी है, परंतु कृष्ण ने तुम्हारी माता को वचन दिया था कि वह तुम्हारे एक सौ अपराध क्षमा कर देंगे। तुम्हें जीवन उसी तरह प्राप्त हुआ है, जैसे भिखारी को भिक्षा मिलती है। तुम्हारे जन्म के समय तुम्हारे दो अतिरिक्त हाथ और एक तीसरा नेत्र भी था। उस समय अनेक अपशकुन हुए और तुम इतने कुरूप और भयावह थे कि लोगों ने तुम्हारे माता-पिता को तुमसे छुटकारा पाने की सलाह दी थी और वे ऐसा करना भी चाहते थे, परंतु दैवी हस्तक्षेप के कारण तुम्हारा जीवन बच गया। उस समय यह आकाशवाणी हुई थी कि तुम्हारा अंत उस व्यक्ति के हाथों होगा, जिसकी गोद में तुम्हारे दोनों हाथ और तीसरा नेत्र गिरेगा। इसके बाद तुम्हारी माता ने तुम्हें देखने आए प्रत्येक व्यक्ति की गोद में सौंपा। कृष्ण की गोद में तुम्हारे दोनों हाथ और तीसरा नेत्र गिर गए। इससे यह सिद्ध हो गया कि तुम्हारा अंत कृष्ण के हाथों ही होगा। तुम्हें सुरक्षित रखने के लिए तुम्हारी माता ने कृष्ण से तुम्हारे एक सौ अपराध क्षमा करने की याचना की। कृष्ण ने उनकी प्रार्थना स्वीकार कर ली, परंतु तुम अपने दुर्व्यवहार से अपनी मृत्यु को आमंत्रित कर रहे हो।"

"भीष्म, तुम बूढ़े हो गए हो। तुम जो चाहो, कह लो, परंतु मैं इस ग्वाले से डरने वाला नहीं हूँ । सच तो यह है कि मैं कृष्ण को युद्ध के लिए चुनौती दे रहा हूँ। तुम देखना कि चेदि के वृषभ को चुनौती देने का क्या परिणाम होता है," शिशुपाल ने चिल्लाकर कहा। वह अपने बोले प्रत्येक शब्द से अपनी मृत्यु के निकट बढ़ता जा रहा था।

इस वाद-विवाद के बीच कृष्ण मौन खड़े थे। उन्होंने केवल होंठ हिलाए, परंतु उनकी बात किसी को समझ नहीं आई। इसके बाद उन्होंने मौन तोड़ा और बोले, "शिशुपाल केवल अपनी माता के स्नेह के कारण अब तक जीवित है। मैंने अथवा मेरे लोगों ने कभी इसे कोई क्षति नहीं पहुँचाई, परंतु इसने हमारे साथ दुर्व्यवहार किया है। एक बार जब द्वारका के सभी पुरुष नगर से बाहर गए थे, तो इसने नगर में घुसकर द्वारका में आग लगाई। इसने हमारी एक युवती के साथ दुष्कर्म किया और बहुत-से निर्दोष नागरिकों की हत्या कर दी। यह इस तरह के और बहुत-से कुकर्म कर चुका है, परंतु मैंने केवल इसकी माता को दिए वचन के कारण इसे अब तक जीवित छोड़ रखा था, परंतु आज इसने वह सीमा भी पार कर ली है।"

इसके बाद एक विचित्र हरकत हुई और कृष्ण की तर्जनी में उनका दिव्य सुदर्शन चक्र प्रकट हो गया, फिर वह तेज़ी से चेदि नरेश शिशुपाल की ओर बढ़ा तथा अगले ही क्षण शिशुपाल का कटा सिर धरती पर लुढ़क गया। उसे देखकर लोग घबरा गए। युधिष्ठिर ने अपने भाइयों से कहकर शिशुपाल का योद्धा की भाँति उचित दाह-संस्कार किया। युधिष्ठिर अपने यज्ञ के अंत में ऐसा अशुभ संकेत देखकर दुःखी हो गया। यज्ञ का वातावरण संहार, दुःख क्रोध और ईर्ष्या से ग्रस्त हो चुका था। युधिष्ठिर यह सोचकर घबरा गया कि इसका भविष्य पर क्या प्रभाव पड़ेगा।

इन सब घटनाओं के बावजूद केवल यही महत्त्वपूर्ण था कि उस समय के दो अजेय योद्धा, कृष्ण के हाथों मारे जा चुके थे। एक और सदाशयी, किंतु दुर्भाग्यशाली व्यक्ति की मृत्यु भी कुरुक्षेत्र युद्ध से पहले हो गई थी। वह निषादराज का निर्दोष पुत्र एकलव्य था।

कुरुक्षेत्र युद्ध से एक दिन पूर्व निषाद राजकुमार एकलव्य ने दुर्योधन को अपनी सेवाएँ देने का निश्चय किया। कृष्ण ने उसे रोकने का प्रयत्न किया क्योंकि एकलव्य द्रोण के हाथों अपाहिज अवश्य हुआ था, परंतु फिर भी वह अर्जुन के लिए ख़तरनाक शत्रु था। कृष्ण ने एकलव्य से कहा, “यह तुम्हारा युद्ध नहीं है। तुम्हें पशु-पक्षियों के साथ वन में ही रहना चाहिए। वही तुम्हारे लिए उचित स्थान है। इस युद्ध से तुम्हारा कोई सरोकार नहीं है, इसलिए तुम्हें इसमें भाग नहीं लेना चाहिए। इस पर भी तुम अधर्म वाले पक्ष की ओर से युद्ध करना चाहते हो।”

“हे कृष्ण, मैं आपकी बात से सहमत हूँ, परंतु वास्तविक अधर्म तो उस पुरुष के हृदय में वास करता है, जो निर्लज्जता से अपने धनुष से अपने उसी गुरु पर घातक बाण चलाने का विचार कर रहा है, जिस गुरु ने उसे धनुर्विद्या सिखाई थी। यही कारण है कि मैंने पांडवों के स्थान पर कौरव पक्ष की ओर से युद्ध करने का निश्चय किया है,” निषादकुमार एकलव्य ने शांत स्वर में उत्तर दिया। “अर्जुन जो कर रहा है, वह करना उसके लिए अनिवार्य है, परंतु तुम उसके प्रति घृणा के कारण अपने विवेक का दुरुपयोग मत करो,” कृष्ण ने एकलव्य को फिर समझाया।

“मुझे कुंती-पुत्र अर्जुन की परवाह नहीं है, मैं अपने गुरुजी की हर क़ीमत पर रक्षा करूँगा। उन पर जो भी बाण चलाएगा अथवा उनके लिए संकट बनना चाहेगा, उसे पहले मेरे घातक बाणों से निपटना पड़ेगा। मैं यह शपथ लेकर कहता हूँ।”

कृष्ण को लगा एकलव्य कौरव-पक्ष की ओर से युद्ध करने का मन बना चुका था, तो उन्होंने उसे नैतिकता-विषयक एक लंबी चर्चा में उलझा दिया। कृष्ण जानते थे कि निषादकुमार के मन में क्या है। एकलव्य अपनी बात पर अड़ा रहा और वह जिस समय बोल रहा था, कृष्ण ने पीछे से उसकी पीठ में छुरा घोंप दिया। कृष्ण के प्रहार के फलस्वरूप एकलव्य, रक्तरंजित अवस्था में कृष्ण के चरणों में गिर पड़ा। उसके चेहरे पर व्याप्त पीड़ा अचानक सुख में परिवर्तित हो गई। जब कृष्ण ने अपनी

ईश्वरीय पहचान उसके समक्ष प्रकट की, तो उसने कहा, "प्रभु, आपके हाथों मृत्यु पाकर मेरा जीवन धन्य हो गया है।"

"तुम सदाचारी पुरुष हो। भावी पीढ़ियों को तुम्हारी कथा से प्रेरणा, साहस एवं लगन का सबक़ मिलेगा। तुम्हारा नाम तुम्हारे सद्‌गुणों का पर्याय बन जाएगा", कृष्ण ने दुःखी स्वर में उत्तर दिया।

एकलव्य ने कहा, "मैं आपसे एक अंतिम अनुरोध करना चाहता हूँ कि मेरी मृत्यु के उपरांत मेरी माता को मेरे कारण एक क्षण के लिए भी कष्ट और पीड़ा ना सहनी पड़े।"

"तथास्तु!" कृष्ण ने एकलव्य को वचन दिया।

एकलव्य ने राहत की साँस ली और उसने शांत मन से इस संसार से विदा ले ली। संसार ने सदा ही एकलव्य के साथ क्रूरता की, परंतु फिर भी जीवन के प्रति एकलव्य का उत्साह कभी कम नहीं हुआ। कृष्ण ने उस वीर नायक को आशीर्वाद दिया और फिर एकलव्य को दिए वचन के अनुसार वह एकलव्य की माता के पास गए। कृष्ण ने पुत्र की मृत्यु के कारण उत्पन्न होने वाले दुःख से मुक्ति के लिए एकलव्य की माता को भी मार दिया।

कृष्ण ने अर्जुन के सारथी की भूमिका में पांडवों को संकट-भरे मार्ग से सफलतापूर्वक पार निकाला तथा कौरवों के विरुद्ध युद्ध में विजय दिलवाई। कृष्ण ने जरासंध, एकलव्य और शिशुपाल जैसे योद्धाओं का संहार करके पांडवों के विजय-मार्ग की तीन प्रमुख बाधाओं को युद्ध से पहले हटा दिया था।

युद्ध से एक दिन पहले अर्जुन रणभूमि में सामने खड़ी शत्रु की सेना का निरीक्षण कर रहा था। तभी उसकी दृष्टि अपने प्रिय पितामह, अपने गुरुओं, अपने सगे-संबंधियों तथा मित्रों पर पड़ी, तो उसका मन विषाद से भर गया। उसके हाथ-पैर शक्तिहीन हो गए। वह अनजान पीड़ा से काँपने लगा। उसके मस्तक पर पसीने की बूँदें उभर आईं और वह लड़ने का उत्साह खो बैठा। उस दुर्बल क्षण में कोई अनाड़ी योद्धा भी अर्जुन से बेहतर युद्ध कर सकता था।

कृष्ण ने अर्जुन के भीतर हुए ज़बरदस्त परिवर्तन को देखा। अर्जुन कुछ क्षण पहले अपने शत्रुओं पर आक्रमण करने और अपने साथ हुए अन्याय के विरुद्ध लड़ने को आतुर था। कृष्ण अर्जुन की इस अवस्था को देखकर बहुत नाराज़ हुए और उन्होंने अर्जुन को उसके पुरुषत्वहीन स्वभाव के लिए खूब फटकारा, परंतु अर्जुन ने घोषणा कर दी कि उसके लिए अपने प्रिय पितामह, गुरु और सगे-संबंधियों पर आक्रमण करने की अपेक्षा भिक्षा माँगकर जीवनयापन करना बेहतर होगा।

वह अत्यंत महत्त्वपूर्ण क्षण था। समय बीत रहा था और जिस युद्ध का परिणाम पूर्व-निर्धारित था, वह अचानक दुर्बलता के घेरे में आ गया था। कृष्ण ने

एक दीर्घ श्वास ली और फिर बोलना आरंभ किया। उन्होंने अर्जुन को मनुष्य के कर्म और उसके उत्तरदायित्व के विषय में बताया तथा समझाया किस तरह विरक्त भाव से अपने उत्तरदायित्व के निर्वहन से मनुष्य पर किसी तरह के पाप का दोष नहीं लगता। कृष्ण ने यह भी कहा कि संसार में इच्छा ही समस्त दुःखों का कारण है। व्यक्ति को जीवन में अपनी अवस्था के अनुसार कार्य करते हुए भावनाओं के ताने-बाने में उलझने से बचना चाहिए। अर्जुन के विषाद का निराकरण करते हुए कृष्ण ने कहा कि शरीर नश्वर है, किंतु इसके भीतर स्थित आत्मा अजर और अमर है। वह सनातन रूप से अस्पृश्य रहती है और केवल शरीर बदलती है। कृष्ण ने अर्जुन को याद दिलाया कि इस सत्य का आभास ही सच्चे ज्ञान की प्राप्ति में पहला कदम है। यदि निष्ठा और समर्पण के साथ इसका पालन किया जाए, तो व्यक्ति ज्ञान-मार्ग पर चलकर मोक्ष प्राप्त कर सकता है।

अर्जुन चुपचाप कृष्ण के प्रवचन सुनता रहा, परंतु उसके मन में व्याप्त संदेह समाप्त नहीं हुआ। उसने यह बात कृष्ण को बताई। भगवान कृष्ण ने उसे स्नेहपूर्वक फिर समझाया कि यह केवल उसका अहंकार है, जो उसे सत्य से दूर किए हुए था। उन्होंने अर्जुन से कहा कि विधि द्वारा निर्धारित कार्य पर अर्जुन का कोई नियंत्रण नहीं है। वह केवल विधि के विधान को पूर्ण करने के लिए साधन मात्र है। इसलिए उसे बिना किसी संशय के अपने कर्तव्य का निष्ठापूर्वक पालन करना चाहिए। अपनी बात को पूर्ण रूप से समझाने के लिए कृष्ण ने अर्जुन को विश्वरूप का दर्शन भी करवाया। युद्ध के लिए तैयार दोनों ओर की सेनाएँ अर्जुन के अंतिम क्षण के संकोच को कौतूहल-भरी दृष्टि से देख रही थीं। रणभूमि में अर्जुन के अतिरिक्त किसी ने भगवान श्रीकृष्ण का दिव्य रूप नहीं देखा क्योंकि उन्होंने वह रूप केवल अर्जुन को दिखाया था। अर्जुन के पास दिव्य-दृष्टि थी क्योंकि वह असाधारण एवं विलक्षण पुरुष था, जिसे जन्म के साथ भगवान ने महान कार्य को पूर्ण करने के लिए चुन लिया था।

ईश्वर के दिव्य रूप के दर्शन करने के तुरंत बाद अर्जुन के शरीर में फिर उत्साह का संचार हो गया। उसे अपने कर्तव्य का आभास हो गया और वह युद्ध में अपने दायित्व को पूर्ण करने के लिए फिर कृतसंकल्प हो गया। भगवान कृष्ण द्वारा दिया अनमोल ज्ञान अर्जुन के लिए अभेद्य कवच सिद्ध हुआ, जिसने उसे अजेय बना दिया। संशय तथा अविश्वास से भरा अर्जुन, जो कुछ पल पूर्व अपने अस्त्र-शस्त्र फेंक देने के लिए तैयार हो गया था, अचानक किसी स्वप्न की भाँति ओझल हो गया और उसके स्थान पर संसार का सर्वश्रेष्ठ योद्धा अर्जुन प्रकट हो गया। अर्जुन ने शत्रुओं का विनाश करने की शपथ ली थी और विधि ने उसे इसी कार्य के लिए चुना था।

युद्ध आरंभ होने के बाद कृष्ण ने पांडवों से कहा कि उन्हें भीष्म और द्रोणाचार्य को मारने के लिए चतुराई से काम लेना होगा। कृष्ण के कहने पर शिखंडी, भीष्म के सामने आ खड़ा हुआ क्योंकि भीष्म ने स्त्री से युद्ध ना करने का प्रण किया था।

कृष्ण की इस युक्ति ने जादुई काम किया। शिखंडी को सामने देखकर भीष्म ने किसी अस्त्र-शस्त्र का प्रयोग नहीं किया और उन्होंने शिखंडी की आड़ में खड़े अर्जुन की बाण-वर्षा चुपचाप सहन कर ली तथा मृत्यु का आलिंगन कर लिया। इसी तरह द्रोण को मारने में भी कृष्ण ने महत्त्वपूर्ण भूमिका निभाई। उन्होंने चतुरतापूर्वक युधिष्ठिर से अर्द्ध-सत्य बुलवाया और द्रोण के अस्त्र-शस्त्र नीचे रखवा दिए। द्रोण को बताया गया कि उनका पुत्र अश्वत्थामा मारा जा चुका है। यह सुनकर द्रोण हताश हो गए और उन्होंने अस्त्र-शस्त्र नीचे रख दिए और ध्यान में लीन हो गए। इसी बीच धृष्टद्युम्न ने तलवार के घातक प्रहार से द्रोण की हत्या कर दी। इस तरह युद्ध के प्रत्येक क्षण पर कृष्ण ने अपनी दिव्य उपस्थिति का आभास दिलाया और पांडवों को विजय मिली।

ऐसे ही एक और अवसर पर जब मृत्यु की काली छाया, अर्जुन पर मँडरा रही थी, तो कृष्ण ने बीच में पड़कर यमराज को अर्जुन से दूर कर दिया था। कुरुक्षेत्र के युद्ध में प्राग्ज्योतिषपुर के राजा भगदत्त ने पांडवों की सेना में कोहराम मचा दिया था। भगदत्त के पास सुप्रतीक नाम का एक ख़तरनाक और उपद्रवी हाथी था। वह युद्ध का बारहवाँ दिन था और भीष्म एक दिन पहले ही शर-शैया पर लेटे थे। भगदत्त ने भीष्म के जाने से कौरव सेना में हुए अभाव को शीघ्र ही भर दिया। उसने पांडव सैनिकों को बुरी तरह रौंद डाला और निर्मम नरसंहार किया। भगदत्त, नरक नामक असुर का पुत्र था। नरकासुर को कृष्ण ने अपनी पत्नी सत्यभामा के साथ गरुड़ पर सवार होकर पहले ही मार दिया था। युधिष्ठिर के राजसूय यज्ञ से पहले दिग्विजय पर निकले अर्जुन ने प्राग्ज्योतिषपुर पर भी आक्रमण किया था क्योंकि वह चाहता था कि उत्तरी क्षेत्र के सभी राज्य युधिष्ठिर की अधीनता स्वीकार कर लें।

अर्जुन अपनी सेना के साथ प्राग्ज्योतिषपुर पहुँचा, तो भगदत्त उसकी प्रतीक्षा कर रहा था। दोनों वीर योद्धाओं में आठ दिन तक युद्ध चला, जिसके बाद अर्जुन ने वृद्ध राजा भगदत्त को परास्त कर दिया। भगदत्त ने पराजय के उपरांत कहा, "अर्जुन तुम्हारे पिता बहुत वीर और मेरे अच्छे मित्र थे, परंतु वह भी मुझसे युद्ध नहीं कर सकते थे। तुमने सिद्ध कर दिया कि तुम अपने पिता पांडु से भी अधिक महान हो। यह जानकर मुझे तुम पर गर्व है।"

अर्जुन ने भगदत्त को प्रणाम किया और उसे राजसूय यज्ञ में उपस्थित रहने का अनुरोध किया। भगदत्त ने वचन दिया कि वह यज्ञ में अवश्य आएगा। इसके बाद भगदत्त ने अपने पिता नरकासुर द्वारा एकत्र अनेक मूल्यवान उपहार अर्जुन को भेंट किए, परंतु भगदत्त के मन में पराजय का दुःख बना हुआ था। इसलिए कुरुक्षेत्र के युद्ध में उसने दुर्योधन के पक्ष में युद्ध करने का निश्चय किया। उसे आशा थी कि वह ऐसा करके अर्जुन के हाथों हुई पराजय का प्रतिशोध ले सकेगा।

भगदत्त अपने विशाल हाथी सुप्रतीक पर बैठकर युद्ध में आया था। दोनों ने मिलकर शत्रु सेना में हाहाकार मचा दिया। उन्होंने पांडवों के हज़ारों सैनिकों को

यमलोक पहुँचा दिया। भीम और युधिष्ठिर ने भगदत्त को रोकने का प्रयास किया, परंतु वे सफल नहीं हो सके।

पांडव सैनिकों की करुण पुकार सुनकर अर्जुन उनकी सहायता के लिए जाने लगा, तो उसे मार्ग में संशप्तकों ने रोक लिया, जिन्होंने युद्ध में अर्जुन को परास्त करने और मारने का प्रण किया था। वे सब कृष्ण की सेना का अंश थे, जिसे दुर्योधन ने कृष्ण से ही प्राप्त किया था। एक अक्षौहिणी में 109350 सैनिक, 65610 घुड़सवार, 21870 रथ और 21870 हाथी शामिल थे। उस विशाल सेना ने अर्जुन को बीच में रोक लिया और उनके बीच युद्ध आरंभ हो गया। अर्जुन के पास उस आक्रमण का उत्तर देने के अतिरिक्त विकल्प नहीं था।

अर्जुन ने शीघ्र ही संशप्तकों को परास्त कर दिया और फिर भगदत्त से लड़ने चल पड़ा। भगदत्त ने पहले अर्जुन से उदारतापूर्वक बात की और दोनों में ज़बरदस्त युद्ध हुआ। भगदत्त हाथी पर सवार था और अर्जुन, कृष्ण के साथ रथ पर सवार था। इस कारण भगदत्त की स्थिति निस्संदेह अर्जुन से बेहतर थी। जिस प्रकार देवराज इंद्र ऊपर आकाश में खड़ा होकर बादलों के बीच से युद्ध करता था, उसी प्रकार भगदत्त ने भी अपने विशाल हाथी पर बैठकर कृष्ण और अर्जुन पर बाणों की वर्षा कर दी। कृष्ण ने विलक्षण सारथ्य-कला का परिचय देते हुए अर्जुन के रथ का संचालन किया और वह अर्जुन के रथ को सुप्रतीक हाथी के पीछे ले गए, जिसके कारण भगदत्त अर्जुन को देख नहीं सका। यद्यपि अर्जुन को इस तरह से अपने प्रतिद्वंद्वी को पीछे से मारना पसंद नहीं था।

भगदत्त का हाथी सुप्रतीक, सैनिकों और अश्वों को पैरों के नीचे रौंदता और पटक-पटक कर ज़मीन पर मारता रहा। यह देखकर अर्जुन को क्रोध आ गया। उसने गांडीव से सुप्रतीक पर निशाना साधा और कुछ ही देर में सुप्रतीक के कवच को अंडों के छिलकों की तरह तोड़ दिया। इसके बाद अर्जुन ने सुप्रतीक पर बाणों से बहुत-से घातक घाव कर दिए, जिनसे रक्त बहने लगा, फिर अर्जुन ने भगदत्त की ध्वजा काट दी। नरकासुर के पुत्र को सँभलने का अवसर ही नहीं मिला। इस बीच, अर्जुन ने भगदत्त के विभिन्न अंगों पर बाण मार दिए। उसके पास अर्जुन के आक्रमण का कोई उत्तर नहीं था। अर्जुन उसे देखकर मुस्कराने लगा रहा। भगदत्त धीरे-धीरे मृत्यु की ओर बढ़ रहा था।

भगदत्त को स्वयं से कम आयु वाले अर्जुन की धृष्टता पर बहुत क्रोध आया। उसने अर्जुन पर भाला फेंका, जिसकी चोट से अर्जुन का मुकुट नीचे गिर गया। अर्जुन ने मुकुट उठाया और फिर सिर पर रख लिया। इसके बाद उसने भगदत्त का धनुष काटा और उसके तरकश भी तोड़ डाले। भगदत्त ने फिर एक भाला उठाया तथा दिव्य मंत्र पढ़कर उसे अजेय वैष्णवास्त्र में परिवर्तित कर दिया। वह अभिमंत्रित घातक भाला बहुत तेज़ गति से अर्जुन की ओर बढ़ रहा था। अर्जुन ने भाले को

काटने के लिए एक के बाद अनेक एक अस्त्र चलाए, परंतु अर्जुन के सब अस्त्र विफल हो गए। ऐसा लग रहा था कि वह भाला अचूक वार करेगा। तभी श्रीकृष्ण बीच में आ गए। भगदत्त द्वारा फेंका भाला कृष्ण के वक्ष से टकराया और भगवान कृष्ण का स्पर्श करते ही पुष्पहार में परिवर्तित हो गया।

इस बीच, अर्जुन को सँभलने का समय मिल गया। उसने कहा, "हे कृष्ण, आपने ऐसा क्यों किया? वह अस्त्र मुझ पर चलाया गया था। आपने शपथ ली थी कि आप युद्ध में भाग नहीं लेंगे।"

"परंतु मैंने यह शपथ नहीं ली थी कि मैं खड़ा रहकर तुम्हें मरता हुआ देखूँगा! सारथी का एक दायित्व यह भी है कि वह अपनी समस्त शक्ति का उपयोग करके अपने स्वामी की रक्षा करे। तुम्हें शायद पता नहीं, परंतु तुम भगदत्त के दिव्यास्त्र के समक्ष नवजात शिशु की भाँति असहाय खड़े थे। इस बात को बस, यूँ समझ लो कि वह मेरा अस्त्र था और मैंने अपनी वस्तु वापस ले ली," कृष्ण ने उत्तर दिया।

"कृष्ण, आपका इस बात से क्या आशय है?" अर्जुन ने आश्चर्य से पूछा।

"यह पुरानी कथा है। भगवान विष्णु ने सृष्टि के रक्षक के रूप में दायित्व निभाते हुए चार रूप धारण किए हैं। उनका एक रूप, संसार पर दृष्टि रखता है तथा संसार के अच्छे एवं बुरे कार्यों का निरीक्षण करता है। दूसरा रूप, अवतार लेकर पृथ्वी पर अधर्म का विनाश करके धर्म की स्थापना करता है। तीसरा रूप, मानव जाति के कल्याण के लिए कठोर तप करता है। उनका चौथा रूप, एक हज़ार वर्ष के लिए सुप्तावस्था में रहता है। भगवान विष्णु सोकर उठने के बाद सदाचारी लोगों को वरदान देते हैं। भूदेवी ने ऐसे ही एक अवसर पर भगवान विष्णु से उनके सोकर उठने के बाद वरदान माँगा था। वह चाहती थी कि विष्णु उसके पुत्र को अपना एक निजी अस्त्र भेंट करें ताकि वह अजेय हो जाए। भगवान विष्णु ने भूदेवी की इच्छा पूर्ण की। तब भूदेवी के पुत्र नरकासुर को वैष्णवास्त्र प्राप्त हुआ था, परंतु नरकासुर, उस दिव्यास्त्र के दुरुपयोग से निष्ठुर खलनायक बन गया। मुझे उसके अत्याचारों से पृथ्वी को मुक्त करने के लिए उसे मारना पड़ा। अपने पिता नरकासुर की मृत्यु के बाद उसका पुत्र भगदत्त वैष्णवास्त्र का स्वामी बन गया। उसने भी अपने पिता की भूल से कुछ नहीं सीखा तथा अधर्मी का दुर्योधन की ओर से युद्ध करने का निश्चय कर बैठा। इसलिए मुझे विवश होकर हस्तक्षेप करना पड़ा। इस दिव्य वैष्णवास्त्र को रोक पाना शिव और इंद्र के लिए भी संभव नहीं है। इसके चले जाने के बाद भगदत्त को मारना सरल हो जाएगा। जल्दी करो अर्जुन, भगदत्त को मार दो।"

अर्जुन ने बिना कुछ कहे सबसे पहले सुप्रतीक को मार दिया। अपने हाथी को गिरता देख भगदत्त नीचे कूद गया। इसके बाद अर्जुन ने बाण से भगदत्त की पलकों को ऊपर उठाकर रखने वाला वस्त्र भी काट दिया। उस वस्त्र के कटते ही

भगदत्त की आँखें बंद हो गईं। तब अर्जुन ने एक और बाण से नरकासुर के वीर पुत्र भगदत्त का संहार कर दिया।

यही अकेला अवसर नहीं था, जब कृष्ण ने अर्जुन को मृत्यु से बचाया था। उन्होंने अर्जुन को उस समय भी चेतावनी दी थी, जब सर्पराज तक्षक का पुत्र अश्वसेन, कर्ण के तरकश में छिप गया था और फिर कर्ण के धनुष पर बाण का रूप धारण करके अपनी माता की हत्या का प्रतिशोध लेने अर्जुन की ओर बढ़ा था। कृष्ण को यह भी पता था कि कर्ण को देवराज इंद्र से एक विशेष अस्त्र प्राप्त हुआ था, जिसे कर्ण ने अर्जुन को मारने के लिए बचा रखा था, परंतु कृष्ण ने चालाकी से कर्ण का वह अस्त्र भी किसी अन्य योद्धा पर प्रयोग करवा दिया था। अभिमन्यु की मृत्यु के बाद कृष्ण ने अपने मित्र अर्जुन का पूरा साथ दिया और अर्जुन ने जब जयद्रथ-वध की कठिन प्रतिज्ञा की, तो कृष्ण ने अपने चमत्कार से अर्जुन की प्रतिज्ञा पूरी करवाई और उसके प्राण बचा लिए थे।

अर्जुन स्वयं को संसार का सबसे भाग्यशाली पुरुष मानता था क्योंकि कृष्ण उसके मित्र थे। अर्जुन का ऐसा सोचना सही भी था क्योंकि संसार में किसी अन्य व्यक्ति को कृष्ण जैसा स्नेही मित्र, उनसे अधिक वीर योद्धा और उनसे अधिक विवेकशील गुरु नहीं मिला।

14

एक नायक की मौत

अर्जुन और सुभद्रा के पुत्र अभिमन्यु को चंद्रदेव सोम का अवतार माना जाता था। युवा अभिमन्यु में पांडवों तथा अपने मामा कृष्ण के गुण थे। सब उसे बहुत पसंद करते थे। अभिमन्यु की सौतेली माता द्रौपदी सहित सभी उसके विलक्षण गुणों से प्रभावित थे। वह युधिष्ठिर की भाँति धर्मात्मा और भीम की तरह शक्तिशाली था। वह अपने पिता अर्जुन की तरह साहसी और कुशल योद्धा भी था। साथ ही वह देखने में आकर्षक तथा सौम्य था। वह नकुल और सहदेव की भाँति विनोदी स्वभाव का था। अभिमन्यु अपने मामा कृष्ण की तरह हँसमुख और चतुर भी था।

यद्यपि युवा अभिमन्यु मात्र सोलह वर्ष जीवित रहा, परंतु उसके साहसिक कार्यों तथा उसकी त्रासद मृत्यु ने उसे अमर कर दिया। वह आकाश में उल्का की तरह देदीप्यमान था, किंतु दुर्भाग्य से उसकी चमक और दिव्यता बहुत ज़ल्दी धूमिल पड़ गई। कुरुक्षेत्र के युद्ध में उसने यह सिद्ध कर दिया कि वह अपने महान पिता का सच्चा पुत्र था।

शकुनि द्वारा रची कुटिल चाल के बाद जब युधिष्ठिर द्यूत में हार गया और पांडवों को वनवास के लिए जाना पड़ा, तो कृष्ण अपनी बहन सुभद्रा और अभिमन्यु को अपने साथ ले गए। यद्यपि सुभद्रा और कृष्ण ने अभिमन्यु की अच्छी तरह देखभाल की, परंतु वह अपने पिता को बहुत याद करता था। सुभद्रा ने कौरवों की कुटिलता-भरी कथा अभिमन्यु को सुनाई और उसके मन में दृढ़-संकल्प का भाव जागृत किया, ताकि वह बड़ा होकर अपने पिता के लिए वह सब फिर प्राप्त कर सके, जो दुष्ट कौरवों ने चालाकी से छीन लिया था। वह इस विषय में मामा कृष्ण से बात करता और उसने भोलेपन में यह वचन भी दे दिया कि वह अपने पिता का खोया राज्य फिर प्राप्त करेगा। कृष्ण उसकी बात सुनकर मुस्कराते और उसे प्रेरित करते क्योंकि वह जानते थे कि अभिमन्यु की नियति में क्या लिखा था।

युवा अभिमन्यु अत्यंत मेधावी था और उसने वेद एवं युद्ध-कला में बहुत कम समय में महारत प्राप्त कर ली थी। इसी कारण उसके पिता तथा ताऊ-चाचाओं को उस पर गर्व था। वह अत्यंत शक्तिशाली था और सभी सहमत थे कि वह युद्ध-कौशल में अपने पिता अर्जुन के समान था। अर्जुन ने महाभारत युद्ध से कुछ समय पहले अभिमन्यु का विवाह विराट की पुत्री राजकुमारी उत्तरा से कर दिया था। बाद में उनके पुत्र परीक्षित ने कुल को आगे बढ़ाया।

अभिमन्यु ने कुरुक्षेत्र की रणभूमि में अपने पिता का पहले ही दिन से पूरा साथ दिया। वह आयु में छोटा था, परंतु उसने अपने ज़बरदस्त युद्ध-कौशल से पुराने और अनुभवी योद्धाओं को भी लज्जित कर दिया। बहुत कम लोग उसकी शक्ति और सामर्थ्य का आकलन कर पाए। भीष्म ने जब अभिमन्यु को अर्जुन की भाँति विकट युद्ध करते देखा, तो उनकी आँखों में आँसू आ गए। पांडव युद्ध में अभिमन्यु पर निर्भर थे और अभिमन्यु ने भी उनकी चुनौती को पूरी निष्ठा से निभाया। उसे जो कार्य सौंपा गया, उसने वह अत्यंत कुशलता से पूर्ण किया, परंतु अचानक आए एक भारी बोझ को अभिमन्यु जैसा वीर और साहसी योद्धा भी सहन नहीं कर पाया।

भीष्म के शर-शैया पर गिरने के बाद द्रोण को कौरवों का सेनापति नियुक्त किया गया। दुर्योधन द्वारा द्रोण पर किए इस विश्वास से प्रसन्न द्रोण ने दुर्योधन से उसकी इच्छा पूछी, तो दुर्योधन ने कहा कि वह युद्ध समाप्त करने के लिए युधिष्ठिर को जीवित पकड़ना चाहता है। द्रोण ने भूल से समझा कि दुर्योधन का विवेक जागृत हो गया और इसलिए वह अपने चचेरे भाई युधिष्ठिर को जीवनदान देना चाहता था, परंतु द्रोण को यह जानकर बहुत दुःख हुआ कि दुर्योधन युधिष्ठिर को सिंहासन से वंचित करने के लिए उसे फिर द्यूत में हराना और दोबारा वनवास भेजना चाहता था। द्रोणाचार्य को बुरा लगा, परंतु वह वचन दे चुके थे। द्रोण ने दुर्योधन को कहा, "मैं युधिष्ठिर को जीवित पकड़ने का प्रयास करूँगा, परंतु मैं तुम्हें बताना चाहता हूँ कि अर्जुन के समीप रहते युधिष्ठिर को पकड़ पाना असंभव है। अर्जुन का गुरु होने के नाते मैं अच्छी तरह जानता हूँ कि युद्ध में अर्जुन का सीधे मुकाबला करना संभव नहीं है। इसलिए यदि तुम युधिष्ठिर को जीवित पकड़ना चाहते हो, तो पहले अर्जुन को रणभूमि से दूर करना होगा।"

यह सुनकर दुर्योधन ने अपने साथियों को बुलाया और उन्होंने दोनों पांडव भाइयों को अलग करने की योजना बनाई। इस कार्य के लिए त्रिगर्तराज सुशर्मा ने अपनी सेवाएँ देने का प्रस्ताव किया। राजसूय यज्ञ से पहले सुशर्मा ने युधिष्ठिर की पराधीनता स्वीकार करने से मना किया, तो अर्जुन ने उसे युद्ध में परास्त किया था। बाद में पांडवों के हाथों मिली हार से सुशर्मा पीड़ित था। इसी कारण सुशर्मा और उसके भाई पांडवों से ईर्ष्या करते थे। उन्होंने अग्नि को साक्षी मानकर शपथ ली थी

कि वे युद्ध में अर्जुन को मार देंगे अथवा अपने प्राण त्याग देंगे। इस तरह अर्जुन को मारने के उद्देश्य से एक आत्मघाती दस्ता तैयार किया गया।

इस शपथ को सुनकर दुर्योधन बहुत प्रसन्न हुआ क्योंकि उसे स्थिति अपने पक्ष में झुकती नज़र आ रही थी। इसके अतिरिक्त संशप्तकों के पास कृष्ण से प्राप्त एक अक्षौहिणी सेना थी। उसी सेना की सहायता से उन्होंने अर्जुन को युधिष्ठिर से दूर रखने की योजना बनाई, ताकि अवसर का लाभ उठाकर द्रोण, युधिष्ठिर को पकड़ सकें। इस योजना से प्रसन्न दुर्योधन आराम से बैठ गया और उसने मान लिया कि युद्ध में उसकी विजय होने वाली थी।

इस बीच, पांडवों को गुप्तचरों से सूचना मिली कि दुर्योधन ने युधिष्ठिर को जीवित पकड़ने की योजना बनाई है, तो वे परेशान हो गए। युधिष्ठिर ने कहा, "यदि द्रोणाचार्य ने मुझे जीवित पकड़ लिया, तो सब समाप्त हो जाएगा।"

"युधिष्ठिर, आप चिंता मत कीजिए। मेरे तन में जब तक प्राण हैं, द्रोणाचार्य आपको स्पर्श भी नहीं कर सकते," अर्जुन ने विश्वास-भरे स्वर में कहा। वह इस बात पर नाराज़ और क्रोधित था कि गुरु द्रोणाचार्य ने सदाचारी युधिष्ठिर को पकड़ने की योजना बनाई थी, परंतु साथ ही अर्जुन अपने गुरु को क्षति पहुँचाने की संभावना से भी बचना चाहता था। भीम को भी क्रोध आ गया। उसने अपने विशिष्ट अंदाज में कहा, "अर्जुन, मुझे समझ में नहीं आता कि तुम्हें अपने आचार्य से इतना प्रेम क्यों है। तुम हमेशा कहते हो कि उनके जैसा महान गुरु मिलना तुम्हारे लिए सौभाग्य की बात है, जबकि उन्होंने अपने पुत्र अश्वत्थामा के लिए सदा पक्षपात किया है। मेरा यह मानना है कि यदि उन्होंने तुम्हें शिक्षा नहीं दी होती, तो भी तुम संसार के सर्वश्रेष्ठ योद्धा होते। द्रोणाचार्य के विषय में कुछ सोचने का समय आ गया है। वह दुर्योधन के ऐसे कुटिल अनुरोध को कैसे स्वीकार कर सकते हैं?"

"वे सब नैतिकता के अंतर्गत दुर्योधन की बात मान लेते हैं। हमें इन बातों की परवाह नहीं करनी चाहिए। हमारा मुख्य उद्देश्य द्रोणाचार्य से युधिष्ठिर को सुरक्षित करना है," अर्जुन ने कहा। वह इस विषय पर अपने क्रोधी भाई भीम से तर्क नहीं करना चाहता था क्योंकि उनकी इस विषय पर पहले भी कई बार बात हो चुकी थी।

"सब कहते हैं आचार्य द्रोण ही सर्वश्रेष्ठ योद्धा हैं। उनके पास परशुराम के अस्त्र-शस्त्र भी हैं, जिनके कारण वह अजेय हैं। मैं उनके विषय में सोचकर काँप उठता हूँ", युधिष्ठिर ने हताश स्वर में कहा।

"भैया, आप द्रोणाचार्य को लेकर अधिक चिंता मत कीजिए," भीम ने कहा। उसने कहा, "अर्जुन उन्हें किसी भी दिन मार देगा और फिर हमारे पास धृष्टद्युम्न भी है। उसका तो जन्म ही आचार्य द्रोण को मारने के लिए हुआ है। वह समय अब आने ही वाला है, जब द्रोणाचार्य को मूर्ख दुर्योधन के पक्ष में युद्ध करने की क़ीमत चुकानी पड़ेगी।"

भीम के उत्साह-भरे वचन सुनने के बाद भी पांडव शिविर का वातावरण असहज बना हुआ था। उन्हें लगता था कि द्रोणाचार्य की योजना का फंदा धीरे-धीरे उनके गले में कसता जा रहा था। द्रोणाचार्य ने दुर्योधन को वचन दिया था और उसके कारण द्रोण ने युधिष्ठिर को पकड़ने के कई बार प्रयास भी किए, परंतु वह हर बार विफल हो गए। वह जब भी युधिष्ठिर के निकट पहुँचते, अर्जुन बीच में आ जाता था और अपने युद्ध-कौशल द्वारा गुरु द्रोण को अपने भाई से दूर कर देता था। इसी बीच संशप्तक अर्जुन पर मधुमक्खियों की तरह टूट पड़े, परंतु वे सब मिलकर भी अर्जुन की बराबरी नहीं कर पाए। अर्जुन के पास मानो पंख थे और वह किसी दिव्य प्रेरणा से, जहाँ उसकी आवश्यकता सबसे अधिक होती थी, वहाँ विचारों गति से तेज़ गति से पहुँच जाता था।

पांडवों के पक्ष के अन्य लोग भी युद्ध में कूद पड़े थे क्योंकि वे जानते थे कि दाँव पर क्या लगा था। उन्होंने युधिष्ठिर को सुरक्षित रखने के लिए अपने प्राण न्योछावर कर दिए। कौरव सेना जब भी पांडवों के क्षेत्र में घुसने का प्रयास करती, तो उन्हें हिम्मत और साहस के साथ पीछे धकेल दिया जाता था। यद्यपि पांडव सेना, कौरवों से संख्या में बहुत कम थी। अर्जुन सर्वत्र दिखाई पड़ता था। द्रोण जब अनेक बार प्रयास करने के बाद भी युधिष्ठिर को पकड़ने में विफल रहे, तो उनके मन में उस स्थिति से निपटने को लेकर दुविधा उत्पन्न हो गई।

द्रोण के विफल होने से दुर्योधन भी हताश था। उसने कर्ण से कहा, "हमें दुष्ट पांडवों को पराजित करने में इतना समय क्यों लग रहा है? यह युद्ध बहुत पहले समाप्त हो जाना चाहिए था, हमारे पास ग्यारह अक्षौहिणी सेना है, जो इन सात अक्षौहिणी सेना वाले पांडवों के लिए पर्याप्त होनी चाहिए। इसके बावजूद हमें विजय प्राप्त क्यों नहीं हो रही?"

"हमें पता था कि यह इतना सरल नहीं है," कर्ण ने कहा। उसने कहा, "पांडव अपने साथ हुए अपमान और अत्याचार का प्रतिशोध ले रहे हैं। उनके युद्ध में क्रोध और उन्माद दिख रहा है क्योंकि वे प्रतिशोध की ज्वाला में जल रहे हैं। मेरे विचार से उन्होंने वनवास के कठिन वर्ष हमें पराजित करने की रणनीति बनाते ही व्यतीत किए होंगे। उनकी रूपसी पत्नी द्रौपदी ने, जो इस झगड़े की जड़ है, बार-बार उन्हें अपने साथ हुए अपमान की याद दिलाकर उनके प्रतिशोध की ज्वाला को और भड़काया होगा। हमारे लिए इस युद्ध को जीतना सरल नहीं है।"

"कर्ण, क्या मैं सब कुछ हार जाऊँगा? मैं मर जाऊँगा, परंतु पराजय स्वीकार नहीं करूँगा," दुर्योधन ने बिगड़े हुए बालक की भाँति चिढ़कर कहा।

"हताश मत हो दुर्योधन! इसकी आवश्यकता नहीं है। मैं तुम्हारे शत्रुओं का संहार करूँगा। बहुत-से लोग तुम्हारा साथ दे रहे हैं, किंतु मैं उन सबसे बेहतर हूँ और पांडवों के विरुद्ध युद्ध भी करूँगा। द्रोण और भीष्म सहृदय हैं। वे तुम्हारे पक्ष में

युद्ध अवश्य कर रहे हैं, परंतु वे पांडवों से अधिक प्रेम करते हैं। यही कारण है कि भीष्म शर-शैया पर लेटे हैं और द्रोण अब तक युधिष्ठिर को पकड़ नहीं पाए हैं।"

"मुझे पहले ही इस बात का पता था। ये दोनों बूढ़े बहुत समय से मेरे लिए परेशानी का कारण बने हैं, किंतु मैं द्रोण से अपनी इच्छा पूरी करवा कर ही रहूँगा," ऐसा कहकर दुर्योधन अपने गुरु से लड़ने चल पड़ा।

युधिष्ठिर को पकड़ने में असफल रहे द्रोण पहले ही खिन्न थे। उन्हें पता था कि पीछे से लोग उनके बारे में बातें बना रहे थे। उनके युद्ध-कौशल पर भी प्रश्न-चिन्ह लग गया था। तभी दुर्योधन, द्रोण के पास पूछने पहुँच गया कि उन्होंने अपना वचन पूरा क्यों नहीं किया। उसने द्रोण पर छल करने का भी आरोप लगाया। तब द्रोण ने उत्तर दिया, "मैंने तुम्हारा हित साधने के लिए अपनी समस्त शक्ति का प्रयोग कर दिया है। तुमने यह युद्ध ज़बरदस्ती हम लोगों पर थोपा है, जबकि हमने तुम्हें चेताया था कि युद्ध में अर्जुन के सामने टिकना किसी के लिए संभव नहीं है। भगवान कृष्ण उसके सारथी हैं, तो ऐसे में भगवान शिव भी अर्जुन को परास्त नहीं कर सकते, परंतु मैं शपथ लेता हूँ कि कल सूर्यास्त से पहले पांडवों के एक बड़े योद्धा को अवश्य मार दूँगा! मेरा विश्वास करो कि वह क्षति पांडवों के लिए इतनी बड़ी होगी कि उन्हें मरते दम तक उसका दुःख रहेगा।"

अगले दिन संशप्तकों ने अर्जुन को चुनौती दी और वह फिर उनसे युद्ध करने चल पड़ा। इस बीच, द्रोण ने सेना की सहायता से चक्रव्यूह की रचना की। वह एक जटिल वृत्ताकार विन्यास था, जिसे भेदना लगभग असंभव था। केवल चार लोग उस चक्रव्यूह को भेद सकते थे - कृष्ण, उनका पुत्र प्रद्युम्न, अर्जुन और अर्जुन का पुत्र अभिमन्यु।

द्रोण ने उस घातक व्यूह का निर्माण पांडव सेना के विनाश के लिए किया था। वह चक्रव्यूह धीरे-धीरे युधिष्ठिर की ओर बढ़ रहा था। अर्जुन उस बीच संशप्तकों से युद्ध करने रणभूमि के दूसरे छोर पर गया था। अर्जुन की अनुपस्थिति में पांडव सेना असहाय हो गई। युधिष्ठिर ने तब अभिमन्यु से कहा, "पुत्र मुझे यह कहते दुःख हो रहा है, किंतु अब तुम्हारे कंधों पर ही यह भार है। द्रोण की बनाई इस व्यूह रचना में फँसकर हम अवश्य मारे जाएँगे। मुझे पता है कि तुम इस चक्रव्यूह को भेद सकते हो। मैं चाहता हूँ कि तुम इस दुष्कर कार्य को पूर्ण करो। मुझे यह कार्य तुम्हें सौंपते दुःख हो रहा है। मैं जानता हूँ कि इस कार्य में बहुत ख़तरा है, परंतु हमारे पास कोई अन्य विकल्प नहीं है।"

"महाराज, आपने यह कार्य मुझे सौंप कर मुझ पर बहुत उपकार किया है," अभिमन्यु ने कहा। उसने कहा, "यह सत्य है कि मुझे इस चक्रव्यूह को भेदना आता है। मैं जब अपनी माता के गर्भ में था, तब मेरे पिता ने उन्हें इस व्यूह-रचना के विषय में बताया था और इसे भेदने की विधि भी समझाई थी, परंतु मेरे पिता जब

इस चक्रव्यूह से बाहर निकलने का तरीक़ा समझा रहे थे, तो मेरी माता को नींद आ गई और मैं वह विधि सुन नहीं पाया था। यह दुःख की बात है कि मेरी माता इसकी सीमित व्याख्या ही सुन पाई थीं।"

"चिंता मत करो अभिमन्यु! एक बार तुम चक्रव्यूह भेदकर भीतर घुस जाओगे, तो हम लोग तुम्हारे पीछे आ जाएँगे, फिर हम सब मिलकर उसे भीतर से भी छिन्न-भिन्न कर देंगे," युधिष्ठिर ने अभिमन्यु को आश्वासन दिया।

"मैं भी तुम्हारे साथ चलूँगा और धृष्टद्युम्न तथा अन्य पांचाल योद्धा भी साथ होंगे। हम आचार्य द्रोण के बनाए इस व्यूह को भेदकर अंदर प्रवेश कर जाएँगे। मुझे पूर्ण विश्वास है कि यदि हमने इस व्यूह को भेद दिया, तो द्रोण युद्धभूमि में फिर कभी अपना चेहरा नहीं दिखाएँगे", भीम ने युधिष्ठिर के दिए आश्वासन को दोहराकर कहा।

"मुझे आशीर्वाद दीजिए। मैं ऐसा महान कार्य पूरा करने जा रहा हूँ जिसे संसार ने पहले कभी नहीं देखा। मेरे पिता अर्जुन और मामा कृष्ण, मुझ पर गर्व करेंगे", अभिमन्यु ने कहा, फिर उसने अपने सारथी को आगे बढ़ने का आदेश दे दिया।

"अभिमन्यु, तुम ध्यान से आगे बढ़ना और ध्यान रखना कि हम तुम्हारे पीछे ही हैं। तुम हम सब में श्रेष्ठ हो और हम तुम्हें खोना नहीं चाहते", युधिष्ठिर ने आँखों में आँसू भरकर अभिमन्यु से कहा। वह क्षण ऐसा था, जब युधिष्ठिर को स्वयं से घृणा हो रही थी। वह ईश्वर से अभिमन्यु की रक्षा की याचना कर रहा था क्योंकि वह अभिमन्यु को अपने पुत्र से अधिक प्रेम करता था, परंतु उस दिन ईश्वर ने युधिष्ठिर की याचना नहीं सुनी।

"यह बहुत कठिन कार्य है, जो तुम्हें दिया गया है। इसमें तुम्हारे जीवन को ख़तरा है। तुम शायद स्थिति की गंभीरता को ठीक से समझे नहीं हो। तुम्हारी आयु में मुश्किल कार्य भी संभव और सरल दिखाई पड़ते हैं। तुम्हें इस चुनौती को स्वीकार करने से पहले इस पर पुनर्विचार करना चाहिए",अभिमन्यु के सारथी सुमित्र ने उसे समझाते हुए कहा।

"मैं अपने वीर पिता अर्जुन का पुत्र हूँ। उन्होंने मुझे ऐसे ही क्षणों के लिए प्रशिक्षित किया है। मैं किसी क़ीमत पर इस चुनौती को अस्वीकार नहीं कर सकता। तुम्हें क्या लगता है मेरे पिता ने इस स्थिति में क्या किया होता? क्या उन्होंने अपने भाइयों की सुरक्षा से पहले अपने जीवन की चिंता की होती? ऐसे पुरुषों को, जो परीक्षा की घड़ी में भय से काँपने लगते हैं, अपनी माता की गोद में बैठकर दूध पीना चाहिए। चलो, हमें देर नहीं करनी है। यह बात करने का समय नहीं है। इस तरह घबराना कायरता का लक्षण है। मुझे ज़ल्दी आगे ले चलो। मुझे विश्वास है कि हमें अवश्य विजय और कीर्ति प्राप्त होगी", ऐसा कहकर अभिमन्यु ने अपने सारथी को आगे चलने का आदेश दिया।

अभिमन्यु ने द्रुत गति से अपने सामने खड़ी भीषण सेना पर आक्रमण कर दिया। उसके जैसी कम आयु में ऐसी उग्रता कम देखने को मिलती थी। कुछ ही क्षणों में उसने कौरव सेना की रक्षा-पंक्ति को छिन्न-भिन्न करके चक्रव्यूह में घुसने का रास्ता बना लिया। अभिमन्यु ने गति धीमी नहीं की और लगातार शत्रु की सेना को चीरता हुआ भीतर घुसता चला गया। जो सैनिक उसके सामने आए, वे पलक झपकते ही मारे गए।

इस बीच, पांडव भी अभिमन्यु के पीछे चल रहे थे। कौरव सेना उन्हें रोकने का प्रयास कर रही थी, सिंधु नरेश और कौरवों की बहन दुशाला का पति जयद्रथ भी युद्ध में भाग ले रहा था। उसने अभिमन्यु द्वारा बनाया मार्ग अवरुद्ध कर दिया और पांडवों को आगे बढ़ने से रोक दिया। भीम के नेतृत्व में पांडवों की सेना ने जयद्रथ और कौरव सैनिकों के विरुद्ध ज़बरदस्त युद्ध किया और चक्रव्यूह में प्रवेश कर चुके अभिमन्यु तक पहुँचने की बहुत चेष्टा की, परंतु उन्हें सफलता नहीं मिली।

जयद्रथ अपने स्थान पर अड़ा रहा। उसने देखा कि पांडव अपने प्रिय अभिमन्यु की नियति के विषय में चिंता और भय से काँप रहे थे, तो वह मुस्कराया। उसने सोचा, “मैंने पांडवों से प्रतिशोध ले लिया है। यह सर्वोच्च कामुक सुख से भी बेहतर है। यह बड़े दुःख की बात है कि द्रौपदी अपने निष्क्रिय पतियों की दुर्दशा देखने के लिए यहाँ मौजूद नहीं है। वह मेरे पराक्रम के विषय में सुनेगी, तो उसे अवश्य ही इस बात का पछतावा होगा कि वह मेरे पास क्यों नहीं आई।”

सिंधु नरेश का मन अतीत की ओर लौट गया। उसका बुरी तरह अपमान हुआ था। उस अपमान का प्रतिशोध लेने के लिए जयद्रथ ने भयंकर युद्ध किया। उसे वह पुरानी घटना याद आ गई... एक दिन वनवास के दौरान पांडव भोजन की तलाश में गए थे और द्रौपदी को ऋषि धौम्य के पास छोड़ गए थे। जयद्रथ उसी मार्ग से निकल रहा था। वह द्रौपदी के सौंदर्य को देखकर मंत्रमुग्ध हो गया। उसे पता लगा कि द्रौपदी अकेली है, तो उसने द्रौपदी का अपहरण करने का निश्चय कर लिया। द्रौपदी के विरोध करने और ऋषि धौम्य के हस्तक्षेप करने के बावजूद जयद्रथ, द्रौपदी को रथ में बैठाकर ले गया। द्रौपदी के नाखून से जयद्रथ की बाँहों और उसके शरीर पर गहरे घाव हो गए, परंतु वह हँसता रहा।

कुछ देर बाद पांडव लौटे, तो उन्हें पता लगा कि जयद्रथ ने द्रौपदी का अपहरण कर लिया था। उन्होंने जयद्रथ का पीछा किया। जयद्रथ घबराकर द्रौपदी को छोड़कर भागने लगा। अर्जुन ने द्रौपदी को युधिष्ठिर के पास छोड़ा और भीम को साथ लेकर जयद्रथ के पीछे दौड़ा। वह कौरवों की बहन दुशाला का पति था, इसलिए युधिष्ठिर ने अर्जुन और भीम से जयद्रथ की हत्या ना करने का आग्रह किया।

दोनों भाइयों ने जल्दी ही जयद्रथ को पकड़ लिया। बलशाली योद्धाओं को सामने देख जयद्रथ के घोड़े भी रुक गए। यह देखकर सिंधु नरेश रथ से कूदा और दौड़ने

लगा। वह लड़खड़ाया और ज़मीन पर गिर पड़ा। भीम ने उसे पकड़ लिया और उसे बालों से घसीटते हुए बोला, "तुम कितने कायर और दुष्ट हो, तुमने एक अबला और असहाय स्त्री का बलपूर्वक अपहरण करने का प्रयास किया। तुम्हारा सामना जब पुरुषों से हुआ, तो तुम चूहे की तरह डरकर भाग रहे हो।"

"तुम द्रौपदी को स्त्री कहते हो? वह पहले से ही पाँच पुरुषों के साथ सोती है, तो मुझे लगा कि एक और पुरुष के साथ सोने से कोई अंतर नहीं पड़ेगा", जयद्रथ ने क्रोध और अपमान से भरकर कहा। यह सुनकर भीम और अर्जुन क्रोध से तमतमा उठे। उन्हें देखकर जयद्रथ समझ गया कि उसने अनुचित बात कह दी थी और वह शांत हो गया।

"तुमने द्रौपदी जैसी सदाचारी और पतिव्रता स्त्री का अपमान करने का प्रयास किया है। तुम्हें जीवित रहने का अधिकार नहीं है। मैं तुम्हारी गंदी जिह्वा खींच लूँगा और कुत्तों को खिला दूँगा! फिर मैं तुम्हारी खोपड़ी को अपने हाथों से दबाकर तोड़ दूँगा," भीम ने चिल्लाकर कहा।

"भीम, स्वयं को रोको! क्या तुम्हें याद है युधिष्ठिर ने क्या कहा था? हमें दुशाला के लिए इसे छोड़ना होगा। यद्यपि यह अत्यंत नीच प्राणी है", अर्जुन ने कहा। यह कहकर वह जयद्रथ और भीम के बीच आकर खड़ा हो गया।

भीम ने क्रोध में भरकर अर्जुन को एक ओर धक्का दे दिया। उसने तलवार उठाई और जयद्रथ के सिर के बाल काट दिए। साथ ही वह युधिष्ठिर के तरीक़ों और उसकी विवेकहीनता को कोसता जा रहा था। उसने जयद्रथ को मारा और शरीर पर जगह-जगह घाव कर दिए। इसके बाद भीम ने जयद्रथ की गर्दन पर तलवार रखी और उसे ज़बरदस्ती यह कहने पर विवश कर दिया कि वह पांडवों का दास है। इसके बाद भीम ने उसे रथ में बैठाया और युधिष्ठिर के पास ले गया।

युधिष्ठिर के पास पहुँचकर भीम ने जयद्रथ को पशुओं की तरह घसीटकर युधिष्ठिर के पैरों में डाल दिया और अनेक बार पैरों से मारा। यह देखकर युधिष्ठिर ने भीम को डाँटते हुए कहा, "भीम, क्या परास्त शत्रु के साथ व्यवहार करने का यही ढंग है? क्या मैंने तुम्हें धर्म के विषय में कुछ नहीं सिखाया? इसे तत्काल छोड़ दो।"

"द्रौपदी, तुम क्या चाहती हो? क्या तुम भी इस दुष्ट को मारना चाहोगी, जिसने तुम्हारा अपमान किया? यह हमारा दास है। तुम जो चाहोगी, यह वही करेगा", भीम ने अपने बड़े भाई की फटकार की उपेक्षा करते हुए द्रौपदी से कहा। वह बचपन से युधिष्ठिर के प्रवचन सुनते-सुनते थक चुका था। अर्जुन थोड़ा शर्मिंदा था, परंतु नकुल व सहदेव तिरस्कारपूर्ण हँसी के मध्य अपने नए दास को अनुचित कार्यों का सुझाव दे रहे थे।

"इसे तुरंत छोड़ दो! क्षत्रियों को ऐसा करना शोभा नहीं देता", युधिष्ठिर ने अपने भाई को डाँटते हुए कहा।

"इसे जाने दो। मैं इसे देखना भी नहीं चाहती। तुमने इसके बाल काटकर इसे पहले ही दंडित कर दिया है। मेरे लिए इतना पर्याप्त है", द्रौपदी ने अपने बाल झटकते हुए कहा।

युधिष्ठिर ने जयद्रथ का कंधा थपथपाया और कहा, "तुम अपने राज्य लौट सकते हो। आज जो हुआ है, उसे भूल जाओ। अपने जीवन की नई शुरुआत करो। धर्म के मार्ग पर चलो, तभी तुम सद्गति प्राप्त कर सकोगे।" सिंधु नरेश जयद्रथ लज्जित होकर सिर झुकाए लंगड़ाता हुआ लौट गया। पीछे से भीम और नकुल सहदेव की हँसी उसके कानों में गूँज रही थी।

उस भयानक दिन की स्मृति जयद्रथ को भीतर से खा रही थी। वह प्रतिशोध की ज्वाला में जल रहा था। उसी क्रोध के कारण उसने बदला लेने का मन बनाया था। उसने अपना राज्य छोड़ दिया और गंगा-तट पर कठोर तप करने लगा। वह अनेक वर्ष बहुत कम भोजन पर जीवित रहकर कृतसंकल्प बना रहा। आखिर उसका कठोर तप सफल हो गया। भगवान शिव ने प्रसन्न होकर उसे दर्शन दिए और वरदान माँगने को कहा।

"हे प्रभु, मैं युद्ध में पांडवों का विनाश चाहता हूँ। मुझे और कुछ नहीं चाहिए", जयद्रथ ने घुटनों पर बैठकर भगवान शिव से याचना की।

"तुम जो माँग रहे हो, वह असंभव है क्योंकि पांडवों को युद्ध में परास्त नहीं किया जा सकता, परंतु मैं तुम्हें यह वरदान देता हूँ कि तुम्हें एक बार उन पर विजय अवश्य मिलेगी, तथापि तुम अर्जुन को नहीं रोक सकोगे", शिव ने उत्तर दिया।

यह सुनकर जयद्रथ हताश हो गया। उसने पांडवों पर एक बार विजय का वरदान प्राप्त करके शिव को प्रणाम किया। शीघ्र ही उसके हृदय से हताशा दूर हो गई और उसने महसूस किया कि उसके भीतर पांडवों को परास्त करने की शक्ति उत्पन्न हो रही थी। उसके मन में पांडवों के लिए अथाह घृणा थी। वह समय काटता रहा और पांडवों एवं द्रौपदी से अपने अपमान का प्रतिशोध लेने की प्रतीक्षा करता रहा।

महाभारत युद्ध के तेरहवें दिन जयद्रथ ने पांडवों को ऐसी क्षति पहुँचाई, जिसके कारण उनका एक ज़बरदस्त योद्धा मारा गया। अभिमन्यु इस बात से अनभिज्ञ था कि शीघ्र ही उसके अंत से संबद्ध परिस्थितियाँ उत्पन्न होने वाली थीं। वह मृत्यु का आलिंगन करने तेज़ी से आगे बढ़ता जा रहा था।

अभिमन्यु जैसे ही चक्रव्यूह भेदकर भीतर घुसा, जयद्रथ ने बाहर निकलने का उसका मार्ग अवरुद्ध कर दिया, परंतु अभिमन्यु बिना घबराए हर बाधा को पार करता गया। उसने हज़ारों सैनिकों को मौत के घाट उतार दिया। वह धीरे-धीरे चक्रव्यूह के

केंद्र तक जा पहुँचा। वीर अभिमन्यु के समक्ष शत्रु के सैनिक उसी तरह बेबस थे, जैसे बाड़े में भेड़िये के घुसने पर मुर्गियाँ असहाय हो जाती हैं। शत्रु को यह आभास हो गया था कि अभिमन्यु साधारण योद्धा नहीं था। उसमें संपूर्ण सृष्टि का विनाश करने की क्षमता थी। शत्रु के सैनिक जान बचाने इधर-उधर डरकर भागने लगे। उस भगदड़ से रणभूमि में भद्दा दृश्य उत्पन्न हो गया।

द्रोण चारों ओर हो रहे नरसंहार को देखकर प्रसन्न थे। तब उन्हें भीष्म की बात याद आई, जो उन्होंने युद्ध के पहले दिन कही थी, "अभिमन्यु एक विलक्षण और असाधारण योद्धा है। निस्संदेह यह बालक स्वयं में एक चमत्कार है। यह सच्चे अर्थों में अर्जुन का पुत्र है।" भीष्म ने कृपाचार्य से ऐसा कहा था।

शक्तिशाली कौरव सेना को युवा अभिमन्यु के हाथों मरता देख तथा द्रोणाचार्य के होठों पर अभिमन्यु के लिए प्रशंसा सुनकर दुर्योधन को क्रोध आ गया। उसने अभिमन्यु से स्वयं युद्ध करने का निश्चय किया। यह देखकर अभिमन्यु मुस्कराया। उसने धनुष उठा लिया। द्रोण ने अपने सैन्य दल को भेजा तथा राजा दुर्योधन की हर क़ीमत पर रक्षा करने का आदेश दिया। शीघ्र ही दुर्योधन को अभिमन्यु से दूर कर दिया गया। दुर्योधन को दूर जाता देख अभिमन्यु का क्रोध बढ़ गया। उसका क्रोध दुर्योधन के सैनिकों पर फूट पड़ा और उसने देखते-ही-देखते रणभूमि को रक्त से लाल कर दिया।

कर्ण अपने शत्रु अर्जुन के पुत्र का सामना करने के लिए आगे आया। अभिमन्यु पहले ही शत्रु सेना को बहुत क्षति पहुँचा चुका था, इसलिए उसे रोकना आवश्यक था, परंतु कर्ण को पता लगा कि उसने अभिमन्यु की शक्ति का आकलन करने में भूल कर दी थी। अभिमन्यु ने कर्ण के कवच को पलक झपकते भेद डाला और उसे पीछे लौटने पर विवश कर दिया, फिर अभिमन्यु ने शल्य को भी बुरी तरह आहत किया। और यदि शल्य का सारथी उचित अवसर पर उसे दूर ना ले गया होता, तो अभिमन्यु के हाथों शल्य की मृत्यु निश्चित थी। इसके बाद अश्मक ने अभिमन्यु पर हमला किया, परंतु अभिमन्यु ने उसे भी तत्काल धराशायी कर डाला। अभिमन्यु के एक ही बाण से अश्मक की मृत्यु हो गई।

इसके बाद दुःशासन और कर्ण ने अभिमन्यु को मारने का प्रयास किया, परंतु अभिमन्यु की सतत बाण-वर्षा के कारण वे दोनों उसके निकट भी नहीं पहुँच पाए। अभिमन्यु ने दुःशासन का धनुष काट दिया गया। कर्ण असहाय-सा खड़ा अभिमन्यु को देखता रहा क्योंकि स्वयं उसका जीवन संकट में था।

इसके बाद दुर्योधन के पुत्र लक्ष्मण ने आक्रमण का दायित्व सँभाला और अभिमन्यु पर टूट पड़ा। दोनों राजकुमार, बलराम की पुत्री वत्सला से विवाह करने के इच्छुक होने के कारण परस्पर पुराने प्रतिद्वंद्वी थे। यद्यपि वत्सला ने अभिमन्यु को चुना था, किंतु बलराम ने उसका विवाह अपने प्रिय शिष्य दुर्योधन के पुत्र से करने

का निश्चय कर लिया। विवाह के दिन घटोत्कच की सहायता से अभिमन्यु ने वत्सला का अपहरण कर लिया। लक्ष्मण को यह अपमान का घूँट पीना पड़ा। अभिमन्यु उसकी नाक के नीचे से वत्सला को उठाकर ले गया था। युद्ध में फिर दोनों प्रतिद्वंद्वी आमने-सामने थे। उनकी पुरानी दुश्मनी ने उनके युद्ध को अधिक उग्रता प्रदान कर दी थी। आख़िर अभिमन्यु के एक बाण ने अपना निशाना भेद दिया और दुर्योधन का पुत्र लक्ष्मण जमीन पर मूर्छित होकर गिर पड़ा। उसे एक बार फिर अभिमन्यु के हाथों पराजय का मुँह देखना पड़ा था। इसके बाद दुर्योधन के पुत्र की मृत्यु हो गई।

अपने पुत्र को मृत देखकर दुर्योधन चिल्लाया, "मैं अभी इस दुष्ट को मार डालूँगा। यदि यहाँ कोई भी सच्चा वीर है, तो इस हत्यारे लड़के को तुरंत मार डालो!"

दुर्योधन का क्रोधपूर्ण आदेश सुनकर द्रोणाचार्य, कर्ण, दुःशासन और कई अन्य योद्धाओं ने अभिमन्यु को चारों ओर से घेर लिया, जैसे भूखे भेड़िये अपना शिकार घेर लेते हैं। उन्होंने युद्ध के सभी नियम तोड़ दिए और अकेले अभिमन्यु पर आक्रमण कर दिया, परंतु इससे भी लाभ नहीं हुआ। अभिमन्यु ने अपने भीतर की संपूर्ण शक्ति का आह्वान किया और अपूर्व ढंग से युद्ध करने लगा। अभिमन्यु को अपने भीतर के अदम्य जोश और मृत्यु को परास्त करने की उत्कट आकांक्षा के बावजूद इस बात का आभास हो गया था कि उसका समय समाप्त होने वाला है। इसलिए वह अपने प्रियजनों को सदा के लिए छोड़कर जाने से पहले संपूर्ण शक्ति का उपयोग कर लेना चाहता था।

अर्जुन ने गंधर्वों से प्राप्त मायावी विद्या अभिमन्यु को भी सिखाई थी। अभिमन्यु ने उसी विद्या का प्रयोग करते हुए वहाँ सैकड़ों अभिमन्यु होने का भ्रम पैदा कर दिया। इससे कौरव सैनिकों को अपने चारों ओर अभिमन्यु दिखाई पड़ रहा था। वे भ्रमित होकर एक-दूसरे की हत्या करने लगे। इस विचित्र दृश्य को देखकर कौरव सेना आतंकित हो गई और अभिमन्यु प्रसन्नता से हँस रहा था। उसके आस-पास सैनिकों के शवों का ढेर बढ़ता जा रहा था।

कर्ण ने जब अभिमन्यु के आक्रमण की इस अद्भुत कला को देखा तो उसने द्रोण से कहा, "हमें इसे तुरंत रोकना होगा, अन्यथा यह आज ही युद्ध समाप्त कर देगा। हमें क्या करना चाहिए? अभिमन्यु पर मेरे बाण व्यर्थ सिद्ध हो रहे हैं, जबकि इसके अचूक बाणों से मैं स्वयं बुरी तरह आहत हो गया हूँ।"

"मुझे यह देखकर आश्चर्य नहीं हो रहा," द्रोण ने कहा। उन्होंने कहा, "मैंने ही अर्जुन को कवच बाँधने की यह विलक्षण कला सिखाई थी, जिससे वह अभेद्य हो जाता है। अभिमन्यु ने शायद यह विद्या अपने पिता से सीख ली है, इसलिए उसके कवच को भेद पाना असंभव हो गया है।"

"परंतु इसे रोकने के लिए हमें कुछ तो करना होगा," कर्ण बार-बार इसी बात पर ज़ोर दे रहा था।

"अभिमन्यु को रोकने का केवल एक उपाय है, परंतु मुझे वह कहते हुए संकोच हो रहा है क्योंकि इसके लिए हमें ऐसा कायर और घिनौना कृत्य करना पड़ेगा, जिसके कारण हम सदा के लिए निंदा के पात्र बन जाएंगे," द्रोण ने धीमे स्वर में कहा। वह अपने भीतर की विरोधी भावनाओं से स्वयं ही उलझ रहे थे।

"यह संकोच करने का समय नहीं है आचार्य, हमें उन्मादी अभिमन्यु को तुरंत रोकना होगा," कर्ण और दुर्योधन ने एक स्वर में ज़ोर से कहा। दुःशासन, शकुनि और अन्य लोग भी इस बात से सहमत थे। आख़िर द्रोण को उनकी इच्छा के समक्ष समर्पण करना पड़ा।

"ठीक है, यदि ऐसा है तो यही सही। भावी पीढ़ियाँ हमारी स्मृति को कलंकित कर देंगी, परंतु जो होना है, वह होकर ही रहेगा। हमें पहले अभिमन्यु के सारथी को मारना है और फिर इसके घोड़ों की लगाम को काटना है। ऐसा करने से युद्धभूमि में इसका सामर्थ्य समाप्त हो जाएगा। फिर हम इसके अस्त्र-शस्त्र काटेंगे। इसे निहत्था करने के लिए हमें इसका धनुष पीछे से तोड़ना होगा क्योंकि अभिमन्यु को सीधे युद्ध में परास्त करना और उसके धनुष को काटना असंभव है। हम इसे निहत्था करने के बाद ही मार सकते हैं," यह कहते हुए द्रोण की जिह्वा काँप रही थी। उन्हें ऐसे विषैले वचन कहते हुए असहज महसूस हो रहा था।

कर्ण ने द्रोणाचार्य की बात सुनकर एक पल का भी विलंब नहीं किया। उसकी अंतरात्मा ने भी उसे नहीं रोका। इसके बाद कर्ण ने अभिमन्यु के सारथी को मारकर उसके अश्वों की लगाम काट डाली, फिर उसने पीछे से जाकर अभिमन्यु का धनुष काट दिया और उसे निहत्था कर दिया, परंतु इसके बाद भी अभिमन्यु निर्भयता से लड़ रहा था। उसका ध्यान चारों ओर मौजूद अधिक से अधिक शत्रुओं को मारने पर केंद्रित था। अचानक अभिमन्यु ने तलवार और ढाल उठा ली और ज़मीन पर कूद पड़ा। उसने तलवार की सहायता से नीचे खड़े बहुत-से योद्धाओं को मार गिराया। यद्यपि मृत्यु उसके बहुत निकट थी, वह बिना घबराए लगातार आगे बढ़ता जा रहा था। इसी बीच कर्ण ने बाण से अभिमन्यु की तलवार काट दी और उसकी ढाल को चकनाचूर कर दिया।

अभिमन्यु मृत्यु की ओर अग्रसर हो रहा था, परंतु वह युद्ध छोड़ने के लिए तैयार नहीं था। उसने अपने रथ का एक पहिया उठा लिया और द्रोण को मारने लपका। सैनिकों ने उसे आगे बढ़ने से रोक दिया और रथ के पहिए को तोड़ डाला। इसके बाद अभिमन्यु अपने शत्रुओं के सामने पूर्ण रूप से असहाय और निशस्त्र खड़ा था। उसे मालूम था कि मृत्यु उसके ठीक सामने थी। तथापि वह निर्भय होकर खड़ा था।

अभिमन्यु को किसी एक अस्त्र की तलाश थी। अचानक उसने अपनी ओर आ रहे एक सैनिक को उठाकर पटक दिया और उसकी गदा उठा ली। उसने गदा से अश्वत्थामा पर प्रहार किया और उसके पीछे खड़े सैनिकों को मार डाला। अभिमन्यु

ने गदा इतनी जोर से घुमाई कि उसने बहुत-से हाथियों के दाँत तोड़ दिए और बहुतों को अपंग बना दिया। इसी बीच, दुःशासन के पुत्र सेंधव ने भी गदा उठा ली और वह अभिमन्यु से लड़ने के लिए आगे बढ़ा। उसने अभिमन्यु की विनाश-लीला को समाप्त करने की ठान ली थी।

दोनों योद्धा भिड़ गए और एक-दूसरे पर घातक वार करने लगे। अभिमन्यु मुश्किल से खड़ा हो पा रहा था क्योंकि उसकी शक्ति लगभग समाप्त हो चुकी थी, फिर भी वह लड़ता रहा। उसकी नसों में ज़ोश और आवेश का प्रवाह कायम था। वह अजेय उत्साह से आगे बढ़ता गया। दोनों योद्धाओं ने एक-दूसरे पर ज़बरदस्त हमला किया और दोनों गिरकर मूर्छित हो गए। सेंधव पहले उठ खड़ा हुआ। अभिमन्यु को सँभलने में कुछ समय लगा। इसी बीच, सेंधव ने गदा से अभिमन्यु के सिर पर वार किया और उसे अंडे के छिलके की भाँति चकनाचूर कर दिया। पृथ्वी माता का वीर नायक रक्तरंजित अवस्था में कुरुक्षेत्र की रणभूमि पर गिर पड़ा। अभिमन्यु की वहीं मृत्यु हो गई।

यह देखकर कौरव सेना में उत्साह और प्रसन्नता की लहर दौड़ गई। कौरव, अभिमन्यु के शव के आस-पास नृत्य करने लगे। मांसभक्षी पक्षी भी, जो रणभूमि के चारों ओर घूम रहे थे, मृत नायक के शरीर के पास नहीं आए मानो उन्हें भी इस दुःखद घटना से घृणा हो गई थी। द्रोण, आँखों में आँसू लिए उस नृशंस दृश्य से दूर हट गए। उन्होंने अभिमन्यु के पिता के लिए मन में प्रार्थना की। उनकी इसके बाद और जीने की इच्छा नहीं थी।

पांडव सेना ने शत्रु पक्ष का शोरगुल सुना, तो वे हताश हो गए। उन्हें विश्वास नहीं हुआ कि ईश्वर ने ऐसा कुकृत्य कैसे होने दिया। उन्होंने मान लिया कि द्वापर युग तेज़ी से रक्तरंजित समापन की ओर अग्रसर हो रहा था और मानो वे सब सत्य से दूर भागने का प्रयास कर रहे थे। युधिष्ठिर ने उन्हें रोकने का प्रयास किया, लेकिन वह विफल हो गया। वह स्वयं अपना विवेक खो बैठा और उदास हो गया। भीम और घटोत्कच, एक-दूसरे के कंधे पर सिर रखकर बच्चों की तरह रो रहे थे। दोनों भाई, नकुल और सहदेव तथा द्रौपदी के पाँचों पुत्र विलाप करने लगे। इसके बाद वे अपने शिविर में लौट आए। उनके पीछे शत्रु के अट्टहास और उत्साह के स्वर गूँज रहे थे।

शिविर में युधिष्ठिर सिर झुकाए बैठा था। उसके लिए आत्मग्लानि और दुःख का दोहरे भार सहन करना कठिन हो गया था। "यह मैंने क्या किया! मैंने उस बालक को युद्ध में भेज दिया, जो मुझे अपने जीवन से भी अधिक प्यारा था। मैं अर्जुन को क्या मुँह दिखाऊँगा? मैं सुभद्रा से क्या कहूँगा? मैं उन्हें कैसे सांत्वना दूँगा? उत्तरा और उसके गर्भस्थ शिशु के बारे में सोचो! काश, मैं अतीत में लौट पाता और इन घटनाओं को बदल पाता, तो मैं अभिमन्यु के स्थान पर अपना जीवन त्याग देता! अब यदि हम यह युद्ध जीत भी गए तो हम अभिमन्यु के बिना इस खोखली विजय

का क्या करेंगे? हमारे लिए इस युद्ध का अब कोई अर्थ नहीं रह गया है।"

युधिष्ठिर दुःखी हो रहा था। शेष लोग उसे चुपचाप देख रहे थे। तभी वहाँ वेदव्यास आ पहुँचे। उनकी आदत थी कि वह आवश्यकता पड़ने पर सदा पांडवों के पास उपस्थित रहते थे। उन्होंने युधिष्ठिर को गले लगाया और उसे सांत्वना देते हुए कहा, "तुम धर्म के अवतार हो। तुम्हें मृत्यु का स्वभाव पता है। तुम्हें इस तरह दुःख को स्वयं पर हावी नहीं होने देना चाहिए।"

"इसमें धर्म क्या है? निर्दोष अभिमन्यु की मृत्यु क्यों हुई? वह मात्र सोलह वर्ष का था। मैंने उसे मौत के मुँह में भेज दिया, जबकि अभी उसने विवाह और पैतृक सुख का भी पूर्ण अनुभव नहीं किया था। उसने क्या किया था, जिसके कारण उसके साथ ऐसा हो गया?" युधिष्ठिर ने दुःखी होकर पूछा।

"अभिमन्यु ने सोलह वर्ष की आयु में वह कर दिखाया, जो लोग पूरे जीवन काल में नहीं कर सकते। वह अत्यंत वीरता से लड़ा और उसने अपने परिवार को गौरवान्वित किया है। संपूर्ण मानव जाति को उस पर गर्व है। युगों-युगों तक लोग उसके साहस और वीरता की मिसाल देंगे। वह वीर सीधा स्वर्ग जाएगा। वह हम सबसे बेहतर स्थान पर रहेगा," महर्षि वेदव्यास ने उत्तर दिया।

"यह बातें मेरे लिए व्यर्थ हैं। अच्छे लोगों की मृत्यु क्यों हो जाती है?" युधिष्ठिर ने रोते हुए पूछा।

"इन प्रश्नों का कोई उत्तर नहीं है। इन्हें खोजने का प्रयास करना व्यर्थ है। हम मनुष्य होने के नाते सिर्फ इतना कर सकते हैं कि जो हुआ है, उसे स्वीकार करें और जीवन में आगे बढ़ जाएँ। समय किसी की प्रतीक्षा नहीं करता", व्यास ने उत्तर दिया। उन्होंने कहा, "मैं तुम्हें एक कथा सुनाता हूँ। ब्रह्मा ने जब मनुष्य को बनाया, तो उन्हें मनुष्य के प्रजनन और उसकी संख्या को बढ़ाने की क्षमता को लेकर चिंता हुई। उन्हें पता था कि पृथ्वी पर शीघ्र ही जगह कम पड़ जाएगी और फिर सब कुछ समाप्त हो जाएगा। यह सोचकर उनकी इच्छा हुई कि वह समूची सृष्टि को नष्ट कर दें। तब रुद्र ने ब्रह्मा को दर्शन दिए और सृष्टिकर्ता को सांत्वना देते हुए उनसे उस दुविधा का बेहतर समाधान खोजने का आग्रह किया। उससे प्रेरित होकर ब्रह्मा ने मृत्यु का नियम बनाया। जो प्राणी जन्म लेगा, उसकी मृत्यु निश्चित है। मृत्यु के पास यह अधिकार है कि वह जीवन को जब, जैसे चाहे - दुर्घटना, बीमारी, युद्ध, हत्या, अकाल अथवा अन्य कोई प्राकृतिक आपदा के द्वारा - समाप्त कर सकती है। इसलिए मृत्यु को जीवन का अकाट्य पहलू मानना चाहिए। उससे बच पाना असंभव है। विवेकशील पुरुष, इस तरह दुःखी नहीं होते और सत्य को स्वीकार कर शांत रहते हैं।"

वेदव्यास ने जब देखा कि पांडव, अभिमन्यु की मृत्यु के दुःख से उबर गए थे, तो वह लौट गए। युधिष्ठिर, हृदय कठोर से अर्जुन की प्रतीक्षा करने लगा। किसी में अर्जुन का क्रोध सहने की शक्ति नहीं थी। वे सब दुःख के सागर में डूबे हुए थे।

15

अभिमन्यु की शहादत का प्रतिशोध

इधर अर्जुन और कृष्ण संशप्तकों को मारकर तेज़ी से शिविर की ओर लौट रहे थे। वह अर्जुन के लिए विजय दिवस था क्योंकि उसने बहुत समय से परेशान कर रहे संशप्तकों के आत्मघाती हमले के एक-एक सैनिक को मार गिराया था, परंतु अर्जुन भीतर से प्रसन्न नहीं था। उसकी अंतर्चेतना में किसी भारी क्षति के होने का पूर्वाभास छिपा था और इसी कारण वह अनजान भय से ग्रस्त था। उसने कृष्ण से कहा, “मुझे किसी दुःखद दुर्घटना के होने का आभास हो रहा है। मैं उस दुःख को अपने भीतर महसूस कर सकता हूँ। मुझे किसी भारी क्षति का अंदेशा है। मेरा मुँह सूख रहा है और मुझे प्यास लगी है। यदि युधिष्ठिर को कुछ हो गया, तो मैं सहन नहीं कर पाऊँगा। जल्दी करो कृष्ण! मैं अपने सभी प्रियजनों से जब तक मिल नहीं लूँगा, मुझे शांति नहीं मिलेगी।”

“अपने भाइयों की चिंता मत करो। उनकी नियति में कुरुक्षेत्र की रणभूमि में मरना नहीं लिखा है,” कृष्ण ने कहा। उन्होंने घोड़ों को तेज़ दौड़ने के लिए लगाम कसी। वे गंतव्य की ओर तेज़ी से बढ़ रहे थे और साथ ही अर्जुन का भय और उसकी हृदयगति भी बढ़ती जा रही थी।

“कृष्ण, क्या आप सुन रहे हैं? हमारे शिविर में मातम छाया हुआ है। वहाँ संगीत की ध्वनि और सैनिकों की परस्पर बातचीत के स्वर भी सुनाई नहीं पड़ रहे। वे सब मुझे देखने से बच रहे हैं। उनकी दृष्टि ज़मीन पर टिकी है। मैं बहुत चिंतित हूँ, अभिमन्यु कहाँ है? वह सबसे पहले मेरा अभिवादन करता है और दिन भर की गतिविधियों के विषय में पूछता है। वह कहाँ है?”

कृष्ण भी मौन थे। इस बीच, उन्होंने शिविर में प्रवेश किया। किसी ने अर्जुन से कुछ नहीं कहा। उसकी चिंता और बढ़ गई। उसने कहा, "यहाँ व्याप्त मौन मुझे मार डालेगा। अभिमन्यु कहाँ है? द्रोण ने आज चक्रव्यूह का निर्माण किया था। मेरी जानकारी के अनुसार अभिमन्यु को छोड़कर हमारी सेना में किसी व्यक्ति के पास चक्रव्यूह को भेदने की कला और ज्ञान नहीं है। मुझे विश्वास है कि मेरा पुत्र उस चक्रव्यूह को भेदने उसमें नहीं घुसा होगा! उसे चक्रव्यूह से बाहर निकलना नहीं आता। व्यूह में घुसना निश्चय ही आत्मघाती योजना होगी।"

अर्जुन ने अपने भाइयों को देखा, जो उससे दृष्टि मिलाने को तैयार नहीं थे। वे सिर झुकाकर दुःख के सागर में डूबे बैठे थे। यह देखकर अर्जुन के भय की पुष्टि हो गई। "क्या अभिमन्यु की मृत्यु हो गई? क्या मेरे भाइयों, धृष्टद्युम्न और सात्यकि जैसे बलशाली योद्धा खड़े सिर्फ देखते रहे? इस बीच शत्रुओं ने मेरे अभिमन्यु को मार डाला। क्या उसे बचाने के लिए कोई कुछ नहीं कर सका अथवा मुझसे ही समझने में भूल हो रही है। यहाँ मेरे सामने पुरुषों के वेश में नपुंसक खड़े हैं। मैं सुभद्रा और अभिमन्यु की पत्नी को क्या मुँह दिखाऊँगा? मैं उन्हें क्या कहूँगा? द्रौपदी को अभिमन्यु सबसे अधिक पसंद था। वह कहती थी कि अभिमन्यु बिल्कुल मेरे जैसा लगता है और इसी कारण वह उससे सबसे अधिक प्रेम करती थी। मैं द्रौपदी के सामने क्या मुँह लेकर जाऊँगा? मैं अभिमन्यु को बचा नहीं सका। मैं तीन लोकों का कौन-सा सुख लाकर उसे सांत्वना दे सकूँगा? मैं अपने पुत्र को खोने के बाद इस संसार का सबसे दुर्भाग्यशाली पुरुष हूँ।"

कृष्ण ने अपने मित्र के कंधे पर हाथ रखा और कहा, "अभिमन्यु के लिए दुःख मत करो। वह बहुत योग्य था। उसने जो रणभूमि में किया, तुम्हें उस पर गर्व होना चाहिए। तुम्हारे पुत्र से अधिक योग्य पुत्र मिलना मुश्किल है। संसार सदा अभिमन्यु को याद करेगा। मैं तुम्हें वचन देता हूँ। अपने भाइयों को दोषपूर्ण दृष्टि से मत देखो। अभिमन्यु की मृत्यु के लिए उन्हें दोष मत दो। तुम अच्छी तरह जानते हो कि अभिमन्यु का जीवन बचाने के लिए ये सब अपना जीवन न्योछावर कर सकते हैं, परंतु मृत्यु क्रूर है। आज जो हुआ, वह किसी के नियंत्रण में नहीं था।"

कुछ पल के लिए मौन छा गया। किसी में एक शब्द भी कहने का साहस नहीं था क्योंकि अर्जुन के (जो जिष्णु का रूप था) क्रोध से सब घबराते थे। अर्जुन ने कहा, "मैं जानना चाहता हूँ कि युद्धभूमि में क्या हुआ। पांडव और पांचाल सभी अभिमन्यु के पीछे सहायता के लिए थे, तो फिर वह कैसे मारा गया? ऐसा लगता है मुझसे भूल हुई, जो मैंने सोच लिया कि मैं अभिमन्यु को सुरक्षित हाथों में छोड़कर जा रहा हूँ। यदि मुझे पता होता कि मेरा विश्वास इस तरह टूट जाएगा, तो मैं उसे एक क्षण के लिए भी अपनी दृष्टि से ओझल नहीं होने देता। बताओ वीर योद्धाओं! मुझे बताओ कि अभिमन्यु के साथ यह अत्याचार किस तरह हुआ?"

इसके बाद युधिष्ठिर ने दुःखी स्वर में उत्तर दिया, "रणभूमि में जो हुआ, मैं उसका समस्त उत्तरदायित्व लेता हूँ। द्रोण के चक्रव्यूह की चपेट में हमारी सेना आ गई थी और वे धीरे-धीरे मुझे पकड़ने के लिए आगे बढ़ रहे थे। मैंने हताश होकर अभिमन्यु को चक्रव्यूह भेदने का आदेश दिया। वह एक पल भी नहीं झिझका और तत्काल व्यूह-भेदने चल पड़ा। हमारी योजना यह थी कि हम अभिमन्यु के पीछे जाएँगे और जब वह चक्रव्यूह में प्रवेश कर जाएगा, तो हम उसे भीतर से छिन्न-भिन्न कर देंगे, परंतु सिंधु नरेश जयद्रथ ने हमारे प्रयासों को विफल कर दिया। उसने अभिमन्यु द्वारा बनाया गया व्यूह में घुसने का मार्ग अवरुद्ध कर दिया। हमने बहुत प्रयास किया, परंतु हम अभिमन्यु तक नहीं पहुँच सके। इस कारण बेचारा अभिमन्यु अकेला हो गया और उसे चारों ओर से घेर लिया गया। इसके बाद उन क्रूर और निर्मम अत्याचारियों ने उसे मिलकर मार डाला।"

"मेरा अभिमन्यु मृत्यु के समय बिल्कुल अकेला था। उसे सीधे युद्ध में परास्त करना असंभव था, इसीलिए उन दुष्टों ने उसके साथ छल किया। उन्होंने उसे घेरकर निहत्था करने के बाद मार डाला। उसने प्राण त्यागने से पहले पूरी शक्ति से युद्ध किया होगा। मेरा पुत्र मारा गया। मुझसे यह दुःख सहन नहीं होता," ऐसा कहकर अर्जुन मूर्छित होकर गिर पड़ा।

अर्जुन को होश आया, तो उसके अंतर्मन में दुःख और क्रोध के बीच ज़बरदस्त संघर्ष चल रहा था। दोनों एक-दूसरे पर हावी होने का प्रयास कर रहे थे। अर्जुन का क्रोध और दुःख, उन्माद बनकर फूट पड़ा। वह ज़ोर से गरजा, "मैं शपथ लेता हूँ कि कल सूर्यास्त होने से पहले दुष्ट जयद्रथ को, जो मेरे पुत्र की मृत्यु के लिए उत्तरदायी है, मार डालूँगा। मेरे और उसके बीच जो भी आएगा, मैं उसे समाप्त कर दूँगा। यदि मैं अपना वचन पूरा नहीं कर सका, तो मेरा यह शरीर व्यर्थ हो जाएगा और मैं आत्मदाह कर लूँगा। मैं प्रत्येक पावन वस्तु को साक्षी मानकर यह शपथ लेता हूँ।"

अर्जुन ने जिस उत्साह के साथ शपथ ली, उसने उसी उग्रता के साथ गांडीव की टंकार की। इस बीच, कृष्ण ने भी अपने पांचजन्य शंख से नाद कर दिया। अर्जुन के गांडीव की टंकार और कृष्ण के पांचजन्य शंख का नाद, कौरव शिविर तक गूँज गया, जिसे सुनकर शत्रु के मन में मृत्यु का भय पैदा हो गया। अभिमन्यु की मृत्यु के पश्चात कौरव शिविर में छाया उत्साह का माहौल टंकार और शंखनाद के स्वर से अचानक थम गया। शत्रु सेना के पैरों के नीचे की धरती काँपने लगी।

जयद्रथ ने वह स्वर सुना, तो वह बुरी तरह डर गया। वह इससे पहले इतना भयभीत कभी नहीं हुआ था। इसी बीच, गुप्तचर आए और उन्होंने जयद्रथ को अर्जुन की शपथ का समाचार दिया। यह सुनकर सिंधु नरेश समझ गया था कि मृत्यु उससे अधिक दूर नहीं है। उसका शरीर भय से पत्ते की तरह काँपने लगा। उसे भगवान शिव के वचन याद आ गए। शिव ने उसे चेतावनी दी थी कि वह अर्जुन को नहीं

रोक सकेगा। जयद्रथ, अर्जुन के हाथों भयानक मृत्यु नहीं चाहता था। उसे लगा कि संकट की घड़ी में साहस दिखाने की अपेक्षा भाग जाना उचित होता है। इसलिए उसे अपनी जान बचाकर भाग लेना चाहिए।

उसने भागने का निर्णय कर लिया था, इसलिए वह अपने और अर्जुन के बीच अधिक से अधिक संभव दूरी बना लेना चाहता था। उसने दुर्योधन के शिविर में जाकर अपने जाने के संबंध में घोषणा कर दी, उसने कहा, "अर्जुन ने मुझे कल सूर्यास्त से पहले मारने की शपथ ली है। मैं उसके हाथों मरना नहीं चाहता, इसलिए मैं अपने राज्य वापस जा रहा हूँ।"

"तुम ज़रूरत से ज़्यादा परेशान हो, इसलिए तुमने इस बात पर ध्यान नहीं दिया कि अर्जुन की शपथ वास्तव में हम सबके लिए वरदान है," दुर्योधन ने मुस्कराते हुए कहा। अपनी पत्नी के भाई जयद्रथ को भयभीत देखकर दुर्योधन ने आगे कहा, "अर्जुन ने ज़ल्दबाजी में शपथ ली है कि यदि वह तुम्हें नहीं मार सका, तो आत्मदाह कर लेगा। हमें अब केवल तुम्हें सुरक्षा प्रदान करनी है, ताकि अर्जुन तुम्हें खोज ना सके और फिर वह स्वयं ही आत्मदाह कर लेगा। उसकी मृत्यु के पश्चात उसके भाई भी हताश हो जाएँगे और फिर हम उन्हें आसानी से पराजित करके यमलोक भेज सकते हैं। यह रक्तरंजित युद्ध कल तक निस्संदेह समाप्त हो जाएगा।"

"परंतु सब कहते हैं कि अर्जुन तीनों लोकों में सर्वश्रेष्ठ योद्धा है। उसे कोई परास्त नहीं कर सकता और इसमें कोई संदेह नहीं कि वह आज तक कभी युद्ध में किसी से पराजित भी नहीं हुआ," जयद्रथ ने संशय से भरकर कहा, यद्यपि दुर्योधन के आत्मविश्वास-भरे शब्दों से उसे कुछ राहत अवश्य मिली थी।

"यह सब बकवास है!" दुर्योधन ने कहा। उसने कहा, "कर्ण पलक झपकते ही अर्जुन से निपट लेगा। इसके अतिरिक्त हम सब बलशाली योद्धा जैसे द्रोण, कृपाचार्य, अश्वत्थामा, दुःशासन, चित्रसेन, शल्य और भूरिश्रवा मिलकर तुम्हारी रक्षा करेंगे। तुम स्वयं भी वीर योद्धा हो। क्या तुमने आज अजेय पांडवों को नहीं रोका था? क्या तुमने चक्रव्यूह में घुसने का उनका मार्ग अवरुद्ध नहीं किया था? आज तुमने ही हमारे लिए युद्ध जीता है। यदि तुम्हें मेरी बात पर विश्वास नहीं है, तो तुम द्रोणाचार्य से पूछ सकते हो," दुर्योधन बोला।

वे दोनों द्रोणाचार्य के शिविर में गए और उन्होंने अर्जुन की शपथ के विषय में द्रोणाचार्य से बात की। आचार्य ने जयद्रथ से विनम्रतापूर्वक परामर्श किया और कहा कि मृत्यु की घड़ी में साहस से कार्य लेना चाहिए क्योंकि मृत्यु, मनुष्य के हाथ में नहीं है। द्रोणाचार्य ने उन दोनों को आश्वासन दिया कि वह स्वयं जयद्रथ की अर्जुन से रक्षा करेंगे। उनके दिए आश्वासन से जयद्रथ का साहस बढ़ा और उसकी हताशा दूर हो गई। इसके बाद उसने अगले दिन तक प्रतीक्षा करने का निश्चय किया।

इधर, कृष्ण अपने मित्र अर्जुन द्वारा लापरवाही से ली गई शपथ से प्रसन्न नहीं थे। उन्होंने उसे एक ओर ले जाकर फटकारा। उन्होंने कहा, "तुमने ज़ल्दबाजी में मूर्खतापूर्ण शपथ ली है। तुम्हें पहले मुझसे बात करनी चाहिए थी। तुमने कौरवों को चेतावनी देकर उन्हें सँभलने का पर्याप्त समय दे दिया है। वे तुम्हें तुम्हारे उद्देश्य में सफल होने से रोकने के लिए हर संभव प्रयास करेंगे। द्रोणाचार्य ने चक्र-शकट-व्यूह नाम की एक अन्य जटिल रचना करने का निश्चय किया है। तुम जानते हो कि उसे भेदना बहुत कठिन है। इसके अतिरिक्त उन्होंने कुछ और भी प्रबंध किए हैं, जिनसे तुम्हारा कार्य कई गुना मुश्किल हो जाएगा। उनके द्वारा निर्मित यह व्यूह सामने से पहिए के आकार का दिखाई पड़ता है और पीछे की ओर जाते हुए यह कमल-पुष्प का रूप ले लेता है। उस कमल के केंद्र में काँटों के समान एक अन्य सूचि-व्यूह की भी रचना की गई है। जयद्रथ को उसके भीतर सुरक्षित रखा जाएगा और प्रत्येक दिशा से एक-एक महारथी उसकी सुरक्षा में तैनात रहेगा। अर्जुन, तुमने अपने जीवन को ख़तरे में डाल दिया है और तुम्हारे कारण हम भी मूर्ख सिद्ध होंगे।"

"इससे कोई अंतर नहीं पड़ता! वे सब मिलकर भी मुझे नहीं रोक सकते। उन्हें इस रणनीति और अधिक संख्या से कोई लाभ नहीं मिलेगा। उन्होंने मेरे पुत्र को मारा है, उसकी हत्या की है। उन्हें इसका मूल्य चुकाना ही होगा। अभिमन्यु की मृत्यु से रिक्त हुआ स्थान अब केवल रक्त से भरा जा सकता है। वह जो चाहें, मेरे साथ कर लें। मैं अर्जुन हूँ और मैं अजेय हूँ। मैं सर्वश्रेष्ठ हूँ! मेरे सामने शेष सभी लोग धूल के कण के समान हैं। और फिर आप मेरे साथ हैं, तो मुझे अपना उद्देश्य पूरा करने से कोई नहीं रोक सकता। मैं कल किसी भी क़ीमत पर जयद्रथ का सिर काट डालूँगा। द्रोण तथा उनके वीर योद्धा नपुंसकों की भाँति मुझे देखते रह जाएँगे। अभिमन्यु की हत्या का प्रतिशोध अवश्य लिया जाएगा।"

कृष्ण ने कहा, "मुझे तुम्हारी योग्यता पर संदेह नहीं है अर्जुन, परंतु फिर भी नियति को चुनौती देना समझदारी नहीं है। तुम्हें शांत रहना चाहिए और रात्रि में सोने से पूर्व भगवान शिव की उपासना करनी चाहिए। हमें कल उनकी सहायता की आवश्यकता पड़ेगी।"

इसके बाद अर्जुन और कृष्ण दोनों थकान और आक्रोश से बोझिल सीधे बैठ गए। उनकी श्वास भारी चल रही थी और मस्तिष्क में गंभीर विचार रथ के पहिए की भाँति गोल-गोल घूम रहे थे। आख़िर बहुत प्रयास करने पर अर्जुन शांत हो गया। उसने कृष्ण से कहा, "मैं सुभद्रा और उत्तरा के समक्ष नहीं जा सकता। उनके दुःख की कल्पना से ही मेरे प्राण निकल रहे हैं। क्या आप वहाँ जाकर उन्हें सांत्वना दे सकते हैं?" कृष्ण ने उसका अनुरोध स्वीकार कर लिया और फिर कृष्ण स्वयं दोनों स्त्रियों के पास पहुँच गए।

जिस तरह माता अपने आहत शिशुओं को सीने से लगाती है, उसी तरह कृष्ण ने सुभद्रा और उत्तरा को अपने पास बुलाया और मृदु वचन कहकर उनके घावों को भरने का प्रयास किया। इसके बाद कृष्ण अपने कक्ष में लौट आए, परंतु उन्हें अर्जुन की चिंता सता रही थी। वह नियति की सत्ता पर चकित थे, जिस पर देवताओं का भी नियंत्रण नहीं होता। कृष्ण ने अपने सारथी दारुक को बुलाया और आदेश दिया, "मेरा रथ तैयार करो और उसमें अस्त्र-शस्त्र भी रख दो। यदि तुम्हें कल मेरे शंख से ऋषभ-स्वर सुनाई दे, तो समझ लेना कि मैं तुम्हें बुला रहा हूँ। तैयार रहना! यदि अर्जुन ने कल अपना जीवन अंत करने का निश्चय कर लिया, तो मैं उसी के साथ इस सृष्टि का भी अंत कर दूँगा।"

इस बीच, अर्जुन ने रात को सोते समय विचित्र स्वप्न देखा। वह कृष्ण से हुए वार्तालाप के बाद लापरवाही, क्रोध, उन्माद और आत्मविश्वास के संयुक्त भाव से भरा था, परंतु नींद में इन भावनाओं के बीच चिंता का पुट भी सम्मिलित हो गया था। उसे कृष्ण की सलाह याद थी और तब उसने भगवान शिव का नाम लिया तथा उनसे अभिमन्यु की हत्या का प्रतिशोध लेने के लिए सहायता माँगी।

अर्जुन ने गहरी नींद में स्वप्न देखा, जिसमें सब कुछ होना संभव है। अर्जुन ने देखा कि वह कृष्ण के समक्ष अपने अंतरतम भय का उद्घाटन कर रहा था। अपने विश्वासपात्र मित्र से मन की बात कह देने से अर्जुन को राहत मिली। कृष्ण ने अर्जुन का हाथ धीरे-से अपने हाथ में लिया और फिर दोनों आकाश में ऊपर उठ गए। उन्होंने पलक झपकते ही बहुत लंबी दूरी तय कर ली। ऐसा लग रहा था मानो वे दोनों भगवान विष्णु के वाहन, गरुड़ पर सवार थे। आख़िर वे भगवान शिव के धाम हिमालय पर्वत पहुँच गए।

अर्जुन ने देखा त्रिनेत्रधारी भगवान शिव, पार्वती तथा अपने गणों और भक्तों के साथ बैठे थे। उनके आस-पास का वातावरण उपासना और पूजा-अर्चना के स्वर से गूँज रहा था। दोनों मित्रों ने भगवान शिव और उनकी पत्नी को प्रणाम किया। शिव उन्हें देखकर मुस्कराए, तो उनके सभी भाव तिरोहित हो गए और असीम शांति का अनुभव हुआ। कृष्ण और अर्जुन को समीप के दिव्य सरोवर से धनुष-बाण लाने का आदेश मिला। वह बाण और धनुष, सर्प के रूप में विद्यमान थे, परंतु उन्हें प्राप्त करने में अर्जुन और कृष्ण को कठिनाई नहीं हुई। इसके बाद शिव ने व्यक्तिगत तौर पर अर्जुन को पाशुपतास्त्र नाम का अपना अस्त्र दिया और उसके प्रयोग की विधि बताई। इस तरह अर्जुन को भगवान शिव का अपना विध्वंसकारी अस्त्र प्राप्त हो गया। भगवान शिव का आशीर्वाद लेकर कृष्ण और अर्जुन शिविर में लौट आए। उन्हें विश्वास था कि अर्जुन अगले दिन सूर्यास्त से पहले तक अपना कार्य पूरा कर लेगा।

अगले दिन दोनों ही शिविरों में संदेह और भय का वातावरण व्याप्त था। पांडव शिविर में हलचल कुछ कम थी। सब अपने काम में व्यस्त थे और कोई यह सोचना

भी नहीं चाहता था कि यदि अर्जुन अपने कार्य में असफल हो गया, तो क्या होगा। सब व्याकुल थे और सबकी नज़रें अर्जुन पर टिकी थीं। अर्जुन यद्यपि शांत था, मानो उसके लिए वह दिन भी अन्य दिनों की तरह साधारण था। कृष्ण को साथ ले जाने से पहले उसने कड़े निर्देश दिए। अर्जुन ने युधिष्ठिर को द्रोण से सुरक्षित रखने का दायित्व सात्यकि को सौंप दिया, फिर उसने सभी भाइयों को गले लगाया। वह उनकी आँखों में व्याप्त भय को नहीं देख रहा था। उसने तत्काल कृष्ण से रणभूमि की ओर प्रस्थान करने का आग्रह किया। वह अपनी शपथ पूरी करने को तैयार था। आज उसके पुत्र के साथ हुए अन्याय का प्रतिशोध लेने का दिन था।

कौरवों ने भी आचार्य द्रोण के निरीक्षण में अपनी तैयारी पूर्ण कर ली थी। द्रोण ने निश्चय कर लिया था कि वह कौरवों को अपमान करने का कोई अवसर नहीं देंगे। इसलिए उन्होंने अर्जुन से सिंधु नरेश जयद्रथ की सुरक्षा का भरपूर प्रबंध कर दिया था। उन्होंने ज़बरदस्त व्यूह रचना की थी और स्वयं उसकी रक्षा के लिए आगे खड़े थे। द्रोण, अपने पूर्व शिष्य अर्जुन तथा जयद्रथ के बीच अभेद्य शिलाखंड की भाँति दृढ़ता से खड़े हो गए। अर्जुन ने शांत भाव से रणभूमि का निरीक्षण किया। उसकी पैनी दृष्टि ने तत्काल वहाँ बिछे मौत के जाल की कमजोर कड़ी पकड़ ली। उसने कृष्ण से रथ, दुर्मर्षण की ओर ले चलने को कहा।

अर्जुन के गांडीव से बाणों की भीषण वर्षा आरंभ हुई, तो कुछ ही क्षणों में दुर्मर्षण के सभी सैनिक मारे गए। दुःशासन ने यह दृश्य देखा, तो वह अपने भाई की सहायता के लिए दौड़ा गया, परंतु उसे स्वयं सहायता की आवश्यकता थी, फिर वह भागकर सुरक्षा के लिए द्रोण के पास पहुँच गया। कृष्ण लगातार दुःशासन का पीछा कर रहे थे। उन्होंने जैसे ही आचार्य द्रोण को देखा तो अश्वों की लगाम खींच ली। अर्जुन ने सदा की भाँति अपने गुरु की ओर आदरपूर्वक देखा और हाथ जोड़कर प्रणाम किया। द्रोण अपने शिष्य को देखकर मुस्कराए। उन्होंने अर्जुन को आश्वासन दिया कि यद्यपि वह उसके शुभचिंतक हैं, परंतु जयद्रथ को मारने से पहले अर्जुन को उन्हें परास्त करना होगा।

दोनों योद्धाओं के बीच ज़बरदस्त संघर्ष आरंभ हो गया। दोनों एक-दूसरे पर हावी होने के लिए लगातार युद्ध कर रहे थे। यह देखकर कृष्ण ने अर्जुन से कहा, "तुम अच्छी तरह जानते हो कि तुम दोनों के बीच युद्ध पूरे दिन चल सकता है क्योंकि तुम दोनों में से कोई भी एक-दूसरे की हत्या करना नहीं चाहता। हम लोगों का यहाँ बहुत समय व्यर्थ हो गया है। हमें अविलंब यहाँ से जाना होगा!" अर्जुन को कृष्ण की बात माननी पड़ी और वे दोनों वहाँ से चल पड़े।

कृष्ण ने ज़्यों ही रथ दूसरी दिशा में घुमाया, आचार्य द्रोण ने अर्जुन को पुकारा और कहा, "कहते हैं, अर्जुन कभी अपने शत्रु को परास्त किए बिना रणभूमि नहीं छोड़ता। आज तुम युद्ध छोड़कर कैसे जा रहे हो?"

"इसका उत्तर सीधा है। आप तो मेरे शत्रु नहीं, अपितु गुरु हैं। इसके अतिरिक्त आपको युद्ध में परास्त करना असंभव है," अर्जुन ने उत्तर दिया और अपने गुरु को शांत कर दिया।

द्रोण के साथ युद्ध में व्यर्थ हुए समय की क्षतिपूर्ति करने के उद्देश्य से अर्जुन, कौरव सेना को छिन्न-भिन्न करता हुआ तेज़ी से आगे बढ़ गया। भोजराज कृतवर्मा ने अर्जुन को रोकने का साहसपूर्ण प्रयास किया, परंतु शीघ्र ही वह भी परास्त होकर पीछे हट गया। अर्जुन का रथ कृष्ण के कुशल सारथ्य में रणभूमि के बीच सरपट दौड़ रहा था और पीछे शवों के ढेर लगते जा रहे थे। कौरव सैनिकों के लिए अर्जुन का ज़बरदस्त प्रहार सहना असंभव हो गया था।

इसके बाद कलिंग नरेश श्रुतायुध ने अर्जुन को युद्ध के लिए चुनौती दी। उन दोनों के बीच कुछ देर युद्ध चला। कलिंग नरेश ने अर्जुन को अच्छी टक्कर दी क्योंकि वह स्वयं एक कुशल योद्धा था, जो पहले कभी किसी से परास्त नहीं हुआ था, परंतु उस दिन अर्जुन के समक्ष किसी के लिए भी टिक पाना संभव नहीं था। अर्जुन ने श्रुतायुध से अधिक देर युद्ध करने के बजाय शीघ्रता से उस पर विजय प्राप्त कर ली। श्रुतायुध एक पल के लिए स्तब्ध रह गया और फिर उसे क्रोध आ गया। उसकी कीर्ति दाँव पर थी। उसे लगा कि यदि उसने अर्जुन को आगे जाने का मार्ग नहीं दिया, तो वह निश्चित रूप से मारा जाएगा, परंतु श्रुतायुध के लिए पीछे हटना असंभव था, इसलिए उसने कृष्ण पर अपनी गदा से वार किया। श्रुतायुध की गदा की गति विचार से भी तेज़ थी। अर्जुन देखता ही रह गया और इस बीच, श्रुतायुध की गदा श्रीकृष्ण के मज़बूत कंधों पर आ लगी। अर्जुन की एक पल के लिए श्वास रुक गई। वह देखने के लिए रुका कि उसके मित्र को कितनी चोट आई थी। कृष्ण उसे देखकर मुस्कुराए। उन्हें बिल्कुल चोट नहीं आई थी। श्रुतायुध की गदा कृष्ण से टकराई और उसने लौटकर श्रुतायुध की छाती पर ज़बरदस्त प्रहार किया और उसकी तत्काल मृत्यु हो गई। अर्जुन को चकित देखकर कृष्ण ने कहा, "मैं रथ चलाते हुए तुम्हें बताऊँगा कि ऐसा कैसे हुआ, अभी हम जयद्रथ से बहुत दूर हैं।"

"श्रुतायुध जल के देवता, वरुणदेव और पर्णाशा नदी का पुत्र था। उसके जन्म पर उसकी माता भयभीत हो गई क्योंकि उसके पुत्र को पृथ्वी पर मनुष्य का जीवन व्यतीत करना था। वह अपने प्रिय पुत्र की क्षति नहीं चाहती थी, इसलिए उसने वरुणदेव से प्रार्थना की और अपने पुत्र को अजेय करने के लिए वरदान माँगा। वरुणदेव ने अपने पुत्र श्रुतायुध को एक गदा भेंट की और आशीर्वाद दिया कि उस गदा की सहायता से वह युद्ध में सदा अजेय रहेगा, परंतु वरुणदेव ने एक चेतावनी भी दी कि यदि उस गदा से किसी निहत्थे व्यक्ति पर वार किया गया, तो वह पलटकर वार करने वाले को मार डालेगी! श्रुतायुध उत्तेजना में अपने पिता की इस महत्त्वपूर्ण चेतावनी को भूल गया और इसी कारण उसकी मृत्यु हो गई।"

श्रुतायुध की मृत्यु से कौरव सैनिकों में हताशा की लहर दौड़ गई। अर्जुन ने स्थिति का लाभ उठाया और वह द्रोण के चक्र-शकट-व्यूह के भीतर प्रवेश कर गया। मार्ग में राजा सुदक्षिण ने अर्जुन से वीरतापूर्वक युद्ध किया। अर्जुन को काफ़ी चोट लगी। कुछ पल के लिए उसकी शक्ति क्षीण हो गई और वह अपना ध्वज पकड़कर खड़ा हो गया। यह देखकर कृष्ण ने बिना सिर घुमाए धीमे स्वर में अर्जुन से बात की। कृष्ण के वचन सुनकर अर्जुन के तन में फिर उत्साह और शक्ति का संचार होने लगा। दोनों योद्धा फिर युद्ध के लिए तैयार हो गए।

दुर्योधन यह देखकर क्रोधित था कि अर्जुन, कौरव सेना को छिन्न-भिन्न करता हुआ तेज़ी से आगे बढ़ रहा था। रणभूमि पर गिद्धों और चीलों ने उतरना आरंभ कर दिया था। उनकी संख्या कौरव पक्ष की ओर अधिक थी। ऐसा लग रहा था कि मानो मांसभक्षी प्राणियों को इस बात का भरोसा था कि उन्हें अपना पेट भरने के लिए केवल अर्जुन के रथ का पीछा करना है। दुर्योधन ने क्रोधपूर्वक द्रोण की ओर देखा और कहा, "आपने मुझे फिर निराश किया है। अर्जुन ने आपके व्यूह को भेद दिया और अब वह जयद्रथ की ओर बढ़ रहा है। जयद्रथ, अर्जुन की शपथ सुनकर अपने राज्य लौटना चाहता था, परंतु मैंने उसे आश्वासन देकर रोक लिया था कि हम उसकी रक्षा करेंगे। अब मुझे लगता है कि इस निर्णय में मुझसे भूल हो गई। आप युद्ध हमारी ओर से लड़ रहे हैं, परंतु यह आपके युद्ध करने के ढंग से दिखाई पड़ता है कि आपका प्रेम अब भी पांडवों के साथ है।"

"मैं तुम्हारे इन कटु वचनों के लिए तुम्हें दोष नहीं देना चाहता। एक पिता जिस तरह अपने पथ-भ्रष्ट पुत्र को क्षमा कर देता है, उसी तरह मैं तुम्हें इस धृष्टता के लिए क्षमा करता हूँ। मैं बढ़ती आयु में भी कौरवों की विजय सुनिश्चित करने के लिए पूरी शक्ति से युद्ध कर रहा हूँ," द्रोण ने गर्व से उत्तर दिया।

"मुझे क्षमा कर दीजिए गुरुवर! मैं जयद्रथ की सुरक्षा को लेकर बहुत चिंतित हूँ, इसीलिए मेरे मुख से ऐसी बात निकल गई। मैं आपकी मंशा पर संदेह नहीं कर रहा हूँ। क्या मैंने अपना भविष्य आपके हाथों में नहीं सौंप दिया है?" दुर्योधन ने झिझकते हुए कहा।

"मैं भी तन में प्राण रहने तक तुम्हें निराश नहीं करूँगा। अर्जुन का पूरा ध्यान जयद्रथ को पकड़ने पर केंद्रित है, किंतु जयद्रथ अभी अर्जुन से बहुत दूर है। मैं इस बीच युधिष्ठिर को पकड़कर ले आऊँगा। इधर तुम सिंधु नरेश का ध्यान रखना।"

"परंतु मैं ऐसा कैसे कर सकूँगा, जबकि आप स्वयं भी अर्जुन को नहीं रोक पाए?" दुर्योधन ने अनुभवी द्रोण के शब्दों को बीच में काटते हुए कहा।

"चिंता मत करो। मैं तुम्हें असुरक्षित छोड़कर नहीं जाऊँगा," द्रोण बोले। "मैं तुम्हें एक स्वर्ण-कवच देकर जा रहा हूँ। मैंने स्वयं इसे विशेष पद्धति से बनाया है। यह कवच अभेद्य है। इसकी सहायता से तुम सरलता से अर्जुन का सामना कर सकोगे।"

द्रोण के उस विशेष कवच को धारण करने के बाद दुर्योधन स्वयं को सुरक्षित महसूस कर रहा था। वह एक बड़ा सैन्य-दल लेकर अर्जुन की तलाश में निकल गया। द्रोण के वचन सुनकर उसके मन में आत्मविश्वास पैदा हुआ था और उसे इस बात का भरोसा था कि वह अर्जुन को उसकी शपथ पूरी करने से रोक सकेगा। वह अर्जुन को आत्मदाह करते और उसके भाइयों को हताशा में अपने बाल नोंचते देखने की कल्पना करने लगा। उसने कृष्ण के भी निष्क्रिय अवस्था में बैठे होने की कल्पना कर ली। दुर्योधन ऐसे स्व-कल्पित दृश्यों से सुख अर्जित कर रहा था।

इस बीच, अर्जुन ने कौरव सेना के बड़े अंश का संहार कर डाला था और वह तेज़ी से जयद्रथ की ओर बढ़ रहा था। अर्जुन ने अधीरतावश कृष्ण को घोड़े तेज़ दौड़ाने को कहा, परंतु उसके अश्व भी बहुत समय से तेज़ दौड़ते-दौड़ते थक चुके थे। कृष्ण ने अर्जुन से कहा कि यदि अश्वों को तत्काल आराम एवं भोजन-पानी नहीं मिला, तो वे मर जाएँगे।

यह सुनकर अर्जुन रथ से नीचे कूद गया और पैदल ही युद्ध के लिए निकल पड़ा। इस बीच, कृष्ण ने अश्वों की लगाम खोली और उनके शरीर के विभिन्न अंगों पर लगे बाण निकालने लगे। उन्होंने अर्जुन को बुलाया और अश्वों के लिए जल की व्यवस्था करने को कहा। ऐसा कहते ही अर्जुन ने धरती में एक बाण मारा, तो कृष्ण के पैरों के निकट स्वच्छ जल स्रोत फूट पड़ा और एक छोटा-सा सरोवर बन गया। इसके बाद अर्जुन ने कृष्ण और घोड़ों को योद्धाओं की ओर से हो रहे अस्त्र-शस्त्रों के प्रहार से बचाने के लिए तीरों का एक बाड़ा बना दिया। उस सुरक्षित स्थान पर कृष्ण ने घोड़ों के घावों पर मरहम लगाया, उन्हें भोजन एवं जल दिया तथा आराम की सुविधा प्रदान की। साथ ही कृष्ण, अश्वों से उत्साह-भरे मीठे वचन भी बोल रहे थे, जिनसे प्रेरित होकर उनके अश्व भी अपने स्वामियों द्वारा उठाए जा रहे युद्ध के भारी बोझ का कुछ अंश सहन कर पा रहे थे।

इस बीच, सैनिकों ने अर्जुन को रथ से नीचे देखा, तो उस पर मिलकर हमला बोल दिया। उन्हें लगा कि अर्जुन शायद रथ के बिना असुरक्षित था। परंतु अर्जुन उस अवस्था में भी बहुत-से घुड़सवारों से अधिक तेज़ और फुर्तीला था। उसके बाणों ने किसी को नहीं छोड़ा। उसने किसी सैनिक को अपने निकट नहीं आने दिया।

इधर, कृष्ण द्वारा की गई देखभाल के बाद अश्व आगे बढ़ने के लिए फिर तैयार हो गए थे। उन्होंने अश्वों को रथ में जोता और अर्जुन के साथ युद्ध के लिए निकल पड़े। तभी उनका सामना दुर्योधन से हो गया। दुर्योधन ने कहा, "वाह! वाह! आज तो मैं स्वयं अर्जुन को अपने सामने देख रहा हूँ। मैंने रण में तुम्हारी उपलब्धियों के विषय में बहुत सुना है। यह मेरा सौभाग्य है कि आज मुझे तुम्हारे युद्ध-कौशल को साक्षात देखने का अवसर मिलेगा।"

दुर्योधन ने तुरंत अर्जुन पर आक्रमण बोल दिया। अर्जुन ने भी पूरी शक्ति से उत्तर दिया। कृष्ण जानते थे कि वह युद्ध कुछ ही क्षण में समाप्त हो जाएगा। उन्हें विश्वास था कि उनका मित्र अर्जुन, शीघ्र ही दुर्योधन को परास्त करके जयद्रथ को मारने के लिए आगे बढ़ जाएगा, परंतु उन्हें यह देखकर आश्चर्य हुआ कि अर्जुन के बाण, जो अपने अचूक निशाने के लिए प्रसिद्ध थे, दुर्योधन के स्वर्ण-कवच से टकराकर तितर-बितर हो रहे थे।

कृष्ण को आश्चर्यचकित देखकर अर्जुन ने कहा, "ऐसा लग रहा है कि आचार्य द्रोण ने अपने अनमोल राजकुमार को मुझसे बचाने के लिए भरपूर सुरक्षा प्रदान की है। उन्होंने दुर्योधन को यह अभेद्य कवच दिया है। यही कारण है कि यह दुर्योधन, जो मुझे या भीम को देखकर ही घबरा जाता है, आज डर नहीं रहा है, परंतु यह कवच हो अथवा नहीं, लेकिन यह बात हास्यास्पद है। दुर्योधन को लगता है कि वह मुझे परास्त कर सकता है। मैं अभी इसे दिखाता हूँ कि मुझसे युद्ध करके यह कितनी बड़ी भूल कर रहा है।"

अर्जुन ने दुर्योधन के सारथी को तत्काल मार गिराया और उसका रथ भी तोड़ दिया। उसके बाद अर्जुन ने अपने अचूक बाणों से दुर्योधन के शरीर पर जगह-जगह घाव कर दिए। यहाँ तक कि उसने दुर्योधन के नाखून के नीचे कोमल जगह पर भी बाण चलाए। दुर्योधन छोटे बच्चों की भाँति जोर-जोर से पीड़ा से चिल्ला रहा था। उसे देखकर अर्जुन मुस्कराया मानो दुर्योधन से पूछ रहा हो कि उसके युद्ध-कौशल का इतना प्रदर्शन पर्याप्त था अथवा वह और कुछ देखना चाहता था! दुर्योधन ने अर्जुन के वचनों की उपेक्षा कर दी और वह अपने प्राण बचाकर भाग निकला।

दुर्योधन प्रतिष्ठा भूल रणभूमि छोड़कर भाग रहा था, किंतु द्रोण अपने वचन की पूर्ति के लिए कृतसंकल्प थे। अर्जुन का मित्र सात्यकि, जिस पर युधिष्ठिर की सुरक्षा का दायित्व था, द्रोण के साथ सिंह की भाँति युद्ध कर रहा था। उसने द्रोण को उनके उद्देश्य में सफल होने से रोक भी दिया था। द्रोण ने कई बार युधिष्ठिर पर हमला किया, परंतु हर बार सात्यकि ने हमले को विफल कर दिया।

युधिष्ठिर को अपने प्रिय भाई अर्जुन की अधिक चिंता थी। उसके पास यह जानने का कोई तरीक़ा नहीं था कि अर्जुन जीवित था अथवा नहीं। युधिष्ठिर ने आख़िर में सात्यकि को अर्जुन का समाचार जानने भेजा और कहा यदि आवश्यक हो, तो वह अर्जुन की सहायता करे। सात्यकि ने युधिष्ठिर के प्रस्ताव का विरोध किया, परंतु युधिष्ठिर ने उसकी बात नहीं मानी।

कुछ देर बाद अर्जुन ने सात्यकि को अपनी ओर आते देखा, तो उसे अच्छा नहीं लगा कि सात्यकि अपना दायित्व बीच में छोड़ आया था। वह समझ गया कि युधिष्ठिर ने ही सात्यकि को अर्जुन की सहायता के लिए भेजा होगा, परंतु अर्जुन की इच्छा थी कि सात्यकि को युधिष्ठिर की रक्षा के लिए वहीं रुकना चाहिए था।

अर्जुन के मन में दो बातों को लेकर चिंता थी। उसके लिए जयद्रथ को पकड़ना आवश्यक था और साथ ही युधिष्ठिर की सुरक्षा भी अनिवार्य थी। आचार्य द्रोण के लिए सात्यकि की अनुपस्थिति में युधिष्ठिर को पकड़ना सरल था। अर्जुन को मन ही मन युधिष्ठिर की मूर्खता पर क्रोध आ रहा था, परंतु उसने निश्चय किया कि उसके पास जयद्रथ के पीछे जाने के अतिरिक्त दूसरा विकल्प नहीं था। तभी अर्जुन के मस्तिष्क में कृष्ण की आवाज गूँजी, "अर्जुन! सात्यकि को तुम्हारी सहायता की आवश्यकता है। वह भूरिश्रवा की दया पर है और यदि तुमने उसकी सहायता नहीं की तो वह मारा जाएगा।"

सात्यकि, आचार्य द्रोण के साथ लगातार युद्ध से थक चुका था। तथापि वह वीरतापूर्वक लड़ता रहा क्योंकि वह साधारण योद्धा नहीं था और उसे स्वयं अर्जुन ने प्रशिक्षित किया था। तभी भूरिश्रवा ने सात्यकि पर वार किया जिसके कारण सात्यकि मूर्छित होकर गिर पड़ा। भूरिश्रवा, नीचे गिरे सात्यकि को पैरों से मारने लगा। उसने सात्यकि को बालों से पकड़कर घसीटा और उसका सिर काटने के लिए आगे बढ़ा।

भूरिश्रवा और सात्यकि के बीच रक्त-रंजित युद्ध हुआ। दोनों ही एक-दूसरे की वीरता को भूल गए थे। सात्यकि, यदुवंशी ययाति का पुत्र और राजा शिनि का पौत्र था। वह पांडवों का पूर्वज था। शिनि और कृष्ण के पिता वसुदेव दोनों भाई थे। शिनि ने अपने भाई वसुदेव के लिए देवकी का स्वयंवर से बलपूर्वक अपहरण कर लिया था और फिर उसे अपने रथ में बैठाकर वासुदेव के पास ले गया था।

भूरिश्रवा का पिता सोमदत्त, राजकुमारी देवकी से विवाह करना चाहता था। वह किसी ऐसे पुरुष के समक्ष हार मानने को तैयार नहीं था, जिसने बल का प्रयोग किया। उन दोनों के बीच युद्ध में सोमदत्त हार गया। वह नीचे गिर पड़ा, तो शिनि ने गिरे हुए शत्रु को पैरों से मारा। वह सोमदत्त का सिर काट देना चाहता था, परंतु सौम्य स्वभाव वाली देवकी के चेहरे पर व्याप्त भय देखकर शिनि ने सोमदत्त को छोड़ दिया।

इसके बाद सोमदत्त ने भगवान शिव की उपासना की और उनसे वरदान में ऐसा पुत्र माँगा, जो उसके अपमान का बदला लेकर शिनि के वंशज को युद्ध में हराए और उसे पैरों से मारे। भगवान शिव के वरदान के कारण ही भूरिश्रवा ने सात्यकि के साथ इस तरह का दुर्व्यवहार किया था।

सात्यकि को भूरिश्रवा की पकड़ में असहाय देखकर अर्जुन तत्काल हरकत में आ गया। वह अपने प्रिय मित्र को मरते नहीं देख सकता था। अर्जुन के पास उचित और अनुचित पर विचार करने का समय नहीं था। उसने एक बाण चलाकर भूरिश्रवा का वह हाथ काट डाला, जिससे वह सात्यकि का सिर काटने वाला था। भूरिश्रवा को अपनी आँखों पर विश्वास नहीं हुआ। उसका हाथ उसके शरीर से अलग होकर जल से बाहर मछली की तरह भाँति फड़फड़ा रहा था।

भूरिश्रवा ने अर्जुन को देखा और कटु वचन कहे, "हे सदाचारी कुंती के पुत्र! तुमने यह दुष्कर्म किया है। मैं किसी अन्य योद्धा से लड़ रहा हूँ, ऐसे में तुम बिना चेतावनी दिए, मेरे साथ ऐसा कैसे कर सकते हो? निस्संदेह तुम्हारे वृद्धजनों ने तुम्हें युद्ध के नियम सिखाए होंगे। तुमने अपनी कीर्ति को कलंकित क्यों किया? तुम्हें इसके लिए पछताना पड़ेगा।"

अर्जुन को एक क्षण के लिए उसकी अंतरात्मा ने कचोटा, किंतु फिर उसने रक्षात्मक ढंग से उत्तर दिया, "कोई भी पुरुष जिसके समक्ष कोई दुष्कर्म किया जा रहा हो, मूकदर्शक बनकर देख नहीं सकता। तुमने अपने शत्रु को परास्त कर दिया और अब वह मूर्छित हो चुका है, परंतु तुम दया करने के बजाय उसे पैरों से मार रहे हो। वह किसी नवजात शिशु की भाँति असहाय और बेबस गिरा पड़ा है। तुम ऐसी स्थिति में उसे मारने का प्रयास कर रहे हो। अपने प्रिय मित्र की बात ही क्या, मैं किसी शत्रु के साथ भी ऐसा नहीं कर सकता।"

भूरिश्रवा ने अर्जुन के शब्दों को चुपचाप सुना, फिर उसने निश्चय किया कि अपना हाथ गँवाकर असहाय जीवन व्यतीत नहीं कर सकता क्योंकि यह उसके लिए गौरव का प्रश्न था। उसने कुछ बाण एकत्र किए और फिर उन्हें ज़मीन पर बिखेर दिया और उनके ऊपर योग मुद्रा में बैठकर ध्यान में लीन हो गया। उसके लिए संसार को छोड़ने का समय हो गया था।

भूरिश्रवा ध्यान में लीन हो गया। उसके आस-पास खड़े योद्धा उसे आश्चर्य से देखते रहे। अर्जुन की आँखों में आँसू आ गए थे क्योंकि उसके समक्ष एक श्रेष्ठ योद्धा प्राण त्याग रहा था। अर्जुन ने धुँधली आँखों से देखा कि इसी बीच सात्यकि को होश आ गया और उसने हाथ में तलवार उठा ली थी। अर्जुन ने सात्यकि की मंशा समझ ली और उसे रोकने के लिए चिल्लाया। उसके पीछे बहुत-से लोग भी शोर मचाने लगे, परंतु सात्यकि को किसी की परवाह नहीं थी। एक तेज़ हमले के साथ सात्यकि ने भूरिश्रवा का ध्यानस्थ अवस्था में सिर काट दिया। भूरिश्रवा का कटा सिर जैसे ही ज़मीन पर गिरा, रणभूमि में भय और निंदा का शोर गूँज उठा। तब सात्यकि ने भूरिश्रवा से कहा, "तुम मुझसे सदाचार की बात करते हो, जबकि अभिमन्यु को कल ही छल से मारा गया है। मुझे जिस व्यक्ति ने पैरों से मारा और मेरे साथ दुर्व्यवहार किया, मैंने उसे मारने की शपथ ली थी। मेरे पास अपना वचन पूरा करने के अतिरिक्त कोई विकल्प नहीं था। इसे मुझे इस तरह अपमानित करने से पहले ध्यान में लीन होकर संसार को छोड़ देना चाहिए था।"

इस बीच, अर्जुन को लगा कि उस विषय पर तर्क-वितर्क करके समय नष्ट नहीं करना चाहिए क्योंकि सूर्यास्त होने वाला था। उसने कृष्ण की ओर देखा और कहा, "हमें ज़ल्दी चलना चाहिए क्योंकि हमें अभिमन्यु की मृत्यु के लिए उत्तरदायी व्यक्ति को पकड़ना है।" ऐसा कहकर दोनों आगे बढ़ गए। सात्यकि और भीम भी युद्ध में

सहायता करने उनके पीछे चल पड़े। युधिष्ठिर ने भीम को अर्जुन की सहायता के लिए पहले ही भेज दिया था।

उसी समय जयद्रथ, अर्जुन के सामने आ गया, परंतु दुर्योधन, कर्ण, शल्य, कृपाचार्य, अश्वत्थामा और वृषसेन, दोनों योद्धाओं के बीच अजेय बाधा की भाँति खड़े थे। अर्जुन ने विनाश की आँधी का रूप धारण कर लिया था। उसने सैकड़ो सैनिकों और हाथियों को मार दिया था, परंतु उस क्षण, उसका सबसे बलवान शत्रु समय था क्योंकि क्षितिज पर सूर्य अस्त होने वाला था और स्थिति किसी भी क्षण कौरवों के पक्ष में झुक सकती थी। दिन का उजियारा अर्जुन के बाणों से भी तेज़ गति से ढल रहा था। उसी के साथ कृष्ण की हृदय-गति भी बढ़ रही थी। उन्हें अर्जुन की चिंता थी। अर्जुन, जयद्रथ के बहुत समीप था। उसने जयद्रथ के सारथी को मारकर उसके रथ की पताका भी काट डाली थी, परंतु तब भी अर्जुन और जयद्रथ के बीच छह महारथी खड़े थे।

कृष्ण ने कहा, "अर्जुन ध्यान से सुनो! तुम दुर्योधन और उसके साथियों के यहाँ रहते जयद्रथ को नहीं मार सकोगे। हमें कूटनीति का प्रयोग करना होगा। मैं अपने योगबल से सूर्यास्त होने का भ्रम पैदा करता हूँ। यह देखकर जयद्रथ सुरक्षा-कवच से बाहर निकल आएगा। उस समय तुम तुरंत उस पर वार करना। तुम्हें एक और बात का विशेष ध्यान रखना है। जयद्रथ के जन्म के समय उसके पिता राजा वृद्धक्षत्र के सामने एक आकाशवाणी हुई थी कि उसके एकमात्र पुत्र जयद्रथ की मृत्यु किसी महान योद्धा के हाथ से होगी, जो जयद्रथ का सिर काट डालेगा। इस आकाशवाणी से क्रोधित होकर राजा वृद्धक्षत्र ने शाप दिया था कि जिस व्यक्ति के हाथ से उसके पुत्र जयद्रथ का सिर नीचे गिरेगा, वह व्यक्ति स्वयं मर जाएगा और उसके सिर के उसी क्षण सौ टुकड़े हो जाएंगे! इसलिए हे अर्जुन, अपनी रक्षा के लिए तुम्हें जयद्रथ का सिर इस तरह काटना है कि वह हवा में उड़ता हुआ उसके पिता वृद्धक्षत्र की ही गोद में गिरे। राजा वृद्धक्षत्र ने अपना राज्य अपने पुत्र को सौंपकर संन्यास ले लिया है और वह इस समय यहाँ से कुछ मील दूर स्थित अपने आश्रम में ध्यान में लीन हैं। तैयार हो जाओ। विजयी भव!"

कृष्ण ने अपने वचन का पालन किया। उन्होंने योगबल से सूर्य की आभा को रोक दिया, जिसके कारण रणभूमि में चारों ओर रात्रि-सा अंधकार छा गया! यह देखकर कौरव सेना में प्रसन्नता की लहर दौड़ गई। वे सब उत्साहित होकर शोरगुल करने लगे। उन्हें इस बात पर विश्वास नहीं हुआ कि उन्होंने मिलकर अर्जुन को उसकी शपथ पूर्ण करने से रोक दिया था। इसी बीच, अंधकार का लाभ उठाकर अर्जुन तेज़ी से आस-पास खड़े सैनिकों को मारकर जयद्रथ की दिशा में आगे बढ़ गया। अचानक अभिमन्यु का हत्यारा जयद्रथ, ठीक सामने आ खड़ा हुआ। अर्जुन ने तत्काल गांडीव पर वज्र के आकार का एक विशेष बाण चढ़ाया और उसे पूरी शक्ति से जयद्रथ पर छोड़ दिया।

उस भयंकर बाण ने जयद्रथ का सिर उसके शरीर से अलग कर दिया। इसके बाद अर्जुन ने बहुत तीव्र गति से एक के बाद एक अनेक बाण चलाए, जो आकाश में पुच्छल तारे की भाँति उड़ते गए और उन्हीं के साथ जयद्रथ का कटा सिर भी आकाश को चीरता हुआ उसके पिता राजा वृद्धक्षत्र की गोद में जा गिरा, जो उस समय अपने आश्रम में बैठा ध्यान कर रहा था। एक भयंकर और विचित्र दृश्य था! वृद्ध राजा वृद्धक्षत्र इस बात से अनजान था कि उसके पुत्र का कटा हुआ सिर उसकी गोद में आ गिरा है। उसने ध्यान समाप्त करने के उपरांत ज़्यों ही आँखें खोलीं, तो उसकी दृष्टि अपने पुत्र के कटे सिर पर पड़ी। उसके हृदय की गति मानो एक क्षण के लिए रुक गई। वह झटके से उठ खड़ा हुआ। उसके उठते ही जयद्रथ का कटा सिर उसकी गोद से नीचे जमीन पर जा गिरा और अपने ही दिए शाप के फलस्वरूप वृद्धक्षत्र के सिर के सौ टुकड़े हो गए और उसकी तत्काल मृत्यु हो गई।

यह देखकर कृष्ण ने ज़ोर से विजय-नाद किया। उसका स्वर युद्धभूमि के चारों कोनों में गूँज उठा। इसके बाद उन्होंने अपनी योगबल से सूर्य के अस्त होने का जो भ्रम पैदा किया था, उसे समाप्त कर दिया। सूर्य फिर से अपनी पूरी आभा के साथ युद्धभूमि में चमकने लगा और फिर कुछ क्षण के बाद सचमुच अस्त हो गया। अर्जुन ने भी कृष्ण के साथ मिलकर बहुत देर तक शंख से विजय-नाद किया। भीम, सात्यकि तथा और अन्य पांडव-समर्थक भी शंखनाद करने लगे। युधिष्ठिर ने जब विजय-स्वर सुना, तो वह भी अपने शिविर में बहुत प्रसन्न हुआ।

पांडव सेना, अर्जुन की सफलता से बहुत खुश थी, जबकि विरोधी शत्रु हताश हो चुके थे। उनका उन्माद अपने चरम पर था। उस दिन का युद्ध, रात्रि तक चलता रहा। युद्ध के आरंभ में जो नियम तय हुए थे, वे सभी एक-एक करके टूटते चले गए। कौरव और पांडवों के बीच का वह महायुद्ध, नृशंस और कुरूप होता जा रहा था।

अभिमन्यु की हत्या का प्रतिशोध लेने के बाद आरंभिक सुख का भाव अर्जुन के भीतर से ज़ल्द ही तिरोहित हो गया। उसका स्थान एक दुःखद खालीपन ने ले लिया, जिसे भरना असंभव था। अभिमन्यु सदा के लिए उसके जीवन से जा चुका था और अब कभी लौट कर नहीं आने वाला था। अर्जुन ने अपने शत्रुओं पर दृष्टि डाली। उसने अपने दाँत भींचे और उसके कंधे अकड़ गए। उसने एक लंबी श्वास भरी और अपने शत्रुओं का सामना करने के लिए फिर तैयार हो गया। अभिमन्यु को पांडवों के उद्देश्य पर इतना विश्वास था कि उसने उस उद्देश्य की पूर्ति के लिए अपना जीवन न्योछावर कर दिया था। अर्जुन ने निश्चय किया कि वह अभिमन्यु की मृत्यु को व्यर्थ नहीं जाने देगा। अर्जुन ने आकाश में निकल आए तारों पर दृष्टि डालते हुए स्वयं को वचन दिया कि वह युद्ध को अपने और अपने भाइयों से अधिक अपने प्रिय पुत्र अभिमन्यु की प्रसन्नता के लिए जीतेगा।

16

उन्मत्त एवं प्रतिभूत

पांडव जिस समय वनवास के कठिन दिन काट रहे थे, दुर्योधन और उसकी मंडली, छल से प्राप्त धन और संपत्ति को खुले हाथों से खर्च कर रही थी और वे लोग एक-दूसरे को इस उपलब्धि के लिए बधाई दे रहे थे। कर्ण के लिए, जिसका संपूर्ण जीवन उसके अपने जन्म से संबंधित रहस्यमयी परिस्थितियों और उसके फलस्वरूप तत्कालीन सामाजिक ढाँचे में उचित स्थान के अभाव में सदा दुःख सहते व्यतीत हुआ था, यह समय संपन्नता और समृद्धि से युक्त था। कर्ण ने सदा दुर्योधन का साथ दिया और वह उसे स्वयं से भी अधिक प्रेम करता था।

इस संपूर्ण घटनाक्रम से कुरु परिवार के वृद्धजन प्रसन्न नहीं थे। वे जानते थे कि वे सब एक बड़े संकट एवं विनाश के कगार पर खड़े थे। धृतराष्ट्र हमेशा चिंतित रहता था क्योंकि विदुर सहित सभी मुख्य सलाहकार, उसे यही कहते थे कि कुरु राजदरबार में जो कुछ हुआ, उन्हें उसकी भारी क़ीमत चुकानी पड़ेगी। धृतराष्ट्र जानता था कि वह अपने प्रथम पुत्र के प्रति अगाध स्नेह से सही निर्णय नहीं कर पाता था तथा शुभचिंतकों की सलाह की उपेक्षा करता था। उसे पता था कि इन सब घटनाओं के पीछे दोष उसी का था। अपने पुत्रों के भविष्य को लेकर चिंतित, नेत्रहीन और वृद्ध धृतराष्ट्र, आत्मग्लानि और संशय के मध्य झूलता रहता था। वह यह सोचकर काँप उठता था कि यदि किसी समय भीम ने युधिष्ठिर द्वारा डाली गई संयम की बेड़ियों को तोड़ दिया, तो क्या होगा।

भीष्म, द्रोण, कृपाचार्य तथा अन्य कई लोग दुर्योधन का खुलकर विरोध करते थे। वे उसे याद दिलाते थे कि सब कुछ समाप्त नहीं हुआ और पांडवों को वनवास से लौटने पर उन्हें उनका राज्य लौटा दिया जाना चाहिए, परंतु ज्येष्ठ राजकुमार दुर्योधन हठ पर अड़ा रहता और अपनी मनःस्थिति के अनुसार व्यवहार करता था। वह वृद्धों की सलाह की उपेक्षा कर देता अथवा क्रोधित हो जाता था। दुर्योधन यदा-कदा हताश

भी हो जाता था। ऐसी स्थिति में वह आत्मविश्वास पुनः प्राप्त करने के लिए कर्ण का सहारा लेता। उसका प्रिय मित्र कर्ण उसे उदास और दुःखी नहीं देख सकता था। वह अपने मित्र को ख़ुश करने के लिए अपनी समस्त शक्ति झोंक देता था।

दुर्योधन किसी बिगड़ैल किशोर की भाँति आवेश में आकर पांडवों और विशेष रूप से भीम को अपने मार्ग से हटाने की कुटिल योजनाएँ बनाता रहता था। उसके जीवन में कर्ण के आने से सब कुछ बदल गया। कर्ण की विश्वास-भरी उपस्थिति से दुर्योधन का आत्मविश्वास भी बढ़ गया था। दुर्योधन गदा-युद्ध में माहिर था और भीम की अतिमानवीय शक्ति और सामर्थ्य के बावजूद उसे लगता था कि वह भीम को परास्त कर सकता है। अर्जुन ही अकेला पांडव था, जिससे दुर्योधन भीतर ही भीतर भयभीत रहता था। उसे धनुर्धारी अर्जुन जादूगर के समान प्रतीत होता था, परंतु द्रोण द्वारा आयोजित प्रतियोगिता दुर्योधन के जीवन में स्वर्णिम दिवस सिद्ध हुई क्योंकि उसी दिन उसकी भेंट कर्ण से हुई थी, जो युद्ध-कौशल में अर्जुन से कम नहीं था। यह उपलब्धि असंभव सी प्रतीत होती थी। उसी दिन दोनों मित्र बन गए थे। कुल मिलाकर कर्ण दुर्योधन की कुटिल योजनाओं की धुरी बन गया था।

संसार में स्नेह, निष्ठा और समर्पण के संदर्भ में ऐसी मित्रता बहुत कम देखने को मिलती है, परंतु उनकी यह मैत्री कुटिलता की भी रीढ़ बन चुकी थी। कर्ण अपने मित्र दुर्योधन के ना केवल अपराधों की उपेक्षा कर देता था, अपितु उसे छलपूर्वक आगे बढ़ने के लिए प्रेरित भी करता रहता था। धीरे-धीरे उदार, निष्ठावान और दयालु स्वभाव वाले कर्ण ने दुर्योधन से छल-कपट सीख लिया और यह धूर्तता उसके भी स्वभाव का हिस्सा बन गई। इसी कारण कर्ण भी कपटी बन गया और उसने ऐसे अनेक अपराध किए, जिनके कारण उसकी अंतरात्मा सदा के लिए कलुषित हो गई, परंतु उसके भीतर की श्रेष्ठता पूरी तरह नष्ट नहीं हुई थी। वह किसी अवसर पर दिखाई पड़ जाती थी।

कर्ण का समर्थन और सहयोग प्राप्त करके दुर्योधन की कुटिल योजनाएँ धीरे-धीरे अधिक विकृत और विषैली होती गईं। उसके मन में अपने चचेरे भाइयों के प्रति व्याप्त घृणा, उन्माद में परिवर्तित हो गई। राजकुमार दुर्योधन ने लोक-धर्म एवं लज्जा छोड़कर पांडवों को समाप्त करने का निश्चय कर लिया। इस कार्य में कर्ण प्रत्येक कदम पर उसकी सहायता करता था। आगे चलकर दोनों मित्रों की संयुक्त घृणा एवं क्रोध ने संपूर्ण क्षत्रिय कुल का सर्वनाश कर डाला। उन्हीं के कारण उस युग के श्रेष्ठ योद्धा काल के ग्रास में चले गए, धरती माँ ने अपने सर्वश्रेष्ठ पुत्रों के रक्त से रंजित वस्त्र पहने और आँसुओं की नदियाँ बहने लगीं।

कुरु वृद्धजनों को इन घटनाओं का पहले ही आभास हो गया था। उन्होंने दुर्योधन तथा कर्ण के बीच के अपवित्र संबंध को कमजोर करने के लिए सब कुछ किया। कर्ण के बढ़ते अहंकार और दुर्योधन द्वारा पांडवों का विनाश करने की प्रवृत्ति

को बढ़ावा देने के कारण उसे कई बार भीष्म, कृपाचार्य और द्रोणाचार्य द्वारा निंदा भी सहनी पड़ी। ये सब मिलकर कर्ण और अर्जुन की परस्पर तुलना करते और हमेशा अर्जुन को श्रेष्ठ सिद्ध करते थे। यह संयोग था कि कर्ण स्वयं उन्हें अपने अपमान का अवसर देता था।

अनेक ब्राह्मण, धृतराष्ट्र के राज दरबार में जाकर उसे पांडवों का समाचार सुनाते थे। दुर्योधन को पांडवों का कष्ट सुनकर बहुत आनंद आता था। वह अपने चचेरे भाइयों से लूटी गई संपत्ति को मज़े से उड़ा रहा था, परंतु वह बीच-बीच में पांडवों के किसी सुख अथवा उनकी विजय का समाचार सुनकर निराश हो जाता था। अर्जुन को दिव्यास्त्रों की प्राप्ति और भगवान शिव के दर्शन की कथा हर कोई दरबार में बार-बार सुनाता था। इसके ऊपर कुरु परिवार के सदस्य भी दुर्योधन को चिढ़ाने के उद्देश्य से उस कथा की पुनरावृत्ति करते रहते थे। अर्जुन की उपलब्धियाँ सुनकर उन्मादी व ईर्ष्यालु दुर्योधन हताशा में डूब गया।

दुर्योधन के साथियों ने उसका उत्साह बढ़ाने का प्रयास किया। कर्ण ने दुर्योधन को उसकी समृद्धता, संपन्नता आदि की याद दिलाई और उसकी तुलना दुर्बल पांडवों से करते हुए कहा, "दुर्योधन, तुम्हें किसी से डरने की आवश्यकता नहीं है। हमने उन लोगों को अपमानित करके वनवास भेज दिया है। क्या तुम यह बात भूल गए कि हम यहाँ देवताओं की तरह सुखपूर्वक रहते हैं और हमने पांडवों को याचकों की भाँति रहने पर विवश कर दिया है? वे लोग वन्य पशुओं की भाँति जंगल में वृक्ष की छाल के वस्त्र पहन कर और कंद-मूल खाकर जीवन व्यतीत कर रहे हैं। हम लोग यहाँ कुबेर की भाँति महल में रहते हैं, राजसी वस्त्र पहनते हैं तथा स्वादिष्ट व्यंजन का प्रतिदिन सेवन करते हैं। उनकी वेश्या जैसी पत्नी भी अब नौकरानी की तरह रहती होगी, जबकि हमारी स्त्रियों से स्वयं देवी लक्ष्मी भी ईर्ष्या करती हैं। इसलिए तुम्हें उन दुःखी और दुर्भाग्यशाली पांडवों के विषय में सोचकर दुःखी नहीं होना चाहिए।"

दुःशासन ने कहा, "कर्ण ठीक कहता है कि जो व्यक्ति स्वयं सम्पन्नता में रहते हुए अपने शत्रुओं को दीन अवस्था में देखता है, वही वास्तव में सौभाग्यशाली होता है। पांडव भूख से मर रहे होंगे। द्रौपदी वृद्धा हो जाएगी तथा उसका सौंदर्य भी क्षीण हो जाएगा। उसके पति भी उससे घृणा करते होंगे।"

दुर्योधन ने कहा, "तुम जो कह रहे हो, वह सत्य है और यह सुनकर मेरे मन को प्रसन्नता भी हो रही है, परंतु कभी-कभी मुझे चिंता होती है कि हमने जो कुछ प्राप्त किया है, वह सब फिर छिन जाएगा। यदि हमारे शत्रु लौट आए और उन्होंने अपना राज्य वापस माँगा और फिर पहले की भाँति साधन-संपन्न हो गए, तो क्या होगा? मैं यह सब सहन नहीं कर पाऊँगा। मैं इतना होने से पहले ही प्राण त्याग दूँगा।"

कर्ण ने जब अपने मित्र के मुख से हानि एवं मृत्यु के विषय में दुःख-भरे वचन सुने, तो वह परेशान हो गया। उसने दुर्योधन को प्रसन्न करने और उसे हताशा से बाहर निकालने का निश्चय किया। वह बोला, "मैं तुम्हें प्रसन्न करने का तरीक़ा जानता हूँ। चलो, हम कुछ दिन के लिए द्वैतवन चलते हैं। मैंने सुना है कि पांडव भी वहीं रहते हैं। वहाँ एक सरोवर है। हम लोग कुछ दिन आनंद से बिताएँगे। पशु-धन की गिनती आदि करने का समय हो गया है। यदि हम इस प्रक्रिया के निरीक्षण की इच्छा व्यक्त करेंगे,तो मुझे विश्वास है कि तुम्हारे पिताजी हमें वहाँ जाने की अनुमति दे देंगे।"

दुर्योधन इस प्रस्ताव को सुनकर प्रसन्न हो गया। वह द्वैतवन जाकर पांडवों की दुर्दशा और द्रौपदी को दासी रूप में देखने की कल्पना से ही आनंदित हो रहा था। कुरु वृद्धजनों ने दुर्योधन और उसके साथियों की कुटिल मंशा को पहले ही भाँप लिया। उन्होंने धृतराष्ट्र को चेतावनी दी और उससे अपने पुत्रों को वहाँ ना जाने देने का आग्रह किया, परंतु दुर्योधन ने हठपूर्वक अपने पिता से अनुमति ले ली, फिर वह एक बड़ा सैन्य दल लेकर तुच्छ सम्पन्नता का दिखावा करने के लिए द्वैतवन की ओर चल पड़ा, परंतु दुर्योधन और कर्ण ने जैसा सोचा था, वैसा कुछ नहीं हुआ। इंद्र ने जब देवलोक से कौरवों के जुलूस को द्वैतवन जाते देखा, तो उसने निश्चय किया कि वह दुर्योधन के हाथों पांडवों को फिर अपमानित नहीं होने देगा। इंद्र ने तत्काल अर्जुन के पूर्व शिक्षक गंधर्वराज चित्रसेन को बुलाया और उसे द्वैतवन पहुँचकर कौरवों को पराजित करने का आदेश दिया।

गंधर्वराज ने तत्काल अनुचरों को बुलाया और उन्हें साथ लेकर द्वैतवन पहुँच गया। कौरव वहाँ पहुँचे, तो उन्हें भी वही स्थान पसंद आया, जहाँ गंधर्वराज चित्रसेन ने अपना शिविर लगाया था। वह स्थान संयोग से पांडवों के निवास के निकट था, परंतु जब कौरव सैनिकों ने राजकुमार दुर्योधन के लिए शिविर लगाना चाहा, तो गंधर्वों ने उन्हें डराकर भगा दिया।

दुर्योधन को यह समाचार मिला, तो वह अपने स्वभाव के अनुसार क्रोध और अहंकार में भरकर गंधर्वों से लड़ने आ गया। आरंभ में कौरव हावी हो गए थे, परंतु जब गंधर्वराज स्वयं युद्ध में कूद पड़ा, तो वह युद्ध गंधर्वों के पक्ष में झुकने लगा। चित्रसेन और उसके साथियों ने कौरवों को बुरी तरह पीटा। वे सब जान बचाकर इधर-उधर भागने लगे। कर्ण उनका मुकाबला करने के लिए आगे आया, परंतु कुछ ही देर में गंधर्वों के दिव्यास्त्रों के सामने कर्ण का युद्ध-कौशल भी फीका पड़ गया। कर्ण के पास वहाँ से भाग निकलने के अतिरिक्त कोई विकल्प नहीं था।

दुर्योधन के साथी उसे अकेला छोड़कर भाग गए। गंधर्वों ने दुर्योधन को बंदी बना लिया। कौरव राजकुमार को बंदी बनाकर गंधर्व बहुत प्रसन्न हुए। इस बीच, कौरव सेना गंधर्वों के घटनाक्रम से घबरा गई और इधर-उधर दौड़ने लगी। कुछ

सैनिक पांडवों के पास पहुँचे और उन्हें गंधर्वों द्वारा दुर्योधन को बंदी बनाए जाने का समाचार सुनाया।

यह सुनकर भीम बहुत ज़ोर से हँसा और बोला, "उस दुष्ट के साथ यही होना चाहिए। दुर्योधन अवश्य हम लोगों पर हँसने के उद्देश्य से आया होगा, परंतु मुझे संदेह है कि वह अब हँस पाएगा।"

"भीम, क्या तुम्हारा अपने भाई के दुर्भाग्य पर ऐसे हँसना शोभा देता है? यह बहुत बुरी बात है और तुम यह जानते हो", युधिष्ठिर ने अपने छोटे भाई भीम को डाँटते हुए कहा।

"मैं सिर्फ इतना जानता हूँ कि दुर्योधन के साथ ऐसा ही व्यवहार होना चाहिए। मैं आशा करता हूँ कि गंधर्व उसे संसार के किसी दूरस्थ कोने पर सुंदर-से बंदीगृह में आजीवन बंदी बनाकर रखेंगे। मुझे आशा है कि दुर्योधन के चले जाने के बाद पितामह को भी राजसिंहासन पर बैठे उस मूर्ख से बात करने का अवसर मिलेगा, फिर हम लोगों को वनवास के अंत में हमारा राज्य वापस मिल जाएगा। इससे हमारी सभी समस्याओं का समाधान हो जाएगा," भीम ने खुश होकर कहा।

"यह तो बढ़िया बात है। काश!, हमने भी गंधर्वों और कौरवों के बीच हुए युद्ध को देखा होता! हम भी दुर्योधन को अपमानित होता देख पाते!" नकुल ने भीम की हँसी में शामिल होते हुए कहा।

"नकुल, मैं ऐसी बातें सहन नहीं करूँगा। यह अनैतिक और अनुचित है," युधिष्ठिर ने कड़े स्वर में विरोध किया।

"कौरवों ने जब हमें मारने का प्रयास किया था, तब वह कार्य अनैतिक नहीं था? उन्होंने जब हमारा राज्य छीना और हमारी पत्नी को अपमानित किया, क्या वह सदाशयता का उल्लंघन नहीं था? मुझे अपने शत्रु के दुर्भाग्य पर रोने की क्या आवश्यकता है? मैं तो चाहता हूँ कि उसके साथ यही होना चाहिए," भीम ने क्रोध में कहा।

"यदि हम भी उनकी तरह अपने शत्रु के पराजित होने पर प्रसन्न होंगे, तो फिर हम उनसे भिन्न कैसे हुए? क्या वह भी हम पर हँसने नहीं आया था? सदाचारी मनुष्य को शत्रुओं के साथ भी नैतिक व्यवहार करना चाहिए," युधिष्ठिर ने तर्क दिया।

"अच्छी बात है। तुम उसके लिए रो सकते हो! तुम्हें अनुचित लगता है, तो मैं दुर्योधन का उपहास नहीं करूँगा, परंतु मैं उस दुष्ट पर आँसू बहाने वाला नहीं हूँ," भीम ने कहा।

"हमें उसके लिए रोने की आवश्यकता नहीं है, परंतु याद रखो गंधर्वों के हाथों हमारे ही परिवार के सदस्य की पराजय हुई है। यह हमारे समस्त कुल के लिए अपमान की बात है। इससे हमारे कुल की कीर्ति पर कलंक लगा है। मेरा सुझाव है

कि तुम और अर्जुन तत्काल दुर्योधन की सहायता के लिए जाओ," युधिष्ठिर बोला।

"चलो भीम, हम चलते हैं," अर्जुन ने अपने लड़ाकू भाई से कहा। "उस क्षण की कल्पना करो, जब दुर्योधन उसकी रक्षा के लिए आए व्यक्ति को देखकर प्रसन्न होगा और फिर उसकी दृष्टि हम पर पड़ेगी।"

"हाँ, वह क्षण निस्संदेह बहुत मज़ेदार होगा," भीम ने ख़ुश होकर कहा।

"यदि गंधर्वों ने दुर्योधन को आजीवन किसी स्थान पर बंदी बना दिया, तो फिर तुम अपनी शपथ के अनुसार युद्ध में उसकी जांघ नहीं तोड़ पाओगे। मुझे भी दुःख होगा कि मैंने जो दिव्यास्त्र इतनी कठिनाई से प्राप्त किए हैं, मुझे उन्हें प्रयोग करने का अवसर नहीं मिलेगा। मुझे विशेष रूप से कर्ण की प्रतीक्षा है," अर्जुन ने कहा।

"अर्जुन, तुम ठीक कहते हो। क्या हम भी तुम्हारे साथ चलकर गंधर्वों द्वारा बंदी बनाए गए दुर्योधन को देख सकते हैं?" नकुल ने बड़े भाई युधिष्ठिर से पूछा।

"बिल्कुल नहीं! इस कार्य के लिए अर्जुन और भीम पर्याप्त हैं। ये दोनों अपने छोटे भाइयों के लिए उदाहरण स्थापित करने जा रहे हैं, इसलिए बेहतर होगा, तुम यहीं रहो," युधिष्ठिर ने दृढ़ स्वर में उत्तर दिया।

अर्जुन और भीम हँसते हुए युद्ध की तैयारी करने लगे। नकुल और सहदेव उन्हें चुपचाप देखते रहे। "चिंता मत करो। मैं लौटकर तुम्हें इस रक्षा अभियान की बात विस्तार से सुनाऊँगा। मैं जब युद्ध में दुर्योधन की जांघ तोड़ूँगा, तो वह दृश्य तुम अवश्य देख सकोगे। यह मेरा वचन है," भीम ने कहा।

युधिष्ठिर नैतिकता के उच्चतम मापदंडों का इस तरह उल्लंघन होता देख चिढ़ रहा था, परंतु उसे इस बात की ख़ुशी थी कि यह देखने के लिए वहाँ कोई अन्य व्यक्ति उपस्थित नहीं था।

अर्जुन और भीम ने गंधर्वों से दुर्योधन तथा राजपरिवार की महिलाओं आदि को छोड़ देने का आग्रह किया, परंतु गंधर्वों ने उनकी बात नहीं मानी, तो अर्जुन और भीम ने युद्ध आरंभ कर दिया। कुछ ही देर में अर्जुन ने गंधर्वों को मार भगाया। तब चित्रसेन प्रकट हुआ और उसने अर्जुन को समझाने का प्रयास किया। अर्जुन ने अपने मित्र एवं गुरु चित्रसेन को पहचान लिया। उसने अस्त्र तत्काल नीचे रख दिए। अर्जुन से बात करने के बाद चित्रसेन को आभास हुआ कि पांडव सब कुछ जानते हुए भी धर्म के मार्ग पर चल रहे थे, फिर उसने दुर्योधन को छोड़ दिया।

युधिष्ठिर ने दुर्योधन को मुक्त करने के लिए चित्रसेन को धन्यवाद दिया। युधिष्ठिर का शत्रु के साथ सदाचारपूर्ण व्यवहार देखकर चित्रसेन बहुत प्रभावित हुआ। उसने सभी बंधकों को छोड़ दिया और गंधर्वलोक लौट गया।

उसके जाने के बाद युधिष्ठिर ने दुर्योधन को बड़े भाई की तरह हल्के अंदाज में डाँटा और दुर्योधन को घृणा एवं क्रोध से दूर रहने का परामर्श दिया। युधिष्ठिर

ने उसे समझाया कि आवेश में गलत निर्णय लेने से अपने आनंद की क्षति होती है। दुर्योधन ने अपमान का घूँट किसी तरह पी लिया और दृष्टि नीचे झुका ली, परंतु उसने नकुल और सहदेव को दबे स्वर में हँसते हुए देख लिया। अर्जुन को शांत देखकर दुर्योधन समझ गया कि अर्जुन भी मन में उसकी निंदा ही कर रहा था। दुर्योधन उस दीन अवस्था में भीम की ओर देखना नहीं चाहता था, परंतु उसे लगा कि भीम की पैनी दृष्टि उसकी छाती को चीर रही थी। उसने भारी मन से पांडव शिविर से प्रस्थान किया।

दुर्योधन इतना उदास था कि उसने नदी किनारे शिविर लगाया और क्रोध, घृणा एवं हताशा के दलदल में डूब गया। तभी कर्ण वहाँ आ पहुँचा। वह अपने मित्र दुर्योधन को जीवित देखकर खुश था। कर्ण ने कहा, "दुर्योधन, तुम जीवित हो! यह निश्चित रूप से तुम्हारे पूर्वजन्म के सत्कर्मों का परिणाम है, जो मेरी तुमसे भेंट हो गई है। चित्रसेन के भ्रम-जाल के कारण मुझे युद्ध छोड़ना पड़ा, परंतु तुमने उनका अच्छी तरह मुकाबला किया। निस्संदेह, तुम्हारी नियति में तीनों लोकों का राज्य लिखा है।"

दुर्योधन जानता था कि वह प्रशंसा के योग्य नहीं था। उसे कर्ण की बात सुनकर गुस्सा आया। वह जोर से बोला, "तुम कहते हो कि मेरा जन्म तीनों लोकों का शासन करने के लिए हुआ है, परंतु इस समय मेरी स्थिति किसी याचक से अधिक नहीं है। मुझे यह जीवन युधिष्ठिर से दान में मिला है।"

दुर्योधन को लगा किसी ने उसके घाव पर नमक छिड़क दिया था। उसने पीड़ा से ग्रस्त होकर भोजन त्यागकर प्राणांत करने का निश्चय कर लिया। उसके लिए शत्रु द्वारा दान में प्राप्त जीवन असंभव हो गया था। उसे यह भी लगा कि उसके साथियों को अब उसके साथ रहते हुए लज्जा आएगी। वह उन्हें भी कष्ट नहीं देना चाहता था।

दुर्योधन को उसके साथियों ने समझाया, किंतु उसने उनका अनुरोध अस्वीकार कर दिया। उसने अपने समस्त उत्तरदायित्व दुःशासन को सौंप दिए और फिर प्राणांत की तैयारी करने लगा।

इस बीच, पृथ्वी के दूरस्थ कोनों में निवास कर रहे दानव और दैत्य इस घटनाक्रम से भयभीत हो गए। युगों पूर्व अच्छाई और बुराई के प्रतीक, देवताओं और असुरों के बीच युद्ध में दानवों की बुरी तरह हार हुई थी। इसके बाद देवताओं की ओर से धर्मदेव ने दानवों को बेड़ियों में बाँधकर वरुणदेव को सौंप दिया था। वरुणदेव ने अपने प्रिय अस्त्र फंदे की सहायता से उन्हें बाँध लिया और समुद्र की अथाह गहराइयों में छिपा दिया, ताकि दैत्यों के दुष्कर्मों से संसार की रक्षा की जा सके।

दानव और दैत्य पराजित हुए थे, किंतु उनकी शक्ति क्षीण नहीं हुई थी। उन्होंने अनेक युगों तक अंधकार में रहकर धैर्य के साथ समय के बदलने की प्रतीक्षा की। वे संतुलन अपने पक्ष में झुकाने की तलाश करते रहे। धीरे-धीरे स्थिति उनके पक्ष में झुकने लगी थी। ऐसा लग रहा था कि अच्छाई और बुराई के बीच एक बार फिर

संघर्ष होने वाला था। जीवन और मृत्यु के दो पक्षों के बीच अधर में लटके निवासियों ने दुर्योधन को अपना नेता चुन लिया क्योंकि उन्हें लगता था कि दुर्योधन का घृणापूर्ण एवं अंतरात्माविहीन व्यक्तित्व, उनसे बहुत मेल खाता था।

दानवों ने जब दुर्योधन द्वारा अपने प्राणांत करने की बात सुनी, तो वे परेशान हो गए। उन्होंने राजकुमार को अपने समक्ष प्रस्तुत करने के लिए एक शक्तिशाली तंत्र-साधना आरंभ की। उस अनुष्ठान के उपरांत यज्ञ-वेदी से एक स्त्री की आकृति प्रकट हुई। घातक उद्देश्य के साथ जन्मी उस भयावह आकृति की आँखों में ज़बरदस्त क्रोध दिखाई पड़ता था। उसके लंबे बाल और काले वस्त्र देखकर सब भयभीत हो गए। उसका नाम कृत्या था।

कृत्या के रचयिता ने उसे दुर्योधन को उनके समक्ष प्रस्तुत करने का आदेश दिया। कृत्या ने आदेश का पालन किया और वह तत्काल राजकुमार दुर्योधन को सभा में लेकर उपस्थित हो गई। अपना कार्य पूरा करने के पश्चात कृत्या शांत भाव से एक ओर खड़ी हो गई।

दानवों ने दुर्योधन से कहा, "तुम अपना जीवन समाप्त क्यों करना चाहते हो? तुम एक महान कुल के वंशज हो और तुम्हें अपने वंश में श्रेष्ठ बनना है। यदि तुम इस तरह इस हास्यास्पद ढंग से प्राणांत कर लोगे, तो तुम्हें अपयश और विनाश के अतिरिक्त कुछ प्राप्त नहीं होगा। दूसरी ओर, यदि तुम अपने दायित्वों का निर्वहन करोगे, तो तुम्हारी कीर्ति बढ़ेगी।"

"अपमान तो मेरी नियति में लिखा है, मुझे नहीं पता यह अपमान कैसे मिटेगा। मैं मृत्यु का आलिंगन करना चाहता हूँ क्योंकि कीर्ति मेरी पहुँच से दूर है," दुर्योधन ने अपने अपमान को याद करते हुए दुःखी स्वर में कहा।

दानव और दैत्यों ने दुर्योधन को पास बैठाया और आश्वासन देते हुए कहा, "तुम इस तरह पराजय स्वीकार करके और कीर्ति से मुँह मोड़कर अपने साथ बहुत बड़ा अन्याय कर रहे हो। हम लोग देवताओं के हाथों पराजित हुए और हमें बंदी बनाया गया था। हम उसी क्षण से भगवान शिव की उपासना द्वारा उनसे वरदान प्राप्त करना चाहते थे। तुम्हीं हमारी तपस्या का फल हो। भगवान शिव ने स्वयं तुम्हारे शरीर के ऊपरी भाग को अविनाशी हीरे-माणिक्य से बनाया किया है, ताकि तुम पर अस्त्र-शस्त्र का प्रभाव ना हो। भगवान शिव की पत्नी पार्वती ने तुम्हारे शरीर के निचले हिस्से को दिव्य पुष्पों से सुकोमल और सुंदर बनाया है, ताकि स्त्रियाँ तुम्हारे आकर्षण से स्वयं को बचा ना सकें। तुम दिव्य दंपत्ति की संतान हो। दुर्योधन, तुम साधारण मनुष्य नहीं हो।"

यह सुनकर दुर्योधन के चेहरे पर आश्चर्य के भाव आ गए। उसने धीमे स्वर में कहा, "मुझे तो यह सब पता ही नहीं था!" दुर्योधन के जन्म के समय बहुत-से

अपशकुन हुए थे। सियार, गदहों तथा कौवों के स्वर से चारों दिशाएँ गूँज उठी थीं। आकाश में गिद्ध और चील मँडराने लगीं और सर्वत्र धूल-भरी आँधी चल रही थी। वृक्ष उखड़ रहे थे तथा दूर-दूर तक आकाश में केवल धूल के बादल दिखाई पड़ते थे। उस समय ऋषि-मुनियों ने भविष्यवाणी की थी कि यह बालक अपने कुल के विनाश का कारण बनेगा, इसलिए इसे तत्काल मार देना चाहिए, परंतु धृतराष्ट्र अपने पहले पुत्र के साथ ऐसा नहीं होने देना चाहता था। उसने ऋषि-मुनियों का सुझाव स्वीकार नहीं किया। विदुर ने भी द्यूत के दौरान इन बातों का उल्लेख किया था, जिसके कारण दुर्योधन क्रोधित हो गया था। दुर्योधन जब भी आस-पास होता था, उसके आलोचक उसके जन्म से संबंधित इस कथा को बार-बार कहते थे, जिससे दुर्योधन भीतर ही भीतर बहुत शर्मिंदा होता था।

दानवों ने दुर्योधन को जब उसके जन्म की वास्तविकता बताई, तो दुर्योधन बहुत प्रसन्न हुआ। वह सदा पांडवों के दैवी पिताओं के कारण उनसे ईर्ष्या करता था तथा कुंती को वेश्या और पांडवों को अवैध संतान मानता था, परंतु अपने जन्म से संबंधित सत्य को सुनने के बाद वह निश्चित तौर पर स्वयं को पांडवों से श्रेष्ठ मानने लगा। उसे लगा कि वही राजसिंहासन का वास्तविक उत्तराधिकारी है।

दानवों ने दुर्योधन से आगे कहा, "हमें तुमसे बहुत आशा है। हम तुम्हारी सहायता के लिए सब कुछ करना चाहते हैं। अनेक दानवों को तुम्हारे पक्ष के महान योद्धाओं जैसे भीष्म, द्रोण और कृपाचार्य की आत्माओं को अपने अधीन करने का कार्य सौंपा गया है। इसके फलस्वरूप ये सब योद्धा अपनी मानवता छोड़कर रक्तपात में लिप्त हो जाएँगे। वे लोग भयानक दैत्य की उग्रता से युद्ध करेंगे और पांडव सेना को उसी तरह छिन्न-भिन्न कर देंगे, जैसे कोई बाघ अपने पंजे में आए हिरण को नोंच खाता है! नरकासुर को श्रीकृष्ण ने मार दिया था। उसकी आत्मा, कर्ण के शरीर में प्रवेश कर जाएगी और इसके कारण वह युद्धभूमि में भयावह रूप धारण कर लेगा। इसी तरह अनेक मारे गए योद्धा प्रतिशोध लेंगे और कृष्ण विवश होकर अर्जुन को मरते हुए देखेंगे तथा कर्ण के बाणों से उसे बचा पाना मुश्किल हो जाएगा। हम लोगों ने संशप्तकों की सेवाएँ भी ली हैं। तुम जानते हो कि संशप्तक अजेय योद्धा हैं। उन्होंने अर्जुन को युद्धभूमि में निष्क्रिय करने की शपथ ली है, हालाँकि अर्जुन के पास दिव्यास्त्र हैं। हे दुर्योधन, तुम साहसपूर्वक वापस लौट जाओ और अपना दुःख दूर कर लो। कुछ ही समय में तुम्हें इस संसार पर शासन करने का अवसर मिलेगा। हम तुम्हारी विजय के लिए यज्ञ करेंगे क्योंकि तुम हमारे उद्देश्य को आगे बढ़ा रहे हो।"

इसके बाद कृत्या, राजकुमार दुर्योधन को फिर उसी नदी-तट पर छोड़ आई, जहाँ से उसे लेकर आई थी। दुर्योधन की आँखें बंद थीं, मानो वह गहरी निद्रा में सो रहा था। कृत्या ने अपने होंठ, दुर्योधन के होंठ पर रखे और उसके मन से भय और अनिश्चितता खींच ली। उसने दुर्योधन के भीतर जोश भर दिया। उसने दुर्योधन की

अंतरात्मा को कठोर बना दिया, जिससे तर्क और दया का भाव तिरोहित हो गया। इसके बाद कृत्या अपने होंठ चाट कर अंतर्धान हो गई।

अगले दिन दुर्योधन की आँख खुली, तो वह प्रसन्न था और उसे तेज़ भूख लगी थी। उसे नया जीवन मिला था। उसने पांडवों की तरह राजसूय यज्ञ करने का निश्चय किया। वह चाहता था कि उसका यज्ञ, आदर और निष्ठा के संदर्भ में ना सही, किंतु आडंबर के संदर्भ में पांडवों से श्रेष्ठ अवश्य होना चाहिए। यह उसकी पुरानी इच्छा थी और उसका मित्र कर्ण उसकी इच्छा को सत्य में बदलने के लिए कृतसंकल्प था। वह तत्काल अपने मित्र के लिए दिग्विजय यात्रा पर निकल पड़ा।

कर्ण ने बड़ा सैन्य-दल साथ लिया और संसार के विभिन्न कोनों में जाकर उसके अनेक शक्तिशाली राजाओं को पराजित कर दिया। उसने सबसे पहले अर्जुन के श्वसुर द्रुपद पर आक्रमण किया। कर्ण ने शक्तिशाली द्रुपद को पराजित करके उसे अपमानित किया। इसी तरह बहुत-से अन्य वीर योद्धा कर्ण के हाथों पराजित हो गए। भगदत्त, रुक्मि तथा शिशुपाल का पुत्र भी कर्ण का सामना नहीं कर सके और हार गए। यह आजीवन अपमानित होने वाले 'सूतपुत्र' के लिए गर्व का क्षण था। उसकी वीरता को सभी लोगों ने एक स्वर में स्वीकार किया। अपने उद्देश्य की पूर्ति के उपरांत कर्ण हस्तिनापुर लौट आया। कुछ समय के लिए कर्ण के आलोचक भी उसकी उपलब्धि देखकर शांत हो गए थे।

दुर्योधन किसी गौरवान्वित पिता की भाँति कर्ण की उपलब्धियों से फूला नहीं समाया। दोनों के संयुक्त प्रयास और सफलता को देखते हुए दानवों की भविष्यवाणी सत्य प्रतीत होने लगी थी। उन्होंने निश्चय किया कि राजसूय यज्ञ करने में विलंब नहीं किया जाना चाहिए। ऋषि-मुनियों ने दुर्योधन को समझाया कि उसके पिता और बड़े भाई युधिष्ठिर के जीवित रहते वह राजसूय यज्ञ नहीं कर सकता। ऋषियों ने उसे वैष्णव यज्ञ करने का सुझाव दिया और कहा कि वैष्णव यज्ञ भी राजसूय यज्ञ की भाँति फलदायक होता है और उसे युगों पूर्व केवल भगवान विष्णु ने सम्पन्न किया था। दुर्योधन ने ऋषियों का परामर्श स्वीकार कर लिया। उसने कर्ण के हाथों पराजित राजाओं से बलपूर्वक प्राप्त किए गए स्वर्ण से सोने का एक बहुत बड़ा हल बनवाया। उस हल की सहायता से यज्ञ-स्थली को जोतना था क्योंकि ऐसा करने से ही दुर्योधन के लिए निर्विघ्न रूप से वैष्णव यज्ञ संपन्न कर पाना संभव था। दुर्योधन ने अनेक कुलीन एवं वीर लोगों की उपस्थिति में महान यज्ञ किया। आडंबर के संदर्भ में वह यज्ञ, सचमुच अनुपम था। उसमें पांडवों को भी आमंत्रित किया गया था, किंतु उन्होंने यज्ञ में भाग लेने से विनम्रतापूर्वक मना कर दिया।

कर्ण की विजय-यात्रा के बाद भी उसे दरबार के कुछ लोगों से आदर-सत्कार प्राप्त नहीं हुआ। द्वैतवन में गंधर्वों के हाथ हुई पराजय और दुर्योधन के बंदी बनाए जाने से लोगों ने यही समझा कि कर्ण राजसिंहासन के उत्तराधिकारी की रक्षा करने

में असमर्थ था। उन्होंने यह बात दुर्योधन को अनेक बार बताई, परंतु वह अपने मित्र के विरुद्ध कुछ भी सुनने को तैयार नहीं था। कर्ण बहुत अहंकारी था। उसने वह दुर्घटना किसी वस्त्र पर पड़े धूल के कणों की तरह उड़ा दी। तन पर दिव्य कवच और कानों में स्वर्ण-कुंडलों के साथ जन्मा कर्ण, अजेय और बहुत ख़तरनाक योद्धा भी था। कर्ण यह जानता था, इसलिए वह आत्म-संतुष्टि में सुख प्राप्त करने का आदी हो गया था। इंद्र को भी इस बात का पता था कि कवच और कुंडलों के रहते कर्ण को पराजित करना असंभव था। इंद्र सदा अपने पुत्र अर्जुन की सुरक्षा के लिए चिंतित रहता था। आख़िरकार इंद्र ने एक योजना बनाई।

कर्ण के दैवी पिता सूर्य ने इंद्र की कुटिल मंशा पहले ही भाँप ली थी। वह तत्काल अपने पुत्र को सावधान करने पहुँच गए। उन्होंने कर्ण को स्वप्न में दर्शन दिए। कर्ण ने स्वप्न में देखा कि उसके सामने एक ब्राह्मण खड़ा था। ब्राह्मण ने कर्ण से कहा, "मैं तुम्हें सावधान करने आया हूँ क्योंकि तुम्हारा जीवन संकट में है। इंद्र, अपने पुत्र अर्जुन की महाभारत युद्ध में रक्षा करना चाहता है और पांडवों को विजय दिलाना चाहता है। इंद्र ने तुम्हारी उदारता और दानशीलता का अनुचित लाभ उठाने का निश्चय किया है। सब जानते हैं कि तुम अपने पास आए किसी याचक को निराश नहीं करते और उसकी प्रार्थना को अस्वीकार नहीं करते। इंद्र को यह बात पता है, इसलिए वह किसी भी दिन निर्धन ब्राह्मण का वेश धारण करके तुम्हारे पास आएगा और तुम्हारे दिव्य-कवच और कुंडल माँगेगा। तुम्हें किसी भी स्थिति में वे मूल्यवान वस्तुएँ इंद्र को नहीं देनी चाहिए। उनके बिना तुम्हारा जीवन संकट में पड़ जाएगा।"

यह सुनकर कर्ण भावुक हो गया। उसकी आँखें गीली हो गईं क्योंकि संसार में उसके माता-पिता और उसके मित्र दुर्योधन को छोड़कर बहुत कम लोग थे, जिन्हें उसकी चिंता थी। कर्ण का गला रुँध गया। वह भावुक होकर बोला, "क्या मैं पूछ सकता हूँ कि मेरी सुरक्षा की चिंता करने वाले आप कौन हैं?"

सूर्यदेव ने उत्तर दिया, 'मैं सूर्य हूँ। तुम मेरे पुत्र के समान हो और मेरी उपासना करते हो। मैं तुम्हारी प्रार्थना से प्रसन्न होकर यहाँ आया हूँ। तुम्हारे जीवन के लिए अच्छा होगा, यदि तुम मेरी बात का ध्यान रखो।"

"मुझे दुःख है, परंतु मैंने प्रण लिया है कि कोई याचक यदि मुझसे मेरा जीवन माँगेगा, तो भी मैं उसे निराश नहीं करूँगा। यदि इंद्र मुझसे मेरे कवच और कुंडल लेना चाहते हैं, तो मैं उन्हें मना नहीं कर सकता। इसी बात से संसार जानेगा कि कर्ण की दानशीलता अनंत है और उसकी उदारता सिद्ध हो पाएगी। आने वाले युगों में माता-पिता अपने बच्चों को मेरी कथा सुनाएँगे और दानवीरता के संदर्भ में मेरा उदाहरण देंगे। मैं तीनों लोकों में यही विरासत छोड़कर जाना चाहता हूँ। मैं अपनी निजी सुरक्षा के लिए ऐसा कायरता पूर्ण कृत्य करके अपनी छवि को धूमिल नहीं कर सकता।"

सूर्यदेव ने एक बार फिर कर्ण का निर्णय बदलने का प्रयास किया, परंतु उनका पुत्र अपने निश्चय पर अटल था। सूर्यदेव की बढ़ती चिंता देखकर कर्ण बोला, "मैं अत्यंत भाग्यशाली हूँ कि मुझे आपका स्नेह प्राप्त हुआ है। यदि मुझ पर आपकी कृपादृष्टि है, तो फिर मुझे कौन चुनौती दे सकता है? आपकी चिंता तर्कसंगत है, परंतु अर्जुन मेरा कुछ नहीं बिगाड़ सकता। उसके पास अहंकार और दंभ के अतिरिक्त कुछ नहीं है। अकेला कर्ण सौ अर्जुनों के बराबर है।"

कर्ण की मूर्खतापूर्ण बात सुनकर सूर्यदेव को दुःख हुआ। उन्होंने अपनी बात को फिर अलग ढंग से कहा, "यदि तुम दोनों कवच और कुंडल, जिनके कारण तुम अजेय हो, दान में देना चाहते हो, तो ऐसा ही सही, परंतु एक बात का ध्यान रखना। इंद्रदेव को अपनी ये अनमोल वस्तुएँ देने के बाद उनसे बदले में अवश्य कुछ माँग लेना। इंद्रदेव के पास 'शक्ति' नाम का दिव्यास्त्र है, जिसका प्रयोग उन्होंने बहुत पहले असुरों का वध करने के लिए किया था। संसार में कोई अन्य अस्त्र 'शक्ति' के प्रहार को काट नहीं सकता। इसलिए अपने कवच और कुंडल इंद्र को देने के बाद उनसे उनका 'शक्ति' नामक अस्त्र मांग लेना।" कर्ण ने सूर्यदेव का आग्रह स्वीकार कर लिया और उन्हें हृदय से धन्यवाद दिया। इसके बाद कर्ण की तंद्रा टूट गई।

कर्ण सुबह नदी में स्नान करने के बाद सूर्यदेव की उपासना करने जाता था। अगले दिन उसी समय कर्ण के समक्ष एक निर्धन ब्राह्मण खड़ा हो गया, जैसा कि सूर्यदेव ने भविष्यवाणी की थी। कर्ण ने ब्राह्मण के वेश में आए इंद्र को तत्काल पहचान लिया, परंतु वह इंद्र को ब्राह्मण मानने का ढोंग करता रहा। "आप जो चाहते हैं, मुझसे माँग लीजिए। मैं आपकी इच्छा अवश्य पूरी करूँगा। ब्राह्मण देवता, आपको क्या चाहिए? क्या आपको धन चाहिए? क्या आपको किसी अप्सरा से भी अधिक सुंदर स्त्री की कामना है? मैं आपको असंख्य पशु दान में दे सकता हूँ। क्या मैं आपको इतना भोजन दे दूँ, जो समूची सेना के लिए पर्याप्त हो? मेरे पास बहुत-से मूल्यवान रत्न आदि हैं, जो देवराज इंद्र के पास भी नहीं मिलेंगे। यदि आप चाहें, तो मैं आपको इंद्रलोक के समान राज्य भी दे सकता हूँ। मुझे बताइए आप क्या चाहते हैं?"

"मैं जानता हूँ तुम्हारी दानवीरता जग-प्रसिद्ध है," इंद्र ने धीरे से कहा। "परंतु मुझे इनमें से कोई वस्तु नहीं चाहिए। मैं तुम्हारे दिव्य कवच और कुंडल लेने आया हूँ।"

"आप कवच और कुंडल लेकर क्या करेंगे? आप तो पृथ्वीलोक पर भ्रमण करते हैं और ईश्वर का गुणगान करते हैं। दूसरी ओर, मैं एक योद्धा हूँ और आप जो वस्तुएँ माँग रहे हैं, वह मेरे जीवन की रक्षा के लिए महत्त्वपूर्ण हैं। आप मुझसे कुछ और माँग लीजिए।"

परंतु ब्राह्मण अपनी माँग पर अड़ा रहा और कर्ण भी भोला-भाला बनकर अपने शत्रु के पिता से बातचीत करता रहा। आखिर कर्ण ने कहा, "मैं जानता हूँ आप

देवराज इंद्र हैं। मैं आपके आगमन का उद्देश्य भी जानता हूँ। मैं आपको अपनी दोनों अनमोल वस्तुएँ देने के लिए तैयार हूँ, परंतु मुझे भी बदले में आपसे कुछ चाहिए।"

अपने जीवन को संकट में डालकर भी दोनों मूल्यवान वस्तुएँ देने के लिए तत्पर कर्ण का साहस देखकर इंद्र के मन में कर्ण के लिए आदर उत्पन्न हो गया। इंद्र ने कहा, "मुझे लगता है कि सूर्यदेव ने तुम्हें पहले ही सावधान कर दिया है, परंतु कोई बात नहीं। मैं तुम्हारे कवच और कुंडल के बदले में तुम्हारी इच्छा पूरी करने को तैयार हूँ। माँगो, क्या चाहिए?"

"मुझे आपका 'शक्ति' अस्त्र चाहिए, जिसकी शक्ति बेजोड़ है," कर्ण ने स्पष्टता से कहा।

"अच्छी बात है। मैं तुम्हें 'शक्ति' प्रदान करता हूँ, परंतु ध्यान रखना, तुम इसे केवल एक बार प्रयोग कर सकते हो और फिर यह अस्त्र मेरे पास लौट आएगा," इंद्र ने सावधान करते हुए कहा। कर्ण के चेहरे पर प्रसन्नता देखकर इंद्रदेव को उस पर दया आ गई। वह बोले, "मुझे लगता है तुम्हें सावधान करना उचित होगा। मेरा यह 'शक्ति' अस्त्र तुम्हारे किसी एक महत्त्वपूर्ण शत्रु के प्राण अवश्य लेगा, परंतु यह भी बता दूँ कि इस अस्त्र से मरने वाला योद्धा वह नहीं होगा, जिसे तुम मारना चाहते हो क्योंकि उसकी रक्षा तीनों लोकों के स्वामी स्वयं कर रहे हैं। इस बात का ध्यान रखना और सावधान रहना।"

"मैं अपनी ओर से पूरा प्रयास करूँगा," कर्ण ने उत्तर दिया, फिर उसने छुरा निकाला तथा अपने तन से जुड़े कवच और कुंडल काटकर अलग कर दिए। दोनों वस्तुओं के अलग होने से कर्ण के तन के विभिन्न भागों से रक्त की धारा टूट पड़ी, परंतु उस शक्तिशाली और महान योद्धा के चेहरे पर पीड़ा का भाव नहीं आया। कर्ण के ऐसे साहस को देखकर आकाश से पुष्प-वर्षा हुई और सूर्य की स्वर्णिम किरणें भी कुछ क्षण के लिए रक्तिम आभा में परिवर्तित हो गईं। देवताओं ने भी कर्ण की अद्भुत वीरता की प्रशंसा की। कर्ण ने रक्तरंजित अवस्था में कवच और कुंडल ब्राह्मण को सौंप दिए। इंद्र ने उन्हें स्वीकार किया और आशीर्वाद देकर कहा, "तुम्हारा शरीर विकृत नहीं होगा और शीघ्र ही तुम्हारा तेज लौट आएगा। तुमने अत्यंत साहस से इस कठिन कृत्य को पूर्ण किया है। मैं आशा करता हूँ कि मेरे नाम के साथ संबद्ध कलुषित भावनाओं का बोझ भी कुछ कम हो जाएगा।" ऐसा कहकर इंद्र अपने उद्देश्य में सफल होकर प्रसन्नतापूर्वक अंतर्धान हो गए।

इस घटना के बारे में सुनकर अर्जुन और सभी पांडव बहुत प्रसन्न हुए। दुर्योधन के साथियों को यह सुनकर बहुत दुःख हुआ। दुःशासन ने विनम्रतापूर्वक पूछा, "क्या कर्ण ने उन मूल्यवान वस्तुओं के साथ अपना मस्तिष्क भी दान कर दिया है?" दुर्योधन ने अपने भाई को समझाया और उसे याद दिलाया कि दानवों ने दुर्योधन के लिए क्या कहा था। उसने दुःशासन के कंधे पर हाथ रखकर कहा, "कर्ण, अर्जुन

को अवश्य परास्त कर देगा। मुझे कर्ण के युद्ध-कौशल पर पूरा भरोसा है।" यह सुनकर दुःशासन प्रसन्न हो गया, परंतु दूसरे लोग शांत थे। वे दुर्योधन की बात से सहमत नहीं थे, परंतु सबका मानना था कि कर्ण ने मूर्खतापूर्ण कार्य किया है और उसे इसकी भारी क़ीमत चुकानी पड़ेगी।

कर्ण की दानशीलता के परिणामस्वरूप कौरवों को काफ़ी क्षति उठानी पड़ी, परंतु यह बाद में होने वाली घटना थी। चचेरे भाइयों के बीच जब युद्ध अवश्यंभावी हो गया, तो कृष्ण शांति-दूत बनकर हस्तिनापुर गए। उन्हें अपने अनंत विवेक से पता था कि युद्ध अवश्य होगा, परंतु फिर भी सबका शुभचिंतक होने के नाते उन्होंने शांति का प्रयास किया। उनका प्रयास असफल हो गया, क्योंकि दुर्योधन ने उनकी बात मानने से मना कर दिया। कृष्ण भी आसानी से हार मानने वाले नहीं थे। उन्होंने एक अन्य युक्ति अपनाई। वह जानते थे कि दुर्योधन मुख्य रूप से कर्ण पर आश्रित था, इसलिए उन्होंने कर्ण को समझाकर युद्ध करने से रोकने का निश्चय किया। उन्हें लगा यदि कर्ण को बताया जाए कि वह जिन्हें मारना चाहता है, वे सब उसके अपने भाई हैं, तो शायद उसे दया आ जाए और वह दुर्योधन को भी युद्ध करने से रोक पाए। यद्यपि कृष्ण जानते थे कि इस प्रयास का भी निष्कर्ष नहीं निकलेगा, परंतु फिर भी एक अंतिम प्रयास करना उनका कर्तव्य था।

कृष्ण ने कर्ण से मिलने का निश्चय किया। कृष्ण, विदुर के घर ठहरे थे और उन्हें पता था कि सूर्य-पुत्र कर्ण, विदुर के घर नहीं आएगा, इसलिए कृष्ण स्वयं कर्ण से मिलने चले गए। उन्होंने सात्यकि को सारथी बनाया और कर्ण को लेकर किसी एकांत स्थान पर पहुँच गए, जहाँ खुलकर बात की जा सकती थी और उन्हें देखने या सुनने वाला कोई नहीं था।

कर्ण और कृष्ण कुछ दूर चुपचाप चलते रहे। कृष्ण विचारों में खोए हुए थे। वह उस पीड़ादायक, किंतु महत्त्वपूर्ण बात को आरंभ करने की भूमिका तैयार कर रहे थे। कर्ण ने उन्हें तिरछी नज़र से देखा। वह जानता था कि उसे अर्जुन के प्रिय मित्र से सावधान रहना चाहिए, परंतु इसमें कोई संदेह नहीं था कि संसार जिसे ईश्वर मानता है, उसके साथ पैदल चलना सचमुच बहुत संतोषप्रद एवं आनंददायक अनुभव था। कर्ण को कृष्ण के साथ कुछ दूर चलने से ही बहुत शांति मिली, परंतु उसके मन में एक विचित्र भाव उत्पन्न हो गया। उसे आभास हुआ कि उसे बहुत पीड़ा होने वाली थी।

कृष्ण ने अचानक बोलना शुरू किया, "कर्ण तुम एक सत्पुरुष हो। मैं हमेशा से इस बात को मानता आया हूँ कि तुम उदार हो और साथ ही साहसी भी। तुम निस्संदेह बहुत उदारचित्त हो और तुमसे अधिक निष्ठावान मित्र मिलना कठिन है। मैं यह भी जानता हूँ कि नियति ने तुम्हारे साथ विचित्र खेल खेला है, फिर भी तुमने सब कुछ सहन किया है, परंतु साथ ही, यह भी सत्य है कि तुम बहुत डींग मारते हो...!"

"डींग?" कर्ण ने ज़ोर से कहा। उसे कृष्ण की बात चुभ गई थी। "मैं डींग मारता हूँ, तो क्या अर्जुन विनम्रता की मूर्ति है?" उसके तीखे स्वर में कृष्ण के प्रति विरोध झलक रहा था, यद्यपि आरंभ में उसे कृष्ण से बात करने में आनंद आ रहा था।

कृष्ण हँस पड़े और बोले, "यह मानना पड़ेगा कि हमारे समय के दोनों महानतम योद्धा अपने-अपने महत्त्व को अच्छी तरह समझते हैं। कर्ण, मुझे बीच में मत रोकना। मैं जो कहने जा रहा हूँ, वह बहुत महत्त्वपूर्ण है। तुम सचमुच कुलीन और श्रेष्ठ व्यक्ति हो। तुम्हें धर्म की समझ है, इसलिए तुम्हें दुर्योधन और उसके साथियों का पक्ष नहीं लेना चाहिए। वे सब कपटी और स्वार्थी हैं। उनमें मानवीय भावनाओं का सर्वथा अभाव है। तुम समझदार हो। तुम्हें उनसे सावधान रहना चाहिए, फिर भी तुमने उनका साथ देने का निश्चय किया है, परंतु ऐसा करके तुमने मृत्यु का चयन कर लिया है। दुर्योधन का साथ देने से तुम्हारा और तुम्हारी धर्मपरायणता दोनों का नाश हो जाएगा। तुम ऐसा क्यों कर रहे हो? मैं सदा से जानना चाहता था कि तुमने प्रतिस्पर्धा में अर्जुन का विरोध क्यों किया था। तुम्हें अचानक कुलीन पांडवों से दूर और दुष्ट कौरवों के साथ रहने का विचार कैसे आया?"

कर्ण ने कृष्ण के स्वर में अपने लिए चिंता देखी, तो वह भावुक हो गया। दुर्योधन को भी आभास नहीं था कि कर्ण ने निम्न जाति में जन्म लेने के कारण कितनी पीड़ा सही थी। बहुत लंबे समय तक अकेलापन और अपमान ही कर्ण के साथी थे। वह भूल गया था कि उसके हृदय से यह बोझ कैसे हटेगा, परंतु कृष्ण ने उसे बोझ से मुक्त होने का अवसर दिया था और वह सचमुच उसकी पीड़ा को समझ रहे थे। "मैं आपकी बात समझ रहा हूँ। लोगों ने सदा मेरी निंदा की और कभी मुझे या मेरी भावनाओं को समझने का प्रयास नहीं किया, परंतु अब समय आ गया है कि मैं अपनी स्थिति को स्पष्ट कर सकता हूँ।"

"आप कहते हैं कि दुर्योधन बुरा व्यक्ति है। आप सर्वज्ञ हैं, इसलिए आप जो कहते हैं, वह ठीक ही होगा, परंतु आपके मुख से अपने प्रिय मित्र के विरुद्ध इस तरह के वचन सुनकर मेरे हृदय में पीड़ा हो रही है। वह जैसा भी है, परंतु मेरे लिए इस पृथ्वी का सबसे नेक और अच्छा व्यक्ति है। क्या आप जानते हैं कि 'सूतपुत्र' कहलाना कैसा लगता है? अपने जन्म के कारण होने वाले अपमान का दुःख कैसा होता है, जबकि इसमें आपका कोई दोष नहीं होता है? मेरे माता-पिता के अतिरिक्त प्रत्येक व्यक्ति ने मेरी ओर सदा घृणा से देखा। सबको यह बात दुःखी करती है कि मैं 'सूतपुत्र' होकर भी रथ चलाने से संतुष्ट नहीं हूँ और मैंने हाथ में धनुष उठाने का निश्चय क्यों किया। अपना जीवन अपनी शर्तों पर जीने का आत्मविश्वास और साहस मुझमें क्यों है।"

"जब मैं दुर्योधन को देखता हूँ, तो सब कुछ भूल जाता हूँ। वह मेरे भीतर विशिष्ट होने का भाव जागृत करता है। इसलिए मेरे लिए वह अनमोल है। अर्जुन

भाग्यशाली है कि उससे इतने लोग प्रेम करते हैं और वह उन सबके कल्याण के लिए अपना जीवन न्योछावर कर सकता है। आप स्वयं अर्जुन के परम मित्र और संबंधी हैं। इससे अधिक और किसी मनुष्य को क्या चाहिए? दूसरी ओर, दुर्योधन ने मेरे जैसे व्यक्ति को चुना है, जिसकी सर्वत्र निंदा होती है, जिसे लोग घृणा की दृष्टि से देखते हैं। दुर्योधन मेरे साथ है और मेरे पास भी दुर्योधन के अतिरिक्त कोई नहीं है, इसलिए मैं आजीवन उससे प्रेम करता रहूँगा।"

"आपने मुझसे पूछा कि मैंने प्रतियोगिता में अर्जुन के विरुद्ध युद्ध-कौशल का प्रदर्शन क्यों किया। मैं आपको एक कथा सुनाता हूँ। मेरे पिता अधिरथ ने मुझे नदी में बह रही एक टोकरी के भीतर से पाया था। मेरी माता ने मुझे बताया कि किसी राजकुमारी ने मेरा त्याग किया होगा। मैं उस स्त्री के विषय में स्वप्न देखा करता था, जिसने मुझे त्याग कर अपनी प्रतिष्ठा और सुरक्षा का चयन किया होगा। वह निस्संदेह कोई राजकुमारी ही होगी। उसने अवश्य किसी राजा से वैध संतान प्राप्त करने के लोभ में मुझे भुला दिया होगा। उसने मुझे कष्ट और पीड़ा के दलदल में झोंक दिया। आपको शायद यह सुनकर बुरा लगेगा, परंतु यही सत्य है।"

"मुझे बचपन से ही कभी ख़ुशी नहीं मिली, तो मैंने हाथ में धनुष उठा लिया था। मैंने चारों दिशाओं में अच्छे और योग्य गुरु की तलाश की, परंतु सबने मुझे खाली हाथ लौटा दिया। द्रोण ने मुझे शिक्षा देने से मना कर दिया। उसी तरह परशुराम ने भी पहले मुझे शिष्य नहीं बनाया। आख़िर मुझे छद्म रूप धारण करना पड़ा। मैंने ब्राह्मण का वेश धारण करके परशुराम के आश्रम में प्रवेश किया। मुझे कुछ समय उनकी अनमोल संगति मिली, परंतु वह भी अधिक समय नहीं चल सका। बाद में मेरा भेद खुल गया और मुझे अपमानित करके वहाँ से निकाल दिया गया। परशुराम ने मुझे शाप भी दिया, जो अंत समय तक मेरे सिर पर तलवार की तरह लटका रहेगा।"

कर्ण ने कहा, "उस समय मैंने हस्तिनापुर में हुई प्रतियोगिता के विषय में सुना, जिसमें कुरु वंश के राजकुमार युद्ध-कौशल का प्रदर्शन करने वाले थे। अन्य लोगों की तरह मैं भी रंगभूमि में पहुँच गया। मैंने वहाँ द्रोणाचार्य को देखा। यह वही व्यक्ति था, जिसने मुझे अपना शिष्य बनाने से मना कर दिया था। मैंने अपने आत्म-सम्मान की परवाह किए बिना उनके समक्ष याचना की थी, परंतु उन्होंने मुझे अपना शिष्य नहीं बनाया। वह उस समय रंगभूमि में अर्जुन के साथ खड़े थे। उसी व्यक्ति ने मेरी प्रतिभा को पहचानने से मना कर दिया था। मैं यह स्वीकार करता हूँ कि उसी क्षण मेरे हृदय में ईर्ष्या का बीज पनप गया। मैंने देखा कि अहंकारी अर्जुन, भीड़ के समक्ष हल्के स्तर के युद्ध-कौशल द्वारा प्रशंसा अर्जित कर रहा था। वह प्रशंसा वास्तव में मुझे मिलनी चाहिए थी। मैं उस स्तुति का सच्चा अधिकारी था क्योंकि मैं अर्जुन से बेहतर धनुर्धर हूँ। अर्जुन को जो कुछ मिला, मैं उससे अधिक श्रेष्ठ एवं मूल्यवान वस्तुओं का अधिकारी हूँ।"

कर्ण ने अपनी बात जारी रखते हुए कहा, "मैंने भीड़ को अर्जुन पर प्रेम न्योछावर करते देखा, तो मैं अपना विवेक खो बैठा और मैंने उसे चुनौती दे डाली। उसके बाद जो हुआ, वह तो आप जानते हैं। राजपरिवार के सदस्यों ने सबके सामने मेरे निम्न कुल का उल्लेख किया। भीम ने मुझे 'सूतपुत्र' कहकर अपमानित किया। मैं हज़ारों लोगों के सामने अपमान का बोझ कंधों पर लादे अकेला खड़ा था। ऐसी स्थिति में दुर्योधन ने मेरे सम्मान की रक्षा की और मुझे अंग देश का राजा बनाया। उस उपकार के बदले उसने मुझसे केवल मित्रता माँगी थी। यही कारण है कि मैं किसी भी अन्य व्यक्ति, यहाँ तक कि अपने माता-पिता और पत्नी से भी अधिक, दुर्योधन से प्रेम करता हूँ। दुर्योधन मुझे अपने पुत्र और सूर्यदेव से भी अधिक प्रिय है।"

कृष्ण चुपचाप कर्ण की बातें सुन रहे थे। उनकी आँखों में दया का भाव था, परंतु अचानक कृष्ण के स्वर में अधीरता का पुट उत्पन्न हो गया। वह बोले, "मैं जानता हूँ कि तुम दुर्योधन के प्रति कृतज्ञता व्यक्त करना चाहते हो, परंतु सत्य यह है कि तुम से मैत्री करके दुर्योधन को तुमसे अधिक लाभ हुआ है। वह तुम्हारे बिना विषरहित दंत वाले सर्प के समान है। तुमने उसे शक्ति प्रदान की है। वह अर्जुन को देखकर ही भयभीत हो जाता था, इसलिए उससे बचने के लिए उसे तुम्हारी आवश्यकता है। यही कारण है कि उसने तुम्हें अंग देश का राजा बनाया। उसके लिए मुकुट का क्या अर्थ है? क्या तुम अपना महत्त्व नहीं समझते? तुमने अंग देश का राज्य स्वीकार करके अपने साथ अन्याय किया है। तुम पूरे संसार पर शासन करने की योग्यता रखते हो।"

कृष्ण का अंतिम वाक्य सुनकर कर्ण मुस्कराया। उसने कहा, "मैंने शायद आपकी बात सुनने में भूल की है। क्या आप कह रहे हैं कि एक 'सूतपुत्र' संसार पर शासन कर सकता है? मैं इस बात को नहीं मानता कि दुर्योधन मेरा दुरुपयोग कर रहा है। मेरे प्रति उसका स्नेह सच्चा है। वह मुझे जितना प्रिय है, मैं भी उससे उतना ही प्रेम करता हूँ, इसलिए हमारा मैत्री संबंध कभी नहीं टूटेगा।"

कर्ण ने पूछा, "क्या आप यह कहना चाहते हैं कि मैं दुर्योधन के लिए केवल एक साधन मात्र हूँ, जिसकी सहायता से वह अपनी कुटिल योजनाओं को सफल करने का स्वप्न देख रहा है?" कर्ण ने कहा, "परंतु यह बात सत्य से दूर है। मैं यह सिद्ध कर सकता हूँ। मैं आपको एक घटना सुनाता हूँ, जिससे मेरी बात की पुष्टि हो जाएगी। मैं एक बार दुर्योधन से मिलने उसके महल में गया था, परंतु वह उपस्थित नहीं था। मैं रुककर उसकी प्रतीक्षा करने लगा। दुर्योधन की पत्नी भानुमति समय बिताने के लिए मेरे साथ द्यूत खेलने लगी। मैं खेल में पूरी तरह डूब गया। कुछ देर बाद मुझे लगा कि मैं बाज़ी जीतने वाला था। अचानक भानुमति ने खेल बीच में रोक दिया। उसने अपने पति की पदचाप सुन ली थी, इसलिए वह उसके स्वागत के लिए तत्काल उठ गई। मैं उसकी इस अचानक हरक़त से हैरान रह गया।

मैंने लापरवाही से उसका कमरबंद पकड़ लिया, जिसके कारण उसका रत्नजड़ित वस्त्र फट गया और उसमें बँधे माणिक्य और रत्न फर्श पर फैल गए। उसी समय दुर्योधन ने कक्ष में प्रवेश किया।"

कर्ण ने कहा, "हम दोनों नवजात शिशुओं की भाँति निर्दोष और ग्लानि के बोझ से दबे स्तब्ध रह गए। भानुमति को मेरी धृष्टता पर क्रोध आ गया। उसे लगा कि यह दृश्य देखकर उसका पति उस पर संदेह करेगा। मैं भी सदाचार के नियमों को भूलने की मूर्खता पर पछता रहा था। मुझे दुःख था कि मैंने अपने मित्र की पत्नी के साथ दुर्व्यवहार किया, परंतु दुर्योधन ने जब यह देखा, तो वह चुपचाप मेरे पास आया और उसने पूछा, "क्या इन मोतियों को उठाकर फिर जोड़ा जा सकता है?" मेरे मन के भीतर शब्दों का संघर्ष चल रहा था। मैं अपनी धृष्टता के लिए दुर्योधन से क्षमा माँगना चाहता था, परंतु उसने मुझे बीच में ही रोक दिया और कहा, "मुझसे प्रेम करने वाले मेरे साथ विश्वासघात नहीं कर सकते। इसलिए वह सुंदर संबंध ऐसे ही अटूट बना रहेगा।" ऐसा कहकर वह फर्श पर फैले मोती उठाने लगा, मानो उस विषय पर चर्चा करने का इच्छुक नहीं था। आपको इतिहास में प्रेम और विश्वास का इससे बेहतर उदाहरण और क्या मिलेगा?"

"यह तो मानना पड़ेगा कि दुर्योधन में विजेता के गुण हैं। वह जिन लोगों से प्रेम करता है, उनके साथ बहुत उदार है। तुम्हें सचमुच उसका कृतज्ञ होना चाहिए," कृष्ण ने चतुराई से कहा। उन्हें इस बात का आभास हो गया था कि दुर्योधन की निंदा करने से उन्हें सफलता नहीं मिलेगी, फिर वह बोले, "चलो, हम इन बातों को एक क्षण के लिए भूल जाते हैं। क्या तुमने कभी सोचा है कि तुम्हारी वास्तविक माता कौन है?" कृष्ण ने बहुत सावधानी के साथ वार्तालाप में उस प्रश्न को सम्मिलित किया था।

"वास्तविक माता के विषय में सोचने की क्या बात है? राधा ही मेरी माता है। मैं और किसी को अपनी माता स्वीकार नहीं कर सकता," कर्ण ने तुरंत उत्तर दिया। वह कृष्ण की आँखों में देखकर बोला, "मेरी यह हार्दिक इच्छा है कि जिस तरह उस स्त्री ने एक पल के लिए भी मेरे बारे में सोचे बिना मुझे त्याग दिया, मैं भी उस स्त्री से संबंधित विचारों को त्याग देना चाहता हूँ, परंतु मैं ऐसा नहीं कर पाता। मुझे कई बार स्वप्न में एक सुंदर स्त्री दिखाई देती है, जिसका चेहरा मुझे स्पष्ट नजर नहीं आता। हे कृष्ण, मैं उसके प्रेम के लिए व्याकुल रहता हूँ, परंतु आप मुझसे यह क्यों पूछ रहे हैं? क्या आप उस स्त्री को जानते हैं? क्या वह अभी जीवित है?" कर्ण का व्याकुल स्वर सुनकर कृष्ण की इच्छा हुई कि नियति को दुर्भाग्यशाली कर्ण के साथ थोड़ा उदार होना चाहिए था।

"मैं उसे जानता हूँ। तुम्हारा अनुमान ठीक है। वह एक राजकुमारी है। उसने जब तुम्हें जन्म दिया, तब उसका विवाह नहीं हुआ था। तुम कुछ भी सोचो, किंतु उसके लिए तुम्हें स्वयं से अलग करने का निर्णय सरल नहीं था। उसके पिता राजा

थे। वह बहुत घबराई हुई थी। उसकी लापरवाही के परिणामस्वरूप तुम्हारा जन्म हुआ और इसलिए वह बहुत परेशान थी। बाद में उसने विवाह कर लिया और उसने फिर पाँच पुत्रों को जन्म दिया, परंतु तुम्हारा यह सोचना गलत है कि वह तुम्हें भूल गई है। वह तुम्हें प्रतिदिन याद करती है। तुम उसके पहले पुत्र हो, जिसे उसने विवशता में स्वयं से अलग किया था। वास्तव में जो स्वर्ण-कवच और कुंडल पहनकर तुम्हारा जन्म हुआ, वे भी तुम्हारी माता के अनुरोध पर ही तुम्हारे पिता ने तुम्हें दिए थे, ताकि भविष्य में तुम्हारी पहचान हो सके और तुम्हारी माता को अपनी भूल का परिमार्जन तथा तुम्हें फिर अपने पास बुलाने का अवसर मिल जाए, परंतु विधि का विधान कुछ और था," ऐसा कहकर कृष्ण एक क्षण के लिए रुक गए। वह विचार कर रहे थे कि क्या उन्हें कर्ण को इससे अधिक बताना चाहिए।

"मेरी माता राजकुमारी है और राजा की पुत्री है। इसका अर्थ यह हुआ कि यह सूतपुत्र वास्तव में जन्म से क्षत्रिय है। यही कारण था कि परशुराम ने मुझे शाप दिया। उन्होंने कहा था कि केवल एक सच्चा क्षत्रिय ही इतनी पीड़ा सहन कर सकता है," कर्ण ने भारी हृदय से कृष्ण को बताया। उसने कहा, "मैं अपनी माता के विषय में जानना चाहता हूँ क्योंकि अब उनके विषय में जाने बिना मुझे शांति नहीं मिलेगी। मैं नहीं चाहता कि आप इस कार्य में और विलंब करें। मुझे जल्दी बताइए वह कौन है।"

कृष्ण झिझक रहे थे। कर्ण ने कृष्ण की आँखों में देखा, तो उसे लगा कि वह सत्य से परिचित थे। वह बोला, "आपने कहा कि मेरे बाद उसके पाँच पुत्र हुए। ऐसा नहीं हो सकता। मुझे लगता है कि पांडवों का पक्ष लेने के लिए आपने फिर कोई नई योजना बनाई है। आप मुझे दुर्योधन से अलग करना चाहते हैं। आप मुझे मूर्ख बना रहे हैं। मैंने आपको अपने हृदय के सारे रहस्य बता दिए और अब आप उन्हें मेरे ही विरुद्ध प्रयोग कर रहे हैं। यह सत्य नहीं हो सकता। क्या कुंती मेरी माता है? मैं यह स्वीकार नहीं कर सकता। मैंने बहुत पीड़ा सहन की है और मैं अब यह कदापि स्वीकार नहीं करूँगा।"

"काश! मैं इस सत्य को तुम्हारे लिए सरल बना पाता, परंतु इससे बचने का कोई उपाय नहीं है। कुंती ही तुम्हारी माता है और पांडव तुम्हारे भाई हैं," कृष्ण ने धीमे स्वर में कहा।

कर्ण बुरी तरह काँप रहा था। उसे लग रहा था कि उसे किसी ने ज़ोर से लात मारी है। "मेरे पिता कौन हैं?" कर्ण ने पूछा।

"तुम रोज़ सुबह उनके साथ उठते हो और वह भी तुम्हें दिन-भर देखते हैं। वह और कोई नहीं, अपितु तुम्हारे इष्टदेव भगवान सूर्य हैं।"

कर्ण के पैरों के नीचे से मानो ज़मीन खिसक गई। उसने सिर हाथों में छुपा लिया। वह रोने लगा और बहुत देर तक रोता रहा। नियति ने उसके साथ बहुत कठोर व्यवहार किया था। इसके फलस्वरूप कर्ण का हृदय भी कठोर हो गया था,

हालाँकि पीड़ा पर रोना और परिस्थितियों पर आँसू बहाना उसकी आदत में नहीं था। वह सदा से साहसी और निडर था। उसके भीतर किसी भी परिस्थिति एवं कठिनाई का सामना करने का साहस था। उसी साहस के बल पर वह समाज के उच्चतम शिखर तक पहुँचा था। उसने समाज द्वारा निंदा और अपमान सहन किया, तथापि उसकी अंतरात्मा की प्रबलता और ज़बरदस्त प्रतिभा को दबा पाना किसी के लिए भी असंभव था। निम्न जाति में जन्म ही उसकी बहुत-सी मुसीबतों का कारण बन गया था,फिर उसे यह आभास हुआ कि वह निंदा से ऊपर था, तो वह बहुत रोया। उसने जो कुछ खोया और फिर जो प्राप्त किया, वह सब सोचकर कर्ण बहुत देर तक रोता रहा। उसे 'जो हो गया और जो हो सकता था' की संभावना पर विचार करने पर भी रोना आ रहा था।

अपनी भावनाओं को संयमित करने के बाद कर्ण ने कहा, "मुझे लगता था कि नियति ने मेरे साथ बहुत कठोर व्यवहार किया है, परंतु मैं गलत था। मुझे लगता है कि मैं कुछ भी सहन करूँ, मेरे लिए शायद कम ही होगा। नियति ने शायद ही मुझसे अधिक किसी अन्य पुरुष से इतनी घृणा की होगी। सूर्यदेव मेरे पिता हैं, कुंती मेरी माता है और पांडव मेरे भाई हैं। इसके बावजूद मैं संसार की दृष्टि में सदा निम्न कुल में जन्मा अनाथ था और सदा रहूँगा। मेरा बहुत ज़ोर से हँसने का मन है और मुझे डर है कि कहीं मैं अपना मानसिक संतुलन ना खो बैठूँ।" ऐसा कहकर कर्ण सचमुच बहुत ज़ोर से हँसने लगा। वह बहुत देर तक और ज़ोर से हँसता रहा। उसकी हँसी चारों दिशाओं में गूँज रही थी।

कर्ण ने काफ़ी प्रयास करके स्वयं पर संयम पा लिया। उसके पीड़ित मस्तिष्क में दुर्योधन की छवि तैर रही थी। जिस तरह पानी में डूबता हुआ व्यक्ति रस्सी को पकड़कर ऊपर आ जाता है, उसी तरह कर्ण ने भी दुर्योधन की छवि को सहारा बनाकर पकड़ा हुआ था। कृष्ण ने कर्ण के समक्ष जो रहस्य प्रकट किया, उसे जानने के बाद कर्ण ने स्वयं को बहुत मुश्किल से सँभाला और सामान्य अवस्था में लौट आया। उसने कृष्ण से कहा, "आप यह सब पहले से जानते थे, तो फिर आपने मुझे अब क्यों बताया? मेरा आपके विषय में मत सही था। आपने ऐसे क्षण पर इस कटु सत्य का उद्‍घाटन करके मुझे दुर्योधन से अलग करने का प्रयास किया है, परंतु मैं अपनी वास्तविक माता कुंती की शपथ लेकर कहता हूँ कि ऐसा कभी नहीं होगा।"

कृष्ण ने कर्ण में आए परिवर्तन को देखकर दृष्टि फेर ली और कहा, 'मैं केवल तुम्हें जीवनदान देना चाहता हूँ। मृत्यु तुम्हारी ओर तेज़ी से बढ़ रही है। यदि तुमने स्वयं को नहीं सँभाला, तो तुम्हारी मृत्यु निश्चित है। क्या तुम यह जानते हो कि तुममें संसार पर शासन करने की योग्यता है? फिर तुम क्यों अपने जीवन का अंत करना चाहते हो? कुंती के पहले पुत्र होने के नाते तुम ज्येष्ठ पांडव हो। यदि राजा पांडु जीवित होते, तो वह तुम्हें अपना उत्तराधिकारी बनाकर गर्व महसूस करते।

युधिष्ठिर भी सहर्ष तुम्हें राज्य सौंप देता। भीम स्वयं तुम्हारे लिए राज-छत्र लेकर चलता, अर्जुन तुम्हारा सारथी होता और अभिमन्यु भी तुम्हारे साथ होता। नकुल, सहदेव, द्रौपदी के पाँचों पुत्र और अन्य पांचाल योद्धा तुम्हारा साथ देते। यह संसार तुम्हारे कदमों में होता। इसके अतिरिक्त अन्य पांडवों की भाँति, द्रौपदी तुम्हें भी सबके समान प्रेम करती।"

द्रौपदी का नाम सुनते ही कर्ण के चेहरे का भाव बदल गया। वह अपना अपमान भूला नहीं था। उसने कहा, "मुझसे उस स्त्री के विषय में बात मत कीजिए। आपको क्या लगता है कि मैं उस वेश्या के पीछे अपनी प्रतिष्ठा छोड़ दूँगा?"

यह सुनकर कृष्ण को क्रोध आ गया। उन्होंने कहा, "तुम्हारे इस विकृत वक्तव्य से पता लगता है कि कर्ण तुम कितना नीचे गिर चुके हो क्योंकि तुम्हारी संगति दुर्योधन और कुटिल कौरवों के साथ है। द्रौपदी ने स्वयंवर में तुम्हें स्वीकार नहीं किया था, इसलिए तुम उस पर क्रुद्ध हो, परंतु क्या तुमने अपना प्रतिशोध नहीं ले लिया? तुमने ही भरी सभा में द्रौपदी के चीर-हरण का निकृष्ट सुझाव दिया था। उस दिन देवताओं ने भी तुम्हें कोसा और तुम्हारी दोनों माताएँ कुंती और राधा निराश होकर रोईं थीं क्योंकि तुमने उस दिन दुराचार की सीमा का उल्लंघन कर दिया था। द्रौपदी जैसी सदाचारी स्त्री इस संसार में पहले कभी नहीं हुई और तुम यह बात अच्छी तरह जानते हो। इसके बावजूद दुष्कर्मों में तुमने कौरवों का साथ दिया और उसका एकमात्र कारण था कि तुम्हारे अहंकार पर चोट लगी थी।"

कर्ण यह सुनकर लज्जित हो गया। वह बोला, "मैं जानता हूँ उस दिन मेरा व्यवहार अक्षम्य था। मुझे तब से आज तक अपने कृत्य पर पछतावा है। मैंने सदा सही बात कहने और सत्कार्य करने का प्रयास किया। यद्यपि भीष्म, द्रोण और अन्य लोग मेरे बारे में अलग बात कहते हैं। यह सत्य है कि मैं द्रौपदी को बहुत पसंद करता था और मुझे इस बात को स्वीकार करने में बहुत पीड़ा हुई कि उसने केवल मेरे जन्म के कारण मुझे अस्वीकार कर दिया था। आपको क्या लगता है, द्रौपदी ने जब मुझे उस शानदार सभा के समक्ष अपमानित किया, तो मुझे कैसा लगा होगा? अर्जुन ने स्वयंवर में उसे जीत लिया, तो मेरी पीड़ा कितनी बढ़ गई होगी? द्रौपदी के प्रति मेरे मन में प्रेम, घृणा और क्रोध में परिवर्तित हो गया और मैं मनुष्य से शैतान बन गया। मैं अपने अपराध को भूलने का प्रयास नहीं कर रहा हूँ, परंतु मैं चाहता हूँ कि आप मेरी बात को समझें। द्रौपदी के विरुद्ध मैंने जो अपराध किया है, उसका बोझ मेरी अंतरात्मा पर है। मैं स्वयं से घृणा करने लगा हूँ। यदि किसी तरह मेरे दुर्व्यवहार का परिमार्जन हो सकता है, तो मैं अवश्य करूँगा।"

"यदि तुम अपने अपराध का प्रायश्चित करना चाहते हो, तो तुरंत उन दुष्ट कौरवों का साथ छोड़कर मेरे साथ चलो। पांडवों के पक्ष में युद्ध करो। तुम्हारे साथ ना होने पर दुर्योधन कभी युद्ध नहीं करेगा। उन असंख्य लोगों के बारे में विचार

करो, जिनका जीवन, तुम्हारे सही निर्णय लेने से बच सकता है। संकोच मत करो कर्ण, मेरे साथ चलो," कृष्ण ने आग्रह किया।

कर्ण ने कहा, "आपको लगता है कि मेरे लिए यह निर्णय लेना बहुत सरल है। मेरे जन्म से संबंधित सत्य द्वारा इन घटनाओं को बदला नहीं जा सकता। मैंने जीवन में जो मार्ग चुन लिया है, उसे बदलना मुश्किल है। मुझे अब तक 'सूतपुत्र' कहकर अपमानित किया गया, परंतु अब यदि मैं आपके साथ चला गया, तो मुझे कायर और विश्वासघाती भी कहा जाएगा। नियति मुझ पर हँसेगी। मैं ऐसा कदापि नहीं होने दूँगा। मैं संसार को जो धरोहर देकर जाना चाहता हूँ, उसे धूमिल नहीं होने दूँगा। मैं अंतिम साँस तक अपनी छवि को कलंकित नहीं होने दूँगा। मुझसे कम से कम यह संतोष कोई नहीं छीन सकता।"

कर्ण ने कहा, "यह सत्य है कि मृत्यु मेरे समीप है। मैं यमराज की पदचाप सुन सकता हूँ और वह प्रतिदिन निकट आती जा रही है, परंतु मैं मृत्यु का स्वागत करता हूँ। जीवन ने सदा मेरे साथ अन्याय किया है, इसलिए मुझे जीवन से कोई लगाव नहीं है। मैं अधिक जीना भी नहीं चाहता। मुझे केवल दुर्योधन की चिंता है और मैं उसके उद्देश्य की पूर्ति के लिए सहर्ष अपने प्राण त्याग दूँगा। रणभूमि में मेरा साहस अतुलनीय होगा और आने वाले अनेक वर्षों तक मेरी विजय-गाथा गाई जाएगी। मैं जानता हूँ कि मेरी मृत्यु एक वीर की भाँति होगी। मैं उसे स्वीकार करने के लिए तत्पर हूँ और रण में वीरगति प्राप्त करना चाहता हूँ। हे कृष्ण, अब अगली बार हमारी भेंट शत्रु की तरह रणभूमि में होगी क्योंकि मैं आज भी अर्जुन के साथ निर्णायक युद्ध करना चाहता हूँ। मैं यह भी जानता हूँ कि आप उसे बचाने के लिए मुझे मरवा सकते हैं। यह विचार पीड़ादायक है, परंतु मैं इसे भी सहन कर लूँगा क्योंकि मुझे मृत्यु से भय नहीं है। मुझे विश्वास है कि जीवन से अधिक, मृत्यु मेरे साथ उदार रहेगी। मुझे मृत्यु का आलिंगन करके वह सब कुछ प्राप्त हो जाएगा, जिसकी मैंने हमेशा से कामना की है, परंतु जो दुर्भाग्य से मुझे आज तक नहीं मिला।"

कर्ण ने आगे कहा, "मैं आपसे केवल एक अनुरोध करता हूँ। आप इसे मेरे द्वारा हुए गंभीर अपराध का परिमार्जन कह सकते हैं। मुझे वचन दीजिए कि आपने जो दुःखद सत्य मुझे बताया है, वह आप किसी अन्य व्यक्ति को नहीं बताएँगे। पांडवों को भी इस बात का पता नहीं लगना चाहिए। युधिष्ठिर, धर्म के मार्ग पर इतना अडिग है कि वह अब भी मुझे राज्य सौंप देगा। वह भीम और अर्जुन को भी इस बात के लिए मना लेगा, यद्यपि वह मन से ऐसा कदापि नहीं चाहेंगे। आप ध्यान रखिए कि मैं युधिष्ठिर से प्राप्त राज्य, दुर्योधन को सौंप दूँगा। यदि ऐसा हुआ, तो सब कुछ समाप्त हो जाएगा और पृथ्वी सदा के लिए अंधकार में डूब जाएगी। मैं ऐसे किसी विनाशकारी कदम का अग्रदूत नहीं बनना चाहता। नियति को अपना कार्य करने दीजिए। मुझे नियति के हाथों कष्ट सहना स्वीकार है, परंतु मैं विश्वासघात नहीं करूँगा।"

कृष्ण ने कर्ण को गले लगाया और कहा, "ऐसा ही होगा! कर्ण, मुझे तुम पर गर्व है कि बुराई का लगातार साथ देने के बावजूद तुम्हारे भीतर शुद्धता और अच्छाई पूरी तरह लुप्त नहीं हुई है। मेरा आशीर्वाद तुम्हारे साथ है। तुम अब जाओ! तुम नैतिकता के मानदंडों के अनुसार कार्य कर रहे हो। तुम्हारे इसी कर्म ने तुम्हें वीर नायक और योद्धा बनाया है। यह दुःख की बात है कि लोग तुम्हारी निंदा करते हैं और तुम्हें घृणा की दृष्टि से देखते हैं। मैं तुम्हें वचन देता हूँ कि भावी पीढ़ियाँ, तुम्हारे विषय में अच्छा कहेंगी और तुम्हें पांडवों की भाँति सम्मान भी मिलेगा। जाओ और शांति से रहो।"

कर्ण ने कृष्ण को अंतिम बार देखा। वह उनकी कृपा-दृष्टि पाकर धन्य हो गया था। उसके भीतर की व्याकुलता शांत हो गई थी। उसे कृष्ण का आशीर्वाद भी मिल गया था। वह बिना पीछे देखे लौट गया।

कृष्ण का हस्तिनापुर आने का उद्देश्य पूरा हो गया था। वह तत्काल लौट गए। उन्होंने अपनी क्षमता के अनुसार कौरवों और पांडवों की समस्याओं का शांतिपूर्वक समाधान निकालने का यथासंभव प्रयास किया था। उनका प्रयास बेशक़ असफल हो गया, परंतु सब कुछ विधि के विधान के अंतर्गत हो रहा था। उन्होंने उस पर अधिक विचार नहीं किया और वह हस्तिनापुर छोड़ने से पहले विदुर से मिलने गए। कृष्ण ने विदुर को आतिथ्य-सत्कार के लिए धन्यवाद दिया। कुंती भी विदुर के साथ रहती थी। उसे कृष्ण पर अटूट विश्वास था और आशा थी कि कृष्ण ने युद्ध टालने के लिए हर संभव प्रयास किया होगा। कुंती ने कृष्ण को आशापूर्ण दृष्टि से देखा, परंतु कृष्ण ने सिर हिलाकर असफलता का संकेत दिया, जिसे देखकर कुंती समझ गई थी कि सब कुछ समाप्त होने वाला है।

कुंती के अगले कुछ दिन पीड़ा में बीते। उसे अपने पुत्रों की चिंता थी। युद्ध अवश्यंभावी था और सोचने के लिए विशेष कुछ नहीं था। दुर्योधन द्वारा युद्ध की विकट तैयारियाँ देखकर कुंती परेशान थी। भीष्म, द्रोणाचार्य, कृपाचार्य और कर्ण, गांधारी के दुष्ट पुत्र दुर्योधन के पक्ष में युद्ध करने वाले थे। उनकी क्षमता के विषय में सोचकर कुंती का हृदय बैठा जा रहा था, परंतु वह यह भी जानती थी कि कौरव पक्ष के वृद्ध एवं अनुभवी योद्धा, पांडवों से अधिक प्रेम करते थे और उनके लिए पांडवों को क्षति पहुँचाना सरल नहीं था। यद्यपि कर्ण, पांडवों से घृणा करता था और कर्ण को लेकर ही कुंती सबसे अधिक परेशान थी।

आख़िर कुंती ने अपने प्रथम पुत्र कर्ण से मिलने का निश्चय किया। वह अपने पाँच पुत्रों को मृत्यु से बचाना चाहती थी। उसे आशा थी कि कर्ण से मिलकर शायद युद्ध को टाला जा सकता था। एक दिन सुबह कर्ण नदी में स्नान करने के बाद सूर्यदेव की उपासना कर रहा था। कर्ण ने पूजा के बाद पलटकर देखा कि उसके समक्ष उसकी माता खड़ी थी, जिसने उसे जन्म देने के बाद टोकरी में रखकर अनाथ

की तरह नदी में बहा दिया था। माता और पुत्र, दोनों एक-दूसरे को देखते रहे, परंतु दोनों में से पहले बोलने का साहस किसी में नहीं था, फिर कर्ण ने कहा, "अधिरथ और राधा का पुत्र आपके लिए क्या कर सकता है?"

कर्ण का यह कथन कुंती के हृदय में चुभ गया। वह रोने लगी। उसने रोते हुए कहा, "राधा नहीं, अपितु मैं तुम्हारी असली माता हूँ। तुम मेरे और सूर्यदेव के पुत्र हो। ऋषि दुर्वासा ने मुझे पुत्र-प्राप्ति का मंत्र दिया था। मैंने लापरवाही में अविवाहित होते हुए भी उस मंत्र का प्रयोग किया, जिसके कारण तुम्हारा जन्म हुआ। मुझे अपने पिता की कीर्ति पर कलंक लगने का भय सताने लगा। तब अपनी और अपने पिता की प्रतिष्ठा की रक्षा के लिए मुझे तुम्हारा त्याग करना पड़ा, परंतु मेरा विश्वास करो, उस दिन से मैंने बहुत कष्ट में जीवन व्यतीत किया है। ग्लानि और दुःख ने कभी मेरा साथ नहीं छोड़ा। कुछ समय बाद मेरे पति की भी मृत्यु हो गई। मैंने दरिद्रता में दिन व्यतीत किए, मैंने लोगों से भिक्षा माँगकर जीवनयापन किया और सबसे बुरी बात हुई कि मेरी पुत्रवधू को अपमान और मेरे पुत्रों को वनवास सहना पड़ा।"

कुंती ने आगे कहा, "परंतु ये समस्त दुःख, उस दुःख की तुलना में कुछ नहीं, जब मैंने तुम्हें और अर्जुन को रंगभूमि में आमने-सामने देखा। तुम दोनों शत्रु बन गए। मेरे पुत्रों को इस बात का पता भी नहीं था कि वे दोनों भाई हैं और वे एक-दूसरे को मारना चाहते हैं। नियति ने मेरे साथ घोर अन्याय किया है, परंतु अभी देर नहीं हुई है। अब तुम सत्य जान चुके हो, इसलिए तुम्हें अपने सगे भाइयों से युद्ध नहीं करना चाहिए, अन्यथा तुम्हें भ्रातृ-हत्या का दोष लगेगा। इस अपराध के कारण मुझे भी अगले जन्म में दुःख भोगना पड़ेगा। तुम मुझे वचन दो कि तुम अपने भाइयों को क्षति नहीं पहुँचाओगे। दुर्योधन का साथ छोड़ दो और ज्येष्ठ पांडव बनकर अपने अधिकार ग्रहण करो। यदि कर्ण और अर्जुन का मिलन हो जाए, तो तुम दोनों को इस पृथ्वी पर कोई स्पर्श तक नहीं कर सकता। मेरे कारण तुमने जो खोया है, वह तुम्हें वापस मिल जाएगा, साथ ही, मेरे हाथों तुम्हारे साथ हुए अन्याय का परिमार्जन भी हो जाएगा।"

उसी समय सूर्यदेव ने भी कर्ण से कहा, "कुंती सत्य कहती है। यह तुम्हारी माता है और मैं तुम्हारा पिता हूँ। तुम्हें कुंती की बात माननी चाहिए क्योंकि इसी में तुम्हारा और सबका लाभ है। तुमसे अधिक श्रेष्ठ एवं गुणी पुत्र मिलना कठिन है। मुझे तुम्हारा पिता होने पर गर्व है। तुम यदि दुर्योधन का साथ दोगे, तो तुम जानते हो कि तुम्हारी मृत्यु निकट है। इसलिए कुंती जो कहती है, वही करो और अपने भाइयों के साथ सुखपूर्वक जीवन व्यतीत करो।"

कर्ण ने अपने पिता की बात को ध्यान से सुना, परंतु वह जानता था कि वह अपने पिता के आग्रह का पालन नहीं कर पाएगा क्योंकि उसने दुर्योधन का साथ देने का निश्चय कर लिया था। वह कुंती की ओर मुड़ा और उसके भीतर इतने वर्षों से

दबा क्रोध बाहर निकल आया। कर्ण बोला, "आप स्वयं को किस अधिकार से मेरी माता कहती हैं? आपने मुझे उस समय अकेला छोड़ दिया, जब मैं असहाय नवजात शिशु था। आपको लगता है कि मैं आपको अपनी माता मान लूँगा? आपने उस एक कृत्य से मुझे जीवनभर के लिए अत्याचार और अन्याय के अंधकार में धकेल दिया। यदि राधा ने मेरा पालन-पोषण ना किया होता, तो मेरी बहुत पहले मृत्यु हो जाती। क्या आप जानती हैं कि मेरी माता राधा का वक्ष, जो वर्षों से सूखा था, मुझे देखते ही दूध से भर उठा था। राधा ने मेरा पालन-पोषण किया और मुझे बिना शर्त प्रेम किया। इसलिए आप नहीं, अपितु राधा ही मेरी असली माता है।"

कर्ण ने कहा, "इतने वर्षों के बाद भी आपको मेरी चिंता नहीं है। आप अपने कष्ट के बारे में सोच रही हैं, परंतु आपने यह विचार नहीं किया कि मैंने आपके कारण कितना अन्याय और कष्ट सहन किया है और मैं आज तक उस अन्याय को भोग रहा हूँ। मैं जानता हूँ आप इतने वर्षों बाद मेरे पास क्यों आई हैं। आप मेरे लिए चिंतित नहीं हैं, बल्कि आपको अपने शेष पाँच पुत्रों की चिंता है। मुझे उन सबको मारने में उतना ही समय लगेगा, जितना समय आपको मुझे नदी में बहाने में लगा था।"

उसने आगे कहा, "मेरे जन्म, पांडवों के भाईचारे और भ्रातृ-हत्या से संबंधित बातें करने के पीछे आपका यही उद्देश्य है कि आप मुझे, मेरे मित्र दुर्योधन से अलग करना और अपने पुत्रों को सुरक्षित करना चाहती हैं। आप मेरे हाथों भ्रातृ-हत्या के पाप को लेकर इतनी व्याकुल क्यों हैं? क्या आपको अर्जुन पर भरोसा नहीं है? मैं युद्ध के परिणाम को लेकर आपसे सहमत हूँ, परंतु ऐसे बहुत-से लोग हैं, जो मानते हैं कि मैं और अर्जुन समान स्तर के योद्धा हैं। हम एक-दूसरे को पराजित करने का सामर्थ्य रखते हैं। क्या आपके मन में अर्जुन को लेकर व्याकुलता नहीं है कि वह भी भ्रातृ-हत्या का अपराध करने वाला है? वास्तविकता यह है कि मेरे जीने अथवा मरने में आपकी कोई रुचि नहीं है। मैं जानता हूँ आप अर्जुन को मेरे, यानी उसके बड़े भाई के विषय में कुछ नहीं बताएँगी क्योंकि आपको मेरा मर जाना स्वीकार है, किंतु आप अपने पुत्रों के समक्ष इस रहस्य को प्रकट नहीं होने देना चाहती कि लोग आपको जितना सदाचारी समझते हैं, वास्तव में आपके जीवन का सत्य उससे भिन्न है।"

कर्ण के इस कटु मौखिक आक्रमण (जो सत्य होने के कारण कटु था!) को सुनकर कुंती मूर्छित होने वाली थी, परंतु उसने स्वयं को सँभाला और कहा, "मुझे दुःख है कि मैं अब तक जीवित हूँ क्योंकि एक माता अपने पुत्र के मुख से ऐसे वचन सुनकर जीवित नहीं रह सकती। मैं तुम्हारे मन में व्याप्त घृणा और क्रोध को समझ सकती हूँ, परंतु मैं तुम्हें बताना चाहती हूँ कि मेरे मन में तुम्हारे और अर्जुन के प्रति प्रेम का समान भाव है। क्या मुझे अपने दोनों पुत्रों को, जो रण में आमने-सामने एक-दूसरे के रक्त के प्यासे खड़े हैं, जीवित देखने का अधिकार नहीं है?"

कुंती ने कहा, "मैं इस युद्ध को रोकने के उद्देश्य से तुमसे मिलने आई थी, परंतु इसका एक और कारण भी था। मैं अपने प्रथम पुत्र को एक बार देखना चाहती थी। मैं तुम्हें उसी स्नेह और सम्मान की दृष्टि से देखना चाहती थी, जैसे मैं अपने अन्य पाँच पुत्रों को देखती हूँ। इस दुःखद कथा को सुनाने के बाद मुझे तुमसे तुम्हारी उस उदारता के एक अंश की कामना थी, जिसके लिए तुम विख्यात हो। मैं चाहती थी कि तुम मेरी बात समझो और हो सके तो मुझे क्षमा कर दो, परंतु शायद मुझसे भूल हो गई। मैं तुम्हारे मन की घृणा को महसूस कर सकती हूँ। उसने मेरी आत्मा को नुकीले भाले की तरह भेद दिया है," अपनी बात समाप्त करके कुंती रोने लगी।

यह करुण दृश्य देखकर कर्ण के क्रोध की प्रचंडता शांत हो गई। उसकी आँखों में आँसू आ गए। उसे स्वयं पर आश्चर्य था कि उसका हृदय इतना कठोर हो चुका था कि वह जिस स्त्री से अगाध प्रेम करता था, वह उसके सामने खड़ी रो रही थी। कर्ण को अपनी माता के अपराध पर ज़बरदस्त क्रोध था, तथापि उसे लगा कि इस तरह अपनी माता को कटु वचन कहने से कुंती के अपराध का परिमार्जन संभव नहीं था। ऐसा करने से कुछ बदलने वाला भी नहीं था। उन दोनों के लिए अब परिस्थितियों में किसी तरह का बदलाव नहीं हो सकता था।

"इस अवस्था में आँसुओं से कुछ बदला नहीं जा सकेगा। हम अतीत अथवा भविष्य को नहीं बदल सकते। मैंने अपना मार्ग चुन लिया है। वह मार्ग मुझे कहीं भी ले जाए, परंतु मैं अब उसी मार्ग पर चलूँगा। आप अपने पुत्रों की चिंता मत कीजिए। मैं आपको वचन देता हूँ कि युद्ध के अंत में आपके पाँच पुत्र अवश्य जीवित रहेंगे। मैं आपको यह भी वचन देता हूँ कि मैं युधिष्ठिर, भीम, नकुल और सहदेव को नहीं मारूँगा, यद्यपि उन्हें मारना मेरे लिए बहुत सरल है, परंतु अर्जुन और मेरे बीच निर्णायक युद्ध अवश्य होगा और इस युद्ध में हम दोनों में से केवल एक ही जीवित बचेगा। वह कौन होगा, इसका फैसला नियति करेगी। आपको अर्जुन के विषय में अधिक चिंता करने की आवश्यकता नहीं है क्योंकि हम सब जानते हैं कि अर्जुन, नियति की भी पहली पसंद है।"

ऐसे कटु वचन कहने के बाद कर्ण ने भी उस स्त्री से मुँह मोड़ लिया, जिसने वर्षों पहले उसका त्याग कर दिया था। उसने निश्चय किया कि वह पिछले दिनों की घटनाओं के विषय में विचार नहीं करेगा क्योंकि इससे कर्ण के उत्साह, संकल्प एवं उसकी शक्ति के क्षीण होने की संभावना थी और उसे आने वाले दिनों में इन सबकी आवश्यकता पड़ने वाली थी। वह जानता था कि उस युद्ध से प्रतिष्ठा एवं कीर्ति प्राप्त करने तथा अमर होने का समय आ चुका था।

17

कुरुक्षेत्र

इस घटना के बाद दुर्योधन और युधिष्ठिर की सेनाएँ रणभूमि में आमने-सामने खड़ी थीं। दुर्योधन ने अपनी सेना की कमान भीष्म को सौंप दी थी, परंतु सेनापति बनने से पूर्व भीष्म ने दो शर्त रखी। उन्होंने कहा कि वह पांडवों और कौरवों से समान रूप से प्रेम करते हैं, इसलिए वह पांडव भाइयों को क्षति नहीं पहुँचाएँगे। इसके बदले वह प्रतिदिन पांडव सेना के दस हजार सैनिकों का संहार करेंगे। भीष्म की दूसरी शर्त यह थी कि दुर्योधन को युद्ध के दौरान, भीष्म और तिरस्कार योग्य कर्ण में से किसी एक को चुनना होगा। दोनों में से कोई एक ही रणभूमि में युद्ध कर सकता है।

यह सुनकर कर्ण को क्रोध आ गया। वह चिल्लाकर बोला, "दुर्योधन तुम्हें किसी को चुनने की आवश्यकता नहीं है। मैं स्वयं इस वृद्ध योद्धा के नेतृत्व में युद्ध नहीं करूँगा। इन्होंने सदा मेरा अपमान किया है। इन्हें नहीं पता कि मुझे हतोत्साहित करके यह अपनी सेना को क्षति पहुँचा रहे हैं। इन्हें युद्ध लड़ने दो। मैं जानता हूँ कि इनकी मृत्यु शिखंडी के हाथों होने वाली है। मैं इनके गिरने के बाद ही रणभूमि में जाऊँगा और तब इनके द्वारा अधूरे छोड़े कार्य को पूरा करूँगा," ऐसा कहकर कर्ण वहाँ से चला गया।

युद्ध के दसवें दिन अर्जुन ने भीष्म को बुरी तरह घायल कर दिया। भीष्म, अर्जुन की बनाई बाणों की शैया पर लेट गए। भीष्म के गिरने का समाचार कर्ण को मिला, तो वह दुःखी हो गया क्योंकि उसके मन में भीष्म द्वारा सम्मान प्राप्त करने की इच्छा थी और उसे लगा कि अब उसकी वह इच्छा कभी पूरी नहीं होगी। कर्ण चाहता था कि भीष्म उसे वीर योद्धा मानें। कर्ण को भीष्म के समक्ष वीरता का प्रदर्शन करने का अवसर ही नहीं मिला। यही सोचते हुए कर्ण ने भीष्म से मिलने का निश्चय किया।

भीष्म से मिलने बहुत-से लोग रणभूमि में आए थे। कर्ण उनके जाने की प्रतीक्षा करता रहा। कर्ण को यद्यपि विश्वास था कि अंत समय में भी भीष्म से उसे निंदा और उलाहना सुनने को मिलेगा, परंतु कर्ण को आश्चर्य हुआ, जब उसे देखकर भीष्म मुस्कराए। उन्होंने अपने सैनिकों से पीछे हटने को कहा। कर्ण, धीरे-से भीष्म के पास पहुँचा और उनके समीप घुटनों के बल बैठ गया। उसने पूछा, "मैंने ऐसा क्या किया है, जो आप मुझसे इतनी घृणा करते हैं? क्या यह इसलिए है कि मेरा जन्म निम्न जाति में हुआ अथवा आप भी मुझे कुटिल समझते हैं?"

भीष्म ने गहरी श्वास ली और धीमे-से उत्तर दिया, "कर्ण, मैं तुमसे घृणा नहीं करता। यह सत्य है कि मैंने कटु वचन कहे हैं, परंतु इसके पीछे भी कुछ कारण थे। तुम्हारे जन्म का रहस्य मुझे पता है। मुझे दुःख है कि कुंती के प्रथम पुत्र होने के बावजूद तुमने अपने भाई से शत्रुता कर ली है। तुमने अपने भाइयों को मारने के लिए दुर्योधन से मिलकर कुटिल योजनाएँ बनाईं। तुमने सदा उसकी दुष्टता और कुटिलता को बल दिया है। सच यही है कि यह युद्ध तुम दोनों के कारण ही हो रहा है। मुझे युद्ध का आभास बहुत पहले हो गया था, इसलिए मैंने तुम्हारा उत्साह तोड़ने का प्रयास किया। मैं विनाश करने का सामर्थ्य तुमसे छीन लेना चाहता था, ताकि तुम अपने संबंधियों का संहार ना करो।"

कर्ण ने संकोच से पूछा, "यदि आपको मेरे जन्म के विषय में पता था तो क्या आप मुझे भी अपना पुत्र मानते हैं? क्या मुझे यह सौभाग्य प्राप्त हुआ है?"

"हाँ पुत्र, मैं तुमसे अपने अन्य पौत्रों की भाँति प्रेम करता हूँ, परंतु तुम बहुत हठी हो। यही कारण था कि मैंने तुम्हारे साथ कटु व्यवहार किया।" भीष्म मुस्करा रहे थे। उन्होंने आगे कहा, "मुझे लगता है अब तुमसे पांडवों का साथ देने का आग्रह करना व्यर्थ है।"

कर्ण ने सिर हिलाकर हामी भरी और कहा, "पृथ्वी की अब कोई शक्ति मुझे दुर्योधन से अलग नहीं कर सकती। आपके जाने के बाद हम अनाथ हो जाएँगे। पांडवों के लिए हमें मारना बहुत सरल हो जाएगा। मैं जानता हूँ मृत्यु अब निकट है। मैं उसकी गंध हवा में महसूस कर सकता हूँ। दुर्योधन को मेरी आवश्यकता है। मैं सच्चे मित्र की तरह सदा उसके साथ रहूँगा और मैं इसके लिए अपने प्राण भी न्योछावर करने को तैयार हूँ।"

भीष्म ने कहा, "मुझे इसी बात का संदेह था, परंतु ध्यान रखना हम सौभाग्यशाली हैं कि भगवान विष्णु ने हमारे युग में अवतार लिया है और अपनी दिव्य उपस्थिति से हमारा मान बढ़ाया है। यह स्वर्णिम युग है। भविष्य में कई युगों तक इसकी चर्चा की जाएगी, इसलिए हमें अपने आचरण का ध्यान रखना चाहिए, ताकि हम भावी पीढ़ियों के सामने अच्छा उदाहरण प्रस्तुत कर सकें। अर्जुन के प्रति तुम्हारी घृणा ने तुम्हारे विवेक को क्षीण कर दिया है। यही कारण है कि तुम प्रकृति

के विरुद्ध जाकर दुष्कर्म कर रहे हो। मेरा सुझाव है कि विवेक से काम लो और अपने आचरण को शुद्ध रखो।"

यह सुनकर कर्ण को बुरा लगा, परंतु वह जानता था कि पितामह धर्म के विषय में उसके अपने लाभ के लिए उसे समझाने का प्रयास कर रहे थे। उसने अपने क्रोध पर नियंत्रण रखा और उत्तर दिया, "मैं जानता हूँ मैंने बहुत-से अपराध किए हैं। आप कुछ भी कहें, किंतु मैंने सदा सत्कार्य करने का प्रयास किया है और अपने कुल की कीर्ति को कलंकित होने से बचाया है। कृष्ण ने स्वयं मुझे आश्वासन दिया है कि भावी पीढ़ियाँ मुझे वीर योद्धा की तरह सम्मान देंगी और मेरी प्रतिष्ठा को याद करेंगी। मैं विश्वास के साथ कह सकता हूँ कि मुझे अर्जुन से अधिक याद किया जाएगा। इतिहास मुझे सच्चे योद्धा के रूप में याद करेगा। मेरे अपराध भुला दिए जाएँगे क्योंकि मुझे अर्जुन की भाँति भाग्य का साथ कभी नहीं मिला। शायद यह अच्छा ही हुआ कि कुंती ने मुझे जन्म के तुरंत बाद स्वयं से दूर कर दिया अन्यथा मैं, नकुल और सहदेव की तरह, उनके तीनों बड़े पुत्रों की छत्र-छाया में रहने पर विवश हो जाता और मुझे ख्याति अर्जित करने का अवसर कभी नहीं मिलता। यह सहन करना मेरे लिए संभव नहीं होता।"

भीष्म ने निराशा में सिर हिलाया। वह बोले, "मैंने तुम्हें पहले भी सावधान किया था कि तुम्हारे भीतर के निम्न भाव तुम्हारे ऊपर हावी हो जाते हैं और तुम सन्मार्ग और सदाचार से भटक जाते हो। माद्री के पुत्रों, नकुल और सहदेव ने कभी इस बात की शिकायत नहीं की और उन्हें पांडव होने पर गर्व है। कुंती के तीनों पुत्र भी उनसे बहुत प्रेम करते हैं। यद्यपि सहदेव ने कुंती के गर्भ से जन्म नहीं लिया है, फिर भी कुंती उसे सबसे अधिक प्रेम करती है। तुम ऐसा क्यों कहते हो कि उन्हें ख्याति का अवसर नहीं मिला? पांडव उन दोनों के बिना कभी पांडव नहीं बन सकते थे! क्या तुम जानते हो युधिष्ठिर, भीम और अर्जुन, कभी सहदेव की सलाह के बिना कार्य नहीं करते? वह इतना बुद्धिमान है कि किसी भी कार्य से पहले सब सहदेव से सलाह लेते हैं और यदि सहदेव, पांडवों का विवेक है तो नकुल, उनका जीवन और उनकी आत्मा है। वह अपने हँसमुख स्वभाव से सबको प्रसन्न रखता है और कठिन परिस्थितियों में भी किसी को उदास नहीं रहने देता। नकुल और सहदेव, अपने भाइयों अर्जुन और भीम से ईर्ष्या नहीं करते और वे अपने ज्येष्ठ भाई युधिष्ठिर का बहुत सम्मान करते हैं। वे अपने बड़े भाइयों की उपलब्धि में गौरव महसूस करते हैं। हमें कभी-कभी कम आयु के लोगों से भी सीखना चाहिए और नकुल व सहदेव इसी के उदाहरण हैं। कर्ण, यह हठ छोड़ दो। तुम सदाचारी व्यक्ति हो, इसलिए सन्मार्ग पर चलो।"

"मैं आपकी बात से सहमत हूँ। मुझे इस बात की प्रसन्नता है कि आपने मुझसे इतनी बात की। मुझे हमेशा से इस दिन की प्रतीक्षा थी, जब आप मुझे

घृणा की दृष्टि से ना देखकर, पितामह की तरह मुझे उपदेश और परामर्श देंगे। आज वह दिन आया है। मुझे यह जानकर अच्छा लगा कि आपके मन में मेरे लिए घृणा नहीं है। मैं अपने भीतर के निम्न भावों से मुक्ति पाने का प्रयास करूँगा, ताकि आपकी आशानुकूल अच्छा योद्धा बन सकूँ,परंतु मैं दुर्योधन को नहीं छोड़ सकता। युद्ध करना मेरी नियति है, इसलिए मैं युद्ध लड़ूँगा। युद्ध जीतने के लिए ही लड़ा जाता है, परंतु यदि यह संभव नहीं हुआ, तो मैं सम्मान के साथ मरूँगा और वीरगति को प्राप्त करूँगा।"

"मुझे तुम पर गर्व है क्योंकि तुम्हारे जैसा सच्चा मित्र मिलना कठिन होता है। तुम्हारे पास अधिक समय शेष नहीं है। जाओ और अपने सम्मान व कीर्ति के लिए युद्ध करो। मेरा आशीर्वाद तुम्हारे साथ है और तुम्हें नियति द्वारा निर्धारित मार्ग पर साहस देगा," ऐसा कहकर भीष्म ने कर्ण के मस्तक पर हाथ रखा और आशीर्वाद दिया।

कर्ण, अपने शिविर में लौटा, तो उसके साथी बहुत प्रसन्न थे। उन्हें ख़ुशी थी कि कर्ण अब शिविर में ना बैठकर उनके साथ युद्ध करेगा। दुर्योधन भी बहुत प्रसन्न था। वह ज़ोर-से बोला, "मेरा मित्र कल युद्ध लड़ेगा और कल का दिन कौरव सेना के लिए विजय का दिन होगा। कर्ण हमारे साथ है। हमें किसी से डरने की आवश्यकता नहीं है।"

युद्ध के ग्यारहवें दिन कर्ण ने अस्त्र-शस्त्र उठाए और रणभूमि में उतर आया। उसके सैनिक प्रसन्न थे और उसका उत्साह बढ़ा रहे थे। कर्ण ने रणभूमि में भीष्म की अनुपस्थिति को प्रभावी ढंग से भर दिया। वह कुछ ही देर में कौरव सेना के लिए गर्व और पांडवों के लिए परेशानी का कारण बन गया था।

कर्ण को भीष्म के वचन याद थे और उसने प्रयास किया कि वह अपनी हिंसक भावनाओं को सदाचार के मार्ग की बाधा ना बनने दे। उसका उद्देश्य दुर्योधन के लिए युद्ध को जीतना और उसकी धरोहर को सुरक्षित करना था। उसे कुंती को दिया वचन भी याद था। उसे ऐसे चार अवसर मिले, जब वह नकुल, सहदेव, भीम और युधिष्ठिर को मार सकता था, परंतु कुंती को दिए वचन के कारण उसने चारों पर केवल व्यंग्य-बाण चलाकर उन्हें जीवित छोड़ दिया। कर्ण ने उन्हें जीवनदान दिया और कहा कि केवल योद्धाओं को युद्ध करना चाहिए तथा उन चारों को अपनी माता की गोद में आराम करना चाहिए। अपने भाइयों के चेहरों पर घृणा का भाव देखकर कर्ण उदास था। वह जानता था कि बाद में एक क्षण आएगा, जब उसके भाइयों को सत्य का पता लगेगा, तब वे लोग कर्ण के विषय में अच्छा सोचेंगे। कर्ण के हाथों जीवनदान पाकर चारों भाई अपमान और हताशा में डूबे खड़े थे। उन्होंने बाद में अर्जुन से कर्ण की शिकायत की और उसे बताया कि किस तरह कर्ण ने शब्द बाण से उनका अपमान किया। उन्होंने अर्जुन से कर्ण को मारने का आग्रह किया।

युद्ध, हिंसक होता जा रहा था। दोनों पक्षों के असंख्य सैनिक मारे जा चुके थे, परंतु विजयश्री कहीं दिखाई नहीं पड़ती थी। उन्माद चरम पर था। रणभूमि में युद्ध कर रहे प्रत्येक सैनिक के हृदय में मौजूद दानव बाहर निकलने को व्याकुल था। सदाचार के नियम टूटते जा रहे थे।

कर्ण पर उन्माद का प्रभाव होने लगा। वह रक्तरंजित युद्ध में स्वयं को संतुलित नहीं रख पाया। अर्जुन के पुत्र अभिमन्यु को द्रोण के घातक चक्रव्यूह में प्रवेश करते तथा उसे कौरव सेना का संहार करते देखकर कर्ण का संयम टूट गया। कर्ण को युवा अभिमन्यु में उसके पिता अर्जुन की छवि दिखाई दे रही थी। कर्ण ने द्रोण के मुख से अभिमन्यु की प्रशंसा सुनी, तो उसके मन में घृणा और ईर्ष्या का भाव लौट आया। अभिमन्यु, पिता अर्जुन की भाँति अत्यंत वीर था। सब उसकी बहुत प्रशंसा कर रहे थे। अभिमन्यु के चारों ओर दिव्य आभामंडल नज़र आता था, जिसे देखकर कर्ण का क्रोध बढ़ गया।

कर्ण जानता था कि कृष्ण के रहते अर्जुन को मार पाना उसके लिए संभव नहीं था। उसके दिव्य कवच और कुंडल पहले ही इंद्र ने ले लिए थे और इंद्र ने कर्ण को 'शक्ति' अस्त्र का अर्जुन पर प्रयोग ना कर पाने के विषय में भी सावधान कर दिया था। दुर्योधन के पक्ष में युद्ध कर रहे सैनिक भी अभिमन्यु और अर्जुन की प्रशंसा कर रहे थे। परशुराम तथा वृद्ध ब्राह्मण द्वारा दिए शाप का बोझ भी कर्ण के साथ था। ये सब कर्ण के मार्ग की ज़बरदस्त बाधाएँ थीं, जिनके कारण उसके लिए विजय प्राप्त करना सरल नहीं था। वह नियति के हस्तक्षेप को महसूस कर सकता था। उसे इस अन्याय पर क्रोध आ रहा था। उसे अभिमन्यु को देखकर लगा कि यही अवसर था, जब वह अपने शत्रु को क्षति पहुँचा सकता था। कर्ण ने तत्काल अवसर का लाभ उठाने का निश्चय कर लिया।

कर्ण के भीतर ईर्ष्या की ऐसी आग भड़क रही थी कि वह पूरी तरह नियंत्रण खो बैठा। उसने अर्जुन के पुत्र को घेर लिया और मनुष्य के रूप में भेड़ियों के साथ मिलकर अभिमन्यु को निहत्था करके संसार के उस सर्वश्रेष्ठ युवा योद्धा को छल से मार डाला। उस अकेले कुकृत्य के कारण कर्ण की अंतरात्मा और उसकी छवि सदा के लिए कलंकित हो गई।

अगले दिन अर्जुन ने कृष्ण के साथ मिलकर अपनी शपथ पूरी की और जयद्रथ को यमलोक पहुँचा दिया, हालाँकि कर्ण और कौरवों ने जयद्रथ को बचाने का हर संभव प्रयास किया था। जयद्रथ के वध के कारण दुर्योधन दुःख और क्रोध से भर उठा। उसने कर्ण और द्रोण को फटकारते हुए कहा, "तुम दोनों मेरे लिए व्यर्थ सिद्ध हुए हो। आचार्य द्रोण, युधिष्ठिर को बंदी बनाने की शपथ पूरी नहीं कर पाए और इधर अर्जुन, जयद्रथ को हमारी नाक के नीचे से ले गया। उसने हमारे हज़ारों सैनिकों को मार डाला। हे कर्ण, तुमने भी मुझे निराश किया है। वे चार पांडव तुम्हारे सामने

थे, फिर भी तुमने उन्हें छोड़ दिया। इससे सिद्ध होता है कि तुम कितने बड़े मूर्ख हो।"

दुर्योधन ने कहा, "मैंने इस मूर्खतापूर्ण निर्णय के लिए तुम्हें फटकारा,तो तुमने मुझे आश्वासन दिया था कि वे चारों पांडव भाई तुम्हारे सामने कुछ नहीं हैं और तुम अर्जुन को मारकर इस युद्ध को शीघ्र ही समाप्त कर दोगे, परंतु ऐसा कुछ नहीं हुआ है। अर्जुन जीवित है और लगता है कि वह हमारी संपूर्ण सेना का संहार करने के उपरांत ही रुकेगा। मुझे यदि पहले पता होता कि तुम दोनों केवल बातें कर सकते हो और युद्ध करना तुम्हारे वश में नहीं है, तो मैं तुम्हें स्त्रियों के साथ महल में ही छोड़ देता। मुझे अब इस तरह गुस्से से मत देखो! मैं सत्य कह रहा हूँ। यदि तुम मुझे गलत सिद्ध करना चाहते हो, तो अस्त्र-शस्त्र उठाओ और योद्धाओं की तरह लड़कर दिखाओ।"

दुर्योधन के तीखे और कटु वचन सुनकर द्रोण और कर्ण के चेहरे क्रोध से लाल हो गए। दोनों उन्मत्त हाथी के समान युद्ध में कूद पड़े। युद्ध के आरंभ में यह निश्चित हुआ था कि सूर्यास्त के बाद युद्ध रोक दिया जाएगा, परंतु उन्होंने अंधकार के समय भी पांडव सेना पर आक्रमण किया। पांडव सेना हमले के लिए तैयार नहीं थी। वह घबराकर भागने लगी। कर्ण ने उनका पीछा किया और पके फलों की भाँति सैनिकों को काटता चला गया। उसके चारों ओर पहाड़ के समान शवों का ढेर लग गया।

यह दृश्य देखकर युधिष्ठिर घबरा गया। उसने अर्जुन को कर्ण का सामना करने को कहा। अर्जुन तैयार हो गया और शत्रुओं से लड़ने के लिए निकल पड़ा। उसने कृष्ण से रथ, कर्ण की ओर मोड़ने को कहा परंतु अर्जुन के सारथी कृष्ण ने उसकी बात अनसुनी कर दी। वह रथ, भीम के पुत्र घटोत्कच के पास ले गए और उससे कहा, "घटोत्कच, तुम्हारे पिता और तुम्हारे संबंधियों को तुम्हारी आवश्यकता है। कर्ण रक्त का प्यासा हो गया है। उसने सैकड़ों सैनिकों का संहार कर दिया है। हमारे सैनिक चारों दिशाओं में घबराकर दौड़ रहे हैं। समय आ गया है कि तुम अपने प्रिय भाई और मित्र अभिमन्यु की हत्या का प्रतिशोध लो। वह दुष्ट कर्ण ही था, जिसने अभिमन्यु पर आक्रमण किया और उसकी हत्या करवाई। कर्ण से केवल तुम और अर्जुन युद्ध करने में समर्थ हो। मैं तुम्हें इस महत्त्वपूर्ण अभियान पर इसलिए भेज रहा हूँ क्योंकि सूर्यास्त हो चुका है और सूर्य के अस्त होने बाद राक्षसों की शक्तियाँ कई गुना बढ़ जाती हैं। जल्दी जाओ और उस दुष्ट कर्ण को बताओ कि शत्रु को बिना चेतावनी दिए उस पर पीछे से वार करने वाले हत्यारे का परिणाम क्या होता है।"

अभिमन्यु की निर्मम हत्या को याद करके घटोत्कच की आँखें क्रोध से लाल हो गईं। उसने कहा, "मेरा सौभाग्य है कि मुझे अपने भाइयों और संबंधियों की सेवा का अवसर मिला है, परंतु कर्ण जैसे दुष्ट लोगों के साथ नीति-निर्धारित नियमों के साथ लड़ना व्यर्थ है। मैं आज अपनी समस्त राक्षसी शक्तियों का प्रयोग करते हुए लड़ूँगा। मेरे सामने जो भी आएगा, मारा जाएगा। मैं आज अभिमन्यु की हत्या का प्रतिशोध

लूँगा। यह मेरा सौभाग्य है कि मुझे अपने पिता और प्रियजनों की इस अंतिम सेवा का अवसर मिला है," यह कहकर घटोत्कच ने कृष्ण और अर्जुन को प्रणाम किया और कर्ण से युद्ध करने चल पड़ा।

घटोत्कच को जाते देखा कृष्ण को संतोष हुआ। अर्जुन ने कृष्ण को आश्चर्य से देखा और सोचने लगा कि कृष्ण ने ऐसा क्यों किया। इससे पहले कि अर्जुन कोई प्रश्न कर पाता, कृष्ण ने उसका रथ युद्धभूमि की दूसरी दिशा में मोड़ दिया। अर्जुन पर पांडवों की विजय का दायित्व था। रणभूमि में पहुँचकर अर्जुन समस्त प्रश्न भूल गया और युद्ध करने लगा।

इस बीच, घटोत्कच राक्षस साथियों के साथ कौरव सेना पर घातक मधुमक्खियों के झुंड की भाँति टूट पड़ा। उसने समस्त राक्षसी और मायावी शक्तियों का इस्तेमाल किया और सामने आए कौरव सैनिकों के मन में भय पैदा कर दिया। कौरव सैनिकों को ऐसा लगने लगा, मानो उनकी रीढ़ की हड्डी और हृदय टूटकर बिखर रहे थे। उनकी बुद्धि भ्रमित हो गई और वे सब इधर-उधर भागने लगे। उन्हें भयावह दृश्य दिखाई पड़ रहे थे। कर्ण निश्चिंत था और वह घटोत्कच का सामना करने के लिए तैयार था। जिस समय उन योद्धाओं में युद्ध चल रहा था, अलायुध नाम का राक्षस दुर्योधन के पास आया और उसने पांडव सेना से युद्ध करने के लिए दुर्योधन की अनुमति माँगी। उसके मन में पांडवों के प्रति व्यक्तिगत द्वेष था क्योंकि भीम ने उसके बहुत-से साथियों को मार डाला था। दुर्योधन संकट के समय मिली इस सहायता से ख़ुश हो गया और उसने तत्काल अलायुध को आक्रमण की अनुमति दे दी।

अलायुध और उसके साथियों ने पांडव सेना पर पूरी शक्ति से आक्रमण कर दिया। घबराई हुई सेना इधर-उधर भागने लगी। उनके पास राक्षसों की मायावी शक्तियों से निपटने का तरीका नहीं था। दुष्ट अलायुध ने भीम को युद्ध के लिए ललकारा, तो भीम को उसका सामना करने जाना पड़ा। कृष्ण ने भीम के संकट को भाँप लिया। उन्होंने घटोत्कच को, जो उस समय कर्ण से युद्ध कर रहा था, बुलाया और उसे अपने पिता की सहायता के लिए भेज दिया।

घटोत्कच और अलायुध के बीच विकट युद्ध। दोनों राक्षस एक-दूसरे का डटकर मुकाबला कर रहे थे। उन्होंने एक-दूसरे पर ज़ोरदार हमला किया और दोनों ही घायल हो गए। अलायुध नीचे गिर गया और इससे पहले कि वह उठकर फिर लड़ने को तैयार हो पाता, घटोत्कच ने उसका सिर काटा और उसे दुर्योधन की ओर उछाल दिया।

घटोत्कच के सिर पर मानो ख़ून सवार था। उसने कौरव सेना का बुरी तरह संहार किया। उसके सामने जो भी आया, उसने निर्ममता से उसकी हत्या कर दी। चारों दिशाओं में रक्तपात हो रहा था। भीम का शक्तिशाली राक्षस-पुत्र, शत्रु सेना पर विनाश का कहर बरसा रहा था। बड़े-बड़े अनुभवी योद्धाओं का भी साहस उनका

साथ छोड़ गया, जब उन्होंने घटोत्कच को अपने दाँतों से घायल सैनिकों का मांस नोंचते और उनकी पसलियाँ उखाड़ते देखा। लोग घबराए चूहों की भाँति रणभूमि छोड़कर भागने लगे।

कौरव सैनिक दौड़ते हुए कर्ण के पास पहुँचे और उससे घटोत्कच को मारने का आग्रह किया। घटोत्कच उनका सबसे बड़ा शत्रु बन गया था। उनके लिए घटोत्कच की अपेक्षा, अर्जुन से युद्ध करना बेहतर था क्योंकि अर्जुन को युद्ध के नियमों का बोध था और वह घटोत्कच की भाँति असहाय लोगों की निर्ममता से हत्या नहीं कर सकता था। अपने सैनिकों की चीख-पुकार सुनकर कर्ण ने घटोत्कच को रोकने का प्रयास किया।

उस रात घटोत्कच, प्रकृति की ओर से भेजी गई विनाश की आँधी का रूप लेकर आया था। उसे रोकना मानो भयानक आग को बाल्टी-भर पानी से बुझाने का प्रयास करने जैसा था। कर्ण ने घटोत्कच के कुछ अस्त्र अवश्य निष्क्रिय कर दिए थे, परंतु वह पूरी तरह घटोत्कच का सामना नहीं कर पा रहा था। इस बीच, घटोत्कच ने कर्ण का रथ तोड़ दिया, जिसके बाद कर्ण को नीचे उतरकर युद्ध लड़ना पड़ा।

इधर दुर्योधन, अब तक जयद्रथ की मृत्यु का शोक मना रहा था। यद्यपि उसने अर्जुन को दूर रखने का हर संभव प्रयास किया था। पराजय और विनाश की आशंका से भयभीत दुर्योधन ने कर्ण से आग्रह किया कि उसे घटोत्कच पर इंद्र के 'शक्ति' अस्त्र का प्रयोग करना चाहिए। दुर्योधन की आँखों से पता लगता था कि वह अपना संयम खो चुका था।

दुर्योधन के सैनिकों ने भी कर्ण से 'शक्ति' का प्रयोग करने को कहा। कर्ण को ऐसा करने में संकोच हो रहा था क्योंकि वह जानता था कि एक बार उस अस्त्र के प्रयोग के बाद वह उसे फिर कभी अर्जुन पर प्रयोग नहीं कर पाएगा, परंतु दुर्योधन और उसके सैनिकों के बढ़ते दबाव के चलते कर्ण के लिए अपने सैन्य-दल का विरोध करना कठिन हो गया। आख़िरकार, उसने इंद्र की 'शक्ति' का प्रयोग घटोत्कच पर करने का निश्चय कर लिया।

कर्ण ने 'शक्ति' का आह्वान किया और उसे घटोत्कच पर छोड़ दिया। घटोत्कच ने ज़्यों ही 'शक्ति' के रूप में मृत्यु को अपनी ओर आते देखा, तो उसके भीतर से क्रोध का भाव अचानक तिरोहित हो गया। उसके सामने उसे केवल अपना दायित्व पूरा करना था। उसने अंतिम शेष क्षणों में अपने विशालकाय शरीर को इतना बड़ा कर लिया कि उसका सिर आकाश को छूने लगा। इधर कर्ण द्वारा छोड़ा गया 'शक्ति' अस्त्र घटोत्कच की छाती में लगा और उसकी तत्काल मृत्यु हो गई। उसका अति विशाल शरीर जब धरती पर गिरा, तो कौरवों की एक पूरी अक्षौहिणी सेना घटोत्कच के भीमकाय शरीर के नीच दबकर समाप्त हो गई। भीम के शक्तिशाली पुत्र ने अपने पिता के आदेश पर पांडवों की सहायता के लिए अपना जीवन न्योछावर कर दिया था।

घटोत्कच की मृत्यु के साथ कौरव सेना में हर्ष और उसी अनुपात में, पांडव शिविर में शोक व्याप्त हो गया। दोनों सेनाओं में दो पुरुष ऐसे थे, जिनके मन के भाव उनके पक्ष के लोगों से बिल्कुल भिन्न थे। कर्ण के चारों ओर कौरव सैनिक खुशी से नाच रहे थे, परंतु वह स्वयं पराजित महसूस कर रहा था। उसे विश्वास हो गया कि उसकी मृत्यु अवश्यंभावी थी। उसकी भावनाएँ हावी होतीं, इससे पहले कर्ण ने स्वयं को सँभाला और वह उस युद्ध को शीघ्रातिशीघ्र समाप्त करने के विषय में सोचने लगा।

इधर, पांडव शिविर में घटोत्कच की मृत्यु के दुःखद अवसर पर कृष्ण अनुचित व्यवहार कर रहे थे। वह प्रसन्न थे और हिरण की भाँति इधर-उधर घूम रहे थे। अर्जुन ने जब यह देखा, तो उसने कृष्ण से पांडव-पुत्र की मृत्यु पर प्रसन्न होने का कारण पूछा। कृष्ण ने मुस्कराकर उत्तर दिया, "घटोत्कच की मृत्यु से तुम्हारे जीवन की रक्षा हो गई है और इसीलिए मैं प्रसन्न हूँ। इंद्र ने कर्ण को वह अजेय 'शक्ति' अस्त्र दिया था और कर्ण ने उसे तुम्हारे विरुद्ध प्रयोग करने का निश्चय किया था, परंतु अब वह अस्त्र कर्ण ने घटोत्कच पर प्रयोग कर लिया है, तो वह वापस इंद्र के पास चला गया है। कर्ण के लिए अब तुम्हें मारना असंभव है।"

यह सुनकर अर्जुन को बुरा लगा। उसने कहा, "क्या मेरा जीवन बचाने के लिए भीम के पुत्र की बलि देना आवश्यक था? वह हम सबको, विशेष तौर पर, युधिष्ठिर को बहुत प्यारा था। उसने हमेशा संकट के समय हमारी सहायता की। अभिमन्यु भी उससे बहुत प्रेम करता था। मुझे यह सुनकर दुःख हो रहा है कि मेरे जीवन की रक्षा के लिए उसे अपने प्राण त्याग दिए।"

कृष्ण ने कहा, "अर्जुन, मैं कोई कार्य अकारण नहीं करता। किसी भी संघर्ष के क्षण में सदाचार और धर्माचरण की सुरक्षा करना मेरा दायित्व है। मुझे विवश होकर कर्ण से 'शक्ति' का प्रयोग किसी योद्धा पर करवाना था क्योंकि तुम्हारे बिना, पांडव इस युद्ध को नहीं जीत सकते। घटोत्कच, उस अस्त्र के प्रयोग के लिए आदर्श योद्धा था। तुम्हें यह सुनकर दुःख होगा,परंतु सत्य यही है कि भीम का वह पुत्र भी एक राक्षस था और स्वभाव से वह भी दुष्ट था। उसके साथियों एवं संबंधियों ने उसे हिंसक बना दिया था। उसके मन में अपने अन्य साथियों की भाँति ईश्वर और धर्म के प्रति आदर नहीं था। वह अन्य राक्षसों की भाँति तपस्वियों के यज्ञ भंग करता था। ऋषि-मुनियों को मारता था और ईश्वर से डरने वाले लोगों को परेशान करता था। यदि कर्ण उसे नहीं मारता, तो यह कार्य मुझे स्वयं करना पड़ता, परंतु तुम उससे बहुत प्रेम करते थे, इसलिए मेरे लिए यह कार्य करना थोड़ा कठिन था। घटोत्कच की मृत्यु अच्छाई के लिए हुई है। मेरे हाथों खलनायक की तरह मारे जाने से बेहतर है कि घटोत्कच को रणभूमि में वीरगति प्राप्त हुई है। उसके पिता और अन्य संबंधियों को उसकी उपलब्धि पर गर्व होना चाहिए। घटोत्कच ने कर्ण के उस

घातक अस्त्र का स्वयं पर प्रयोग करवाकर पांडवों और संसार की बहुत बड़ी सेवा की है। कर्ण, ख़तरनाक सर्प अवश्य है किंतु अब उसके विष-दंत टूट चुके हैं। वह अब शक्तिशाली, किंतु नख-विहीन सिंह की भाँति असहाय हो गया है।"

"हे कृष्ण, मुझे आपके निर्णय पर संशय हुआ। मैं क्षमा चाहता हूँ," अर्जुन ने कहा, "परंतु एक बात मुझे समझ में नहीं आई। यदि कर्ण के पास ऐसा अस्त्र था, तो उसने मुझे रणभूमि में खोजकर तत्काल क्यों नहीं मार दिया? यदि मेरे पास ऐसा अस्त्र होता, तो मैं यही करता।"

"कर्ण निस्संदेह, अपना अस्त्र तुम पर आरंभ में ही प्रयोग कर देता, यदि मैंने उसे ऐसा करने की अनुमति दी होती। वह बहुत समय से तुम्हारे साथ युद्ध करने का अवसर खोज रहा था। वह जब रणभूमि में आया, उसे तुम्हारी ही तलाश थी, परंतु मैंने सदा तुम्हें उससे दूर रखा और जब किसी मौके पर रणभूमि में उसका और तुम्हारा सामना होता, तो मैं उसकी इंद्रियों को भ्रमित करके उसकी शारीरिक व मानसिक फुर्ती को थोड़ा धीमा कर दिया करता था।"

अर्जुन ने मूक असहमति व्यक्त की और सिर हिलाया, परंतु फिर उसने कृष्ण को गले लगा लिया और कहा, "आप सचमुच बहुत ख़तरनाक शत्रु हैं। मैं अत्यंत सौभाग्यशाली हूँ कि आप मुझे मित्र और संबंधी के रूप में प्राप्त हुए हैं, अन्यथा यह सत्य है कि अपनी समस्त शक्तियों के बावजूद मैं रणभूमि में अधिक समय सुरक्षित नहीं रह सकता था।"

युद्ध के परिणाम को बदलने का सामर्थ्य रखने वाले एक और संकट को मार्ग से हटा देने के बाद कृष्ण की दृष्टि द्रोण पर पड़ी। आचार्य द्रोण पर उनकी निष्ठा और युद्ध-क्षमता को लेकर लगातार प्रश्न उठाए जा रहे थे। उन्होंने परेशान होकर साधारण सैनिकों पर भी दिव्यास्त्रों का प्रयोग आरंभ कर दिया था। युद्ध के नियमों के अनुसार ऐसा करना निषेध था। यह देखकर कृष्ण ने सबकी भलाई के लिए उस ब्राह्मण-योद्धा को मार गिराने का निश्चय किया। इसके बाद कृष्ण के कहने पर युधिष्ठिर ने आचार्य द्रोण को छल से इस बात का विश्वास दिला दिया कि उनका पुत्र अश्वत्थामा मारा जा चुका है। इस भयंकर आघात को द्रोणाचार्य सहन नहीं कर सके क्योंकि वह अपने पुत्र से सबसे अधिक प्रेम करते थे। उन्होंने अस्त्र-शस्त्र नीचे रख दिए और रणभूमि में समाधि लगाकर ध्यान करने लगे। उसी समय धृष्टद्युम्न ने द्रोण पर हमला कर दिया। अर्जुन के मना करने पर भी धृष्टद्युम्न ने निहत्थे द्रोण का सिर उनके धड़ से अलग कर दिया। वहाँ उपस्थित सभी लोगों ने धृष्टद्युम्न द्वारा उस हमले को अनुचित माना, परंतु द्रुपद का पुत्र अपना विवेक खो चुका था। उसका जन्म ही द्रोण की हत्या के लिए हुआ था, इसलिए वह अपने उद्देश्य की पूर्ति होने से बहुत प्रसन्न था।

कौरव सेना के लिए यह भयंकर आघात था। उनका सेनापति मारा गया था। दुर्योधन ने उस संकट-भरे क्षण में कर्ण को अगला सेनापति नियुक्त कर दिया। सूर्यपुत्र कर्ण ने सिर उठाया और अपने प्रिय मित्र को सदा साथ देने का वचन दिया। कौरव सेना, कर्ण के नाम का जयघोष करके रण में उतर गई। युद्धभूमि में कर्ण को तुरंत आभास हो गया कि मृत्यु उसके समीप थी और अंत समय आने ही वाला था, तथापि उसका हृदय प्रसन्नता से भरा था। उसे विश्वास था कि उसने जो मार्ग चुना है, वह बिल्कुल सही है।

कर्ण को अपनी नियति को स्वीकार करने से बहुत शांति मिली। उसने निश्चय किया कि वह दुर्योधन को लज्जित नहीं होने देगा। उस रात दुर्योधन और कर्ण अकेले थे। उन्होंने साथ में भोजन किया और बहुत देर तक चर्चा करते रहे। दुर्योधन को लगा कि कर्ण का व्यवहार सामान्य नहीं था। उसने कर्ण से पूछा कि क्या उसे किसी तरह की सहायता चाहिए। इस पर कर्ण ने उत्तर दिया, "मैं कल युद्ध में अर्जुन का सिर तुम्हें भेंट करूँगा, परंतु ऐसा करने के लिए मुझे एक सहायता चाहिए। मैं और अर्जुन समान स्तर के योद्धा हैं, परंतु उसके पास एक अतिरिक्त लाभ है। मैं अग्निदेव द्वारा दिए गांडीव धनुष अथवा अक्षय तरकश की बात नहीं कर रहा हूँ और ना ही मुझे उसके रथ में गंधर्वों द्वारा दिए अश्वों की चिंता है। मैं उसके ध्वज पर विराजमान हनुमान की उपस्थिति से भी परेशान नहीं हूँ। मैं आवश्यकता पड़ने पर उसके दिव्यास्त्रों का भी सामना कर सकता हूँ। मुझे सबसे अधिक चिंता श्रीकृष्ण की है, जो अर्जुन का सारथ्य कर रहे हैं। तुम जानते हो कि वह पशुओं की लगाम थामने, घोड़ों का मार्गदर्शन करने और उनकी लीद साफ़ करने से भी ज़्यादा बहुत कुछ कर रहे हैं। यह युद्ध उनकी उंगुलियों के पोर पर टिका है। उन्हीं की कृपा से अर्जुन हर बार मृत्यु से बच निकलता है। मेरा सारथी, कृष्ण का मुकाबला नहीं कर सकता, परंतु यदि मद्र-नरेश शल्य, मेरा सारथ्य करने को तैयार हो जाएँ, तो मुझे युद्ध करने में बहुत सहायता मिलेगी। सारथी के तौर पर उनकी विशेषज्ञता किंवदंती की तरह है।"

शल्य, माद्री का भाई तथा नकुल व सहदेव का मामा था। उसे कौरवों और पांडवों के बीच युद्ध के विषय में पता चला, तो उसने अपनी सेना तैयार की और अपनी बहन के पुत्रों की सहायता के लिए निकल पड़ा। दुर्योधन को अपने गुप्तचरों से इस बात का पता लगा, तो उसने मद्र नरेश के साथ छल किया। शल्य जिस मार्ग से जा रहा था, वहाँ दुर्योधन ने अपना विश्रामगृह बनवाया और शल्य के सेवा-सत्कार के लिए लोग तैनात कर दिए। शल्य ने सोचा कि युधिष्ठिर ने उसकी देखभाल करने का दायित्व उठाया है। शल्य ने अनुचरों को अपने स्वामी के पास ले जाने का आदेश दिया, तो वे उसे लेकर दुर्योधन के पास पहुँच गए। शल्य को आश्चर्य हुआ। दुर्योधन ने शल्य को प्रणाम करके चरण स्पर्श किए। शल्य ने दुर्योधन को आशीर्वाद दिया और

पूछा कि उसे सेवा-सत्कार के बदले में क्या सहायता चाहिए। दुर्योधन ने अपनी चाल क़ामयाब होती देखी और शल्य को अपने पक्ष में युद्ध करने के लिए तैयार कर लिया।

शल्य ने दुर्योधन को कौरव पक्ष के लिए युद्ध करने का वचन दे दिया, हालाँकि उसने कहा कि वह व्यक्तिगत रूप से युधिष्ठिर से मिलकर अपनी स्थिति स्पष्ट करेगा। यह समाचार सुनकर पांडव बहुत निराश हुए क्योंकि उन्हें मद्र नरेश की सहायता की आवश्यकता थी। शल्य ने अपनी बहन के पुत्रों को गले लगाया और उन्हें आश्वासन दिया कि उसका आशीर्वाद सदा पांडवों के साथ रहेगा। पांडव इतना सुनकर संतुष्ट हो गए, किंतु युधिष्ठिर, दुर्योधन को इस छल का सबक़ सिखाना चाहता था। तभी उसे एक बढ़िया विचार आया। उसने शल्य से कहा, "कर्ण आपको अपना सारथी बनाने का प्रयास करेगा, ताकि वह अर्जुन और कृष्ण का मुकाबला कर सके। दुर्योधन भी आपसे कर्ण का सारथी बनने को कहेगा। मैं चाहता हूँ कि आप कर्ण के रथ का सारथ्य करें, परंतु साथ ही उसे हतोत्साहित करते जाएँ, जिससे वह मानसिक रूप से कमजोर और दुर्बल हो जाए। यदि आप हमसे प्रेम करते हैं, तो मेरे इस अनुरोध को स्वीकार कर लीजिए।" शल्य ने युधिष्ठिर का अनुरोध स्वीकार कर लिया और चला गया।

बाद में जब दुर्योधन ने शल्य से कर्ण का सारथी बनने का अनुरोध किया, तो मद्र नरेश ने पहले तो विरोध का ज़बरदस्त ढोंग किया और कर्ण के बारे में अपशब्द कहे, परंतु फिर दुर्योधन का आग्रह स्वीकार कर लिया। शल्य ने एक शर्त रखी कि वह कर्ण के सम्मान में झुकेगा नहीं और उसे कर्ण से स्वेच्छा से कुछ भी कहने का अधिकार होगा। कर्ण के पास कोई विकल्प नहीं था। उसने मद्र नरेश की शर्त मान ली। बाद में कर्ण को लगा कि उसका अपना पुराना सारथी, जो बेशक थोड़ा कम योग्य था, उसके लिए अधिक उचित था।

दोनों पक्षों ने ज्योतिषियों के परामर्श से उचित समय देखकर युद्ध आरंभ किया था। कर्ण ने शल्य को प्रणाम किया और रथ पर सवार हो गया। तभी दुर्योधन दौड़ता हुआ आया और बोला, "मुझे विश्वास है कि तुम यह युद्ध अवश्य जीतोगे और पितामह और द्रोणाचार्य की भाँति मुझे लज्जित नहीं करोगे। मैं चाहता हूँ कि आज का दिन संसार के सर्वश्रेष्ठ योद्धा के विजय-दिवस के रूप में याद किया जाए।"

कर्ण को स्वयं पर भरोसा नहीं था, फिर भी वह दुर्योधन को देखकर मुस्करा दिया। उसने दुर्योधन से कहा, "कर्ण जिस दिन से तुमसे मिला है, उसने सदा तुम्हारे लिए श्रेष्ठ कार्य करने का प्रयास किया है। वह आज भी ऐसा ही करेगा। मित्र, मेरे शरीर में जब तक प्राण हैं, मैं अपनी क्षमता के अनुसार तुम्हारी भरपूर सेवा करूँगा।" ऐसा कहकर कर्ण मृत्यु का आलिंगन करने युद्धभूमि में चल पड़ा।

उसने शल्य को अपना रथ अर्जुन की ओर ले जाने का आदेश दिया। शल्य ने उसकी बात मान ली, परंतु उसे युधिष्ठिर को दिया वचन याद था। उसने कर्ण

का उत्साह कम करने की योजना बनाई और थोड़ी-थोड़ी देर में कर्ण पर व्यंग्य-बाण चलाने लगा। वह अर्जुन के ज़बरदस्त युद्ध-कौशल, कर्ण के निम्न जाति में जन्म तथा उसकी रक्तरंजित मृत्यु के विषय में कटु विचार व्यक्त करता रहा। कर्ण कुछ देर शांत था क्योंकि उसे शल्य से इसी बात की आशा थी। यह किसी से छिपा नहीं था कि शल्य, वास्तव में, नकुल और सहदेव का मामा होने के नाते पांडवों से अधिक प्रेम करता था। उसे रथ पर सवार सूतपुत्र कर्ण से लगाव नहीं था। कर्ण ने शल्य के कटु वचनों की उपेक्षा करने का बहुत देर प्रयास किया। उसका पूरा ध्यान युद्ध पर केंद्रित था। अर्जुन ने भी कर्ण की चुनौती स्वीकार कर ली और युद्ध के लिए तैयार हो गया। रणभूमि में भयंकर युद्ध चल रहा था और कर्ण एक ज़बरदस्त योद्धा के रूप में उभरा था। कृष्ण ने उसे लड़ते देखा, तो उन्हें इस पूर्वाभास से बहुत दुःख हुआ कि उस दिन सूर्यास्त से पहले, सूर्यदेव के पुत्र कर्ण का रक्त रणभूमि पर बिखरा होगा।

इस बीच, भीम और दुःशासन के मध्य युद्ध छिड़ गया। भीम ने धृतराष्ट्र के अठानवे पुत्रों को मार डाला था और केवल दुर्योधन और दुःशासन शेष रह गए थे। भीम और दुःशासन की परस्पर घृणा ने उन्हें तूफ़ानी बादल की तरह ढक लिया था। यह दृश्य देखने वालों पर ख़ून की बारिश हो रही थी। भीम को आख़िर शत्रु पर हावी होने का अवसर मिल गया। दुःशासन, पांडवों की पत्नी द्रौपदी को बालों से घसीटकर कुरु राजसभा में लाया था और फिर उसने अपने गंदे हाथों से द्रौपदी के चीरहरण का प्रयास किया था। उस दुःखद स्मृति को याद करके भीम क्रोध से उत्तेजित हो उठा। वह अपने रथ से भयानक दैत्य की भाँति कूदा और दुःशासन पर चढ़ बैठा।

भीम ने दुःशासन को ज़मीन पर पटक दिया और मार-मार कर उसकी कमर के टुकड़े कर दिए। भीम का प्रहार बहुत प्रबल था क्योंकि वह क्रोध से पोषित हुआ था। वह बोला, "आख़िर मुझे वह हाथ मिल ही गया, जिसने मेरी पत्नी को स्पर्श करने का दुस्साहस किया था। इसे दंड मिलना ही चाहिए।" ऐसा कहकर भीम ने दुःशासन का हाथ खींचा और उसके शरीर से उखाड़कर अलग कर दिया। दुःशासन दर्द से कराह उठा और भीम के पैरों में गिर पड़ा। दुःशासन की मृत्यु निकट थी। उसका हाथ उखड़ जाने से बने रिक्त स्थान से उसके प्राण निकलने को व्याकुल थे। तभी भीम उसके ऊपर झुका और उसने दुःशासन की छाती को हाथों से चीर दिया। उसने अंजलि में दुःशासन का रक्त भरा और पीने लगा, फिर भीम ने अपने होंठ चाटे और संतोष के साथ कहा, "मैंने ऐसी स्वादिष्ट चीज पहले कभी नहीं चखी!"

दुःशासन के शव के पास खड़े योद्धा भय से काँप रहे थे और भीम प्रसन्नता से उन्मत्त था। वह दुःशासन के शव के चारों ओर नृत्य कर रहा था। "मैंने द्रौपदी के अपमान का बदला ले लिया है। मैंने अपनी शपथ पूरी कर ली है। इस मूर्ख ने मेरे क्रोध को ललकारा था और अब यह मेरे पैरों में मृत पड़ा है। मुझे अब धृतराष्ट्र के दूसरे पुत्र दुर्योधन की जांघें तोड़नी हैं और यह कार्य भी मैं शीघ्र ही पूरा करूँगा।"

दुर्योधन कुछ दूर खड़ा अपने अंतिम भाई की निर्मम हत्या के दुःख से द्रवित था। लोग घबराकर मूर्छित होने और इधर-उधर भागने लगे। लोग यह देखकर दुःख से रोने लगे थे कि युद्ध ने श्रेष्ठ कुरु वंशजों को कितना निर्मम बना दिया था।

दुर्योधन ने दुःख पर संयम पाने के बाद क्रोध में भरकर अपनी सेना को पांडवों का संहार करने का आदेश दिया। उसकी सेना युद्ध समाप्त करने के लिए तत्पर थी। कर्ण भी अर्जुन से युद्ध करने आगे बढ़ा। उन दोनों के बीच होने वाले युद्ध को देखने के लिए देवता आकाश में उपस्थित थे। युधिष्ठिर और दुर्योधन जब देखा कि दोनों पक्षों के दो वीर योद्धा एक दूसरे से जंग के लिए आगे बढ़ रहे हैं, तो उन्होंने अपने-अपने सैनिकों से भी उनके चारों ओर पहुँचने को कहा, ताकि अपने-अपने योद्धा का उत्साह बढ़ाया जा सके।

कर्ण और अर्जुन के बीच निर्णायक युद्ध की घड़ी निकट आ रही थी। कर्ण ने शल्य से कहा, "मैं अपने जीवन का सबसे महत्त्वपूर्ण युद्ध करने जा रहा हूँ। यदि मैं असफल हो गया, तो आप क्या करेंगे?" कर्ण को आश्चर्य हुआ कि उसके सारथी ने सदा की भाँति इस बार उसकी निंदा नहीं की। शल्य ने कहा, "मैंने तुम्हें युद्ध करते देखा है। इन कठिन परिस्थितियों में यदि कोई साधारण योद्धा होता, तो कब का मारा गया होता। तुम्हारा साहस वंदनीय है। तुम सचमुच अपने समय के सर्वश्रेष्ठ योद्धा हो। तुम्हें लड़ते देखना सौभाग्य की बात है। हे कर्ण, विजयी भव! मेरी प्रार्थना तुम्हारे साथ है, परंतु यदि तुम्हारी विजय नहीं हुई, तो मैं स्वयं तुम्हारी मृत्यु का प्रतिशोध लूँगा।"

कर्ण को उस पुरुष के मुख से अपनी प्रशंसा सुनकर अच्छा लगा, जो सदा उसकी निंदा करता आया था। शल्य द्वारा विजय कामना से कर्ण का उत्साह बढ़ गया, जबकि वह जानता था कि शल्य की संवेदना और उसका स्नेह पांडवों के साथ था। कर्ण फिर उत्साहित होकर अपने उद्देश्य की पूर्ति के लिए आगे बढ़ गया।

संयोग से, अर्जुन ने भी अपने सारथी कृष्ण से यही प्रश्न किया, परंतु कृष्ण ने उत्तर दिया, "ऐसा कभी नहीं होगा और यदि ऐसा हुआ तो मैं कर्ण और शल्य को अपने हाथों से मार डालूँगा। यह पृथ्वी मेरे क्रोध की उष्मा को सहन नहीं कर सकेगी!" अर्जुन ने कृष्ण का उत्तर सुनकर कहा, "मुझे नहीं पता कि मैंने यह प्रश्न क्यों पूछा। मैं जानता हूँ कि आप मेरे साथ हैं,तो हमारी विजय निश्चित है।"

भाइयों के बीच युद्ध आरंभ हो गया। आरंभ में, दोनों साधारण अस्त्र-शस्त्रों से लड़ रहे थे तथा एक-दूसरे की शक्ति और दुर्बलता का आकलन करने का प्रयास कर रहे थे। उनका युद्ध-कौशल इतना शानदार था कि उस युद्ध को देखने वाले यद्यपि जानते थे कि वह युद्ध उनमें से एक की मृत्यु के साथ ही समाप्त होगा, फिर भी लोग उस युद्ध का आनंद ले रहे थे। अर्जुन, अपने शत्रु कर्ण की युद्धकला से प्रभावित हुआ। वह कर्ण की मन ही मन प्रशंसा कर रहा था, परंतु साथ ही उसे

कर्ण से ईर्ष्या भी हो रही थी। उसे इस बात का आभास हो गया था कि उसके दैवी पिता इंद्र और मित्र कृष्ण की योजनाओं के फलस्वरूप कर्ण के हाथ से बहुत-से अवसर निकल गए थे, परंतु कर्ण मुकाबले का योद्धा था और अर्जुन के लिए युद्ध को जीतना सरल नहीं था। इस आभास ने अर्जुन के अहंकार पर गंभीर चोट की थी।

आख़िर, अर्जुन ने दिव्यास्त्रों का प्रयोग आरंभ कर दिया। उसने पहले आग्नेयास्त्र का प्रयोग किया, जिससे आस-पास आग की लपटें उठने लगीं। उसने कर्ण का रथ जलाकर भस्म कर दिया। तब कर्ण ने वरुणास्त्र चलाया और आग की लपटों को तुरंत बुझा दिया। आग के बुझने से घना धुआँ उठा और अर्जुन की ओर बढ़ने लगा। अर्जुन की आँखें जलने और साँस घुटने लगी। इससे वह खाँसने लगा। अर्जुन को धुएँ को साफ़ करने के लिए वायवास्त्र का प्रयोग करना पड़ा, जिससे तेज़ हवा चली और धुएँ के बादल छँट गए।

इसके बाद अर्जुन ने ऐंद्रास्त्र नाम के एक शक्तिशाली अस्त्र का प्रयोग किया। उस अस्त्र से हजारों बाण निकले, जिसके फलस्वरूप सैकड़ों सैनिक एक साथ मारे गए। कर्ण का क्रोध बढ़ता जा रहा था। वह शुरू से मानता था कि अर्जुन को उसके श्रेष्ठ कुल और युद्ध-कौशल के लिए जो ख्याति मिली थी, वह उसके योग्य नहीं था। कर्ण को यह सोचकर भी बुरा लग रहा था कि उसकी सदा निंदा की गई, जबकि अर्जुन स्वयं कुटिल युक्तियों का प्रयोग कर रहा था। कर्ण ने क्रोधित होकर भार्गवास्त्र का प्रयोग किया। वह अस्त्र उसके गुरु ने उसे दिया था। यह बहुत शानदार अस्त्र था, जिसने अर्जुन के ऐंद्रास्त्र को आसानी से काट दिया।

उसी समय अर्जुन के कानों में भीम के कठोर शब्द पड़े, "अर्जुन, क्या तुम इन दुष्ट कौरवों की हँसी सुन सकते हो? क्या तुम्हें निम्न कुल में पैदा हुए कर्ण से युद्ध करने में कठिनाई हो रही है? तुम पराजय स्वीकार कर लो, फिर मैं स्वयं इसे मारूँगा और तुम्हारे हाथ से जो सम्मान निकला जा रहा है, मैं उसे फिर से प्राप्त करूँगा।"

भीम के अपमान-भरे शब्द भी अर्जुन को उत्साहित नहीं कर पाए। अर्जुन को मानो किसी बाहरी शक्ति ने जकड़ लिया था। वह श्रेष्ठ दिव्यास्त्रों के बावजूद कर्ण के साथ युद्ध करने में स्वयं को असमर्थ महसूस कर रहा था। वह थकने लगा था। उसका मस्तिष्क यह नहीं जानता था, किंतु शायद उसके ख़ून ने अपने भाई को पहचान लिया था।

कृष्ण ने अर्जुन की दुविधा को भाँप लिया। वह बोले, "तुम्हें क्या हो गया है? तुम्हारे भीतर दुर्बलता का यह भाव अचानक कहाँ से उत्पन्न हो गया? याद करो, तुम कौन हो और तुम पृथ्वी पर किस उद्देश्य से आए हो। तुम्हारे सामने खड़े पुरुष में अनेक व्यक्तियों की आत्मा छिपी है। उसके भीतर के शत्रु, तुम्हारा इस जन्म से अगले जन्म तक और फिर उसके अगले जन्म तक पीछा करेंगे। इसका अंत करना आवश्यक है। उठो और जिस कार्य के लिए तुम्हारा जन्म हुआ है, उसे पूर्ण करो।"

कृष्ण के वचन सुनकर अर्जुन अचानक बंधन से मुक्त हो गया। उसने ब्रह्मास्त्र का आह्वान किया और ब्रह्मास्त्र से कर्ण के भार्गवास्त्र को तत्काल निष्प्रभावी कर दिया। अर्जुन फिर नए उत्साह के साथ युद्ध करने लगा। अर्जुन और उसका शक्तिशाली गांडीव मानो एक हो गए थे। उसके धनुष से बाण विचारों की तरह सतत प्रवाहित होने लगे।

कर्ण का जीवन संकट में था, परंतु वह जिस तरह पूर्ण सामर्थ्य और शक्ति के साथ युद्ध कर रहा था, वह अत्यंत बहुत शानदार दृश्य था। कर्ण ने क्षीण होते अपने शस्त्रागार से सबसे ख़तरनाक नागास्त्र उठाया और उसे अपने भाई अर्जुन पर छोड़ दिया। नागास्त्र घातक शक्ति से युक्त था। अर्जुन ने उस दिव्यास्त्र को अपनी ओर आते देखा, परंतु उसे रोकने का सामर्थ्य अर्जुन में नहीं था। वह भय से पीला पड़ गया। कृष्ण ने तत्काल प्रतिक्रिया की और ज़्यों ही कर्ण का नागास्त्र अर्जुन को स्पर्श करने वाला था, कृष्ण ने अपने घोड़ों को नीचे बैठने का आदेश दे दिया। इसके कारण कर्ण का नागास्त्र अर्जुन के मुकुट से टकराया और मुकुट जलकर भस्म हो गया। उस क्षण अर्जुन का मानो पुनर्जन्म हुआ था।

पांडव सेना ने राहत की साँस ली। उन्होंने देखा कि कर्ण का निशाना चूक गया था, किंतु कर्ण बहुत दुःखी था। वह जानता था यदि कृष्ण ने सहायता ना की होती, तो अर्जुन की मृत्यु निश्चित थी। वह विजय के एकदम निकट था। कर्ण जानता था कि जहाँ कृष्ण हैं, वहीं विजय है, तथापि वह इस बात को स्वीकार नहीं कर पाया।

दोनों साहसी भाइयों के बीच फिर युद्ध आरंभ हो गया। कर्ण के पास अस्त्र समाप्त हो गए थे। उसके शरीर में दुर्बलता के लक्षण दिखने लगे और उसका मन भारी हो गया। मृत्यु निकट थी और उसे ले जाने को तैयार खड़ी थी। "अभी नहीं!" कर्ण ने सोचा। अचानक कर्ण को दुर्योधन का विचार आ गया। उसने फिर प्रयास करने का निश्चय किया। दुर्योधन के लिए उसे युद्ध जारी रखना था। उसने सोचा कि यदि वह अर्जुन को नहीं मार सकता, तो पांडव सेना का संहार अवश्य कर सकता है। ऐसा सोचकर कर्ण ने भी ब्रह्मास्त्र का आह्वान किया, परंतु उसी क्षण, वह परशुराम के दिए शाप के फलस्वरूप ब्रह्मास्त्र के आह्वान का मंत्र भूल गया।

कर्ण ने मंत्र याद करने के बहुत प्रयास किए, परंतु उसे मंत्र याद नहीं आया। इसी बीच, उसके रथ का एक पहिया भी धरती में धँस गया। कर्ण समझ गया था कि ब्राह्मण से असहाय स्थिति में मरने का शाप फलीभूत होने वाला है। वर्षों पुरानी कहावत सत्य होने वाली थी कि मनुष्य का बुरा समय, अकेला नहीं आता। कर्ण ने बहुत प्रयास किया, परंतु वह जितना ज़ोर लगाता था, रथ का पहिया उतना ही गहरा धँसता जाता था। शल्य उस बीच कर्ण की रक्षा के लिए प्रार्थना कर रहा था, परंतु अर्जुन अंतिम वार के लिए तैयार हो गया था। कर्ण ने अर्जुन को सामने तैयार देखा तो वह बोला, "अर्जुन, यदि तुम क्षत्रिय हो और युद्ध के नियम जानते हो, तो मेरे

रथ के पहिए के बाहर निकलने तक प्रतीक्षा करो।" अर्जुन, कर्ण की बात सुनकर रुक गया। वह जानता था कि असहाय और संकट में फँसे शत्रु पर आक्रमण करना नियम विरुद्ध था।

तभी कृष्ण की आवाज़ से उसके मन की दुविधा दूर हो गई। "कर्ण, तुम नियमों की बात करते हो! तुमने और दुर्योधन ने जब छल से पांडवों को मारने और उनके समस्त अधिकार छीनने का दुष्कर्म किया था, तब वह सदाचार और धर्म कहाँ था? तुमने द्रौपदी को दासी बनाकर उसका चीरहरण करने का निर्लज्ज प्रयास भरी सभा में किया, तो क्या तुमने सदाचार के नियमों का पालन किया था? तुमने निहत्थे अभिमन्यु को पीछे से वार करके मारा था, तो क्या वह धर्म संयत था? तुम अब अचानक धर्माचरण की बात कर रहे हो, जब तुम्हारा जीवन अर्जुन के हाथ में है।"

कृष्ण के शब्द सुनकर कर्ण चुप हो गया। वह ग्लानि से भर उठा और समझ गया कि यद्यपि अपने जन्म और जीवन से जुड़ी घटनाओं पर उसका नियंत्रण नहीं था, लेकिन उसे बाद में श्रेष्ठता के मापदंडों पर जीवन व्यतीत करने का प्रयास करना चाहिए था। कर्ण ने लज्जित होकर सिर झुका लिया और रथ का पहिया निकालने लगा।

उसी क्षण अर्जुन को अभिमन्यु की याद आ गई। वह क्रोध से भर उठा और उसने अंजलिका नामक अस्त्र का आह्वान किया। वह बोला, "यदि मैं सदाचारी पुरुष हूँ और मैंने सदा धर्म का पालन किया है, तो मैं ईश्वर से प्रार्थना करता हूँ कि यह बाण अचूक सिद्ध हो तथा कर्ण की मृत्यु हो जाए।"

यह सुनकर कर्ण ने रथ का पहिया छोड़ दिया और साधारण बाणों से अर्जुन पर वार करने लगा। उसके भीतर दिव्यास्त्रों का आह्वान करने की शक्ति समाप्त हो गई थी। उसने जो जीवनभर किया, वही अंत में भी किया। वह नियति के हाथों स्वयं को सौंपने के लिए तैयार नहीं था। इसी बीच, अर्जुन के बाण ने कर्ण का सिर, धड़ से अलग कर दिया। कर्ण धरती पर गिरा, तो एक तेज़ प्रकाशपुंज उसके वक्षस्थल से निकला और ऊपर आकाश में सूर्य की ओर चला गया। एक क्षण के लिए सूर्य की आभा रक्तिम हो गई मानो सूर्यदेव भी अपने पुत्र की मृत्यु पर शोक व्यक्त कर रहे थे। देवताओं ने आकाश से महानायक कर्ण पर पुष्प-वर्षा की। पूरी पृथ्वी शांत हो गई और अपने साहसी, कुलीन, उदार एवं प्रिय पुत्र की मृत्यु पर शोक मग्न हो उठी।

18

निर्णायक युद्ध

युद्ध के सत्रहवें दिन कर्ण की मृत्यु के बाद कौरव सेना में शोक छा गया, जबकि उनकी सेना कभी अत्यंत शक्तिशाली थी। दुर्योधन सबसे अधिक दुःखी और परेशान था। उसने पितामह भीष्म, द्रोणाचार्य, प्रिय मित्र कर्ण, अपने भाइयों और यहाँ तक कि अपने पुत्र लक्ष्मण को भी खो दिया था। दूसरी ओर, युधिष्ठिर और उसके सभी भाई जीवित थे। राजकुमार दुर्योधन ने अपने सैन्य-दल को तैयार करने का प्रयास किया, परंतु कोई लड़ने का इच्छुक नहीं था। शल्य को खाली रथ खींचते देख दुर्योधन हताश हो गया। वह ज़ोर से रोने लगा, तो सब लोग उसे युद्धभूमि से दूर ले गए।

कृपाचार्य ने दुर्योधन को सांत्वना देने का यथासंभव प्रयास किया, परंतु दुर्योधन के लिए कर्ण की मृत्यु के उपरांत जीवन मानो निरर्थक हो गया था। वह अपने भाइयों और पुत्र की मृत्यु से भी उतना प्रभावित नहीं था। उसकी निराश अवस्था देखकर कृपाचार्य ने उसे पांडवों के संधि-प्रस्ताव द्वारा शांति स्थापित करने का सुझाव दिया। दुर्योधन ने उनका सुझाव नहीं माना और कहा, "मुझे बहुत पहले आभास हो गया था कि पांडवों के साथ युद्ध से हमारी बहुत क्षति होगी, परंतु हमने समस्त सीमाएं लाँघ ली हैं और अब यहाँ से लौटने का कोई प्रश्न नहीं उठता। मेरा शांति प्रयास करने का कोई विचार नहीं है। मैं इस विषय में सोचना भी नहीं चाहता। एक समय समस्त संसार मेरे कदमों में था और मैं अपनी हर इच्छा पूरी कर सकता था। इतनी सम्पन्नता के बाद अब अकेले जीवन व्यतीत करना और अपने चचेरे भाइयों की दया पर निर्भर रहना मेरे लिए असंभव है। मैं जानता हूँ कि मेरी मृत्यु निकट है और मैं क्षत्रिय की भाँति इस संसार को लड़ते हुए ही छोड़ना चाहता हूँ। मैंने इस युद्ध में अपने प्रत्येक प्रियजन को खो दिया है। मेरे पास अब केवल मेरा सम्मान शेष है और मैं इसे खोना नहीं चाहता।"

सबने दुर्योधन के निर्णय का सम्मान किया, फिर द्रोण-पुत्र अश्वत्थामा के सुझाव पर शल्य को कौरव सेना का अगला सेनापति नियुक्त कर दिया। शल्य ने कर्ण को उसकी मृत्यु का प्रतिशोध लेने का वचन दिया था, इसलिए वह तुरंत युद्ध करने निकल पड़ा। तभी उसका सामना अपनी बहन के पुत्रों और उनके भाइयों से हो गया। उसे कभी प्रिय लगने वाले वे चेहरे आज गंभीर थे। शल्य के मन में अब पांडवों के प्रति मैत्री और स्नेह का वह पहले वाला भाव मौजूद नहीं था। उनके बीच निर्णायक युद्ध होना निश्चित था।

कृष्ण ने युधिष्ठिर से कहा कि शल्य का सामना करने के लिए वह अकेला काफ़ी है। यह सुनकर ज्येष्ठ पांडव ने युद्ध की तैयारी आरंभ कर दी। उसने अपने भाइयों, शिखंडी और धृष्टद्युम्न के साथ कौरव सेनापति शल्य पर आक्रमण करने का निश्चय किया।

शल्य ने बहुत वीरता से युद्ध किया। उसने नकुल, सहदेव एवं उनके भाइयों के साथ अपने संबंध को भी भुला दिया। उसका उद्देश्य केवल शत्रु का विनाश करना था। शल्य के आक्रमण से पांडव सेना परेशान थी। यह देखकर युधिष्ठिर को क्रोध आ गया। उस दिन युधिष्ठिर का स्वभावगत शांत भाव तिरोहित हो गया। उसने क्रोध में शल्य को ललकारा और दोनों के बीच भयंकर युद्ध शुरू हो गया। टक्कर बराबर की थी। युधिष्ठिर ने शल्य का कवच तोड़ दिया और शल्य ने भी युधिष्ठिर का धनुष काट डाला। इसी अवसर का लाभ उठाकर शल्य ने युधिष्ठिर का कवच अपने बाणों से भेद दिया और उसके अश्वों को भी मार दिया। कृपाचार्य और अश्वत्थामा, शल्य की सहायता के लिए आगे बढ़े, तो उन तीनों के संयुक्त आक्रमण से निपटना युधिष्ठिर के लिए कठिन हो गया।

अपने बड़े भाई युधिष्ठिर को संकट में देखकर चारों पांडव उसकी सहायता के लिए युद्ध में उतर आए। सिंह जिस तरह झुंड में शिकार करते हैं, उसी तरह पाँचों भाइयों ने मद्र नरेश शल्य को घेर लिया। उन्होंने शल्य के साथ आए सैनिकों को मार भगाया। शल्य के अश्व अनियंत्रित हो गए, तो वह रथ से कूदकर तलवार हाथ में लेकर लड़ने लगा, परंतु भीम ने उसकी तलवार और ढाल दोनों तोड़ दिए। युधिष्ठिर ने इस क्षण का लाभ उठाया और शल्य पर भाले से वार किया। युधिष्ठिर का भाला अचूक था। वह शल्य की छाती के पार हो गया और उसकी तत्काल मृत्यु हो गई।

कौरव सैनिक अपने सेनापति को मृत देखकर घबरा गए। उन्हें लगा युद्ध समाप्त हो गया था। सेना इधर-उधर भागने लगी। तब दुर्योधन स्वयं पांडव सेना पर हमला करने निकला। उसे युद्ध में उतरता देख सैनिक फिर उत्साह के साथ लड़ने लगे।

दुर्योधन को अकेले युद्ध करते देख शकुनि अपने पुत्र उलूक के साथ उसकी सहायता के लिए आ गया। नकुल और सहदेव, जो शकुनि को सभी समस्याओं का

मूल मानते थे, उसके पीछे दौड़े। नकुल ने उलूक को मार दिया और सहदेव, शकुनि से युद्ध करने लगा। शकुनि घबराकर कायरों की तरह वहाँ से भागा, परंतु सहदेव ने उसका पीछा नहीं छोड़ा। "मैं जानता था कि तुम कायर हो और केवल छल करना जानते हो। पुरुष की तरह सामने खड़े रहकर युद्ध करो।" सहदेव चिल्लाया, परंतु शकुनि पर सहदेव के व्यंग्य-बाण का प्रभाव नहीं हुआ। वह डरकर भागता रहा। सहदेव ने भागते हुए शकुनि पर भाला फेंका और शकुनि का सर धड़ से अलग कर दिया। यह देखकर नकुल और सहदेव बहुत प्रसन्न हुए। वे दोनों ख़ुशी से नाचने लगे कि उस घृणास्पद व्यक्ति का सिर कीचड़ में पड़ा था।

इस बीच, अर्जुन अपने गांडीव से शेष कौरव सेना का संहार कर रहा था। उसने मानो युद्ध समाप्त करने का निश्चय कर लिया था। उसके शक्तिशाली धनुष से बाणों की वर्षा हो रही थी और वह एक बार में हज़ारों सैनिकों को मार डालता था। अर्जुन ने कौरव सेना के बचे सभी सैनिक मार गिराए। धृष्टद्युम्न रणभूमि में चारों ओर घूम-घूम कर सैनिकों को मार रहा था। दुर्योधन को आभास हो गया कि उसकी पराजय निश्चित थी। उसका एक भी सैनिक शेष नहीं बचा था। वह रणभूमि में शवों के ढेर को अविश्वास से देखता रहा। इसके बाद वह अर्द्ध-चेतन अवस्था में गदा उठाकर रणभूमि छोड़कर चला गया। कृपाचार्य, अश्वत्थामा और कृतवर्मा, कौरव सेना के तीन महायोद्धा जीवित बचे थे। वे तीनों भी रणभूमि छोड़कर चले गए।

दुर्योधन के कानों में पांडव सेना का उत्साह और विजय-घोष गूँज रहा था। उसे लगा कि अब उसके मन में कोई अभिलाषा नहीं थी। वह केवल शांति से अज्ञातवास में चला जाना चाहता था। पांडव शिविर में ज़बरदस्त उत्साह था। सबको लगा कि रक्तरंजित युद्ध आख़िर समाप्त हो गया था। किसी में लड़ने की हिम्मत शेष नहीं थी। धृष्टद्युम्न, शिखंडी और सात्यकि इस महायुद्ध के अन्य गौरवशाली योद्धा थे, लेकिन परंपरागत गरिमा ने उनका साथ छोड़ दिया था। उत्साह में डूबे ये योद्धा अल्हड़पन दिखाते हुए रणभूमि में उछल-कूद करने लगे।

परंतु पांडव प्रसन्न नहीं थे क्योंकि वे जानते थे कि दुर्योधन के जीवित रहते युद्ध औपचारिक रूप से समाप्त नहीं हुआ था। पाँचों भाई कुरुक्षेत्र की रक्तरंजित युद्धभूमि में दुर्योधन को खोजते रहे। कृष्ण ने युधिष्ठिर को सुझाव दिया कि उन्हें दुर्योधन की खोज करानी चाहिए और उसे खोजकर लाने वाले को पुरस्कृत किया जाना चाहिए।

इधर पांडव, रणभूमि में दुर्योधन को खोजने का प्रयास कर रहे थे और उधर दुर्योधन के शरीर और आत्मा के लिए और कष्ट सहना कठिन हो गया था। उसके लिए अपने दायित्व को पूर्ण करना अथवा उसके विषय में विचार करना तक संभव नहीं था। वह स्वयं को छुपाने के लिए कोई उपयुक्त स्थान खोज रहा था, ताकि उसके शरीर एवं आत्मा को फिर ताज़गी महसूस करने का समय मिल जाए। उसे

एक सरोवर दिखाई पड़ा और सूर्य की किरण की तरह उसके मस्तिष्क में एक विचार आ गया।

दुर्योधन, जल को बाँधने की कला जानता था। वह जल के नीचे स्वेच्छा से जब तक चाहे, अपनी श्वास रोक सकता था। दुर्योधन ने सरोवर के भीतर छिपने और ऊर्जान्वित होकर एक नई शुरुआत करने का निश्चय किया। थकावट और दुःख ने उसे जकड़ लिया था, परंतु सरोवर के ठंडे जल में उतरने के बाद उसकी पकड़ ढीली पड़ने लगी। गर्भस्थ शिशु को जैसे माता के गर्भ में सुख मिलता है, उसी तरह दुर्योधन को लगा मानो उसका पुनर्जन्म हो रहा था। उसे भीतर बैठकर याद आया कि दैत्य-गुरु शुक्राचार्य के पास संजीवनी विद्या थी और वह मृत लोगों को फिर जीवित कर सकते थे। देवगुरु बृहस्पति के पुत्र कच ने शुक्राचार्य से वह विद्या सीखी थी। दुर्योधन ने सोचा यदि उसे भी संजीवनी विद्या का ज्ञान हो जाए, तो वह सभी मृत और प्रिय लोगों को फिर जीवित कर सकेगा।

दुर्योधन उद्देश्य की पूर्ति के लिए तत्काल तप आरंभ करने ही वाला था कि तभी अश्वत्थामा, कृपाचार्य और कृतवर्मा उसके पास आए। दुर्योधन ने उन्हें बताया कि वह शीघ्र ही लड़ने के लिए तैयार हो जाएगा और वह कुछ समय अकेला रहना चाहता है। उसके अनुसार सब कुछ समाप्त नहीं हुआ था और कौरव युद्ध जीत सकते थे। दुर्योधन के मुख से ऐसे आशावादी वचन सुनकर तीनों के मुख खिल उठे। उन्होंने दुर्योधन को अकेला छोड़ दिया और स्वयं शिविर में लौट आए।

इसी बीच, उनके वार्तालाप को पास खड़े शिकारियों के एक दल ने सुन लिया। उन्हें इस बात का आभास हो गया कि वह सूचना महत्त्वपूर्ण थी। वे शिकारी तत्काल पुरस्कार पाने की आशा में पांडव शिविर में पहुँच गए,परंतु सैनिकों ने उन्हें भीतर जाने से रोक दिया। उनका शोरगुल सुनकर भीम बाहर आया, तो शिकारियों ने उसे पूरी कथा बताई। यह समाचार सुनकर भीम बहुत प्रसन्न हुआ। उसने शिकारी को गले लगा लिया। उन्हें सूचना देने के लिए धन्यवाद और बहुत-सा धन देकर विदा कर दिया।

भीम ने वह सूचना युधिष्ठिर को दे दी। पाँचों भाई, कृष्ण, धृष्टद्युम्न, शिखंडी और सात्यकि को साथ लेकर द्वैपायन सरोवर की ओर चल पड़े। युधिष्ठिर ज़्यों ही उस शांत सरोवर के पास पहुँचा, उसके भीतर दुर्योधन के प्रति दबा हुआ क्रोध बाहर आ गया। वह चिल्लाया, "दुर्योधन बाहर निकलो! पुरुष की तरह युद्ध करो! दुष्ट, समूचे कुल का सर्वनाश करने के बाद तुम चूहे की भाँति सरोवर में क्यों छिपे बैठे हो? तुम्हारी कलुषित विचारधारा और ईर्ष्या के कारण यह विनाश हुआ है और इतने लोगों की मृत्यु हो गई है। तुमने इस युद्ध को आरंभ किया था और अब तुम अपने प्राण देकर इसका अंत करोगे! बाहर आओ और इस तरह कायरों की तरह व्यवहार मत करो।"

युधिष्ठिर के कटु वचन सुनकर दुर्योधन ने सरोवर के भीतर से उत्तर दिया, "मैं सरोवर में डरकर नहीं छिपा हूँ। हम दोनों युद्ध से थक चुके हैं। मुझे लगता है कि हमें कुछ समय विश्राम करना चाहिए। मैं कल फिर तुम्हारे साथ युद्ध करूँगा।"

"यह विश्राम का समय नहीं है। हम तुम्हें यमलोक भेज देंगे। वहाँ तुम्हें अपने भाइयों के साथ विश्राम करने का बहुत समय मिलेगा," युधिष्ठिर ने क्रोध में चिल्लाकर उत्तर दिया।

"मेरी तुमसे युद्ध करने की इच्छा नहीं है। तुमने स्वयं मुझे बताया कि मेरे प्रियजन मारे जा चुके हैं। इसलिए अब मुझे राज्य की तनिक भी इच्छा नहीं है। तुम अपना राज्य वापस ले सकते हो। वह राज्य अब तुम्हारा है। जहाँ तक मेरा प्रश्न है, मैं यहीं वन में तपस्वी का जीवन व्यतीत करूँगा," दुर्योधन के स्वर में भयंकर शांति थी।

"इतनी विकट पराजय के बाद भी तुम्हारा अहंकार कम नहीं हुआ है। हमने जो राज्य युद्ध करके जीता है, तुम उसे दान में नहीं दे सकते। मैं यहाँ तुमसे दान की अभिलाषा लेकर आया भिक्षु नहीं हूँ। तुम अपनी अनर्गल बातें बंद करो और सरोवर से बाहर निकलो। तुम अपमान और लज्जा में गले तक डूबे हो। तुम्हें अपना मान और प्रतिष्ठा वापस लेने का एक अवसर मिल रहा है और तुम उसे भी गँवाना चाहते हो," युधिष्ठिर ने उत्तर दिया।

"मेरे पास लड़ने के लिए अस्त्र-शस्त्र नहीं हैं। मेरे प्रियजन मारे जा चुके हैं और सेना भी समाप्त हो गई। यह जानने के बाद भी तुम मुझसे युद्ध करना चाहते हो, तो ऐसा ही सही, परंतु ध्यान रहे, यदि तुम ऐसा करोगे तो संसार देखेगा कि धर्म के विषय में तुम्हारी बातें भी हम जैसे साधारण लोगों जैसी ही हैं।"

दुर्योधन के मुख से सदाचार और नैतिकता पर भाषण सुनकर युधिष्ठिर का संयम टूट गया। वह अपने चालाक शत्रु के जाल में फँस गया। युधिष्ठिर ने स्वभाव से विपरीत जाकर व्यंग्य किया और दुर्योधन से कहा, "मुझे ख़ुशी है कि तुम मेरे जीवन में आए और मुझे धर्म के मार्ग पर चलने का तरीक़ा सिखाया। तुम अकेले और निहत्थे होने का उलाहना मत दो। तुम्हें जो अस्त्र चाहिए, वह उठाओ और हम पाँचों में जिसके साथ चाहो, युद्ध करो। तुम हम में से किसी को भी अपना प्रतिद्वंद्वी चुन सकते हो। यदि तुमने उसे युद्ध में पराजित कर दिया, तो यह राजमुकुट तुम्हारा हो जाएगा और हम इस राज्य पर अपना अधिकार छोड़ देंगे।"

यह सुनकर दुर्योधन जयघोष के साथ जल से बाहर निकल आया। उसने बड़ी कुशलता से कंधे पर गदा रखी थी। उसकी आँखों में घृणा थी। वह पांडवों के समक्ष आकर बोला, "युधिष्ठिर, तुम्हारी उदारता के लिए मैं तुम्हारा आभारी हूँ। लोग सामान्यतया तुम्हारी कुलीनता को मूर्खता समझते हैं, परंतु हम तुम्हें अच्छी तरह जानते हैं और तुमसे प्रेम करते हैं। इसलिए हमें सत्य का पता है।" यह

कहकर दुर्योधन ने प्रत्येक पांडव भाई की ओर देखा, फिर उसने तीखे स्वर में कहा, "आज तुम पाँचों में से एक मेरी शक्तिशाली गदा से मारा जाएगा क्योंकि मुझसे बेहतर गदा-युद्ध कोई नहीं लड़ सकता। यह कहकर वह हँसते हुए अपने सेवक की ओर मुड़ा, जो उसके लिए शिरस्त्राण और कवच लाया था। दुर्योधन ने कवच और शिरस्त्राण धारण कर लिया और युद्ध की तैयारी करने लगा। उसने सामने खड़े शत्रुओं की ओर एक बार भी नहीं देखा। पांडव उसे देखकर स्वयं दुविधा में थे।

तभी कृष्ण, युधिष्ठिर को एक ओर ले गए। युधिष्ठिर ने इससे पहले कभी कृष्ण को इतना क्रोधित नहीं देखा था। कृष्ण ने कहा, "दुर्योधन तुम्हारे बारे में सही कहता है। तुम्हें व्यावहारिक ज्ञान बिल्कुल नहीं है। तुम्हें राजसिंहासन पर बैठा देखने के लिए कितने ही लोगों ने प्राण न्योछावर कर दिए और तुम फिर द्यूत के खेल की भाँति सबके त्याग को व्यर्थ कर देना चाहते हो। बलराम ने मुझे अनेक बार कहा कि दुर्योधन उनका सर्वश्रेष्ठ शिष्य है और उसे गदा-युद्ध में पराजित करना असंभव है। तुमने उसे उसका मनपसंद अस्त्र देकर स्वयं पराजय स्वीकार कर ली है और यही नहीं, तुमने उसे मनपसंद शत्रु का चयन करने की भी स्वतंत्रता दे दी है। तुम्हें पता होना चाहिए कि दुर्योधन का मुकाबला केवल भीम कर सकता है। हम सब में से किसी अन्य में उसका सामना करने का साहस नहीं है।"

कृष्ण ने आगे कहा, "तुम लोग जब द्यूत में हुई पराजय के बाद वनवास भोग रहे थे, उस दौरान दुर्योधन ने गदा-युद्ध का अभ्यास किया है। उसने अपने राजमहल में भीम की एक लौह-प्रतिमा बनवाई थी और उस पर प्रतिदिन गदा-युद्ध का अभ्यास करता आया है। इतने वर्षों के अभ्यास से वह गदा चलाने में पारंगत हो गया है और उसे परास्त करना संभव नहीं है। भीम के लिए भी यह युद्ध मुश्किल होगा। इसलिए अब यदि तुम्हारा भाई पराजित हो गया, तो इसका दोष तुम्हारे ऊपर आएगा।"

कृष्ण की बात सुनकर युधिष्ठिर भीतर से टूट गया। वह इतना दुःखी हो गया कि उसके भाई दौड़ते हुए उसके पास आ गए। भीम ने कहा, "कृष्ण, आप चिंता मत कीजिए। हमने अपने बड़े भैया की त्रुटियों का समाधान करना सीख लिया है। मैं दुर्योधन को युद्ध में जीतने नहीं दूँगा। इतने वर्षों से मेरे भीतर क्रोध दबा है और उसने हमारा अनेक बार अपमान किया है। उस क्रोध के बल से मुझे उसे पराजित करने में सहायता मिलेगी। यद्यपि मैं जानता हूँ कि गदा-युद्ध में वह मुझसे श्रेष्ठ है।"

कृष्ण मुस्कराए और उन्होंने भीम का उत्साह बढ़ाया। इसके बाद भीम ने दुर्योधन से कहा, "तुम कायर और दुष्ट हो। मुझे पता है कि तुम नकुल या सहदेव में से किसी को युद्ध के लिए चुनोगे, ताकि तुम आसानी से उसे पराजित कर सको। सब जानते हैं कि अर्जुन को देखते ही तुम घबरा जाते हो, इसलिए तुम अवश्य यही सिद्ध करना चाहते हो कि अर्जुन के सामने रहते हुए भी तुम जीत गए। मुझे विश्वास है कि तुम राजसिंहासन प्राप्त करने के लिए युधिष्ठिर से युद्ध नहीं करोगे।

वह तुमसे और तुम्हारी दुष्ट-प्रवृत्ति से इतनी घृणा करता है कि वह तुम्हारे निकट भी नहीं आना चाहेगा। मुझे यह सोचकर दया आती है कि तुम्हारे भीतर मुझसे युद्ध करने का साहस नहीं है क्योंकि मैं सिद्ध कर दूँगा कि मैं तुमसे बेहतर हूँ।"

दुर्योधन कुटिलतापूर्वक मुस्कराया। उसने उत्तर दिया, "भीम तुम अपने दिमाग़ पर अधिक ज़ोर मत डालो। ईश्वर ने तुम्हें वैसे भी बुद्धि कम दी है। तुम्हारे पास जो सीमित विवेक है, वह इतना बोझ सहन नहीं कर सकता। मैं तुम्हारी युक्ति समझ गया हूँ। मैं निस्संदेह तुम्हारे साथ ही युद्ध करूँगा। मेरी शुरू से यही इच्छा थी क्योंकि तुम्हारे चारों भाई मुझसे गदा-युद्ध में कमजोर हैं। मैं तुम्हारे साथ युद्ध करूँगा और तुम्हें पराजित भी करूँगा।"

भीम और दुर्योधन में युद्ध शुरू होने वाला था, तभी उनके गुरु बलराम आ गए। वह तीर्थयात्रा पर गए थे और उन्होंने युद्ध में भाग लेने से मना कर दिया था क्योंकि वह अपने अथवा कृष्ण के सगे-संबंधियों के विरुद्ध रक्तपात नहीं करना चाहते थे। उन्हें तीर्थयात्रा से लौटते ही पता लगा कि युद्ध में क्या हुआ था। बलराम को कृष्ण से पता लगा था कि उनके दोनों शिष्यों के बीच गदा-युद्ध होने वाला है, तो उन्होंने सहमति प्रदान कर दी। वह बोले कि गदा-युद्ध, कुरुक्षेत्र के पावन-स्थल समंतपंचक के निकट लड़ा जाएगा। बलराम ने बताया कि वर्षों पूर्व परशुराम ने पृथ्वी से क्षत्रियों को समाप्त करना आरंभ किया था। वह बहुत क्रोध में थे और तब उन्होंने समंतपंचक नामक स्थान पर मारे गए क्षत्रियों के रक्त से पाँच सरोवर बनाए थे और फिर उन्हें अपने पूर्वजों को समर्पित कर दिया था। उसी पवित्र स्थान पर परशुराम के एक पूर्वज ऋचीक मुनि उनके समक्ष प्रकट हुए और परशुराम को उनके पिता जमदग्नि की हत्या का प्रतिशोध लेने पर प्रसन्न होकर वरदान दिया था। परशुराम ने उनसे यह वरदान माँगा था कि वह क्षत्रियों की हत्या के पाप से मुक्त होना चाहते हैं। ऋचीक मुनि ने उनकी इच्छा पूर्ण की और सरोवरों को पवित्र कर दिया। ऋचीक ने परशुराम को और रक्तपात करने से भी मना किया। परशुराम ने ऋचीक का आग्रह स्वीकार कर लिया था।

इस तरह समंतपंचक स्थान पर भीम और दुर्योधन के बीच एक और रक्तरंजित युद्ध का आरंभ हुआ। उस ज़बरदस्त युद्ध को देखने के लिए लोग चारों ओर घेरा बनाकर बैठ गए।

इसी बीच, भीम को दुर्योधन द्वारा बचपन में उसे मारने का प्रयास करना याद आ गया। उसने वारणावत में दुर्योधन द्वारा रचे गए षड्यंत्र को भी याद किया। भीम ने द्यूत में हुए छल-कपट को याद किया, जिसके बाद पांडव अपना राज्य हार गए थे और द्रौपदी का अपमान हुआ था। द्रौपदी, पाँचों पांडवों की पत्नी थी, परंतु भीम, द्रौपदी से सबसे अधिक प्रेम करता था। द्रौपदी के आँसुओं को याद करके भीम के अंदर का राक्षस क्रुद्ध हो गया।

दुर्योधन ने भी भीम के हाथों अपने भाइयों की हत्या को याद किया। भीम ने गांधारी के सभी पुत्रों को निर्ममता से मार डाला था। उनमें केवल दुर्योधन शेष बचा था। वह अपने छोटे भाई दुःशासन से सबसे अधिक प्रेम करता था। वह दुर्योधन का मित्र, भाई, उसका विश्वासपात्र और साथी षड्यंत्रकारी रहा था। भीम ने युद्धभूमि में दुःशासन की छाती चीरकर उसका लहू पिया था। दुर्योधन की आँखें दुःख और क्रोध से लाल हो उठीं। उसने युद्ध में मारे गए अपने संबंधियों के लिए उस निर्णायक युद्ध को वीरता से लड़ने का निश्चय कर लिया।

परस्पर घृणा से प्रेरित दोनों चचेरे भाई, गदा लेकर एक-दूसरे से भिड़ गए। कई युगों में ऐसा युद्ध एक बार होता है। लोग साँस रोककर उस युद्ध को देख रहे थे। संसार ने ऐसा युद्ध ना पहले कभी देखा था और ना ही भविष्य में उसके होने की संभावना थी। दोनों योद्धा गदा चलाने में माहिर थे। वे एक-दूसरे की शक्ति और दुर्बलता से परिचित थे और उसे ध्यान में रखते हुए एक-दूसरे पर आक्रमण कर रहे थे। कुछ वार चूक गए, किंतु कुछ जगह पर लगे थे, जिनके कारण दोनों के शरीर से रक्त बह रहा था।

दुर्योधन ने अनेक वर्ष अभ्यास किया था। वह कुछ ही देर में भीम पर हावी हो गया। भीम के अतिरिक्त कोई अन्य पुरुष होता, तो बहुत पहले ही दुर्योधन के प्रहार से धराशायी हो जाता। दुर्योधन का प्रत्येक वार इंद्र के वज्र के समान कठोर और शक्तिशाली था। भीम, पृथ्वी का सबसे शक्तिशाली पुरुष था, इसलिए वह बहुत देर तक दुर्योधन के प्रहार झेलता रहा, परंतु उसकी शक्ति भी असीम नहीं थी। वह थकने लगा और गदा पर उसकी पकड़ ढीली पड़ने लगी। दुर्योधन ने भीम को लगभग नियंत्रित कर लिया था। दुर्योधन की स्थिति मज़बूत थी और उसे इस बात का पता भी था, इसलिए वह बहुत तेज़ी से और लगातार भीम पर वार करता गया। भीम को सँभलने का मौका नहीं मिल रहा था। दुर्योधन, हवा में ऊँची छलांग मारकर ऊपर से कूदता और भीम पर ज़ोरदार वार करता था, जिसके कारण भीम को उठने में अधिक समय लग जाता था। वह पूरी शक्ति से दुर्योधन के प्रहार सहन कर रहा था।

गांधारी-पुत्र के हाथों अपने भाई की दुर्दशा देखकर अर्जुन ने कृष्ण से कहा, "क्या आपको लगता है कि हमारी विजय संभव है?" कृष्ण ने सिर हिलाकर कहा, "भीम बहुत शक्तिशाली है, इसलिए दुर्योधन उसे परास्त नहीं कर पाया है, परंतु मुझे नहीं लगता कि भीम अधिक देर उसके वार सहन कर पाएगा। दुर्योधन को नियमों के दायरे में रहकर गदा-युद्ध में परास्त करना असंभव है। मुझे लगता है कि भीम, दुर्योधन की जांघ तोड़ने की शपथ भूल गया है।"

कृष्ण ने अर्जुन को संकेत दे दिया था और अर्जुन ने उस संकेत को तुरंत समझ लिया। उसने अपनी पूरी शक्ति को केंद्रित करके अपने भाई की आँखों में देखा। अर्जुन की पैनी दृष्टि भीम पर पड़ी, तो भीम ने एक क्षण के लिए अपने भाई

को पलटकर देखा। उसी समय अर्जुन ने अपनी जांघ को थपथपाया और भीम को इशारा कर दिया। भीम को दुर्योधन से बचने और विजयी होने का मार्ग दिखाई पड़ गया था। उसने अर्जुन का संकेत तुरंत ग्रहण कर लिया।

इसके बाद भीम अवसर की प्रतीक्षा करता रहा। दुर्योधन ज़्यों ही वार करने के लिए हवा में उछला, भीम ने अपनी गदा दुर्योधन की जांघ पर दे मारी और उसे बुरी तरह तोड़ दिया। दुर्योधन घायल होकर नीचे गिरा और पीड़ा से कराहने लगा। चारों पांडव और उनके समर्थक, भीम का उत्साह बढ़ाने लगे। भीम धीरे-से चलकर दुर्योधन के पास आया और उसके सिर पर पैर रखकर बोला, "तुमने हमारा जो अपमान किया था, यह उसी का प्रतिशोध है। इतने लोगों का जीवन समाप्त करने के लिए यही तुम्हारा दंड है। सबसे महत्त्वपूर्ण यह है कि मैंने यह द्रौपदी के लिए किया है। इस पीड़ा को महसूस करते हुए अपने दुष्कर्मों को याद करो और प्रायश्चित करो।"

उसी समय युधिष्ठिर दौड़कर आगे गया। उसने भीम को पीछे खींचा और कहा, "यह युद्ध समाप्त हो गया है। तुम्हें दुर्योधन को और अधिक कष्ट नहीं देना चाहिए। इस महायुद्ध में किसी की विजय नहीं हुई है। हमें राज्य अवश्य मिल गया है, परंतु हमने इसका बहुत भारी मूल्य भी चुकाया है। दुर्योधन ज़ल्द ही अपने प्रियजनों के पास चला जाएगा, किंतु हमें सभी संबंधियों को मारकर तथा उन्हें खोने के उपरांत भी संसार में लंबे समय तक जीवित रहना है।"

युधिष्ठिर ने दुर्योधन को सांत्वना देने के लिए ऐसा कहा था, परंतु बलराम को यह देखकर बहुत क्रोध आया। वह उठे और युद्धस्थल पर पहुँच गए। दुर्योधन उनका प्रिय शिष्य था। उसे ज़मीन पर गिरा देख बलराम को बहुत दुःख हुआ। दुर्योधन को निस्संदेह अनुचित ढंग से परास्त किया गया था। बलराम ने भीम पर क्रोध में कहा, "मैंने इससे अधिक लज्जाजनक और दुर्भाग्यपूर्ण घटना पहले कभी नहीं देखी। भीम, तुम इतना नीचे कैसे गिर सकते हो? मैंने स्वयं तुम्हें गदा-युद्ध के नियम सिखाए हैं और तुम जानते हो कि कमर से नीचे वार करना निषेध है। मैं आज यह सुनिश्चित करूँगा कि तुम फिर कभी गदा-युद्ध का कोई नियम नहीं तोड़ोगे," यह कहकर बलराम अपना हल उठाकर भीम को मारने दौड़े।

उसी समय कृष्ण बीच में आ गए और उन्होंने अपने क्रोधी भाई को शांत करते हुए कहा, "भैया, रुक जाइए! आपके प्रिय शिष्य दुर्योधन ने जितने बुरे कार्य किए हैं, उसकी तुलना में भीम का यह अपराध बहुत तुच्छ है। यदि मैं आपकी तरह सोचता, तो मैंने अब तक दुर्योधन को अनेक बार मार डाला होता।" यह सुनकर बलराम ने हल नीचे रख दिया, परंतु वह शांत नहीं हुए। उन्होंने क्रुद्ध आँखों से सबको देखा और कहा, "क्षत्रियों के लिए यह काला दिवस है। भीम ने जो किया है, वह अक्षम्य है। इससे हम सबकी कीर्ति पर कलंक लगा है। भीम की युद्ध में विजय अवश्य हुई

है, परंतु यह विजय के योग्य नहीं है। मैं इसे कभी क्षमा नहीं करूँगा," ऐसा कहकर बलराम उठे और अपने रथ में बैठकर चले गए।

बलराम के जाते ही सब लोग उत्साह से भीम के नाम का जयघोष करने लगे। पांडव अत्यंत प्रसन्न थे। उन्होंने भीम को गले से लगाया और कहा कि वह संसार का सचमुच सबसे शक्तिशाली योद्धा है। कृष्ण ने उनके हर्ष को रोकते हुए कहा कि उन्हें दुर्योधन को युद्धभूमि में ही छोड़कर शीघ्र ही वहाँ से लौट जाना चाहिए। पाँचों भाई, कृष्ण के साथ प्रसन्न होकर लौट गए। उन्हें इस बात का संतोष था कि आख़िर, वह विकट रक्तपात समाप्त हो चुका था। उन्होंने पीड़ित एवं आहत दुर्योधन को भद्दे शब्द कहते सुना, फिर उन्होंने अपनी गति तेज़ कर दी और दुर्योधन को घायल अवस्था में छोड़कर युद्धभूमि से चले गए। उस समय किसी ने कृष्ण की आँखों में नहीं देखा। यदि वे उनकी आँखों में देखते, तो उन्हें हर्ष एवं आनंद की जगह हताशा का अंधकारपूर्ण पूर्वाभास दिखाई पड़ता।

19

अर्द्धरात्रि में नरसंहार

पांडव एवं कृष्ण, कौरव शिविर की ओर चल पड़े। वह देखना चाहते थे कि क्या कोई अन्य व्यक्ति जीवित था। उन्होंने देखा कि कोई जीवित नहीं बचा था। कृष्ण के अतिरिक्त सब लोग रथ से उतर गए थे। कृष्ण ने जब देख लिया कि सब रथ से दूर चले गए थे, तब वह धीरे-से नीचे उतर आए। उन्होंने ज़्यों ही नीचे पैर रखा, उनका रथ जलकर भस्म हो गया। अग्निदेव द्वारा प्रदत्त रथ की ऐसी दशा देखकर अर्जुन निराश हो गया। वह रथ खांडव-दाह के समय से ही उसके पास था। अर्जुन ने उस रथ पर अनेक युद्ध लड़े थे। उसने और कृष्ण ने रथ की बहुत देखभाल की थी। अर्जुन ने अपने अश्रु रोकने का प्रयास किया। वह रथ के जलने का स्पष्टीकरण चाहता था। उसने सदा की भाँति अपने मित्र कृष्ण की ओर देखा।

कृष्ण ने अर्जुन की दुविधा भाँप ली थी। उनके उत्तर से समस्त संशय दूर हो गए। उन्होंने अर्जुन को बताया, "तुम जानते हो कि युद्ध में शत्रु का रथ नष्ट करने से वह दुर्बल हो जाता है। प्रत्येक योद्धा ने तुम्हें मारने और तुम्हारे रथ को नष्ट करने का यथासंभव प्रयास किया। उन्हें इस बात का आभास नहीं हुआ कि वे इस रथ को नष्ट करने में सफल हो सकते थे। द्रोण और कर्ण ने तो दिव्यास्त्र भी प्रयोग किए और तुम्हारा रथ उनका सामना करने में असमर्थ था। इसे बहुत पहले नष्ट हो जाना चाहिए था, परंतु मैं इस पर बैठा था, इसलिए यह ध्वस्त नहीं हुआ। तुमने अब सब कार्य संपन्न कर दिए हैं, इसलिए इसे बचाकर रखने का कोई औचित्य नहीं है।"

अर्जुन ने भोलेपन में सिर हिला दिया। उसके भाई जलते हुए रथ को आश्चर्य से देख रहे थे। उन्हें उसे देखकर भय लग रहा था। कुरुक्षेत्र की रणभूमि के योद्धा डर से काँप रहे थे। कृष्ण उन्हें देखकर मुस्कराए और बोले, "इसके लिए दुःख मत करो। आज सब बहुत थक गए हैं। मेरा विचार है कि हमें इसी शिविर में विश्राम करना चाहिए और कल अपने शिविर में लौटना चाहिए। हम कल फिर ऊर्जावान

होकर शेष कार्य पूरे करेंगे। सबने कृष्ण का प्रस्ताव मान लिया और उसी शिविर में रुक गए। इस तरह कृष्ण ने उन सबको एक बार फिर मृत्यु से बचा लिया था।

इधर, रणभूमि में दुर्योधन रक्तरंजित अवस्था में पड़ा था। पांडवों के जाने के कुछ देर बाद कौरव सेना के तीन जीवित बचे महायोद्धा अश्वत्थामा, कृपाचार्य और कृतवर्मा, दुर्योधन से मिलने आए। उन्होंने काफ़ी समय दुर्योधन के साथ व्यतीत किया। अश्वत्थामा बहुत दुःखी था। दुर्योधन की आरंभ से उसके साथ मैत्री थी और उसने अश्वत्थामा को सदा अपने साथ रखा था। किसी समय पर दुर्योधन ने इतने बड़े साम्राज्य पर शासन किया था और आज वह धरती पर रक्तरंजित अवस्था में पड़ा प्राण छोड़ने वाला था। अश्वत्थामा ने रोते हुए कहा, "आज मानवजाति के इतिहास का सबसे काला दिन है। तुम्हें इस अवस्था में देखकर मुझे बहुत दुःख हो रहा है। यही दुःख मुझे अपने पिता की मृत्यु पर हुआ था, जब उन्हें छल से मारा गया था, परंतु आज तुम्हें देखकर मेरा दुःख कई गुना बढ़ गया है। मैं बहुत दुर्भाग्यशाली हूँ, जो मैंने अपने सामने इस युद्ध में अपने पिता, अपने मित्र और अपने प्रियजनों को मरते देखा है।"

अश्वत्थामा के हृदय की पीड़ा देखकर दुर्योधन का साहस टूट गया। उसे इतनी आंतरिक क्षति शायद भीम की गदा से भी नहीं हुई थी। वह काँपती आवाज़ में बोला, "मुझे विश्वास नहीं हो रहा कि यह युद्ध इस तरह समाप्त हुआ है। मेरे सर्वश्रेष्ठ और पराक्रमी मित्र की मृत्यु हो गई, मेरे भाई मारे गए, पितामह और आचार्य द्रोण जैसे अजेय योद्धा भी परास्त हो गए। मेरे शत्रु पांडवों को राज्य मिल गया है। उनसे मैंने आजीवन घृणा की। राज्य पर मेरा अधिकार था। वे सब जीवित हैं और उस वेश्या द्रौपदी से प्राप्त पुत्र भी जीवित हैं। वही दुष्ट स्त्री वास्तव में इस युद्ध का मूल कारण है। द्रौपदी ने ही भीम को दुःशासन को मारने और उसका रक्त पीने की शपथ दिलवाई थी। दुःशासन का रक्त! क्या तुम ऐसे दुष्कर्म की कल्पना भी कर सकते हो?

मेरा मित्र कर्ण, कृष्ण और अर्जुन की धूर्तता के कारण मारा गया। वे लोग विजय के लिए इतने व्याकुल थे कि उन्होंने एक निहत्थे पुरुष की हत्या कर दी, जबकि वह मिट्टी में फँसे अपने रथ का पहिया निकाल रहा था। क्या तुम जानते हो कर्ण वास्तव में कुंती और सूर्यदेव का पुत्र था? मुझे ऐसे मत देखो! यह बिल्कुल सत्य है। पितामह ने मुझे अपनी मृत्यु से पहले यह रहस्य बताया था। पांडवों तक को इस बात का पता नहीं है, परंतु कर्ण स्वयं अपने जन्म के विषय में जानता था। कृष्ण ने युद्ध से ठीक पहले कर्ण को यह रहस्य बताकर उसे हमसे अलग करने का प्रयास किया था, परंतु कर्ण, सच्चा मित्र था। उसने मेरा साथ छोड़कर अपने सगे भाइयों के पक्ष में युद्ध करना स्वीकार नहीं किया। कृष्ण ने उसे यह भी कहा कि उसकी मृत्यु निकट है और यदि वह चाहे तो कौरवों का साथ छोड़ सकता है, परंतु कर्ण ने मेरा

साथ नहीं छोड़ा। वह इतना निष्ठावान था और मुझ से बहुत प्रेम करता था। उसके बिना मेरा जीवन व्यर्थ है।"

"मैं जानता हूँ कि मेरी मृत्यु बहुत निकट है। मुझे इस पीड़ा से कोई मुक्त नहीं कर सकता क्योंकि जिन लोगों ने मुझे और मेरे प्रियजनों को मारा है, वे मेरा राजसिंहासन छीन लेंगे, परंतु मुझे प्रसन्नता है कि मुझे वीरगति मिलेगी। मैंने यह युद्ध, सच्चे योद्धा की तरह लड़ा है और क्षत्रिय धर्म का पूरी तरह निर्वहन किया है। मैं, कर्ण और अपने भाइयों से शीघ्र ही मिलूँगा। यह सोचकर मुझे अच्छा लग रहा है, परंतु इस क्षण में जबकि जीवन मेरा साथ छोड़ रहा है, मेरी इच्छा है कि पांडवों को उनके दुष्कर्म के लिए दंड मिलना चाहिए। काश, उन्हें भी मेरी तरह बिलख-बिलख कर रोना पड़े। मैं यह देखने के बाद ही शांति से मर सकूँगा।"

तीनों योद्धा, घायल राजकुमार दुर्योधन की बात सुनकर काफ़ी देर रोते रहे। अश्वत्थामा को लगा कि वह एक बार फिर अपने पिता को मरते हुए देख रहा था। उस क्षण अश्वत्थामा और दुर्योधन की अंतरात्मा मानो एक हो गई थी। उनके बीच साझा घृणा का विनाशकारी ज्वालामुखी जल रहा था। अश्वत्थामा के भीतर क्रोध उबल रहा था। उसने कड़े स्वर में कहा, "दुर्योधन, मैं तुम्हें वचन देता हूँ कि हम प्रतिशोध अवश्य लेंगे। मैं अपने पिता का सच्चा पुत्र हूँ। मैं पांडवों से इस अपराध का प्रतिशोध लूँगा और उन्हें धर्म एवं सदाचार का मार्ग छोड़ने पर पछतावा होगा। मैं पांडवों और पांचालों को भयानक मृत्यु दूँगा। मुझे इस कार्य पर जाने से पहले तुम्हारा आशीर्वाद चाहिए। मैं आशा करता हूँ कि विजय हमारी होगी।"

अश्वत्थामा के वचन सुनकर दुर्योधन को सांत्वना मिली। उसे लगा कि शायद वह अंत समय में पृथ्वी पर विजय प्राप्त कर सकेगा। उसने कृपाचार्य को एक पात्र में जल लेकर आने को कहा, फिर उसने जल से अश्वत्थामा का अभिषेक किया और उसे तीन योद्धाओं की शेष सेना का सेनापति नियुक्त कर दिया। दुर्योधन से विदा लेकर तीनों पुरुष युद्धभूमि छोड़कर एक वन में चले गए, ताकि रात्रि में वहाँ ठहर कर अगले दिन की योजना पर चर्चा कर सकें।

उन्होंने वह रात्रि, वन में एक वट-वृक्ष के नीचे बिताने का निश्चय किया। कृपाचार्य और कृतवर्मा को दिनभर की घटनाओं के बाद लेटते ही नींद आ गई, परंतु अश्वत्थामा सो नहीं सका। उसके भीतर ज़बरदस्त उथल-पुथल मची थी। वह भीतर उबल रही प्रतिशोध की आग बुझाने का मार्ग सोच रहा था। वह लगातार करवट लेता रहा कि तभी उसकी दृष्टि वट-वृक्ष की शाखाओं पर पड़ी। उसने कौवों के बहुत-से घोंसले देखे, जिनमें दर्जनों कौवे अपने परिवार के छोटे सदस्यों पर सुरक्षा की दृष्टि से पंख फैलाए सो रहे थे। उन्हें पूर्ण संतुष्टि के साथ आराम से सोता देख अश्वत्थामा को कष्ट सा महसूस हुआ और उसके मन में द्वेष उत्पन्न हो गया। तभी एक बड़ा-सा उल्लू रात्रि के अंधकार में चुपचाप आया और वृक्ष की एक डाल पर

बैठ गया। वह रात्रि का हमलावर, अचानक सोते हुए कौवों पर टूट पड़ा। उसने अपने पैने पंजों से अनेक कौवों को निर्ममता से मार डाला। कुछ ही क्षण में चारों ओर मरे हुए कौवों के अवशेष बिखरे थे। रात्रि में अपना कार्य पूरा करने के बाद हत्यारा उल्लू, अश्वत्थामा की ओर नीचे देखने लगा, मानो उसे कोई अमंगल, लेकिन महत्त्वपूर्ण संदेश दे रहा हो।

अश्वत्थामा को अचानक प्रकाश की चकाचौंध की तरह अहसास हुआ कि उल्लू ने उसे प्रतिशोध का मार्ग दिखा दिया है, जिसकी सहायता से वह दुर्योधन को दिया वचन पूरा कर सकता था। अश्वत्थामा जानता था कि भीष्म, उसके पिता द्रोण, कर्ण और शल्य जैसे महारथियों के परास्त हो जाने और उनकी मृत्यु के उपरांत वह केवल छल-कपट और कुटिलता से ही विजय का मार्ग प्रशस्त कर सकता था। उसे पांडवों पर विजय प्राप्त करने के लिए कृष्ण की तरह असाधारण युक्ति सोचनी थी। वह बहुत देर तक गंभीरता से विचार करता रहा, फिर उसके चेहरे पर कुटिल मुस्कान छा गई। वह राक्षस के समान क्रूर हो गया था।

अश्वत्थामा ने अपनी योजना को साकार करने की उत्सुकता में कृतवर्मा और कृपाचार्य को भी जगा दिया और कहा, "जिस प्रकार रात्रि के अंधकार में इस उल्लू ने स्वयं अधिक संख्या में अपने शत्रुओं को मौत के घाट उतारा है, उसी तरह हम भी रात्रि में सोते हुए पांडवों पर आक्रमण करेंगे और उन्हें हमेशा के लिए समाप्त कर देंगे। आज ही रात उन्हें दुष्कर्मों का उत्तर मिल जाएगा। मैं इस कार्य के लिए ईश्वर का साधन बनूँगा। उन्हें मेरे हाथों ही दंड मिलेगा।"

कृपाचार्य और कृतवर्मा, आश्चर्य से अश्वत्थामा को देखने लगे। उसके भीतर क्रोध और घृणा साफ़ दिखाई पड़ रही थी। कृपाचार्य, सदा अपनी बहन के पुत्र को सदाचारी मानते थे, हालाँकि अश्वत्थामा ने अपना अधिकांश जीवन दुर्योधन की कुटिल संगति में बिताया था, परंतु वह ऐसी क्रूर अवस्था में अश्वत्थामा को पहचान नहीं पा रहे थे। उसके भीतर से मानवता मानो पूरी तरह तिरोहित हो गई थी। कृपाचार्य ने संकोच से कहा, "अश्वत्थामा, तुम मज़ाक़ तो नहीं कर रहे? यह अत्यंत घृणित कृत्य होगा और मैं ऐसा कदापि नहीं करूँगा। हम तीन लोगों की सेना का सेनापति होने के नाते तुम्हारा हताश होना स्वाभाविक है, तथापि शत्रुओं से लड़ने की भी एक नैतिक विधि होती है। हमें किसी भी हालत में सोते और असहाय शत्रु पर आक्रमण नहीं करना चाहिए।"

"मैं मनुष्यों की नहीं, अपितु उन राक्षसों की बात कर रहा हूँ, जिन्होंने छल एवं कपट से युद्ध में सबको मारकर इस राज्य को हड़पने का प्रयास किया है," अश्वत्थामा ने उत्तर दिया।

कृपाचार्य ने एक बार फिर अश्वत्थामा की आत्मा में बसे विष को निष्प्रभावी करने का प्रयास किया। हम लोग बहुत थक गए हैं। हम कल सुबह उठकर ठंडे

दिमाग़ से फिर इस पर बात करेंगे। तुम अभी युवा हो और तुम्हारे शरीर का ख़ून गर्म है। तुमने बहुत क्रूर दृश्य देखे हैं, परंतु दिमाग़ में ऐसी भ्रम की अवस्था में किसी निर्णय पर पहुँचना उचित नहीं होगा।"

परंतु अश्वत्थामा मन बना चुका था। उसने नरक के जिस मार्ग पर चलने का निश्चय किया था, वहाँ से लौटना उसके लिए मुश्किल था। उसने कहा, "मैं अब कुछ नहीं सुनूँगा। मैंने मान लिया है कि ईश्वर ने ही इस उल्लू को दूत बनाकर भेजा है। अब यह बातें करने का नहीं, अपितु कार्य करने का समय है। अधिक सोच-विचार से व्यक्ति निष्क्रिय हो जाता है। मैं ऐसा कुछ भी करके अपना दृढ़ संकल्प दुर्बल नहीं बनाना चाहता।"

कृपाचार्य स्तब्ध रह गए। उन्हें वह छोटा-सा बालक अश्वत्थामा याद आ गया, जिसे वह बचपन में कंधे पर घुमाया करते थे। कृपाचार्य को विश्वास हो गया कि उनके सामने विनाश की भूमिका लिखी जा रही थी। उन्होंने अश्वत्थामा को फिर समझाने का प्रयत्न किया। उन्होंने कहा, "यदि तुम्हारे पिता जीवित होते, तो रात्रि में सोते हुए लोगों को मारने की तुम्हारी योजना सुनकर उनके हृदय को बहुत चोट पहुँचती। उनके विषय में सोचो, उनकी दी हुई शिक्षा पर विचार करो और इस कुटिल योजना का विचार त्याग दो।"

कृपाचार्य को द्रोण का नाम नहीं लेना चाहिए था। पिता का नाम सुनते ही अश्वत्थामा के भीतर फिर दुःख और पीड़ा उमड़ने लगी। उसके भीतर प्रतिशोध का भाव और प्रबल हो गया। मेरे पिता ने बहुत दुःखी अवस्था में प्राण छोड़े थे। उस वेश्या के पुत्र युधिष्ठिर ने केवल राज्य प्राप्त करने के लिए मेरे पिता से झूठ बोला कि उनका पुत्र मारा गया। उन्होंने छल से मेरे पिता के अस्त्र-शस्त्र नीचे रखवा दिए। उनका हृदय द्रवित था। युधिष्ठिर जानता था कि उसने मेरे पिता से झूठ बोला था और धृष्टद्युम्न ने मेरे पिता को उस क्षण मारा, जब वह अस्त्र-शस्त्र नीचे रखकर ध्यान में लीन थे। इतना करने से भी मन नहीं भरा, तो भीम ने दुर्योधन के साथ गदा-युद्ध में छल किया और उसे मरने के लिए वहीं घायल छोड़ दिया। वे स्वयं को राजकुमार कहते हैं। क्या वे मेरे कुलीन पिता और मेरे अच्छे मित्र दुर्योधन से बेहतर हैं? मैं यहाँ चुपचाप बैठकर व्यर्थ बातें नहीं करूँगा, जबकि करने को इतना कुछ अभी शेष है। आप दोनों मेरे साथ आएँ अथवा नहीं, यह आपकी इच्छा है, किंतु यदि आपने मुझे रोकने का प्रयास किया, तो मुझे आपसे युद्ध करना तथा आपको मारना पड़ेगा।"

ऐसा कहकर अश्वत्थामा, पांडव शिविर की ओर चल पड़ा। उसका उद्देश्य स्पष्ट था। कृपाचार्य और कृतवर्मा, अश्वत्थामा को जाते हुए देखते रहे। वे तूफ़ान में समुद्र में बह रहे लकड़ी के टुकड़े की भाँति असहाय थे। उन्होंने नियति की प्रबल धार के समक्ष समर्पण कर दिया।

वह अशुभ घड़ी थी और रात्रि का अंधकार चरम पर था। अश्वत्थामा के शिकार, शिविर में गहरी निद्रा में सो रहे थे। वे लगातार युद्ध और जमकर उत्सव से थक चुके थे। वे ना केवल संसार के सबसे बड़े युद्ध का हिस्सा बने थे, अपितु उन्होंने वह युद्ध जीता भी था। उनके पास अपने पौत्रों को सुनाने के लिए कितनी ही कहानियाँ थीं। उन्होंने ज़बरदस्त ख्याति और कीर्ति अर्जित की थी। उन्होंने रात्रि में मदिरापान किया और प्रसन्नता से गहरी निद्रा में सो गए। उन्हें ख़ुशी थी कि वे जीवित बच गए थे। उन्हें अपने साथियों की मृत्यु का दुःख था और वे सब घर लौटना चाहते थे, जहाँ उन्हें नायकों जैसा सम्मान मिलने वाला था। शिविर में नृत्य और गायन हुआ था और वातावरण सजीव हो उठा था, परंतु वह अधिक समय तक सजीव नहीं रह सका।

इस बीच, अश्वत्थामा शिविर में पहुँच गया। वह प्रवेश-द्वार पर पहुँचा, तो रुक गया। उसने देखा कि द्वार पर पशु-चर्म पहने एक भयानक दैत्याकार प्राणी खड़ा था। उसकी आँखें लाल थीं तथा मुख व नाक से आग की लपटें निकल रही थीं। वह रास्ता रोककर मार्ग में खड़ा था। साधारण मनुष्य तो उसे देखकर ही गिर जाते और डर से मर जाते, परंतु अश्वत्थामा निर्भय था। उस रात तीनों लोकों में उससे अधिक ख़तरनाक कोई प्राणी नहीं था।

अश्वत्थामा ने धनुष उठाया और द्वार पर खड़े भयानक प्राणी पर अस्त्र छोड़ने शुरू कर दिए, परंतु उस प्राणी पर कोई प्रभाव नहीं हुआ। वह अश्वत्थामा द्वारा छोड़े गए सब अस्त्र-शस्त्रों को निगल गया और अश्वत्थामा को चिढ़ाने के लिए अपने होंठ चाटने लगा, परंतु द्रोण-पुत्र भी कम नहीं था। उसने हार नहीं मानी और ईश्वर से प्रार्थना करने लगा। उसने एक यज्ञवेदी बनाई और अग्नि प्रज्वलित करके भगवान शिव की उपासना करने लगा। अग्नि-शिखा से विचित्र चीजें बाहर निकलने लगीं। उसमें से मांस एवं रक्त की दुर्गंध आ रही थी, जिससे अश्वत्थामा मदहोश हो गया। उसे आभास हुआ कि भगवान शिव उसके निकट थे। उसके भीतर उन्माद इतना बढ़ गया कि उसने अपना संपूर्ण शरीर, भगवान शिव को अग्नि में अर्पित करने का निश्चय कर लिया। तभी भगवान शिव ने उसे रोका और मुस्कराकर कहा, "मैं जानता हूँ कि तुम्हारे हृदय में क्या है। तुम्हें शीघ्र अपने उद्देश्य में सफलता मिलेगी। यह पांडव शिविर मेरी सुरक्षा में है क्योंकि कृष्ण मेरे भक्त हैं, परंतु इस शिविर के लोगों का समय पूरा हो गया है और अब इन्हें यह लोक छोड़कर जाना है। जाओ और अपना कार्य पूरा करो, परंतु तुम्हें इसके परिणाम के लिए भी तैयार रहना होगा।"

अश्वत्थामा का मुख उल्लास के उन्माद से खिल उठा। वह शिविर के भीतर चला गया। वह किसी दिव्य अंतर्प्रेरणा से अपने पिता के हत्यारे धृष्टद्युम्न के कक्ष में पहुँच गया। धृष्टद्युम्न गहरी निद्रा में सो रहा था। अश्वत्थामा ने पांचाल नरेश को पैर मार कर उठाया। धृष्टद्युम्न नींद से जागा और हड़बड़ा कर उठ बैठा। अश्वत्थामा ने

धृष्टद्युम्न के बाल पकड़े और उसे बिस्तर से नीचे घसीट लिया। द्रोण-पुत्र अश्वत्थामा को सामने खड़ा देख धृष्टद्युम्न की आँखों से मदिरा का नशा पूरी तरह उतर गया, परंतु धृष्टद्युम्न भी शानदार योद्धा था और मृत्यु को सामने देखकर भी नहीं घबराया। अश्वत्थामा ने धृष्टद्युम्न की पसलियों पर लगातार वार करके उन्हें सूखी लकड़ियों की तरह तोड़ डाला। धृष्टद्युम्न की श्वास रुक रही थी। उसकी पेट और छाती में जगह-जगह छोटे-छोटे छिद्र हो गए थे। वह अपने हत्यारे को देखकर बोला, "यह अनुचित है! मैं एक योद्धा की मृत्यु चाहता हूँ। अपनी तलवार उठाओ और मुझे मार दो।"

धृष्टद्युम्न ने अंतिम बार अश्वत्थामा की भयानक हँसी सुनी। अश्वत्थामा ने कहा, "तुमने अपने गुरु को मारा था। तुम्हें वही दंड मिलेगा, जिसके तुम अधिकारी हो। मैं तुम्हारे जैसे सर्प को पैरों से ही कुचल डालूँगा।" ऐसा कहकर अश्वत्थामा के अंतिम प्रहार से धृष्टद्युम्न के प्राण निकल गए। धृष्टद्युम्न का जन्म यज्ञवेदी से अपने पिता के अपमान का बदला लेने के लिए ही हुआ था और उसकी नियति में यही लिखा था। अश्वत्थामा, धृष्टद्युम्न का क्षत-विक्षत शरीर वहीं पड़ा छोड़कर चला गया। इसके बाद वह अपना रक्तमय उद्देश्य पूरा करने आगे बढ़ गया।

धृष्टद्युम्न को मारने के बाद अश्वत्थामा एक के बाद एक पांचाल शिविर में घुसता गया और उसने भीतर सो रहे लोगों को यमलोक पहुँचा दिया। संसार ने कुरुक्षेत्र के युद्ध में हुई हिंसा पहले नहीं देखी थी, परंतु युद्ध की निर्ममता भी पांडव शिविर में अश्वत्थामा के हाथों हुए निर्मम नरसंहार की बराबरी नहीं कर सकती थी। युद्ध के बहुत से महान योद्धा, जिन्होंने कुछ ही देर पहले विजय का उल्लास मनाया था, उस रात सोकर फिर कभी नहीं जागे क्योंकि अश्वत्थामा ने उन सबको नींद में ही मार डाला था। धृष्टद्युम्न के अतिरिक्त, शिखंडी और द्रौपदी के पाँचों पुत्र, जिन्हें उपपांडव कहा जाता था, उस रात अश्वत्थामा के हाथों नरसंहार का शिकार हो गए थे।

इस बीच, कृपाचार्य और कृतवर्मा भी वहाँ पहुँच गए। उन्होंने शिविर में चारों ओर से आग लगा दी। अश्वत्थामा के साथ सहायक आक्रमण में यही बात उन्हें तर्कसंगत लगी। इसके बाद वे दोनों शिविर के द्वार पर खड़े हो गए। जिसने वहाँ से भागने का प्रयास किया, उन दोनों ने उसे छुरी से मार डाला। उन्होंने अत्यंत दक्षता से मशीनी अंदाज़ में वह कार्य संपन्न किया। आग में जलकर भागने का प्रयास कर रहे लोगों की करुण चीख-पुकार का उन पर कोई प्रभाव नहीं हुआ। आग और अश्वत्थामा की घृणा ने लोगों को निगल लिया।

अगले दिन सूर्योदय तक अश्वत्थामा अपना कार्य पूरा कर चुका था। युद्ध में जीवित बचे लोग मारे जा चुके थे। शिविर से धुआँ निकल रहा था। जलता हुआ मांस, गर्म रक्त और मल-मूत्र सर्वत्र बिखरा था। वहाँ से नरक जैसी सड़ाँध निकल

रही थी। अचानक अश्वत्थामा, कृपाचार्य और कृतवर्मा ख़ुशी से नाचने और चिल्लाने लगे, जो उन्माद से कम नहीं था। उन्होंने अपने काम को अंज़ाम दे दिया था।

वे तीनों उत्साहित होकर दुर्योधन को शुभ समाचार देने के लिए रणभूमि पहुँचे। दुर्योधन अंतिम श्वास ले रहा था। वह अश्वत्थामा की बात सुनकर मुस्कराया। पांडव, कृष्ण और सात्यकि को छोड़कर पांडवों की भी समस्त सेना समाप्त हो गई थी। दुर्योधन अपने इस अंतिम वार से प्रसन्न था। उसने कहा, "अश्वत्थामा, जिस कार्य को करने में भीष्म, द्रोण, कर्ण और शल्य जैसे योद्धा तक असफल हो गए थे, उसे तुमने पूरा कर दिया। मैं अब सुख से मर सकूँगा, परंतु तुमने उन्हें सोते हुए मारकर अच्छा नहीं किया," ऐसा कहकर दुर्योधन ने अंतिम श्वास ली और उसकी मृत्यु हो गई।

तीनों हत्यारों ने दुर्योधन को श्रद्धांजलि दी और लौटने की तैयारी करने लगे। कृतवर्मा, अपने राज्य लौटना चाहता था क्योंकि उसकी प्रजा उसकी प्रतीक्षा कर रही थी। कृपाचार्य, किसी शांत स्थान पर एकांत में तपस्या से शुद्धि करना चाहते थे क्योंकि उनकी आत्मा पर अश्वत्थामा के घातक पाप में सहायक होने का दोष लग गया था।

अश्वत्थामा ने अपने मामा को गले लगाया और उन्हें जाते हुए देखता रहा। वह अकेला और डरा हुआ था। उसे रात्रि में किए भीषण नरसंहार का परिणाम सोचकर डर लग रहा था। वह उस विषय में सोचना भी नहीं चाहता था। उसे मृत्यु का भय था। वह लोगों को मारते समय नहीं डरा, परंतु अब उसका अपना जीवन संकट में था, तो वह भयभीत हो गया। वह वेदव्यास के आश्रम की ओर चल पड़ा। उसे आशा थी कि व्यास के आश्रम में उसे शरण मिल जाएगी और वह पांडवों के क्रोध से बच जाएगा।

तभी उसने देखा कि सामने से एक और पुरुष दौड़ता हुआ उसकी ओर आ रहा था। वह धृष्टद्युम्न का सारथी था और रात के नरसंहार में बच गया था। उसे स्वयं इस बात पर आश्चर्य था कि वह मृत्यु के शिकंजे से कैसे बच गया, जबकि उस रात शिविर में सभी लोग मारे गए थे। वह भागता हुआ पांडवों के अस्थायी शिविर की ओर गया और युधिष्ठिर के चरणों में बैठकर उसने पूरी कथा सुना दी। युधिष्ठिर, जिसने संपूर्ण संसार को अपने अधीन कर लिया था, उस सारथी की बात सुनकर घबरा उठा। उसे मूर्छा आने लगी। वह गिरने ही वाला था कि अन्य पांडव भाइयों और सात्यकि ने उसे सँभाला। सभी ने आपस में गले मिलकर एक-दूसरे को ढाँढस बँधाया।

वे सब जब शिविर पहुँचे, तो स्तब्ध रह गए। रात्रि में हुए भयानक नरसंहार का दृश्य देखकर उनका मन विषाद से भर उठा। युधिष्ठिर सबसे अधिक दुःखी था। उसने रोते हुए कहा, "मैं कुछ देर पूर्व प्रसन्न था कि मैंने शत्रुओं को परास्त करके उनसे अपना राज्य और अपनी प्रतिष्ठा वापस प्राप्त कर ली थी, परंतु प्रसन्नता के उस क्षण में भी मुझे युद्ध में हमारे उद्देश्य की पूर्ति के लिए मारे गए लोगों का दुःख

था। मुझे केवल यह संतोष था कि आख़िर युद्ध समाप्त हो गया था। कुरुक्षेत्र से रक्त की सतत बहती धारा आख़िरकार थम गई थी। मेरे कारण इतना रक्तपात हुआ। यह सब युद्ध के दौरान मेरे द्वारा बोले गए झूठ का परिणाम है। मेरे प्रिय पुत्र और सभी मित्र मारे गए। मैं द्रौपदी को क्या उत्तर दूँगा? उसे और कितना कष्ट सहना होगा?"

युधिष्ठिर शोक कर ही रहा था कि द्रौपदी, नकुल के साथ आ पहुँची। वह अपने सामने राख के बड़े ढेर में पुत्रों की अस्थियाँ देखकर मूर्छित हो गई। भीम ने दौड़कर उसे अपनी बाँहों में उठा लिया। द्रौपदी के भीतर क्रोध का ज्वालामुखी उबल रहा था। वह तुरंत होश में आ गई। उसने भीम को स्वयं से दूर धकेल दिया और अपने पाँच शक्तिशाली पतियों की ओर क्रोध में भरकर देखने लगी। वे पाँच वीर पुरुष, शत्रुओं पर आफ़त बनकर टूटे थे, लेकिन द्रौपदी की पैनी दृष्टि के नीचे दबकर मानो हताश हो गए थे।

द्रौपदी ने बोलना शुरू किया, तो उसकी आवाज़ से ही पांडवों के शरीर की खाल उतर गई। वह बोली, "मुझे पता लगा कि तुमने अपना राज्य वापस ले लिया है। इसके लिए तुम्हें बधाई मिलनी चाहिए, हालाँकि तुम्हारे समक्ष तुम्हारे अपने पुत्रों एवं मित्रों को सोते हुए मार डाला गया। तुम्हारे समान निस्संदेह कोई दूसरा पिता नहीं हो सकता। तुमने अपना दायित्व पूरा नहीं किया, जब तुम्हारे पुत्र जीवित थे, परंतु अब तुम्हें उनकी मृत्यु का प्रतिशोध लेना होगा। उस कायर हत्यारे अश्वत्थामा को पकड़ो और तत्काल दंडित करो। मैं इस जगह से तब जाऊँगी, जब मुझे उसकी मृत्यु का समाचार मिल जाएगा।" यह कहकर द्रौपदी पद्मासन लगाकर नीचे बैठ गई।

युधिष्ठिर ने उसे शांत करने का बहुत प्रयास किया। वह जानता था कि द्रौपदी की इच्छा को पूरा करना असंभव था। अश्वत्थामा ब्राह्मण-पुत्र था और युधिष्ठिर के लिए ब्राह्मण-हत्या करना सहज नहीं था। युधिष्ठिर ने द्रौपदी को समझाते हुए कहा, "अश्वत्थामा कहीं छिप गया है। वह अवश्य किसी घने जंगल में छिपा होगा। उसे खोजने में समय लगेगा। उसे तुरंत खोज निकालना असंभव है।"

परंतु द्रौपदी क्रोध से जल रही थी। उसने कहा, "यदि ऐसा है, तो तुम उसे ढूँढ़ने अभी निकल पड़ो क्योंकि उसके मारे जाने तक मुझे शांति नहीं मिलेगी। उसे खोजो और आजीवन खोजते रहो। तुम्हें उसे खोजना और दंडित करना ही पड़ेगा। उसने मेरे पाँच पुत्रों और मेरे भाई को सोते हुए मारा है। मैं चाहती हूँ कि उसे भी ऐसी पीड़ा हो। भीम, मुझे तुम पर विश्वास है। तुम, युधिष्ठिर के बहकावे में मत आना। यह तुम्हें धर्म का उपदेश देने का प्रयत्न करेगा। तुम जाओ और उस हत्यारे अश्वत्थामा को ढूँढ़ो और उसे मार डालो। मुझे उसके मस्तक की मणि चाहिए। उस मणि को देखने के उपरांत ही मैं उसकी मृत्यु पर विश्वास करूँगी।"

द्रौपदी की बात का विरोध करना भीम के लिए संभव नहीं था। वह तुरंत अश्वत्थामा को खोजने निकल पड़ा। उसके भाई भी साथ जाने लगे। वे सब द्रौपदी

के दुःख से पीड़ित थे और उसका दुःख कम करने के लिए उन्हें अश्वत्थामा के रक्त की आवश्यकता थी। तभी कृष्ण ने युधिष्ठिर के पास जाकर कहा, "हमें ज़ल्दी चलना चाहिए। भीम को अश्वत्थामा से युद्ध करने के लिए अकेला नहीं छोड़ना चाहिए। अश्वत्थामा, इस समय तुम्हारी कल्पना से कहीं अधिक ख़तरनाक हो चुका है।" कृष्ण ने युधिष्ठिर और अर्जुन को रथ में बैठाया और अपनी दैवी शक्तियों का आह्वान करते हुए रथ को धरती से ऊपर उठा लिया। वे तत्काल अश्वत्थामा की खोज में और भीम को रोकने के लिए निकल पड़े।

कृष्ण ने मार्ग में अश्वत्थामा के विषय में बताया, "अर्जुन ने जब द्रोण को मगरमच्छ के जबड़ों से छुड़ाया था, तो द्रोण ने प्रसन्न होकर अर्जुन को ब्रह्मशिर अस्त्र का ज्ञान दिया था। अश्वत्थामा इसे दूर से मुँह फुलाए देख रहा था, तो बाद में उसने भी द्रोण से उसी अस्त्र को सिखाने का आग्रह किया। उसके पिता को थोड़ा संकोच हुआ, परंतु पुत्र-मोह में पड़कर द्रोण ने अश्वत्थामा की इच्छा पूरी कर दी। द्रोण ने अश्वत्थामा को अस्त्र का ज्ञान देते हुए कहा, "पुत्र अश्वत्थामा, सदा इस बात का ध्यान रखना कि ब्रह्मशिर को कभी मनुष्यों के विरुद्ध प्रयोग नहीं करना चाहिए। यह केवल दुष्ट शक्तियों के विरुद्ध प्रयोग किया जाना चाहिए। इसका प्रयोग करने वाले का हृदय स्वच्छ होना चाहिए और मानवता के विरुद्ध इसका प्रयोग करना अपराध है। इसके बहुत भयानक परिणाम हो सकते हैं।"

कृष्ण ने कहा, "द्रोण बार-बार यह बात दोहराते थे। एक दिन अश्वत्थामा चिढ़ गया। उसने कहा, "मैं आपकी बात समझ गया हूँ, परंतु मैं यह जानना चाहता हूँ कि आपने अर्जुन को इस अस्त्र के प्रयोग की विधि पहले क्यों सिखाई, जबकि मैं आपका पुत्र हूँ। इतना ही नहीं, आप मुझे बार-बार ब्रह्मशिर के दुरुपयोग के विषय में चेतावनी देते रहते हैं, जबकि आपने अर्जुन से यह बात केवल एक बार हल्के से कही है। क्या आप उसे मुझसे श्रेष्ठ मानते हैं? क्या आप अर्जुन से अधिक प्रेम करते हैं?"

कृष्ण ने आगे कहा, "द्रोण ने आँखों में आँसू भरकर कहा, "मैं संसार में सबसे अधिक प्रेम तुमसे करता हूँ पुत्र, परंतु मुझे तुम्हारी चिंता है। दुर्योधन दुष्ट है और तुम उसके साथ रहते हो। तुम उसका हित चाहते हो, परंतु दुर्योधन की संगति का प्रभाव तुम्हारे ऊपर पड़ सकता है। इसके विपरीत, पांडव, सत्पुरुष हैं। यदि तुम फिर भी दुर्योधन का साथ दोगे और पांडवों को क्षति पहुँचाओगे, तो मुझे तुम्हारे पथ-भ्रष्ट हो जाने का भय है। मुझे डर है कि कहीं तुम अधर्म और अनाचार के मार्ग पर चलना आरंभ ना कर दो।"

कृष्ण ने कथा को जारी रखते हुए कहा, "अश्वत्थामा अपने पिता का हताश स्वर सहन नहीं कर पाया। वह द्रोण की उपेक्षा करके चला गया। वह वर्तमान के दुःख और भविष्य के भय से ऊपर उठ गया था। वह उन्मादी हो चुका था। वह बहुत समय निरुद्देश्य घूमता रहा। उसे स्वयं पर दया आ रही थी। उसके भीतर क्रोध

और घृणा का भाव प्रबल होता गया। वह अर्जुन से ईर्ष्या करने लगा क्योंकि वह जानता था कि उसके पिता द्रोण ने अर्जुन को अश्वत्थामा से बेहतर योद्धा बना दिया था। उसी क्षण से अश्वत्थामा ने मन में अर्जुन को मारने का संकल्प ले लिया था।"

समय बीता और अश्वत्थामा, पांडवों को सदा नीचा दिखाने का प्रयास करता रहा। वह उनके वनवास जाने से बहुत प्रसन्न था। पांडव जिस समय वनवास भोग रहे थे, उस दौरान एक दिन अश्वत्थामा ने द्वारका जाकर कृष्ण से भेंट की। वह कृष्ण को एकांत में पाकर उनके पास गया और उसने अपने ब्राह्मण होने का लाभ उठाते हुए कृष्ण से उनका सुदर्शन-चक्र माँग लिया। उसने बदले में कृष्ण को अपना ब्रह्मशिर अस्त्र देने का प्रस्ताव भी किया। कृष्ण उसे देखकर मुस्कराए। वह उसकी इच्छा भाँप गए थे। वह बोले, "मुझे ब्रह्मशिर की क्या आवश्यकता है? इसे तुम ही रखो। मैं तुम्हें चक्र के स्थान पर कोई अन्य अस्त्र दे सकता हूँ। तुम सोच-समझकर अस्त्र चुनना क्योंकि मेरे कुछ अस्त्र ऐसे हैं, जिन्हें सँभालना तुम्हारे लिए कठिन होगा।"

अश्वत्थामा, कृष्ण के स्वर में छिपे तिरस्कार को समझ गया और क्रोध से भर उठा, लेकिन उसने सिर उठाकर कहा कि उसे सुदर्शन-चक्र ही चाहिए। यह सुनकर कृष्ण फिर मुस्कराए और उन्होंने अश्वत्थामा को सुदर्शन-चक्र उठाने की अनुमति दे दी। अश्वत्थामा ने ज्यों ही चक्र उठाने का प्रयास किया, उसके मस्तक से पसीने की बूँद टपकने लगी और उसका पूरा शरीर काँपने लगा। वह सुदर्शन-चक्र को साधारण चक्र समझ रहा था। उसने बहुत प्रयास किया, फिर भी उससे चक्र नहीं उठा। वह अनेक बार प्रयास करने के बाद जब विफल हो गया, तो आख़िर थककर घुटनों पर बैठ गया। उसने कहा, "प्रभु, इस दिव्य चक्र को संसार में केवल आप उठा सकते हैं।"

"मैं यह जानना चाहता हूँ कि तुम्हारे मन में चक्र को लेने का मूर्खतापूर्ण विचार क्यों आया? तीनों लोकों में आज तक किसी ने मुझसे सुदर्शन-चक्र माँगने का दुस्साहस नहीं किया। तुम्हारे भीतर अवश्य कोई विशिष्ट गुण है, जिसके कारण तुम संसार के शेष मनुष्यों से अलग हो, परंतु मुझे उसके सद्गुण होने पर संदेह है। मुझे बताओ अश्वत्थामा, तुम मेरे चक्र से क्या करना चाहते थे? क्या तुम इसे मेरे ही विरुद्ध प्रयोग करने वाले थे? इसके लिए तुम्हें पहले मेरी उपासना करनी पड़ती और फिर तुम अर्जुन का भी सरलता से सामना कर सकते थे। क्या यह बात सत्य है? मुझे लगता है कि अपने शत्रुओं का सीधे मुकाबला करना तुम्हारे स्वभाव के विरुद्ध है।"

"यदि मैं इसी क्षण तुम्हारा सिर काट दूँ, तो संसार को बहुत लाभ होगा। मेरी इच्छा तो यही है, परंतु मेरे सामने दो बाधाएँ हैं। पहली, तुम ब्राह्मण हो और दूसरी, नियति ने तुम्हारे लिए कुछ और सोच रखा है। जाओ, तुम्हारी नियति ही तुम्हारा मार्गदर्शन करेगी।"

कृष्ण ने पांडवों को अश्वत्थामा की कथा सुनाई और कहा, "अश्वत्थामा बहुत दुष्ट है। उसके मन के भीतर बसे विकार को निकाल पाना असंभव है। उसने भीम को देख लिया, तो वह निस्संदेह ब्रह्मशिर अस्त्र का प्रयोग कर देगा। हमें ज़ल्दी उसके पास पहुँचना चाहिए।"

कृष्ण का रथ आकाश मार्ग से जा रहा था। उन्होंने अश्वत्थामा को वेदव्यास के आश्रम में ऋषि-मुनियों के साथ बैठे देख लिया। पांडव और कृष्ण दौड़कर उसके पास गए। उन्हें देखकर अश्वत्थामा के मन में फिर घृणा और क्रोध के भाव उभरने लगे। उसने धरती से घास का एक तिनका उठाया और उसे ब्रह्मशिर अस्त्र की शक्ति से ऊर्जान्वित करके पांडवों पर छोड़ दिया।

यह देखकर अर्जुन ने भी ब्रह्मशिर अस्त्र का आह्वान करके उसे अश्वत्थामा के ब्रह्मशिर की दिशा में छोड़ दिया। उसे आशा थी कि दोनों अस्त्र एक-दूसरे को काट देंगे। दो ब्रह्मास्त्रों को एक-दूसरे की दिशा में बढ़ता देखकर व्यास और नारद ने अर्जुन और अश्वत्थामा को फटकारा तथा उन दिव्य एवं महाशक्तिशाली अस्त्रों के दुरुपयोग से सृष्टि को होने वाली क्षति के विषय में सावधान किया। अर्जुन ने तत्काल अपना अस्त्र वापस ले लिया क्योंकि उसकी मंशा साफ़ थी तथा वह निर्दोष लोगों को क्षति नहीं पहुँचाना चाहता था, परंतु अश्वत्थामा ने ऐसा नहीं किया, अपितु व्यास के फटकारने से खिन्न होकर अस्त्र वापस लेने के स्थान पर अश्वत्थामा ने उस दिव्यास्त्र की दिशा को मोड़कर उसे अभिमन्यु की गर्भवती पत्नी उत्तरा के गर्भ पर केंद्रित कर दिया।

यह देखकर कृष्ण अश्वत्थामा के पास गए। उनके चेहरे पर तीव्र ईश्वरीय क्रोध था। उन्होंने कहा, "अश्वत्थामा, तुमने यह बहुत भयानक दुष्टता की है। तुमने पहले रात्रि के अंधकार में शिविर में सोते हुए लोगों को मारा और अब तुमने उस स्तर से भी नीचे गिरकर उत्तरा के गर्भस्थ शिशु पर अस्त्र से हमला किया है, परंतु मैं उत्तरा के अजन्मे बालक को मरने नहीं दूँगा। मैं स्वयं उसके शरीर से प्राण बाहर नहीं जाने दूँगा। वह बालक जीवित रहेगा और बड़ा होकर संसार पर शासन करेगा तथा अपने कुल के लिए ख्याति अर्जित करेगा।"

"मैंने संसार में अनेक दुष्टों का संहार किया है, परंतु तुम उन सबसे अधिक दुष्ट हो। तुम्हें उसी अनुपात में दंड मिलना चाहिए। मैं तुम्हें शाप देता हूँ कि तुम पृथ्वी पर युगों-युगों तक अकेले भटकते रहोगे और कोई व्यक्ति तुम्हारी ओर नहीं देखेगा। तुम्हारे भीतर व्याप्त क्रोध और कटुता शरीर पर घाव की तरह उभर आएँगे और वे घाव कभी नहीं भरेंगे। तुम्हारे सड़े हुए मांस से रक्त और पीप की दुर्गंध आएगी। तुम्हारी दुर्गंध से परेशान होकर कुत्ते तुम्हें काटेंगे और लोग तुम्हें पत्थर मारेंगे। तुम असहनीय पीड़ा झेलते रहोगे। मैं तुम्हारे मस्तक की यह दिव्य मणि, जिसके साथ तुम्हारा जन्म हुआ था और जो तुम्हें भूख, पीड़ा और राक्षसों

के आक्रमण से बचाती है, तुमसे वापस ले रहा हूँ। इसके निकलने के बाद तुम्हारे मस्तक में हुआ घाव भी कभी नहीं भरेगा। तुम जब तक इस पृथ्वी पर जीवित रहोगे, यह घाव रिसता रहेगा। तुम हर क्षण अपने लिए मृत्यु माँगोगे, परंतु तुम्हें कभी मृत्यु नहीं मिलेगी।"

इस बीच, भीम ने अश्वत्थामा को पकड़ लिया, परंतु कृष्ण के शाप का प्रभाव आरंभ हो चुका था। भीम उसके बाल काटना चाहता था। उसने जैसे ही अश्वत्थामा के बाल पकड़े, उसके बालों में छिपी मणि दिखाई पड़ गई। भीम ने पूरी शक्ति से मणि बाहर खींच ली। मणि के निकलते ही अश्वत्थामा के माथे से रक्त की मोटी धार छूट गई। वह नीचे गिर पड़ा और पीड़ा से चिल्लाने लगा और फिर अपने प्राण बचाने के लिए वहाँ से भाग गया।

उसके जाने के बाद व्यास ने उत्तरा और अभिमन्यु के अजन्मे बालक की रक्षा करने तथा कुरु वंश की सुरक्षा का भीष्म को दिया वचन पूर्ण करने के लिए कृष्ण की प्रशंसा की। वेदव्यास से विदा लेने के बाद पांडव और कृष्ण, अश्वत्थामा की मणि लेकर द्रौपदी के पास गए। उन्होंने द्रौपदी को पूरी कथा सुनाई, जिसे सुनकर उसे बहुत संतोष हुआ। उसने युधिष्ठिर को अपने पुत्रों की हत्या का प्रतिशोध लेने के प्रति प्रारंभ में निरुत्साही स्वभाव प्रदर्शित करने के लिए क्षमा भी कर दिया। द्रौपदी ने अश्वत्थामा की चमकती हुई मणि युधिष्ठिर को सौंप दी।

कुछ समय बाद उत्तरा को प्रसव पीड़ा आरंभ हुई। इधर, पांडव और कृष्ण कक्ष के बाहर प्रतीक्षा कर रहे थे। उन्हें जिस बात का डर था, वही हुआ। उत्तरा के गर्भ से मृत बालक ने जन्म लिया। सभी स्त्रियाँ हताश होकर रोने लगीं। पांडव भी रो रहे थे। केवल द्रौपदी शांत थी। वह कक्ष से बाहर आई और कृष्ण को लेकर प्रसव कक्ष में चली गई। द्रौपदी ने उत्तरा से कहा, "इस रुदन को तत्काल बंद करो। कृष्ण हमारे साथ हैं और हमें इनके रहते भयभीत होने की आवश्यकता नहीं है। इन्होंने वचन दिया था कि यह इस बालक को जीवनदान देंगे। कृष्ण के शब्द मिथ्या नहीं हो सकते।"

यह सुनकर कक्ष में मौन छा गया। कृष्ण ने आँखें बंद कीं और कहा, "यदि मैंने सदा धर्म का पालन किया है और दायित्व का निर्वहन किया है,तो यह बालक तत्काल जीवित हो जाए।" कृष्ण के मुख से अंतिम अक्षर पूरा निकला भी नहीं था कि मृत शिशु रोने लगा और प्रसव कक्ष सहसा हर्ष से भर उठा। आकाश से नवजात शिशु पर पुष्प-वर्षा होने लगी। कृष्ण का दिव्य रूप सबके समक्ष अपनी पूर्ण आभा में प्रकट हो गया था। सब कृष्ण के नाम का जयघोष करने और बच्चों की तरह तालियाँ बजाने लगे। अर्जुन ने अपने मित्र को गले लगा लिया और रोने लगा। सबके मन में एक-सा भाव था कि उनका प्रिय अभिमन्यु फिर लौट आया था।

अभिमन्यु के पुत्र का नाम परीक्षित रखा गया। वह कुरु वंश का अंतिम शासक था, जिसे कृष्ण की कृपा से जीवनदान मिला था। कृष्ण की भविष्यवाणी के अनुसार वह आगे चलकर श्रेष्ठ और शक्तिशाली राजा हुआ और उसने कुरु राज्य पर अगले साठ वर्ष तक शासन किया।

20

पुनर्निर्माण

दुर्योधन की मृत्यु और अश्वत्थागा को मिले शाप के साथ कुरुक्षेत्र का महायुद्ध आख़िरकार समाप्त हो गया। धृतराष्ट्र, गांधारी, कुंती और राजपरिवार के अन्य लोगों ने युद्ध-समाप्ति का समाचार सुना, तो वे सब दौड़कर रणभूमि पहुँच गए। उनसे मिलने पांडव भी पहुँचे। अर्जुन को जीवन में इससे पहले इतना दुःख नहीं हुआ था। उसे पांडव-पुत्रों की मृत्यु और अन्य बहुत से मित्रों को युद्ध में खो देने का दुःख सता रहा था। अभिमन्यु की मृत्यु का दुःख अर्जुन के शरीर में लगा विकट घाव था और उसकी पीड़ा अर्जुन के हृदय में स्थायी रूप से बैठ गई थी।

अर्जुन अपने भाइयों और कृष्ण को साथ लेकर पहुँचा, तो उसके मन में सबसे अधिक कुंती को देखने की इच्छा थी। उसे एक बार फिर बालक जैसा महसूस हो रहा था, जिसे अचानक अपने पिता की मृत्यु का समाचार मिला हो। वह इससे पहले भी माता की शरण में गया था। कुंती ने दृढ़ता और साहसपूर्वक सभी कठिनाइयों से जूझते हुए अपने बच्चों को बड़ा किया था। अर्जुन को आज फिर कुंती की आवश्यकता महसूस हो रही थी।

कुछ ही देर में अर्जुन और कुंती आमने-सामने आ गए। कुंती, उस समय धृतराष्ट्र और गांधारी के पीछे खड़ी थी और उसके गाल आँसुओं से भीगे थे। उसकी आँखें रणभूमि का सर्वेक्षण कर रही थीं। अर्जुन जानता था कि कुंती की दृष्टि अभिमन्यु और द्रौपदी के पुत्रों को खोज रही थी। अर्जुन, अपनी माता को सांत्वना देना चाहता था और बदले में उसे स्वयं भी सांत्वना की अपेक्षा थी, परंतु वह जानता था कि सबसे पहले धृतराष्ट्र और गांधारी को शांत करना आवश्यक था। युधिष्ठिर, धृतराष्ट्र के चरणों में गिर पड़ा। अर्जुन ने देखा कि वृद्ध धृतराष्ट्र के मन में युधिष्ठिर के प्रति क्रोध था। धृतराष्ट्र ने युधिष्ठिर को आशीर्वाद दिया, परंतु यह मात्र औपचारिकता थी, जो धृतराष्ट्र की भाव-भंगिमा में साफ़ दिखाई पड़ रही थी।

इसके बाद आशीर्वाद लेने की बारी भीम की थी। अर्जुन अभी सोच ही रहा था कि धृतराष्ट्र अपने पुत्र के हत्यारे भीम का किस तरह स्वागत करेगा कि अचानक कृष्ण ने कुछ ऐसा किया, जिसे देखकर सबको आश्चर्य हुआ। कृष्ण ने भीम को धकेलकर पीछे कर दिया और उसके स्थान पर भीम की लौह-प्रतिमा धृतराष्ट्र के समक्ष प्रस्तुत कर दी। अंधा धृतराष्ट्र, अपने पुत्र की मृत्यु से अत्यंत क्षुब्ध था। उसने भीम की लौह-प्रतिमा को सचमुच का भीम समझकर अपनी शक्तिशाली बाँहों में इतनी ज़ोर से दबाया कि वह प्रतिमा, अंडे के छिलके की भाँति चकनाचूर होकर बिखर गई। इस दृश्य को देखकर सब लोग स्तब्ध रह गए।

धृतराष्ट्र एक क्षण के लिए शांत खड़ा रहा और फिर वह अचानक घुटनों के बल नीचे बैठ गया। उसने भीम की प्रतिमा पर अपना क्रोध तो निकाल दिया, किंतु फिर उसे भीम की हत्या करने का दुःख सताने लगा। कृष्ण ने धीरे से उसे सांत्वना दी और कहा, "महाराज, घबराइए मत! आपने बहुत-से अनुचित कार्य किए हैं, परंतु नियति द्वारा आपके ऊपर अपने भतीजे की हत्या का दोष नहीं लगेगा। भीम अभी जीवित है। मैंने आपकी मंशा भाँप ली थी और भीम के स्थान पर उसकी लौह-प्रतिमा, जिस पर दुर्योधन प्रतिदिन गदा-अभ्यास किया करता था, आपके समक्ष प्रस्तुत कर दी थी। आपने भीम को नहीं, अपितु उसकी प्रतिमा को तोड़ा है। भीम आपके पुत्र के समान है, परंतु मुझे दुःख है कि आपने उसे कभी अपना पुत्र नहीं समझा।"

कृष्ण के वचन सुनकर धृतराष्ट्र संतोष एवं आत्म-ग्लानि के मिश्रित भाव से भरकर रोने लगा। "मैं इसी योग्य हूँ। आप बिल्कुल ठीक कहते हैं। मेरी दुर्बलता और मूर्खता के कारण इस राज्य की इतनी क्षति हुई है। मैं शुरू से जानता था कि दुर्योधन ने अपने चचेरे भाइयों के साथ घोर अत्याचार किया, परंतु मैं अपने पुत्र से बहुत प्रेम करता था। मुझे उसकी मृत्यु से गहरा आघात लगा है, तथापि मैं अपने पुत्रों की मृत्यु को स्वीकार करना चाहता हूँ। ऐसा करना शायद सबके हित में होगा। मैं अब इस राज्य और प्रजा की देखभाल का दायित्व अपने भाई पांडु के ज्येष्ठ पुत्र को सौंपना चाहता हूँ।" यह कहकर धृतराष्ट्र ने पांडव भाइयों को गले लगाया और उन्हें आशीर्वाद दिया। वही एकमात्र ऐसा क्षण था, जब धृतराष्ट्र ने सच्चे मन से पांडवों को अपना स्नेह और आशीर्वाद प्रदान किया था।

अर्जुन को धृतराष्ट्र पर दया आ रही थी। वह जानता था कि उसके भाई भीम के मन के भाव कुछ और थे। इसके बाद अर्जुन और युधिष्ठिर, गांधारी के पास गए। गांधारी दुःख में डूबी थी और पांडव उसके पास जाने से घबरा रहे थे। यहाँ तक कि सर्वशक्तिशाली भीम के लिए भी गांधारी का सामना करना कठिन हो रहा था। गांधारी ने धृतराष्ट्र से विवाह के बाद अपने नेत्रहीन पति का दुःख साझा करने के लिए अपनी आँखों पर सदा के लिए पट्टी बाँध ली थी। उसने बंद आँखों से पाँचों

भाइयों की उपस्थिति को महसूस किया, जिन्होंने उसके सौ पुत्रों की हत्या कर दी थी। गांधारी के मन में ज़बरदस्त क्रोध उत्पन्न हो गया। वह सबको शाप देना चाहती थी, परंतु उसी क्षण महर्षि व्यास आ गए। उन्होंने गांधारी को शाप देने से रोक लिया, परंतु वह भीतर छिपी कटुता को व्यक्त करने से स्वयं को रोक नहीं सकी। उसने पांडवों को अपने पुत्रों की हत्या का दोषी मानते हुए कहा, "यह सर्वविनाश तुम लोगों के कारण हुआ है। मेरा अपना कहने को आज एक भी पुत्र जीवित नहीं है, जबकि मैं सौ तेजस्वी पुत्रों की माता थी। मैं और मेरे पति अब बूढ़े हो चुके हैं और हमारी देखभाल करने वाला कोई शेष नहीं है। तुमने सबको क्यों मार डाला? तुम्हें मेरे एक पुत्र को तो जीवित छोड़ना चाहिए था।"

युधिष्ठिर ने काँपते स्वर में कहा, "माता, मैं अंतिम श्वास तक आपकी देखभाल करूँगा। मैं वचन देता हूँ कि आपके आदेश का सदा पालन करूँगा। मुझे आपकी सेवा करने का सौभाग्य मिला है।"

युधिष्ठिर के सच्चे और उदार वचन सुनकर गांधारी का मन थोड़ा शांत हुआ। तभी उसकी दृष्टि भीम पर पड़ गई, तो उसके भीतर का क्षोभ फिर जागृत हो गया। उसने भीम से कहा, "तुमने दुर्योधन को छल से क्यों मारा? वह मेरा पहला पुत्र था। वह तुम्हारे अनाचार और छल के कारण रणभूमि में मृत पड़ा है। मुझे विश्वास नहीं होता कि तुमने शालीनता की सीमाएँ पार करके मेरे पुत्र दुःशासन का रक्त पिया। तुमने नृशंस राक्षस जैसा व्यवहार किया है। मुझे तुम्हें अपना पुत्र कहने में शर्म आती है। मेरे पुत्रों के साथ इतनी भयानक दुष्टता करने के बाद मुझे अपना चेहरा दिखाने का साहस तुमने कैसे किया?"

भीम ने उत्तर दिया, "मैं अपने जीवन की रक्षा के लिए लड़ रहा था। आपका पुत्र उछल-उछलकर मुझ पर गदा के प्रहार कर रहा था। मेरा जीवन संकट में था। मेरे पास नैतिकता पर विचार करने का समय नहीं था। मैंने जीवित बचने के लिए जो आवश्यक समझा, वह किया। जहाँ तक दुःशासन का प्रश्न है, तो मैं आपको आश्वासन देता हूँ कि मैंने उसका रक्त नहीं पिया क्योंकि रक्त मेरे होंठों से आगे नहीं गया। मैंने केवल अपनी प्रतिज्ञा पूर्ण की थी, जो मैंने इस राजसभा में उस दिन ली थी, जब द्रौपदी का चीरहरण हुआ था और दुःशासन ने उसे बालों से पकड़कर सभा में घसीटा था। किसी क्षत्रिय को अपनी प्रतिज्ञा नहीं तोड़नी चाहिए। मुझे विश्वास है कि आप मेरी बात से सहमत होंगी। मैंने वही किया, जो मुझे करना चाहिए था। आपके पुत्रों को उनकी कुटिलता के अनुसार ही दंड मिला है।"

गांधारी सदाचारी स्त्री थी। वह भीम की बात से सहमत तो हो गई, परंतु भीम के तीखे शब्दों ने गांधारी के हृदय में क्रोध की ज्वाला को और भड़का दिया। वह ज़ोर-ज़ोर से रोने लगी। अचानक गांधारी की दिव्य दृष्टि युधिष्ठिर के पैरों पर पड़ी। युधिष्ठिर के पैर बहुत सुंदर थे। उसके अद्‌भुत एवं सुंदर पैरों को देखकर गांधारी

का क्रोध बढ़ गया। उसे रणभूमि में मृत पड़े अपने सौ पुत्र याद आ गए। उसके मन का क्रोध भड़का और उसकी आँखों तक आ गया। यद्यपि गांधारी के आँखों पर पट्टी बँधी थी, फिर भी उसके क्रोध की उष्मा ने युधिष्ठिर के पैरों के नाखून जला डाले तथा उसके पैर सदा के लिए विकृत हो गए।

अर्जुन एक ओर भयभीत खड़ा सब कुछ देख रहा था। वह कृष्ण के पीछे छिपकर खड़ा हो गया। उसे लगा जैसे शिव ने कामदेव को जलाकर भस्म कर दिया था, उसी तरह यदि गांधारी युद्ध में हुए निर्मम नरसंहार के कारण उन सबको जलाकर भस्म कर दे, तो इसमें कोई आश्चर्य की बात नहीं। गांधारी, अर्जुन को पसंद करती थी। युधिष्ठिर अत्यंत सदाचारी था परंतु वह राजसिंहासन पर दुर्योधन के अधिकार के मार्ग में सदा बाधा बनकर खड़ा रहा, इसलिए गांधारी का मन युधिष्ठिर के लिए कठोर था। भीम, सदा से दुर्योधन का कट्टर प्रतिद्वंद्वी था, इसलिए गांधारी के लिए उससे प्रेम करना भी संभव नहीं था, परंतु उसके लिए आकर्षक और प्रतिभाशाली अर्जुन से दूर रहना कठिन था। गांधारी ने अर्जुन को पास बुलाया और प्यार से गले लगाकर उसके घुँघराले बालों में हाथ फेरने लगी। गांधारी को अर्जुन के अकेलेपन का अहसास हो रहा था। उसने अर्जुन को कुंती के पास भेज दिया। कुंती की ममतामयी बाँहों में अर्जुन को अहसास हुआ कि यद्यपि अभिमन्यु के बिना उसका जीवन अपूर्ण रहेगा, तथापि उसके घाव भरने की प्रक्रिया आरंभ हो गई थी। उसे विश्वास था कि वह शीघ्र ही आघात से उबर जाएगा। यह हताशा-भरा था, किंतु अर्जुन को यह सोचकर बहुत सांत्वना मिली थी।

अपने पुत्रों, विशेषकर अर्जुन, को बाँहों में लेकर कुंती बहुत देर रोती रही। वह जानती थी कि उसके पुत्रों ने रणभूमि में अपने पुत्र खोए थे, जिनका वापस आना असंभव था। उसे अपनी एवं अपने पुत्रों की क्षति पर रोना आ रहा था।

गांधारी ने कुंती और द्रौपदी को सांत्वना दी। उन्होंने भी अपने-अपने पुत्र युद्ध में खोए थे। गांधारी ने अपनी दिव्य-दृष्टि से रणभूमि का निरीक्षण किया। वह उस भयानक विनाश को देखकर स्तब्ध रह गई। वह कृष्ण की ओर मुड़ी और अचानक गांधारी के होंठों पर ये शब्द आ गए, "आप! आप तो इस नरसंहार को रोक सकते थे, परंतु आपने इसे नहीं रोका और पूरे वंश ने इसका मूल्य चुकाया है। इस युद्ध भूमि में हुए समस्त रक्तपात का दोष आपके ऊपर है। इस अपराध के लिए मैं आपको तथा आपके यादव कुल को शाप देती हूँ कि आज से छत्तीस वर्ष साल के बाद, यदुवंशी एक-दूसरे के विरोधी हो जाएँगे और जिस प्रकार कुरु वंश के लोगों ने उन्मत्त होकर एक-दूसरे को मार डाला है, उसी प्रकार यदुवंशी भी एक-दूसरे के हाथों लड़कर मारे जाएँगे। आपके कुल की स्त्रियाँ भी हमारे कुल की स्त्रियों की भाँति विलाप करेंगी। आप उस विनाश के साक्षी बनेंगे और फिर आपको भी अकेले एवं कीर्तिहीन होकर यह लोक छोड़ना पड़ेगा।"

अर्जुन, गांधारी का शाप सुनकर घबरा गया। उसे आशा थी कि कृष्ण, गांधारी के शाप को निष्प्रभावी बनाने के लिए अवश्य कोई युक्ति निकालेंगे, परंतु अर्जुन के प्रिय मित्र कृष्ण ने मुस्कराते हुए शांत भाव से गांधारी का शाप स्वीकार कर लिया। वह बोले, "आपने जो कहा है, वह अवश्य सत्य होगा। आप कुछ भी कहें, परंतु नियति के सामने मैं स्वयं भी शक्तिहीन हूँ। मनुष्य अथवा देवताओं द्वारा यदुवंश का विनाश संभव नहीं है। उनका विनाश उनके अपने हाथों होना पूर्व निर्धारित है। आपका शाप प्रारब्ध के उद्देश्य को पूरा करेगा। इस बीच, अपने क्रोध पर नियंत्रण रखना होगा और इस तरह सबको शाप मत दीजिए क्योंकि आपको भली-भाँति पता है कि यदि इस विनाश का कोई दोषी है, तो वह दुर्योधन और उसके माता-पिता हैं, जिन्होंने उसे समय रहते दुष्टता करने से नहीं रोका। जो होना था, वह हो गया। हमें अब प्रारब्ध को स्वीकार करने से ही आगे बढ़ने का साहस मिलेगा। आप क्रोध पर नियंत्रण रखिए क्योंकि आपके जैसी विवेकशील और कुलीन वंश की स्त्री को ऐसे क्रोध करना शोभा नहीं देता।"

कृष्ण के सौम्य प्रवचन सुनकर गांधारी का गुस्सा शांत हो गया, फिर धृतराष्ट्र आगे आया और उसने युधिष्ठिर से युद्ध में मारे गए योद्धाओं के अंतिम संस्कार का प्रबंध करने को कहा। उसने कहा कि युद्ध में जीवित बचे लोगों का दायित्व है कि वे मारे गए लोगों का अंतिम संस्कार समय पर एवं उचित विधि से कर दें।

युधिष्ठिर इस कार्य से प्रसन्न था। उसने विदुर से सहायता माँगी क्योंकि इन विषयों को उनसे अधिक कोई और नहीं समझता था। युद्धभूमि पर शवों के ढेर लगे थे। उन्हें एकत्र किया गया और चिताओं की लंबी कतारें लगा दी गईं। मृतकों के सगे-संबंधी ने अग्नि-संस्कार के उपरांत अस्थियाँ एकत्र कीं। धृतराष्ट्र और युधिष्ठिर ने गंगा नदी में उनकी अस्थियों को प्रवाहित कर दिया। अर्जुन ने अभिमन्यु का अस्थि-कलश सीने से लगा रखा था। अस्थि-विसर्जन के लिए चल रहे जुलूस में रोती हुई स्त्रियों का विलाप चारों ओर गूँज रहा था।

गंगा-नदी के तट पर सबने पवित्र जल में अपने मृत सगे-संबंधियों की अस्थियाँ प्रवाहित कर दीं। मृतकों की आत्मा की शांति के लिए स्वर्ण और रेशमी वस्त्रों का दान दिया गया। पांडवों ने सबके लिए वेद-पाठ किया। कार्यक्रम की समाप्ति से पहले कुंती ने युधिष्ठिर से कहा, "रुको! तुम्हें अभी एक और व्यक्ति के लिए प्रार्थना करनी है।"

पाँचों भाई, कुंती को देखने लगे। उन्होंने सबके लिए प्रार्थना की थी। "माता मुझे लगता है कि मैंने युद्ध में मारे गए प्रत्येक व्यक्ति के लिए प्रार्थना कर ली है। इनमें कौन छूट गया है?" युधिष्ठिर ने आश्चर्य से पूछा।

कुंती के लिए वह कठिन क्षण था क्योंकि वह युधिष्ठिर को कर्ण के रहस्य से परिचित करवाने वाली थी। "इनमें एक व्यक्ति था, जिसे तुम्हारी प्रार्थना की सबसे अधिक आवश्यकता है। वह पुरुषों में सिंह के समान था और साहस, उदारता,

दानवीरता और निष्ठा के लिए जग-प्रसिद्ध था। लोग कहते हैं कि वह पृथ्वी का सबसे शक्तिशाली योद्धा था। केवल उसमें अर्जुन से युद्ध करने का साहस था। वह कोई और नहीं, अपितु कर्ण था। वह मेरा और सूर्यदेव का पुत्र था। मैंने उसे विवाह से पहले जन्म दिया था। मैंने अपने कुल की कीर्ति को कलंकित होने से बचाने के लिए कर्ण को उसके जन्म के साथ ही त्याग दिया था। उसे बाद में अधिरथ और राधा ने बड़ा किया। वही बालक बड़ा होकर कर्ण बना। वह क्षत्रियों में निस्संदेह श्रेष्ठ था। उसके जैसा श्रेष्ठ, कुलीन, सच्चा और साहसी पुरुष इस संसार में पहले कभी नहीं हुआ। वह मेरा पहला और सबसे बड़ा पुत्र था। मुझे गर्व है कि मैंने कर्ण को जन्म दिया। मैं चाहती हूँ कि तुम अपने बड़े भाई का सम्मान करो और उसकी मृत्यु के उपरांत उसके लिए प्रार्थना करो।"

पांडव इस रहस्य को सुनकर एक क्षण के लिए स्तब्ध रह गए। वे कुंती को बहुत देर तक देखते रहे। शुद्ध आत्मा वाले युधिष्ठिर के लिए इस समाचार को आत्मसात करना सबसे कठिन था क्योंकि उसके मन में तत्काल अपने भाई की हत्या का अपराध-बोध उत्पन्न हो गया। उसने कुंती से प्रश्न पूछा, "क्या आपने कर्ण को यह सत्य बताया था?"

युधिष्ठिर के प्रश्न का उत्तर कृष्ण ने दिया। उन्होंने कहा, "कर्ण को युद्ध आरंभ होने से पहले ही पता था कि तुम उसके सगे भाई हो। मैंने, कुंती और सूर्यदेव तीनों ने उससे बात की और उसके जन्म का रहस्य बताया था, परंतु वह अपने मित्र दुर्योधन को छोड़ नहीं सका क्योंकि वह दुर्योधन को अंत समय तक साथ देने का वचन दे चुका था। उसने कुंती को भी वचन दिया कि वह युधिष्ठिर, भीम, नकुल और सहदेव को नहीं मारेगा। यद्यपि उसने अर्जुन को मारने का प्रण नहीं छोड़ा क्योंकि उसने यह वचन दुर्योधन को दिया था। वह जानता था कि उसने मृत्यु को चुन लिया है, परंतु वह नहीं घबराया। उसकी इच्छा थी कि तुम लोगों को इस सत्य का पता ना लगे। वह जानता था कि युधिष्ठिर सरलता से अपना सिंहासन कर्ण को सौंप देता, परंतु कर्ण उस सिंहासन को दुर्योधन को देना चाहता था। इसलिए उसने वीर योद्धा की भाँति युद्ध किया।"

युधिष्ठिर के लिए इस रहस्य को सहन करना बहुत कठिन था। वह बहुत देर तक रोता रहा। उसे ध्यान आया कि कर्ण ने चार अलग अवसरों पर भीम, नकुल, सहदेव और उसे भी जीवनदान दिया था, जबकि वह आसानी से उन चारों को मार सकता था। युधिष्ठिर को ध्यान आया कि कर्ण के पैर उसकी माता कुंती से बहुत मिलते थे। यह सब याद करके युधिष्ठिर भावुक होकर रोने लगा।

उसे देखकर अर्जुन की आँखों में भी आँसू आ गए। वह इस बात को स्वीकार नहीं करना चाहता था कि कर्ण उसका बड़ा भाई था और उन्होंने आजीवन एक-दूसरे से घृणा की तथा अंत में वे एक-दूसरे के कट्टर शत्रु बन गए। अर्जुन को याद आया

कि किस तरह कर्ण ने रंगभूमि में केवल अर्जुन को शत्रु मान लिया था, जिसके बाद अर्जुन ने कर्ण को अपमानित किया। अर्जुन को उसके कहे अपमान-भरे शब्द याद आए, तो उसका सिर घूमने लगा। उसे भीतर से दुर्बलता का अहसास हो रहा था। अर्जुन, उस भाव को नाम नहीं दे पाया। क्या पश्चाताप था? कर्ण, उसका अपना सगा भाई था और उसे इस सत्य का पता था। अचानक अर्जुन को कर्ण पर क्रोध आ गया।

कर्ण को युद्ध से पहले इस सत्य का पता था और उसने अर्जुन को छोड़कर अपने शेष चार भाइयों को ना मारने का वचन दिया था। कृष्ण ने बताया था कि कर्ण को अर्जुन के हाथों अपनी मृत्यु होने का भी पता था। क्या यही कारण था कि कर्ण ने पहले ही अभिमन्यु की हत्या करके अर्जुन से अग्रिम प्रतिशोध ले लिया था? अर्जुन को यह सोचकर अच्छा लगा कि कर्ण को उसका जन्मसिद्ध अधिकार कभी नहीं मिला था और वह जीवनभर पीड़ा भोगता रहा। अपना ही सगा भाई, द्रौपदी के साथ, कर्ण जैसा दुर्व्यवहार करने के विषय में सोच भी नहीं सकता।

कृष्ण ने अर्जुन के मन में चल रहे विचारों को पढ़ लिया था। वह उसे एक ओर ले गए और बोले, "तुम्हें कर्ण से घृणा नहीं करनी चाहिए। वह सचमुच कुलीन था, परंतु दुर्योधन की संगति के कारण पथभ्रष्ट हो गया था। यह सत्य है कि वह तुमसे ईर्ष्या करता था, परंतु इसमें आश्चर्य की बात नहीं है क्योंकि उसे सदा यही लगता रहा कि तुमने उसका अधिकार उससे छीन लिया। उसका ऐसा सोचना ठीक भी था, यद्यपि इसमें तुम्हारा दोष नहीं है। कर्ण ने दुर्योधन की संगति में अनेक दुष्टताएँ कीं और द्रौपदी का अपमान किया, परंतु उसने मुझे स्वयं बताया था कि उसे अपने किए पर पछतावा था और वह चीरहरण घटना से बहुत दुःखी था। कर्ण, द्रौपदी से प्रेम करता था और वह उसे स्वयंवर में जीत भी सकता था, परंतु द्रौपदी ने केवल निम्न कुल में उसके जन्म के कारण कर्ण को अस्वीकार करके तुम्हें चुन लिया था।"

कृष्ण ने कहा, "अभिमन्यु की हत्या में कर्ण की भूमिका के लिए उसे दोष देने की बात सही और स्वाभाविक है, परंतु फिर भी तुम्हें इतना कठोर नहीं होना चाहिए। युद्ध के उन्माद में लोग भयंकर कर्म कर बैठते हैं। तुम यह बात जानते हो क्योंकि तुमने स्वयं अपनी शालीनता और मेरे मार्गदर्शन के बावजूद कई बार मर्यादा तोड़ी है। मैं चाहता हूँ कि तुम कर्ण को क्षमा कर दो। यदि तुम्हारे मन में उसके प्रति प्रेम नहीं है, तो कम-से-कम अपने भाई की स्मृति का सम्मान करो और यह स्वीकार करो कि उसे योद्धा के रूप में वीरगति प्राप्त हुई है।"

कृष्ण के दयालु वचन सुनकर अर्जुन की आँखों में आँसू आ गए। "मुझे इस बात का दुःख है कि हमारे बीच कटुता थी। काश, ऐसा ना होता! काश, नियति ऐसा खिलवाड़ ना करती! यह बहुत दयनीय और बुरी कहानी है। मेरे मस्तिष्क में कर्ण के साथ कोई अच्छी स्मृति नहीं है। मेरे मन में उसके लिए केवल घृणा और क्रोध है। मैं सोचता था कि भविष्य में सभी भाई एक-दूसरे के साथ रहेंगे तथा लोग, हमें

आदर्श उदाहरण मानकर हमसे सीखेंगे, परंतु यह दुःख की बात है कि भावी पीढ़ियाँ हमें उन्मादी और पागल समझेंगी जिन्होंने अपने ही भाई को मार डाला। हमने भविष्य के लिए कितना ख़राब उदाहरण स्थापित किया है।"

कृष्ण ने अर्जुन को सांत्वना दी और शेष भाइयों को भी बुलाया। कृष्ण ने उन्हें बताया कि कुछ विशेष प्रकार के अनुष्ठान करने से अनजाने में हुए अपराध से मुक्ति मिल सकती है, परंतु पांडव इससे संतुष्ट नहीं हुए। युधिष्ठिर हताश था। भीम, नकुल और सहदेव भी परेशान थे। भीम ने कहा, "किसी भी स्थिति में भ्रातृ-हत्या होना तो अवश्यंभावी थी। बचपन से पल रही घृणा और द्वेष के कारण हम भाइयों में किसी ना किसी को तो मरना ही था।" सब भीम को देखने लगे। भीम ने निस्संदेह अनुचित बात कही थी। युधिष्ठिर ने उसे गुस्से से देखा, तो भीम चुप हो गया। कृष्ण तथा परिवार के अन्य वृद्ध सदस्यों के साथ पांडव वह स्थान छोड़कर चले गए। उन्होंने गंगा के तट पर शिविर लगाया। वह दुःख-भरा दिन था, सब लोग आराम करना चाहते थे और कुछ देर सोकर उस स्व-आरोपित त्रासदी को भुला देना चाहते थे।

राजपरिवार ने गंगा के तट पर शिविर डाल दिया और शोक-मग्न कुछ समय रहकर व्यतीत किया। युधिष्ठिर अत्यंत हताश था। राज्य वापस पाने की उसकी इच्छा के कारण सबको विकट पीड़ा झेलनी पड़ी थी। उसने निश्चय किया कि राज्य त्याग कर तपस्वी का जीवन व्यतीत करने से ही केवल उसके अपराध का परिमार्जन संभव था। उसके भाई, उसकी पत्नी, कृष्ण, वेदव्यास और तथा अन्य ऋषि-मुनियों ने अपनी संयुक्त शक्ति द्वारा युधिष्ठिर को वह भयानक कदम उठाने से रोक लिया। शोक अवधि समाप्त होने के उपरांत युधिष्ठिर का राज्याभिषेक हुआ और उसे राजा बना दिया गया।

पांडवों ने शोकाकुल वस्त्रों के साथ भावनात्मक बोझ भी उतार फेंका,जिसे वे बहुत समय से उठाए घूम रहे थे। राजपरिवार के सभी सदस्यों ने राजसी वस्त्र और आभूषण, जो उनके कवच और अस्त्र-शस्त्रों से भी अधिक भारी थे, पहनकर अपना स्थान ग्रहण कर लिया और वे लोग जुलूस लेकर हस्तिनापुर पहुँच गए।

पूर्व राजा धृतराष्ट्र स्वयं जुलूस का अग्रदूत बनकर चल रहा था। उसके पीछे युधिष्ठिर, इंद्र के समान सजे रथ में सवार था, जिसे सफ़ेद बैल खींच रहे थे। भीम ने उस रथ की लगाम सँभाली और कहा, "मुझे यहीं से प्रजा के सत्कार के स्वर सुनाई पड़ रहे हैं। मुझे आख़िरकार लगने लगा है कि हमने युद्ध जीत लिया है और हम विजेता बन कर लौटे हैं। युद्ध के दुःख और विनाश का बोझ बहुत भारी था। आख़िर, अच्छा समय लौट आया है।" यह कहकर भीम ने बैलों को लगाम लगाई और आगे बढ़ गया।

शेष पांडव भाई भी अच्छा महसूस कर रहे थे। उन्होंने बहुत समय निराशा में बिताया था। अर्जुन ने युधिष्ठिर के सिर पर छत्र थाम रखा था। नकुल और सहदेव

युधिष्ठिर का चँवर डुला रहे थे और उनकी हँसी एवं आमोद-प्रमोद से सबके हृदय को शांति और प्रसन्नता का अनुभव हो रहा था।

राजपरिवार के पुरुषों के पीछे स्त्रियाँ चल रही थीं। वे सब सुंदर वस्त्रों और आभूषणों से सजी-धजी थीं, परंतु द्रौपदी उन सबसे अलग दिख रही थी। वह स्वयं से आधी आयु की स्त्रियों से भी अधिक आकर्षक और सुंदर दिख रही थी। पांडवों की पत्नी द्रौपदी को संतोष था कि उसके पतियों ने दुष्ट कौरवों से अपमान का बदला लेकर उन्हें परास्त कर दिया था। उसका मन अपने पुत्रों की मृत्यु के बोझ से भारी था। इसी कारण उसके चेहरे पर मुस्कान नहीं आई। अभिमन्यु की विधवा पत्नी उत्तरा, द्रौपदी के निकट खड़ी थी। द्रौपदी ने उत्तरा के अजन्मे शिशु को अपना पुत्र मान लिया था। इस विचार से उसके चेहरे पर उभरी दुःख की रेखाएँ कुछ हल्की पड़ गई थीं और उसका रूप तेजस्वी हो गया था।

धृतराष्ट्र का एक अन्य पुत्र युयुत्सु, जो युद्ध में जीवित बच गया था, वह पांडवों के पीछे चल रहा था। युयुत्सु वास्तव में धृतराष्ट्र और एक दासी का पुत्र था। वह न्यायप्रिय था और उसने पांडवों के पक्ष में युद्ध लड़ा था। जुलूस में कृष्ण और सात्यकि भी साथ चल रहे थे। हस्तिनापुर के नागरिक, अपने प्रिय पांडवों को फिर देखकर बहुत प्रसन्न थे। उन्हें लगा युधिष्ठिर के राजा बनने के बाद उनकी समस्याएँ समाप्त हो जाएँगी। उन सबके लिए नवारंभ का क्षण था और उन्होंने अपने राजा का पुष्प-वर्षा से प्रेमपूर्वक स्वागत किया। प्रजा के चेहरे पर हर्ष देखकर युधिष्ठिर के मन से भी दुःख और पीड़ा का अंतिम अंश दूर गया।

अर्जुन ने हस्तिनापुर में प्रवेश किया। वह राज्य उसने अपने भाई के लिए फिर जीत लिया था। उसे अभिमन्यु की याद आ गई। यदि संसार में न्याय होता, तो उसका अभिमन्यु जीवित और उसके साथ खड़ा होता, परंतु दुर्भाग्य से ऐसा नहीं था। आख़िरकार, अर्जुन के लिए अभिमन्यु का पुत्र परीक्षित ही अब सांत्वना का एकमात्र साधन था। परीक्षित आगे चलकर राज्य का उत्तराधिकारी बनने वाला था।

राजमहल पहुँचकर कृष्ण ने युधिष्ठिर के सिर पर मुकुट रखा और द्रौपदी उसके साथ बैठ गई। नव-निर्वाचित राजा युधिष्ठिर ने भीम को अपना उत्तराधिकारी घोषित किया। अर्जुन को पांडव सेना का सेनापति बनाया गया। रणनीति बनाने का कार्य नकुल को मिल गया। युधिष्ठिर ने सहदेव को अपना निजी संरक्षक और परामर्शदाता बना लिया क्योंकि वह अत्यंत बुद्धिमान था। संजय को कोषाध्यक्ष का पदभार सौंप दिया गया तथा पांडवों के बुद्धिमान और योग्य चाचा विदुर ने हस्तिनापुर के मुख्यमंत्री का पद सँभाल लिया।

21

अंतिम यात्रा

अनेक वर्ष बीत गए और सबने महायुद्ध में हुई क्षति को पीछे छोड़ दिया था। लोग अपने जीवन को फिर पटरी पर लाकर आगे बढ़ रहे थे। अर्जुन पूरी तरह अपने भाई के राज्य-संचालन में उसकी सहायता करता था। युधिष्ठिर ने बाद में अश्वमेध यज्ञ का निश्चय किया। इसके लिए अर्जुन, दिग्विजय-यात्रा पर निकला और उसने बहुत-से नए राज्यों को अपने भाई के अधीन कर लिया। इस कार्य में गांडीव ने उसकी सहायता की। वह अर्जुन के लिए बहुत अच्छा समय था। कर्ण की मृत्यु के बाद उसका कोई प्रतिद्वंद्वी नहीं था। वह निस्संदेह उस समय का सबसे शक्तिशाली और सामर्थ्यवान योद्धा था। लोग उसका नाम सुनकर काँपते थे और स्त्रियाँ उसके आकर्षण पर मुग्ध हो जाती थीं। अनेक पिता अपने पुत्रों को अर्जुन की कथाएँ सुनाते और उसके जैसा बनने को प्रेरित करते थे। गांडीव हाथ में लेकर अर्जुन अजेय था। स्वयं अर्जुन से बेहतर इसे कोई अन्य नहीं जानता था। उसे यह सोचकर बहुत संतुष्टि मिलती थी कि जीवन में वह जो लक्ष्य लेकर निकला था, वे सब उसने अर्जित कर लिए थे। वह अपने विजय अभियानों के बारे में बहुत अधिक सोचने लगा था क्योंकि इससे महायुद्ध में हुई क्षति से हृदय में छिपी पीड़ा को कम करने में मदद मिलती थी।

अहंकार, अर्जुन की आरंभ से दुर्बलता थी। युद्ध में अनेक सफलताओं के बाद अहंकार फिर उसके सिर पर सवार हो गया। युधिष्ठिर के ऊपर राज्य के संचालन का बोझ था। उसने अर्जुन को कभी उसकी गलती बताने की आवश्यकता नहीं समझी। भीम को भी अपनी असीम शक्ति पर बहुत घमंड था, इसलिए उसे अर्जुन के अहंकारी होने में कुछ अनुचित दिखाई नहीं दिया, परंतु सहदेव ने भाइयों में हुए परिवर्तन को देख लिया था।

अर्जुन को अपने साहसिक कारनामों के नाटकीय उल्लेख और आत्म-प्रशंसा के अतिरिक्त एक अन्य कार्य में आनंद आता था। उसे कृष्ण के साथ समय व्यतीत

करना बहुत पसंद था। जब कभी युधिष्ठिर उसे अनुमति देते, वह द्वारका जाता रहता था और वहाँ दोनों मित्र आखेट पर जाते, ध्यान करते और बातचीत किया करते थे।

अर्जुन इसी तरह एक दिन द्वारका में अपने मित्र कृष्ण के साथ बात करते हुए कुछ पुरानी यादों को तरोताज़ा कर रहा था। तभी एक ब्राह्मण रोता हुआ उसके पास आया। वह परेशान था। कृष्ण ने ब्राह्मण को सामान्य ढंग से देखा और फिर पालतू तोते को भोजन कराने में व्यस्त हो गए। उन्होंने ब्राह्मण की ओर ध्यान ही नहीं दिया।

"कृष्ण को क्या हो गया है? वह दूसरों की भावनाओं के प्रति इतने लापरवाह तो नहीं थे!" अर्जुन ने सोचा। वह तत्काल ब्राह्मण के पास गया और प्रणाम करके बोला, "मुझे अपनी समस्या बताइए। मैं आपको आश्वासन देता हूँ कि मैं अवश्य आपकी सहायता करूँगा।"

इसके बाद ब्राहाण ने अर्जुन को अपनी दुःख-भरी कथा सुनाई। उसने बताया कि कोई दुष्ट शक्ति उसे परेशान कर रही थी। ब्राह्मण की पत्नी ने एक-एक करके नौ स्वस्थ पुत्रों को जन्म दिया था, परंतु जन्म होते ही उनकी मृत्यु हो जाती थी। ब्राह्मण ने राजा से सुरक्षा माँगी, परंतु कोई सहायता नहीं मिली। उसने बताया कि उसकी पत्नी फिर गर्भवती है और यदि उसके साथ फिर वही दुर्घटना घटी, तो उसे सँभालना कठिन हो जाएगा।

अर्जुन ने ब्राह्मण से कहा, "आप निश्चिंत रहिए। मैं और मेरा गांडीव आपके अगले पुत्र की रक्षा करेंगे। आपकी पत्नी को जब प्रसव-पीड़ा हो, तो आप मेरे पास संदेश भिजवा दीजिए। मैं तत्काल उस दुष्ट शक्ति को यमलोक भेज दूँगा और फिर वह आपको और आपकी संतान को कभी परेशान नहीं करेगी। यदि मैं ऐसा नहीं कर पाया, तो मैं आत्मदाह कर लूँगा।"

ब्राह्मण ने अर्जुन को धन्यवाद दिया। उसका संशय दूर हो गया था। वह मन में आशा लिए लौट गया। उसकी पत्नी जब दसवें पुत्र को जन्म देने वाली थी, तो वह अर्जुन को बुलाने आया। अर्जुन ने तत्काल गांडीव उठाया और उसके साथ चल पड़ा। उसे आश्चर्य हुआ कि इतना कुछ होने पर भी कृष्ण की उस घटनाक्रम में रुचि नहीं थी।

ब्राह्मण के घर पहुँचकर अर्जुन ने चारों ओर बाणों से एक अभेद्य सुरक्षा-घेरा बना दिया, ताकि यमराज समेत किसी अवांछित शक्ति को भीतर प्रवेश करने का मार्ग ना मिल सके। इसी बीच, ब्राह्मण की पत्नी ने संतान को जन्म दिया। एक क्षण बालक के रोने की आवाज़ आई और फिर प्रसव-कक्ष में मौन छा गया। ब्राह्मण की पत्नी ज़ोर से विलाप करने लगी। दोनों पुरुष दौड़कर भीतर गए, तो उन्हें समाचार मिला कि ब्राह्मण के दसवें पुत्र की भी मृत्यु हो गई थी।

ब्राह्मण ने अर्जुन से कहा, "आपने मुझे वचन दिया था कि आप मेरे पुत्र की रक्षा करेंगे, परंतु आप अपना वचन पूरा नहीं कर सके। आप मेरा पुत्र वापस लाइए अन्यथा आपको वचनानुसार आत्मदाह करना होगा।"

अर्जुन को विश्वास नहीं हुआ कि वह अपने प्रयास में असफल हो गया था। वह रथ पर चढ़ा और ब्राह्मण की मृत संतान को खोजने निकल गया। उसने तीनों लोकों में खोजा, परंतु उसे सफलता नहीं मिली। यहाँ तक कि उसके दैवी पिता इंद्र ने भी उसकी सहायता नहीं की, अपितु उसे कृष्ण के पास जाने का परामर्श दिया, परंतु अर्जुन, कृष्ण के पास सहायता के लिए नहीं जाना चाहता था। उसे विश्वास हो गया कि वह अपने प्रयास में असफल हो गया था। तब उसने पृथ्वी पर लौटकर आत्मदाह करने का निश्चय कर लिया।

अभिमन्यु की मृत्यु के बाद अर्जुन ने जयद्रथ-वध में असफल होने पर आत्मदाह की शपथ ली थी। उसके बाद यह दूसरा अवसर था, जब अर्जुन ने फिर आत्मदाह की प्रतिज्ञा की थी। कृष्ण ने अर्जुन को आत्मदाह करने से रोक लिया, फिर वह उसे अपने रथ में बैठाकर विष्णु के धाम वैकुंठ लोक ले गए। उस मार्ग में इतना अंधेरा था कि अर्जुन को अपनी आँखों पर विश्वास नहीं हुआ। कृष्ण ने सुदर्शन-चक्र छोड़कर मार्ग को प्रकाशित कर दिया।

शीघ्र ही दोनों मित्र, वैकुंठ लोक पहुँच गए। विष्णु, शेषनाग पर विश्राम कर रहे थे और ब्राह्मण के दसों पुत्र उनके चरणों में बैठे खेल रहे थे। अर्जुन यह दृश्य देखकर हैरान हो गया, परंतु उसे भगवान विष्णु के दर्शन हो गए थे और वह स्वयं को अत्यंत भाग्यशाली महसूस कर रहा था।

भगवान विष्णु ने दोनों को आशीर्वाद दिया और कहा, "अर्जुन, मेरी इच्छा थी कि तुम मेरे पास आओ। मुझे आभास हो रहा था कि तुम्हें दिव्य-सुरक्षा की आवश्यकता नहीं है। ब्राह्मण वाली घटना भी मेरी इच्छा को पूर्ण करने के लिए रची गई थी। तुम इन सभी बच्चों को अपने साथ ले जाओ और इन्हें इनके माता-पिता के पास पहुँचा दो। मुझे विश्वास है कि तुम भविष्य में अपने बाणों का बेहतर उपयोग करोगे, ताकि तुम्हें यहाँ आने की आवश्यकता ना पड़े।"

अर्जुन को भगवान विष्णु के दर्शन करके बहुत आनंद का अनुभव हुआ। उसने दृढ़ संकल्प किया कि वह भविष्य में अहंकार नहीं करेगा क्योंकि यह समझ में आ गया था कि वह, दैवी इच्छा के समक्ष अत्यंत दुर्बल और शक्तिहीन है। यह पहला अवसर नहीं था, जब कृष्ण ने अर्जुन को ज्ञान प्रदान किया था। अर्जुन ने वचन दिया कि वह अहंकार नहीं करेगा और आत्मदाह की शपथ नहीं लेगा। कृष्ण ने फिर कुछ नहीं कहा। वह प्रसन्न थे कि उनके मित्र ने उस घटना से सबक ले लिया था। वह जानते थे कि कृष्ण के अवतार में यह अर्जुन को दी गई अंतिम शिक्षा थी।

गांधारी के शाप के अनुसार कुरुक्षेत्र में हुए महायुद्ध के ठीक छत्तीस वर्ष बाद वृष्णिवंश पूरी तरह समाप्त हो गया। ऐसा होने से कुछ वर्ष पूर्व विश्वामित्र, नारद और कण्व मुनि द्वारका गए थे। उन्हें वहाँ बहुत सम्मान मिला, परंतु कुछ शैतान लड़कों के एक समूह ने उनका अपमान किया। कृष्ण की पत्नी जांबवती का पुत्र साम्ब, ऋषियों के समक्ष गर्भवती स्त्री का रूप धारण करके आ गया और उसने ऋषियों से अपने पेट में पल रहे बच्चे के लिंग का अनुमान लगाने को कहा।

तीनों ऋषि सर्वज्ञ थे। वे साम्ब की शरारत देखकर बहुत क्रोधित हुए। उन्होंने लड़कों से कहा, "तुम सब बहुत दुष्ट हो! क्या तुम हमें मूर्ख समझते हो? हमें पता है कि यह लड़का, स्त्री नहीं, अपितु कृष्ण का पुत्र साम्ब है, परंतु ध्यान रहे कि अब यह अवश्य अपने पेट से एक लौह-मूसल को जन्म देगा और उसी मूसल से समूचे वृष्णिवंश का विनाश हो जाएगा।"

लड़के घबराकर भाग निकले, परंतु उनके पास ऋषियों के वचन से बचकर भागने का उपाय नहीं था। कुछ समय बाद एक लौह-मूसल, सचमुच साम्ब के पेट से निकल आया। वृद्ध राजा उग्रसेन ने उस पर अपने मंत्रियों से विमर्श किया और मूसल को पीसकर उसका चूर्ण समुद्र में बहा देने का आदेश दिया। राजा के आदेश का पालन किया गया। मूसल को पीस दिया गया, परंतु उसके अंत की तीखी नोक नष्ट नहीं हो पाई। आख़िरकार उस बची हुई नोक को समुद्र में फेंक दिया गया। एक बड़ी मछली ने उस नोक को निगल लिया और समुद्र की लहरों के साथ लौह-चूर्ण भी नदी के तट पर लौट आया। उस चूर्ण से तट पर तीखे विषैले सरकंडे उग आए। इधर, वह मछली, जिसने मूसल की नोक निगल ली थी, एक मछुआरे के हाथ लग गई। मछुआरे ने उस मछली को जर नामक शिकारी को बेच दिया।

राज्य के लोगों को लगा संकट टल गया, तो वे अपने सामान्य कार्य में व्यस्त हो गए। किसी को भावी मृत्यु का आभास नहीं था। इसी बीच, गांधारी के शाप को छत्तीस वर्ष पूर्ण हो गए। राज्य के चारों ओर अपशकुन होने लगे, जिन्हें देखकर कृष्ण समझ गए कि उनका संसार से जाने का समय हो गया था।

कृष्ण ने अपनी प्रजा को प्रभास क्षेत्र पहुँचने और वहाँ स्थित शिव मंदिर में उपाराना करने का आदेश दिया। उन दिनों इस तरह की तीर्थयात्रा को बड़ी घटना माना जाता था। उस यात्रा को लेकर लोगों में बहुत उत्साह रहता था। मंदिर में शिव की उपासना एवं पूजा-अर्चना के उपरांत, धार्मिक उत्सव सहसा दुराचार और अनियंत्रित जश्न में परिवर्तित हो गया। लोगों ने मंदिर से कुछ दूरी पर समुद्र-तट पर ही मदिरापान किया। बड़ी मात्रा में भोजन और मदिरा का सेवन हुआ और लोग नशे में उन्मत्त हो गए।

मदिरापान के बाद महाभारत युद्ध पर चर्चा होने लगी। उसी बीच सात्यकि ने कृतवर्मा, अश्वत्थामा और कृपाचार्य द्वारा रात्रि में किए गए नरसंहार का

उल्लेख किया। उसने कहा कि लोगों ने कुरुक्षेत्र की रणभूमि में बहुत-से भयंकर दृश्य देखे, परंतु कृतवर्मा और उसके साथियों द्वारा सोते हुए लोगों को मारने की दुष्टता पहली बार हुई थी। सात्यकि ने कहा, "संसार में उस नरसंहार से अधिक कायरता एवं दुष्टता का उदाहरण कोई नहीं है। क्या कोई धृष्टद्युम्न जैसे योद्धा की केवल पैरों से मारकर हत्या कर सकता है, जबकि उसका जन्म ही यज्ञ की पवित्र अग्नि से हुआ था? क्या कोई पांडवों के वीर पुत्रों को ऐसे ही मार सकता है? उन दुष्ट लोगों ने छल-कपट करके सबको मार डाला।" ऐसा कहकर सात्यकि ने गला साफ़ किया और कृतवर्मा की दिशा में थूक दिया। ऐसा करना निस्संदेह अपमानजनक था।

कृतवर्मा ने सात्यकि के इतना कहने के बाद भी उदार शब्दों में कहा, "तुम्हें कायरता और छल के विषय में दूसरों को दोष देने का क्या अधिकार है? मुझे वह क्षण याद है, जब तुमने ध्यानस्थ भूरिश्रवा को निर्ममता से मार डाला था। उसने तुम्हें युद्ध में पराजित कर दिया था और तुम धरती पर गिरे पड़े थे। वह तुम्हारे सिर पर पैर रखकर खड़ा था। यदि अर्जुन ने तुम्हारी सहायता ना की होती, तो तुम उसी क्षण मारे जाते। वह घटना इस बात का प्रमाण है कि तुम्हें दूसरों के विषय में मूल्यांकन करने का अधिकार नहीं है।"

इस पर कुछ अन्य लोगों ने सहमति में सिर हिला दिया (यद्यपि इस बात की संभावना थी कि वे लोग नशे में सिर हिला रहा थे), परंतु सात्यकि नियंत्रण खो बैठा। "मैं तुम्हारी कोई बात सहन नहीं करूँगा। धृष्टद्युम्न की हत्या का प्रतिशोध लेने का समय आ गया है।" यह कहकर सात्यकि, कृतवर्मा पर झपटा और उसने अपनी कटार से कृतवर्मा का सिर काटकर अलग कर दिया।

कृतवर्मा की मृत्यु से क्रुद्ध उसके संबंधी मिलकर सात्यकि पर टूट पड़े और उन्होंने उसे हाथों से ही मार डाला। कृष्ण का पुत्र प्रद्युम्न भी लड़ाई में कूद पड़ा। वह सात्यकि को बचाना चाहता था, परंतु कोई लाभ नहीं हुआ और दोनों ही उन्मत्त भीड़ के क्रोध का शिकार हो गए। उन्होंने बहुत-से लोगों को मार गिराया, परंतु आख़िरकार उत्तेजित भीड़ के समक्ष वे अधिक समय तक टिक नहीं सके।

अपने पुत्र और प्रिय मित्र के शव देखकर कृष्ण ने नदी-तट पर उग रहे तीखे सरकंडे उखाड़ लिए। सरकंडों ने कृष्ण के हाथ में आते ही भयानक गदा का रूप धारण कर लिया। कृष्ण ने उस गदा से कृतवर्मा के संबंधियों के सिर फोड़ दिए। वह अपने पीछे शव छोड़ते चले गए। उन्हें देखकर अन्य लोगों ने भी यही किया। वे सब तीखे सरकंडों के गुच्छों को उखाड़कर एक-दूसरे से लड़ने लगे। उन्होंने अस्त्रों का भी प्रयोग किया। तभी कृष्ण उत्तेजित भीड़ से दूर हो गए और एक ओर खड़े देखते रहे। उन्हें पता था कि वह झगड़ा, वृष्णिवंश के अंत के साथ ही रुकेगा। कृष्ण का पुत्र साम्ब और पौत्र अनिरुद्ध भी झगड़े में मारे गए। कृष्ण, चुपचाप उस नरसंहार

को देखते रहे। कुछ ही देर में तट पर रक्त की नदी बहने लगी और असंख्य शवों के ढेर लग गए।

कृष्ण का सारथी दारुक और यादव मंत्री बभ्रु, नरसंहार में बच गए थे। कृष्ण ने दारुक को पांडवों को उस घटना की जानकारी देने को कहा तथा कृष्ण ने बभ्रु को द्वारका से स्त्रियों और बच्चों को सुरक्षित निकालने का दायित्व सौंप दिया। कृष्ण के आदेश के बाद अचानक कहीं से एक तीर आया और बभ्रु का सिर धड़ से अलग हो गया। इसके तुरंत बाद कृष्ण, अपने बड़े भाई बलराम की खोज में निकल गए। उन्होंने देखा बलराम नदी-तट पर बैठकर ध्यान में लीन थे। एक सफेद सर्प उनके मुख से बाहर निकला, तो कृष्ण समझ गए कि बलराम भी इस मृत्युलोक को छोड़ गए थे।

इस घटना के बाद कृष्ण वन में जाकर एक वृक्ष के नीचे बैठ गए। उनका एक पैर बाहर निकला हुआ था। उसी समय जर नाम का शिकारी, जिसने मछुआरे से मछली खरीदी थी, वहाँ आ पहुँचा। उसने मछली के पेट से निकली लोहे की नोक से एक बाण तैयार किया था। जर ने कृष्ण का सुंदर गुलाबी पैर देखा, तो उसे लगा कि कोई पशु है। उसने तत्काल बाण छोड़ दिया। वह बाण सीधा कृष्ण के पैर में जाकर लगा। जर को इस बात का आभास हुआ कि उससे कितनी बड़ी भूल हो गई थी, तो वह रोने लगा। उसने कृष्ण से क्षमा माँगी। कृष्ण उसे देखकर मुस्कराए और बोले कि जर ने उन्हें मृत्युलोक से मुक्ति दिलाकर बहुत उपकार किया है। कृष्ण ने जर को आशीर्वाद दिया और फिर आँखें बंद कर लीं। उनकी आत्मा, उनके शरीर से मुक्त होकर वैकुंठ लोक में भगवान विष्णु में लीन हो गई।

इस बीच दारुक, हस्तिनापुर पहुँचा और उसने पांडवों को यादव कुल के विनाश का समाचार सुनाया। गांधारी का शाप सत्य हो गया था। अर्जुन तत्काल रथ लेकर द्वारका पहुँच गया। वह अपने प्रिय मित्र कृष्ण के साथ रहना चाहता था, परंतु वह जानता था कि यह संभव नहीं था। उसे यह भी पता था कि कुछ समय बाद वह भी जीवन-पथ पर आगे बढ़कर इस मृत्युलोक को छोड़ेगा और फिर उसकी भेंट कृष्ण से होगी।

अर्जुन को राजमहल में स्त्रियों का विलाप सुनाई पड़ा। वह भीतर गया तो उसे इतना दुःख हुआ कि वह नीचे बैठ गया। लोगों ने उसे उठाकर आसन पर बैठाया। समूचा यदुवंश समाप्त हो चुका था। वह तुरंत वसुदेव से मिलने गया। वसुदेव ने अर्जुन को पूरी घटना रोते हुए सुनाई। अर्जुन को विश्वास नहीं हुआ कि उसके परम मित्र कृष्ण इस संसार को छोड़कर जा चुके थे और वह स्वयं अभी जीवित था। वसुदेव ने कहा, "कृष्ण के जाने का समय हो गया था। उन्होंने धरती पर अपना उद्देश्य पूरा कर दिया था। उन्होंने असंख्य असुरों तथा कंस, शिशुपाल, जयद्रथ और बहुत-से ऐसे अन्य राक्षसों और दुष्ट लोगों का संहार करके धरती को अत्याचार से मुक्त किया। उन्होंने अनेक चमत्कार किए। कृष्ण ने अपने एक ही जन्म में ऐसे अनेक

कार्य किए, जिन्हें करने के लिए हज़ारों जन्म लेने पड़ सकते हैं। हम भाग्यशाली हैं कि हमने उनका दर्शन किया और उनका स्नेह प्राप्त किया। यह युग समाप्त होने वाला है। हम सबको यह संसार छोड़कर जाना है। तुम्हें शांत रहना और नियति के आगे समर्पण कर देना चाहिए। अर्जुन, तुम निराश मत हो क्योंकि कृष्ण अपने मित्र से दूर नहीं हैं।"

वसुदेव के मधुर वचन सुनकर अर्जुन को संतोष मिला। उसे लगा मानो स्वयं कृष्ण ने वसुदेव के मुख से ये शब्द कहे थे। उसने स्वयं को सँभाला और आगे की तैयारी करने लगा। अर्जुन ने मंत्रियों को बुलाया और अगले सप्ताह के लिए आदेश जारी कर दिए। उन्हें द्वारका छोड़ना था। उसकी मंशा शेष बचे लोगों को इंद्रप्रस्थ ले जाने की थी, जहाँ कृष्ण के प्रपौत्र वज्र का राज्याभिषेक किया जाना था।

अर्जुन को उस रात नींद नहीं आई। उसे इस बात का दुःख था कि जीवन से आगे की यात्रा कृष्ण के बिना तय करनी होगी, परंतु उसे इस बात का संतोष भी था कि उसके भाई और पत्नी द्रौपदी अंत समय तक साथ चलेंगे। उसी रात वसुदेव की मृत्यु हो गई। अर्जुन ने स्वयं उनका दाह-संस्कार किया। बाद में अर्जुन ने उस स्थान पर गया, जहाँ यदुवंशियों ने अपने कुल का विनाश किया था। उसने वहाँ मारे गए लोगों का भी दाह-संस्कार संपन्न किया।

इस कार्य को पूरा करने और सात दिन की शोक-अवधि समाप्त होने के उपरांत, अर्जुन बचे हुए लोगों को इंद्रप्रस्थ ले गया। मार्ग में उसकी मुठभेड़ कुछ डाकुओं से हो गई। अर्जुन ने गांडीव उठाया, परंतु आश्चर्य की बात थी कि उसे दिव्यास्त्र के आह्वान का मंत्र याद ही नहीं आया! उसके सामने डाकुओं ने निर्दोष लोग मार दिए। अर्जुन चुपचाप देख नहीं सकता था, इसलिए उसने साधारण अस्त्र-शस्त्रों से ही लड़ने का प्रयास किया, परंतु कुछ ही देर में उसका अक्षय तरकश खाली हो गया और धनुष की डोर भी टूट गई। उसने धनुष पर फिर से प्रत्यंचा चढ़ाने का प्रयास किया, परंतु उसकी उंगलियों ने उसका साथ नहीं दिया, जबकि उसने जीवनभर उस कार्य को अत्यंत दक्षता से किया था। आख़िरकार, अर्जुन ने हार मान ली क्योंकि उसके पास विकल्प नहीं था। वह नियति के विरुद्ध नहीं लड़ सकता था। डाकुओं ने लूट का माल प्राप्त किया और बहुत-से लोगों की हत्या करके लौट गए।

पराजय और दुःख से बोझिल अर्जुन ने बचे हुए लोगों को एकत्र किया और इंद्रप्रस्थ पहुँच गया। वहाँ उसने अनिष्ट हो जाने से पूर्व वज्र का राज्याभिषेक कर दिया। उसे विश्वास था कि कृष्ण अवश्य उसके कार्य से प्रसन्न होंगे। यह कार्य पूरा करके अर्जुन हस्तिनापुर लौटने लगा।

अर्जुन ने बीच में मार्ग बदला और वेदव्यास ऋषि को उनके आश्रम में मिलने का निश्चय किया। वहाँ उसने कृष्ण की मृत्यु और कृष्ण के बिना जीवन के दुःख के विषय में वेदव्यास से चर्चा की। वह बोला, "ऐसा कैसे हो सकता है? मैं कृष्ण

की मृत्यु को स्वीकार नहीं कर पाया हूँ, जबकि कृष्ण स्वयं तीनों लोकों को चुटकी से मसल सकते थे। सर्वशक्तिमान बलराम भी इस लोक को छोड़कर चले गए हैं। सात्यकि, प्रद्युम्न और अनेक लोग जो मेरे भाइयों के समान थे, मुझे छोड़कर चले गए। वृष्णिवंश समाप्त हो गया। मेरे दिव्यास्त्र मेरा साथ नहीं देते। मेरे गांडीव की शक्ति क्षीण हो गई है। मैं अपने साथ रहने वाले लोगों की सुरक्षा करने में असमर्थ हूँ। महाभारत युद्ध के सर्वश्रेष्ठ नायक अर्जुन के साथ यह सब कैसे हो गया? सबका अंत ऐसे क्यों हो रहा है? इस रहस्य को समझाने के लिए कृष्ण भी मेरे साथ नहीं हैं। मैं इसे और अधिक सहन नहीं कर सकता।"

वेदव्यास ने अर्जुन से कहा, "अर्जुन, तुम ये प्रश्न कर रहे हो जबकि तुम्हें स्वयं उत्तर पता है! तुम्हारा मस्तिष्क भावनात्मक ऊहापोह से ग्रस्त है,इसलिए तुम सत्य को स्वीकार नहीं कर पा रहे हो। तुमने स्वयं कहा कि कृष्ण चुपचाप खड़े रहकर वृष्णिवंश को समाप्त होता नहीं देख सकते थे। नियति ने ही ऐसा होना निर्धारित किया था। कृष्ण की मृत्यु भी नियति के हाथों हुई है क्योंकि उन्होंने पृथ्वी पर समस्त कार्य पूर्ण कर दिए थे। उन्हें जाना ही था। कृष्ण ने शांति से प्रारब्ध को स्वीकार किया। उन्हें तुमसे भी यही अपेक्षा होगी। पांडवों ने भी अपना दायित्व संपन्न कर दिया है। तुम्हारे अस्त्र-शस्त्र तुम्हारा साथ नहीं दे रहे क्योंकि उनका उद्देश्य भी पूरा हो गया है और तुम्हें उनकी कोई आवश्यकता नहीं है। सब कुछ प्रारब्ध के अनुसार हो रहा है। तुम इस बात को अच्छी तरह जानते हो, इसलिए अपनी भावनाओं पर नियंत्रण रखो। अपने भाइयों से बात करो और इस संसार को छोड़कर परमधाम जाने की तैयारी करो।"

अर्जुन ने महर्षि वेदव्यास की बातें आज्ञाकारी बालक की तरह सुनीं और फिर उनके चरण स्पर्श करके हस्तिनापुर लौट गया। वहाँ पहुँचकर उसने अपने भाइयों को सब कुछ बताया। युधिष्ठिर ने अपने भाइयों के सहयोग से राज्य और प्रजा के कार्य संपन्न किए तथा अर्जुन के पुत्र परीक्षित को राजसिंहासन पर बैठने की तैयारी आरंभ कर दी। विदुर का स्थान विनम्र व विवेकशील युयुत्सु ने ले लिया। पांडवों और द्रौपदी का अंतिम यात्रा पर जाने का समय हो चुका था।

उन्होंने चुपचाप राजमहल छोड़ दिया। वे किसी को साथ नहीं ले जाना चाहते थे, तथापि सहसा एक कुत्ता उनके साथ चल पड़ा। किसी ने उसकी ओर ध्यान नहीं दिया और ना ही उसे साथ आने से रोका। पांडवों और द्रौपदी ने राजसी वस्त्र त्यागकर वल्कल धारण कर लिए और तीर्थ स्थानों की यात्रा की योजना बनाई, परंतु उनके पैर उन्हें अन्यत्र ले जाना चाहते थे। वे लोग नदियाँ, पर्वत और मैदान पार करते चले गए।

पांडव भाइयों के पास कुछ नहीं था, परंतु अर्जुन, अग्निदेव द्वारा दिया गांडीव और अक्षय तरकश लेकर चल रहा था। धनुष और बाण, अर्जुन का अभिन्न अंग

बन चुके थे, इसलिए वह उन्हें छोड़ना नहीं चाहता था। मार्ग में अग्निदेव प्रकट हुए। उन्होंने अर्जुन से धनुष और तरकश वरुणदेव को लौटाने का आग्रह किया। अर्जुन को उनका आग्रह स्वीकार करना पड़ा, परंतु उसका मन बोझिल था। उसे कर्ण की याद आ गई और तब वह समझा कि अर्जुन के दैवी पिता इंद्र ने जब कर्ण से उसका स्वर्ण-कवच और कुंडल, जो उसके शरीर का हिस्सा थे, माँगे होंगे तो कर्ण को कैसा लगा होगा।

यात्रा पर आगे चलकर पांडव और द्रौपदी, हिमालय की तलहटी तक पहुँच गए, फिर उन्होंने पर्वत की हिमाच्छादित ढलान पर ऊपर की ओर चढ़ना आरंभ किया। वे नंगे पैर थे और उन्होंने वस्त्र भी बहुत कम पहने थे। अर्जुन को हिमालय पर्वत देखकर असीम शांति महसूस हुई। प्रत्येक श्वास के साथ अर्जुन स्वयं से विरक्त होता जा रहा था। उसके भाइयों और उसकी पत्नी के बीच दूरी बढ़ती जा रही थी।

अचानक द्रौपदी का संतुलन बिगड़ा और वह नीचे गिर पड़ी। उसके पति बिना रुके आगे बढ़ते रहे। भीम इस बात से क्रोधित था क्योंकि वह द्रौपदी को सबसे अधिक प्रेम करता था। भीम, अपने भाई युधिष्ठिर के पास गया और द्रौपदी के गिरने का कारण पूछा। वह जानना चाहता था कि द्रौपदी की सबसे पहले मृत्यु क्यों हुई। अर्जुन जानता था कि यद्यपि द्रौपदी, पाँचों भाइयों की पत्नी थी, परंतु वह सबसे अधिक अर्जुन से प्रेम करती थी। अर्जुन यह बात जानता था, परंतु उसने द्रौपदी का प्रेम पूर्ण रूप से कभी स्वीकार नहीं किया क्योंकि वह सुभद्रा से अधिक प्रेम करता था। यह उसका चैतन्य निर्णय नहीं था, किंतु यदि ऐसा ना होता तो द्रौपदी और अर्जुन की निकटता, शेष चार पांडव भाइयों को द्रवित कर सकती थी। द्रौपदी की मृत्यु के बाद उसे आभास हुआ कि वह स्वयं भी द्रौपदी से अत्यधिक प्रेम करता था। द्रौपदी की मृत्यु के बाद कुंती का सबसे प्रिय पुत्र बुद्धिमान और सत्यवान सहदेव गिर पड़ा। अर्जुन ने सहदेव को बर्फ़ से ढके पहाड़ से नीचे गिरते देखा। युधिष्ठिर, सदा सहदेव के अहंकार की निंदा करता था। उसने भीम को बताया कि इसी कारण सहदेव की मृत्यु हुई है, परंतु उसका मानना था कि अपनी विशेषता और अपने गुणों पर गर्व करना अनुचित नहीं है। सहदेव ने अपनी बुद्धिमत्ता से हमेशा सबकी सहायता की थी और वह अत्यंत निष्ठावान भी था। नकुल के लिए अपने जुड़वाँ भाई सहदेव से दूर रह पाना संभव नहीं था। कुछ देर बाद, नकुल भी गिर गया। उसकी मृत्यु होने पर अर्जुन के मन में विचार उठा कि नकुल जैसा आकर्षक पुरुष संसार में नहीं था। उसे स्त्रियाँ अर्जुन से भी अधिक पसंद करती थीं। युधिष्ठिर ने नकुल को भी उसके आकर्षण और व्यक्तित्व के लिए अहंकार के कारण कई बार चेतावनी दी थी, परंतु नकुल ने हमेशा अपना जीवन हँसी एवं आमोद-प्रमोद करते ही व्यतीत किया। अर्जुन की इच्छा थी कि संसार, उसके छोटे भाई नकुल को अहंकारी पुरुष की अपेक्षा उदार हृदय वाले कुलीन पुरुष के रूप में याद करे। युधिष्ठिर ने विनम्रता और सद्भाव पर

सबसे लंबा प्रवचन नकुल, सहदेव अथवा भीम के लिए नहीं, अपितु अर्जुन के लिए बचा रखा था। अर्जुन के चेहरे पर अपने आकर्षण और धनुर्विद्या की विलक्षणता को सोचकर मुस्कान उभर आती थी। उसके अतुलनीय सामर्थ्य और गर्व को लोग अनुचित मानते थे, परंतु अर्जुन ने उसे कभी गलत नहीं समझा। उसका मानना था कि उसके अभिमानी स्वभाव के कारण ही उसने जीवन की कठिनतम परिस्थितियों पर विजय पाई थी। उसी अभिमान और दृढ़ता के सहारे अर्जुन ने सब कुछ प्राप्त किया था। उसकी यह दुर्बलता उसके व्यक्तित्व का अभिन्न अंग थी। यही बात द्रौपदी और नकुल व सहदेव के साथ भी थी। भीम अतिशय भूख और अपनी असीम शक्ति पर अहंकार के कारण यह लोक छोड़कर गया था। युधिष्ठिर, एकमात्र ऐसा व्यक्ति था, जिस पर युद्ध में बोले गए झूठ के अतिरिक्त कोई दोष नहीं था। अंत में अर्जुन अपने बारे में केवल इतना कह सकता था कि वह संसार का सर्वश्रेष्ठ योद्धा था और सदा रहेगा। अर्जुन, हिमालय पर्वत से जब नीचे गिरा, तो यही एक विचार उसके साथ था। उसकी आत्मा, शरीर से मुक्त हो गई और स्वर्ग चली गई, जहाँ कृष्ण, अभिमन्यु और उसके अन्य प्रियजन उसकी प्रतीक्षा कर रहे थे।

अनुवादक की ओर से

महर्षि वेदव्यास द्वारा रचित *महाभारत*, भारत और विदेश में पढ़ी-सुनी जाने वाली सर्वाधिक रोचक कथाओं में से एक है। इसकी पृष्ठभूमि और विन्यास इतना व्यापक है कि प्रत्येक पात्र पर एक स्वतंत्र पुस्तक लिखी जा सकती है, हालाँकि हर महागाथा की तरह महाभारत के कुछ पात्र अत्यंत विशिष्ट हैं, जिन्हें लेकर पाठकों में मन में बहुत से प्रश्न एवं अनेक प्रकार की जिज्ञासाएँ रहती हैं। महाभारत की कथा का ऐसा ही एक विलक्षण और अद्भुत पात्र है - अर्जुन!

कुरु वंशज एवं महर्षि वेदव्यास का पौत्र तथा राजा पांडु का तीसरा पुत्र अर्जुन, बचपन से ही असाधारण प्रतिभा का धनी था। ऋषि-मुनियों ने अर्जुन के जन्म के समय ही उसके महान योद्धा एवं अद्वितीय धनुर्धर होने की भविष्यवाणी कर दी थी। भगवान विष्णु ने द्वापर युग में श्रीकृष्ण के रूप में अवतार लिया तथा अर्जुन के साथ मिलकर बहुत से दुष्ट एवं दुराचारियों का संहार करके पृथ्वी पर धर्म की पुनर्स्थापना की। अर्जुन, कुरुक्षेत्र की रणभूमि पर लड़े गए इतिहास के सबसे रक्तरंजित युद्ध महाभारत का महानायक बनकर उभरा और उसने पांडवों की विजय में अत्यंत महत्त्वपूर्ण भूमिका निभाई।

इस पुस्तक में अनुजा चंद्रमौली ने महाभारत के महानायक अर्जुन की जीवनगाथा को अत्यंत रोचक और नवीन शैली में प्रस्तुत किया है। इसके समस्त विवरण बहुत सजीव हैं और आपको प्रत्यक्ष घटनास्थल पर होने का आभास कराते हैं। इस शानदार पुस्तक के लिए अनुजा को हार्दिक बधाई! मैं मंजुल पब्लिशिंग हाउस का आभारी हूँ कि उन्होंने मुझे इस रोचक पुस्तक का अनुवाद करने योग्य समझा।

—आशुतोष गर्ग

ashutoshgarg343@gmail.com

अनुवादक के बारे में

आशुतोष गर्ग का जन्म 1973 में दिल्ली में हुआ। इन्होंने एम.ए. (हिंदी), स्नातकोत्तर डिप्लोमा (अनुवाद, पत्रकारिता) तथा एम.बी.ए. किया है। लेखन-प्रतिभा अपने पिता डॉ. लक्ष्मी नारायण गर्ग से विरासत में मिली। स्कूल के दिनों में काव्य-लेखन से लेखन का सफ़र आरंभ किया और अब तक इनकी कई पुस्तकें प्रकाशित हो चुकी हैं। आशुतोष अंग्रेज़ी व हिंदी दोनों भाषाओं पर समान रूप से अधिकार रखते हैं तथा अनुवाद के क्षेत्र में एक परिचित नाम हैं। इन्होंने लेखन व संपादन के क्षेत्र में भी सराहनीय कार्य किया है। *अश्वत्थामा, शिक्षार्थी हिंदी प्रयोग कोश, द्विभाषी प्रशासनिक शब्द-प्रयोग कोश, एक सौ एक रोचक पहेलियाँ* तथा *मैं अल्बर्ट आइंस्टीन बोल रहा हूँ* आदि इनकी मौलिक पुस्तकें हैं। इसके अतिरिक्त *द्रौपदी की महाभारत, आनंद का सरल मार्ग, दशराजन्* तथा *द लाइफ़ ऐंड टाइम्स ऑफ़ थॉमस अल्वा एडिसन* इनके प्रमुख अनुवाद हैं। इनकी कुछ अन्य पुस्तकें प्रकाशनाधीन हैं। समाचार-पत्र व पत्रिकाओं में नियमित रूप से लिखते हैं। आजकल रेल मंत्रालय में उप-निदेशक के पद पर कार्यरत हैं।